收获

文学排行榜中篇小说集(上)

《收获》文学杂志社——编

2019

上海文艺出版社

目录

开屏术　田耳
001

青霉素　尹学芸
125

诗眼倦天涯　徐皓峰
215

成人记　薛舒
301

鲛在水中央　孙频
369

下降流　禹风
489

我们的师傅　凡一平
563

音乐家　陈春成
625

外婆要来了　姚鄂梅
689

附录：2019年收获文学排行榜榜单
777

开屏术

田耳

授奖词

《开屏术》让骄傲的孔雀应声开屏，这样的奇巧淫技，现实中未必有，小说中不妨在。《开屏术》以工匠精神缓慢稳实地铺展想象空间，基于写实间杂夸张因而略显荒诞，讥时讽世但主体平和宽厚，在揭示时代荒诞的同时又透露出人世的温暖。

易老板放出那消息，我预感隆介很快会露头，照样先找我。当然，脑海中总是千头万绪，好多预感即来即去，偶尔应验也不奇怪。

我首先想到他黑洞洞的嘴及讲话时煞有介事的样子。“准备好了么？给你讲个好笑的事，让你今天下午哭不出来。”他的神情，总憋着几分坏笑。说这种话时，通常天已经黑下，我俩坐街边喝酒。隆介是我喝酒的师傅，那时我买一瓶三块七的“沱牌”或是四块五的“邵大”去找他，大白玻璃瓶装着。他家门口不缺盒饭店，我俩就着盒饭那点菜喝起来。起初是他八两我二两，接着到七三开、六四开，再到各自一半。有一天，他说他心里难过，指定我多喝。我喝了有七两，他便朝我一指，“呶，你喝酒今天出师了。”那天他说是他离婚纪念日，心里难过是必须的，我也不意外，这种纪念日并不鲜见。因为，我不知道他结了几婚离了几婚，他自己也从没说清楚。他总是喜欢结婚，和他结婚的女人又总是喜欢离婚。

隆介电话打来，一个新号码，说易老板这桩生意他能接，但预付款要尽量多，成本会很高。我第一时间向易老板汇报。“不撂根骨头，他就不露头。”易老板眼白一翻，似乎在头脑中翻找隆介的模样，“这种事情，搞不好真要靠他出手，狗日的隆介，确乎有些异能。他现在人在哪里？”

我刚才竟没问他。照着他的号码回拨过去，已不在服务区。于是发了短信。

第二天下午，才见他回信息，说在成都。我想起这是他起床的点。

易老板说：“在成都了不起？几十万的生意也懒得回我信息？你打电话过去，叫他这几天不要挪地方，我亲自去看他，要他请我采耳朵哟。”成都好事情很多，不知为何易老板独对采耳朵念念不忘。

几十万是有些浮夸，易老板报价是十万，求购一只孔雀。这只孔雀当然和一般的孔雀有区别：要能接受人的指令，随时开屏。孔雀通常几千块万把块，能够按指令开屏的孔雀，市场上无现货。易老板报价心里没准儿，还说可以适当多加一点。那么，我想这笔生意在十五万左右。

彼时我们还守着独夜寨那个铅锌矿，合伙人是民政局的王局长，若无一个在台面上能够挡事的合伙人，这生意做不下去。在当时，这几乎就是潜行规。王局长表面上什么也不干，坐着分钱，但若没他挂个名头，我们会每天疲于奔命，和当地人无穷地周旋。

王局长不免养了一个女人，我见过，年纪不小，也不漂亮。“但她真的是我初恋……不，暗恋的女人。没想到，现在我能养她。”所以同样是养女人，王局长能够以此展现道义和情怀，某种程度上在帮他加分。那女人先在好吃街开了一家野味馆，店面很大，装修豪华，菜只是家常弄法，还有放猛火时死炒不颠锅造成的焦煳味。厨子是个连鬓胡，不会颠锅。众人背后讲，王局长养这女人，女人养这连鬓胡，得出个结论是王局长未必不知，但在这种关系里，没有谁吃了王八亏，没必要争风吃醋。一句话总结：他们都是有情有义的人。

易老板带我们常去那家店子，吃得心不在焉。付费离谱，但易老板总是喷起酒嗝说：“王局长这人够意思，他对这女人真是好。”夸完，他也曾喃喃自语：“我当年暗恋了哪一个？”

野味店子开不多久就关张，王局长对那女人的好还在持续，到女人老家荃湾镇买一块旧宅地建起新宅。新宅竣工，易老板带一帮小弟前去祝贺。是在老街尽头，一条街房子皆老旧，采光暗淡，还有说不出的整体的歪斜。但在街尾，踩过一条溪沟，环境陡然不同。门是老门，推开里面都是新弄成的，宅院里挖坑放水，其上曲廊回环，其下锦鲤跟肥猪似的缓缓游动，不大的一块地方，一时搞得我们犯起眼晕。当然，现在民宿兴起，这些都成基本配置，在当时，我确乎没想到人住的地方可以弄成这样子。我在单位宿舍长大，“家”对我们来说，就是用来装人的水泥盒子。

还有几尾孔雀，木讷站着，当我们靠近，它们便一溜小跑，并不惊惶。我记得以前的野味店也吃孔雀，可能有些孔雀长相出挑，不忍下刀，就被女人留着。那女人走出来，一袭无袖白纱衣，披发，两条手臂套着许多环，像是光膀子戴起了袖套，浑身上下民族风。孔雀被她养熟，侍从一样跟随其后。那一刻，我们看那女人似乎也不像从前看她那么姿色平常，怎么说呢，她也并未变得更漂亮，而是突然有了异域风情。我很快意识到，这感受更多是来自那些孔雀，它们更应该出现在阿拉伯世界某位苏丹的弥漫着安息香味的后宫。

这本就是王局长的“后宫”。

见到王局长本尊时，易老板自然不吝赞誉之辞。王局长听好话有醉态，忽然说，老易你要真的喜欢，这地方就送你了，包括她。易老板赶紧推辞，表忠心。王局长这时候说："狗见人就摇尾巴。孔雀要是随时晓得开屏，又能当狗养又比狗漂亮，掏再多钱我也要搞起。"

这事情就派到我头上。起初我以为不算难事，春晚上的金鱼都晓得听人话了，那么孔雀至少比金鱼好打交道吧。再说易老板放话，钱不是问题。没想到，训练孔雀开屏有过成功的个例，却无成熟的套路，没人能拍胸脯保证一定把孔雀驯好，给个指令就把屁股像折扇一样一褶一褶打开。

"孔雀开屏，是要弄得它发情。"有人在百度问答上回我悬赏的提问，又说，"还要它随时随地反复发情，更不可能。你能驯得我反复发情都算你狠。"

我多少有了些了解，知道孔雀开屏不光是发情求偶，防御敌害时也会开屏。它每一根长尾羽都有眼状纹，一开屏，就像有许多眼睛逼视对方，直到把对方吓走。据说拿块红布在它眼前晃，也能激起开屏。"……这个我试过，偶尔有用，但你不能老是这么弄。它吓不走你，它就自己走，不会一次次开屏。孔雀没你想的那么愚蠢。"又有人回话，自称是孔雀养殖户。我问他能否驯一只可以随时开屏的孔雀。他说花这么多钱，你干嘛不多买几只，买一大堆呢？这样一来，这只不开那只开，此起彼伏也是很好看的嘛。

那一年高速公路刚在铺，支线飞机已有，飞成都只个把小时，但飞机是巴西产ＣＲＪ，同型号的飞机刚在世界范围内发生过数起事故，虽然仍属小概率，但我和易老板进到空荡的机舱，发现简直是坐专机。专机可不是易老板这个级别敢打主意的，一时心情不错，又说隆介知道我们要去看他，接待规格搞得如此之高。易老板说："……隆介的异能，他自己不知道，我们也不要跟他说。这家伙，给他点颜色他就敢开染坊。"

易老板认隆介是个人物，始于当年斗鸡。易老板靠做生意吃饭，但偏要把养斗鸡当成自己专业。斗鸡是专门拿来打架的鸡，这不是废话，本地小公鸡也爱打架，但不专门。泰国鸡（暹罗鸡）、缅甸鸡和西贡鸡都很专门，同样大小，体重是本地鸡的一倍，从量级上就淘汰掉了本地品种。易老板养斗鸡很早，自称"文革"期间就已开始，无从考证。八十年代他跑车，去广西凭祥口岸买西贡鸡，带回佴城和人赌钱。他说他逢赌必赢，也无从考证，但他入门早，摸通了门路，知道斗鸡这事情是要靠投入。一是买原种，每隔两年一定要去东南亚买原种鸡，因斗鸡带回佴城繁育，体重逐代锐减，鸡二代还可勉强上场，繁育至三代，骨头轻肌肉坠，跟原种鸡没法配对打。二是靠药功，斗鸡喂养不计成本，长期用药汤按摩使皮肤增厚扛打，每天进补，上阵前半个月还要每天注射激素、性药和人血白蛋白……这些投入，在斗鸡身上总是见效，它们能把药效尽可能地转化为战斗力，不辜负主人夜以继日的摧残。这么说吧，斗鸡好比是武侠小说里练魔法毒功之人，药坏了身体，但短期内身体暴强，出手阴狠，拳拳到命。打过架的鸡，肉都不能吃，不但药味重，而且每一根肌肉纤维都塞牙缝。

易老板依靠本钱，养斗鸡在佴城博得斗鸡王之名，延续数年。而隆介，他是认识易老板以后才发现斗鸡不但好玩，还能赢钱。

我认识隆介时，他在易老板新开的一家门店里搞装修，指斥着两个钉龙骨架的乡下木匠。他讲话尖刻，好打比喻，喜欢听的当是笑话，一个木匠受不了了，刨子一递说你来。“我来就我来。”隆介看上去弯腰驼背，萎靡不振，一干起活身材暴长一截，刨木钉架子干得飞快，不须用尺，每一根木枋都安放得横平竖直。割铝塑板更是一绝，电割刀在他手里好似一支笔，直接在铝塑板上划线，一掰开，贴到龙骨架上，射钉枪一打，严丝合缝。两个木匠接下安静地听他训斥，脸上赔笑。我走上去递烟。“其实我是书画家，我是用画画的手给你们拆铝塑板，规格高吧？给你们装修门店，也就赚几包烟钱。”他递来名片，上面是写书画家，书法是国协，画画是省协，还有写作最不济也入了市作协。认识以后才知道这人无所不能，干过的活不计其数，中间还有余暇不停地结婚离婚。女儿只一个，才七八岁。我俩刚认识那天，他就说女儿可是天生美人胚，还拿照片给我看。我啧啧地赞叹跟你可一点都不挂相，他乐呵呵地骂起了娘。

他干过那么多活固然是生计所迫，同时我觉着也是天性使然，他当什么都是好玩，跟易老板去过两次斗鸡场，要讨几只斗鸡苗。易老板乐意添个徒弟，要他去鸡场挑鸡苗。是我带隆介去易老板位于半山腰的养鸡场，到地方后看着大同小异的鸡苗，他还问我怎么挑。我只能教他如何分辨公母。他当天不慌下手，三天后又去养鸡场，当天刚好孵出一筐，他全要，表示可以付钱。易老板说：“你想玩，全都拿去。”省了钱，他便回赠易老板一幅字，早已备好，上面写着：胜者为王。还说：“我平时不写这样的话，破了例的。”易老板一笑，也不裱，叫养鸡场陈师傅用双面胶直接贴墙上。

双面胶未干，字纸未脱落时，隆介就拎着一只火红毛色的鸡，找易老板斗。一看鸡龄，应是原种在佴城繁育出的孙辈儿，一量体重，果然轻了许多。易老板说赌个千把块，随便玩一玩。隆介央求说：“头一架，赌一万块开开荤吧。”易老板说：“那就二吃一，你赢了拿一万，输了给五千。你去里面挑一只。”进到鸡舍，他问哪只最狠。陈师傅说：“对你来说，都狠。”我告诉他，眼下最厉害是那只长着僧帽鸡冠的西贡鸡“济公”。

“就叫鸡公？”

“济公，癫和尚济公。”

“就打它。”他还一撮响榧子。

养鸡场里有篾席围成的临时斗鸡场，随时试鸡。易老板的脸色，是想要给隆介上好入门第一课。哪一行都自有门坎，都要知道天高地厚。

当时过了正午饭点，易老板叫我下去买几份盒饭，且跟我说：“这有什么看头？快点去！”我下到山脚叫盒饭，打好包拎上去，只半个钟头，回到养鸡场，见他俩照顾着自己的鸡，以为还没开打。

“打完了的。”隆介露齿一笑，仿佛是他赢了。

易老板则有点恍惚，说他妈的隆介，你教它打迷踪拳？ 陈师傅给我讲起刚才打的那一架，忽然像个领导，不断地停顿，不断地找恰当的词语。 显然，以往用来描述鸡打架的词汇和句子，难以描述刚才猝然发生的情形。 总之，隆介带来的火红毛，没几下就把“济公”打得溜圈。 易老板不得不认输，把“济公”救上来，若等济公被打得出声叫唤，就成了败筒子鸡，以后再上场先就脚软。 易老板不愿意一场遭遇战就把身价不菲的“济公”废掉，认输是唯一的选择。 养鸡场有 POS 机，现场刷一万块钱。

那一年我的底薪不到三千，奖金全靠准确地押鸡。 这一架，幸好没来得及押一把。

“隆介，没想到养鸡你也行。”易老板一边狠命地摁密码，一边问，“你是怎么驯的？”

“我和它建立感情，它爱我，因此愿意为我拼命。”

易老板哪里肯信，“少扯白，哪里学来的奇技淫巧，用了什么祖传秘方？ 讲出来亏不了你。”

“现在我才发现我非常爱她，胜过爱我老婆。”

“哟嗬！ 哪个老婆？”

“所有的，打了捆都不能跟它比。”这一霎隆介确乎满目深情，凝望着火红毛，又说，“也该有个名字了，就叫你红红吧。红红！”火红毛咕咕有声。隆介嘴对嘴吹了一口跌打药酒给它，好似一吻。

那天斗了鸡以后，易老板脸色比济公更为垂丧，眼睛睨着墙皮一会儿，冲过去劈手便把墙上飘零着的“胜者为王”一把扯下，揉成团踢开老远，并说：“狗日的，你还以为他在夸你，其实他在叫板。”

隆介显然比当年多懂一些人事，晓得找一辆车来接机。“……我也没想到他今天开柳微，昨天还是什么的，反正比奇瑞好。”隆介坐在驾驶副座，易老板和我坐后排。司机说：“昨天是一辆进口起亚。”

“听到了嘛，你们昨天来就好了。”

“我还以为是大奔哩，反正也差球不多，你晓得接我我已经很感动。”

隆介说来成都要吃火锅，是特色。易老板说：“我怎么只听说火锅是重庆的特色？”隆介知趣地一笑，改请我们去了红杏酒店。饭后去锦里采耳朵，隆介竟然还有相熟的技师，就站在路边，隆介指着她说是这里最好的。“没得错，我就是这里最好的。”技师过来，大大方方地拽着易老板往竹椅上躺。易老板说，只在成都采耳朵时还摇细铃铛，这个蛮有特色，摇得他一股寒气由心腔贯通脚板，却又那么地欲罢不能。

饭也吃过，耳朵也掏过，隆介要去开宾馆房。易老板说就想去住他的狗窝。隆介怒道：“易老板，这点卵钱我有。”

“这个我不怀疑，但我真是想住你狗窝。我老远跑过来，稀罕住一家高档宾馆？”

我估计易老板是说心里话，平时说到隆介，他就会提起隆介住宅里那特有的万年不变的脏乱差，仿佛也是他一份天赋，装修精致摆设整饬的房间，被他折腾几天全都变成狗窝。易老板说那能找到当年上山下乡的感觉，在那种脏乱差的环境里，稍微搞点酒、撸几串，人就有想讲话的冲动。而现在，一个人想有讲话的冲动，简直比狗搂着猫发情还难。

隆介在大黄碾租一套房，离农大不远。那算是他工作室，与他“金屋藏娇”的家永远分开，他的老婆从来不给人看。他这样解释：“反正换来换去，也不晓得给你们看哪个。”

防盗门锁舌跳了几下才打开，扑面而来仍是那股酸溲气。易老板就笑，问：“你屋子里的气味怎么能发酵得这么稳定？”盒饭不扔，衣服不洗，啤酒瓶和白酒瓶在地上乱滚，书架上乱七八糟，插在电视上的仍是一台 DVD 机，毛片……这个就不说了，各有各的爱好，难得的是一成不变。他永远要淘碟，去网上下种子下片子却嫌麻烦。

隆介说："要不要看一盘老碟？"

"不敢。你都还在用 VCD，放碟总是吱吱嘎嘎响，像是用泡沫擦玻璃，我的老心脏有点受不了。"易老板又说，"隆介，时代真的变了，你有必要下片子，换一台投影。要不然，你有的碟子还是上下两张，看到一半要换片，你就不难受？"

"不瞒你说，现在我只在换片的间隙，才翘得起哟。"

"翘起来找酒喝！"

我买了酒菜烧烤回来，他俩扔开椅子直接坐地上，在茶几上翻三皮。隆介手气不错，仿佛是易老板的克星。酒一喝就聊到当年的事，我知道易老板一直耿耿于怀，"……当年那只火红毛，到底怎么回事？过去这么多年，你也跟我交个底。"

"都卖给你咯，一手交钱一手交货，那以后我在佴城再不玩斗鸡。我是爱喝烂酒，干事还靠谱，说话基本算数，所以还能活到今天见你。"

"我知道其实不是那只，你换了一只，对吧？"

"当面交的货，你是认账了的。"

“这个我认，当时一眼看去是没差别，但是这鸡后面不能打了。”

“我说过，它爱我，愿意为我拼命。在你手里不能打了，我有什么办法？易老板你再有钱，但你不是我嘛。”

易老板嘬着啤酒沫，看着天花板说：“幸好只是一只鸡，不是和你抢女人。”

次日易老板提出要看隆介的饲养场子，如果场子都没有，孔雀的生意就没法放给他做。“……要是你都不喂活物了，叫我怎么相信你？”易老板几番盘问，隆介说场子哪能没有？“我答应过你，在佴城绝不再养斗鸡，但这里是成都。难道不是么？”易老板点点头，“我猜就是这样。”

隆介又叫那司机开着柳微，去到都江堰的一个名为“民安”的小镇，开进西头一处僻静院落，说这就是他的“基地”。院子大门上挂了牌匾：隆祖古典园林工程指挥部。是他的手笔，里面有他的办公室，桌上有他和女儿的照片，可确证这院落是他地盘。他的主业，毕竟还是干包工头，别的项目争不了，但营造古典园林，弄几个雕塑，仿几幅古人的字画，都是他能独自包圆的，同样的活总比别人多出彩几分，所以就算他经常喝烂酒，时而误正事，也没人能将他踢出这一行。

院子眼下安静，平时只一个中年人守着。中年人姓徐，在给他喂狗喂鸡，池子里还喂几只王八。隆介是喜欢把王八血滴到酒里面一起喝的。鸡当然以斗鸡为主，有七八只能打架的。本地土鸡养得更多，隆介喜欢用鸡肉配王八血酒。

“……你果然还在养。”

“没事也去找人斗一斗，这爱好，沾上了哪容易戒掉。”

易老板不再说话，把斗鸡一只一只捉出来，拿在手上掂量，再仔细地打量。易老板摆出很专业的模样，依次看头冠、眼水、颈盘、身法、脚架和悬爪，七八只鸡前后看了半小时。

“你当然养得很好。”他总结，“但你似乎没养过孔雀。”

“认识你之前，我都没养过鸡，但这不是问题，我像是天生通它们脾性。”隆介说，“再说孔雀也是一种鸡，门、纲、目都跟鸡一样。我这个徐师傅养过孔雀，他说跟养鸡差不多，比斗鸡更好伺候。”

“孔雀也是一种鸡？”

“我说你也不信，你可以查。”

于是我用手机百度一下，门、纲、亚纲、目、亚目、科都与鸡完全一致，分属时有了孔雀才将自己划出去。易老板恍然大悟，说怪不得哩，去到老王野味店上吃孔雀肉，我老怀疑他们在用野鸡肉蒙人。

考察结束，易老板不再住隆介的狗窝，也不要隆介接待，说还有别的事办。然后把我这个跟班也甩掉了。这一年里头易老板来成都好多次，都是独自前来，作为一个小弟，不该问的事不问。易老板离开时，跟我说："我看了他手里的鸡，没有那只火红毛留下的种。没道理的，他养这么好一只鸡，怎么能让它断子绝孙呢？败家嘛。"

易老板的疑惑这么多年也没消除，他坚持认为当年隆介交到自己手中的火红毛，是个替身。我反复说，就是那只火红毛嘛。看上去一模一样，但火红毛到易老板手里不能打，也是事实。于是我又另找解释："隆介会不会全靠药功把鸡搞雄？卖鸡不卖药，玩鸡的人不都这么干么。"易老板当时虽点了点头，脸上疑云一直没消。

易老板两天后再现身，情绪明显不错。他嘱咐我说："这事情就让隆介干，但首付款压低一点，最好能一年交货。以后你就盯着他，多来这里，盯紧了，看孔雀养得有点苗头，再给他追加款子不迟。隆介是有异能，但也是只飞天蜈蚣，说不见就不见了。"

所以我晚一天离开，取出三万现金码到隆介眼前。隆介跟我来个拥抱，尔后从中分出两成给我。我说："以前说好的是四成。"他哈哈一笑，"老弟，这次也不同于以前的无本买卖，我可是要下血本的哟。"

当年和他天天搞酒，趁着微醺，他鼓励我也搞搞艺术。当时我已经奔三十而去，搞艺术显然有点来不及，比如写字和画画，都是要童子功。"你认字啊，可以写散文，写诗。"他这么劝我。我跟他赶过几场诗会，都在晚上，聚在某个有钱人的家里，男男女女，念自己的诗。我觉得那些诗仿佛不难写，于是就说试试，写了半月，凑了二十首拿给隆介"斧正"。

"你是佴城写口语诗最好的一个，没有之一。"他看的第二天，电话打来跟我说，"这不是时间长短的问题，是有和没有。你天生该写诗。"

我有点眩晕，不得不说，心底里又暗自称爽。年轻时候，谁又不把自己看成未被发掘的天才？再说，诗这东西，至少在我们佴城，没有谁能说清楚好坏。

一周以后他打来电话，问我愿不愿意发表，说肯定会有响动，就看响声有多大。又说县文联的《沱水》杂志主编也看了，也说好，二十首可以以专辑形式推出。"还可以在封二发你一张照片，你要专门找人照一张人模狗样的。”我吓一跳，我觉得发表是遥不可及的事情，只属于那些一把年纪笔耕不辍的老人家，没想我也可以，而且还刊登照片。我问：“有什么要求？”

二十首诗一块发表，占版面太多，整整五张纸，而且还在封二刊登照片，彩色的，这些都要成本。他说版面费要四千，我觉得合情合理，并不贵，但我当时一个月赚不够两千。这种事，又不好借钱去搞，还须量力而为。他说：“我认你这小兄弟，就出手帮你改改，质量进一步提高，版面费会酌情降下来。”

当他替我将版面费讲至两千块，我就没有任何理由再推托了。这个价格还算公道，何况隆介还给我配了一篇评论文章，印出来又占去两个页码。所以，当我知道版面费里隆介有四成的回扣，也不气愤，只是有点好笑。本来我不应该说破，但他那一晚心情不错，两人喝了一瓶还要加。于是我就把这事抖出来。

“老弟，我什么人，吃你的回扣？我帮你写评论，是有稿费的好不好？”

“你写四千字，稿费是八十块。《沱水》稿酬千字二十。”

话说到这份上，他便一笑，“那帮编辑也没意思，把我卖了……这样吧，什么都不说了，我帮你充手机费。”稍后又说，“你倒真是个狠人，我吃你的回扣，你呢还要从这回扣里吃回扣。”

手机费一直没见充进来，再见面时，他这样说：“以后有钱一块儿赚，我给你和你给我，回扣都是四成，怎么样？”

这一次，他给我提成以后，才把外面的徐师傅叫来。“……老徐，不是开玩笑，真的要养孔雀了，你去弄点种苗。”徐师傅问蓝的绿的，隆介凭着记忆说，“就蓝的吧，蓝的好看。”徐师傅说一般买种苗是一公搭四母，成套地供应。

“哪有精力搞长久，就买几只会开屏的，公的。”

“光有公的也不行，它们要冲着母孔雀发情才好开屏。”

“哪有这么麻烦。”隆介一想也是，只有公的没有母的，一帮性压抑养在一块，搞不好到时都变成斗鸡了，“那就买二十只公的，配五只母的。”

“一母搭四公，变成四抢一，是不是有点……性别比例失调？”

徐师傅的用词让隆介呛了一口。他又说：“就要性别比例失调，就要让它们有危机感，才会抢着开屏嘛。呃对，一只公孔雀从种苗养到能开屏，要多长时间？”

“一年样子。”

“时间真是紧巴巴。”

“隆老板，一年到底要养成什么样子？”徐师傅此时是一头雾水，看来隆介什么也没跟他说。这是隆介的脾气，没摸着定金，他就当没有这回事。就在昨天，他哪想到易老板真就把这生意给他做。其实我也没想到。针对徐师傅，隆介自有他一套说法，不方便我听，所以暂且挥手示意他出去。

我说：“看来你没得把握哦？”

隆介一脸坏笑又挤出来，“有把握的事情易老板能叫我做？叫我干这事，肯定是死活找不着人了，只好请鬼看病。”

我提醒他，“火红毛的事，易老板一直还惦记着。”

“老弟！”他汆了汆嘴唇说，“天知、地知、你知、我知。”

易老板让我去监督隆介的工作进度，我把这当成好差事。

我想起当初认他作酒师傅，还有写诗的师傅，只是喜欢跟他待在一起。他在小月亮影院里面租住一套房，走进去黑黢黢，灯一开四壁钉满字画，还有搜集而来的各种拓片。书都不上书架，打了捆横七竖八往上码，不可思议地延伸到天花板。人家书房画室都有名称，有斋号，圈中大佬题写裱起，或刻成匾。

隆介自题“水帘洞”三字，用双面胶贴墙皮上。他租的是筒子楼的一间，前面客厅又是书房，中间是卧室，后面一厨一卫，整套房笔直狭长，采光从来不足，好似一眼山洞。

“的确是洞，但为毛要叫水帘洞？仙人洞不行？”

“日他妈哟，楼上经常渗水下来。”

“找楼上的把缝都糊上。”

“那女的长得一脸漂亮，”隆介说，“我喜欢碰面时她一次一次跟我道歉。”

搭帮隆介的引介，往下再在副刊发表几组诗（都是免版面费），我混上市作协的会员，得以参加几次笔会，得以认识地方上的书画家，之后便去其中一些人家里搞酒。隆介直言，是有混饭吃的意思，“吃自己的流泪，吃别人的流汗。”其实现在谁也不少一餐饭，真的去了，也没见隆介吃到流汗。他头脑中难以磨灭“吃别人的流汗”的美妙记忆。作为跟班，我很少喝到十块钱以上的酒。我敢说，他的不挑剔，让主人有一种说不出的轻松，感觉我俩就是他们酒橱的清洁工。

隆介另有个同学当了作家，姓黄。黄作家也爱吃百家饭，天一擦黑到处蹭，隆介便经常叫上他。两人保留有一套节目，就是黄作家讲隆介的故事，一路逗哏，而隆介在一旁保持傻笑，算是捧哏。这套节目很管用，请饭的人下次还请他俩，同时又叫来自己别的朋友，头杯酒一碰，主人便要黄作家摆一摆隆介的故事。黄作家的噱头，无非是隆介自小家穷。拿穷人开涮，在酒席上有古怪的吸引力，因大家都穷过，最穷的那一个，活该成为话靶子。我不想复述那些穷故事，反倒是钦佩，在黄作家一次一次的讲述中，隆介脸上怡然自得的神情。他跟别人一样地笑，仿佛还为此小有得意。

隆介父亲死得早，很小由半瞎的母亲拉扯，家在全佴城最穷的高寨，所有的致贫因素一股脑堆在他家，穷成啥样可想而知。若他是个理性之人，从小发奋图强，小心装人，搞不好能演绎出自己的励志传奇。偏巧他为人既爱要小聪明，又严重缺心眼，旁观者都洞若观火地看他真人秀，所以他一言一行一举一动很容易编排成笑话。

黄作家说，隆介第一次翻身做人，是读初二的时候，换了一个班主任，是他亲戚，提他当常务副班长（隆介总是在此插言说，就一个副班长哟）。隆介怂了十几年，忽然一夜当了官，全班同学里面一人之下五十二人之上，那可怎么得了？给他封官的次日早晨，全班同学没一个迟到，齐斩斩地坐在座位上，看隆介新官上任，要放几把火。果然，隆介当天进来，衣帽都穿戴整齐，胸口上也罕见地没有汗渍、油渍以及口水渍。同学们叫他班长，他一口碎牙死咬，一声不吭。等到中午，他用霉豆腐蘸了三个大馒头，比平日多出整一个，悉数吃完，脸上就有饱醉之态，再找同学下军棋，一开口忽然喷出普通话来。

在此之前，从没有人听他讲普通话，在那所破学校，老师都是讲乡话，不会讲普通话。隆介本来是讲乡话还夹苗腔，从不在人前喷过一句普通话，此时，满口普通话忽然这么飙开，大家听着，颇有几分电视台播新闻的韵味。大家看他，像变了一个人，或者变得不像人。慢慢地，有人鼓掌，有人模仿，有同学问同学这人是谁。隆介也是一不做二不休，军棋全让别人下，他来当裁判作点评，整个午休时间，宿舍里充斥他一个人的叽叽呱呱。

“和他同班快两年，以前听到他讲话，加起来也没有那个中午多。”黄作家说，“那是我初中三年最难忘的一起灵异事件。”

隆介补充：“我前面十几年都没说过那么多话。”

黄作家记性不是一般好，还能复述隆介当天的讲话片段，显然精心练过，一张团脸尽量挤成猴脸，喷出的普通话有几多标准，便有几多怪异。这模仿一次次掀起酒桌上的高潮，大家轮番敬隆介大杯。隆介来者不拒，面带英勇就义般的微笑。有一次灌得太猛，隆介把酒呛进鼻腔，忽然痛哭流涕。黄作家见状过去安抚，隆介就势箍紧他腰，把脸鼻口眼往黄作家衣服上蹭。黄作家反应可不慢，见状万分痛惜地搂紧隆介脑袋，拼命捂他。隆介几乎窒息，赶紧松开。

那天我送隆介回家，问他，讲普通话的故事是不是真的。这故事我听了好几年，忽然想求证一下真伪。隆介嗯一声，并告诉我，“班主任不是我亲戚，我们是都姓隆，本家，读初中以前根本没见过。”

“也难怪，你们姓隆的人少，别人看来都是亲戚。”

“我没见过我爸爸，我把他当爸爸。”他说，“叫隆宗和，是书法家，你百度一下找得到哦。”

我没去搜，一搜我都能搜到我自己，还有头衔，市作协理事。这让我对网络搜索浑无信赖。他讲起隆宗和对他的器重，是因为教他写字。他之前写字并不好，家里一穷，哪有心思练字？隆宗和爱练字，写半辈子进不了县书协，换到他们班当班主任以后，批改一两次作业，直觉发现隆介写的字有苗头，便借他几本帖子，给他买来笔墨，反复叮嘱：隆介啊隆介，你一定要多写。稍加点拨，只一个学期，隆介写字便可以送到市里参展。当然，隆介也是投桃报李，后面隆宗和加入书协，最终成为市书协理事，都得益于隆介的推荐，“……不管他字写得怎样，我的老师竟然不是书协理事，那就是书协工作的重大失误。”

聊起隆宗和，隆介的话便多起来，换一副沉重的表情，平时看不到。毕竟，那是一个被他长期以来默认为父亲的人。有的人很容易把另一个非血缘的人当成父亲，隆介只认这一个。在他讲来，他确乎有着写字的天赋，但隐藏着，需要另一个人来开启。遇见隆宗和，他成为书法家，继而成为画家成为作家，要是没有这样的“遇见”，他无法想象现在自己是什么样子。他说到这里，我心里嘀咕，一个重度酒精依赖者，换一种活法，未必还能更坏？

他与隆宗和亦师亦友、如父如子的交情，显然是他嘴里罕有的温情表述，包括隆宗和弥留之际，他衣衫不解全天候照顾，比亲儿子做得更到位，临终最后一刻，是要他将耳朵凑近，留几句最后遗言。听他讲起这些，看他一张猴脸掀起的动容之色，我不免是感触颇多。因随年份的递变，短短几年，人与人之间的情谊都在变淡，许多亲情友情故事，现在一讲，恍如隔世。

后面和黄作家单独碰面的时候，又讲到隆宗和跟隆介的事，黄作家毕竟了解更多。“扯卵淡！”他说，“他俩关系是好，隆宗和去世之前隆介确实照顾一阵，但隆宗和后面跟儿子去了海南，也死在那边，没有隆介什么事。”

我再去民安镇，隆介不在，孔雀围栏已弄好，不大，让我想起以前的鸡笼。买来全是蓝孔雀，又叫印度孔雀……怪不得，我头脑中，印度阿三头上都插一支孔雀翎。此时，孔雀苗一只一只通体发灰，看不出蓝的颜色。一共二十五只，都在围栏里面，低头啄颗粒饲料。这很难得，来之前我以为隆介为压低成本，每天背着背篓上山割草。现在孔雀苗填不满围栏，他们还往里面放养一些本地鸡，一眼看去，除了体型有异，彼此和睦相处，倒还真像一伙的。

孔雀还不会叫，鸡则咕咕有声，我余光看见，此时鸡的势力更大，占据着食槽，孔雀苗只能在边缘徘徊，瞅冷子冲过去啄几嘴。孔雀是百鸟之王，鸡暂时还不晓事，再说它们是本地品种，也算地头蛇。我想象着，数月之后围栏内形势的逆转，但也可能到时候隆介已将鸡悉数吃光。

“好吃莫过饺子，我就想不通，面粉包肉水里煮，有什么好吃。”隆介以前跟我说，“天下最好吃，鸡肉蘸酱油。”

他也确乎这么干，吃得并不讲究，鸡拔光毛整个扔沸水里煮透，把鸡皮煮成见哪黏哪的肉糊，把鸡肉煮成一束束线条，再捞起来撕着蘸酱油。那一副吃相，让我怀疑他对酱油有更深的感情。有一次我去小月亮电影院找他，他不在书房，不在卧室，我一直钻进厨房，见他正举着酱油瓶子吹，就像吹啤酒。见我进来，他呛一口，酱油便从嘴角挂出，黏在下巴上，显然还是老抽。

“怎么了？”

“嘴里味淡，喝几口就还魂了。”

我在那里睡了两日或者三日，徐师傅等人每天用“土茅台”招待我，从七点喝至半夜。这天大概到了凌晨，听见外面有窸窸窣窣的声音。窗棂被车灯的白光刷亮，旋即又黯淡。徐师傅身形一长，出到外面。我依稀听见女人的声音，突然断掉。之后隆介一个人走进房间，开灯。

“你真的等了我两天。”他说，“我有点感动。喝两杯不？”

“你真的是把孔雀当成鸡在养。”

“现在你看不出形势，我不能首先就让孔雀有优越感。你知道的，任何活物，有优越感都会摆起架子，对以后驯养不利。”

“我仿佛听见有美女的声音。”

“这地方女鬼多，你不要乱想，越想越来，不好收场。”

他凑近了告诉我，徐师傅在这有女人，跟他没关系。我只是一笑。他掏出烤串和好几打啤酒，啤酒都是听装，瓶壁挂着白霜。徐师傅稍后进来，我们三人搞起夜宵，终于进来一个女人，挨徐师傅坐，但怎么看都是隆介的口味菜。吃到下半夜菜不够，徐师傅爆一盘焦香脆爽的鸡丁。

“是孔雀，刚瘟了一只，等不得它死，杀了冻冰箱里哩。”

我想起往日时光，通常是我拎着烤串和冰啤，去到小月亮电影院，门一敲，里面一阵响动，便“添酒回灯重开宴”。通常是我和隆介还有一个女人，女人年纪可大可小，长相也并不挑剔，酒一喝都像嫂子一般亲切。现在毕竟有一段时日不见，彼此又有生意往来，隆介生分了。

“……他妈的，老徐就是厉害，太招女人喜欢，搞得我这里也不清静。”

我不难看出来，饲养孔雀的活计都是徐师傅一人包圆。徐师傅各种活计全都能上手，菜也炒得不错，关键时候还能给老板顶包……为了顶包顶得煞有介事，徐师傅也就不把自己的女人缘掩藏起来。男人嘛，都这样，何况身在这荒郊野外的地方长期生活，不可能只有鸡和孔雀作伴。

但话说回来，通过这几天的观察，徐师傅实是平常之人，种地和饲养牲畜，和我见过的大多数老农并无区别。他勤勤恳恳，我并不怀疑，但他绝不是用来完成特殊任务的。我再次提醒隆介，易老板掏这笔钱，是要弄一只会按指令开屏的孔雀，而不是要晚上剁成丁过了油下酒的肉孔雀。

“……时候还没到，我这样的人，只须用在关键的地方。你尽管放心。”

“师傅哎……”看着隆介吊儿郎当的模样，我不免多劝一句，“我放不放心不抵事，你起码要用用心，不要成天想着那些婆娘。恕我直言，我看你这鸦片鬼的身坯子，成天喝酒，哪还来的性欲你说！”

“他妈的，性欲我真的有……难道还要扒下裤子证明给你看？”

“性欲和有没有那根王八东西是两个概念好不好？”

“难道你要逼着我演毛片？”

“你吃半碗伟哥也许还能演一场，我发誓我真不想看。”我一掌拊在他肩头，又说，“别装了，我还不知道你么？从来没有女人喜欢你，你才到这一把年纪，还总想着在人前装得很有女人缘的样子。”

隆介本想拉起脸，摆出愤怒的模样，忽然呵呵哈哈地笑起来，一时停不下，最后又打起嗝。他体内贮存着各种连带的声音，随时弄出来，比如说话连带鼻音，发笑连带打嗝，咳嗽连带呛水，放屁连带吹哨。笑完以后他显得老实一点。显然我的话起了作用，遂再敲他一锤，“不要忘了，女人身上你找不到开心，反而会惹麻烦。文联那一堆事，不要忘记。”

“……我是故意的。”

“事情弄砸锅了，偏要说自己与众不同，你们这号人怎么全这样？”

“就晓得教训我……我才是你的师傅。”他回过神，冲我吼，“你要搞搞清楚！”

我跟他学喝酒学写诗那几年，他所在的纱厂避不开社会的大形势，随时准备倒闭。他虽是个艺术家，也没抛弃趋利避害的本能，要混进一个稳妥的单位，想来想去，文联真是最好，这个单位专管养闲人。隆介知道，有个顶有名的作家叫余华，年轻时候就是为了调进文联当闲人，才写了《活着》，后面不光活着，还真是活得顶好。

文联虽是个不声不响的单位，待他想往里调，才发现也是虎视眈眈。而且，一个地方当自己是艺术家的总是很多，当自己是艺术家且想当闲人的则更多。起初几年，他的书法没进过省级展览，想往文联靠，提着猪头也找不着庙门。后来真就下岗，写字发了狠，参加几次展览，算是和文联挂上钩。那时他带我去见人，我也得以认识文联的人，他们都当我是他小跟班，给我进了作协。偶尔街头碰面，文联的人叫不出我名字，只说“你师傅躲到哪里去了”。那一阵，喝酒的时候，隆介老是讲自己又跟文联哪个领导一起吃饭，那领导仿佛对自己印象不错。我们几个酒友最烦他把文联领导讲成好大一个领导，一旦他扯领导，我们把话带别的地方，晾他一阵。又过不久，我俩单独喝的时候，他又骂领导水平不行，写字比不上他左脚，不知怎么混进文联。我提醒他，现在是你要跟人家混，看不起人的眼神要收紧。水平不行的人，往往神经过敏，体察入微，你眉毛一纵人家都明察秋毫。

经过他夹起尾巴勤恳经营，文联领导对他有了器重，那年节前，还组团到小月亮电影院对他进行家访。他把老母亲提前带到那里，也把自己最好的作品裱满墙壁甚至天花板。房间之拥挤，条件之恶劣，还有为艺术献身的勇气，一时都展露无遗。一个文联领导触景生情地说：“我们年轻的时候，都是这么熬过来的，好歹都跨进了艺术的门坎。但有些人，就是熬不过来，一身的本事，都被生活活生生地拖垮了呀。帮助一个艺术家全身心地投入艺术创作，这个这个，也是我们文联的基本工作嘛！”

当晚，隆介将这段话模仿了不下十遍，固然也是出于感动，主要仍是喝懵，记忆不断清零。但领导的话，他每一次都背得一字不漏。

正如预期的那样，隆介朝着自己的目标逐渐靠近，调入文联并没那么容易，但文联宿舍楼里有一套空房，可以当出租屋。文联领导让隆介住进去，租金还打折。

那一阵搬进文联，我经常赶去帮他打扫屋子，提醒他要留给领导一个好印象。领导往往都是体面人，讲究仪容，隆介邋里邋遢的性格，住进来不要适得其反。我还劝他最好是把老婆女儿接来住。

隆介住进文联宽敞明亮的房间，但老婆一直没搬过来。有必要说他老婆，虽然据他自述换了几任，但从来都是外地人，不跟他住一起。有时候，我甚至怀疑他没有老婆，从来没有，一个也没有。虽然他钱夹子里有女儿的照片，那又能说明什么呢？见我质疑，他信誓旦旦地说有，还讲起自己的爱情故事。

他说第一个老婆是重庆秀山人，非常漂亮，她爹是干包工头的，九几年就有两台桑塔纳，身边还养了一帮青皮看家护院。无数男人馋在眼里痒在心里没胆子追，望洋兴叹，望月伤怀，见花谢（隆介原句）。隆介呢泯灭了希望提起了胆子，一个泥腿子怀揣“光脚不怕穿鞋”的激情，说干就干，既是泡妹，又按捺不住打土豪劣绅改天换地的快感。贴近那女人比他想象中容易，因为没几个男的敢去贴她，她其实有那么点寂寞。之后他给女人画像，画成古装的、飞天的、反弹琵琶的，画成民国时期月份牌女郎的模样，越画越粉越画越靓。那女的多少有些见识，知道这比相片来得有档次，自然欢喜，脑袋一热竟不经土豪老爹恩准，跟他私定终身。婚期定下来，到那一天，隆介拉来所有认识的兄弟，造出人多势众的模样，敲敲打打，满街甩鞭炮，想以迅雷不及掩耳之势把人弄到手。没承想，婚礼当天变天了，女人藏起来根本见不着，后面领离婚证都是律师出面。

“从那以后，只要哪个女的看得上我，都结。她想离我也马上签字，绝不留她多吃一餐饭。”

故事到他嘴里，怎么讲都带有传奇，我也不是很信。

“……这个很有必要哦。”此时，我提醒他，“背后人家怎么说你，你也应该知道。有的说你是疯子，但你真是生就一双好手；有的说你是天才，又说你的书画眼下还达不到天才档次。这情况并不很好，让人觉得你就算是想为艺术献身，把自己搞得人不人鬼不鬼，艺术也未必对你青眼相加，往后似乎看不出多大的发展空间……”

“哪个狗日的这么讲，我打他。”

“你自己风吹就摇，不要放狠话嘛。”我突然像是变成他的师傅，继续指教，“所以你很有必要把老婆女儿接来，让自己显得正常一些，领导一看，印象分又会加起来。”

其实我是怕他哪天喝糊涂，一个电话又把外面的女人叫来，让文联的人撞见，前面所有的努力都打水漂。我跟他接触多，知道他有这个习惯，且不知道轻重缓急。有时候，喝到快丧失知觉，他还用最后一丝力气拨打电话，女人来了他已不省人事。有一次我正好去找他，走到门口看见一个女人砰砰地敲门，骂骂咧咧，邻居都在走廊上等着看戏。我掏了十块钱打车费，四十块钱误工费，才让女人扭头走开。第二天我找他报账，他不认。我让他拧开电话，他才说“手又痒了”。他发誓已将所有女人的电话删除，但在酒后，手指还残留有身体记忆，自动拨出曾经拨过的号。

“要拨多少次才能形成身体记忆，你能记起我的号吗？”我不禁问，“都喝成那样，你把她们叫来又能怎样？”

“我只是想找人讲话。”

“那你打兄弟的电话嘛。”

“夜深人静的时候，找你们过来讲话，老子嘴皮子发干。”

那以后，只要我去文联，都会帮他收拾一下房子，但赶不上他变回邋遢的速度。这倒像是一种天赋，他要把自己家抄一遍，住着才安稳。

“你为什么要抄自己的家呢？”

“你弄整齐了，我老觉得不是自己的家。”

他在文联大院住了有一年，但显然离调入文联越来越遥不可及。他能看明白领导脸上四季的更迭。他本来就没什么形象，此时更不注意形象。有一次文联开文艺工作者联谊会，哪个领导脑门一抽，竟安排他也发个言。前面几个领导纷纷表示要培养人才，选拔人才，轮到他讲，他是一脸酒气摸到发言台的，找准话筒都用了瞄准靶心的力气。“以我经验，艺术这个东西，在我们地方上，没有人能培养你，也没有人能选拔你。相反，别人想骂骂不垮你，想毁毁不了你，你才是人才，你肯定能拱出一头之地。”他觉得此处应有掌声，学着领导搞暂停，却听见一片死寂，忍不住又骂，“这时候都不敢给我鼓掌，你们年轻人还有卵希望哦！”掌声稀稀拉拉响起，还是领导带头搞出来的。

酒一醒，他再去文联混，晓得怕跟人撞面。有天晚上，他把一个身份不明的女人往文联宿舍里带。楼梯上撞着了人，他露齿一笑，说这是我老婆。女人也配合，点点头。次日，文联领导不管他怎么解释，强令他搬出去。虽然文联领导没见过他老婆，但他们乐意将这行为默认为一次招嫖，直接终审判决，不容上诉。“不能让一颗老鼠屎搞坏一锅粥。”搬家时，隆介将情况讲给我听，我并不奇怪，任何一个单位的领导，都打过这样的比喻。

当时他很肯定，真是他老婆，还要掏照片。我懒得看，皮夹子里夹一把照片的人皆不可信，那里面只应夹钱。过不多久，酒一喝，他面相坦诚，承认那个并不是老婆。但他偏说，这是故意的。“里面的人，个个假模假式，我待了一年就是看不惯，就要打他们的脸，就要带女人进去。我现在看明白了，武大郎开店，哪里都是这样。”

“不管怎么讲，你确实干了一件丑事。难道不是么？”

他又呵呵哈哈笑起来，一笑遮百丑。

调动无望，那以后隆介安心地当起个体户，承包园林工程。正好那些年楼盘刚开始升级换代，商品房不能挤挤挨挨，要有园林环境才能卖上价。隆介不缺活，慢慢弄起一点规模。他也算是落地生根的物种，做起生意，身上的文人气名士气锐减，还置一套订制西服，把领带像颈圈一样锁脖子上，只穿一水，便扔给手下“能穿出人样的家伙”。隆介还和文联有来往，因文联谋下一块地皮，要建新楼，他向曾经熟悉现又重新熟悉的领导们谏言，文联大院里若没有整个佴城最好的园林，简直是皇帝当得开心，忘了打龙椅。领导不相信隆介为人，但相信他手艺，答应以后把园林包给他做。

那一阵和文联的人吃饭喝酒又多起来，多是单位签单，偶尔轮到隆介，他就拽上一个新认识的兄弟埋单。他这样搞，兄弟做不长久，但是兄弟有如老婆，旧的不去新的不来，他并不担心。

聚起来是文联各种人等，写字绘画唱歌跳舞都有。在我面前，他们对隆介的褒贬都畅言无忌，而我回以人畜无害的微笑。说到隆介的字，他们承认确有天分，因他临帖底子并不厚，但一手章草功法着实谨严，又不失天真烂漫。虽然行话说写字不临帖就算耍流氓，但倚着天分有的人就能不按规矩办事，别开生面，自成一家。

那天吃饭，隆介没来，话题便一直锁定隆介。一个一个先说几句好听的，往下再畅言无忌。我听出来，他们并不介意我转述，甚至正有此意。一个年纪较大的作家也评书法，据说地方上的书画家都是请他写书评画论，他一开口，别人立时安静下来，仿佛是由他盖棺定论。

“隆介嘛，是有天赋，但这一点点天赋，不足以使他以天才自居，不足以使他以名士的面目示人。他自我的定位，开始就不当，这导致他整天醉昏昏，讲话天上一句地上一句，简直是表演。”老作家说，“艺品如人品，真实是最起码的品质。隆介嘛，说白了就是个演员。”

席上众人啧啧赞同，还纷纷给老作家敬酒。我赔着笑听他们评论，时间有点久，笑容把脸都堆得发肿。说到书法我不敢多言，但隆介喝酒不是装出来的，是真有瘾，这我比他们更有发言权。想至此，我忽然憋不住，张口问一句，“那么，谁又不是演员呢？”

老作家像是呛了一口，很快平复，悠悠地答：“是啊，谁又不是？”

易老板忙，若我不提醒，他都忘了隆介在帮驯养孔雀。我一提，他说：“呃，是要去看一下，别让他吃完了鸡去吃孔雀。”

稍后又问："能联系上隆介么？"这是所有熟人都遭遇的难题，隆介这货，最爱干的事就是更换手机号码，简直打一个电话换一个号，每一次打来都是陌生号码。他买手机卡肯定是打批发。我打不出电话，易老板忽然一脸迷惘，又问："你说，我为什么要相信隆介呢？"

我稍微想了一想，虽然我早有答案。

"易老板认识的人里头，只有隆介显得不太一样，他身上有让人意想不到的东西……易老板烦闷的时候，会想起他怎么随时笑得那么开心。你有点看不起他，但你不比他更开心。"

"你说我是感情用事？"

"易老板也就对他感情用事。铁布衫金钟罩都有气门，再理性的人，总要有感情用事的时候。"

易老板脸上擎起"好像是那么回事"的表情。

去成都只有慢车，坐整一天，下车后徐师傅会开一辆破柳微来接站。我其实享受坐慢车，纵使见站即停见车即让有如便秘，但怀有一种逃离的心情，便能将冗长的旅途通通予以忍受。我猜测易老板的心思，实为我自己的心思，他的默认，说明我们总归是有相通之处。

……得有那么一个朋友，看似神不愣登，人堆里不声不响，甚至还有那么点猥琐，偏就身怀某种异能；他若夹起尾巴做人也能稳赚钞票，偏就喜欢将日渐美好的生活折腾得七零八落，仿佛与周遭人事，与生活本身有着千丝万缕的隔膜。但不管日子折腾成何等模样，仍禁不住他脸上的欢悦，内心的狂喜，仿佛打入十八层地狱都是一种全新体验，值得期盼。他强健有力的心脏泵出的却是王八血，品味他这个人，鸡汤和毒药混合的气味扑面而来。你困苦时从那找安慰，你得意时从那找平静。

但这样的人若就在身旁，劲太大，闹得你不得安宁；应与他隔一段安全距离，需要时把他翻找出来，当是最好。

到地方，隆介竟然在等我，拉我去围栏参观，叫我点数。“一只都不少哦。”他指指戳戳。孔雀已和本地鸡分开，现在要抢食，本地鸡只能一边靠，孔雀可是百鸟之王，并非浪得虚名。他又说：“你看，孔雀已经变蓝。”我分明看出是有些早春的绿意，在这盛夏时节被光一照，绿得发虚。尾羽开始长出，这样是公是母也一目了然。他还不忘感叹：“除了人，大都是公的比母的好看。”我则不失时机回应说：“那是因为你也是公的，而且丑。”又问：“你开始训练了么？”

“什么……呃，要等它尾巴再长长一点。”

“要从娃娃抓起。”

“磨刀不误砍柴工，切不可揠苗助长，不能急功近利让方仲永同学躺枪。”

隆介依然好客，只要能喝酒，举座皆挚友。王八池里已经空了，不能用王八血点进酒里，但每天都给我煲鸡。我爱喝汤，他只撕鸡肉蘸酱油，现在买得着固体酱油，他蘸得更带劲。吃了两三只鸡，我才发现，上次看到的本地鸡已经被他吃光，现在养着的这批，毛色乍看像是本地种，拔了毛都是乌鸡。他依然吃了睡睡了吃，有限的时光在案子上铺开纸帮我写字画画，要画什么画什么，我说要画奥特曼，他也百度一下图片给我画出来。这些年我也藏了他不少字画，少说有两三个皮箱，所以我并不在乎再多拿几张，当然，我也绝不盼着他早点死。我感觉虽然他也闹腾了这么些年，到地方上混得天才或酒鬼的名声，但只要一死，马上无声无息。

在隆介身边，日子很好打发，不觉过了一周时间，我要赶回去干活。易老板待我不错，我磨洋工要自己掌握分寸。临走，作为一个监工，我不得不提醒隆介：“养孔雀的事，你自己也要上手弄。徐师傅是挺好，但他驯不了孔雀开屏。他自己一辈子都没开过一次屏，不是么？”

“你要知道，龙船要由别人来打，我只负责画龙点睛。”

“你要知道，道理在你嘴里，钱在易老板手里。”

由夏到秋，我还去找了隆介几趟，去之前打隆介电话，他竟然一直没换号，有一次直接接通。在我眼底，那个叫民安的小镇已变得熟悉，我赶去那里像是踏上回故乡之路。小镇还藏着隆介，更多一份亲切。他不见得随时都在，叫了徐师傅接待，或者晚我一天赶来。但只要赶来，他就成为小镇的主人。他已有不少熟人，吃饭时拎一瓶酒，带我钻入一处僻静院落，把屋主当成徐师傅一样吩咐：弄几个菜，一块儿喝酒。屋主都听他吩咐，马上动手，厨房（他们叫灶房）马上有了锅瓢撞击的声响。菜都端上桌，摆起龙门阵，他就成为席上的主人，而屋主在他身畔一惊一乍。他一口四川话已然地道，至少在我听来是原装货。一瓶酒扛不住，很快见底，他指使屋主人家再去买两瓶，“要玻璃瓶的哦，剑南春可以封顶，下不保底。别给老子打壶子酒，这可是我兄弟我跟你说！”半天时间，又这么打发。

孔雀一直在长，不慢也不快，徐师傅开始给公孔雀捆扎尾羽，防止它们打起架来羽毛纷飞。掉毛的事仍不可避免，隆介吩咐所有的长羽毛都要捡拾起来，收好，以后用得着。这显然又是斗鸡的经验，斗鸡打架经常会折断羽毛，但一截断茬还在，下次再上场，可将羽毛用大力胶粘在断茬上。我当时在场，有必要提醒：十来万一只的货，你总不能修修补补吧？ 隆介怪眼一翻，说只是有备无患。 我眼皮有点抽，越来越感觉驯孔雀开屏之事，隆介其实和我一样，往好了说也是摸石头过河。

给易老板汇报，我说还行，一切都像那么回事。

“什么叫像那么回事？”

“现在他在和孔雀培养感情，晚上把孔雀关进自己房间一起睡。”

易老板点点头，他相信隆介能与各种动物产生感情。

十月黄金周，我又去民安小镇，碰见黄作家。 黄作家年过四十，灰白头发染成金黄，但仿佛把脸也染黄几分，身边还带有一个年纪莫辨的女人，说是刚跟他扯结婚证的妻子。 按说两人应去度蜜月，黄作家一番说道，说出黄金周去景区的种种险恶，终于把女人诳到这僻远的乡镇，享受岁月静好。 在这不管待多久，都算他俩蜜月的一部分，黄作家这一招又省下两月的工资。见是我来，黄作家也显得格外亲热，他乡遇故知，喝酒说话多了一个听众。 当天，隆介稍后赶到，一手拎起一个大王八，拎得满头是汗。 他说是在施工地刚弄到，纯种野王八。 工人们在一处老屋基下面挖到一凼泥水，抽干水，这两个脸盆大的王八就优哉游哉浮现眼前。 工人竞相向隆介汇报，问他怎么处理。 隆介哪敢耽搁，赶了过去，用网兜把王八拎起就走，让工人们来不及就王八的属权展开一番深入的讨论。

我一看，今天王八血酒一定要把人喝翻为止。

两只野王八断了头以后，血又稠又多，被他倍加小心地灌入十斤装的酒壶，酒色慢慢殷红，根本就是一壶鲜血。黄作家的新婚妻子见着这酒，不肯上桌。“隆介你真是越来越嗜血。”黄作家说，“今天这酒我是喝不了。你们看见的，要是我跟你们喝血，轻者今晚上不了床，重者把她搞成抑郁症，我下半辈子幸福没保障。”我抿一口，血腥味直冲脑门，甚至还有股泥腥。隆介说有泥腥才是野王八的味。开席以后，他按平时的量，杯子照样举得频繁，一仰脖子一口血。而我换了最小的盅，每次斟一半。这架势拉开，简直是以逸待劳，不消个把小时，隆介坐着坐着，喝着喝着，脑袋突然就偏了，嘴角沁出血色。黄作家伸手探探他的鼻息，冲我们说：“我很担心这么发展下去，隆介会半夜爬起来吃人。”

隆介喝时，徐师傅也喝，隆介喝趴，徐师傅把他像褡裢一样扛去里屋，便不出来。“……兄弟，漱漱口，换点别的喝。”黄作家也有几分酒瘾，这是能与隆介长期保持联系的必要条件。他使个眼色，新婚妻子就往外走，稍后拎来两瓶产自茅台镇却从未听说过的酱香，一喝满口赖茅味，但比王八血酒好很多。小镇金黄的午后时光，不来点酒还真难看到日落。

“你们怎么想到让他养孔雀，还要管开屏？这样的好事，把给我都更靠谱。”黄作家有了好奇，因他认得易老板，说，“易老板的钱可不好赚。”我没法给他解释易老板对隆介怀有的隐秘的心理依赖，只讲当年斗鸡的事。隆介毕竟有他的狠，且是在易老板最擅长的领域让他阴沟里翻船，翻出了心理阴影，不服都不行。

黄作家听得稀奇，又说：“这么好的鸡，不可能是他自己养，是请人弄出来的。背后一定有高人。”

火红毛的出处，易老板早已与我探讨好几回，认为从别人手里头弄来的可能性不大。养斗鸡是很专业的事，附近州县的好手，易老板心里面都有准谱，斗鸡一动弹，基本能看出是谁的饲养风格。好鸡价格不菲，“济公”当年有人出一万五，易老板还不出手，能斗赢“济公”的鸡，若不是隆介养出来，让他掏钱请人，绝无可能。诸多迹象，都说明隆介身怀异能，或者家里有祖传秘方。

“……是哪年的事？”

“隆介九九年问易老板要的鸡苗，心大，刚孵出的一筐全被他拿走，等他养起来，能打架就到〇一年了。”我记得清楚，那两年鸡场缺人手，我随时抽调过去，斗鸡的门路也弄通不少。

“隆介不会安心养鸡，这家伙，我毕竟比你认识得久。”黄作家此时想起什么，又说，“九九年，是的，那年秋天隆介还找到我家老头子，扔他几只鸡苗，毛都不长，丑得很。他说养大了要是能打架，他有赏，一千两千，上不封顶。老头子合计一下，顶多亏点饲料，就答应帮他养。”

“老爷子会养鸡？”

“城郊老菜农，本地鸡养了一辈子，斗鸡还是搭帮隆介头一回见到。”

“那只火红毛会不会……”

“肯定不是，哪有可能？”黄作家开始邀我喝大杯，又说，“老头子把斗鸡养成了肉鸡，隆介不收，炖了。老头子还叨叨，说斗鸡太费粮，肉柴得很，吃起来硌牙。”

“那还有什么人帮他养鸡？懂行的，这种鸡少说收他上万块工钱；不懂行的，瞎蒙就能养出一只好鸡？”我想起当年学习养斗鸡，光给它皮肤增粗，就要懂熬药汤，会按摩，再别说日常料理、喂药……我总以为，一切扯到钱的事，都有个投入产出比。凭我的经验，放养能养出火红毛这样的斗鸡，其概率约等于猪肚子里长牛黄。

“隆介又不是易老板，哪认识专业好手，他要找，自然是那帮喝酒的朋友。”黄作家以他爸爸为例，以证此言。父子俩并不对路，黄作家若想请老头子出手干些什么，老头子极有可能唱反调。但隆介只消拎一瓶酒，二十块钱以内，老头子就赔上一桌菜，不说厨艺，放眼望去全是肉。把酒一喝，隆介但凡开口，老头子便拉马坠镫跟着跑，虽九死其犹未悔。“有一次隆介鼓噪老头子搞搞投资，只消一年，柏木棺材指定换成檀木棺材。我家老头子真就取了房产证去抵押，幸好我半路拦截，才头一次看到我家房产证长什么样。”黄作家说起这事，仍是心有余悸。又说，这些年来，明面上大家看着他损隆介损得几多开心，暗里头隆介闹得他家暗流汹涌，鸡犬不宁。

这个我倒知道，隆介最是擅长与酒鬼打交道，他一开口，大多数酒鬼都会拉马坠镫跟他走。

“你是说，是一个酒鬼，从来不养鸡，一出手就帮他养出那只火红毛？”

“有可能……不要小看酒鬼，成天迷瞪瞪，其实也是一种独特的状态，在这状态里能搞出不一样的事情。隆介真是相信酒鬼有一般人没有的能耐，什么事都要找酒鬼朋友来搞，所以酒鬼也爱听他的安排。隆介包给酒鬼的活，反正是一般人干不出来的，他就赌酒鬼身上有奇迹发生。”

“听起来我俩都包含在里面。”

“谁说不是呢？”

黄作家的分析说服不了我，火红毛赢下“济公”，绝非偶然，后面还赢了易老板好几只斗鸡，最后栽在易老板重金购来的“神勇大将军”手上。但这些事，不便道与人听，因为易老板都不知底细。

“你要知道，所有的能人其实都是一种人：包工头。”黄作家还预言，“等着看吧，隆介养的这些孔雀，迟早都会发包给一帮酒鬼。”

“那么肯定有几只，会被酒鬼当成下酒菜。”

“都是概率，弄出一只随时开屏的孔雀，只能去撞概率。”

年前，易老板叫我去取一座K金摆件，送到王局长的“后宫”。取到手，造型是“麒麟送子”，我便疑惑，难道“后宫”那女人保住了王局长一脉香火？还敢置办酒席？以他这样的身份，岂不是授人以柄？易老板便夸我，说手底下也要有多少看得出问题的崽子，又说可不要担心王局长断香火，人家的血脉枝枝杈杈，争遗产的时候才会统统冒出来。

“……老王当然不想任何人知道，但是，我们知道也就知道。我这号铁兄弟，知道必然是要送人情。既然有人情，他不开几桌也说不过去。”

荃湾镇那宅院已开张营业，却又关着门。因是会所，专做关门生意，还要预约。私房菜每天 N 桌，只报人头不点单。据说生意极好，轻易订不到桌，因为订到就是赚到，两百多块一位，上了桌八百八一磅的蓝鳍金枪鱼管饱，全然是“不为赚钱为洗钱”的派头。

虽然只有一帮铁兄弟知道，当天去的人极多，门口贴了告示：乡聚专场，外订顺后。酒席正准备，穿了唐装汉服的服务员往来奔忙，唯宅院女主要务在身，不便出来展示不俗的衣品。

最大一间包间被圆拱门与纱帘隔开，几个老板在里间说笑，王局长坐当中一把红木圈椅，一直在打盹。我和一帮西服笔挺分头锃亮的家伙坐在外间，他们只差不把“马仔”两字敲在脑门，我穿得随意，竟有些不适。易老板为人随和，一开口憋不住话，可说可不说的，脑袋一抽就一吐为快了。我见他捏着茶杯盖凌空虚划着，嘴里讲起隆介的段子。这是他的保留节目，许多小段都历经修改，我熟悉演变的过程，其实我也为这些段子贡献不少金句。这话题，似乎能切入王局长的肠胃，脸色醒来几分。王局长难得现面，别个老板要插言，王局长晃晃指节制止。隆介的糗事一桩桩一件件重现耳底。经易老板一编排，隆介简直就是那只笨笨熊，每天都重复着搬起石头砸自己脚的行为。王局长似乎想笑，却只有面色不经意的变化。

我隔帘听着陈段子笑不出来，只有些紧张，预感到这把大漏勺（他的自我评价）一定会讲到驯养孔雀。待他把隆介塑造得血肉丰满，忽然有个停顿，眼似乎往我这边一睃。终于还是，讲了出来。

“哦，是嘛。”王局长说。

易老板表示，若想养出听人指令随时可以开屏的孔雀，一般人不必指望，隆介却可期待。

“哦，是嘛。”王局长脸上有了确定的笑意。

晚上返程，易老板哕完以后脸由红转青。“又他妈漏嘴了，把话说早，如何收场？跟你交代过，你怎么不进来制止我？”他冲我说，“我把不住嘴，又不是一回两回，把你放在身边有什么卵用？”

“易老板，说时迟那时快，来不及呀。再说，我招呼不打一脚跨进去，人家以为你预谋了一场火并，说不定几把刀就朝我俩砍来。你想想当时场面！”

“说得跟黑帮一样。”

“我身边那几个穿西装的，牙龈上都有刺青，我不敢乱动呀。”

“嗯，下不为例。再说，老王现在变得这么高调，离翻船也就不远了，到时候，哪还有心情看孔雀开屏？”

“隆介那边还要不要去理？”

“过完年你就过去，这事弄不好，把孔雀翎全都插他屁股上。”

我却想，若隆介知道易老板刚才这番表态，肯定跑来嚷着没钱，要求追加科研费用。孔雀很快就将满周岁，到时候，春暖花开，大地蛰动，孔雀开屏。

以前隆介从不主动，现在晓得打来电话，催我去检查工作。我问是不是训练好了，他说哪这么快，刚学会开屏，有的还只能开到半扇，屁股上的力气攒不够。“要一步一步来，有事我们兄弟先商量。”他说，“最近弄到几瓶老酒，你不来我留不住。”

这里刚开通了支线飞机，去成都只一小时。我这时已变得有些忙碌，捱过清明才得以动身。易老板的手下，以前一起喝酒打牌翻脸骂娘的兄弟，现在都恭敬地叫我一声“二哥”。我有些惶恐，直到一天易老板也半是戏谑地这么叫我一声，方始安心。

“……二哥!”隆介亲自开了一辆皮卡跑到双流机场接机，冲我这么叫一声，脸上满是喜色。我问你都哪听到的?他说你写博客啊，下面有跟帖。我想起来自己开了博客，毕竟我还是作协会员，没想还附带把“二哥”的名头传扬出去。

到他的院子，围栏里面全是乌鸡，间杂几只另类，是母孔雀，公孔雀都见不到。我明白，黄作家预言是正解，嘴上说:“不会都被你炖了蘸酱油吧?”他说怎么可能?孔雀肉炖了不好吃，应该剁丁爆炒。

再去检查工作，有点像走访扶贫点，徐师傅开着皮卡，我们沿着乡村公路一家一家上门。替他驯养孔雀的人，散落在附近几个市县的乡镇。去的时候，皮卡的车箱里还装着那几只母孔雀。母孔雀数量不足，只能共用，一下子全堆在某一只公孔雀身边，看它是不是把持不住，高潮迭起，一下子就掌握开屏的全部技术要点。当然，效果并不显著。隆介说:“当初真该多要几只母的，都配好对子，省得像现在这样送货上门，搞得我都像皮条客。”

他承认，早就想好要这么做，把孔雀分养在诸多朋友家里。

“但他们都是我们精心挑选的，前面好长时间，我一直在考察人选，你以为我光只喝酒？ 一般人入不了我的法眼。”我只知道，他选出的能人五花八门，不光是养殖户，还有下岗工人、林场职工、民办教师和退休职工。 要说养殖户，包括放蜂人和专事到溪坑里掏野王八的闲汉，和孔雀养殖似乎也扯不上关系。 我笑他哪里拽出来一支杂牌军。

“专业的养殖户反正驯不出来，我只好怪拳怪招出手。 蜀中多奇人，不要小看他们非专业，其实更容易找出古怪的路径，没准就能把事情搞出来。 再说，先前喝酒时候，我把他们都煽乎得头脑发热，劲头十足，把这件事当成毕生的事业来搞。 这些人，因为我才找到能为之奋斗终身的理想，能不给我卖命么？”

说至此，他还摸出手机，展示一位退休老教师发给他的短信，上面写着：天不生隆介，万古恒如夜。

“都是喝酒认得的吧？ 一斤的量是录取线？”

“酒是要喝，这些人倒是精挑细选……”

“我还不知道你吗，酒一喝，搛到碗里全是菜了。”

隆介还待辩解，却不打自招地笑起来。 隆介确乎有项异能，就是聚酒鬼。 酒鬼仿佛是一根藤上的瓜，扯出隆介一个，就能扯出后面的无穷之数。

我记得，刚认识他的时候，他在帮易老板装修新门店，请了一个装地弹门的吕师傅，半月过去仍不见装好。知道有些师傅爱窝工，一是等钱，二是接了几桩活计，转台似的干活，但两扇地弹门能装半月，怎么也说不过去。隆介只说吕师傅就喜欢慢工细活，把你们店当成百年老店，要好生伺候，一百年里门都没坏，他自己也竖起一块招牌。我得来好奇心，倒要看这吕师傅到底怎么拖的时间，时间在他身上，又发生了怎样的滞留。

某天，吕师傅在门上抚弄了几把，说我去交个手机费，又要闪人。我跟在他后头，发现他在街道尽头一拐，很快在一家杂货店门口站定。三块钱一斤的苞谷烧酒，吕师傅打了半斤，就着酒舀子喝起来，下酒菜是五角钱一包的麻辣小河鱼。吕师傅很快喝完，又要店主加二两酒，再买一包榨菜丝，拎着酒舀子坐到不远处的象棋摊旁边。有人在下棋，他仿佛观战，其实靠着墙角睡着。我回到店子，忙完事情，已近晚饭点，再去街角，吕师傅已醒来，在跟人下棋。他下得很臭，满口脏话，还说今天我没喝酒没有状态。一旁的棋友应声给他舀来一块钱的苞谷烧。榨菜丝还剩半包，他从裤兜里找出来，皱皱巴巴，往嘴里一挤，又嘬一大口。

同样是在那个门店，要将吊顶和天花板中间的老线路换一遍。隆介电话一打，很快来个骑自行车的电工师傅，刹车全用鞋底板，到我门口，逼停了一辆奇瑞QQ。我一看，这师傅脸色酡红，嘴唇皮发乌，眼仁像破手电筒，早已不聚光。我跟隆介说："行吗这个？刚喝了来的。"他说是老师傅，姓孙，猴一样灵活。孙师傅不多言，敏捷地爬到顶上，吊顶开始往下落灰。过了半个多小时，石膏吊顶突然坍塌，孙师傅像孙悟空一样从天而降，幸好，快落地时被电线兜住。仔细一查，当天他把火线零线全部接反，犹如织了一张网，兜住他一条老命。孙师傅挣扎着还要往上爬，我们赶紧将他拽住，隆介算是求他说，顶棚架子也踩塌了，没地方落脚呵，搭好脚手架再往上爬吧。

只要和隆介在一起，这样的事情便层出不穷。我忽然又记起火红毛，便问他："当年那只火红毛，你是请哪个酒鬼养出来的？"

"别打听了，那家伙死掉了。"他一口把话堵死。

检查完工作，回到特种养殖场，隆介请我喝酒，不出所料，他要求追加资金投入。"……你亲眼看见的，我这一年时间，没少花心思在上面，前面给的三万，早就用完。"他说，"剩下的七万，你一把帮我要来，我还按老规矩，给你这个。"他摊开右掌，屈起拇指。

“前面三万，你又例外了。”

“启动资金例外，我们交税也有一部分免税的，你也要宽宏大量，孝敬师傅……再说我也不是不给，火红毛最后一次斗架，即使不赚钱，我也不是给了你这个数？”他晃起四个手指，一个代表一千。

那件事，我自然忘不了。

当年，火红毛之厉害，对于易老板简直是块心病。他在当地被称作鸡王，但隆介突然冒出来，火红毛突然冒出来，接连打掉他几只不错的斗鸡，西贡鸡、暹罗鸡、缅甸鸡、印尼鸡，火红毛简直在横扫东南亚。幸好，两人都是私下里斗，不让别的人知道。纵是输了几手，易老板依然把隆介看成一个金娃娃，最好是加以控制，但隆介始终闭紧口舌，不讲自己驯鸡的诀窍。易老板本以为隆介和自己一样，是一把漏勺，藏不住话，没想……他总结说：“他装成漏勺，其实就为了隐藏真正不想说的话。这样的人，才是真正口紧。”易老板也曾怀疑隆介找了别人帮他养鸡，拽着我左分析右讨论，始终觉得不可能。他越发相信隆介身上确有异能。后面易老板专门找缅甸的朋友，搞来那只“神勇大将军”，凭他的经验，对付火红毛十拿九稳。易老板邀斗时，口风很紧，说要是火红毛，仍要一比一，赌两万。隆介换其他任何一只鸡，易老板都将盘口定为一比三，隆介赢了拿走三万，输的话只消交付一万。

隆介表示要考虑一下，私下把我叫去喝酒，问有几成把握。我说易老板的胜算有六成。他哦地一声。此前斗的几架，我都跟他说，你有六成。我这么说，易老板的胜算也打了折扣，对隆介也不算谎报，感觉两边都说得过去。隆介第一次碰见火红毛的胜算小于对方，但又按捺不住想斗这一架。想来想去，一个晚上找我去帮忙，又找了一个发艺师，把火红毛的毛色焗为全黑。“赢了，少不了你的好处。”他找我去，就怕焗了毛的鸡过不了易老板的眼睛，要我一旁敲边鼓，里应外合把那三万搞到手。

“给我多少？”

“老规矩，四成，一万二，一分不少。”他也知道，以前放了空炮，为表诚意先要给我两千。我说好的，到时一块给。

其实，那天晚上我去到他家，凌乱的屋子里，他和发艺师一个捉鸡一个动手，帮鸡染毛色，我就感到一种莫名的欢快。我见过鸡场上出老千，比如给自己的鸡悬爪上抹药，给对方鸡的食槽里放麻药，但焗毛应战，是我见过最有想象力的出千，也只有隆介干得出来。发艺师说，焗一只鸡要算焗两个人头。即使这样，收费无非两百多，但若这一架打赢，隆介多赚两万。

给鸡焗毛，发艺师也是平生头一回，不停叫苦。隆介此时又恢复了漏勺的本性，要对方耐下心性，把活尽量干得漂亮一些，说自己这一把要是赢了，请他连吃三天麻辣烫，龙肝凤髓随他涮。发艺师也深受感染，焗好以后，发誓说其他发艺师都看不出来这鸡的毛是焗出来的。隆介大喜，掏出一瓶多年舍不得喝的老酒，先行庆功，发艺师果然也是能喝。

我愿意他赢。若干年后，我跟别人讲故事，这会是很独特的一个，龌龊中散发着理想的光辉。人一辈子能活出几个独特的故事哩？

“……新养出来的？怎么看着这么眼熟？”

地点仍在易老板鸡场，围观的人还有几个，都是易老板的至亲，不邀任何斗鸡圈的朋友。易老板一直不让隆介进入他那个圈，但一场几万块的赌局，没有观众也是不行。易老板眯着眼，把黑鸡看了又看。

“和火红毛是显然一抱的，同父异母的兄弟。”隆介肯定地说。

“我们那一抱鸡，有黑毛？”

“有两只母鸡是黑毛，纯黑，看颜色应该是一样。”陈师傅说。

“我们那只火红毛和黑母鸡也踩雄（交配）过？ 陈师傅？”

易老板开始查黑毛鸡的出身，对于隆介拿去的鸡苗，都是有账可查。 鸡场的陈师傅哪记得清楚，只好支吾。 我赶紧说，那一阵我来帮忙，就想着给鸡场那只火红毛多留一些种蛋，好几只母鸡抱过去给它踩，有时火红毛挂双飞，有时火红毛一天踩三回。

“你这家伙，把自己当成火红毛，就想着多捡便宜。”隆介冲我来了一句，眼里递着感激，周围的人好几个喷笑。

虽然易老板眼里有疑惑，但不再追问。 斗鸡开始。

一个半小时后，黑毛鸡惨败。 易老板看得明白，斗架时就不停感慨：“这只黑毛，怎么打法也跟火红毛一个路数？ 真是师傅左撇，徒弟右手不会掌勺。”黑毛鸡没有不败的道理，因为“神勇大将军”专门买来克火红毛，易老板针对火红毛的打法做了针对性的训练。 易老板能成为本地鸡王，就因为他有这种科研攻关的精神。 但是那一架仍打得好看，黑毛鸡后半小时成了活靶子，多少重脚弹在脑袋上，始终不肯低头。 易老板的几个女亲戚都不敢看，摆出善心人的痛苦状。

收鸡以后，易老板说：“隆介，一心不能二用，你还要搞艺术，斗鸡这事你再有能耐，心机不够。把两只鸡都给我，火红毛，黑毛，我免你一万块钱，再倒给你一万。别的鸡我也一块收。”

“叫我以后别玩了？”

“我这是为你好，你写字画画，再弄几年，市里面没人跟你比。到时候你一尺的画能抵一只火红毛。”

“给我时间考虑。写字画画要干掉好多人，斗鸡我只想干掉你一个。”

“你让我想起自己年轻的时候，但你玩鸡，就相当于我去写字画画。”易老板在隆介肩头郑重地一拍。

隆介“考虑”了十天，主要是将黑毛再焗回火红毛，一次成不了，再者还要把鸡伤养好，结痂去痂，有伤痕的地方搞一搞伪装。看上去，火红毛一直还是火红毛。那么黑鸡呢？隆介编了一个故事，说他把黑鸡喂养在阳台，结果不知怎么地就上了栏杆，摔下去死了。有照片为证。隆介把火红毛和黑鸡身亡的照片带去给易老板，这样，一万块钱拿不到，但输掉的一万块抵了账。别的斗鸡统统收购，隆介又从易老板手里赚了小两万。四千块钱，他倒真的给了我，但要我请他去城里最好的馆子“寻味斋”搞一顿。“回扣里面拿回扣”，这倒成了我与他一直持续的交际方式。

买来后，易老板发现火红毛不能用，“像是败筒子”。斗鸡跟人不一样，一旦斗败，便变成“败筒子”，从此胆寒，心理医生又无法介入治疗，再拿去打架提不起半点士气，即使占有上风，也会忽然胆寒，开叫认输。

我便建议，拿去做种也是好的。易老板眼皮翻几下，瓮声说，也只好这样。

我说不是我不帮他，而是，眼前孔雀开屏还看不到任何一点苗头，易老板凭什么继续追加投入？“我要有话交代。易老板对你是足够好，但他心里不敢太相信你。这怪不了人家吧？”

“你现在都是二哥了，几万块钱搞不下来？”

“二哥是二哥，易老板想骂我照样指着鼻子骂。钱不在我口袋里，要在，我现在就掏给你。”

“你现在当二哥更会讲话了嘛。”

“你手下的那帮杂牌军，东方不亮西方亮，黑了北方有南方。这几个月，能找出点苗头，有证据证明确实能养好一只符合要求的孔雀，我马上去跟易老板要钱。”

隆介竟有准备，掏出一万块码在我眼前。“先拿去花，你要把余下的七万块弄出来，再提两万，剩下五万打到我账上。”

“不是四成么？”

“还有一万，交脱货的时候一定付给你。”

我不要。还是那句现话，尽快把开屏的孔雀养出苗头，拿证据。

他见我只会哭穷要钱，而我做不了这个主，赶紧抽身回家。我把情况汇报给易老板。

“……我早就想到，他会转包给别人。但有些人，只有他能找出来，也只有在他手底下才能搞出意想不到的事。”

“整个一支杂牌军，我去见过几个，都酒鬼哩。”

“那么，以前那只火红毛，也是有人给他养出来。你再和他碰面，拐弯抹角，问一问这事。”

“问过了，他说帮他养火红毛的人死了。”

“真是死无对证。”易老板抽抽嘴角还想说什么，没说。

往后几个月里，隆介变了主动，给我发好几条“证据”。比方说那个林场工人，把孔雀架在肩上或者头顶，变换着身体的姿势，只要调到一个合适的位置，孔雀果然徐徐地把尾羽打开。

“这不行，这不算开屏，是孔雀在保持平衡。”我说，“再说，我们只回收孔雀，难道到时候还要把这家伙一齐带给人家王局长？让他顶着孔雀成天在宅子里走？要开他多少钱一个月？”

一计不成，又生一计，那个民办教师似乎热衷于创造发明，他给孔雀安装了一个铁头套，一摁钮，铁套里定然是有什么东西慢慢锁紧，孔雀开始挣扎，越挣扎越锁紧，越锁紧越挣扎，很快地，孔雀浑身羽毛都抖了起来，尾羽自然就呈开屏状，但分明和正常的开屏有所不同。

“这不行，这不是孔雀开屏，是给孔雀上刑，你把渣滓洞从重庆搬去了成都。有点人性好不好？”

隆介只有拎着酒不停地家访，不停地给杂牌军部队打气，保证士气高涨。一帮酒鬼在他的怂恿下，在孔雀身上发挥着想象。公孔雀都已会开屏，只是无论如何也拒绝接受指令频繁而又稳定地开屏。隆介和徐师傅把母孔雀带去，想搞美人计，哪只孔雀开屏卖力气，可以享受配种。那些公孔雀见到有异性，开屏确实变得主动，挣得了配种的机会，配完以后会有几天的萎靡。“……它们前列腺还没有我好。”隆介感到难过，他都恨不得自己变成一只公孔雀，不就是开屏嘛，有这么难？

一拖就拖到了夏末秋初，隆介又发来一条视频，保证是“迄今为止最重要的突破”。姜是老的辣，杂牌军里年纪最大的那个退休的扳道工老路，在这段时长不超过一百秒的视频里，用一只自制的树皮口哨，吹出泡沫擦玻璃的声音，让人汗毛倒竖，让一只孔雀一共开了三次屏。我反复看了几遍，便发现问题所在：这种哨音不光让孔雀开屏，还能让它马上收起，接着又打开。次数增多，是因为每一次开屏都未充分，活生生地掐断。老路成功地把一次开屏切分成 N 次。据说他能力很强，工作起来经常超额完成任务，满屋墙壁都裱满了奖状。看了这段视频，我只是不再怀疑他超额完成任务的能力。

我不好老是唱反调，弄得隆介当是我不肯给钱。我把这段视频给易老板看，并说：“看样子蛮有效果。再给点时间，这老同志能够把这只孔雀驯得跟孙子一样听话。”易老板也反复看视频，不置可否。我说都年把时间，只给了隆介三万，但这家伙这一次算是用心在做。易老板说：“再给一笔，不能多，留了尾款，交孔雀时再说。”这也是隆介的运气，易老板刚刚回了一笔款，有七百多万，几万块钱这时候掏出来，自是比平时容易。

钱打过去，很快他往我账上打了一万二。易老板掐了掐时间，要我通知隆介，孔雀要在过年前驯出来，到时候王局长那个进不了户口的小少爷满周岁，正好拿去搞搞气氛。“这寓意也好，孔雀开屏，凤凰于飞。”易老板现在变得有些情调，送东西要拿捏寓意。

我提醒隆介随时关注老路的进度，要有发展，随时发最新视频给我。老路起初只关注频率，把一次开屏切得越碎越好，我提醒要孔雀自动收屏以后，再发指示，让它重新开屏。听着差别不大，操作起来大费周折。孔雀完整开一次屏以后，就像干完活下工，老路再去吹哨，它理都不理。不过时间尚有数月，我相信老路一辈子大风大浪，多少困难都解决掉了，不至于晚年给自己留下遗憾。

有一段时间隆介不再发视频过来，但这时矿洞出了问题，易老板被查账追缴税款，王局长也如坐针毡，到处找人，这摊子事谁也顾不上。好在危机公关做得不错，易老板以最小的数目补缴了税款，免于刑事追责，王局长也没被任何单位约谈。这事情过去，年节也就近了，易老板忽然一天想起来，“隆介那只孔雀，到底驯到什么程度？”

给隆介打电话，竟然是空号，好在徐师傅的手机号跟他人一样靠得住，一打就通。我问他，老路驯的那只孔雀，目前到了什么水平？徐师傅顿了一会儿，才说不知道，说最近他忙别的事，老路那一头都是隆老板自己去跑。我预感到情况不妙，也不为难徐师傅，只说要隆介尽快回话。

三天后隆介用一个新号码回我消息：放心，到时候，直接让孔雀去现场开屏，误不了事。

我催他把最新的视频发给我，为保证新鲜度，要让孔雀站在电视机旁，而电视调至新闻频道。

他回：你把我当贼防是吧?

他说话通常没有这种咄咄的口吻，显然在以进为退。我劝他，有什么情况一定给我交底，毕竟我把自己和他拴在一根绳上。他没有回话，次日新的号码又打不通，接着徐师傅关机。

好在通信的渠道越来越多，远非换号关机就能阻止，面对眼下的信息社会，隆介频繁换号的举动无异于螳臂当车。他有博客，虽然他换了几个博客名，账号倒还是同一个。眼下的博客名，叫“是孔雀总要开屏”。我发了几条私信，要他尽快把驯好的孔雀带来，不管有什么问题什么毛病，还可以一同探讨，将其改进。他没有回，也没有更新博文，但我预感他看到了。

翻过年头，我给了他最后时限：王局长公子周岁庆生的前一天。易老板必须事先验证这只孔雀，看它如何开屏。即使不像事先约定那样，一听指令就能开屏，只要易老板掐着表，两分钟内这只孔雀能够将尾巴像折扇一样打开，重复三次，都稳定地打开———O K，还有四万尾款，当场取走。

之后我就不理这事，但这天中午易老板先打了我电话，“隆介没有找你吧？ 他直接打我电话了，约明天，把孔雀带来。”我嗯了一声，有些奇怪。 易老板又说：“我估计……看明天吧……也许呢……”

我脑子便往易老板留白的地方填空，知道情况不是很好。他撇开我，也可能是为我好，不是么？ 有些时候，他确乎会良心发现似的想到，他是我师傅。

次日午后，我们去易老板的鸡场碰面。 鸡场换了地方，更大，有半个篮球场大，有废弃的球框，是一座废弃的小学的一角。 易老板准备在这里搞一个高档的斗鸡场子，进来收门票，押鸡要买筹码，反正要将一切都作规范化处理，让人隐约闻到一股澳门或者拉斯维加斯的气息。

隆介进来的时候先是冲我笑，说我打你电话打不通，怎么搞的？ 我说手机有点问题，有些人就是打不进来。

“……啾，这事了账，我给你买一个新的。”他在我肩头一拍。 但只见他一人，手里没有拎任何提篮。 孔雀和斗鸡一样，带走的时候会用一种提篮拎着，他们管那叫“越南篮子”，把活物放进去，两边露出头尾，中间可用藤条捆住。

易老板撇撇嘴说：“隆介，今天不是要见你，是要见到孔雀。”

“是的，孔雀孔雀。”他挤起一种不常有的笑，又说，“老路养的那只，就是前面给你们发视频那只，本来已经差不多了，越驯越听话，忽然有一天就死掉了。脑袋卡在围栏孔眼里，应该是叫了，老路又刚学会用耳机听辰河高腔，这样孔雀就死掉了。它应该是在发情，今年暖春，天热得早一点，但我这边没给每只公孔雀都配上对子……”

“隆介，你就直接说结果。还有没有别的孔雀能够开屏？你有二十只孔雀，又有这么多能人朋友，八仙过海各显神通嘛。你那么忙，这么老远跑来，不应该是帮一只孔雀报丧来的。”

“易老板讲得对，东方不亮西方亮，老路那只不行，那个民办教师小杨，他不是一心要搞发明创造么，也弄出这么一只。”

“这跟发明创造有关系？孔雀开屏是要驯出来，难道还是造出来？”

“双管齐下，驯养结合发明创造。易老板，年代不同了，以后我们人也是这样，身上会安装很多电子元件，器官会被机器代替，半人半机器，充电就能活命，这样人就可以一直活下去，不是么？”

“美国片看坏脑袋了。”易老板说，“那你把民办教师弄出那玩意儿拿出来看看。”

我以为是杨老师跟他来的，这样万一有什么故障，可以现场修理，但还是徐师傅，忠心耿耿地拎一只越南篮子进门。他解开藤条，把孔雀捞出来，这只孔雀竟然没有屁股——定睛一看，其实只是没有尾巴，屁股光秃秃的。易老板便嘀咕一句：屁股哪去了？

“嗯，这是关键所在。”隆介俯下身去，从提篮里面掏出一个东西。一圈饱满的孔雀尾羽，插在一个环状物上面，上面还有两条带子，看着像是印地安人的头饰。他又说，“呶，这是最先进的孔雀开屏，杨老师的最新发明，还没去申请专利。你们看得上，这个专利也是你们的。”

易老板瞥我一眼，仿佛在笑，我知道隆介今天所做的一切都将是瞎忙。

隆介和徐师傅配合着，把那东西拴在孔雀肉嘟嘟的屁股上。环状物应该是金属制成，有点沉，七手八脚拴上去，孔雀就像一个胖男人用不了皮带，只能用背带吊起裤腰。两人放手，孔雀好歹站稳，屁股明显向下驮。隆介又掏出一块东西，是遥控器，一摁中间的圆钮，金属环上插着的尾羽便抖动起来，在我们目光汇聚过去的那一会儿，便已撑开。定睛一看，不止是扇形，简直像羽毛球一样滚圆的一圈。孔雀和身体上的附着物配合还不甚默契，撑开时它脚又是一软，向前滑几步才站稳。

“充一次电，可以用三小时，可以开屏两百次以上……你看这背带，也是用心挑来的，和孔雀的毛色几乎一模一样，隔远几步，根本看不出来。你看……”他用手指把孔雀身上的背带拽起来，又弹回去，融入暗绿的毛色中。

“不用看了。隆介，你觉得我可能把尾款付给你么？”

“会的，不是可以开屏么？……付一半也行。”

“这样吧，你现在满口四川话，来我这里，当你是客。我一时找不到好菜，就把这只鸟过一过秤，多少钱一斤？今天晚上就炖它了，肉溜溜的屁股，还被你们磨出一圈老茧，最有嚼劲。”

晚上当然没炖孔雀，这是民办教师小杨的科研成果。科研成果一般来说不是用来吃的。孔雀开屏没搞好，易老板也没对隆介太多责怪，易老板操心的事层出不穷，不会揪着这破事不放。坐下来，酒一喝，彼此又勾肩搭背。在我看来，小地方能发财的人，大都跟易老板那样，脾性很好，是赚是亏不翻脸，回头有钱仍一起赚。隆介显然有心理准备，尾款的事并不多提。易老板请他喝五粮液集团一种副牌子，我扛了一箱六瓶，隆介摆开自杀的架势，左右开弓往嘴里灌。佴城刚有人酒桌上喝死，同桌敬过酒的凑钱发埋。易老板怪我酒拿多了，说有事先走。我知道隆介这种看上去半死不活的，反倒不会突然就死，陪他喝到后半夜。

次日，易老板说："我原本不信他，不信的时候他往往能把事办好；你真的信了他，他事就办不好，搪塞你绝对是一套一套。"

"那孔雀开屏的事？"

"你觉得还能怎样？"

"王局长那头，你把话都说了。"

"只要继续赚到钱，彼此都过得下去，不靠一只孔雀拉关系。"

易老板想得通，我以为这事已敷衍过去，到底松一口气。而隆介，这次和光屁股的孔雀一样出乖露丑，估计以后他都不好意思打电话。事实上，有大半年时间，我们断了往来，直到秋后的一天，隆介直接拍响门板找我。

他一脸堆笑，但在他身后，分明有更醒目的事物。我目光直接忽略并越过他，看着后面那女人。女人乍看只是静静站在那里，但显然和马路上来往的女人千差万别。她编了两股辫子，编好且盘成发髻，一个在后脑勺正中，一个在脑左侧。她头发浓密，发髻也大得离谱，这使得整个脑袋像是往一边歪。她睨了我一眼，我得以看清她正面的模样，脑袋并不歪。

隆介说："这是你嫂子！"

"确定？"

"真是我老婆。"

隆介这厮，脸上是有新婚的兴奋。他那张猴脸表情丰富不说，必要的时候双颊飞出一抹绯红。此时，他掏出的烟都是红双喜，以前他不抽这个。

我还是头一次见他带着可称为"老婆"的女人。这么多年，只听他嘴里说着老婆，骂着老婆，每一任老婆都从未出现过，哪怕一次……这让我感觉怪异，我曾怀疑他一个老婆都没有，从来没有。

"……那怎么可能呢？有的有的。隆介长得固然吓人，讲话也四六不搭，但吾国泱泱，百货齐全，再不靠谱的人，用心去找，阴差阳错，歪打正着，总会捡到死鱼。"一次，路边撞见黄作家，正好都没事，路边店里喝了整一下午。昏昏欲睡中，他倒说得明白，隆介结过两次婚，很肯定，但只进过一次洞房，同样很肯定。

结婚没进洞房那次，隆介倒主动跟我提起，是在秀山，一个大富人家的女儿。黄作家说那倒是他二婚了。隆介头一个老婆姓周，是社区医院的医生。当年，隆介中专毕业，分配到发廊找不见毛片看不着的荒僻乡镇，一心想回城，最好是调进纺织厂当设计师，但家里找不出能帮忙的亲戚。他不知从哪得到的消息，说周医生和一个副市长是亲戚，且她为人低调，这关系迄今未被好事者发掘。隆介撇开谈了半年的初恋女友，对周医生展开爱情攻势。他年轻时，把自己好好修饬一番，尚有人样。而且，那时候流行写情书，他一笔好字，平添攻击力；语言也不知哪里摘抄而来，生动有趣，激情勃发。周医生也是文艺女青年，光从收到的情书来讲，隆介寄递的当属出类拔萃。再说，周医生相貌平平，不声不响，收到手的情书不多。两人恋爱的过程中，隆介也得到调动，进了纺织厂，果然当上了设计师，便以为周医生的亲戚已经认这门亲事，暗中出手相助。婚后才知，周医生和姓周的副市长没有任何关系，甚至不是来自一个村，而是相邻乡镇的两个村。村名偏巧一样，字辈偏巧衔接，前面得来的假消息，大概是混淆了。女儿已出生，日子照常过下去，只是两人感情迅速转冷。离婚是周医生主动提出，原因有各种说法，隆介也懒得澄清。别人喝酒时发挥想象，甚至说隆介让周医生守活寡，他都认账。他就喜欢被各种说法包裹，他就喜欢自己有话题。

那天黄作家讲得详细，我也不失时机，问他隆介二婚时扯了证却没进洞房，又怎么回事？“……纸包不住火，秀山那女孩还以为彼此在初恋。结婚之前，有人找到那女孩讲实情。”“他前妻？”“是啊，算是救了那女孩一命。”黄作家笑着找碰杯，一番话说毕我真看不出他是隆介多年好友。但是，好友确乎就是知道一切实情，还能凑在一起喝酒的人。隆介此后当然还找得到女人，或长或短地跟他在一起，但肯定没结过婚。不是每个人都能屡败屡战，像骨头一次一次打断，又一次一次接起来长成原来那根。隆介喝酒的时候说过，他不相信会有女人长久地跟自己在一起。他认为是自己身上的艺术天赋使然。黄作家不同意，他说一个男人让女人不离开自己是基本的能力，除非他自己没想清楚，要不要找个人一起把余生打发掉。

隆介来找我那天，看着扎着歪辫子的女人，我一刹那又想到黄作家那天所有的说法，低声问他：“扯证结婚了？事不过三啊。”

“确实，没这么快。就算我愿意，要人家冲着我下定决心，不是一天两天。”他露齿一笑，又说，“不扯闲篇，这次来，是有事和你商量。”

“我有心理准备。”

女人这时走过来，摆明说：“我是来帮你养孔雀的。”

我一时愕然，隆介马上解释：“我跟她讲了孔雀开屏的事，她极有兴趣，不容许我丢脸地失败，要把这事情继续做下去。她很有把握的。”

本想问他，这把握何来，但这时我瞥一眼，在女人脸上看到一种期盼，以及隐藏在期盼之后的一团杀气。我确信杀气的存在，因我很少在女人脸上看到这么繁盛且明白无误的杀气。刚才一瞥见她就觉得与众不同，其实是这团杀气闹的。我便住了嘴，请两人进屋。等下要请他们吃饭，话可以慢慢说。

我们出去吃饭喝酒，那女人搛了几筷子就走。她说刚来佴城，要到处看看。隆介说你等一会儿我陪你。女人说我一个人想去哪去哪。她真是抬起屁股就走人，并不和我打招呼。隆介脸上闪过一瞬的小尴尬，又说：“她就是这样一个人。”

徐师傅稍后赶到，坐上桌，拎一只提篮。我觑了一眼，提篮被藤条绑紧，看不见里面，但这提篮几乎是最小号，不像装有孔雀或者斗鸡。

“……她叫凌大花。”

“笔名？ 艺名？ 反正不是本名。 看得出来，她是城里人，反倒要把自己搞得土气。”

“有眼光。 她本来叫凌雨欣，但她不喜欢。 她说没有辨识度。”

“你也不喜欢凌雨欣，你就喜欢凌大花。 说不定，她改这个名字就是来讨你喜欢。”

“不至于吧，她改名时我还根本没见过她。”

“冥冥中自有注定，她改名字，就像是换个饵钓鱼。 红虫钓鲫壳，屎蛆钓鳊花，什么饵钓什么鱼。 土名改洋名，算是流行；洋名改土名，反其道行之，也算一种行为艺术。”

“行为艺术你也懂？”隆介眼球本来就往外突，这下子快挂出来。

那女人真是搞行为艺术的，他俩碰面是在成都高脚碾一家私营艺术中心。 隆介说，完全就是“劈面相逢”。 那地方离艺专近，江湖书画家扎堆，个展几乎隔三岔五见得着。 隆介在四川这么多年，书画圈的朋友认识一堆，有那么几个凑起来办书画展，也拉他入伙。“是要拿我当门面我跟你说呵！”隆介不失时机自我表扬，他一直在反思这些年太低调，也不对。干这一行自己都不捧自己，又如何让别人帮你使劲？

我说我知道的，你天生就是块门面，快往下说。

书画展当天，几个人正在剪彩，马上进入正题，下面也有一两百号人，都是各自亲友捧场。艺术中心地方大，经营有方，同一天不同的艺术展挤挤挨挨搞起。剪彩之后，请来的美协领导正讲话，台下不少人一呼啦往那头奔走。不怕不热闹，就怕更热闹，他们的观众像山体滑坡一样止不住，越走越空，眼看着台下还没台上人多。隆介也抽脚离去，往那边钻，要看个究竟。

“摆明是砸场子，我也看看是谁在砸。”说到此，他杵来这么一句，但我已知事情会戏剧性地发展，就像影视剧，相爱的男女出场时都是对头。隆介和凌大花看上去都不是用来一见钟情的。

虽然人群里外三层，但他人扁钻劲就足，钻到里面，这样他得以看到行为艺术家凌大花，左手擎起半块青砖头，右手畔有一篓子鸡苗。她将小鸡苗逐只拽出，摆到面前，一砖头砸去。鸡苗苗只来得及叫半声，还有半声被砖块吸去。地上斑斑是血，鸡苗在筐内不规则地彼此冲撞，但仍不免于被逐只捞出，一砖毙命。

女人机械的敲击动作仿佛是生产线上的工人，一筐鸡苗就这么悉数毙命。她有助手，负责及时搬来另一筐鸡苗，再把空筐移开。女人的敲击一直延续，半声惨叫次第相接。别的人看几眼就不看，这边书画展的几个书画家正呼朋引伴，当天的人大都是他们邀来。这边一点点地空了，就剩那么几个，女人敲击的节奏特别稳，并不受人流影响。隆介一直盯着看，书画家朋友来拉扯他，他也说不急不急，我灵感突然来了。

这理由再好不过，作为艺术家，打断另一个艺术家的灵感，无异于谋财害命。

说到这，隆介又告诉我：“其实，当时我像是被魇住了。”

说时迟那时快，一只鸡苗蹦出筐，跑到隆介脚边。当时围观还有几人，但那只鸡苗认准了他，简直就是来给他俩牵红线的。隆介弯腰捞起鸡苗，捧在手里。女人随后便到，要他交出鸡苗。她一脸杀无赦的气象，但他觉得应该为这只鸡苗做点什么。

“你放了它。”

“少管闲事。”

“多少钱我补给你。”他还做一个掏裤兜的动作。

“一百万。”她说。

“要拍你就拍我一下吧。”隆介把半张脸仰起来，摆到正好挨砖拍的位置。女人一怔，很快那半块砖就到了他脸上。她力度和刚才一样，但他脑袋不是鸡脑袋，只是有点眼冒金星。两人默然对视一阵，然后相互扭头走开。女人直接离场，剩下的事情有那个助手。他则把那只鸡苗揣进兜里，参加自己的书画展。茶歇时他把芝麻蛋糕上的芝麻抹下来，一粒一粒喂给那只鸡苗，脑子在想，女人拍死这么多鸡，这就是行为艺术？这么轻松就能把书画展的观众抢过去？要知道再蹩脚的书画家也练了若干年，她只要有这么个想法。“简直就像一家馆子同时办起红白宴，红宴笙箫不比白宴锣鼓敲得响。”还有，他瞥了一眼电子显示屏，心说，拍死小鸡为什么叫《时间银行》？他想着有机会问问她。

说到这，我问：“后来她是怎么解释的？”

“她就说小鸡也不知道什么是活着，既然不知道什么是活着，活着也是白活，浪费时间。她把它们拍死，就是把它们的时间存起来。”

“就这样简单？”

“嗯，就这样。”

我突然觉得有些不好玩。这女人的解释简直是不讲道理，这比一脸杀气更无趣。“行为艺术就是这样么？有一天她觉得你活着也是白活，然后她拍死你，说是把你时间存起来，你也同意？”

“不想这么多，她拍死我没那么容易，我倒是把她拍到手。”隆介此时笑起来自然还小有得意。话说到这，他又补充说明，“其实我这么多年没有老婆的，独守空房。”我说我知道。他说你真知道？我说我刚知道。

他往下要讲他俩的过程，但我不感兴趣。不是每个人的爱情故事都有传播价值，不是么？他便知趣，转移开话题。

他们以搞艺术的名义，混在成都同一片区域，过着半流浪的生活。他们的熟人必然有大量的交集。他算是其中的有钱人，除了搞艺术，别忘了他还是小包工头，搞园林建筑是他吃饭的本事。这样他看中一名搞行为艺术的年轻女孩，主动靠近、接触、相识、交流，上床也是很快的事，相当于从前的握手礼。他骨子里还是老派的人，经过滚床单的洗礼，乐意把这当成一次恋爱。那个叫凌大花的行为艺术家，应该另有一番解释，一般人万难想出来，否则她都饶不过自己。我想，事情无非如此。

且不讨论爱情，他们真就一起生活。两人认识不久，凌大花主动跟着他，去到偏僻的民安小镇，住进他以前用来养孔雀的院子。孔雀现已一只不剩，本地鸡却从来没断养。凌大花在屋里找见孔雀的羽毛，问这是怎么回事，隆介把之前的孔雀开屏讲给她听。她一时来劲，说你们不行，我也许能搞出来。隆介劝她省一把力气，没那么容易。再说前面已然失败，尾款都拿不到手，再去买孔雀苗，可不比那一筐筐鸡苗，便宜得几乎不要成本——那批被她拍死的鸡苗，也是因为鸡瘟爆发而贱价买来，一两毛一只，她若不拍死，也会被蛇场买去喂蛇。这么一讲，与其被蛇一只只带毛活吞，鸡苗落在她手里还算落得个好死。

隆介本以为凌大花在小镇上待不久，她是个行为艺术家，能一口气拍死上千只鸡苗，杀气太重，就有那么点不食人间烟火。而小镇，仍是满坑满谷人间烟火的地方。他以为她必然有着躁动的灵魂，这样与众不同的想法才时刻喷涌，干出令人完全摸不着头脑的行为艺术。但她忽然很安静，很享受小镇的生活，养鸡也很拿手，配料投食洒扫捡蛋，还有晚上操一根手电逐窠点数，样样能来，把徐师傅直接废掉。隆介不希望她就此变成一个农妇，他要她一如既往都是行为艺术家。虽然她还不善于解释自己的行为，但这种事情，做出来就好，阐释意义是另外一些人的吃饭本事，像一条产业链，各据一端，相互关联却又彼此无犯。那些嘴上讲得头头是道的家伙，不会当着众人拍死一筐筐鸡苗。

他劝她去干些什么，去成都，去别的人多的地方，撂个地摊锣鼓一敲就能引来里三圈外三圈观众的地方。

“去干什么？”她朝他好奇地翻起白眼。

“你的行为艺术。时间银行，不可能是只存不取吧？”

“时间银行，只存不取……这个解释我觉得非常到位。”她又说，“行为艺术，只能有一次，重复就不是。”

“那再想些别的，拍死别的什么东西。”

“我还想拍孔雀，长得再漂亮，一砖头拍下去照样死。这样真是震撼人心，把美好的东西毁灭给人看。”

“那还不如直接烧钱，烧真钱，谁看谁心疼。”

她宁愿养鸡，懒得去搞行为艺术。他也拿她没办法，眼睁睁看着她越来越像农家妇女。他跟我讲这么一堆，我已理解他满心的无奈，其实他是想从她身上找启发，行为艺术一搞，轻而易举地吸引别人眼球。她似乎具有这样的天分，灵机一动想出一个点子，胡乱地给予一些解释，说干捋起袖子便干起来，便是行为艺术，就能闹出动静。说不定，他想过和她搭成夫妻档，一起搞行为艺术。我毫不怀疑隆介有这样的潜质，就像老作家所言，隆介本是个演员。他字写得很好，算是书法家，但也许还有更适合他的艺术门类，他一直在择机进入。凌大花要把自己变成家庭妇女，隆介无奈，但也能理解，因这女人就是用来不按常理出牌的。她不会让他轻易就琢磨得一览无余。

或者我想的都不对，他们之间确乎有了感情。他们本就是一对人。

这样，接下来日子过得令隆介都不可思议，凌大花说家里的事都让她来弄，她弄得好。白天，隆介就带着徐师傅，或者说徐师傅开车载着隆介去工地管事，跟人洽谈新的工程承包；晚上回家，有一桌热饭热菜。日子是好过，隆介心里毕竟有说不出的古怪，一个搞行为艺术的，突然变成田螺姑娘，跨度未免太大，让人心底不牢靠。

有凌大花料理后院的本地鸡，隆介回家只管吃饭、喝酒、睡觉。斗鸡暂时不养，他也用不着去看本地鸡养成什么样，反正煮熟了撕开了蘸着酱油吃，味道几乎都一个样。两人凑一起过了三个多月，一天下午，他取到一笔工程款比预想的顺手许多，心情便不错，路过花店时买了一把花。进了院子，他拎着花束去后院养鸡的地方找他心爱的凌大花，刚踩进鸡圈，忽然一只红毛色的小公鸡从鸡群里跳出，蹿至隆介脚边，紧紧地往他裤腿上蹭。

凌大花随后跟过来，红毛小公鸡又赶紧跑到一边；凌大花跟过去，红毛小公鸡绕了半圈又回到隆介脚边。

“……是那只鸡！”

“嗯，只能是那只。”

没被她拍死的那只鸡苗，被他装进衣兜带回这里，正好有一群差不多大小的鸡苗，扔进去，很快就混淆不清。但现在，它自己暴露出来。红毛小公鸡由此变成他的宠物，去哪里都随身带着，放地上会跟在他身边走，寸步不离。红毛小公鸡看他的眼神都发亮，他也舍不得留它在凌大花身畔，说不定哪时她杀心忽然炽烈，手起砖落，再炖熟给他吃。一只小鸡难得通了人性，他便舍不得。将宠物随身带，并不奇怪，但这宠物是本地小公鸡，吃饭时他扒一些米粒到地上先喂它，别的人就有说不出的好笑。凌大花也笑他，“你把它当宠物，我怎么敢拍死它？”她越是这样说，隆介越是将小公鸡随身携带。

此刻，红毛小公鸡放在桌子上。我们已经吃过饭，桌上都是残羹冷炙，他将四个盘摆成四个方位，中间空着好展示他的这只宠物。他不发令（用指头叩桌面），小公鸡老实地待着不动，发令后，它会随他手指指向，啄左边的菜，吃右边的肉。他指头一勾，嘴里吹一声细哨，小公鸡就会扑到他怀里。他抚摸着它，它像一只猫把弓起的背逐渐塌下去。

“……所以，要驯这些畜牲，最重要的是先要让它们害怕。这也是我当初驯孔雀没有搞明白的地方，老是对它们好，反而宠坏，要恩威并施。最通人性的，就是最懂得害怕的。你想，当初我家大花拍了一千只以上的鸡苗，只有这一只蹦出筐子，逃出生天。它不是一般的鸡，是千挑万选，是命中注定。”隆介说到得意处又喷了标志性的响鼻，小公鸡知冷知暖，引颈寻找声源。

距上次他找到我，给我展示红毛小公鸡又过去了半月。我跟易老板赴海拉尔考察一个金矿回来，给隆介打电话，他很快赶来，但他最新的扮相让我一愣：一身意大利西装，把他空若无物的躯体捋直了几分。他解释：“去参加凌大花他们的一个活动，她要我搞成这样。”说的时候，显得无奈，但又藏不住一丝得意。显然，他正亦步亦趋变成另外一个人。我说：“幸好你只是隆介，易老板不会担心有人花这么大的代价来高仿你。”

他前次给我展示红毛小公鸡，我也并不意外，东门口算命的瞎子个个都会驯一只鸟叼牌，有喜鹊有画眉有蓝翡翠有花斑钓鱼郎，当然也有驯鸡的，这仿佛不是难事，唯一的看点是隆介无师自通。也许，那些瞎子不外传的门路，隆介已然摸着门坎——他看上去也像个瞎子，据黄作家说，“瞎子”也是当年他诸多的绰号之一。这又能说明什么呢？他的意图，是以此说明他找到驯好一只孔雀开屏的法门，但我觉得这未免牵强，不是说，你有泥瓦匠的技术你就能再砌一幢央视大裤衩。他坚持说内在道理都一样，万事万物皆有关联的点，皆有相通的路径。他要见易老板，我不能拦，说易老板回来我就给你电话。脑袋里，不免生成这样的画面：一筐筐鸡苗，全都换成孔雀苗，凌大花照样重复机械的动作，但力度要加大，有些一砖头拍不死，还要补一下……但这要多大成本？万一拍了几千只，还是没有一只跃出筐扑进一旁守候的隆介的怀里呢？真有这么一只，又能说明它经过了智商测定，天赋超群么？

当然，隆介也表态：“有些事要多快好省，但有些事，必须铺张浪费。以前什么都想省着弄，就一再地错过了奇迹发生。现在不一样，我俩决定不惜一切代价驯出这样一只孔雀！”

我总感觉他现在说话和以前不一样，总有一种喷薄的激情，喜欢诅咒发誓，赤裸裸地表态。这些显然和他新的且正在延续的恋情关系甚微。

现在见着易老板，半月前给我展示的内容又重复一遍，看得出来小公鸡驯出的质量很稳定，不是它那天心血来潮突然通的人性。易老板只是笑，“隆介啊隆介，我怎么说你呢？你搭个模型，要跟我卖楼，是不是这个意思？”

“现在楼盘不都是这样卖么？”

“但第一幢楼不是搭模型卖的，是建好卖出去，有了口碑名声，有了品牌价值，才有资格搭模型卖楼。你这个就像小产权，也建了销售部，也有模型和销售经理，表面看上去和正规楼盘差不多，但经常烂尾。”

“易老板，也认识这么多年，你信不过我么？”

“上次我相信你，后来又怎么样？几万块钱，就看了一眼一个民办教师的专利产品。”

“这次不一样，这次我家大花是一定把这事情搞成。”

“我并不了解她。”易老板说，“一个小姑娘，跟你这样的猥琐大叔搞恋爱，我不管你自己怎么看，但我说句实话，很不靠谱。”

隆介尴尬赔笑，慢悠悠聊起他和凌大花恋爱的事情。我听过了，就走一边去抽烟，掐着时间躲尿点；易老板倒是对隆介的爱情故事感兴趣，侧起耳朵听进去。总的来说，易老板对隆介的那份心理依赖，一直还在。

确是这只小公鸡，也未经多少训练，忽然和隆介接通心灵感应。凌大花看在眼里，有一天吃饭时跟隆介提起：以前你没搞成的那件事，现在可以搞一搞。她相信一定能搞成。隆介的第一反应也和我一样，难道要找成千上万只孔雀苗来拍，以极小的概率寻找有灵性的那一只？这简直比金瓶掣签更不靠谱。凌大花回以冷笑，“现在就能想得一清二楚，还有必要动手去做？”她说话不多，简洁有力，但能给他一种下旨令的效果。她说不一定拍死那么多孔雀，甚至不一定拍死孔雀，杀鸡儆孔雀也不是不可以，这些具体的策略，后面可以商讨，也会在实践中不断调整。隆介点头认可，这时的第二反应，是易老板再给钱的可能性很小。凌大花又是冷笑，说你事没搞成先讲钱，你一辈子也就这样。隆介听得一阵冷惊，回想自己半生，也确是这样瞎掉的。当初能够成为书法家，哪曾想到赚钱，纯属爱好，加之天赋也不缺；但到一定时候，把钱一想，做什么事情都放不开手脚。

他把自己与凌大花的对话也原样复述给易老板，摆明态度：给不给钱，都会驯孔雀，当然给钱更好。而且，他也坦白，凌大花的考虑比他周全，驯孔雀不光是给别人干活，还可同时套拍一部纪录片，名字就叫《孔雀开屏》。“纪录一件毫无把握干成的事，本身就有价值。”凌大花讲的话，隆介听来总有一种名人名言的风范。

“好嘛，换一种方式。”易老板自然听得明白，“以前是我掏钱你给我干活，现在换成你们拍电影我来投资，是这样吗？”

“易老板说了算。”

“是啊，听上去仿佛我们都升级换代，都变得更高级，那么钱也不是几万就能打发的，对吗？”

“怎么能说打发？”

“口误，口误。但我仍然没听出这只小公鸡和孔雀开屏有什么关系。你们要拍电影，对着镜头，孔雀就会更有荣誉感，更配合工作？”

“事在人为，易老板。我们既然要花这么大的工夫，就会有不一样的效果。”

“我只在乎眼见为实。比如说，你能不能让你的小公鸡也开个屏试试？”

“这个真可以试一试。”隆介狡黠地一笑，像是早就料到易老板会出这样的难题。他掏出手机的录音功能，播放其中一条音频，竟然是拍砖的声音，啪啪的闷响，伴以小鸡含在嘴里未及吐出的一声声惨叫。红毛小公鸡站在桌子中央，不久便有显见的瑟缩抖动，再过一会儿，奋力将尾羽贲张起来，仿佛真是开屏。稍后，“噗”地一声，小公鸡尻子里喷出一腔热粪。

“这么搞要不得哟！”一旁的服务员早就盯住我们这桌，不便说话，现在急不可待要制止。易老板摆摆手，叫服务员不用管，自己凑近了仔细打量那堆鸡粪，又说：“这只鸡像是有点白痢，不能拖。我包里有土霉素，现在就灌它两颗，可好？”隆介当然不推辞。给鸡灌药，在场的每个人都轻车熟路。

那一阵隆介自然来得勤快，说请我们吃饭，大多数时候，易老板递个眼色，我把账结了。隆介会冲我说，你什么意思啊？我说你别跟我们争了，就当我们为你拍电影也尽一份力。坐下来，推杯换盏一如从前。隆介和凌大花搞在一起后，新的话题不缺，比如说行为艺术，比如说艺术，比如说拍电影，比如说怎样才算成功，他都有了和以往截然不同的理解。

“……艺术是开放的，是生活中无处不在的可能，比如说你养斗鸡成为我们的鸡王，你某种程度上也是艺术家，你养出的最好的斗鸡，就是艺术品，最好的一场斗鸡比赛，到时找我们拍下来，就是有价值的资料。而我练字，三岁看老，要是关在书房固步自封，写一辈子又能怎样？顶多就是省里面有些名气。再说书法家，还要有身份，皇亲贵戚，宗教领袖，这些都是必要。我再怎么努力，也只是个写字匠。”凌大花要拍纪录电影，他心甘情愿地掏钱，前期准备所有费用，都由他包圆……以致易老板说，“能从你兜里掏钱，都是怎样的奇葩？”凌大花请来了摄影师录音师，摄影师就是她砖拍鸡苗表演时的助手，这些人全都多才多艺。她当然是导演，隆介挂美工。其实一部地下的纪录片不一定要有美工，但隆介不愿挂制片人，他知道那意味着此后拍片掏钱都变成他的责任，所以屈就美工一职。眼下，凌大花领着一帮年轻人以及隆介，操着一套专业气质十足的拍摄器具，在小镇上另找了一个乡镇旅游的题材，拍纪录片。小镇的人还是很关注，经常拥进他们拍摄的场地，看看到底搞的什么鬼。有些年轻人还问能不能给我一个角色，演什么都行。隆介就说：“赶快投胎变一只孔雀，让你当主演。”

易老板听隆介闲扯，仍是一副受用的模样，这仿佛让他脱离了自己的生活，进入一段异质的人生。他也时而跟我抱怨，说活得没意思，钱赚了不少，没意思，真想把生意放一段时间，开车跑到哪里算哪里，过一过别人的生活。也许每个老板都讲过类似的话，但也只说说，他每天有打不完的电话，忙不完的业务，哪天没电话打，舌头难得有了休息，肯定胖三圈。他喜欢隆介过来串门，好酒好菜招待，晚上还唱歌洗脚。有一次去成都办事，我们晚上打车去的民安镇，见到隆介，便说我们来“探班”。小镇的卡拉 OK 还保留了多年前的风貌，不上档次，但易老板喜欢，这让他怀旧的情绪任意铺展。他只是感叹：“隆介，你真是唱得越来越专业了，就有点越来越不像你了，怎么搞的嘛。”隆介来佴城找我们，晚上吃饭唱歌洗脚消夜四部曲过一遍，易老板还问隆介要不要加床垫。我们都知道他一直有这爱好。但现在，隆介认真地说：“不用不用。你们不知道，我家大花属狗的，鼻子厉害，能闻见任何一丝别人的骚味。”“你这样的货也玩守身如玉！”易老板只好感叹，这一次隆介可能是在恋爱，口臭都被他捂轻了。

在一起时，彼此亲密一如从前，只是隆介开口要钱，易老板便闭口不谈，顾左右言他。有一次，易老板索性说：“你来我这里勤快，聊得也开心，但到最后一开口要钱，是给我碗底埋蛆。隆介啊隆介，我一直认为你跟我接触的那些生意伙伴不一样，你身上没有虚情假意的东西。”

隆介知道易老板在堵他嘴，但若不用臭袜子堵，隆介仍会拐弯抹角地提到钱。隆介要钱，易老板不给，酒水管够。

我知道，钱的问题，隆介现在开口时机不对。易老板和王局长的关系，最近有点僵，易老板并不打算像以往那样供着这祖宗。生意场上的事，关系起落都跟钱有关，铅锌矿这半年都不断跌价，算是起因。选矿场的税，以前搭帮王局长的能耐一直由地税管着，几个点而已，但从去年底变成征收增值税，一下提了近十个点。分红的时候，王局长自己不表态，他拿的那部分就不能扣税。易老板嘴上不说，心底存下。前不久王局长过生日，有朋友转来消息，易老板牙一咬，叫转消息的朋友捎一件K金摆件，说自己正在外地考察。他确实也在东北、内蒙和云南缅甸交界之地跑一圈，考察金矿。做了这么多年生意，易老板以为只有贵金属价格才不会起落这么快，当然，事实并不是这样。

隆介要不到一分钱，便不愿瞎跑，我们又有老长时间见不着他。时已深秋，气象台发布消息说，冬天会很冷，极有可能是十年一遇或N个十年一遇，所以买孔雀苗的事情先搁浅。反正，纪录片一上手，凌大花发现身边可拍的题材还是很多。他们也不困守一个题材，每天辗转，尽多地搜集材料，将来做成片的时候，剪裁将大有余地。果然，那年冬春时分，天降罕见大雪，气温降至罕见的低度。凌大花决定把别的题材都放下，抢拍雪灾，这么大的天灾，必有许多事情爆发。但因团队仓促上马，对于降雪准备不足，大雪天上山车轮打滑下坎，导致隆介一条腿骨折。更惨的是，年轻的摄像师杨某摔成颅内出血，还好及时救回来。隆介住院那一阵发了话瘾，成天都在给我发短信，还一堆一堆地传与雪灾相关的照片。当时传照片是用彩信，我接收都很费钱，许多照片没打开直接让它过期。他讲到雪灾的见闻，因为凌大花敏锐的头脑，确实能够捕捉到许多独到的东西。雪灾中她盯上了上山敲冰凌的电工，在那环境，上到山顶再爬上特高压塔，非常不易，上下经常就是一天时间，小便变成大麻烦，于是就系成人纸尿裤，便意来临直接往尿裤里撒。没想地势太高，尿在纸尿裤里，贴着肚皮，照样结成冰疙瘩，电工师傅在高塔上进退两难，纸尿裤扯不扯掉，下体都要经受冻伤的考验，颇有几个就此阳痿甚至……凌大花当然乘胜追击，拍了不少电工师傅的镜头，还能说服他们拍到更震撼的镜头，类似以前电线杆子上的性病广告。她有信心，这片子极可能从众多雪灾纪录片中脱颖而出，在影展上拿奖拿到手软。

“东方不亮西方亮，我家大花有这样的嗅觉，迟早会拍出震撼世……震撼人心的东西。”隆介躺在床上给我打电话，经过生死的一劫，不再心疼手机费，经常长篇大论，经常感悟人生，时不时就戳我一句布道般的话语。

我跟易老板转述，他也感叹，这隆介一副鸦片鬼的模样，竟然还有为艺术献身的心思。电影一拍，他的视野动辄世界范畴，还有心思去伺候几只孔雀吗？“要他还有心思养，回头再把那四万块转给他，孔雀真的驯出来，高价收购。但你先不说，就看他自己选择了。”就在雪灾之后、地震之前，易老板把那矿洞的股份全转给王局长的一个熟人，得一笔钱，打算另起炉灶。孔雀的事情他又感兴趣，是因为有消息说王局长已经被有关部门盯上，进不进去，几个月内要见分晓。“今年必然是多事之秋。”他感慨的同时，还想着王局长在荃湾镇那个宅子，一旦事发，宅子必然低价易手。易老板手头有几千万的现金，忽然不想再像以前那样拼命，在考虑找个地方，住进去，休养生息。机会都是留给有准备的人，而且，时至今日，房宅的流转显然越来越快，传子传孙 N 代同堂那些老黄历，翻不了了。“到时候，孔雀就是为老子开屏，而不是为了讨好什么王局长。”易老板敞开跟我讲，颇有些项羽的气概，又拍拍我肩，说世事难料，变化无常啊。

开春天气转暖，隆介真就买了一百多只孔雀苗，发照片过来给我，乌麻麻的一片。我亮给易老板看。“先打两万过去，产前小投，产后大投，大幅提高收购的价格。”易老板又警觉地说，“是不是你把我的话透露给他了？”我说要是他冲这几万块而来，只想敷衍，不必买这么多孔雀苗。易老板一想也是，又说：“不能小里小气，四万一起打过去。前回他腿伤我还没去看他哩。”

隆介一听，当是白捡的钱，叫我打二万四过去，我打了三万。他说：“也好，只要大花点头，我随时会结婚，你的贺礼算是头一个给，生了小孩认你做寄爷（义父）。”我说：“不急，要想清楚，你的余生顶多也就结一次了。”

当然，那年接后发生的事，我们都已了然。五月份川西一震，他们便离开居住多年的民安镇，载着上百只孔雀，一路伺候着，去凌大花的老家重庆沿江郊区找个院子，重新安定下来。那地方离这边近，坐火车也就半天时间，我打算有空多过去看看，易老板也有此想法，要听隆介摆一摆拍电影以后的见识。他还感慨：“时代真是不同了，三教九流、牛鬼蛇神都蹦出来拍电影。当然，我看好隆介，他本来就是乱世英雄，乱中取胜。一旦他有苗头，以后我也投资拍拍电影，搞搞文化。”

想象中，隆介确乎离理想的生活越来越近，聚起一帮穿着各异的艺术青年，扛着拍电影的全套器械，走到哪就有一股艺术风刮到哪。万一哪一天，一部片子一炮打响，这帮盲流都可鸡犬升天，成名成家了。他表示养孔雀也不耽搁，甚至有了心理依赖：孔雀开屏，他们横空出世。但我没来得及去那里，就跟易老板赶赴云南边境，着手上马新的项目。

我两年后回佴城，不再跟易老板，易老板有些伤感，说你跟我这么多年，现在正是我最困难的时候，也给不了你什么。我说我妈躺床上，忠孝不能两全啊。易老板伤感地说：“你走吧，带几只斗鸡苗过去，顺便帮我养养。你家前有厅后有院的，不养鸡也是浪费。”

我去好吃街盘下一个门面，不搞餐饮，那太累，只做酒。我专做老酒，声称是走乡串镇，找到那些气息奄奄的杂货店，淘来多年积压的陈酒。本不是好酒，摆了多年水渍锈迹一应俱全，看着有古董的气质。其实走乡串镇成本太大，都是从贵州批过来的，那里做这种低端老酒也有产业链。生意不错，试想，别的店十块钱一瓶二两五，到我的店二十块钱能买一整瓶十几年的老酒，当着朋友辨认了日期再拧开盖，颇有几分面子。要有人质问我，逼得紧了，我索性说白酒只有优劣，没有真假，这个价格明白人都明白，不明白我也不劝。

然后忽然就要结婚，人是我妈给我介绍的，人挺好，年纪又比我稍大，一看就会照顾人。我妈把我俩拽到她面前吩咐些话语，腔调倒有点临终托孤的意思，我哪敢半点违拗？请帖发出去，这天电话一响，见是贵州的号，以为又有人主动推销某款新出的老酒，接了以后，虽然四川话里夹起贵州腔，但那种喷鼻的响声，马上让我脑袋里浮现出隆介久违的模样。我这才想起来，起码有一年多时间，彼此没联系了。原因还跟从前一样，他换了号码，而且，连徐师傅的电话号码也跟着换，显然经历长途迁徙，换当地的号码省钱。

“你竟然要结婚了？”

“你跟你家凌大花还没结么？”

“别说了……狗日的，说你怎么这么快就结了？也不让我帮你盯一眼？”

“你三婚，领跑了两圈，别怪我不让你先。”

“哎，我要来。头一次结婚才有点结婚的味道，你要把这味道好好榨出来。要想出一些别出心裁的点子。”

“像易老板一样，他妈死的晚上，搞跨省的斗鸡大赛？”

“赢了么？”

“能不赢么？ 人家老远过来吊唁，当然是给他送钱。”

“这太 low，我讲的是英文，你懂吗？ 就是不上档次呗，易老板钱再多也是土鳖，不上档次，我们要玩一些上档次的，比如婚纱照，也太 low，现在我们可以给你拍一部婚庆电影，你自己编剧，你俩是主演，拍这么一个，婚礼上放出来，是最时髦的。”

我不免又想起来，这隆介永远都在搂草打兔，不会单纯地去干一件事。 我说：“不是拍纪录片么？ 现在又搞婚庆电影？”

“不能单打一，既要搞艺术，也要赚钱。 千里之行始于足下嘛。”

“是个好主意，”我说，“但没几天我就要结婚，显然来不及，不是么？”

“是啊，他妈的，你下次结婚早点通知我。”

三天后我见到他人，在约定的地方等他，我重点盯来往的皮卡车，他那辆皮卡车跟他这么多年，我从他讲话里没听出换车的可能。 一个骑变速车浑身运动装再加专业头盔的家伙忽然一个急停，一腿勉强撑地，冲我一笑。 竟是隆介。 我吓一跳，问他怎么搞的，他说现在他就这个样子。 我怀疑他故意的，一骑百十里地，就为吓我一跳。 嗯，不得不说，他做到了。

到路边馆子坐下来，他还去厕所换了便装才上桌，人立时瘪下去几分。我问他怎么搞的。他说：“哎，跟我家凌大花混，我变成什么样子你都不要奇怪。”我说：“我知道了，凌大花是想拍四川版的《变形金刚》。”

凌大花新找到的题材，是拍一帮探洞的老外。西南一带喀斯特地形遍布，溶洞天坑地漏随处找见，便有许多老外老远赶来，在西南的深山丛林里晃荡，有坑跳坑，见洞探洞。凌大花跟这些老外接上联系，好不容易让他们答应跟拍纪录片。这个题材一定下来，对团队成员的体能就有新的要求，拍人探洞，他们也要有探险家的本事，身上拴着绳，往地底下一钻就是百多米深，“跟下地狱似的”。凌大花表态了，这个事隆介可以不跟，老同志出了事，她负不了责。但这激起了隆介的斗志，竟然年届半百搞起体能训练，去健身房里跟着年轻人一块撸铁，有氧无氧，都要憋出硬梆梆的肌肉。

“你看，还是有点成效了。”他把衬衣解开几个纽扣，掀开了给我看。我先环顾周围，大家都自顾着吃，这才瞥进去一眼，也没见胸脯鼓得像乳房。我说：“你为你家凌大花，真是豁得出一条老命。”

“有什么办法？缘分这东西……”

“我看不像是缘分。哪有这么多缘分？有的人走到一起是缘分，但我还算懂你的吧？你是碰到了克星。”

“克星？你这么一讲，倒真像。别人找爱人，我就要找克星。”

酒菜摆上来，不上档次，但都是我们熟悉的味道。他接着跟我讲探洞的事，那些外国佬带着仪器设备，进到洞里探一遍，拿着仪器往洞壁一照，就有一道蓝色光弧像扫条型码一样，产生幽暗的声响。出了洞，再把仪器里的数据输入电脑，很快，整个洞的形貌就会被测绘出来，生成三维立体的图像。而且，老外另一种仪器，照一照，便把洞内的矿物成分、水质成分都一一测出，全都生成数据。

“虽然我们看不懂，但里面元素符号还认识几个，后面跟着千分比。”

“那么……这些老外，是不是在搞间谍活动？探险家，一般都是要收集情报赚外快，就像你们用婚庆电影养纪录片。”

“你是个明白人。”隆介竖起大拇指，说，“我家凌大花看不出来？这帮老外，是趁我们政府心地善良一时不觉察，才能随便钻洞。凌大花早就说过，哪天政府一旦反应过来，这些人就没法玩了。所以，她去和他们套近乎，尽量装得土鳖，她扮土鳖真是有天分，这样才能让老外放松警惕，同意我们跟拍。所以……”

“你们表面在拍纪录片，其实是想拍一部反特大片？”

他把大拇指又竖一回，竖得指面直往后翻，又说：“你是明眼人，真应该加入我们团队，卖什么假酒啊，屈才了。”

“我哪卖假酒？！”

“有人去你店上买酒，拍了照片挂博客上。我好歹也在贵州混了这么久，哪看不出来？刚才本来想装成贵州佬跟你搞推销，但我这声音，化成灰你也听出来。”

这两年他们一直在拍片，就是说，隆介一直在投资，但一个片子还没剪出来。在他看来，主要问题在于凌大花才华太多，横竖都往外溢，多得“像是猴子掰苞谷”，一个片子没拍完，她又发现另一个题材，更有一鸣惊人的潜质，于是心思就乱了。“但素材都备在那里，现在只欠一个响炮，后面不愁没有东西接上。”

我感觉凌大花不但是他克星，还颇有洗他脑的意思，现在他开口闭口“我家凌大花”，表情还立时变得恭谨。他自己习焉不察，我在一旁看得分明。于是我问，孔雀的事还搞不搞？

“哪能不搞？孔雀一直都在养，徐师傅专门负责，现在都成专家了，产蛋孵蛋，往外卖孔雀苗，已经帮我们赚钱。”

“我是说，孔雀开屏。”

“哪有这么容易？”他挠挠头，说也许孔雀开屏真驯不出来，人定胜天，但总要有几样事物，人怎么折腾都不能取代天然的神力，“但我们一直都在弄，反复试验，成本投入大，你们扔的几万，早就赔进去了。”

“你们真的拍孔雀苗，然后寻找有灵性的那一只？”当年那血淋淋的画面再一次浮出脑海，我记得牢靠。

“当然，变通也是要的。一切都有成本的，你以为我家大花不会算术？”

“那你怎么弄？”

“还是要让它们先受惊吓，为了省成本，我家大花先是买了两筐玩具，那种到处都有的惨叫鸭，你见过的。”

我点点头，那玩具乳黄色，做成拔光毛的鸭子，发出的叫声极为瘆人，不知撞着人的哪处 G 点，满街满巷到处都挂得有，按了身量大小，价钱不等。我脑补着这样的画面，他家凌大花将一筐惨叫鸭一只只拍“死”，由他或者徐师傅换一筐进来接着拍，循环不止。

“效果怎么样？”

“不行，孔雀还是比一般的鸟聪明，拍惨叫鸭，不见血，它们根本不懵。后面还是拍了几筐鸡苗，效果好点，有孔雀跳出来找我救命。”

“现在驯到什么程度？”

“不好说，这种事只能看运气……要是驯出来，你们还收么？价钱能给多少？这几年物价飙起来吓死人，不能是以前那个价码了。”

我只好苦笑，告诉他王局长早就进去了。易老板本来自己想买，但到云南以后遭遇人生最大的滑铁卢，毒砂里面炼金，品位达不到，两个守炉子的还被毒气熏瞎了眼，正找易老板闹事索赔。看这架势，易老板暂时也不会有心思挂记一只开屏的孔雀。

“见易老板不行了，你这家伙赶紧抽脚上岸是吧？”

我告诉他我妈可真卧病在床。他便又是一句苍老的感叹：可怜天下父母心，病得真是时候哇。我说，我其实很享受你用鄙夷的眼光看我，我越来越觉得，我就是你徒弟。他做了一个暂停的手势。

他说他很忙，就不等我结婚，先送了礼金。次日他发来一堆照片，竟是荃湾镇王局长那个旧宅子。说是旧宅，一点不为过，前几年我们还去贺他新宅落成，但现在全然是旧宅的模样。这宅子据说要被法院拍卖，价格按说不高，但即使三不值俩，也要以几百万计。隆介发完旧宅子破落的模样，又说：“我要是有钱，买下来，作为自己的艺术中心，挂上最好的一些作品。好歹写字画画三十年，精品也攒了不少，要有好地方，装裱高档的挂出来，别人才看得出好。”

我只是想，男人当官也好，从商也好，搞艺术也好，骨子里哪有多大区别？无非赚尽可能多的票子，买一幢豪华房舍，当然里面少不了漂亮女人。

婚后一年多，我主要是想搞大老婆的肚皮，她年纪比我大，身体不是很好，所以我有点急。但肚皮一直没见大起来，我怀疑是不是有那方面的问题，又考虑这问题在于她还是在于我，需要搞精确。但只年把时间，很可能是我想多了，于是我便处在一种并不激烈的焦虑中。我和以前的生活截然了断，变得清静，店子请了一个亲戚看着。贵州批来的老酒渐渐卖不动，一些二三线的牌子酒逐渐替换了柜台里的老酒，我本想弄一家有特色的老酒行，但它自己变得和街面所有别的酒行一无二致，还配上烟和槟榔。

我以前都跟易老板东奔西跑，现在忽然每天坐店，竟然还坐得住，感觉哪里出了问题。刚这么想，易老板竟然打电话来，声音浊重。聊了半天近况，我也如实禀报。

“……我这边正待大干一场，你跟我许多年，搭帮也顺手。愿不愿过来帮我？”

我大概知道易老板的情况：毒砂矿弄不下去以后，又在那边找了一处锰矿，据说贮量大品位高，他把手头所有的钱都扔进去，还拆借三千万，建成五百吨的选矿厂。如若正常开工，每天原矿正常供应，回本是朝夕之功，但他怎么会缺人呢？我这样屁股后跟着走的马弁，要多少有多少，只要易老板手头项目真如他所说，天下英雄云集影从才对。我跟易老板说到生孩子的事，当务之急，于是，他哦哦了几声，分明表示理解。

我熟悉易老板甚于熟悉老婆，果不出所料，选矿厂建好，矿洞的属权扯起纠纷，一直开不了工。易老板借的钱多是高利贷，每月结息，这样再拖半年，债主天天陪他吃饭，就把他吃出心肌梗塞。这时，易老板已离婚，亲戚们的钱又都砸在他手上，动手术的钱都是朋友们帮他凑。

就那一阵，隆介又打来电话，口音又有新变化，他的口音总是能与他所处的环境迅速融合起来，而我听不出他新近流窜了哪些地方。

“易老板的事我知道了哦，竟然救命的钱也拿不出来，真是没想到。”隆介语气倒真是沉重起来，又说，“老乔在帮他筹钱，把事情讲给我，但老乔我是信不过的，他赖过我账。我通过你也捐一点。”

“我这边也有朋友帮易老板捐，你把钱打我卡上，我明天一起汇给他。”

“好的，我尽快。”他说，“你现在怎么样？”

“不就那样？当然，也像是换了个人，成天守着店子。我都想不到自己能变得这么安静。你呢？”

“不就那样？”

“电影拍出来了？”

“拍了 N 多个，拿去国外获了 N 多奖哦。”

“红地毯也走了 N 多回了吧？”

“他妈的，名额有限，国外的电影奖也是抠着来的，那个臭婆娘去了几次，都没带上我。再说，奖金都不好意思跟人讲，跟以前单位发奖状发茶杯差不多，但以前奖状还不贴本哩。”

他兜里另一个电话又响，通话只能匆匆结束。我赶忙冲着这新号码发一条短信，说你别再打一个电话换一个号，你要给我一个备用的联系方式。稍后，他给了我一个号码，座机，说是徐师傅家的号。他发消息说，这个号从九〇年用到现在，只要他家不发生灭门惨案，这个号就一直用。很快又追了一条消息：这么多年，我真正信得过的也只有徐师傅，就像易老板真正信得过的也只有你。他打这个比喻让我浑身不舒服，又想他这么忙，未必还有心思玩讽刺。

当天晚上，他打的钱就到账，竟然有两万。我心里面的预期值是两百。那夜，我一时激发了斗志与热情，手指不停，舌头不停，打给易老板曾经的客户，还有当年斗鸡的朋友，死缠滥打要给易老板多募一些款项。我反复跟他们说，易老板算是个好人，不是么？好人要死了，别的好人不应袖手旁观，不是么？他们纷纷说是，钱打过来一两百。

我汇给易老板的有三万五。易老板手术结束，能说话了，他给我打电话，气喘吁吁表示感谢，因为我汇去的是最大的一笔。我说千万别这么说，要感谢就感谢隆介，他汇的有两万。

“没想到。”易老板说，“怎么会是他呢？他是只吃不吐。”

“但就是他。”

“人真是讲不清楚，我在落难，他在发财。但他还认我这个朋友。”

我觉得这跟发不发财没关系，但这时候，哪有心思跟易老板讨论诸如此类的问题？ 我劝他好好休息，休养生息，以备日后卷土重来。

“我不喜欢卷土重来，我要东山再起。”

“好的好的，我就这个意思。”

那一年因在播种，我滴酒不沾，以此为借口，酒友也不好强劝。 虽然，据我所知好些伟大的人物，都是父亲酒后弄出来的，他们基因里散发着酒的芬芳，一辈子有无穷的折腾劲。 但我不敢造次，滴酒不沾，深耕广种，但求薄收。 年前老婆怀上了，我松一口气，想找人喝酒，这时候隆介咧着嘴露出一口烟牙微笑的样子，忽然在脑海中如此纤毫毕现。 他毕竟是我喝酒的师傅，我们来往这么多年，但只有喝酒的时候，我会想起他。

电话当然又遍打不通，问了一些朋友，都没他的消息。 有的还说，操，你不提，我都把他忘了。 老乔也这样，说哪还联系得上？ 我问上次募捐你怎么联系上他的？ 老乔说：“我是查到了他那个女人的微博，叫凌大花，还是名导演噢。 但微博已经断更几个月了，联系不上。”

隆介给我的徐师傅家的座机号，我当时随手一抄，好不容易在一个小抄本上找出来。 再用手机拨打，显示对方电话所属的地区，是重庆秀山，离我这不远。半月之内，打了几次，终于有人接。是一个小孩。我说出徐师傅的名字，他说没有这个人。

我说："怎么可能没有呢，你找找你家大人，一定有。你叫什么？"

"徐桂坤，桂树的桂，土字旁的坤。"

"这不对了么？我找的就是你爸爸。你家有大人没有？"

徐桂坤老实地说你等等，结果电话一挂半小时，才有一个女人来接。"他大半年没消息，过年都不回家，也没汇钱，一定在外面搞了女人。"女人气愤地说。我说不会的，一定是别的什么问题。女人说："你见到他告诉他一声，他老婆孩子都快饿死了。"我说不至于不至于，并请她记下我的电话号码，如果徐师傅回家，要他给我打过来。"……我这边还有一个项目没给他结账，你一提养孔雀的事，他就知道。"我多加了这么一句。女人沉默了一分钟，叫我报电话号码。

数月后徐师傅将电话打来，在我老婆肚皮已然藏不住的时候。电话一接，对方沉默，我便先问是不是徐师傅。他瓮声瓮气嗯了一声，便咳起来。我问他："你那边什么情况？"

"什么什么情况？"

“隆介跑哪去了，这几个月，怎么也联系不上。”

“我也见不着他……说不清楚。”徐师傅又说，“有只孔雀，基本上能开屏，你们还收不收？ 在我这里。”

“孔雀好说，隆介怎么就说不清楚？ 能不能把隆介的事先说一说？”

“就是找不见了，你联系不上，我也有几个月没见着他人，怎么说得清楚？”

“你是什么时候没见他人的，当时发生了什么情况，这总可以说吧？”

“电话里说不清楚……我这边信号不好，我们是乡里的土信号，不比你们城里。”徐师傅话里带火，倒是以往不曾有的情况，但往下声音又放轻放缓，“孔雀真是只好孔雀，千挑万选才出这么一只，可以便宜一点……”

“那好，孔雀我要看看，再去帮你找买家。”我要他把地址给我。 电话里徐师傅心情不好，见了面我能问出全部情况。

我赶去那里是一个下午，徐师傅在村口路边等着我，面色又和以往一样，“孔雀不在我家里养，我老婆有病，发病的时候把屋里的活物都弄死，除了儿子。 所以孔雀不能养这里，在我堂哥那边。”

“远不远？”

不算太远，只是山路不好走，眼下又在搞村村通，一路都是走走停停，犹如便秘。

“……女的太年轻了，不懂事。”徐师傅一句话总结。

凌大花拉起来的电影拍摄队伍大都是年轻人，虽然隆介改换了装束并投入巨大的精力去搞运动，仍然改变不了一个事实：他是年纪最大的一个。于是接下的事情就顺理成章地发生了，凌大花和摄影师小项眉来眼去。隆介认为凌大花不能这么搞，私下里就教训凌大花，叫她要注意一点。凌大花一句话噎了回来：我嫁给你了吗？隆介就很无语，他又说这些年你拍电影，主要都是我在筹钱。凌大花很天真地问：“然后呢？”隆介就跟她说了一些然后的事，凌大花十分惊讶，说想不到你们六〇后都是这么看问题。

隆介发现现在恋爱跟以前太不一样，不管他为凌大花付出多少，只要她装成跟他不在一个频道，他此前一切努力都将归零。徐师傅好几次听见隆介在隔壁房间叫嚷着：“好嘛，搞了这么久，难道我是你爸爸？”

“……道理我是讲不来，但在我看，问题还是年纪，他俩差了有二十来岁，看上去就是一对父女，隆总想管住凌大花，根本使不上劲。在一起也有这么久，但算不算恋爱，凌大花讲了算。隆总给钱时，她当他是对象；和别的小年轻在一起，她又可以拿他当爸爸，全看她心情了。”徐师傅把带有鸡粪味的烟雾喷满了车厢，又说，“现在和以前不一样，隆总为她花这么多钱，还讲不出口，恋爱时候扯一扯皮，别人只能偏向小姑娘。反正，现在年轻人嘴巴里的新词很多，年纪大的脑袋转都转不过来。”

我能想象隆介面对凌大花时，狗咬刺猬无处下口的悲哀。我又想起凌大花那一脸杀气，天生就是用来跟人对着干的。

车在山道中迂回前行，我不得不叫徐师傅停下抽烟，要不然眼睛辣疼。徐师傅说拍电影真是怪事，赚不到钱，拿奖很容易，凌大花把奖杯堆满了两个带灯的酒柜，酒柜还是隆介专门去挑来的，进口樟木，四千块一个，晚上一开柜里的灯，所有的奖杯奖牌都半阴半阳，很上档次。

“那些破纪录片怎么看得下去？我一看就直接睡，要我说，都是隆总花钱买来的。”徐师傅这么嘀咕一句。

但凌大花分明是成了名人，开始频繁接到邀约，出席全国各地的活动，有的是对方买机票，剩下的仍是隆介给她报销差旅。

在那些会上，凌大花吊一块牌，头衔是“著名导演”或“著名行为艺术导演”，走红毯。“换一身衣服，竟然还是个漂亮女人。隆总说幸好不要我去，走红地毯会要我命呵。”

凌大花名头越大，隆介跟得越紧，像是怕她突然跑了，虽然她真的要跑他也无可奈何。她跟小项越贴越紧，当是隆介不存在，或者抗议他这个人阴魂不散。

数月前他们进到川西找题材，徐师傅也帮着开车一路随行，这些外来的艺术家不熟悉高原地形，一些盘山路段不敢开车。一天向晚，在理塘的磨坊沟一带停下来，找一个荒寂的乡镇停下来，就着烧烤喝酒。那天酒喝得并不多，隆介忽然显得特别醉，忽然就像一个小孩，把小项叫到面前。他说你走吧，你不适合在我们这个队伍里。

“为什么？”小项微笑，甩一甩一尺半长的金发。

“不为什么，因为我决定不给你开工资，你没必要再在我们这里瞎耗。”

“你把拍电影看成是给你打工了，不是的。你不给钱我也会干下去，我觉得我干得很好，别人不能替代。至少还有两个没拍完的片子，是我当主摄影，是我的作品，你不能剥夺我的创作权。”

隆介想不到还有个创作权，反正年轻人嘴里的新词汇就是投枪，是匕首，用来扎老人家又准又狠。

“你以为，没有谁是不可替代的？”

“我认为，每个人都是不可替代的！”

他比他更铿锵，当时大家围了过去，看着事态发展，有几个年轻人还给小项鼓掌。隆介一时发懵，稍后忽然飙出一句：我们打一架吧？

所有人一愣，尤其小项，他比隆介年轻近二十岁，身高高出半头，而且业余爱好是撸铁，出来找不到健身房，就学西西弗斯，找一处山地，从下往上滚石头，发泄掉身体里多余的力气。所有人又开始笑，说隆总开玩笑嘛。

隆介说：“这一架反正要打。”

“那就打呗。”小项轻描淡写。

奇怪地，那天竟没人相劝，因为都觉得这架打不起来。徐师傅想开口，但那种奇怪的沉默捂住了他的嘴。隆介叫小项开车往远处去，还冲后面所有的人庄严肃穆地说一句，谁都不要跟过来，要不然……他没想到要不然又怎样，扭头就走。

小项开着一辆皮卡，往西边开，那边天色很好看，地势开阔，车很久才开到看不见的地方。而留下的十来个人，不好撸串，不好喝酒，都站着发呆。有人也在渐暗的天色中嘀咕，要不要跟过去看看。凌大花则把两手交叉在胸前说："能有什么事？我们的老板命令我们在这呆着，我们就呆着。"有小伙说那我们听老板娘的。凌大花还骂一句娘。

过一会儿，是徐师傅吭声了，说去看看吧，隆老板要是出事，往后弄钱不方便。众人这才回过神，隆介其实是很重要的。于是都说，去看看吧去看看吧。凌大花保持着抄手姿势仍然不动，但别的人绕过她，跳上车。两个车寻着西边一直开。天色虽发暗，却一直没有彻底黑下去，遥远的星光每一点都映亮一大片视野，眼前如此开阔，哪里有人根本漏不掉。

他们先是看见了那辆老皮卡，便将方向盘一打，驶进草甸奔皮卡而去。在车旁边，两人相拥着倒在地上，小项的身体几乎完全覆盖了隆介，但隆介的胳膊像绳子一样绑在小项脖子上，腿也缠绕在小项的腰间，这才让走近的人发现他的存在。两人几乎都耗尽了力气，小项下意识地挣扎，但没法挣脱。众人过去一齐用力，将隆介紧扣的指头一枚一枚掰开，再把他手撇向两侧，手一撇开，两条腿也自动地松开。小项挣扎着爬起来，步态踉跄，像是喝了太多白酒，突然一哕，哕出来以后才能说话。

"他妈的，他根本不会打架，只晓得拼命。"小项拖着哭腔冲别人说，“我要不是让着他，他早被我打死十遍八遍了。”

而被压在下面的隆介，已经昏死过去。

第二天在一个破镇子的卫生院里，隆介醒来，艰难地睁开肿圆了的双眼，第一句话就是狗日的小项在哪。有人告诉他：小项跑了，他被你打得心寒。隆介竟然很高兴，说我这辈子终于也打赢了一回。

伤势稍减，又转到县医院，再后来是徐师傅开着皮卡把他载回自己的住处，凌大花也一直跟着。那一阵隆介心情反而很好，以为自己那个傍晚的英勇表现，终于赢得女人的垂青。当他可以下地走路，凌大花就消失了。再后来……

“……凌大花走了有个把星期样子，那天隆介气色还好，开车出去说要买几包精饲料和蚱蜢，那是喂孔雀的。我没感觉他跟平时有任何不一样，结果，车一开就再不见他人。”

“报警了么？”

徐师傅摇摇头，说当天拿不准，就没有报，万一他哪天又回来呢？过了几天仍没见人，打了一个110，对方叫他去乡派出所登记，也就到此为止。然后徐师傅诉起自己的苦，隆介消失以后没人发他工资，他还坚守那里，过年都不敢回家，电话索性也关停。

到现在，隆介消失有几个月，我不免有不好的联想。但万一哪一天他又打来电话或者突然出现在我面前呢？这样的事，在小城多有发生，有人突然失踪，几年毫无消息，大家都以为是被人害死，但十年以后他突然又出现，还带着女人孩子，和睦的一家子。消失和死亡最为相像，但怎么也不能算一回事啊。

路又堵上，徐师傅说他想不通，隆介对凌大花怎么这么当真，“像是被草鬼婆（女巫）种了情蛊”。我没吭声，但满脑袋都在想这原因。徐师傅又说：“像他这样单身在外，女人的事情，哪会这样当真？来了又走的，不就跟吃饭穿衣一样么？他也知道凌大花跟他长不了，怎么这一回，脑袋硬是打铁了？”

“是啊，你过年不回家，还关了手机，怕也不光是没钱吧？”我诡谲地一笑，不用扭头，感受着徐师傅超时的沉默。

“怎么又扯上我了？”作为老实人，他只好尴尬一笑。当然这时候我也不在乎他的反应，但隆介的事，我突然觉得自己弄得挺明白。当然，我也不会和徐师傅探讨这些问题，我要考虑的是会开屏的孔雀卖给谁。

终于来到徐师傅的堂哥家，很快见着那只绿孔雀，养得用心，绿孔雀昂首挺胸，平视着我，像打架时的隆介一样雄壮。我说怎么让他开屏？徐师傅说：“马上马上。”他掐开手机，找到一段音频播放，很快传来一阵拍砖的声音，伴以小鸡苗的惨叫。虽然是第一次听见，我竟觉得熟悉。绿孔雀很快有了反应，脖子垂低一些，浑身瑟瑟地抖起来，稍后果然便将尾羽撑开，在我眼前狠狠地开屏。我没想竟是这样，孔雀在发抖，同时也在开屏，抖得越重，开得越旺。忽然，孔雀尻尾轻微一响，一泡粪就落在地上。

“怎么一开屏就拉粪呢？这可卖不出价格。”

“不总是这样。”徐师傅递来微笑，但我明显感觉他眼神发虚。

“那让它再开屏一次，要隔多久？”

“要七八分钟样子。”

“怎么要这么久？”

“已经不容易了，时间间隔会缩短，但要花时间去弄。”

过了约摸十分钟，徐师傅又摁响那段音频，孔雀果然又在抖动中开屏，不幸的是，伴之而来仍是一泡粪。既然来了，就要看个真切，虽然孔雀的瑟缩让我难过，但我让徐师傅接着来，一次一次用拍砖声弄开孔雀的尾羽。果然，往下几次开屏，这孔雀都要拉粪，越来越稀。等稀粪都拉不出来，它也没力气开屏了。我看看徐师傅，这个老实人不得不承认，隆介一直试图解决这个问题，好将孔雀卖上价。刚开始，孔雀还“谎报军情”，爱拉虚粪，就是只拉粪不开屏。经过隆介半年调养，孔雀明显大有进步，会开屏，但总止不住拉粪。隆介正在攻克这道最后的难题。隆介有的是办法，攻克最后的难题只是时间问题。只是，他突然消失，他所有的办法也都消失了。

青霉素

尹学芸

授奖词

《青霉素》以“王云丫”半儿童半成人的视角，迷宫式地叙述了赤脚医生刘正坤被强悍霸道的母亲控制后的心理畸变。小说描摹的是鸡毛与蒜皮，蕴藏的是时代的诡谲与心灵的明灭，其叙事举重若轻间张力阔大。

1

老街有两座四合院，其中一座住了四户人家。比如我们和老石家就住东西厢房，夏天他们热，冬天我们冷。所谓“冬不暖、夏不凉，有钱不住东西厢房”，就是指这种居住模式。正房和倒房住了另外姓氏的两户人家，因为与本文无关，暂且不论。但正坤哥家住了一栋独门独院。正房高大，东西厢房也够格局，若没有正房比照，一点也不像配房。门楼是木头做的斗拱，曾经艳丽的图案都斑驳了，但青石板的台阶光可鉴人。门口一边坐一只石狮子，是与门槛下边的石头台阶连在一起的，比猫大，比狗小。尾部是一团云朵的写意，线条勾勒的地方落满了浮尘。门槛足有一尺高，因为太过年深日久，木纹一条一条都松落了，撕一下就能成一根牙签。没人觉得他家与众不同，那年月，人活得都糙。

当然，他们家人口多。赵兰香和四老歪生了七个儿子，号称七郎八虎，老八是一只黄鼬，经常到他家院子里行走。黄鼬是四老歪的母亲发现的，冬天的月光清白，黄鼬在鸡食盆子里舔一块冰。四老歪的母亲回屋倒了一缸子开水融那冰，从此跟黄鼬结下了情谊。黄鼬经常来串门，却从不偷他家的鸡。黄鼬甚至从瓦垄上给他家溜钢镚，让他家从不少油盐钱。当然这是传言，但这传言知道的人甚广，许多年后，甚至被写进了民间传说，只是时代被往前提了大概一百年，钢镚变成了铜板。那年赵兰香四十三岁，生了老七正辉。婆婆哭着说，你比母鸡下蛋还生得勤，这是要吃人啊……打住打住，老八叫正风，就是那只黄鼬，不许你再生了！赵兰香果然再没开怀，老八黄鼬却从此有了名声。四老歪其实只哥一个，他上面原本有两哥一姐，但都得天花和伤寒死了。“伤”字四老歪读四音，这不是罕村的口音，也有人说是黄鼬的口音。黄鼬跟他什么关系，哪里能讲得清。四老歪什么时候提起伤寒，脸上总是一副寒凛模样，像劫后余生一样，让人误以为得伤寒的是他。四老歪生下来时，脑袋长在右肩膀上，接生婆啪啪给了两巴掌，让他往左歪，果然往左歪了一些。后来他长大了娶媳妇，接生婆还说自己当年手软，若是再给两巴掌，就把歪脖治彻底了。

我们家住的四合院是土改分的浮财。四老歪家的四合院却是祖产。四老歪的祖上曾经跟官去过湖南，也有人说是做太监，告老还乡时，从外面带来了一个儿子。这也都是传言，究竟是哪一辈的事，没有人能说清楚。

四老歪能娶赵兰香肯定是这座大宅的功劳。只是，谁都想不到四老歪会生七个儿子。他本人是个小个子，黄面皮，尖鼻子，尖下巴上长几根狗油胡，多少有些驼背。他倒背着手跟头趔趄地走路，总是急惶惶的样子。其实他不当家，啥事都是赵兰香说了算。

正坤是四老歪的五儿子，我们都叫他五哥。

正坤跟我姐凤丫一般大，那年初中毕业，凤丫当了小社员，正坤被大队送到了县里的卫生站，学做赤脚医生。

这都是赵兰香的功劳。老大正合，去了公社农技站；老二正清，去了水利站；老三正气去当兵了；老四正义生下来是个残疾，活到六岁死了。赵兰香总能跟外面的人打上交道，比如，村里来工作组，派饭一准派到她家。都知道兰香婶子的杏核油烙饼好吃，里面的层薄如纸，而且层多得数不过来。鸡蛋炒得又香又嫩，跟烙饼卷到一起，顶风能香出三里地。赵兰香是个大个子，人也长得漂亮，一张嘴见啥人说啥话，脸上总是浮着笑，大多时候不怎么由衷。她对四老歪不满意，动不动就皱着眉头说："要你干啥使！"

当然，村里也有别的闲言。有人给书记贴大字报，就把赵兰香勺上了。书记趴在桌子上扒拉算盘珠子，赵兰香在旁边扇扇子，脚下趿拉着破鞋子，衣衫不整。旁边有一行字：一丘之貉。这个成语那个时候很少有人知道，村里百分之九十几的人认不完全，所以，很难说有多少影响。顺带说一下，赵兰香家人口多，但谁都休想趿拉着鞋子走路，她的儿子们个个器宇轩昂，衣服一个纽扣都不短。

正坤哥学成回来正是秋天，街上到处都是玉米皮子玉米叶子，风走它们就跟着走，刷刷刷，刷刷刷的，像风拖着尾巴。他每天背着药箱在村里走，药箱上的红十字很抢眼。背襻挂在左肩上，左手在腰间卡握着，右手插在裤子口袋里，一摆一摆地走路，能迷很多姑娘。正坤哥是几个兄弟里长得最好的，连身板都像赵兰香。他从我家门前过，凤丫经常追出去问："有没有人请你看病？"

"还没有。"正坤哥回答得很郑重。他人中很长，重眉重眼，我们都觉得他像戏里的人，不用搽粉和抹胭脂，也有红似白。那时村里有剧团，专门唱样板戏。现在我们说起来也记忆犹新，郭建光、李玉和、杨子荣，都演得有模有样。但有一样，妆化得再好，也没有正坤哥好看。

我们管赵兰香叫表大妈。我小时候就有刨根问底的毛病，特别想弄清楚这个“表”是怎么来的，可父母都说不清楚，不知是几代以前的事了。“一表三千里”，赵兰香也说不清楚。她进我们家就夸凤丫长得水灵，“两家要不是亲戚，结个亲家多好。”

当然没人把这话当回事，表大妈说话时脸上一点表情也没有，你不知她哪句是真的、哪句是假的。只有我记下了，并在心底有了一丝小波澜。

2

大喇叭一喊赵兰香拿手戳，我们就知道正气又寄钱了。正气一年寄钱两次，八月十五寄五块，过年寄十块。我们私下议论说，咋不攒一块寄啊？或者，咋不寄给表大爷四老歪啊？在乡下，男的是一家之主，这种抛头露面的事，理应属于男人。

四老歪也有大号，叫刘庚。可这大号没人喜欢叫，大家张口四老歪，闭口四老歪，大人孩子都叫习惯了。

老街要穿过两条街才到大队，赵兰香去取汇款单时简直是一景。她走长条坑，那里是主路，两只白薯脚迈外八字。她走路的时候又习惯一墩一墩地往后坐，似乎能把地碾出坑来。所以她看上去四平八稳，脚步永远不乱。微微皱着眉，嘴小幅咧开着，似乎正在做不情愿的事。淡绿色的汇款单她用两根手指夹着，遇到谁就举给谁看，像是在展示麻烦。庄户人很少见到这东西，所以总有人问，这样一张纸就能当钱用?

赵兰香认真地解释，这张纸不能当钱用，但往镇上的邮局一放，就有人给钱。

这天晚饭的桌子上，十家有八家会说正气的汇款单。村里也有在外当兵的，但往家里寄钱的只有正气一个人。赵兰香的儿子就是不一样，个个都有出息。

“你也去当兵吧。”我爸王大方坐在小坐柜上，卷烟的时候总是一龇牙，用牙垢去粘合卷烟纸。我哥王永利刚高中毕业，是个娘娘脾气。腊月我爸杀羊，让他帮忙拽羊腿。羊还没杀死，他小脸蜡黄，差一点就吓休克了。

王永利说：“你给我去找工作组。”

我爸“蹭”地跳下小坐柜，就往外走。他是个雷厉风行的人，脾气火爆得像钻天猴和二踢脚。工作组一听王永利是高中毕业，打心眼里高兴。填了表，体了检，结果政审没过关，说我姥姥家是地主。

我姥姥由打年轻时就守寡，受尽族人欺负，没过过一天好日子。定成分时，需要族里出个地主，就把帽子给我姥姥戴上了，没想到还能连累王永利。

我爸一点也不嫌弃我姥姥，说拉倒，这兵咱不当了。

王凤丫尖刻地说：“他当也不见得能往家里寄钱。”

王永利问：“你咋知道？”

王凤丫嘟囔说：“我算出来了。”

我跟王凤丫住一个被窝，家里就少我一床被，所以，她管我叫“侵略犯”，我稍微往她那边一拱，她就说侵略犯又来了。她比我大七岁，已经是大姑娘了。高兴的时候怀里搂着我，估计会想入非非。每晚躺下我都用脚心摩挲她的脚后跟。“有新鲜事儿么？”我喜欢听新鲜事儿，什么样的新鲜事儿我都喜欢。她翻过身来说：“你认识高燕红么？”我说认识。她爸在九队当会计，是个老实巴交的人。但高燕红圆脸大眼，是个厉害角色。

我听过她跟人骂仗，花样翻新，一点不怵头，我顶佩服这样的人。“她上吊死了。”王凤丫捏了下我的脖子，一用力，差一点把我的脖筋捏断。我顾不上呕，赶忙问为什么。王凤丫说：“还能为什么，原本是她去县里学赤脚医生，临了却让刘正坤顶了。现在刘正坤每天背着药箱满村串，她咽不下这口气。”我手心都凉了，没想到生活中还有这么惊心动魄的事。想若真是把脖筋吊断，得是非常难受的事。“都怪表大妈。”想都不用想，原因一准在她身上，她肯定使了法术，把名额给自己的儿子争取了。可村里若是有个女赤脚，也是很好玩的事情啊。

“赵兰香说，那丫头想不开。如果你想当赤脚，明说啊。我们家老五去不去都行，他还可以学别的手艺。这也犯得上上吊？”

“是犯不上。”我若有所思地表示同意。

“你知道什么！”王凤丫气得舌头打结。

我谦虚地说：“我是不知道什么。”

王凤丫说：“表大妈才是得便宜卖乖，为了让刘正坤当赤脚，她吃奶的劲儿都使出来了。”

“吃奶的劲儿怎么使？”我瞪大了眼睛，我当真不知道。

王凤丫蹬了我一脚，懒得再回答。

夜里，我把王凤丫冰醒了，王凤丫一声怪叫，逃到了被窝外面。我说，哪这么大的水，你尿炕了？王凤丫说，是你尿炕了，把我漂出来了。我说，这水冰凉凉的，不像尿。王凤丫往我身上摸了一把，说你可能要死了，身子都凉了。

我说："我是要死了，地上都是小白人，在向我招手。"

王凤丫摸到堂屋地，用瓢往缸里一捅，冰碴发出了咔啦啦的碎裂声。她咕嘟咕嘟喝了半瓢水，这才喊我妈："王云丫要死了，身子都凉了。"

我妈过来摸了我一把，说我热着了，把被子往起翻了翻，说透透汗。可早上我的身子火炭一样地烫，烧得眉眼不睁。我妈说，不好，这丫头忽冷忽热，八成是得羊毛翻了。

也顾不得烧火做饭了。我妈衣衫不整端着小面瓢东一家西一家去借荞麦面。借到第五家，才借到那么一捧，我妈答应以后用白面还给人家。治羊毛翻只有荞麦面好使，这是祖上留下来的偏方。用鸡蛋清和面，把荞麦面搓成一个长条卷，然后在我后背上滚。只滚了那么几下，王凤丫就喊："出翻了，出翻了。长毛了，长毛了！"

我妈把荞麦面卷拿给我看，那上面似乎是有毛茸茸的东西。"你身上长羊毛了，以后就可以变成小羊羔。"

那敢情好。我有气无力地想，那样就等着别人给我割草了。

我身上一丝力气也没有，胳膊腿像是安上去的，想动一下都觉得艰难。外面下小雪了，爸、妈、哥、姐都去队里出工了。他们喜欢这样的天气去上工，在那里纳一会儿鞋底，聊一会儿天，工分白给一样。中午他们吃饭我没吃。下午他们又去上工了。我实在烧得难受，起来喝了三次凉水，后来就迷糊了，想，有凉水也喝不上了。我以为我睡着了，可凤丫收工回来喊不醒我，爸妈一下就慌了。

爸背着我往公社卫生院走，走到村口正好碰见赵兰香表大妈。听说我们去医院瞧大夫，表大妈张开两只手臂往回轰我们，“回去，回去。家里有大夫，还跑那么远干啥？”我爸不是信不过赤脚刘正坤，是慌乱时刻把他忘了。表大妈这一提起，我爸也想起来了。他和表大妈一起往回走，到路口分岔时，表大妈说，你跟孩子在家等着，我这就让正坤过去瞧。

于是，我一天打四针青霉素的日子就这么开始了。正坤哥说我高烧必有炎症，有炎症必要消炎，消炎必要用青霉素，连国家领导人现在都用这个。说真的，正坤哥下手有点重。尤其是打第一针，他手有些抖，额上有重重的汗气。往下扎针时，像掘井一样剜了剜，突然惊慌了一下，迅速把针抽了抽，又重新往下刺去。我家里人都在旁边围着，针头没入皮肉里，他们都舒了一口气。可正坤哥惊慌一瞬给我留下了太深的印象。针扎在我的皮肉里，这与扎别人不一样。第一次扎针结束了，正坤哥收拾好东西往外走，我觉得，他是踩了棉花垛了，脚被门槛子绊了一下，险些摔倒。第二次来，他已经从容了。他举着针管朝天观察时的神态相当迷人。他眼睛很大，睫毛很长，嘴唇抿紧时嘴角能旋出豆粒大的酒窝。我不由想起了凤丫，想如果他们能扯上关系该有多么好。他使用针剂也越来越娴熟，用医用剪刀“啪”地打断药管的颈项，用针头把药液吸进针管，然后对我说：“翻过来，打左边还是打右边？”

才几天的时间，我的两边屁股就像鞋底子一样硬板板，捏一把都不知道疼。但我的凉汗越出越少，眼珠像是掉进了眼眶里，但有神了。身上也逐渐有了力气，我妈给我吃煮鸡蛋，我吃了蛋黄，把蛋清扔在了后院的枣树下，用一块硬土压着。我总觉得没煮熟的蛋清像鼻涕一样让人恶心。

许多年后，我只吃这样的蛋清了。煮鸡蛋时守着锅，从来不敢超过六分钟。人在时间的流程中总是在变来变去。这一点，我体会得太深了。

上级来做流行病调查，问了我的情况，归纳了几个特点，虚寒，发热，无力，厌食等等，基本可以判定是伤寒，一般潜伏期是两到五周。听说我每天打四针青霉素，上级来的人说，方向是对的，就是药量有点大。

问打几天了。我抢着说，打十九天了。好了还多打了两天。正坤哥说，我的病凶险，需要巩固。

3

我那一个月没洗头，头发里长了很多虱子。凤丫扒着头发给我捉虱子，那些肥大的，都被她装进小药瓶里，然后再灌上水，那些虱子在水里浮着，好像会游泳。她还爱撸虮子。它们成串地长在头发上，把人长成了白毛女。活的虮子能挤出一股水，能听见“吧唧”一声响，凤丫挤得特过瘾。捉是捉不干净的，凤丫便给我涂敌敌畏、六六粉，我走到哪里，空气里都是一股呛鼻子味道，头皮被涂得雪白。我的头发越长越长，发根还带一些自来卷，特别适合隐藏，而且透气。虱子在我这里是个顽固问题，很久都没有彻底清除。后来我经常想，怎么就没一剪刀齐根剪去呢？得减少多少麻烦啊。

但那时我未必同意。后来我女儿长大了，一个小女孩如何呵护头发，我是深深领教了。

我差不多是村里第一个接受正坤哥治疗的人。当然，过去也有人找他，但不过是拿点药，或给伤口擦点碘酒之类。正坤哥边看说明书边给人拿药，现学现卖。像这样正儿八经地打这样多的针我肯定是第一个。关键是，正坤哥把我的病彻底根除了，那简直是……妙手回春啊。

从那儿以后，正坤哥就变了。这当然不是我发现的，我上学放学很少看见他，而是听姐姐凤丫说的。正坤哥跟过去的体态和眼神都不一样，越来越像名副其实的大夫。比如，街上看见小孩长眵么糊，他也要让人家伸出舌尖，转转眼球，把听诊器放到人家的胸脯上，或者给人家把把脉——小孩子有脉么？村里人真就这么认为，你若说腰疼，他会说八十八长腰渣——你有腰么？所以，村里很是有人看不习惯，说闲话。但那是少数人，在背后。当面越来越多的人叫他刘大夫。有一次，他回家吃饭时碰见了凤丫，让凤丫喊他刘大夫。凤丫红着脸告诉我说，真不要脸。我眨巴着眼睛看凤丫，不明白一句“刘大夫”跟“不要脸”有啥关联，换了我，我就叫。

那天是周六，风刮得紧。傍晚的时候压了些风，我刚走到门外，就见有人三五成群地往西走。我问她们干啥去，她们说，看热闹去，正坤的媳妇来了。我心里“咯噔”一下，想，没听说过呀。我慌忙回屋围上紫花头巾，撒腿就往外面跑。紫花头巾是我爸新给我买的，花了四块五。又大又方又有毛性，看着就暖和。因为身上的衣服都是凤丫的衣服改小的，这个头巾简直是我的昂贵财产，除了吃饭睡觉，我干啥都围着。正坤家的大门外围着许多人，但大家都不往前走。门槛子上有个女的揣袖坐着，微微叉开腿，鼻子都冻红了。但这真是个好看的姑娘，皮肤白净，眉眼清秀，细瘦的脖子从紫花棉袄里长出来，是一副不屈不挠的样儿。她微微垂着头，发帘斜斜地遮在额头上，眼睛盯着台阶下面的某个地方，似乎是下决心要长在门槛子上。我说过，那副门槛子有一尺高，姑娘坐上去有一种无法言说的气势。她看着孱弱，却分明有一种力量存在着，让人不敢小觑。她不时咬一下下嘴唇，芝麻牙白晃晃的。

赵兰香正在院子里骂：“瞧你长得就像死小鸡子，哪一点配得上我们正坤。正坤现在是赤脚医生，全村人的病都会看……”

女孩说：“我也是赤脚医生。”

赵兰香说：“你是哪个娘肚子里的赤脚？也敢到我赵兰香家

的门口撒野，也不撒泡尿照照自己，跟我打嘴仗，你配么？”

女孩说：“你也没啥了不起。”

赵兰香忽然举着扫把冲过来。扫把举得高高的，人像风车一样踉跄。有人拽那个女孩说快避一避，女孩却像钉住了一样不动，连眼睛都不眨。赵兰香一下拍到了门板上。赵兰香哭着说：“有人养、没人教的烂货，居然敢上门骂我，再骂我撕烂你的嘴！我家正坤就是打一辈子光棍，也不会娶你个狐狸精，你就死了心吧！”但赵兰香一滴眼泪也没有。她使劲挤眼睛，还是没一滴眼泪。

女孩喊：“刘正坤，刘正坤！你当初是咋跟我说的？海枯石烂心不变！你咋这么快就变心了？”

没人应声。但刘正坤肯定是在家里。赵兰香把扫把使劲一扔，扫把滚到了院子里。谁都没提防她猛熊一样扑上去，用一只胳膊套住女孩的脖子，一下就把她掀翻了。女孩仰面摔到了门槛子里，赵兰香跳着脚踹了好几下，女孩滚到了院子里。

女孩冲着灰蒙蒙的天空嚷：“刘正坤，你死了么？你就不能出来见我一面么？”

我冲到了台阶上，一仰头，一下捂住了嘴。我看见有个人坐在东厢房的屋脊上，面目模糊，但是正坤哥无疑。

我的心“咚咚咚”地跳，像是发现了重大的秘密，不知该把这个信息告诉谁好。表大妈说那个女孩是狐狸精，这都是很严重的事。我突然冷得浑身发抖，觉得应该把这个信息告诉凤丫，我模糊觉得，这个信息应该与凤丫有关联。我撒腿就往家里跑，在炕上暖和了好一阵，凤丫还没回来。我趿拉着鞋子到外面张望，风吹凉了耳朵。我一摸脑袋，围巾不见了。我提上鞋子冲刺一样往现场跑，那里人已经散了，只有大槐树黑黝黝的影子。那棵树长在门口的对面，平日没怎么注意到。还没容我闪身，两扇木门开了，背着药箱的正坤哥走了出来。他说，你在这里干什么？我说我的围巾丢了，来找围巾。他说，是那条紫花的吧？肯定是从后面被人抻走了。我突然想，他坐在屋脊上，说不定什么都看见了。这是一件悲伤的事，可我顾不得悲伤。我特别想知道那个姑娘去哪了，他和姑娘之间发生了什么。可我还小，问这些事觉得有些害羞。

一瞬间的犹疑，正坤哥已经消失了。他看上去与平时没有什么两样。脚步很重，震得冻土“梆梆”响。这让我有些惶惑，也许是因为黑天的缘故，我什么也没能看清楚。

凤丫把眼睛睁大了，“你说表大妈会骂人还会打人？”

我故意不搭腔。凤丫踹了我一脚，“问你话呢。”

我撇着嘴说：“你可别打算嫁给正坤哥，有你受的。”

凤丫又踹了我一脚，“瞎说什么……赵兰香的假模假式谁受得了。我告诉你，赵兰香心里有人了。”

吓了我一跳。又不是她嫁人，怎么是她心里有人了？

我问那人是谁，凤丫却转了话题，说起与正坤哥相好的姑娘，是河东小麦河村的人。她和正坤在县里学医的时候谈起了恋爱，正坤迟迟不去她家求亲，是表大妈不让。娘俩甚至闹到你死我活的地步，到底还是正坤哥败下阵来。那姑娘自己找了来，没想到大冷天连门都没让进，还挨打受骂。

“你听谁说的？”我问。

不等凤丫回答，我就长长地“哦”了一声。我开窍的感觉就是始于那个晚上，觉得想通了一些事情。

“你是不是很难受？”我有些怜悯凤丫。这里面有很复杂的情感，真担心凤丫听不明白我的话。

凤丫趴在枕头上，别过脸去，不一刻，又把头扭了过来。她两只脚丫敲打炕，别提多没心没肺了，“你说正坤在东厢房的屋脊上坐着，他干啥坐在那里？”

“我咋知道？”我突然有些泄气。

小卖店的人也挣工分，但人家这一天的工分挣得多容易，风吹不着，雨打不着。还有，没人的时候不会偷偷剥块糖或掰块点心放嘴里？打煤油或酱油多打一两也是可能的。我去买橡皮铅笔时，经常会审视那么多的货物，算数再好，要想数清楚也是困难的。我还清楚地看见半块点心掉在了地上，一直也没人捡。在他们眼里，这都是寻常物吧。我每次去小卖店都会顾虑重重，都会迟迟地移不开脚步。我心里的疑问太多了，那两个人让我充满了不信任。

售货员是一男一女，一老一少。我就爱打量铁秀珍，她两根辫子活像猫尾巴，又细又黄。刀子脸，就是比鞋拔子脸要窄，上面种着许多雀斑。罕村没有比她更难看的姑娘了，她说话的声音还不好听，起高音时，像着急的家雀子一样，吐不清词儿，你不知道她在说什么。

可她偏偏要嫁给正坤哥了。下聘礼那天，他们那条街都高兴，就像家家办喜事一样。不知凤丫怎么想，反正我是很难过。这种难过我甚至想找正坤哥表达一下。吃甜棒时手割了口子，要在平时，找点细土面或草木灰摁上了事。可这天我跑到了大队部，推开了医疗室的门，正坤哥正给一个人处理伤口，那个人被铡刀切去了半个手指头，几层纱布都湿透了。

在旁边无聊，我逛到了隔壁的小卖店。那个老头不在，铁秀珍在柜台里坐着，抬起头来问了句，“买啥？”

“不买啥。我手割了口子。”我举起食指给她看，流了一些血，可已经风干了。我挤了挤，已经不出血了。这让我一下没了信心，少了些找正坤哥的理由。

铁秀珍对我的手指不感兴趣。她扫了一眼，便又埋下头去。我往里探头看了一下，发现她在织毛衣。我忽然有些高兴，大声说：“你是不是给正坤哥织毛衣？”

铁秀珍也高兴了，挑起小眼儿上边的眼眉惊奇地说：“你咋知道？”

我们俩突然都笑了起来，很默契，仿佛这是一件特别好笑的事。笑够了，铁秀珍说，你猜得不对。这个毛衣不是给正坤织的，是给正坤他妈——我婆婆织的。她把毛衣举起来，“我婆婆”几个字说得有些显摆，我甚至觉得她都脸红了。只是她面皮黑，不好判断。毛衣已经织到腰身了。那是一种湖蓝色的毛线，用的是棒针竹签，看上去很柔软。她问我：“好看么？”

“的确好看。”我说得很是由衷。

她眯起眼睛朝我了下，说回头我也给你织一件。不等我有所表示，她又说，你有毛线么？

我听不出这话里的其他意味。我对铁秀珍充满了好感。

我和凤丫一下子就成了对立面。她每每说铁秀珍不好，我就替铁秀珍辩护。比如，她说铁秀珍厉害，有名的浑不讲理，跟家里人打架也死去活来。我则说她心地善良，乐于助人。

“她还想给我织毛衣呢。”我举例。

凤丫笑得像抽了羊角风一样，浑身缩成一团。我难受地看着她，心说人怎么会笑成那样，太不正常了。后来她平躺着，身子还笑得颠了起来。她把胳膊横在脸上，我看她笑出了眼泪。然后，她迅速地翻了下身，把后背朝上，肩膀一耸一耸的。

我因为看了几本书的缘故，多少明白些这种情感。我扳了一下她的脸，说你是不是爱上正坤哥了？

她像鱼一样又翻了过来，眼睛都红了，可她还是满不在乎的样子，把脸上的头发往后一胡撸，说怎么可能，就冲正坤这么听他妈的话，将来谁嫁给他也不会幸福。

这话我又不爱听。儿子听妈的话，能有错？

“你看正合、正清的媳妇，哪个不是让婆婆欺负得小鸡子似的？”

她俩都受气我是知道的。一条街挨门挨户数，哪个儿媳妇不受婆婆的气？ 多年的媳妇熬成婆么，不给儿媳妇气受，这婆婆岂不是白熬了？

我就是这样想的。 凤丫戳了我一指头，说等你有了婆婆再说吧。

正坤和铁秀珍早早就住在了一起。 白天上班都在一个院子，晚上正坤哥借口值班，特别方便。 只是那张医疗床太窄了，不知他们是怎么睡的。 他们也不太在乎别人说什么，还没结婚，铁秀珍就把“我婆婆”挂嘴边上了。 她特别爱提“我婆婆”。 赵兰香提起铁秀珍就笑得合不拢嘴，她说娶的这几房媳妇，顶属这个满意。

我则想到了小卖部里的那些货物，经常想象铁秀珍会像耗子一样往婆家搬运。

正合和正清都自己谈过恋爱，赵兰香表大妈都没答应。 正合谈的还是个中学老师，教过我物理，长着圆鼓鼓的额头，是个特别聪明的人。 赵兰香对那些女人统统不放心，而是从娘家庄上找姑娘，头次见面都要叫她一声姨或姑。 媳妇进了门，都跟她处得像妈和闺女，吃饭抢着盛满饭碗，去茅房解手一个在里蹲着，一个在外站着。 过些日子就不行了，婆婆在背后说媳妇馋，媳妇在背后骂婆婆懒。 老三的媳妇甚至闹到离婚的地步，非要打掉肚子里的孩子。这些都威胁不了赵兰香，她在街上叉着腰说：“我又不缺儿子又不缺孙子，去穿红的来挂绿的。反正我儿子马上就要提干了，谁家有闺女赶紧提前打招呼，来晚了就赶不上趟了。”正气媳妇小眼珠瞪得溜圆，也只得偃旗息鼓，再不敢跟婆婆对峙。后来她跟正气去了西藏，从此再不登婆婆门槛。

表大妈在罕村声名远播，别人都是鸡蛋，只有她是石头。这是她自己说的。

这个冬天我十三岁。记忆深刻的事情是终于有了一条自己的内裤。不是穿不起，是大人想不起来。一条街上同龄的女孩子七八个，都没有穿内裤的习惯。内裤是平角，黑地红花。更深刻的记忆是，这条内裤整个冬天都没有洗。春天脱下来时，能自己立着。这真是让人害羞的记忆，我经常想，怎么就没人提醒应该干点什么。或者，你自己就不知道内裤穿那么久不舒服？

转年刚一进腊月，正坤哥结了婚。那时婚礼大多在腊月办，说农闲是好听的，最本质的意义在于剩饭剩菜能留下去，甚至能留到过年，过年就不用买肉了。那时的冬天可真像个冬天，从没有暖冬之类的说法，大气层相当给力。进了腊月天就会降大雪，早上起来草房屋檐下的冰锥能有两尺长。小孩子的棉衣都一把抓不透。大树小树都穿白戴白，像万朵银花竞相开放。当然，我这样说是用了夸张的手法，王凤丫一听就很不耐烦。她心情不好，正坤哥的喜酒也没去吃。我心情很好，表大妈说让童男童女去压炕，问我去不去。还用说？别人家都是小子压炕，好生孙子。表大妈是让男孩子吓着了，她希望家里能有女孩。我早早换上新衣服，洗头发，扎小辫，辫梢系个蝴蝶结，把自己打扮得漂漂亮亮的。正坤哥的洞房是在正房的西屋，一下就能看出待遇来。正合、正清、正气结婚都在对面厢房，他们谁也没捞着住正房。当然，表大妈也想把铁秀珍娶在厢房，但铁秀珍不答应，坚决不答应。她就得住正房。正房与厢房不一样，要高出一个头，小格子窗上是盘叉图案，新糊了毛头纸，上面贴着红囍字。新铺新盖一衬托，这大房子就像宫殿一样，厢房哪有这气派。四个压炕的孩子属我大，另三个都是秃小子，最小的才六岁，大概刚学会不尿炕。我们在炕上一溜排开，我睡炕头。因为烧了太多的火，身底下热得像是要烤白薯，人像待在夏天一样四抹汗流。六岁的小子刚要打呼噜，我说，我给你们讲个鬼故事吧。我肚子里有很多鬼故事，都是听正坤哥的奶奶说的。他奶奶小小的个子，花白的头发挽个髻，满脑子都是神鬼。我记事的时候她就已经八十多了。有一天，给我讲完故事她就死了，是在太阳底下晒死的。

说有一户人家的儿子四岁了，一到夜里就哭。问他哭什么，他说看见了大白人，像房那么高。大白人每晚都来，只有四岁的孩子能看见。后来他们请了捉鬼的，从后河堤一直尾随到和尚坟，原来鬼是从那里来的。他们把坟刨开了，见那白衣服叠得整整齐齐放在一边，鬼在一个角落缩着。捉鬼人扬起铁锹一拍，就把鬼拍扁了，再一铲，扔到了白衣服上。早有人准备了火柴，把那衣服点着了，大家围住那火，不让鬼窜出去。鬼身上没肉，比纸还不经烧，忽燎儿一下，就没影儿了……

我的本意是说，鬼没有什么可怕的。这不是正坤哥的奶奶教我的，是我自己总结出来的。说真的，给这些小人儿讲故事我很乏味，只不过有些技痒。其实很敷衍，只讲了个大概。就这，还把那个六岁小子吓着了，哭嚎着要找他妈。这样一折腾，半宿也没睡着觉。眼刚一打扎板儿，鞭炮噼里啪啦响了，新媳妇进门了。

娶新亲的是我哥王永利和嫂子张圣文，他们是早一年结的婚。我哥算老高中生，凡事有点不信邪。娶亲要赶早，这个道理谁都懂。因为同一天结婚的人多，谁先娶回谁发家，这是老例儿。所以早晨三点、四点就娶亲的大有人在。但铁秀珍有条件，她不单要在罕村抢第一，还要在全国抢第一。这天是腊月初八，阴历阳历都是双日子，全国结婚的不定有多少。为了保证全国第一，她要求时钟敲过十二点娶亲的人就得上门。因为路太近，他们不能走村里，要到村外绕一圈。我哥颇有微词，说这有点像脱了裤子放屁。就这大雪天，村外的路又不好走，新媳妇上了车就不能下来，漆黑摸眼的，谁能保证路上不跌跟头或有个闪失？我哥被一致讨伐，不该说不吉利的话。他哪里拗得过乡风民俗，虽然不情愿，也得乖乖照办。古时候娶亲要抱小绵羊，预示六畜兴旺，现在改抱个大皮袄。铁秀珍要求这个皮袄是新的，我妈把我姥姥的皮袄借了来，是我爸给她买的羔羊皮。去时我嫂子抱着，回来铁秀珍抱着。铁秀珍嫌羊皮的味道冲鼻子，一路都在抱怨。大家都配合铁秀珍把这个婚礼办了下来，铁秀珍也带来了不菲的嫁妆。大包小包的布料，大梗小梗的条绒布，涤卡、凡尔丁、华达呢、哔叽，每样都有几块。大家一边翻她的包裹一边咂舌，说以后铁秀珍会把日子过天上去，她可会算计呢。

晚上吃子孙饽饽，她说咸了，要重包。赵兰香那样大本事的人也没了脾气。她指挥人重新调馅，捏着一撮盐的手抖着不敢往里放。煮好的子孙饽饽系上红线绳，她亲自端了上去，铁秀珍喂了她一个，她满足得像小猪崽一样哼哼了三天。

4

“打针青霉素吧。”

“你打青霉素了么？”

有一段时间，我们村的人把这句话挂在嘴边。发烧要打，咳嗽要打，眼睛肿了要打，腿受伤了也要打，仿佛不打就跟不上流行。正坤哥的手艺越来越有名。王凤丫嫁出去十里地，那村上的孩子还有跑过来打针的。因为正坤哥打针不疼，轻轻一刺，就像被蚊子叮了一口。收针时又温柔又果断，正坤哥的食指摁上去，那枚指甲就像充血一样粉红。很多人都爱看正坤哥的手，洁净修长，葱白一样，指甲似乎从没长长过，外缘呈弧形。不管面对什么样的病人，正坤哥从来没有不耐烦过，而且不嫌脏不怕累。半夜三更有人喊，他背起药箱就走。正坤哥的医术也见长，他又学会了输液。可别小看那枚小小的输液针，捏住，又稳又准地刺进血管都不是容易的事。村里的人得了大病在外住院，经常说那些年轻的护士，手艺还不如我们村的赤脚医生呢。

毋庸说，输液又成了村里的流行语。医疗室里那张床，正坤哥铺得像落了一层雪，一点针渣糊焦也没有。感冒发烧去输点液，简直是人生的一大享受。经常听村里人说，找正坤输点液吧，一输就好。更有人说，输液比打针好受，那液凉凉地在血管里走，就像伏天吃块井拔凉水冰的西瓜。你不能说罕村人说的没道理，那道理确实是他们的真实体会，尤其是大姑娘、小媳妇，有时候渴望生病像渴望什么似的。这话是铁秀珍的原话。她说你当罕村的大姑娘小媳妇爱生病？那是因为有刘正坤！她说这话笑呵呵的，一点也不带情绪。相反，脸上都是满足和得意，仿佛刘正坤是她手里的一块宝，那块宝能换来大大小小的钞票。

村里人都很庆幸，当初培养了刘正坤这样一个人，是多么正确。比上吊死了的那个丫头不知强多少倍。

要说出过什么事，那也是在所难免，罕村人想得开。比如一个叫张占刚的人，才四十出头，有一晚觉得心脏不好受，输了一瓶液后，就彻底好受了。村里人会这样说，这是寿命，怨不得别人。还有一个七十几岁的老太得了肾结石，疼得实在受不了，央告正坤哥给输液，输着输着人就死了。大家都说，她终于不疼了，这是哪辈子修来的福分。

对于生死村里人的看法向来豁达，他们不当回事。

其实，事情肯定不止这些。常在河边走，那就得湿鞋。罕村人对正坤哥那真是没说的，包容加理解，当然，这是我说的。有一次，村里有个得伤寒的孩子死在了医院，据说是引起了并发症。村里人说，瞧，这要是让刘正坤输液，保准死不了。同样是伤寒，王大方家的二丫头那么重，不也输活了？

他们说的二丫头就是我。十几年过去了，那一天四针青霉素还在见证奇迹。

铁秀珍没嫁过来之前，四老歪表大爷家一直很平静。表大妈赵兰香像个老帅一样坐得住阵，儿子、媳妇、孙子、孙女都围着她转，她指东别人不敢往西，她打狗别人不敢骂鸡。铁秀珍嫁过来就不行了，她要给刘家改规矩。过去，正合、正清的工资都上交，媳妇们花一分张口跟婆婆要一分，比当下的财务制度还严格。媳妇们要一次钱，哆嗦一回。要五块能给三块就不错了。这还是大媳妇。二媳妇不受待见，要三块顶多给一块五。在他们家其实有许多笑料。媳妇们来月经不使卫生纸，而是用布袋子装草木灰，当卫生用品。这是赵兰香她们那代人年轻时用的招法，没想到借尸还魂了。铁秀珍哪受得了这个，她在娘家就天不怕地不怕，帝修反来了坚决打，还怕你个老太婆不成！铁锈珍要求正坤哥的收入她保管，否则就分家。赵兰香简直气疯了，天下居然有这样做媳妇的，嫁过来还不到一个月，就开始造反。这还了得！娘俩从吵嘴到对骂，谁都不退缩。铁秀珍心想，我这次退一回，这辈子就会让你攥出尿来。赵兰香心想，即便你是皇上的女儿，嫁到刘家就得守刘家的规矩，管不了你我怎么管别人？人一撕破脸，就说话没好嘴，走路没好腿。铁秀珍越骂越痛快，说婆婆如何压榨儿媳妇，倒不是指自己，而是指所有媳妇。因为常年不用卫生纸，裆里像烂泥一样臭烘烘，家里整天一股子糜烂味。“你不把别人当人，就不配别人把你当人。也不撒泡尿照照自己，有你这样做婆婆的么？你不配穿我织的毛衣，脱了，你给我脱了！”铁秀珍的小刀子脸寒光凛凛，手指点着赵兰香的鼻子，硬生生地让她把毛衣脱了下来。大家都说，赵兰香这回可遇见茬儿了，啥婆婆使啥媳妇。

“撒泡尿照照自己”，是赵兰香的口头禅，没想到铁秀珍用起来也轻车熟路。村里河也有井也有，何至到撒泡尿照镜子的地步。那种极度蔑视、轻贱真是在骨子里，细一琢磨，没有比这更狠的骂人话了。

有一句话格外刺耳，铁秀珍说赵兰香跟大队书记搞破鞋，你当罕村人不知道？ 呸，纯粹是捂着耳朵偷铃铛。 人家不是不知道，是装不知道，护着你那张老脸，否则臊也把你臊死了。 铁秀珍用一根食指划拉脸，那是没羞没臊的意思。 大家往回一想，可不得了，大队书记不就是铁秀珍的爸么？ 在罕村统治若干年，最近才被人拉下马。 被拉下马的第二天就找姑爷输青霉素，说喉咙肿得吃不进东西。 铁秀珍没文化，但脑子好使，宗宗件件的事都记着。 说赵兰香给书记送年糕，就像《夺印》里的烂菜花一样，来了就不走。 为了让自己的儿子当赤脚医生，她像狗一样三更半夜钻寨子窟窿。 钻进来干啥？ 你当别人都是傻子？ 赵兰香一下就给骂晕了。 她家墙外边有个碾盘，开始她抚着大腿在那里哭，哭着哭着就没气儿了。

婆媳开战的时候永远看不见正坤的身影。 赵兰香一没气儿，他不知从哪钻了出来，也不慌，也不忙，掐人中，泼凉水，就像对待其他人一样，总算把老娘救活了。 赵兰香不依不饶，非要输几瓶液。 她在医疗室的床上躺了好几天，正坤哥每天寸步不离地伺候，直到有一天，赵兰香自己都觉得不好意思了。

铁秀珍经济上闹独立还只是第一步。 第二步，她在住房上闹独立。原来，她跟正坤定亲后，就给自己选了房基。那时她爸还在位，把大队院墙外的一处空场批给了她。这件事做得隐秘，连正坤也不知道。所以铁秀珍闹独立有充足条件。自己手里有几个钱，又跟娘家拆兑一些，就把房子盖起来了。大家发现了一个奇怪的现象，铁秀珍跟婆婆骂战也好，盖房也罢，刘正坤都不参与。你永远看不见他有态度。他每天背着药箱走街串巷，像个不食人间烟火的圣人。他脸上永远挂着淡淡的笑，不温不火，几十年如一日。除了做大夫，他啥也不做。包括下地干活之类，都是铁秀珍一个人泥里水里摸爬滚打。他没烦过谁，也没朝谁发过火，跟谁都没产生过一丁点摩擦。他就像个蜡人，温度几乎恒定。

于是人们开始往回想，他不当赤脚医生之前什么样。他初中毕业参加了几天生产队劳动，不出挑，也是沉默寡言的一个人。歇工时自己坐在远离人群的地方，玩小虫子。有一次，他把蚂蚱用草梗穿起来一串，挂到了树上，收工带回了家。也有人问他干啥使，他一笑，没说。

他很少跟人交流什么，见面说话永远是几句客套。

铁秀珍的行为，等于给刘家铁板一样的生活撕开了缺口，以后这个缺口再没能愈合。赵兰香只得给儿子们分了家。老大老二也先后要了宅基，从老宅搬走了。老宅分给了老三和老七。后来，老三正气转业到了北京，在环保部门做督查。他自从做了军官，就再没给家里汇过款。老七正辉大学毕业以后留在了天津，做规划设计。他们经常很长时间不回家，老宅就剩下了表大爷和表大妈两个人，还有门口的两个石狮子。那两个狮子也老了，眉目越来越模糊。表大妈经常骑着小三轮赶大集，到集上去吃煎饼果子。她逢人就说自己有多后悔，当初瞎了眼，找了铁秀珍这么个媳妇，把好端端的一大家子人搅得七零八落。早知这样不如让正坤娶那个赤脚医生了，眼下人家在县里的医院做大夫，已经是主任了。

也有人把这话传给正坤，想看他的反应。正坤只是一笑，一句话都没有。

5

正坤哥的婚姻生活，没人能说出个子午卯酉。他幸福么？如果央视去问他，估计也问不出所以然。大家都知道，铁秀珍说话做事看他眼神。那眼里有情愫，也有畏惧。铁秀珍蛮横是出了名的，打遍街骂遍巷，在正坤哥面前却乖得像只猫，说话都不放开音量。她每天都往医疗室跑，梳洗头脸，换干净衣服，扶着门框笑着问正坤中午吃啥饭，正坤只回答两个字：随便。铁秀珍再问，吃葱花馅饼行么？正坤哥头也不抬地说，行。于是铁秀珍心满意足地走了，回家换上家居衣服，烧火做饭。她的刀子脸越来越圆润，雀斑的颜色浅了，走路雀跃着步子，眉眼里盛着欢欣。这是日子过得舒心的标志。他们家买齐了所有的电器，邻居都把肉放进他们冰箱。他们生了一对龙凤胎，哥哥叫大水，妹妹叫小水，是正坤哥起的名字。他们是龙年生的，龙行云，有云就有雨。

这寓意不错。

铁秀珍可圈可点的地方真不少，她远不像表大妈说的那样一无是处。大家都说，自打跟正坤哥结婚，她就像变了个人。家里那样多的地，耠犁锄耪春种秋收都是她一个人。要知道，她做姑娘的时候从没付出过辛苦，横草不拿竖草不捏。孩子小的时候，她用自行车糖葫芦似的带着送到娘家，让姥姥照看，下地回来再把他们接回家。大水装一个筐里，小水装一个筐里，再把两只筐拴在一起，她才去做饭。表大妈心安理得地做闲云野鹤，跟人家斗小牌，因为一块钱输赢大打出手。也有人问她为啥不给儿媳看孩子，表大妈说，我的儿子我婆婆就不给看，我凭啥给她看?

大家都觉得她没说真话。她的理由也不是个理由。

搬进新房以后,正坤哥有时很晚才到老宅来,不徐不疾地迈着步子。黑暗像一层蛛网,轻易就被他戳透了。我遇见过他两次,黑暗中有脚步沙沙地传来,我本能地往路边靠,还有几步远,正坤哥说:“是云丫啊,吃了么?”声音明显持重,像个上了年纪的人。我说吃了。他站下来跟我说话,打听凤丫最近有没有回家。凤丫随军去了山西,后又转业回了埙城,这样一随一转,凤丫变成了公家人,拿为数不少的工资。说起凤丫,大家都说她命好,我自然有几分炫耀,用夸张的语气学说她工作上的事情,黑暗中正坤哥眼睛熠熠放光,我心里一动,想起凤丫又笑又哭的样子。那是我告诉她铁秀珍要给我织毛衣,她笑得抽搐,像得了羊角风。那时候真是不懂她为什么会那样,还有铁秀珍说的那句话:你有毛线么?

凤丫自然是什么都明白,因为她是大人了。就因为是大人,她才笑成那样,这其中有多少微妙和不甘哪!她不肯参加正坤哥的婚礼,那一天我们又吃又喝,压炕,讲故事,娶亲,放鞭炮,热闹得不得了。谁也不知道她去了哪里。我暗暗叹了一口气,想凤丫如果和正坤哥走到一起,真是好姻缘哪。我又叹了一口气，他们走不到一起。凤丫清楚地说，正坤哥那么听他妈的话，谁嫁给他也不会幸福。凤丫是明白人，也许是太明白了。

我骂凤丫傻，铁秀珍不是也挺幸福？

当然，后来我们又探讨这个问题时，凤丫说我傻，那么简单的问题都想不明白，“即便我同意，正坤同意，表大妈也不会同意。咱家有啥？爸就会跟工作组对着干。正坤那么好的条件，她找个大队书记做亲家，已经是最低标准了。”

“他有啥好条件？”

“长得好，职业好。”

“啥叫最低标准？”

“她瞧不起我们家。”

“她说你长得水灵。”我还记得表大妈当年说的话，“两家若不是亲戚，做个亲家多好。”

“你做个试试。”凤丫的嘴角翘了起来。她也是个好看的女子，但说心里话，她没有那个女赤脚医生漂亮。但若要跟铁秀珍比，那简直不在一个档次。凤丫每要说不屑的话，都会翘起嘴角，“那个赤脚医生你忘了？大冬天来找正坤，她连门都不让人家进，在这之前我都不知表大妈又会骂人又会打人。”

“肯定是正坤哥不听她的话了。”

“所以她把气撒到了女赤脚医生身上。”

“正坤哥就在东厢房的屋脊上，院子里发生的事他都能看见。他甚至看见了谁抽走了我的围巾。”时过境迁，我说话明显有些不实事求是。

“他不能坚持到底，他其实是个废物。”凤丫的口气突然变得冷冷的，“他是个不负责任的男人，遇到事了就会逃避。”

“哦。”我有些泄气。凤丫的这些评价让我酸溜溜的。在我心里，正坤哥是个优秀的人，任何瑕疵也没有。听凤丫这么一说，正坤哥好像一无是处。我怜悯地看着凤丫，觉得她的幽怨里藏着嫉妒。他们中间隔了一条河，谁都不肯往前迈，结果造成了终身误。这是我很多年之前的想法，现在仍然这么看。

相比之下，凤丫无疑更痛苦些，“他还脚踩两只船，跟表大妈一样，不是什么好东西。”凤丫的嘴角又翘了起来，话说得有些露骨。

正坤哥转身走了，背着药箱的姿势都没变。但他明显消瘦了，身形像要飘起来一样。这个时候一般都是赵兰香打电话把他打来的，“你爸身上又不好了，快给他拿点药来！”赵兰香从来也没有好声气，不像年轻的时候顾忌颜面，“他咋还不死，他不死我都要愁死了！”

四老歪表大爷年轻的时候做过厨子。虽然没有资格证书之类的可以标榜，但他做的虎头丸子、四喜丸子、红焖肘子之类的大菜大家都说好，家常菜当然也做得好，所以表大妈一辈子都吃习惯了。过了六十岁，表大爷的身体明显不行了，那些劣质油烟熏坏了他的肺。腰越来越佝偻，喘气越来越困难，甚至掂不动一只炒勺。过去表大妈打牌回来能吃现成的，现在却要给表大爷做饭，让她不胜其烦。她不止一次说，正坤治得好全村人的病，咋就治不好你爸？他从来不给他用好药！赵兰香嘴里的好药，就是指青霉素。谁也不知道赵兰香这话从何说起，自从跟儿媳妇交恶，儿子自然也成了对立面。既然治不好，她就频繁地打扰他，不管多晚，她打电话他就得来。他不会不来，谁让他是大夫呢。

“快，给你爸输液，输青霉素！”

他在他爸头前站了会儿，他爸侧卧着，脸有些偏朝里，似乎是对外面的一切都事不关己高高挂起。喉咙里像刮风一样，有柴禾叶子走动的声音。一口痰含在胸腔里，总伺机出来。他把脖子伸长，用力，再用力，脸憋得青紫，却是发出了咏叹调般的绵长音节。“咱……治？”正坤叠着手站着，探着头问。房梁上挂着灯泡，浊黄的光亮上粘满了灰尘，他正好在灯光的暗影里，躺着的人看他如雾里看花。四老歪表大爷已经顾不得响应了，只是沉默地点了下头。赵兰香拿了根黄瓜走了进来，一撅两节，把尾巴那头给正坤，正坤看都没看，用胳膊肘顶了一下，拒绝了。秋黄瓜的香气满屋子飘，正坤吸了吸鼻子。打开药箱，东西都是现成的，甚至连药都勾兑好了。正坤知道父亲应该用什么药。他麻利地搬来一只大衣架，把输液瓶挂了上去。抻出父亲的左臂，用棉球涂了涂静脉注射的位置，然后捏起输液针，熟练地刺进了血管。

赵兰香问：“你输的是青霉素么？”

正坤答：“输的是青霉素。”

青霉素和着葡萄糖一滴一滴往下走，不一会儿，四老歪就面颊赤红，呼吸急促。

赵兰香说：“青霉素是个好东西。”

正坤应了一声，朝外走去。屋檐下有蝙蝠扑棱棱地飞，有虫子唧唧唧地叫。正坤摸出一支烟来点上，吸一口再吐出来，夜色就更浓了。他平时不吸烟，谁也不知道他会吸烟。他从不让自己身上有烟味。他偏头看了一眼那窗，盘叉的格子被推拉窗取代了，上面装着玻璃。这是东屋，里面的窗帘拉上了，透出丝丝缕缕的神秘和诡异。屋里有响动，开合柜子的声音，间或还有人语声。赵兰香嘟囔：“甭舍不得走，快去找你妈吧。”“我跟了你一辈子，你都给过我啥？”“屁大本事没有，你就是个窝囊废。”这话更像自言自语，断断续续传出来，给幽暗添了几分清冷。正坤回到了屋里，四老歪已经陷入深度昏迷。那液一滴一滴走得欢畅，已经去了多一半了。他把药箱打开，又合上了，又打开了一次，把棉球、镊子之类的小东西收拾了。他的药箱里永远井井有条。

“你就这么不待见他？”他说得有些羞怯。

“我没有啊！”赵兰香本能地反驳，随即又提高了声音，“这一辈子他给这个家挣啥了？连你都不是他挣的。”

正坤心里“咚”的一声响，像是有什么东西震落了。他想，她指的应该是赤脚医生这个职业，而不是别的。大家都知道，这是赵兰香豁出命去从人家手里抢来的。那个丫头叫高艳红，生得四方大脸，早成了吊死鬼。村里人甚至都不同情她，觉得她矫情。她爸是九队会计，三脚踹不出一个屁。

炕上大包小包的包裹从柜子底下翻了出来。不用问也知道，这是装“老的”衣服。赵兰香一个一个清点，转过头来说，你爸用不着了，把那液停了吧。正坤也仰头看，那液其实还在走，只是慢了些，拔下针头，用棉球摁住针眼。赵兰香说，还摁着干啥？就着他还有一口气，我们得赶紧把衣服给他穿上。死了再穿妨活人。

衬衫、棉袄、大袄、摆裙。四老歪死了样地任摆弄。头整个扛到了肩膀上，眼闭成了一个坑，青灰色的单子盖到了胸口，那上面一起一伏。

赵兰香看了眼座钟，快十一点半了。她说他要是拖到下半夜，就得停大三天。他懂。扭头看了眼墙上挂着的日历。七号。再过半个小时，就是八号了。他坐在了炕沿上，折腾半天，他也累了。他无言地看着赵兰香，就听她嘴里说："废物人也不能让你空口走，啥事都有规矩。"她开茶叶盒子，抓好大一撮茶叶，返身捏四老歪的鼻子，他嘴张开了，她把茶叶塞了进去，顺便又给他抿紧了。

捏鼻子的那只手久久都没有松开。

我爸王大方有心病。他的心病我模模糊糊地能感觉到。那时我还小，有个晚上他让我做了两件事：第一，把赵桂德请来；第二，去大队的墙外边贴个东西。事后我想，这两件事其实应该是一件事。赵桂德与我爸的私交好，冬天的夜晚，他经常在我家一坐就是半宿。那天我爸让我去请他，也是个冬天的夜晚，天上有稀薄的月亮，村道让寒冷冻得硬梆梆的。我大概有十一二岁，边走边想，赵桂德就今晚没来，我爸却让我去请他，看来是要有大事发生了。莫名其妙的，我总觉得生活平淡，渴望有什么大事打破这死水一样的生活。

赵桂德来我家后，我就睡了，然后，又迷迷糊糊地被叫醒了。我爸说，你敢一个人出去么？我“噌”地坐了起来，这世界上就没有我不敢的事。我爸交给我一张纸和一瓶糨糊，让我贴到大队部外边的墙上。注意不要让人看见，还特意告诉我，要贴得高些，如果够不着，脚下蹬几块砖头。

“回来如果遇见人，我就往表大妈他们家那个方向跑。”我自作聪明。

我爸摸了摸我的头顶，又顺带揪了下我的小辫儿，嘱咐我这件事不能告诉任何人，哥哥姐姐也不能说。

我顺利完成了任务，有一点小小的成就感。转天上学从那里过，我特意跑到那面墙上去看。那面墙上贴了各种各样有字的纸，有粉连纸，有苍绿色的纸，更多的当然是白纸，写些又丑又大的字。最上面是一幅画，一个男人趴在桌子上打算盘，一个女人趿拉着鞋子给他扇扇子。男的叫铁成树，女的叫赵兰香。我歪着脖子看了两眼，觉得这幅画一点也不符合实际。眼下正是冬天，离扇扇子的季节还很远。

我不敢判定哪张是我贴的。这里是大队的房山墙，各种纸粘在一起有寸把厚。我也不关心我贴的那张都写了些啥，这些对我都不重要。拐过墙角就是小学校，小学校是大庙改建的，外面有大红的柱子。廊檐下有两个老师正在说闲话。我弯过去听了一耳朵。一个说，你有没有看见铁书记的大字报？上面画了他跟赵兰香，写的是“一丘之貉”。另一个说，哪里是这么简单啊。赵兰香衣衫不整，鞋子都还没提起来，明摆着是作风问题。我吓了一跳，作风问题我可懂，这是大事。我见过有人游街，手拿一面铴锣，敲一下喊一声：我是破鞋——

我又跑回去端详那幅画，“一丘之貉”写在右上角，差一点飞到了外边。我还是搞不清扇扇子与作风问题有什么牵连，难道一个人打算盘，另一个人就不许扇扇子？

自从王永利当兵的事受挫，我爸就想当书记。这个想法坚定不移。他找到工作组，说自己根正苗红，三代都是苦出身，完全可以当书记。工作组是个女的，常年在表大妈家吃派饭。

她故作吃惊地说:“老王为啥想当书记?”我爸思谋了一下,说想为人民服务。工作组忍住笑看天,用牙齿啃上嘴唇,好一会儿才回应我爸:“真的么?”我爸当然说是真的,“谁撒谎谁是小狗。”他不知怎样表达自己才好。工作组这才正色说:“当书记必须得先入党,你是党员么?”我爸愣了下,才觉得自己吃亏了。过去有人找他写入党申请书,可他不入。他说我保证比党员做得好,咱们走着瞧。他有蛮力气,总是干最脏最累的活。到地头了人家歇着他不歇,大家都叫他二傻,他这是自己跟自己较劲。一直到晚年,他偶尔还会为这件事后悔,如果当年顺顺当当入党,说不定也能当书记。

“那你就先写入党申请书吧。”工作组表现得很爽快。

大人也有天真的时候呢,那时我就这样想。我妈不同意我爸入党,说他入不成。我爸不信邪,在油灯下连着写了三晚上的入党申请书。开始是用我的铅笔头,粗壮的大手捉铅笔头的姿势真费劲。光橡皮就使了差不多一块,墙柜上浮着一层橡皮皴,他鼓起嘴巴一吹,就四散奔逃。后来用钢笔抄,那个钢笔老拉稀,拉坏了不知多少张纸。关键是,我爸精益求精,又信誓旦旦,整整写了三张纸,他大概是想用质量和数量来说明问题,好打动人心。他说自己在旧社会没穿过一件新衣服,户口本上写的是贫农，其实比贫农还穷，是雇农。上无片瓦，下无寸土。我奶奶给大户人家当奶妈，我爷爷给人家扛活，整天吃了上顿没下顿。他边写边抹眼睛，自己先感动了。他的文化是解放以后上夜校学来的，他肯学，还能攒词儿。不像有的人，半天憋不出两行字，像便秘一样。申请书交上去后，就石沉大海杳无音信，工作组的人看见他绕着走。有人私下告诉我爸，还是因为我姥姥的成分问题，他根本不可能入党。我姥姥是地主婆，整天挨批斗。她的姑爷怎么可能入党？我爸登时就炸了，我姥姥的事在那儿摆着，工作组的人早知道，还让他写申请书，这不是明摆着耍人玩么！那段时间我爸专找工作组的麻烦，哪家请工作组吃饭，只要让我爸瞄着影儿，他准跑过去给人家掀桌子。他有名正言顺的理由，工作组是来工作的，不是来请客吃饭的。那些请吃饭的人家都有大大小小的事情要办，买一吨煤，或买一辆自行车，或在哪里给孩子安排个工作。为了吃成一顿饭，甚至要放警戒哨。罕村人看见我爸就笑，说这个王大方，不单是傻子，还是疯子。我爸就是咽不下那口气，我们家明明比表大妈家成分好，表大妈家的儿子又能做工又能当兵，我家却不行。天下怎么就没有说理的地方！他得罪了多少人，是个未知数，不知有多少人戳他的脊梁骨。王凤丫总觉得没脸见人。有人给她提亲，没几天她就嫁了。那年闹地震，家家房倒屋塌，我爸被派到公社参加救援队，村里人可是松了口气。可从那年开始，政治格局变了，工作组也解散了，那个代号工作组的人倒背着手迈外八字，两根小辫子又细又短，像是挂在耳朵上——再没让人见到身影。后来听说她死于米猪肉，脑袋里爬满了虫子。

又过两年，地主都摘帽了。我爸又记起了那个茬儿，他还是接着写入党申请书，他还是想当书记。

他后来一直没有当上书记，与他的性子有关。他不服管。人家说一句他说三句，话稍不投机，他就吹胡子瞪眼，让人下不来台。乡里的干部在夏天抢收的季节在树荫下打牌，他过去把牌都撕了，还给人家讲了半天大道理，说群众都在战天斗地，你们这不是作威作福么！铁成树后来不当书记了，让人告了下来。他点着我爸的脑门说："王大方啊王大方，就你这脾气还想当干部？三天就让人撤下来。你以为干部是那么好当的？得整天装孙子才行。"我爸灰溜溜的。他想，有那空给人家装孙子，倒不如自己干点实际的。

要过许多年，赵桂德才开始在大队的房山上画宣传画，小人儿画得齿白唇红，用喷壶浇花。我激灵了一下。我去打酱油，代销点早让个人承包了，大家都说，现在的酱油比铁秀珍那时候的酱油要好，兑的水少，但洗洁灵兑水多，倒碗里都不起沫。那些宣传画都是“五讲四美三热爱”的内容，花红柳绿的煞是好看。我走过去跟赵桂德打招呼，突然想起许多年前那个冬夜，我来张贴的也许就是一幅画，出自赵桂德之手。而身后的主谋，则是我爸王大方。

我心说，老王，不简单哪!

我爸这一辈子，可说是一事无成。他有文化，脑子活，可都没派上用场。他自己也觉得运气差些，干啥都不成功。改革开放以后，他做过皮草生意，包过工程，当过水果贩子，赚钱的事对于他来说，简直就是天方夜谭加白日做梦。可我觉得，是他的想法与现实有些脱节，很多事情他想得太过高远，可现实就是眼眉前这点事。他总是受到生活的惨痛捉弄和严酷打击，就像他一直没能入党，也一直没能当书记一样。我参加工作以后，他总是怂恿我入党，说只有入党才能从小到大当干部。可我的心气不在那儿，让他很失望。他五十多岁的时候就健忘得厉害，出门回来甚至找不到家。当然，他比表大爷四老歪幸运，活过了七十岁。那年港澳都回归了，我们国家尽是大喜事，可他却连儿女也不认得了，管王永利叫表弟，管王凤丫叫表妹。

为了不让他把我认错，我从来不问他我是谁。他说出的话也让人啼笑皆非。比如，他管自己叫王书记，若问他早上干啥了？他十有八回会说开会。他乐呵呵地就会说开会，可能觉得当干部只有开会这一项，让他一辈子钦羡。家里人经常逗他，说王书记吃饭了。他就高高兴兴地答应。我妈奚落他说，一天书记没当过，咋落了这毛病。他就闷闷的，用筷子戳饭碗，戳得非常不耐烦。我妈只得说，好了好了，我们先吃饭，吃完饭接着开会。

他失神的眼睛看我妈，重重地说："赵兰香的儿子为啥当兵？"

6

罕村有些风俗很厉害的，不由你不信。比如，有句话这样说：不怕猫头鹰叫，就怕猫头鹰笑。猫头鹰在谁家树上笑，谁家准死人。小的时候我们专门印证过这件事，因为还没学过数学，也不知有多大概率。但有一点明明白白，死人都是成双成对的。先死个男的，后边一定会死个女的。先死的如果是个女的，后边一定跟着个男的。这个说法是一辈一辈传下来的。若问有什么根据，那肯定是什么根据也没有。

小时候不知怎么那么多猫头鹰，它夜深人静的叫声和笑声都让人骨头发寒。因为你要分辨它是在叫还是在笑，它叫和笑的声音差不多。村里有个二哥会打黄鼠狼，一个冬天能卖几十张皮子，三块五一张，一张就能顶一个冬天的工分。有个晚上他家树上落了只猫头鹰，哈哈哈地笑起来没完没了。猫头鹰笑他也笑，笑得比猫头鹰的声音还大。他自恃他和家人都身体强健，没有什么能奈何他们。可转天早晨他迟迟不开门，家人推开门一看，他趴着死在了炕上，把炕席都挠出了麻花。

我们还相信很多东西。后滩有龙脉，如果不被破坏，罕村能出娘娘。和尚滩埋有九缸十八窖的金银，是朱元璋打从这里过，储存以备建国的。我们认真跑去挖过，用抿铲，或小镐子，像挖白薯的贼根一样，幻想着面前如果堆一筐金银可以天天吃点心。遇到鼠洞总以为离胜利不远了，当然，最终什么也没挖到。后来又听说，这些金银会在地下行走，跟着朱元璋去了南京城也未可知。

这个朱耗子，领走金银也不知会一声，让罕村人白白守了很多年！

这些类似神话和非神话的故事都是出自正坤哥的奶奶之口，

我们叫她二奶奶。二奶奶是大户人家的女儿，嫁给二爷爷时，坐八抬大轿。这在罕村都是有传说的，因为县太爷的轿子才四人抬。她常说这样一句话，“地动山摇，花子撂瓢。”花子就是讨饭的。过去讨饭的人都端着瓢，这个东西家家都长，熟透晒干的葫芦剖两半，大的是大瓢，小的是二瓢。当年我就问过她，这句话是什么意思？二奶奶说，指的是好年景，花子都不要饭了。我长大以后觉得不可信，好年景大概意味着风调雨顺，可如果地动山摇把人都震没了，好年景还有个屁用。

她和赵兰香婆媳一辈子相安无事。年轻的时候赵兰香怕婆婆，怕得像耗子见了猫。年纪大了就反过来了。二奶奶瘫痪在西厢房，赵兰香每当从这里过，就会指着二奶奶说句，“你咋还不死，活着就是个祸害。”二奶奶则趴在窗台上，从窗洞里露出一张瘪茄子样的脸，细眯着眼，伸出舌头对赵兰香吐口水。二奶奶说：“早晚你会害了我儿子，我做梦都梦见了！”

老家儿死了要走三年背时运，这简直就是谶语啊。四老歪表大爷安详地睡去了，早晨人们前来吊唁，纷纷夸赞他太会心疼人。没怎么让人伺候就走了，还走在了前半夜，天亮就已经是第二天了。转天早晨一出殡，能省一天的饭钱。他的六个儿子头戴孝帽在两厢跪着，大家总觉得少了谁，还有哪个没来？不是七郎八虎么？数了又数，才想起老四正义打小就死了。老八正风是一只黄鼬，来无影去无踪。黄鼬的名字还是正坤哥的奶奶起的，年轻时的黄鼬有许多传说。有一次，正风捉井壁上的小家雀，因为年老体弱精力不济，掉下去淹死了。二奶奶给它在菜园子里造了座坟，说它宁可掉井里淹死也不吃家里的鸡。后来，赵兰香又养了只白猫，也叫正风。白猫是个不靠谱，两只小黄眼球贼溜溜，从来不捉耗子。有次跟个耗子逗着玩，逗够了又把耗子放跑了。赵兰香看见它就气不打一处来，摸到砖头是砖头，摸到笤帚是笤帚，准打它个落花流水。白猫基本不进刘家大门，它在槐树上造了个窝，靠吃百家饭活着。六个儿子跪在两厢，左边跪了三个，正合、正清、正气。正气转业从西藏调去北京，颧骨上带两块高原红。右边跪了三个，正坤、正杰、正辉。最小的正辉去年没考上大学，正在复读，那是一个发誓要走出罕村的孩子，平日脑袋撞个疙瘩也甭想跟谁主动说句话。去远处报丧的人一个一个回来了。姑、姨、舅舅三大家，然后才是“表”字辈。四老歪表大爷家的老亲戚多，报丧人去了十几个。供桌摆在头前，长明灯点着了，瓜果点心摆好了，头道纸烧过了，表大妈一个人在咧咧地哭。她突然想起了什么，抹了把脸，扶在门框上对儿子们说：“你爸死了，你们都好好的，这三年都多加小心，没事别出门，小心让车撞了。”儿媳妇们都在旁边拧鼻子，嫌她这话说得不吉利。守孝这三年过年都不用走亲戚，这账不是只有表大妈一个人会算。

自从这一大家子扯开，赵兰香就像老虎被拔了牙齿，连余威都没了。当然，你不能说她从此怕了儿媳妇，这不科学。赵兰香自己说，上不怕天，下不怕地，中间不怕空气。事实是，儿媳妇们不从她手里要钱花，那种恭敬的感觉就没有了。表大妈非常不习惯，今天跟这个儿媳妇干一仗，明天跟那个儿媳妇干一仗，找的理由五花八门。比如，正合的媳妇养猪，她说不能吃干面，要搽猪食。三句话不投，她提着猪食桶给人家倒当街去了。把正合媳妇气得，一边拿簸箕收拾一边哭。老二正清的媳妇有些窝囊，早年她横眼竖眼看不上。乡里辞退临时工，正清被退了回来，她就骂媳妇是个妨家娘们，自己好不容易给儿子找的工作，就这么被她妨没了。

有一次她去小卖店买东西，正赶上铁秀珍去喊正坤回家吃饭。铁秀珍从医疗室里出来，就当她是空气一样，眼仁朝天。她们平时也不说话，除了公爹四老歪去世，铁秀珍从不去老宅。赵兰香也从不到铁秀珍家里去。这个她当年最满意的媳妇，成了结怨最深的人。平日还不觉得什么，可这一“撞见”让她觉得受了辱。她风车一样闯进医疗室，破口大骂刘正坤，说如果你是我儿子你就把她打一顿，你不把她打一顿你就不是我儿子。铁秀珍本来已经走了，听见吵嚷又回来了。铁秀珍挑开门帘说，正坤你要想打就打，咋打我都不还手。铁秀珍是过于自信了。她不相信正坤会真的对她动手，正坤从来没对她动过手。刘正坤正给一个老太太涂抹药膏，那老太太生了蛇盘疮，从后背到前胸，像根带子一样系在了腰上，差一点就在左胸上合围了。乡间有说法，如果合围必死无疑。正坤用民间偏方熬了药膏，里面调了些青霉素，居然对那些小疱疹很有效。把老太太送出门，正坤回手把门关上了，只一拳，就把铁秀珍打倒了。

后来，倒是赵兰香跑出去喊救命。这件事传出去，听得人身上冷飕飕的。都知道赵兰香对铁秀珍积了多深的仇恨，她出去喊救命，那肯定是要把人往死里打的节奏啊。正坤骑在铁秀珍身上，拳头专往要害处捣。铁秀珍想还手的时候已经没了力气，她的门牙飞了，嘴唇翻了起来，鼻孔里窜出了黑色的血，一只眼球甚至被挤歪了，整个脑袋肿胀了一圈，看上去非常可怕。若不是赵兰香喊来的人把正坤拉开，真要出人命了。赵兰香蔫没声地溜了。她从来不知道正坤这么凶狠，怎么有点像报杀父之仇？

铁秀珍被娘家人送到了医院。她爹铁成树来讨说法。铁成树得了脑血栓，跌成了拐子。他拄根拐杖上门，正坤穿着白大褂正给人清理缝合伤口，一点也没有曾经行凶的样子。铁成树哆哆嗦嗦说：“正坤，好歹一夜夫妻百日恩，她是你儿女的妈，你咋能下那么狠的手？”

正坤头也不抬说：“要是心疼，就领回去吧。”

半年以后，罕村又死了一个人，只是打破了符咒，没死女的，死的仍是一个男的。其实这个时候，人们对死男死女已经没有构想了。改革开放后，许多观念和想法都更新了，那些旧的风俗、旧习惯都扔进了历史的垃圾堆。大家都忙，也没工夫编排那些穷讲究闲磨牙。正合下班回来让摩托车撞了。摩托车跑了，只在现场丢了块车瓦。正合拾起来骑车回到家，媳妇在门口喂猪，他说了句“我让摩托车撞了”，扔下车瓦去了屋里，扎到炕上就没起来。媳妇起初没当回事。摩托车撞人还能把人撞坏？撞坏也不可能骑车回来。她家临街，喂完猪又跟过路人说了阵话，进屋才发现正合吐了一炕。正合侧着身子，头枕在一只胳膊上，真像睡着了。媳妇说，晌午又喝酒了？喝酒咋还往炕上吐？媳妇是个好脾气的女人，她拿来笤帚抹布收拾残局，才发现正合舌头在外吐着，却牙关紧咬。她推了他一把，正合“砰”地变成了仰面朝天，人像口袋一样没了筋骨，也像口袋一样没了弹性。

从没见过表大妈这么悲痛过。她被人叫了来，先看了眼儿子，回头就打了媳妇一嘴巴。媳妇说，你打我干啥？表大妈说，正坤呢？快让他输青霉素！正坤背着药箱骑着自行车来了，血管根本不走液。表大妈说，输，你就输，先把血管冲开。结果血管到最后也没冲开，正合的身体一点一点凉了，舌头成了紫黑色，整个脸都塌腔了。

赵兰香哭晕了一次，又哭晕了一次。她十六岁生正合，自己还是孩子呢。正合生下来像只大耗子，喂养成人不容易。正合年前转了正，如愿以偿吃了商品粮。正合从没跟她生过气，她是想老了不能动了，要指望这个儿子的，没想到正合先走了。

又过了三个月，正清家里修房子，他给房顶上的人递烟，在架子上一错步，从上面摔了下来，把腰椎摔坏了。医院给做了修复手术，让他回家输液静养。正坤背着药箱在晚饭前进了二哥的家门，一瓶液走到深夜，转天早晨，正清的身子凉了，谁也不知道他是什么时候死的。

大家都说，四老歪活着的时候是个厚道人，死了咋就不厚道，连着带走了两个儿子。

儿媳们则说，都是赵兰香咒的。

7

谁要说有其父必有其子，王永利第一个反对。他可不想成为我爸王大方那样的人，他不想有我爸那样失败的人生。年轻的时候当兵受挫，我爸想入党，想当书记，是想掌握主动权，晚年甚至想出了毛病。没人知道王永利是咋想的，他有想法不轻易告诉人。我爸杀羊的时候他拽羊腿险些休克的事，王凤丫当笑话说过一次，就不敢再说了。王永利真生气，两眼鼓出来，两腮像气蛤蟆一样乍起来，仿佛下一刻他就要爆炸了。似乎那是个天大的短处。“至于么。”王凤丫只能自己跟自己嘟囔。

但我们私下也说，王永利真不像我爸的儿子。我爸是个大炮筒子，一放一个响。王永利则是九曲十八弯，就像浏阳河一样。

要过十几年，我才隐隐看出他的成长路径。他跟我爸的目标其实是一致的，只不过方式方法不同，他更隐晦或更隐蔽，有点像曲线救国。一个偶然的机会，他认识了乡教委的主任，他给主任送了三百块钱的礼，便去教委做了临时工。这个主任跟我姥姥是一个村，只不过八竿子打不着。但这也能成为一个关系。姥家村上的人都是舅，王永利叫了人家好几年。

临时工跟正式工其实没区别。只要不看工资，负的责任一点都不少。王永利也是个能干的人，管农校和成人夜校。那时的农校管农业技术推广，经常去田间地头调研。王永利在岗位上入了党，这要是在村里，根本不可能。只要有一个人卡住你，你永世都翻不了身。一晃他就干了十多年，就是一直没转正。主任跟他关系好，总说让他等机会，说有一个转正指标也给他。

他如意找到了我嫂子张圣文，这是他在教委的一大收获，是下乡调研时认识的。第一次来家里，我们都没看上她。个子不高，走路一窜一窜的，没个稳当。可王永利笑得很殷实，眼里都是水气，我们就没有话讲了。王凤丫悄悄对我妈说："这样的媳妇要是遇到我表大妈，保准一百个通不过。"我妈说："是王永利跟她过日子，又不是我们跟她过日子，管她干啥。"

后来，王凤丫找婆家我妈也是这态度。只要以后不回娘家哭委屈，就是好姻缘。

王凤丫对我说：“我们家的人咋都显得缺心眼，闺女嫁出去，连个条件都没有。”

想了想，我说：“妈说的其实是最大的条件。”

王永利从乡教委辞工回村里，我们谁都不知道。开始还以为像正清一样被公家开除了，后来才搞明白，他是请缨来做书记，是戴帽下来的。铁成树下台后，曾有过一个书记，但没干几年，就被人告了下来。罕村人爱告状也是有传统的，三五成群，想告就告。因为离乡政府近，放个屁的工夫就到了。我爸简直气糊涂了。这若是过去，能戴帽下来当书记，还不得把人高兴死？但现在不同了，都要跨世纪了，眼界和期许与日俱增，与大队书记相比，他更愿意王永利做个公家人，公家人市面广，村书记说到底是个井底蛙。可这是王永利自己的事，人家在前街盖了房子，辞工都没跟老爹说一声，你着急有啥用？

“当书记也好。”我妈开导他，“当年你不是一直想当书记么？”

“可那时候是啥年月？买肉凭票，当兵都要走后门。现在走前门年轻人都不愿意去，怕吃苦。”我爸摇了摇头，他尤其接受不了世风日下。其实，还有一个最大的理由他不说出来，那时当书记，有集体经济，个人能捞好处。铁秀珍不识字都能当售货员。凭什么？不就凭她爸是书记。她当售货员，旁边专门给她配个会计管算账。反正生产队管记工分，搁谁谁都乐意去。

我则想起了深夜贴的那张画。铁成树趴在桌子上打算盘，表大妈赵兰香在一旁趿拉着鞋子给他扇扇子。这幅画肯定有许多种解读，说不定会有出处有典故。最权威的解释当然在我爸这里，但这个事不能问，问了估计他也不会承认。那是个一箭双雕的伎俩，只是一只雕也没射下来。

甭看他是大炮脾气，那得看分啥事儿，否则，凭啥黑更半夜让我去张贴那幅画？

现在想来我爸够不负责任的。但那时村里治安状况好，一个小女孩不会走着走着就走丢。

叨咕了一晚上，都是在王永利不在的情况下。屋里烟熏火燎，我爸卷了不知多少支烟。他到老也抽不惯过滤嘴，嫌没劲儿。就像好好的猪肉不吃，非要吃上下水猪大肠一样，大肠还要用碱水亲自打理，否则吃不出那个味。我以为他气愤满腔，不由为他担心。他的炮筒子脾气发起来，能把房盖顶了去。可转天王永利上门，我爸的思想转变了，看上去他特别支持王永利。出谋划策了半天，说宅基地不能乱批，村里要有规划。堤上的树不能乱伐，不能坏了风水。欺街占道的违章建筑要拆，罕村就一条主街，都让他们欺负成鸡肠子了！我妈偷偷抿嘴笑，说他这也是间接过当书记的瘾。我素来对这些事情不上心，家中无战事，我收拾收拾上班去了。

我在一家小报当记者，是自己考进去的。这么大的埙城，只有这一家小报，让我一考就考上了。王永利有事情爱跟我说，适当的时候，我也帮忙宣传作个报道，当然，是在不影响版面的情况下。正合大哥死的时候，我正好在家里休假，还特意看了眼正合大哥捡回来的那块车瓦，给他们放到了外窗台上。按照正合嫂子的说法，正合大哥的车祸没有目击者。但如果选择报警，这块车瓦也可以做证据。我把这层意思说给了正合嫂子听，她却不以为意。说凭这么块东西就能找到人，人家不承认咋办？

王永利这次让我回家，说有更重要的事。我下班直接去了他家，嫂子包的饺子正好出锅。我还端着碗，王永利就把我拉到了西屋，告诉我正清死了。“你知道正清死了么？”饺子是一疙瘩羊肉丸，咬开香气扑鼻。我被烫了一下，笑着说，大概都过“三七”了吧？王永利撅了根笤帚苗剔牙，这一点特别像我爸。他说，今天碰见了正清媳妇，黄脸打卦，说人死得蹊跷。我赶忙问咋回事。王永利说，正清在医院手术做得好好的，身体其他指标也正常，回家输个液就死了，正清媳妇觉得输的液有问题。我松了一口气。说正坤哥也是老大夫了，行医二十多年，治不好人是可能的，但总不至于把人治坏。王永利嘬了一阵子牙花子，我就知道他有话没都说出来。

“难道药过期了？”我先想到了这个。

王永利摇了摇头，说我不怀疑这个，正坤是个严谨的人。

“当初给你打青霉素，你记得他做过皮试么？”王永利说出这话自己都显得不自信，自嘲地笑了下。

“那么久的事咋会记得，况且我那时多小，还不到八岁吧……哎呀，你怀疑他不做皮试？青霉素做皮试是常识啊！”

说是常识，过去其实我也不知道。我们都是缺乏常识的人，因为在家里和社会都没人教你这个。最近有个稿件涉及这类问题，我才有些印象。

我又说：“即便正坤哥不知道，药物外包装上都有说明的，正坤哥那么仔细的人，不会注意不到。哥你太杞人忧天了，事情不会这样的。”他就坐在我的身边，我拍了下他的肩膀。

王永利想了想，认同了我的话，“正清那就是又添病了，医院也不是多靠谱，许是没查出来，许是查出来了没说。”哥把笤帚苗撅得一段一段地在手里捻，“也许是我想多了。”

“你都想啥了？”我感兴趣。

王永利坦率地说：“想啥我也不能告诉你。”

我噘嘴说：“不告诉我你大老远把我喊回来，你以为我的时间可以随便浪费啊！”

哥说：“要不你也应该回来了。”

“回来干啥，听你卖关子？”我白了他一眼。

哥嘿嘿一笑，从口袋里摸烟。那烟盒是软包装，已经压扁了。可奇怪的是，哥抽的是大中华。他挣几个钱，怎么会有那么好的烟？看我疑惑，哥解释说，烟是别人给的，他借盒子用用。“医院想给正清带液，正清媳妇嫌贵，说这些药自己家里也有。如果从医院带了药，说不定会是别的结果。”哥继续唠叨。

“你还是怀疑药？”

“我没有怀疑呀。”哥把烟叼到嘴上，打着了火，“大队部还有事，你快去看妈吧。”他往外轰我。

我还是去了正清哥的家，没别的，就是有点好奇。正清哥的房子在西街，从王永利家出来，我要走一个刀柄和刀锋。不知为什么，我有点战战兢兢，心悬悬意悬悬，头重脚轻，走刀柄和刀锋的感觉，就是我心里生出来的。我从小就是个好奇心强的孩子，什么事都想知道个子午卯酉。王永利欲说还休的样子刺激了我，我想亲耳听听正清嫂子怎么说。我们两家的关系有些特殊，是亲戚，这不消说。大事小情都要走动，称呼带个“表”字，就与街坊邻居显出不同来，但谁跟谁也不紧密。我爸和四老歪，我妈和赵兰香，都是一种水和油的状态，浮在上面，却不交融，见面需要寒暄和客套，脸是热的，心却是冷的。这一点，我打小就知道。比如，有一次吃喜宴，我和表大妈坐一桌。炖公鸡上来，她给这个那个夹好地方的肉，我就坐她旁边，她看了我一眼，把个鸡脑袋扔到了我碗里，还说，你吃凤头。我对着鸡冠子“吭哧”就咬了一口，心说怕啥？哪都是肉。大人可能看得更清楚些，表大妈的分别心太明显。就像铁秀珍的小刀子脸，一般人家都不会找她做媳妇，她却肯找给长相那么好的正坤哥。我们还跟王永利开过玩笑，如果给你，你要么？王永利说，慢说她是大队书记的女儿，就是公社书记的女儿也不行。你以为大队书记就像狗皮膏药想贴就能贴一辈子？

我和凤丫都对他竖大拇指，觉得王永利比刘正坤强。

刘家兄弟几个都是大个子，只有二哥正清又瘦又小，一副小骨架，像没发育成熟。脸是倒三角形状，有几分猴相。刚过四十岁，背就有些驼。正清和媳妇在大家庭里不受待见那是一定的。比如饭出锅了，他们如果先盛，赵兰香就会夹枪带棒没完没了。他们的孩子也不受待见，小时候都一副受饥挨饿的样。所以当初铁秀珍把这个大家庭扯开，内心最欢喜的应该是他们。他们在西街盖了房，十多年过去，小黑瓦的房脊有些下沉，所以他们请了工匠，要修补房子。他家还没从哀伤中解脱出来，院子里堆放着砖瓦石料，泥水遍地，虽已干涸，汇成的杂七杂八的图案还在。如果正清二哥不出意外，这些建筑材料应该已经上房了，待在自己应该待的位置上。院子里早就干净利落了，他们夫妻都是勤快人。

二嫂子攥着我的手只是哭，一个劲地说后悔后悔后悔。是后悔修房，还是后悔出院？我没问。坐在她的面前，就发现把问题问出口不容易。正清二哥无疑是她的天，天塌了她就六神无主了。她哭得我心里也好难受，我安慰了几句，起身告辞。我在院门外站了会儿，两扇铁门是新装的，鸡血红。我还真没见过那么血红的门，在青灰色的天光中一汪一汪的，像是能够流动。墙根下的石头缝里还有纸灰曲蜷着，我回头想了想，这些天一直都没下雨。一条鲜活的生命就是被这些纸灰送走的。好凉薄啊！

只是……正坤就没个说法？

8

王永利比刘正坤大八岁。他们之间是什么状态，我说不清楚。大概，王永利也不屑于跟谁说清楚。他们过去什么样，我不知道。现在什么样我也不知道，这一点就跟女人不一样。女人要是有这样一个冤家，早嚷得满世界尽知了。

我是听张圣文我嫂子说的。王永利裁玻璃时割破了手，那血流得邪乎，就像碰到了主动脉一样。张圣文用手绢给他系了个死结，让他赶紧去医疗室处理伤口。王永利骑着摩托车走了，张圣文回屋换了件衣服，也骑车追了出去。医疗室里刘正坤正跟人喝茶聊天，他坐在椅子上，一条腿屈着，一条腿伸着颠哒，很恣意。我嫂子问，你大哥没来？正坤身子都没动，平板地问哪个大哥。张圣文说，你永利大哥裁玻璃割破了手，流了很多血，没来你这里上药？正坤说了两个字：没来。

喝了口茶，又继续跟人聊天。

我嫂子说，那一刻，气得人真是不知该怎么好。如果手里有刀，都恨不得捅谁一下。怎么那么让人不舒坦哪！表亲，书记，比你大一轮，哪一样都值得你关心一句。可人家不但不关心，还要表现出漠不关心来，那个劲头拿的，真让人牙根都是痒的。还有比这更奇怪的事么？张圣文问我。“我可是一直拿他当表弟的，你哥也从没招他惹他呀。”

当时我想，这话你们说了不算，正坤哥说了才算。我知道王永利的臭毛病，他是个牛皮哄哄的人，喜欢摆架子。

既然没来这里，那一定是去镇上了。我嫂子就像刚上岸的螃蟹，在大队院子里的杨树底下吐了半天泡。她心脏不好，需要平复情绪。镇上离罕村八里地，王永利一只手扶车把，一只手淌着血，这是好玩的？张圣文满脑子都是一路滴血的那根手指，到镇上说不定就把血流完了。

好在手绢结的那个扣系得死，王永利来到镇上，那指头肿成了水萝卜，但好歹血还是止住了。他疼得直打哆嗦。

回来我嫂子问他：“你跟正坤闹过矛盾？”

王永利说：“没闹过。”

“从啥时开始不说话？”

“从啥时就开始不说话了。”

“到底从啥时候？”

“你说从啥时候？”

我哥一瞪眼，张圣文就赶紧摆手，说我们王家跟刘家，父一辈子一辈的交情。正坤医术好，哪里就用不着人家。你别当了书记就人五人六找不着北，皇上还有三个草鞋亲戚呢。

我哥冷笑一声，说你这话比喻得不恰当，你以为刘正坤穿草鞋？

张圣文捶了他一下，说领会精神，你别以为天底下就你会说话。我告诉你，你是当哥的，又是书记，在正坤面前一定要低调。

我哥说，在他面前我没调！

张圣文说，你咋这么犟呢！

我哥说，我犟了么？我没犟啊！

王永利一晃就当三年书记了，还别说，他肯定当得越来越有感觉了，与他在乡政府当办事员不一样，说话的腔调、做事的方式，甚至走路的姿势都越来越像个书记。三年他和正坤就在一个院子里，低头不见抬头见。可谁也想不到，他们都当彼此是空气，脑袋撞个疙瘩，都不言语一声，似乎从地老天荒时就这样。

张圣文说：“肯定是你的不是，回头我去给正坤道歉。”

我哥说：“吃饱了撑的。”

张圣文戳了他一指头，“为什么呀！都多大年纪了，还像小孩子过家家。”

按照我哥的说法，自从他当书记，正坤就从没主动跟他说过一句话，铁秀珍也不例外，似乎是他们夫妻合计好的。有一天，王永利去医疗室拿两片感冒药，正赶上铁秀珍也在，看见我哥进来，她脸冲墙。我哥开玩笑说：“好歹我也是当大伯子的，铁秀珍，我没啥对不起你的吧？”正坤突然咆哮了句，“去死！”吓了我哥一跳。正坤脖子上的青筋扯起来，脸煞白，眉毛突突地跳，两只眼睛通红。他就那么恶狠狠地看着我哥，像是要吃人，手里拿着一把小镊子，一只拇指窝进去，也是要攥碎什么的感觉。我哥赶紧出来了，当时他以为是人家夫妻正在闹矛盾，让他撞着了，事后想想又觉得不像。

“总之你们都不要惹他，他对咱们家有仇恨。”

张圣文说：“他跟我没仇恨。”

我说：“他跟我也没仇恨，跟凤丫就更没有仇恨。”

王永利说：“那就是他跟大队书记有仇恨。”

“那肯定不是因为嫉妒。”我抢着接了一句，转念一想，点了点头。

张圣文困惑地看着我。王永利说：“你说得对。我也怀疑是因为更复杂的原因，比如……伤害。”

张圣文：“你怎么伤害他了？”

我扯了嫂子一下。我听懂了王永利的话。不是我哥伤害他，而是书记这个位子曾经伤害到了他，所以他的厌恶和仇恨要复杂得多。

张圣文一头雾水，连声问为什么为什么。王永利说：“就你这种猪脑子怎么能想明白这么深奥的问题，还是闭嘴吧。”

张圣文佯装打了他一下，说：“当年是我们把铁秀珍娶回来的，他是不是打那儿就恨上我们了？”

我和王永利一起说：“差不多。”

铁秀珍自从挨打，就再不到医疗室来了。家里的地都承包出去了，大水小水上学，她闲着没事儿，整天在街上坐着。周围是一群老头老太太，大都是东倒西歪、半个身子的人。铁秀珍在这样的人群里也不受欢迎，因为她经常说着三不着两的话：“你不死还等着啥？你儿子不会给你买棺材。”火葬买棺材是奢侈。她在说一个哭诉委屈的老太太，被老太太劈手打了一嘴巴。铁秀珍“嗷”的一声叫，也听不出是悲伤还是兴奋。她跳起来把老太太扑倒了，骑上去两手抡圆了抽打，别人根本拉不开。正巧老太太的儿子从这里过，手里拿着一截钢丝绳。钢丝绳抽到铁秀珍的背上，碎花小袄都绽开了。

别人呼啦啦都走了，铁秀珍在地上躺着。那人只抽了她一下，她就从老太太身上翻滚了下来，那感觉是皮开肉绽了。那里是一个斜坡道，她半边身子在坡上，半边身子在坡下，脸上全是土。她没有哭，虽然后背火辣辣地疼，她觉得没有哭的必要。哭是给别人看的，眼下没有看她的人。她睁着眼睛看空泛的天。日头白花花，她都不知道刺眼。耳朵里嘶啦啦的都是蝉的鸣叫声。她不喜欢，可又无可奈何。这里就在大队部的外面，走到门口十米都不到，可却没有人去喊刘正坤。拉架时没人喊，此刻也没人喊。过去她愿意往那里跑，洗净头脸，换上干净的衣服，喊他吃饭就像去相亲一样。那个时候正坤彬彬有礼，对她就像对待别人一样友善。一个偶然的机会正坤变成了凶神恶煞，从此这个形象就定格了。她开始恨婆婆，觉得是婆婆让正坤变成了那个样子，后来她恨自己。男怕入错行女怕嫁错郎，她明明就是嫁错了，嫁了不该嫁的人。他们稀薄的情感不知飘向了何处。他们回不去了，再也回不去了。

是做午饭的时间了，空气里一股子米饭香，烙饼的焦煳味，还有葱花饼的混合气味，特别呛鼻子。铁秀珍也是爱做葱花饼的人，因为正坤爱吃。放五花肉，或者放虾皮，或者什么都不放，面摊开以后刷一层杏核油。这是跟婆婆赵兰香学的。不能卷成筒，要折叠。锅盖敞开着，不能焐，这样葱花是绿的。小火多一会儿，出里面的油，饼就变得外焦里嫩。铁秀珍喜欢琢磨这些事，喜欢这些事组成的家庭氛围，孩子大人一同吧唧嘴，吃得热火朝天。正坤端着碗，从来不挑眼皮。但偶尔会看小水一眼，嘴角嵌出一抹笑，那是个跟他长得一模一样的丫头，打小爷俩就会对眼神。铁秀珍只敢偷偷看他，被他发现了他会闪躲开身子。无疑，他是好看的。结婚十几年，铁秀珍仍是看不够的感觉。她的肉身像大肉一样让他腻，她从不敢主动挨过去。烦的时候自己也骂，这他妈也叫夫妻！

大水小水放学找到这里，把她拉了起来。她闷闷地在前头走，迈外八字的两只脚磕磕绊绊，有几次她都要跌倒。小水喊：“大水，扶着妈！”两个孩子一边一个拽着她的衣袖，走出十几步，被她不耐烦地甩开了。走到家门口，铁秀珍站下了，对两个孩子说：“今天不做饭，你们去买点心吃吧。”大水“嗷”的一声叫，撒腿就跑。他的小刀子脸酷似铁秀珍，正坤从不正眼瞧他。小水扬着小小的头颅看妈妈，那张脸清秀而又俊美。她说：“妈，你吃什么？我光吃点心吃不饱。”她一巴掌打过去，小水的腮帮子立刻出现了几个鲜红的手指印。铁秀珍骂：“找你死爹去！”

在一个有着薄雾和霜雪的清晨，铁秀珍的哭天嚎地惊醒了许多人。大家都习惯了她的歇斯底里，并不把她的嚎啕当回事。她经常就那样嚎几声，像一只孤独的动物。铁成树在入秋的时候一个跟头跌死了，铁秀珍把他送到了墓地，跳进坟坑里说啥也不上来。大家问正坤怎么办。正坤说，不上来就不上来呗，我有啥办法。说完，转身走了。铁秀珍自己爬了上来，身上、脸上蹭的都是新鲜的泥土。那种往死里哭的感觉，任谁都看得出，她哪里是哭爹，分明是在哭自己。

稀薄的太阳升起来，街上有许多肮脏而杂乱的脚印。有个消息终于发散开。铁秀珍为什么嚎啕？因为小水死了。小水只是普通的感冒、发烧，引发了上呼吸道感染，却导致了肾功能衰竭。铁秀珍破口大骂，说刘正坤害死了小水。“你别以为我不知道，你故意不送孩子去医院，你就是希望她死。你这个杀人犯!”铁秀珍顺着嘴角淌白沫，瞳孔张大了，头发披散着，像奓开的一只刺猬。大家都说，这个女人恐怕是真疯了，过去她总说出格的话，多半是装的。

正坤铁青着脸，指挥木匠打棺材。家里有上好的松木板材，但正坤不让用，而是把一对金丝楠木的箱子拆开来，重新进行了组装。大家这才知道，正坤家还有这么好的老物件，不知传了几辈人。箱子表面光可鉴人，寸把厚，折页都是包银的，两人搬起来甚至都很吃力。正坤去城里的绸缎行买来了织锦被褥和衣服，小丫头睡进去，越发花团锦簇。正坤从额上剪了自己的一撮头发放到了小水的枕头旁，合上棺材时，正坤一下瘫软了，哭着说:“丫头，等着我。我过些日子就去陪你。”

那一瞬间，很多人都被感动得稀里哗啦。他们觉得，正坤才是真正舍不得小水的人。

正坤很快离了婚。据铁秀珍说，离婚进行得普通又平常，就像平时过家家一样。因为她已经无所谓了，过够了。“你们知道么?自打生了孩子，他都没跟我睡过觉，我连个寡妇都不如。”所以正坤提出离婚，她二话都没说，跟正坤办了手续。正坤除了几件衣物，什么也没要。大家都称赞铁秀珍这婚离得值，正坤千不好万不好，离婚这事对得起她。看得出，铁秀珍也很满意。她在街上坐着时，跷着二郎腿，脸上经常有得意之色。那种迷幻的样子，既是胸有成竹，又似有雄兵百万。只是几天以后正坤又结婚，让铁秀珍发了回疯，堵着人家门口骂了半天。骂够了，仍回到原来的地方坐着。脸上得意的神色没有了，面孔冷峻起来，越发像把刀子。

正坤娶的女人叫惠玲，其实应该说是嫁，正坤“嫁”给了惠玲。惠玲是三个孩子的母亲，半年前丈夫得肺癌死了。惠玲总闹憋得慌，经常抚着胸口说，我得找大夫瞧瞧。不知什么时候两人到了一起。惠玲比正坤小九岁，那年正坤四十三岁，惠玲三十四岁。有刻薄人说，惠玲家来了个扛活的，因为惠玲最小的孩子才八岁。

惠玲经常到医疗室来，问正坤吃啥饭。正坤说，你等着，我回去做。忙完了手里的活计，两人一起往家里走。惠玲个子不高，有点罗圈腿。若不是小上几岁，真是很难说配得上正坤。大家都说正坤是第一美男子，配村里任何一个女人都有富余。当然，村里人也会算一笔账，铁秀珍比正坤大三岁，惠玲比正坤小九岁，这一里一外是十二岁的梗，这可是有分别了。差十二岁的女人，那头人老珠黄，这一头还能称得上青春年少。也就难怪两人总是肩并肩地走，正坤偶尔搂一下她的腰，或揽一下她的肩膀，或把手放到她额上，替她拢一把头发。两人都是油里调蜜的感觉。生活的味道从他们身上漫溢开去，这一条街都是温馨的。

两个月，正好两个月，正坤走完了他四十三岁的生命旅程。惠玲吓傻了，不知怎样解释她和正坤才好，甚至忘了什么样的话是丢人。“大早晨他就要吃白菜馅饺子，我给他包了一碗。吃完他往炕上一躺，说你摸摸我屁股，凉不凉？我说废话。屁股哪有不凉的。他说，那你就往前摸，再往前摸……烫不烫？我才发现他真是烫，像在窜火苗子。他说，男人病先从根上病，要过年了，我不能病倒，我得给自己输点液。他把药调好，把针扎上，说你出去吧，我眯会儿。我就去扫当院了，扫半截不放心，进来看他，发现那液比自来水走得还快。他脸上起了一层红豆，憋得就像个葫芦头。”

“他没跟你说点啥？”

“他就跟我说再往前摸，再往前摸……”

“你应该打 120。”

“正要打，他就嗝喽一声咽气了。”

事后惠玲说，正坤留下了二十五万块钱，发送他只花了一万多。正坤还是挺疼人的，这是可怜他们孤儿寡母。结婚时间虽短，但能看出真心来。“平时他说过，死了由我来发送，埋得离小水近些就好，没别的要求。我只当他说着玩，谁想到就应验了呢。”

惠玲还把私密话说了出来，“正坤说，将来铁秀珍死了，哪远埋哪去，不准与他并骨。”

有人说，谁管得了那么久远的事。你又不是刘家人，你管不了。

惠玲说，我管不了还有我儿子。我儿子管不了还有法律。正坤有遗嘱。

有人想看看遗嘱什么样，到底没能如愿。

赵兰香曾找惠玲要钱。惠玲说，你来不行，得你儿子来。他没让我把钱给别人。

也有人好奇地问赵兰香，正坤没给你钱?

赵兰香气咻咻地说：“给，一个月给一百！”

历史就是一本书，既看不到第一页，也翻不到最后一页。所以，很多事情容不得看清前因后果。

就随风而逝。

9

正杰比我大两岁，我读高一的时候他读高三。正杰是老六，与弟弟正辉就差一岁半。他是在姥姥家上的小学，所以童年没在一起摸爬滚打，感觉就像个陌生人。第一个八月十五在学校过，那种感觉真是又落寞又孤单。我从女生部下来，是想到外面透透气，却见正杰低着头往这边走。我问他干啥去，他把两只手张开了，说在外面的小卖店里买了两块月饼，一块五仁一块豆沙，“正要给你送来，你想吃哪种馅？”

我难以置信，“你是特意来送我的？”

正杰说：“就是特意买给你吃的啊，今天是八月十五，你初来乍到，我怕你想家。”

我说：“女生楼你上不去。”

正杰说：“我就想在楼下喊，你总会听得见。”

我这人特别容易感动，不由含情脉脉说：“正杰哥，你真好。”

正杰两只胳膊抱起来蹭了蹭，估计他是起鸡皮疙瘩了。

如果说，我和正杰曾经有过什么，就是吃了他一块五仁月饼，然后在操场上一起看了一回月亮。这是一九八六年的秋天，在篮球桩下，我们一人倚在一边，说了些大而无当的话。那些话，我现在想起来也脸红，都是注定实现不了的。比如，到世界各地行走之类，我现在也只到周边小国转了转，是所谓的商业旅游，跟行走一点不沾边。一点也没想到若干年后我会当小报记者，这个小报摇摇欲坠，随时会倒。而正杰守着一个烂摊子，一守就是很多年。那天的月亮又小又丑，乌云一层一层在它身上碾过，天空不时黑黝黝一下。我问正杰高考志愿准备报哪里，对于高三生来说，这已经是很现实的问题了。正杰叹了口气，说我们这样人家的孩子，这样差的学习成绩，哪里有什么好挑拣，有学上，将来能有个饭碗就不错了。

因为刚来学校不久，我对未来有着美好的憧憬和想象。所以那晚正杰哥的话让我倍受打击，也让我鼓涨起的热情瞬间瓦解。因为我也成绩平平，还多少有些偏科，未来那艘船驶向哪里，真是由不得人啊。我们就是在这种氛围中，被老师抓了现行。老师把我们分开审，说我们不学好。无论怎样解释都没用。其实，老师也觉得我们没什么，但既然逮到了，就不会轻易放过。转天全校都知道了我们两个人的名字，吃月饼，看月亮，高一女生和高三男生，被人把舌头嚼烂了。那真是生不如死的日子啊，好在都有过去的那一天。毕业十几年了，还有同学说，你没和那谁走到一起？就是你们当初一起看月亮的……

正杰哥在师范学校教历史，那是我们埙城的北大和清华，很多干部的出身都填那里。当然，俱往矣，现在这所学校就只剩了空壳子，正杰和几个同事在那里守摊，一守就是很多年。说真的，我有些同情他，曾经的好年华，就这样“守”过去了，就为了那个饭碗，这只饭碗得有多金贵！但看不见他就想不起诸如此类的问题，生活实在是太繁琐、太麻烦、太不尽人意，哪里有时间和心情想不相干的人和事。有一天傍晚，我在鼓楼前边遇到了他。他还没看见我，我赶紧胡撸了一下头发，迎着他走了过去。不知道我在他眼里什么样，反正我是觉得他显得过于陈旧了。骑一辆破自行车，车把上挂着个黑皮包，是皮开肉绽的感觉。夹克和鞋子明显都是地摊货，眼镜腿粘了块橡皮膏……他偏腿儿下了车，我觉得这应该是上个世纪的经典画面，就像背景中的那座明代鼓楼一样，上面明显遮着块浮云。浮云也应该是上个世纪的，显得残破和古朴。正是下班时间，路上人来车往，车喇叭往死里催。我们只来得及交换一下手机号码，就被车流冲散了。

正杰一只手扶把，拧着身子看着我，把手捂在了耳朵上，我明白他的意思，勤联系，打电话。“我有个东西想给你看……”正杰挑起眼眉，几乎是嚷，很认真很当回事的样子。我没当回事，朝他摆了摆手，也用手在耳朵上好歹比划了一下。

我跟凤丫住在一座城市，有事好商量。有天我们谈起母亲，在哪里都待不住，无论在城里还是乡下，总说孤单，没伴。又谈起表大妈，她已经住十多年养老院了，好像自打正坤死，她就离开了罕村。据说，在养老院待得非常扎实，过年都不愿意离开。凤丫首先提议，母亲如果也住养老院，不就有伴了、不孤单了么？两年前她的脑子就开始出现幻觉，记忆力差得惊人。若是脑子好，她是不肯住养老院的。她不愿意把钱给别人，她算得清这笔账。于是我和凤丫从城南跑到城北，又从城东跑到城西，查看了七八家，备选的有一两家。从西外环下来，有个蓝色的大牌子很抢眼，写的是“贾迎春家庭料理”。起初还以为是吃饭的地方，可看括弧里的文字，才发现所谓的家庭料理不过是养老院的别称。我们喜欢带家庭这样的字眼，异想天开觉得，如果母亲也能找到个“家”，是皆大欢喜的事。

是一座“井”字型的方形建筑，正房是二层楼，又把东、西、南用回廊串了起来，盖了一模一样的房子，院子里就成了个天井。十几个老人正在院子里晒太阳，有个老太太从马扎上站起身，朝我们这边走。“这不是凤丫、云丫么？”我和凤丫对视了一眼，异口同声说：表大妈！一点不错，真的是表大妈。她已经八十九岁了，腰板不塌，眼睛不花，白白胖胖，称得上精神矍铄。真让人羡慕啊！我们的母亲骨瘦如柴，整天颠三倒四，跟父亲去世前一模一样。我们又几乎同时说：“没想到您住在这儿，挺好吧？”她不知想哪里去了，虚饰的微笑顿时浮在脸上，说：“我儿子死了我不能死，我得替他们活着。”

我说：“我前几天见到了正杰哥。”

表大妈说：“他当校长，忙着呢。”

“好久没见到正辉了。”

“他更没空，扎到地底下修火车道，城市的地铁都归他管。”

我当然知道，正杰只是个普通的事业编，没有职称，不能晋级，牢骚满腹。饭碗成了烫手的山芋，一门心思盼着退休。正辉则成了新闻人物，他是一家国企老总，因为决策失误造成国有财产流失，成了反面典型。那天我在必胜客请正杰吃饭，正杰很不安，前后左右环顾，说这里应该是年轻人来的地方。可一条商业街都是大排档，哪里有安静的能说话的地方呢？

甫一坐下，正杰就说，正辉是被冤枉的。我们从底层上去的人，上面没人撑腰。

我则想，人到中年，该是自己给自己撑腰的时候了吧？

我以为表大妈会问起罕村的人和事，或者，问问我的母亲。但她什么也没问。那座曾经喧嚣的村庄在她的记忆里明显抹去了。我们在院子里站了一小会儿，就觉出时间的多余来。凤丫跟一个圆脸女人进了一间屋子，想必那就是贾迎春。事后凤丫跟我说，人家都奇怪，说这个老太太不止一个儿子，可谁都不来看他，过年也没人接她，每月的开销从三个地方打过来，就没事了。

正杰告诉我，正坤一死，表大妈的魂就没了。她看中正坤以上的几个儿子，他们的命运都是她安排出来的，在他们面前，她可以为所欲为。正杰和正辉是自己考出来的，从她的眼神就能看出生分来。也许是因为儿子太多了，她有些应顾不暇。

谁知道呢，也许还有别的理由。

“正气呢？”我问。

正气当年从西藏调进北京，据说是偶然认识了卫戍区的某位领导，然后便是年复一年地寄土特产品。我想起当初表大妈取他寄的汇款单，是村里的一景。后来他提干了，把媳妇接走了，几乎没了音讯。

我问："你多久看她一次？"

正杰说："过去一个月总要去看一两次，可每次她都要问，你有没有当校长？你怎么还没当校长啊？有一次我特别生气，说我不当校长你就嫌恶我，你到底是不是亲妈。"

正杰不年轻了，却还有些意气用事，这是我对他的突出印象。也许是这些年的郁郁寡欢改变了心性，总之他不是我希望的样子。

出了胡同就是闹市区，我们的车子停在了槐树底下，凤丫沉默着，我也不想说什么。我猜，她也许跟我一样，想起了正坤哥。她当年不肯参加正坤哥的婚礼。

那个好看而又帅气的赤脚医生啊！

10

这个东西摆在了我和王永利面前的桌子上，是一个黄丝绒面的本子，乌涂得已不可救药。这是惠玲在正坤的葬礼上转给正杰的，说藏在箱子的一个隐秘角落。"正坤的东西我都好好收拾着，我字眼浅，这个就不留着了。"惠玲说。

“惠玲根本没看，若是看了，罕村早翻天了。”

那天坐在必胜客，正杰把本子给了我。看得出他有些犹豫，直到最后一刻，他强调说：“别让村里人知道，不好……”

说日记其实并不准确，里面没有多少内容。从字迹的颜色却能看出时间的跨度来。从一页到另一页，跨度有三年。“我忘记做皮试了。”第一页看得人手心出汗，是一九七四年十月十三日。“第一次打针啊！”“幸好没事，高烧退了。”每天都有清晰的记录。“今天三十九度三，不出虚汗了。”“每次都担心针拔不出来，那地方太硬了，真担心那块肉死了。”有些字迹都模糊了，但正杰说，十年前的字迹比这清楚。哦，一晃正坤哥就去世十年了。

那些模糊的字迹居然是关于我的。在后面写有我的名字。我一下就想起了当年正坤哥第一次打针时的惊慌。针扎在我的身上，我当然记得牢固，原来他是忘了做皮试。

好在我抗过敏。

正杰问我：“你猜正坤是怎么死的？”

我犹疑一下，说：“心脏病？村里人都这么说……他新婚燕尔。”

“他是自杀。”正杰落寞地看着窗外，马路上人车流动，都急惶惶的，“人死了这么久，也没啥可忌讳的了。我就是想告诉你，他是自杀，他心里很苦。他一直处心积虑……”

“处心积虑……自杀？”

正杰微微皱了下眉头，证明我猜得不对。若有若无的音乐在空中飘，顶上有许多葡萄藤，假的。

我问里面都写了些什么。他说你一看就明白了。

“一九八三年四月十二日。没想到那么快她就走了。三支青霉素果然有威力。四支呢？”

我多少有些懂了，顿时冷汗淋漓。

“我们家族都是过敏体质，正坤他比谁都清楚。我爸、正清、小水、他自己。”

我喝了口玉米汁，甜得有些过分。

“他是故意的。”我寒噤了一下，“证据呢？”

“有时候，他假装给人家做皮试，其实根本没做。他乐于看见过敏的人，那样他就像猎手遇见了猎物。他的药箱里其实一直储存着肾上腺素，可他一次也没给人用过。难怪正清媳妇怀疑他。”

我越发吃惊，迅速百度了一下，肾上腺素果然专门对付青霉素过敏。

“谁知道呢。”正杰喝了口玉米汁，没喝利落，顺嘴角淌下了些。我看出了他有些激动，手隐隐在抖，“也许就是变态吧，你能解释这种行为么？”

我解释不了。

如今，这个本子就摆在了我和王永利的面前。王永利现在仍是罕村的支部书记，已经是老书记了。他这些年坐得稳这把椅子有赖于他的兢兢业业。王永利说，他当年对正坤曾有过怀疑，就是正清死的时候。记得我喊你回来么？只是这件事情没法说。怎么说？我说，人命关天啊！王永利说，就因为人命关天，就更没法说。他摇了摇头。“就像现在这样。”他翻动一下那本子，一些纸屑飘了起来，是一股呛鼻子的陈旧味。正说着话，我嫂子进来了，王永利顺手拎起一张报纸，把本子盖上了。我嫂子偏头看了一眼，说：“埙城日报……有什么新闻么？”王永利说：“乔书记下乡调研了。”我嫂子说：“这算什么新闻。”

我嫂子出去了。我翻到了日记中的某页，指给王永利看。那里面写着表大妈往四老歪嘴里塞满了茶叶，而另只手捏着四老歪的鼻子，久久都没有撒手。

正坤蹲在外面的台阶上吸烟，他从来不吸烟。我至今都能想起他粉色的指甲盖，摁到皮肤上会充血。

“严格地说，他只是帮凶。但他算在了自己的头上……都有编号的。他自己，正好是第十五个。”我告诉王永利，“他给自己用了八支青霉素。这么多年，罕村就没人察觉？”

“都跟我们一样吧。”王永利说，“有一种无力感，让你说不得，做不得。”

“为什么呢！”我真想他还活着。

电话响了。我拿给王永利看，是正杰打来的。“你在哪？那个本子赶紧还给我。”他有些焦急。

“他反悔了。”我对王永利说，“给我的时候他说供我研究用，没说要收回。”王永利用报纸把本子包了起来，“还给他吧。”

我应了一声，“正杰对我说，他的人他都带走了。”

王永利说：“指的是小水？”

诗眼倦天涯

徐皓峰

授奖词

《诗眼倦天涯》以清简别致的语言，诡谲绚烂的想象，创造性复活了一个疆域广袤与多民族交融的时代风貌。鲜血与尊严、爱情与权谋、家国与异域、山河与风物纵横交错，是万象亦是一念，成就一幅极富戏剧性却又清淡幽远的美学图景。

一

三十七岁，不该再玩刀。他不常会想起一个湖蓝瞳孔的粟特人，五岁跟上这湖蓝眼，长到十五岁，跑了。粟特人原居中亚阿姆河流域，来汉地做买卖，已逾千年，他们吃牛羊。他有过十年好吃喝。

他现在吃韭菜烤饼。韭菜阳气足，抵牛羊肉，一年只吃韭菜烤饼，体能并不亏。

二十六岁，是老的开始，再难有十五岁时豹子一样的敏捷转身。他三十七岁，他是“比刀维生”的夜摩天。

其时，蒙古人打下南方汉地，建立“大元”已十一年，禁止汉人佩刀，发现拐杖上安铁块，亦视为凶器，当街殴打，之后流放。汉地广大，蒙古人少，法律制定后，盯不住。“变通变通”是大元常用语，汉人无力修正法律，只在实行时寻求变通。

蒙古人给南方带来许多异族，粟特人、吐蕃人、突厥人、波斯人、犹太人——他们不禁武。汉人向他们买异族身份，可以佩刀。

夜摩天是汉人，有个蒙古名字“支尔哈朗”，湖蓝眼给他买的。

汉人怎会放弃兵器？刀剑自古是汉地奢侈品，镶金佩银、宝石点缀的传家宝。变通之法是向做珠宝生意的粟特商人交钱，买下“宝物”证明，便可在家放着了。

汉人怎会放弃比武？比武是解决民间纠纷的最小暴力，地方上争水夺矿，会挑出强者决斗，以两人胜负决断集体利益，避免群殴。

禁止汉人比武的法律颁布后，汉人将“比武”变通为“比刀”——不是决斗，为验证彼此的刀剑质量。

蒙古人四处建杂造局，制造、修理、派发兵器，用的是劫掳来的中亚工匠。汉人会向附近杂造局买“代理验刀”的证书，名义上为蒙古军试刀。

每个地方大户，都养着一批叫异族名字、买验刀证的打手。

夜摩天也有验刀证，十五岁时湖蓝眼办的，拿到手，他便离开了这双眼。

从小听到，湖蓝眼被周围人尊称为“安达”，蒙古语——真正的朋友。

比刀维生，能活下去。汉人自古厌官府、爱自治，小块活着，拼图般凑成广大汉地。自治，需要自保。大户们均私蓄打手，崇尚武技。

登门挑战，为投身大户，炫技后成为个打手。夜摩天是为自己活，按规矩，胜者有权拿走败者兵器，他赢兵器卖钱。

流转大户门庭中的打手，为自高身份，大出血本，模仿唐朝贵族在鞘柄上镶金箍玉，被夺走刀剑，没了脸面，只得离去。

夜摩天不当打手，还坏人事，早该遭恨被暗算致死。他渴望暗算到来，看看猝不及防的自己。

没有暗算。他身上跟着一个谣言，说他是位北方世侯的公子，代父抵罪而贬为庶民，下放南方。这种落难公子，终有一日会回去。

大户蓄打手，世侯蓄军队。蒙古崛起前，北方是契丹人的辽国、女真人的金国，北方汉人给异族当兵百余年。蒙古灭金的过程中，几支汉人军队出离战局，保持中立——蒙古人称这几支汉军的首领为“世侯”，拉拢结盟，特许其儿孙继承兵权。

北方世侯，南方大户惹不起。

谁帮他扯了这保命的谎？ 夜摩天是南方人，五岁被粟特人收养，学了一口不辨南北的粟特人汉话，问过一个打手：“你们怕我来历？”

打手回答：“呸！ 南方人不暗算！”

比武，是荣耀事，暗算获胜者可耻。 夜摩天与打手们的默契是，他只比刀，不入大户门，不管江湖事，一旦破坏默契，南方打手都会讨伐他，不择手段。

夜摩天——离开湖蓝眼后，十五岁的他，给自己起的名字。佛教描述的欲界第三层天，离人间远，欲望稀薄得已不会作恶。

夜摩天本是凡人，长时间感受自己的体温而悟道，成为天神——这个典故，令他要起这名字。 二十六岁开始在旷野过夜，仅有体温陪伴。

二十六岁，过于孤单，他买了匹骆驼。 不是蒙古草原上的双峰厚毛骆驼，是从遥远波斯湾来的单峰白骆驼，毛短腿细，适合温燥的江南。

半年来，听说又出了位赢打手过活的人，叫文散春。 不一样的，是赢了不取刀剑，让打手按刀剑价格付钱——多么市侩，比武是荣耀事，怎能算钱？夜摩天不羞辱败者，都是夺走刀剑，去当铺折现。

但——似乎文散春更得人心，还发明了约打手出门比武的方式。没了大户主人旁观，输了只是付钱，不损名誉。

规矩因此人而改。夜摩天再站不到大户庭院，打手们改约在荒庙坟地，掏银票说好话，求夜摩天胜后不拿走他们刀剑，愿按原价给一半。

当铺压价，只给三成。夜摩天还是不要钱，只拿剑。一切变了滋味，他约文散春比武，文散春应约，定在六朵城角抵社——市侩只会出现在市侩的地方，那是女子相扑馆，半裸摔跤的地方，看客多。

角抵社的过年福利，会办“比武招亲”，发誓输了就嫁，让看客们上台一亲芳泽。多数人只是摸了把胳膊，扒不上腰，女人们厉害，男人手刚碰上，便被摔出。

打听不到文散春的家庭、师承，半年前，他在六朵城第一次出现，摔败了角抵社头牌——十方，睡了她半月，从此有了这人。

赶去六朵城途中，夜摩天比了次武，他总是缺钱。他饮食简单，不住旅馆，蜷骆驼而眠，唯一嗜好是买上等衣服。苦行僧不在同一棵树下坐七日，为戒留恋，他的衣服一日一扔。

应约的打手披竹条铠甲，桐油浸制。汉人比武繁琐，需拜公证人、祭奠祖师、撒黄土等十八道仪式。大元十一年了，南方决斗已采取简便的蒙古方式，只需两支火把支在场边。蒙古人视火为神，两支火把，足以让一切地方变为圣洁。

打手掏出沓纸币，提出失败后“交钱不交剑”的要求。

夜摩天答复：“你活着吧，陪着你的剑。”一脸轻蔑，转身离去。

迈着步，开始兴奋。比武，技术占一成，九成全在斗志。文散春出现后，打手们先要谈钱，一心为败后做打算，又怎么会赢？

新规矩保全对手名誉，实则瓦解对手心理。文散春的心机，超出市侩的狡猾，可称兵法。夜摩天十三岁时，湖蓝眼曾教他兵法，他不爱学，但还记得湖蓝眼的话——让敌人占据所有好处，你就赢了，此谓兵法。

兵法的乐趣是输赢，比武的乐趣是生死。夜摩天通过羞辱对手，让比武回到生死上来。人，毕竟还有自尊。

预计中，再走五步，那位打手会追上来。眼前跑来七个人，六男一女。

女人梳贵妇高髻，男人是握短棒的流氓——在城镇外抢劫的农家青年，跟大户打手一样爱模仿军官，配一二块竹条编的肩甲或腿甲，跟打手不同的是，流氓喜欢艳色，身扎彩条。

流氓用膝盖压死女人四肢，老练解散衣裙，掏出内兜里的银票。流氓不撕衣服，衣服要卖钱，落在流氓手里的妇人，结局是给光身子扔在路边，让路人拾回城去。女人白润，六个流氓将按照早定的排行顺序，逐一上她身子。

他们伏在夜摩天脚下的台阶上。比武地是座荒庙，帝王规格的高台阶，视线所限，他们看不到他。

蒙古人打下南方后，南方人开始祭拜岳飞——百年前的南方名将，誓言收复北方。岳飞替代了缺位的汉人皇帝，画像配上皇帝冠冕，庙建成帝王规格。

祭祀岳飞被禁止后，岳飞庙普遍荒芜，如坟地一样，成了打手们爱选的私斗地。

夜摩天左肩斜挂野牛皮披风，戴一顶高耸帷帽，帽檐垂四根纱条，系于腰带，别人不易看到他脸，他可以自由看四方。如一座存高僧遗骨的舍利塔，他走下来。

流氓还是没看见他，当他要再下一步时，决斗的打手终于心生自尊，吼一声“夜摩天”，拔剑刺来。

夜摩天——欣慰这名字能吓人，看着流氓们苍蝇嗡散般离开女人身，他嘴角有了笑意，转肩错步。

剑在野牛皮披风上滑过。

野牛毛细密，朋友一样，帮人挡险。披风下是他的弯刀，他没拔刀，拎起右腕挂的扇子，敲在打手脖颈。

扇子铁质，宿着唐朝开国名将秦叔宝的魂灵。六百年前的唐朝，汉人强盛，周边异族臣服，之后汉人再没这时候。痛思旧日，唐朝开国名将皆被民间称神，秦叔宝尤得爱戴，成了守护家家户户的门神。

秦叔宝的兵器是锏——四棱铁条，重五斤，马战之用，装在马鞍上，双方马匹粘靠、手里长枪抵死时，抽锏出来，一下即可解决战斗。铠甲可抵御枪尖刀刃，受不了钝兵器，一锏敲下，震得五脏俱裂。

官府捕快用的铁尺，便是崇拜秦叔宝而缩小的锏，五斤减重为两斤，转腕使劲，迎面一下，将贼人兵器震飞脱手。铁扇子是江湖人崇拜秦叔宝，更小的锏，薄如文人折扇，八两重，系腕子上，一抖即上手，防暗算的应急之器。

打手倒下了。

夜摩天行礼，取走他的剑。

女人在拾银票，见夜摩天下台阶，哽咽说是她的。

夜摩天点头，“你的。”解野牛皮披风扔下，她才自觉衣散，需遮身。

去了披风，显出左腰挂的弯刀。刀头弯度，为砍进人身后轻划即可出。

牵骆驼走出岳飞荒庙，见路口躺着被棍击伤的轿夫，除了妇女坐的轿子，还有装木雕神像的抬杠。噢，她是去山中道观请神像而遭的流氓。求神还是灵的，有我保护她。

未细看她相貌，应该好看，女人生来不幸，应该个个都好看。骆驼在端详他手里的剑，剑鞘镶红珊瑚、黄金花饰，他寻当铺而去。

二

文散春已在六朵城，未去角抵社，先在个小酒馆喝醉自己。半年前，游逛到六朵城，相扑女办“比武招亲”的揽客噱头，他起了玩兴，上台摔败了头牌十方，看她怎么收场，不料她当晚便跟他同房，江湖女子的爽快，令他喜欢。处了半月要走，她却当真要他娶她。

十方既是台上相扑的头牌，也是角抵社老板，女人中的强者，尊称为“大娘”。

他逃了。

他进城，相扑女们会找上来。果然，角抵社的二号人物千九来了，拎着女人打群架的梢子棍——长棍顶端以绳子再系一条短棍，抡甩的加速令打击力翻倍。女人力薄，如此可打男人。

女人共事比男人共事和谐，女人们一起住久了，月经期都会变得一致，一个女人喜欢的男人，别的女人也会喜欢。

看着文散春，千九恋人般喜悦，面皮发烫，甚至想贴上他脸蹭蹭。未及说话，酒馆里闯进人。八位拄木杖的男人，肋骨护着竹甲，脖子配镶铁片的皮条，行凶的装备。

领头者从杖里拔出短剑，向酒馆其他客人行礼，客人们吓得出门，他掏出几张银票揉成团，扔上柜台，表示将打坏东西，预先赔偿。老板懂事，缩下柜台。

六朵城没有这样的人，他们是外来者。文散春瞄了一眼，已醉深，眼睛看到，脑子反应不出什么。

他的迷惘神情，令千九又一阵喜欢，随即眼显凶光，对闯入者表态，不管他犯了什么事，都由角抵社接下了。

领头者说文散春杀了杨大官人的小儿子，人命死结，角抵社不要介入。他江湖诨号叫天郎——天上的一颗星，下凡人间。他是扬州大户杨大官人的头牌打手。世风不正，百姓怕官，街面恶霸亦被称为大官人。

千九顿时气弱，解释文散春是十方大娘的官人。当世婚礼，新郎服装模仿四品官服，女人称自己的男人亦为官人。丈夫有难，妻子一定搭救，也是死结，角抵社绝不退出。

天郎怨千九随口找理由，十方艳名远扬，真出嫁，扬州不会毫无听闻。千九辩白，未办婚礼，是比武招亲赢了十方。

比武招亲，跟蒙古人学的。蒙古女人体能厉害，非汉人女子可比，常出女将。传过奇闻，一女将不愿出嫁，被父母逼得急，摆出摔跤擂台，宣称谁让她倒地便嫁谁。军中猛将无人能胜，男人皆汗颜。

借此典故，十方创了比武招亲的节目，看客猛增。大娘头脑，相扑女们服得一塌糊涂。

天郎反驳："比武招亲，不是你们揽客的噱头么？"

"大娘当真了。"千九媚笑，解开外披长褙系于腰际，内里是相扑表演的橘红紧身衣，拎梢子棍作出开打架势。

她一方五人，天郎一方八人。看着橘红的她，天郎嘱咐手下里三人不动，人数上平等。千九再次媚笑，怪天郎不该连累手下，要跟他单挑。

怪了，有点喜欢她。天郎答应。

瞬间结束，只是一招，天郎短剑脱手，小臂被梢子棍劈肿。千九整了下腰扎的外披长褙，拎梢子棍，在四个相扑女簇拥下，势如名将，带文散春而去。

天郎蔫了，许久才想到，落地的短剑上该有血迹。剑被打脱前，是刺入肉的手感。

慢的是她。

三

角抵社白日用木板挡窗，纯用烛火。相扑时有乐班伴奏，穿南方大宋的宫廷乐官服。南方大宋已被蒙古灭亡，不存在民穿官服的僭越问题。

十方在表演，八名高她一头的男相扑手轮番上阵。女子相扑馆也有男子，女子主摔，男子扮演挨打角色。相扑不使绊子，因为来不及用腿，相扑就是一个冲撞。双方相对蹲下，同时蛙跳而起，必有一人被撞翻。

女子在撞击选点上取巧，掀车把的原理，一个十岁小孩掀车把，能将四百斤装货的车弄翻。看客眼中，在避无可避的情况下，女子将男子撞出，真是以弱胜强的奇观。

看客三百人，十方看到观众席后面，文散春正给女人们拥入内室。她重摔于台面，打滚起立，跳上退场的斜桥。

知她装败早退，看客一片嘘声。

退场规矩，要以舞蹈谢客。十方跳起，像个男人。舞蹈来源于军队，模仿的是骑兵上马的整装动作，名为“起拔”——军队出发。

文散春躺在内室凉床上，深醉不醒。千九坐在床沿，做着冒犯十方的事——脸贴着文散春的脸。

听到十方脚步，千九赞道：“喝醉了，就是睡觉，不闹事。”脸蹭到文散春胸口，再赞：“流多少汗，身上也没味，真是位好官人。”扭向十方一笑，眼如剥皮的葡萄般晶莹，滑落床下而亡。

文散春醒来时，千九的尸体已清走，十方一人在，洗着敬神的水果。

相扑女供的神是岳飞，女人期待男人能打回天下。以帝王之礼祭奠岳飞被勒令禁止后，岳飞像去掉皇帝冠冕，换成了道教壁画常见的天界武将装扮，隐去岳飞姓名，改称为“速报神”——让因果报应速速到来的神，汉人伤心很久，请让报应快来，恢复国土。

文散春是个邋遢人，衣有污迹，头发散乱。见过他脸的人会感慨，他家祖上娶绝色美女，连娶了二十代，才能生下如此五官的男子。

他的皮肤，刚砍断的树木横截面般白洁，发着朝气。听到他下床，十方竟不敢看他，气弱至极地递出句话，“半年前你逃了，怎么又回来？”

人无完人，他是嘶哑嗓，糙如磨刀，“路过，没想来你这。”捞走十方手里一个苹果，到神像前作揖，马吃草料般嚼起来。

难听的声音，让十方有了跟他说话的勇气，大声道：“你履行婚约，我保你命。”

他乌鸦般笑起，“看你本领。”

杨大官人进城了，乘八人拉的辇车，带四十名打手，一半是扎头巾的盐厂劳动装，一半是戴斗笠的道袍。他在扬州有盐厂庙产，不必买异族姓名、办验刀证，盐厂捣盐的铁叉、道士埋尸的铁铲用于群殴，是现成凶器。

角抵社停业，退钱驱走看客，杨大官人在门外摆了椅子，文散春一人出来谈判，将佩剑落下，拎系带拖地走来，表示不会动武。

杨家次子死，是在青楼争妓女，与一客人互殴，破窗跌下，折断颈骨。文散春承认自己是那青楼客，说近日夜摩天约他比刀，他得了结此事，再接受杨家复仇。

夜摩天不介入江湖事，换得比刀纯粹。他失信，人人可暗杀他，比刀被破坏，他亦会暗杀江湖人。

不怕他暗杀，怕防起来麻烦。杨大先生未接剑，望日慨叹："入下午久了。没气力啦。"

夜摩天赶到时，文散春正和杨大官人一个桌吃饭。是时日吃两餐，上午十点一顿，下午三点一顿，此时下午餐。

打手们是分食，杨家自扬州带来铁炉子和食材，拼出四条长桌，一人一食盒，一勺一叉吃。文散春和杨大官人是同食，共享一个汤盆，用筷子夹汤中菜。筷子不沾口，只夹菜，还是用勺叉吃。

夜摩天不及配新的牛皮披风，以粟特人的金丝锦披肩遮住左下弯刀，为了跟披肩金色搭配，换了粟特金线帽。

他的样子，杨大官人不喜。蒙古人掳南方大宋皇帝到北方，勒令改装改口，穿喇嘛衣，说吐蕃语，没要求民间。民间是自己改的，年轻人见异族服装新鲜，短短十余年，不复中华原貌。

扬州，一座没有城墙的城市，蒙古军南下时，军民顽抗，失败后，被扒掉城墙。杨大官人出资在扬州建了两座道观，作大型壁画，借着道教神仙像，把祖宗服饰保留下来。

夜摩天不同意废止比刀，说请给一个时辰，他带文散春走，文散春赢了回来，死了，他雇马车送回。

杨大官人否决，让就地比刀。很久没在人前比刀了，夜摩天同意，有些兴奋。天郎亦兴奋，让打手们退让出空场，随口说：“圈起来！”

夜摩天铁扇子抖出，天郎脖颈中招，倒地快得似是演戏，看着假。

真晕了。这是偷袭，江湖大忌。即便群殴混战，攻击背对者，也要喊一声，容人反应。只有捕快捉贼，才会无声偷袭。

偷袭谁，便是视谁为贼，天郎是打手头牌，打手们均感受辱。

刀法再好，也抵不住四十把叉铲齐上。夜摩天指着地上天郎，“圈牛圈羊才用圈字，他把我看轻了。”

天郎语言侮辱在先，他有权报复——打手们没了群起攻之的理由。杨家长子拎长棍过来，自腰间皮囊取出铁叉尖，装在棍端。

无言挑战，亦是轻蔑。

杨大官人满意这个儿子，杨长子是半个神。六百年前的唐朝军队奉佛教毗沙门天王为战神，主帅帐旁立一空帐供奉其像。杨大官人收藏到这样一尊木雕，发现不是佛教发源地的印度服饰，而是汉人正貌——唐朝贵族子弟的戎装，欣喜之下，让长子照此作衣。

杨家是扬州的外来者，蒙古军破城后杀绝了扬州大户，引外来者重建。外来皆强者，经过四年火并，杨家确立了扬州首席大户的地位。逢当恶斗，杨长子均以毗沙门装带队冲锋，每每险胜。

杨长子认为是毗沙门神力加持，穿上这身衣，便守禁语戒，以免人的语言玷污神形。

夜摩天从金锦披肩下掏出支铜镜，定神观察自己，向杨长子摆手，“我气色比你好。 你会死。”

杨大官人忽感口渴，迷失在沙漠多日的渴。 佛教理论，欲界的三重天之下，助人为乐是美德、心中无人是恶习，三重天之上，助人为乐是恶习、心中无人是美德。

夜摩天是三重天。

一重天是毗沙门天王与另三位天王共处的四大天王天，情感的力量是人间的一亿八千倍，人间的风雨雷电是四大天王喜怒哀乐的余震。 二重天是仙人所在的忉利天，长寿、美貌、聪明等各种福气是人间的一亿八千倍。

夜摩天对人无兴趣，决斗前亦寡淡。

差着二层天。

杨大官人要喝止决斗，响起了让路人闪开的官府清道梆子，八个相扑女推来了六朵城首席捕快，他卧在车上，似臀部受伤。

城中捕快共十七人，仅三人由朝廷任命，余下皆临时雇佣，官府不发俸禄，靠索要涉案人家红包过活儿，百姓遇事习惯私了，县中案件少，活得清苦。 三名正式捕快是杜捕头和他的正妻小妾，拿朝廷俸禄也辛苦，要穿男人皂装，跟杜捕头上街巡逻。

“寸铁为凶！”杜捕头宣读禁令，凡私藏兵器者没收家产，发配边疆。

杨家打手出示盐场户口、道士度牒，表示所持铁器均为劳动工具。夜摩天掏出折硬纸，是他的蒙古名，盖有官府确认的红章。文散春也有，吐蕃人名“赫兰穆思赤露”——命硬心强。

杨长子的叉尖受到杜捕头小妾逼问，因守禁语戒不能开口，急得眼显凶光。得知肇事者是扬州大户，杜捕头训斥小妾见识少，杨长子拿的是田里干活的家伙什，跟锄头没两样。

面对杨大官人，杜捕头保持官威：“什么都可以，不要出人命！”

杨大官人姿态谦卑：“为子报仇，我不得已。”低语，杀了文散春，杨家出两人抵命，交杜捕头带走。

杜捕头：“下了新律法，出人命，当地捕头先挨七十大板，有人给凶手抵命，没人替我挨打呀！”

两名正式捕快名额被他妻妾侵占，积下暗怨，前日县里出人命案，杜捕头依法挨打，执刑衙役未手下留情。

挨打情景不堪回首，县衙惯例，杖责减三下，执刑衙役高唱：“天饶你一下，地饶你一下，我饶你一下。”实实在在打了六十七下。

叫杜捕头，是十方主意。向速报神像上香后，她带全部相扑女三十三人走出角抵社。拎梢子棍，扎绑腿挟背囊，出远门打架装束。

女人的决绝最为动人，看呆了杨大官人，夜摩天亦暗赞。

相扑女该漂亮，她们的美是拿寿命换的。十二岁开始，两天吃一餐，子夜起床空腹训练，随着饥饿越来越难以忍受，会分泌大量口水，靠吞口水坚持到下午两点，依然不给进食，强迫去睡觉，睡不深，迷迷沉沉饿着，不断吞口水，直至次日练功时间。

次日黄昏，喊醒给一碗白菜炖牛肉，一颗养肝的药丸。抗饿的口水不是发自舌根，从口腔上方分泌。相扑女认为是大脑化为液体流下来，传说上古怪兽饕餮吃自己身体，相扑女就是吃自己脑子的饕餮。

饮食睡眠的控制，延缓五年发育，相扑女十九岁，男人般高大，还是十四岁刚发育生理。世风推崇雏妓，“艳女”指少女，相扑女放大的少女身，看客喜欢。

她们活不过四十岁，二十八岁和三十五岁，是两个高危死亡期，一辈子少女样。如果胸臀高隆，女人味日浓，便是快死了。

一年前，十方下午睡醒，瞥见胯形呈现沙丘般弧线，流了泪。女人之美终于来临，时日不多了，决定爱一个人。

她行礼："我有一法，可解二位僵局。"问杜捕头，"出了城，再出人命，就打不着您了吧？"

杜捕头点头，她转向杨大官人："出了城，荒山野岭，您好办事。文散春一个人，为免天下人说您以多欺少，角抵社要入局，带他走。"

杨大官人赞道："合理。"

十方一笑，熟女之身，还是少女艳容："我们毕竟是女人，请给个公道，您晚一个时辰再追？"

杨大官人沉下脸，六朵城外山形复杂，抬眼见擂台上扮挨打角色的相扑男们拥在角抵社门口，个个魁梧得如蒙古人，道："你们有男人呀！"

十方："他们不走。生死关头，男人都是谈事的，只有女人能拼命，不难为他们了。"

杨大官人动容："豪气！活过三日，算你有本事，杀子之仇，我不再追究。"

显出令人佩服的本领，可免杀身之祸——原非汉人习俗。蒙古军西征中亚，屡屡屠城，儿童亦不放过，独保留工匠，自报本领便可活。成批的中亚工匠被掳回汉地，带来许多拿手艺换命的故事，刺激了多思多感的汉人，从此民间解决纠纷，又多了一道折扣暴力的方式。

十方屈腰称谢，转向夜摩天：“眼前局势，您的事要放后了。”

夜摩天侧身不受礼，受不了别人一脸感激，他点头许可，恢复寡淡。

杨大官人守信，在角抵社待足时辰，率队起拔时已天色昏暗，城门入夜即闭，将将能赶上出去。杜捕头盯着他们，直至视力所及，转眼看见顶白帐篷，男相扑手们从角抵社门里抬尸体出来。

尸体白衣，双腿用红绳捆绑，防诈尸的习俗。是死去的千九，脸抹浓妆，头插紫花。死人不能留在活人房里，要迁到院中搭木屋停放，受蒙古习俗影响，改为支一顶白布帐篷。

杜捕头伤口作痛。她，是六十七下板子。

四

十方出城后，分兵二路，角抵社三号人物速儿带八女向西行，十方带其余人向北。分道时，夜摩天牵骆驼现身，向十方一行跟去。速儿拦住，劝他别跟了，江湖消息快，文散春死活立马会知道。

夜摩天："我不关心他，觉得你们有趣，想看看。"

速儿被逗笑："您这么厉害的人物，还看热闹呀？跟我走吧，别烦大娘了。"

夜摩天："让路，我更想看她。"

相扑女们自恃对山区熟悉，认为一个时辰，足够无影踪，忽视了杨家与一般大户不同，杨家打手是职业军人。一个时辰内，杨家拿到城外山区详尽地图，搜来向导，设定堵截方案。

蒙古军厉害，是能打调度复杂的长途运动战，各股部队严格守约守时，简直是美德。多数民族打的是集中所有兵力的会战，不敢分散，因为一散即溃，再聚太难。蒙古人世世代代迁徙放牧、集体狩猎，皆是分散后远程配合，具备此基因。

汉人亦擅长多股配合，尤精于布阵，封住江域。其基因在于汉人葬礼、祭祀皆是多步骤多分工合作，组织青年学习出殡队形和祭祖流程，聚众一多，容易被诬陷为练兵，自古有许多遭定罪的案例。

蒙古崛起之初大量吸纳北方汉人，用于长线封锁、远程支援、后方守备。统一北方时，蒙古军中有九万汉兵，筹备军需的十大税务官皆为汉人。汉人是蒙古人的家底。

南方汉人坚韧，常一座孤城拖住蒙古军主力数年，扬州即是块英雄地。在暴烈的竞争中，能成为重建扬州的首席大户，因为杨大官人招募了一批改名换姓的流亡者——抗战过蒙古军的南方军人。

相扑女分兵逃亡，杨家亦分兵追击，速儿一队被杨长子一队追上。她们是引开敌人的弃子，武艺较弱，交锋即受伤。速儿带二女向杨长子冲去，图谋擒贼先擒王。

杨长子卸下叉尖，挂回腰际，以光杆迎击。速儿眼中一花，左右二女已倒地，独留下自己。武艺悬殊，再打招耻，她单腿跪下，认输。

杨长子收杆，她却顺杆窜上，贴身拥抱，抽出叉尖，捅进杨长子肋下竹甲，用力即可穿心。

她如淋雨的马般颤抖："抱歉偷袭，我知羞耻。杨家哥哥，不要为难受伤的姐妹。"

忘了禁语之戒，杨长子点头："我们也有人受伤，一块送回城。"

离开他身，她面上恢复血色，扬起手中叉尖：“有本事，你来取！”吐舌一笑，红似鲜血。

她入了林子，杨长子横杆拦住追来的打手：“可以了。”月色昏庸，望她去处，有些喜欢。

十方队伍，被杨大官人率众包抄，堵在山道拐口。打手燃起火把，杨大官人稳坐，旁侧置一张空椅，笑对文散春：“你是赌注，你坐这。”嘱咐天郎，留人活命。

天郎宣告，死一位姑娘，扣所有打手半年工钱。

十方喊话，她们做不到，女人力气薄，得下狠手。

杨大官人认可。

双方节制，各冲出十人。这伙相扑女梢子棍娴熟，显出兵器优势，故意让盐场叉、道士铲卡住，再甩起绳系短棍，正中打手面门。

相扑女倒下四人，打手倒下七人，十方喊停，说十人对十人，角抵社赢了。

杨大官人认可。

女性之美降临，十方面若桃花，挑逗情人的笑：“火把烧完，你再追？”

遭女人调戏，场面不雅，怕她再说什么，杨大官人赔笑：“快走吧。倒下的姑娘，我管医。”

十方的笑容全然绽放。

五

追到次日下午三点，该吃第二顿饭了，仍无十方一行影踪。带路人说，县城里都知道相扑女邪性，供着一尊不让外人看的木雕，难道她们施了妖术？

杨长子赶来汇合，杨大官人喊停队伍，让他念毗沙门咒破解。毗沙门是战神，唐朝盛传其咒语，为保汉人国土。杨长子出声后，打手们均屏息静听。

相扑女上了百姓走的官道。夹在农民运菜的大车中，夜摩天边走边换衣。用心装扮，为习武大忌，平日养成自爱心理，危机时拼不了命。

他无法朴素，他是一个人，无亲友收尸，死在哪儿搁在哪儿，他衣服就是他棺材。精心穿着，为死后给路人看到不丢人。大太阳下，他气色不好，多次掏镜子照过——今日凶险？

速儿按约定路线，追上十方一行，怕夜摩天添乱，一直盯着他。走至黄昏，空中响起吹海螺的瓮声，长短变化，军号般传递信息。杨大官人想通，山中逃路走尽，人是人的最后逃路，她们定在人群中。

十方向文散春叹道："姑娘们会为你丧命。"

文散春道："是为了你。"

官道两旁高坡，杨家打手滚石般冲下。速儿斥责夜摩天："你的骆驼太大啦！"女人发火时正气凛然，夜摩天不得不低头。

百姓被拦住，截出块空场，杨大官人照例摆张空椅，招呼文散春坐，跟十方商量，走得够远了，在这了结吧，双方都下狠手。

十方未接话。衣裙下，腿在抖，怕开口出了颤音，招敌人笑话。

夜摩天站出，说她们被发现，因他的骆驼显眼，他要补偿，如十方遇上危急，请允许他出一刀搭救，一刀过后，死活不管。

夜摩天的话，赢得杨大官人尊敬，答应了，继而吩咐杨家打手"见红为止"，出了血就停手，不砍第二下。

双方摆好架势，将开战时，从扬州赶来了杨家管事，禀告朝廷年初下令限制道教，现今施行到扬州，对道教典籍烧书毁版，杨大官人建的两座道观遭查封，问该如何变通。

杨大官人说没得变通，平视落日："天下将乱。先把眼前的架打了。"喊话重开战。

截流路人里响起小女孩元气十足的叫骂："谁这么不要脸？堵着路！""耽误这么多人，好意思么？"

是几个伺候小姐起居的女童，一位老佣人随后跟上，左右作揖："小孩子说话冲，多包涵。不过呀，人人走的官道上，闹腾私事，不合适！"

他身后是一篷六人抬的红顶暖轿，官轿样式，配十二名吹鼓手、十名举旗人，最大旗上绣"正一品"三字。轿子后一片推车。

一品官？

杨大官人："您能看出来吧，马上拼命啦！别人照顾不了，单放你们过去？"

老佣人致谢。轿子过去，后队漫长，大量铁锅厨具外，是江海鱼蟹、深山禽兽，用水缸盛、铁笼囚，一物一车。

杨大官人看得疑惑，问身旁文散春："一品官上路，是这配置？"随口问的，想他不知道。

不料他知道，说安徽出现种女子，自称是御用厨娘。软禁在蒙古皇城的大宋皇帝被勒令穿喇嘛衣说吐蕃语，新近改吃了喇嘛食物，御厨解散，她们得以重回南方。

安徽大户想尝皇帝气派，请来办宴，她们开的是天价。有小财主不知深浅，也请，一顿饭给要走大半家产。

杨大官人暗笑，在安徽成了事，敢上江浙了。叫正一品，定是自称厨艺好到得皇帝赐最高官位，天价中的天价。

夜摩天在路面外观战，红顶暖轿行到他眼前停下，老佣人拎只水桶放夜摩天脚前："这条鱼值二百两，娘子谢你的！"

岳飞庙前，被流氓打倒的轿夫佣人里似有这张脸。轿里是她？当日未细看，终不知她模样。

轿队过去，天郎带八名打手走近，讨好地笑："什么鱼值二百两？"似忘了夜摩天偷袭过他。

掀开桶盖，一条青色惜麟鱼，高山寒水里长大，因热已失生机，鳍尾不动，老僧打坐般凝在水中。

天郎满足，谢夜摩天："您让我开眼，打我的事算了。"

十方不知何时已站他身后，率相扑女动手，天郎等八人不及站起，皆给击晕。

一般打手不敢离队，他们是打手头目，大战之前，能废掉敌方强手，是老天给机会，得接下——十方如此宽慰自己。向杨大官人喊话："不算我们不仗义，是他们轻浮。"

杨大官人回应："是这样。你无错。"挥手让杨长子带队冲上。

杨长子的兵器双头叉，是从毗沙门木雕上仿来的，平素战斗只一端装叉尖，另一端空着，不想杀人时，调木端打晕。

速儿盗走一支叉尖，腰囊里还有一支，但他也不装上，面对女人，纯是光杆。

眼角瞥见速儿中了记铁铲。打她的人跑开了，本着"见红为止"的原则，她流了血，无人再打她。

身上有止血药，想扔给她。

十方见杨长子右手入了腰囊，天给机会，梢子棍抡去。夜摩天变脸，窜上路面。

角抵社门前跟杨长子对决，并无胜算，只是自己会吓人。一人走江湖，得会吓人，把人吓住，可避免打。

杨长子转脸，闪过绳系短棍，左手持杆将十方打跌，再补一杆击头，便可结束战斗。

夜摩天出刀，未碰上光杆，杨长子已身僵。一支剑飞插在后背。力透竹甲，文散春的剑。

一千三百年前汉朝贵族的马战用剑，双短剑模式，两鞘并列呈方形，碍手碍脚，挂于马鞍上，无法佩腰。文散春是系在后背，不解下，不能落座。

剑鞘是陈腐木质，配六块宝石作饰，应是石块冒充。另一支剑刺在杨大官人肋下，文散春离座抄起根被打落的梢子棍，击头扫腿，连倒数名打手，战局转瞬扭转。

市侩竟是高手。夜摩天蓦然冷静，收刀，退出路面，观察他本领，细了呼吸。

十方是被光杆打倒，未出血迹，起身再战。越是群殴结束得越快，败势一方本能聚成团，挤胳膊挤腿，更加被动。凑成几堆的杨家打手，尽数给打瘫。

椅子上，杨大官人坐正身姿，招呼文散春：“你动手，就是另一个玩法了，她们都得死。连累女人，不应该。”吸进口气，歇了呼吸。

他死，三日之约作废，杨家将永远追杀。

飞剑正中杨长子要害，动弹不得，见父亲死去，竟可动了。手入腰囊，安上叉尖，杵杆行至速儿身前。

对视他双眼，速儿递上盗去的叉尖。他眼白洁净，如书法名家所用的纸张。

装好双叉尖，杨长子对文散春言：“你兵器坏了。”

梢子棍端已打裂，文散春拾起枝道士铲。

拼出几招后，杨长子渗血，终于力竭。

文散春收手：“偷袭可耻，我不得已。敬你是勇士，每年祭奠你。”

杨长子挺起脸，急向速儿，伸出一物。

速儿赶近，他跪落而亡。

剑留在杨家父子身上，文散春拎鞘给夜摩天，表示比刀之约就此结束，算他赢的。

鞘上的六颗假货样宝石，不料是真的。夜摩天：“用棍用铲，不是你拿手的，想看你用剑。”

文散春一笑，名公子的帅气，乞丐的哑嗓：“下辈子看吧。这辈子得跟姑娘们死一块了。”反手搂向经过的十方，惊得她跳开。

盘问受伤打手，得知杨家此行四百人之众，不为文散春，为杨大官人自己，离开扬州如龙离水，江湖险恶，怕人趁机刺杀。

仅四十人进六朵城，为不在他方惊官扰民。追击相扑女也用四十人，因相扑女三十几人，杨大官人不占女人便宜。

未用的九成打手，歇息在六朵城外十二里的大觉寺。官道上出的事，压不住消息，他们有马车，会很快赶来。

十方喝令起拔上路。

速儿辞行：“大娘保重，我得留下了。”从杨长子手里接下的东西，模仿军队铜印的造型——坐主杨家的权柄。

六

官道消息传入六朵城，留守的相扑男当即备马车。他们比女人能打，但参战，杨家也会提升武力级别，所以弃用。

以弱胜强——保持弱者地位，才能跟强者一争。弱者最大的武器是强者的自尊，十方谈笑间将仇杀改为赌局，并让杨大官人认下一个服输退走的方式，不愧是大娘级江湖人。

杨家父子毙命，赌局又成仇杀。相扑男认为十方明智，决不会自毁，定在谋图别的，所图必大——相扑男一直看不懂相扑女，他们是两类人。

女子相扑社是家庭终老制，都是人贩子手里买下的女童，姐妹般长大，因练功和吃药，无生育能力，短短一生，彼此照顾着前后脚死去，没有退社之说。

给女人配戏的相扑男，是流动雇工，从男子相扑社淘汰下来的。女子相扑是假摔做戏，卖眼球性感。男子相扑社一次开演摔六场，前三场可做戏，后三场一定真打，后三场叫天场、地场、人场，天地人是神圣概念，不能作假。

暴力比性感更吸引看客，男社赚钱比女社多，内部竞争比女人烈，年龄大后技术一差，或犯了偷钱等害群事，立即开除，别家男社均不会接受，只好投奔女人。

入女社要发誓，犯了恶习或体力衰了，会知耻，奉还被褥，自觉离开。女人欢迎新来男人，给十天“新鲜”。十日里，哪个女人门口摆上落地灯笼，便可进去睡她。

十日过后，兄妹相称。她们喜欢跟男人逗趣，不很喜欢性。许久没有，会想。有了，会烦。

她们在山里死尽，角抵社资产便归他们了吧？相扑男无人动此念，城里人眼中，他们是受恩于女人的卑贱男子，女人蒙难时该去赴死，活着可耻。

相扑男坐上马车，个个手持木槌，明显的拼命架势，上街后赢得啧啧称赞。看马车出城后奔驰起来，守门士兵喊了声“好汉”。

八日后，被风吹脏了的相扑男终于追上，见杨家打手围成圈子，应已堵住十方，忙下车嚎叫：“大娘莫慌！ 我们来啦！”

打手们纷纷回身叫他们安静：“谈事呢！”相扑男道歉，缓步挤进打手堆里，一起看。

相扑女仅剩三人。 十方体力耗尽，不能再打的样子，卧在文散春怀里。 打手们不冲上，因为他们坐的台阶，是一所朝廷兵工厂，粟特士兵站岗，立着“六朵路杂造局”的石碑。

杂造局负责兵器的制造、修理、派发，须建在交通要道上。此杂造局隐蔽，距六朵城不出十日路程，向导们却不知道，如不是文散春带女人山中乱窜，不可能寻到。

难道是造火器的地方？ 汉人本有火器技术，元朝建立后，不让汉人再染指火器，多些年头，下一代汉人便全不会了。

门里出来位女官，粟特人相貌，向杨家打手喊话：“民间纠纷，民间自理。 不要出人命，出了人命，把地洗干净。”返身回门，粟特兵持长矛逼文散春等人下台阶。

看急了打手后面的相扑男，大叫：“借过借过，我们是那一方的！”打手们分开，放相扑男到中央，一顿叉铲砸下，尽数给打趴。

已是杨家首领的速儿，避眼不看。 她披鲜红大襟，发髻扎深红布条，汉人礼俗，着红亦是戴孝，表明血债未偿。她身后坐四位杨家长老，军人气度，亦着红衣。

文散春几人出了台阶。前队打手们准备冲上，后队起了骚乱，夜摩天牵骆驼出现，快刀劈手，打落数杆盐叉。

天郎在官道上看鱼，给十方打伤脸，一只眼停不住泪，无法战斗，捂手帕走上，劝夜摩天收刀，不要毁了自己“只比武，不介入江湖事”的约定，否则之前比武结下的仇人都可向他复仇。

夜摩天：“我是回家。别挡路。”

女官闪出门，认出亲人的喜悦。夜摩天行礼，右手按心口，左手从眉心推至帽檐。绝非汉人礼节。

真是他家？

天郎让路。

夜摩天踏上台阶，问十方：“到家门口了，不进来喝碗茶？”

十方大喜：“喝碗茶。”

敬畏朝廷机构，天郎跑回速儿坐处，向她身侧长老们请教：“夜摩天算不算毁约？”

长老们商量后回答：“请朋友喝茶，是人之常情，不算管江湖事。放他们后门逃了，才是毁约。”欠身向速儿致敬，“东家。进下午久了，大伙儿没气力了。”

东汉之后，皇帝面南。东汉之前，皇帝面东。民间尊前礼，请客吃饭时客人面西，主人面东，称为东家。

速儿持权柄，下令：“搭灶开火。”

打手欢呼，空谷回音，若万马千军。

七

官道之后，夜摩天的看人兴趣从十方转向文散春。杨家打手是旧日军人，专业的围追堵截，每逢绝境，女人们要靠文散春灵机一动想法脱险。

被逼得动脑子，他常发火。看得出十方更爱他了，追击不紧时，两人还避开众女，钻树丛缠绵过两次。

夜摩天知道，江湖经验在军事技巧前是儿戏，脑子聪明逃不了八日，文散春的焦躁是做戏，掩盖他对山区作战和军队习惯的熟悉。

他原是军队上的？难怪之前江湖上无任何信息。按他才智气派，至少是领兵五百的军官，不知犯了何罪，贬落民间。

此地山形，夜摩天熟悉，是他自小生活的地方，五岁来的，十五岁离开。六朵路杂造局，是蒙古军在南方最早的杂造局，早大元建立二十余年。那时蒙古军南侵失败，攻占的大部分城池被大宋军抢回，战利成果只剩下六朵城，守住则需驻扎军队、建杂造局，二十余年里几度要放弃，终于等到蒙古大军重来的一天。

比刀之约，文散春定在六朵城内，杂造局在城外山里，有段距离，算是两个地方。夜摩天忍着心慌去了。

不料还是到了这，该重逢的人，躲不过。

女官以地为名，叫做六朵——五岁入杂造局时，他见到的第一个小孩。她劝他："见了我，你就别哭了，我也无爹娘。这里有许多好玩的。"十五岁，她发现了个好玩的，让他成了她第一个男人。

夜摩天和六朵是杂造局总督收养的孤儿，总督是一把手，其次是监管与副监管，此三职汉人不能担任，只能是蒙古人或是给蒙古贵族做过二代家奴的中亚白人。总督是湖蓝眼的粟特人，第二种情况。

离开多年后，夜摩天发现自己不知总督名字。人总是忽略自己熟悉的人。从小随着别人喊他"安达"——蒙古语，真正的朋友。

六朵路杂造局造火器，蒙古军西征掳来的中亚工匠，已在局里繁衍一代，一直不雇佣汉人帮工，为保持人数，下一代将跟突厥女人混血。

今日厂区不见工匠。六朵解释，听闻汉人皇帝的御用厨娘来到南方，安达请来慰劳夫人——夜摩天在时的夫人已过世，去年娶了新人，刚怀孕。

她死了？她脸漂亮得让人不敢看，走近了，似来了一匹狼。她有狐臭，五岁到十岁的夜摩天，是跟在她身边晃提炉熏香的侍童。

六朵说，正一品规矩大，灶台要开在杂造局正中央，聚天地灵气入菜香。正中央是主厂房，只好停工。

总督兼神职，大炮造好后，由他安装炮筒上的金属饰片——龙头、鳄鱼头、牛头、牡丹、蔷薇、向日葵等花样，装上金片，大炮便获得生命，人一样上战场。

安装金饰是神圣行为，要在高台上，两旁有运炮上下的滑道。高台下现搭了三排灶台，一排六个火位，架起两排长桌办配料，二十位帮厨忙活。

高台上砌了座独火灶台，官道上骂人的女童陪着正一品。为免落发丝，她以纱巾兜住高髻，裸着脖颈双臂，凝视笼屉钻出的蒸汽，名臣大将的肃穆。

正一品要求，为保菜肴初成的鲜气，饭桌离灶台不得超过二十步。安达无奈，将餐厅安排在高台上，搭建木板隔间。夫人未到，他一人歇息在里面。

虽是一夜建成，以杂造局效率，仍做工繁复，门扇镶黑铁饰片，粟特人喜爱的螺旋卷曲的树叶花饰。

闻到人身血腥，正一品回头。夜摩天终于看清她脸，嫩如婴儿的眼皮，微翘的鼻尖。

听到动静，安达开门走出，一眼瞪上夜摩天，六朵叫出夜摩天的蒙古名“支尔哈朗”，安达叹道：“你大了这样。”

支尔哈朗，蒙古语“珍贵的礼物”。他是安达路上捡的。

安达五十余岁，粟特人特有的红胡子，年轻时暗如淤血，中年后变淡，老年粉如樱花。记忆里，他和局内工匠都是白人，今日重看，他虽眉高鼻隆，还是汉人的凸凹，他的瞳孔是黑色——为何记成湖蓝眼？

他，就是他，未被冒充。胡子是染的，他是个冒充粟特人的汉人。

双眼如遭刀刺，夜摩天垂下头。

安达好客，要来人都上桌，遭正一品喝止：“一桌菜，最多五人。”菜量小，方能雕琢口味。大份炒菜，只是个热乎劲。

三位相扑女不必上桌。

上桌前，需洗浴。在烧木炭的蒸室里，夜摩天身上第一层汗出来，想起过世的安达前夫人。记忆中安达的湖蓝色瞳孔，是她的。

她是真的粟特女人，生不出小孩。她三日进一次蒸室，驱子宫阴寒。杂造局造武器，杀气重，她说是她生不出孩子的原因，安达给她修花园，养孔雀、梅花鹿破杀气。

孔雀和梅花鹿跟她一样，美的动物，走近了腥气。她后来说，养动物破不了杀气，要抚恤孤儿，人对人做善事。

他是这么给捡来的。

她有一堆孤儿，近三十个，养在石头修的大房子里，为避免石头寒气伤小孩，墙面地面上包木板，每人一张护栏床。

地板上，第一次见到女孩的臀。夜摩天来的第一天，管孩子的仆人午睡未醒，六朵指挥几个男孩，扒了一个女孩的裤子，其他孩子看热闹。

男孩女孩都五六岁，男孩智商发育比女孩迟，还是伙笨蛋。对夜摩天，六朵识别出是同等智商，邀他在女孩臀上拍一掌。

夜摩天拍了，留下个紫印子。女孩哭声大，来自欧洲亚洲交界的黑海，金发人。

孩子的集体如此邪恶。他吓着了，为不示弱，拍出这掌。六朵对他满意，定他为自己打扫卫生的下手。

夫人认为，孩子要勤快。他们每日清洁住所，劳动时间是早餐后。上手干活，下手帮衬。六朵擦桌子，他涮抹布；她洗地，他换水盆。

六朵力气大，越干活越大，每天都欺负人，孩子们怕她怕到十四岁。十四岁的她突然说话慢了，十分好听。过了一年，她要夜摩天当下手，做了男女事。

粟特风俗，死过人的房子不再住，杂造局里有许多弃用的石头屋，她和他在那里。

十年里，没跟黑海女说过话。十年后，她金发长得垂至臀，给自己挑了个男人，一位三十多岁的粟特工人，有着迷人的成年人的凶悍。

扒裤子，没大人教，孩子天生会，侮辱他人是比性更快感的事。做过噩梦，黑海女指挥一堆工人把六朵架到厂房，扒了她裤子。

醒后想，真发生，自己该怎么办，抡刀杀人么？

金发消耗大脑养分，黑海女忘了童年事，没有任何行动。

他没忘，打她的手一直在。

和大人睡过后，她更美。那一巴掌，是他唯一罪恶。趁她单人时，掳她去死过人的石屋，她沿途没喊叫。他没说道歉话，把在六朵身上学的，用在她身上。

之后，他持刀闯入厂房，将三十岁工人砍伤。内心想象，伤不至死。

青春如此邪恶。他逃离了杂造局。

逃离前，向夫人告别。收养的孤儿里，他曾是夫人最喜欢的人。

打黑海女一掌，是到杂造局的第一天。见夫人，是第二天。为保密火器技术，杂造局不能进汉人，听说安达捡了个汉人小孩，夫人好奇来看，身边跟着个甩提炉的侍童。

提炉是有透气孔的银盒，里面卡着点燃的香，外系银链，夫人所过之处，要抡个遍。孩子们一日一人轮班做，今日当班的是个回鹘小孩。

夫人叫夜摩天来她腿上坐坐。坐上了，夫人笑称他比看起来重，说："骨头沉的小孩都聪明。你能学会这个么？"指向提炉。

甩几下便顺了手，夫人当即换下回鹘小孩，让夜摩天晃提炉跟她走了。

提炉也向夫人身上抡，使香气落衣。他能让提炉最大限度凑近夫人，快碰上了，又燕子般飞开。夫人赞誉：“汉人小孩，手巧。”

他在玩，为免被看出来而闷着脸。之前，他有爹娘，一男一女养的孩子，受不了活在三十个小孩里面，受不了伺候大人。他得玩。

无表情的他，显得格外认真，为让香气多落一点在夫人身上而竭尽全力。夫人赞誉：“汉人小孩，忠心。”

抡提炉，随夫人吃饭，山珍海味。一人一日的轮班，变成十天里五六天是夜摩天去。好吃好喝让他占了，招所有孩子讨厌，所有孩子又都怕他，因为他是夫人喜欢的人。

童年未过，知道了特权。

十岁后，他们不再服侍夫人，随安达学习。先是学刀。他第一次学，让安达惊讶：“你练过。爹娘是江湖人？”

他是安达运送武器途中路边捡的一个饿晕的野孩子。救醒后，说父母早他饿死。安达没多问，想当然认为是农家人。

安达对了，他爹娘是农家人，在四十几户的小村。五岁时，闹饥荒，草根树皮吃尽，一个女孩来到他家，他被送去女孩家。娘送的他，他偷听过爹娘说话，远方大村子，大人们交换孩子吃。

他狗一样咬了娘的手，狗一样速度跑了，娘追不上，急得哭，背后的声音惨极了。

他抡刀的手感，来自给夫人抡了五年提炉。十五岁逃出杂造局，二十六岁靠比刀维生，向对手报名刀法，报的是“提溜刀”。提溜，北方传来的土话，晃悠着拎东西。倒是符合他手腕灵活的刀技特征，实则是，“提溜”是“提炉”的谐音。夫人活在他手腕上。

回答安达，爹娘习武，自小学过刀。

安达信了。立他为典范，手把手教他，让其他孩子照着他学。他又得了安达的宠。

十岁的孩子们已会伪装，满脸真诚地讨好他。受宠的感觉很糟糕，夜摩天觉得自己偷了他们的东西。刀法之后，再上别的课程，他开始懈怠。

安达再没捡过汉人小孩，夜摩天是个下不为例的人，安达期望他学好火器制造，他没上心。安达冷淡了他。

夫人还是没生出自己的孩子，有新捡来的小孩给她晃提炉。

十岁离开她去上学，到十五岁，夜摩天没找过她，她也没找过他。失宠，让人心安。

砍了工人，安达震怒，领头搜一间间死过人的空房，大喊见了就劈死，全局警卫跟着。趴在屋顶上，清楚看到他们一线人怎么走，杂造局地方大，不单是死人房。安达是不是要放他走?

他去看夫人了。五年了，她身上的气味淡了些，说：“汉人小孩，你没长歪，很快会变成个招女人喜欢的漂亮男人。”

打开一面兰花雕饰的墙，一条七百米甬道，沿壁堆垒着许多箱子。装的是金银，安达的私财。大元用纸币，纸币在贬值，只有蒙古贵族可贮金银，民间用会定罪。

既是密室，又是逃路，安达给他们夫妻备下的，真有那么一天，累箱金银得抛下。出甬道，是山里，警卫巡逻不会过的地方。

“别怕山，多转转，能出去。”她取出一条宝石项链、嵌十二朵黄金雕花的镜子给他，嘱咐宝石拆散一颗颗卖、金花拆下一朵朵卖，以防歹人盯上。

她：“拿它们换你一眼。我临死，你回来看一眼。”

她没说她怎么找到他。出走十一年，没想过，二十六岁，他开始比刀。有名了，足够她找到他。

她肯定找到他了。比刀后，江湖传说他是北方世侯子弟，受贬暂落民间。世侯拥有军队，南方打手忌讳他，不敢暗算。早想到，谎言是她放出，以保他性命。

比刀十一年，她的信使没出现。以为她活得好好的。

八

开餐了。正一品披大襟走入，身后女童撑张牛毛椅披，夜摩天给她的披风改制，扎上了金丝布边。安达诧异厨娘也上桌，正一品答复，厨娘坐主人位。

厨娘是御用，聘厨娘给私人做菜，对皇帝不敬，所以名义上是厨娘做主请客。女童将椅披举近，逼安达让座。椅子上的披物表明地位，自高身份的人出门做客，会自带椅披。

一桌菜不过五人。夜摩天、文散春、十方、安达加夫人，厨娘上桌，便多了一人。十方自觉站起，安达变色，说粟特人待客如敬神，要十方坐，吩咐女佣告知夫人不用来了，请正一品多留一日，明日专做一桌给夫人。

正一品回答做不了，带来的料只够一桌，桌上的皆是深山大泽采来，往来行程少则两月多则半年。

句句对抗，是下人间的谈话方式。这么说下去，降身份，安达不再理她，对视上夜摩天。夜摩天一直在看他，安达一双汉人的黑色瞳孔里，有着被砍伤的工人、金发垂臀的黑海女、相互嫉妒着长大的孤儿们。

夜摩天开口：“我走那天——”

正一品目光扫来，友好温和：“桌上摆菜啦，不能再说话。想说话，等汤来。”

皇家规矩，吃菜时有乐师伴奏，说话抢音，不雅。上汤后，乐师退下，是交谈时段。

杂造局外，杨家打手也在吃饭，挖坑生火，铁板烘烤，有饼有肉。

相扑男被反绑于一根长绳上，速儿筷子夹肉，给他们喂食。有人问她会不会真杀十方，速儿回答，继承杨家，得领头复仇，大娘死活，看她运气。

铁板上的肉起了颤簸，山口奔出持矛骑兵。数量不多，八十余匹，天山草场的白马，白毛渗汗后，正午映出金色，夕照下似涌血。

无战壕依托，步兵无法与骑兵抗衡，马队来回冲刺，如案板上刮来刮去的刀。天郎向速儿告辞：“东家，我的命是你的。”官道上被十方伤脸，单眼哭着大步奔出。

泪里不见矛和马，显出那位死于他手的女人——橘红色的千九，刺伤她时，是抱她上床的冲动。

铁矛入胸，天郎肺叶破裂，继而被马踢断颈骨。

正一品的菜，无菜样，仿大宋山水画造型，峰峦叠嶂，江波荡漾。入口甘美，深嚼略苦。

菜过后，汤盅上桌，正一品开口解释：“做的是大好山河，不便过于美味。因为汉人久失疆土。”说完仰头，等叫好的神情。

安达歪嘴一笑，额头生出道皱纹，跟嘴角的笑纹形状一致。以自小对他的观察，夜摩天知道，安达在暗叹不值，想尝皇帝口味，不料请来的是个玩口才的人。

六朵进来，汇报杂造局外发生屠杀。杨家打手尽死，凶徒是一队骑兵，看马匹徽标，是赵国公卫队。

第一代赵国公，刘远春，他是一代世侯子弟里最聪明的人，蒙古王子忽必烈的首席谋臣，一步谋划忽必烈挫败诸王子当上蒙古大汗，二步谋划蒙古军灭了南方大宋，忽必烈成为统一汉地的皇帝。

大宋皇帝姓赵，封刘远春为赵国公，表示他家以后领袖汉人，是忽必烈对他的回报。 他七年前过世，儿子承位，为第二代赵国公，传说会设计战船、发明火器，聪明超过其父。

赵国公卫队进杂造局，入餐厅，领头者是位汉人女，蒙古王族着装，六位仕女搀扶，行到依旧喝汤的文散春身前，唤了声：“哥。”

文散春半天才抬脸，没了傲气。 赵国公卫队挑来虎皮椅披，给他座位铺上。 正一品被逼起身。 她的牛毛椅披撤下，换上白熊皮，领头汉人女坐在主人位上。

国公座位铺虎皮，白熊皮是蒙古皇室专用。

文散春是化名，“散春”应合父亲名中的“远春”二字，他是第二代赵国公。 刘远春有四子，他是最小一个，五岁会削薄木片做战船模型，八岁改良了冻疮药，得父亲推荐，成蒙古军用。蒙古西征曾到欧洲多瑙河东岸。 多瑙河，远在天边，有他的药。

受夸奖的感觉，如阳光晒在后颈，痒痒的舒服。 他前面有三个哥哥，威武雄强，富于韬略。他只想当个发明小物件的神童，一辈子受夸，痒痒的舒服。

策动蒙古军打南方汉地，真的不该。父亲为了三个哥哥建军功，派上前线。名将品相的哥哥们，轻易死去。研究道教长生术的父亲，未活过六十岁，操持忽必烈按汉法称帝、建国大元后，生下病，床上受了三年苦，拖拖拉拉逝去。

一代豪杰的父亲，死相如街头乞丐，瘦成十岁孩子的体重，塌了鼻梁。

刘家男子只剩下他。还有个妹妹，按刘家渊源，十四岁成太子侧室。太子是她自小熟悉的人，太子名字是父亲起的，那时忽必烈初识父亲，请求为子起名，是蒙古人表达至高尊敬的方式。

起名真金，不是“真的黄金”，是佛教观念“真的心”。蒙古大汗继承法，诸王子机会平等，由王族叔伯和战功卓著的将领家族选举，名为忽里勒台。这是草原上通用发音，突厥、鲜卑、契丹、女真都用，意为聚众决议，蒙古人的忽里勒台要回到被称为“老营”的斡难河上游，蒙古人起兵之初的营地。

忽必烈违反忽里勒台，用汉人的太子继承制，自己一人指定真金为继承人，杜绝兄弟跟他争，屏蔽王族叔伯和战功家族操控他，把他交给了刘远春。

蒙古小孩十岁上学，真金拜父亲为师，一月里有半月在刘家，等同养子。他是确定无疑的下一代大汗和皇帝，谁教化了他的脑子，谁便掌握日后的草原与汉地。

忽必烈给父亲的真正回报，不是赵国公，是汉人天下。汉人失去北方百余年，北方由契丹人、女真人、蒙古人轮番占据。异族统治令北方汉人异化，契丹人曾建立辽国，蒙古人称北方汉人为“辽人”，活得像契丹人的一支。

蒙古人过不了长江，南方汉人的守城技术和庞大水军，迫使蒙古暴力转向，西征中亚，远达欧洲。

活成异族的恐慌，令北方汉人急于打破跟南方的隔绝状态，家有军队的世侯们想出一个危险的复国之法——帮助蒙古人强大到可以打下南方汉地，统一南北后，再用南方纯正的汉文化，汉化蒙古帝国。恢复文化，等于复国。

忽必烈是蒙古人中口碑不佳的一个王子，没有继承大汗的可能。他明白汉人世侯们的用心，情愿交换。果然，只有汉人能帮他，倾北方汉地的人力财力，打了四年内战，降服草原上的兄弟们，当上蒙古大汗。太子送入刘家，为兑现承诺，还汉人一个天下。

年轻的忽必烈是个“唯我”的人，认为人只有一生，求一生辉煌，蒙古帝国日后怎样？ 我已不在，与我无关。

年老的忽必烈又活成了蒙古人，像所有蒙古老人一样，想到子子孙孙。 刘远春死后，他没了束缚，大量任用中亚白人填补官场，冷落汉人世侯子弟。

他还追求一生最后的战功，要吞并汉地之外，那些远在伏尔加河、波斯湾，名义称臣实则独立的蒙古诸王的地盘。 打仗的钱，由汉地出，中亚白人当官后，主要是索钱。

真金太子像个世侯子弟一样被冷落，名义上是大元的军事统帅、首席财务官，实则除了有权看机密文件，并无军权和财权，不能任命任何官员。

中亚白人掌权后，南方汉地未能改变北方，开始异化。 一座座南方名城，变得像波斯湾古镇。

世侯子弟们希望文散春重演父亲当年风采，一番话折服忽必烈，令其遵守承诺，重行汉化。

忽必烈十岁，已受汉化，那时还人在草原。 蒙古王室给他聘汉人老师授课，规定他学汉人的聪明，不学汉语。 王室成见，说了汉语，会忘记自己是蒙古人。 他学波斯语，中亚诸国的王室皆说波斯语，蒙古王室遵从此标准。

为何波斯语不会让人忘本？ 王室没有解释。

他有了越来越多的汉人老师，长大后有了越来越多的汉人幕僚，都需要翻译，直到刘远春出现。 父亲说一口纯正的宫廷式波斯语，见忽必烈前，四十天练就，真是聪明。

直接交谈的欢愉，令忽必烈一见之后，留父亲连谈了二十余天，定下交换天下的大计。

文散春比父亲聪明，波斯语三十二天学会。 他是多才多艺，不是父亲的治世之能。 忽必烈年轻时跟父亲一起修道教长生术，比父亲活得长，像所有七十岁的蒙古老人一样，有着近乎神的权威感。

世侯子弟们改正天下的心愿，寄望于文散春跟忽必烈的一席谈。 他有口才，没有对忽必烈开口的自信。 日子拖久，他逃了，来到热乎乎的南方。

赵国公失踪半年，国公府由妹妹回娘家接管，对外封锁消息。 唉，不该在妓院斗殴，惹来轰动南方的追杀，让妹妹注意。 死于我手的杨次子，是我的克星，绝了我的好日子。

妹妹一直未育。 文散春妻妾皆具，怀孕即流产。 带异族灭本族之国，大不义，刘家该绝后。

太子正室称为太子妃，是位蒙古女子。 为躲开战功家族，挑选的贫家女，十五岁还在草原上挤牛奶。妹妹叫刘纯想，是仅次于太子妃的良娣，三品官待遇。

女儿像父亲，纯想良娣继承了刘远春“视万物如刍狗”的名士气派，一双冷静透亮、看穿荣辱的眼。刍狗，草扎的狗形，祭祀时摆上供台，受尽恭敬，祭祀后扔了，贱如垃圾。

文散春知道，在她心中，自己也是只刍狗。此生富贵，是父亲给的，没了赵国公名号，什么也不是。唉，南方半年，终于活得贱如垃圾。我的快乐，她看不起。

一见纯想良娣，安达便气弱，谦卑恭顺。查哥哥下落，她查清了六朵路杂造局的底细。

造火器，公认的废品率高，把好的当成废品，便可不上交朝廷。扣下的火器，先是走私过境，卖给南方大宋的土豪大户，大宋灭亡后卖给反元的起义军，起义军都是一小股一小股，不懂联合，难成事，不断新生与被歼灭。他们生生死死，安达一直在赚钱。

能当上杂造局总督，是贿赂了一个蒙古战功家族，罩着他扮成粟特人谋得此职。开发了卖敌军火的生意后，更需罩着，赚的钱，自己留三十分之一，其余献给战功家族。

三十分之一，是自利的极限，超越这比例，会招祸。战功家族满意，算上灭大宋前的小二十年，他当了三十余年总督，不升不降，在蒙古军职系统里，显眼的长。

安安稳稳的三十年，难改心慌，总觉有被清查的一天。那一天是哪一天？据说行善可以抵消祸事，他领养孤儿、善待下属，深得爱戴，被称为“安达”——真正的朋友。

受人尊敬，是种享受，曾想断了军火生意，真正做个总督。想过一次，不再想。买卖是他创办的，创办后便是战功家族的了，断了买卖，便断了官位，断了命。

纯想良娣清场，仅留上桌的人，说安达卖敌火器是大罪，要他指控身后的战功家族。安达望向夜摩天，眼里是被亲人出卖的悲哀。

误会我跟她一伙？夜摩天不作表情，把话说清：“我不知情。我是回家。我的刀法是您教的，人和刀听您的。”

闪过出一丝父辈的慈爱，安达向纯想良娣恳求，三十年来收养百名孤儿，最小的一拨八九岁，成年的已在杂造局供职，这是他做的善事，行善要单纯，卖敌军火，从不让他们参与。不知者无罪，请让他们保持现有生活。

纯想良娣看安达的眼里，有了尊敬。犯法，需要绝对忠诚的人，施恩孤儿，长大可卖命——这是常人思路。舍此便利，安达非常人。

作为人证，指控战功家族，他做不出，为战功家族殉死，也做不出。他提出变通之法，不当人证给物证，三十年卖敌军火，都留有账目。

三十年，他花销不多，军火上的个人盈利，大部分还在，躺在密道里。这笔钱，作为他对赵国公府的孝敬，换他和新婚夫人二人性命。

纯想良娣："你行过善，善有善报。天不报我报，钱我收了。"

安达舒口气，文散春慌了脸。所谈是秘事，十方、正一品、夜摩天三人还在桌上，按妹妹秉性，不回避，是已视他们为死人。谈话结束，即处死。

注意到哥哥，纯想良娣笑了，未嫁姑娘般纯真的美颜："要杀的不单是眼前几个，还有整个杨家。已派人去扬州，杨家霸道日久，绝户是报应。"

以杨家违抗皇命的名义。招西方异族添补汉地，是大元国策。年初，忽必烈下令禁绝汉人的道教，道观划归吐蕃人、波斯人所有，任意改作别用。杨家在扬州有两所道观，捏造其抗命不交，家丁殴打官吏，便可派兵剿杀。

父亲也是这么办事的。文散春：“能否变通？”

纯想良娣现出父亲眉眼：“赵国公民间浪迹，传到朝廷是笑话，你遭轻贱，还怎么办大事？怜惜杨家人命，你就发愿下辈子挨千刀，做猪羊还吧。”

女人厉害，安达白了脸。文散春说十方是他女人，夜摩天是他朋友，要保两人性命。第一次听到有人说自己是朋友，夜摩天抬起眼。

文散春跟妹妹说话，像跟家长抗争的小孩。蒙古习俗，男孩不得无礼，女孩可以指责长辈错误，出嫁前会有一段管家的时光。刘家理想是汉化天下，自家生活却多处蒙古化，纯想良娣出嫁前，管父亲的大小事，哥哥们犯错，父亲不当面说，都是她代为训斥。

自小的权威，她驳回求情：“结亲相扑女、比刀赚钱，两桩下贱事，必得抹了。”指敲桌面，表示话题结束，吩咐安达去取账本。

账本取来，装两个衣箱，记录得全。还有副本，大宋科举考试作弊的小抄技巧，针眼大字迹，密密麻麻抄写在一条牛皮腰带上。纯想良娣赞一句：“安达心细。”

官升三级的喜悦。安达对自己的反应倍感羞耻，再次感慨女人厉害。

收下账本，她表态，账本用途，为日后要挟，现在她不想树敌，所以一切照旧，安达还是总督，随身警卫换成赵国公府的人，不许潜逃。

她："你的钱，我收了，心疼吧？"

安达说不心疼，她："你心疼。我不要，还是你的。"

要挟战功家族的伏笔，日后落实，她会遵守跟安达的前约，不当人证，放他逃。唯一变化，是出密道时可带上密道里的钱。

她说她有很多这样的伏笔，到了需要落实的一天，说明赵国公府运衰，已在拼死挣扎。杂造局的伏笔，她应该永不会用，安达当总督将当到命终。

起身行礼，安达服气，她是比自己更会谈判的人。刹那妄想，她代自己跟敌军交易，三十年盈利会翻倍。

再次行礼，安达指向夜摩天："请饶他一命。江湖上不会再有夜摩天，他只是我收养的孤儿支尔哈朗，从未出过杂造局，余生也不会走出杂造局半步。"

我如此次要，原以为他俩大事谈妥，不会再谈我，对于安达，我可弃掉。

眼有潮意，夜摩天起身：“这个活法，没意思。”不顾安达，向纯想良娣言：“我无罪，罪人般处死，我不服。”

大事已妥，纯想良娣没了说话兴致，斜眼问他要怎么样。夜摩天说自己靠比刀赚钱，她口里的下贱事，想领教国公府勇士刀技，比刀赢了他，他交命。

纯想良娣：“你赢了呢？ 放你走？”

“没想赢那么多，您要杀人灭口，不会甘休。 今日走了，您可选人再比。 我输了交命，赢一天活一天。”

纯想良娣重开笑容：“你倒不贪心。”

九

选出一人，国公府卫队队长，夜摩天速胜。

队长直冲而来，在他的观念里，夜摩天也该对冲。 谁想夜摩天转身。 看着可任意劈砍的后脑后背，队长有半秒选择迟疑，小腹当即中刀，接着双脚挨砍，不能再战。

队长是职业军人。 战场上编队作战，敌我双方必须面对，无回旋余地，只剩速度劲力的较量。 民间比刀，因有预备距离，假动作成为关键，反应一失误，速度力量无用。

夜摩天骗了他。慑于朝廷武士的威名，原以为自己危险，不料轻易。继而提出再比两场，赢十方和正一品两人性命。

更改前约，临时加码，自己亦感羞耻。不料纯想良娣答应了：“不用比啦，人你带走。我会从江湖刀客里选才，再去找你。”

她看出端倪，军人经验赢不了他，对付他，得用同类。做大事者，皆思路简明。她不跟弱者纠缠。

辞行，夜摩天问安达：“当年，我好像不是您一直喜欢的小孩？”

安达：“是的。你招我讨厌了。”

夜摩天持刀柄碰了一下安达腰刀刀柄。不是粟特人礼仪，十岁学刀，安达教的刀礼，刀客间表达感谢的方式。学刀时，他是安达最喜欢的小孩，偷偷告诉，是汉人刀法。

杨家死尸在后山挖坑焚烧，清理战场的方式。人体本是燃料，混一点枯草做引火，火苗会钻到人体内，蚂蚁食象般慢燃，两日后止火，人形还在，白如海上浮沫。

人形一碰即破，里面是褐色骨头，研磨后是极其明艳的红色颜料，做妇女唇红，价格高昂。

在六朵带领下，十方寻速儿和相扑男尸身，大坑里见不到火焰，热度让人走不到坑边。隐约看到速儿，紧握杨家权柄，躺在相扑男尸体中间，女人出嫁的镇定端庄。

不确定真看到她，或许是脑中幻象，十方落了泪。身后响起文散春声音，跟夜摩天说："我跟你比刀，赌这女人。"

他跟来了。

夜摩天抽刀即回鞘，刀光一闪，算是输了。学夜摩天跟安达的样子，文散春刀柄碰了下夜摩天刀柄，男人间的谢意。

夜摩天问十方给了他，不怕让妹妹杀了？他说人是比刀赢的，杀她要先赢他，国公府武士谁敢赢他？

暗祝她有了归宿。夜摩天离去。

十方话响起："赵国公，贵贱有别，你我无缘，我不想了。"文散春说会履行婚约，十方："论贵贱，是给你面子下台，你人不行，别想了。"

文散春冷笑，一直想活得轻贱，轻贱到来，却如此难受。三名相扑女留下，火停后拣速儿和相扑男骨灰，她追上夜摩天。

杂造局，难以离开。夜摩天去看二十二年前被他伤害的黑海女了。二十二年，没觉得这么久。

她在杂造局的任职，是看管安达新收养的孤儿，正陪着伙孩子，堆沙子玩。从小觉得她有点傻，傻的人，不易老。她抬头，差不多还是当年的脸。

六朵在旁介绍：“支尔哈朗。”夜摩天旧名，珍贵的礼物。她笑了，眼角无皱纹。

从小在孤儿群体里受欺，让她青春刚到，即挑上个体大一圈的工人。工人睡女人狠，打骡打马一般，她是受保护的快慰。

工人遭夜摩天刀劈后，伤未好，揪她上床，睡过一场，不久便死了。她又找上别的工人，许多工人，她不找一块长大的孤儿男孩们，后来，也找了。

她没被人娶过，生过三个孩子，没男人认，两个夭折，一个长到十五岁，刚当上工人。怕他出事，求安达别让他接触火药，做了锻打箭尖的炉火匠。

她的金发少女般浓密旺盛，还是长垂至臀。她命不好，老天不忍心将她的美减去分毫。

眼疼，抹脸，手并不湿。该有颗泪，唉，没有一物可偿还她。她傻傻笑着，不知有没有认出他。

劫掳她的那个下午，阳光刺眼。在死过人的空房，怕他撕坏她衣服，她利索脱光，老实得像站在河水里等主人洗刷的马。

她的衣服，是工人给她买的，她有过的最好衣服。跟工人一样，她跟夜摩天有高潮。之前六朵跟夜摩天，是少女少男自发，不知此事。看她夜狼般哀嚎，树冠受风般摆动，吓坏了他。

怕过后，觉得这是自己遇上的世上最好的事。为保住这好事，他闯入厂房，劈了她的工人。如一个梦，血溅出，才梦醒。

夜摩天出逃不久，六朵也会了高潮，跟黑海女一样，找过许多人。孤儿无父母之爱，长大后要从异性加倍补偿。

她固定不在一个男人身上，忽然很想夜摩天，曾寻过。她受不了人多，南方名城里挤满人的大街，阴险可怕。她很快回来，在杂造局里称王称霸地活着，再没出去。

她继续找男人，到下一拨孤儿成年，睡到他们里去了。

孩子夭折的事，在黑海女身上发生两次，六朵动了善心，去看望。自知打小欺负她，想留了礼金就走，不料说话说到晚上，夜深后还想说，黑海女留她躺下，同被而眠。

女人和女人，竟可发生和男人一样的事。六朵身体不听话，反抗无力，第一次体会到被人欺负的委屈。事过，问："你是报仇么？"

黑海女摇头："天上打雷般，突然喜欢你。"

从未有过的彻底满足感，六朵懵了。老天怜惜，给的奇迹。她俩的滥情史停止，固定在彼此身上。

黑海女没有话，夜摩天告辞，她给出一个紧密的拥抱。跟青春时一样，她的乳房是热的。

滚烫灼人。

出了杂造局大门，六朵不再送，顺手掏到夜摩天两腿间，用力一握。强烈的难受。

多年苦练武功，未防住她这一手。她喊夜摩天抬头，给出个笑脸，松手，迈着称王称霸的步态走回大门。

十方和正一品在旁边看着。夜摩天牵上骆驼，带她俩走了。

正一品的厨师班底还跟着她。一路无话，上官道后，正一品问可否放她走。夜摩天解释不行，她是他赌来的，离了他，纯想良娣可杀她。

正一品用了夜摩天跟纯想良娣说的话，说这样活着没意思，死了认了，执意要走，猛地伸手掏来，惊得夜摩天退步。

她是虚晃，收手说，她是学六朵向他告别的样子，以为是特殊礼节。夜摩天冷脸，回答不是。

十方大笑。

听她笑起，正一品得意，回头对笑几声，向夜摩天解释，厨娘职责，不单是做菜，上汤后要讲笑话，引领话题。一路上，走得沉闷，她职业感使然，想活跃下气氛。

夜摩天："敬重你，能否免了？"

她："免。"

王者风范，似赦免臣子罪过。十方再次笑起，如水溢出，盛不住的笑。看她样子，夜摩天忍了正一品。

十

天下之大，想起纯想良娣的脸，便觉无处可逃。夜摩天无意去深山荒境，选择去扬州，方便她找到他。

得正一品赞同，扬州繁华，够死前享乐。她遣散班底，按行规，之前盈利班底分四成，班主分六成。世行纸币，千斤银两，随身可带。

途中大雨，入宿客栈。夜半，她敲夜摩天门，外出淋了雨似的浑身打战。她衣服是干的，夜摩天放她进来。

不敢想，她没经过男人。事过，她猫一般跳起，为床铺未染血而"唉"了一声。靠上她，袭来股无形之物，晨气般沁入肺腑。

被搂着，令她难受，一会儿后说：“躺不住了。”穿衣下床，临出门，弯腰指地，又“唉”了声。

严重的不快，夜摩天睡去。

次日醒后，看她指过的地面，两片铜钱大血迹，干成褐色。她落下的？

还是大雨，上不了路。敲门声起，十方红脸进来，跟他说正一品。昨晚，正一品和十方同房，引领话题，讲了半宿笑话。十方脸疼得不能再笑，正一品问起她和文散春的床事。

说上了，不觉得对他有恨意。正一品突然下床，愤愤穿衣，夺门而去。夜将尽，室生微光，她回来了，上床搂十方，硬得似冻僵。蹭了十方满腿血。

厨娘名义上也是皇帝的女人，最低一等，可以宠幸，但罕有这样的先例。蒙古灭南方大宋时，大宋皇帝还是个四岁小孩，难抱指望。

男女事，她知道。随皇帝从南方被掳到北方，途中有个押解的军官上马车，擒住个厨娘造次。事后，厨娘们要求那厨娘，你已破身，为保护姐妹，再有军官上车，你要迎上。

如果上车的是多个军官，怎么办？厨娘们抽签，选出三名后备，正一品不幸抽中。

想到要迎上，正一品难过了两天。此事没发生，蒙古国策，对大宋皇帝要礼遇，造次厨娘的军官被斩首，再无人敢上车。

皇帝到北方，住进蒙古大都，刘远春为忽必烈营建的新城。厨娘分配，两人一屋。同屋的厨娘，在皇帝七岁时，跟一位侍卫私通，他们没别的地方，侍卫半夜摸进屋。为防被发现，正一品不能出去，忍在屋里。

知道正一品难过，同屋厨娘表达，侍卫可睡她。

她没让。

她，杨大官人和安达都怀疑的骗子，真是皇宫厨娘？

十方撩开裙摆，大腿染红，正一品落的。相扑表演，裸露比这多。十方告诉，不能再去扬州，亮相等杀，他现今是一个有女人的男人，为了正一品，要逃生。

想到失信于纯想良娣，夜摩天叹口气。

雨水消灭踪迹，三人冒雨出行。行上官道，十方告辞，说她有个逃处，够她一人用，无法带别人，对夜摩天言："你是江湖人，你该有你的逃处。"

夜摩天说他有。

十方披蓑衣，稻草人般远去。

我的逃处——

十五岁逃出杂造局，拎着粟特弯刀，回过家。凭残存记忆，翻腾三月，找到吃小孩的村庄。

夜摩天岁数的小孩，已吃光，村里跑的是新一茬小孩，活泼健康。他的归来，引起全村大人恐慌。

他父母生了新小孩，五岁样子，跟夜摩天眉眼像，一看便是兄弟。夜摩天抱住弟弟，哭了。父母在旁边看着。

他没话，住下来。母亲明显忧愁，一年后，死了。他知道，天天在眼前，自己逼死了她。一年里，他干农活，青天下弯腰，当是向黑海女和挨砍的工人磕头赎罪。

母亲死了，父亲没事。一日，弟弟扛粟特弯刀来田里，说：“哥，你走吧。”弟弟听到，父亲找村人要除他，晚上睡着后大棒子打死。

他逃了，躲在不远山里，重练安达刀法。刀法易成，练熟了，他会回去，杀光村里大人。他发誓带领所有小孩，建一个无罪恶的新村。

常感孤独，其实从未一个人活过。两日后，他饿得活不了，潜回村，向弟弟要家里存米。米袋，父亲看得严，弟弟不敢拿，给了他一袋晒干的枣。

“哥，你不走么？”

他没答。弟弟问他住哪儿，他片刻犹豫，看弟弟的脸，是自己五岁离村的样子，他说了。

隔道岭，有座被村民毁了的和尚庙。以前有和尚，饥荒时村民抢庙里存粮，给杀了。饥荒过后，村民拆庙的砖头盖自家房，剩下几道土坯墙。

那地方，没人去，村民说闹鬼。夜摩天知道，是亏心。没有鬼，没有狼嚎，这是片乏味的南方山岭，没野羊野鹿，引不来狼。

幸好是枣，拿了米，怎么弄熟？干枣是过冬用的，饥荒时吃四颗，能挺过一天。弟弟给的口袋，装二百颗。吃到四颗时，忽然嘴馋，连吃下十颗。

练刀三日，身上臭不可闻。四日晌午，夜摩天停刀休息，不知怎么想到了鬼，下意识看身后，一条黄眼灰狼匍匐而来。

它要偷袭，被人脸正对，害羞般扭身，窜入最近的草丛。夜摩天跑到最近的山壁下，背靠石面，刀护身前。

不敢逃，露了后背，狼会袭上来。五十步外，是庙的残墙，可见装枣的口袋。

天黑了，狼未现身，可闻到它的骚气。夜摩天困得自抽一记耳光。草丛晃晃，似吓着了它。

偷眼望天，看到银河。农村习俗，不让孩子久看银河，抬眼便要低头，因为一个个亮点是一个个神仙。

银河之美，吸住夜摩天，低不下头，心道“坏了”。更坏的事发生，眼泛白浪，睡了过去。

能听到自己鼾声，能知道在做梦。梦到十三岁时安达带自己去听刘远春讲经，听到经里的“夜摩天”名字，那时自己是安达最喜欢的小孩。

那时，蒙古军南侵失败，攻占的大部分城池被大宋军抢回，只剩一个无价值的山区小城——六朵城。蒙古军转而西征，连灭中亚数十国。赢得顺手，掠财丰厚，蒙古王公达成共识，蒙古的荣耀在西方，南方非正途，六朵城当弃掉。

渴望南方汉地的，只有北方汉人。刘远春保下六朵城兵力，为表达南侵的意志，每年到六朵城外十二里的大觉寺，给驻军将领和杂造局官员讲佛经。

宋朝流行文人讲佛经，寺庙欢迎。讲的是《华严经》，华严即花饰，繁花拥护的经典。经中一段，是佛受夜摩天天主邀请，在夜摩天天宫所讲。

夜摩天，名字好听。夜摩天，人间之上的第三重天，只有夜摩天天主一人，夜摩天众生、请佛讲经的宫殿，皆是他心念的幻化。

刘远春讲，人间亦如是，只有你一人，他人它物都是你想出来的。相由心生，眼前所见的一切，皆是你内心的外现。

听到这句，十三岁的夜摩天看向安达。

他的存在，因为我想有位值得尊重的父亲。

十六岁的夜摩天骤然惊醒，黄眼灰狼直面而来。狼的腥气，似乎熟悉，淡些便似安达死去的夫人。

她是唯一长时间看他的人，在她注视下，五岁的他将提炉抡得神乎其技，撞到墙壁、铁器的刹那，燕子般回返。

她的瞳孔湖蓝色，美得他不敢看。一日她说："向我飞。"他照办，提炉沾衣即返，没打到她。

带给她极大喜悦，之后总喊他这么玩，一玩便很长时间，他没有一次打到她。因为她，懂了工人们唱的粟特歌词，"宝石一样的人"。

宝石一样。准确的词语。如他的手一样准确。

狼牙临近，他张了眼，身体仍睡着，抬不起手中刀。顺着他的眼，狼望向银河。点点星光吸住它，它的头跟他一样，再不能低下。

太阳升起，夜摩天醒来，地面并无狼足印迹。它是我想出来的？他吃了枣，继续练刀。狼出现过两次，悠悠走过，夫人的步态。确定是幻觉。

次日，山壁下练刀的夜摩天，听到弟弟喊“哥哥”，惊惧至极。庙的残墙下，狼在窜。弟弟攀在墙头上。

他也是我想出来的？不能原谅父母对我动过恶念，想有个好心的亲人，于是想出了弟弟。

曾怀疑弟弟。拿了弟弟给的枣，回残庙，吃到第四颗，突然想到，根本就没有父亲找村人杀自己的事，弟弟想成为家里唯一的孩子，编了这事，逼我走。

恨得想回村砍弟弟。吃到第十颗，断了恶念。杂造局相互嫉妒着长大的孤儿集体，坏了他心。

狼是我想出来的，是那天要砍弟弟的恶念幻化。夜摩天上前，一刀捅进狼腹。

如一个挨打惯了的孩子，没有挣扎，狼倒下。死得轻易，真是我想的。

上次回家，弟弟问他躲哪儿，是盘算给他送饭。七日里，逃过父亲眼光，吃饭藏一半，攒下二十个窝头。

我想出的亲人，这么好。

带上二十个窝头，夜摩天远去。

一路南游，住过一座座城，卖夫人给的项链宝石、镜子金花过活。活着，为验证“世间万象皆是我心所变”。

诸多小事，随心即变。夏日里想下雪，似雪的柳絮飘过。想在路上捡万两黄金，送殡队伍吵闹而来，撒下满路的纸钱。

世间是我，我是世间。自问自答，全有应对。

身体年轻，旅舍有卖夜的女人。她们都是他想出来的。后来，他不再这么想。她们是她们，他是他。

有过一次眷恋，他没本事带走她，她也不喜欢他。无论他怎么想。

人间非我心。狼是受银河光荧蛊惑，而不吃他。一刀杀狼，不是奇迹，是他连日练刀的成果。

不再想杀村人，仍一直练刀。二十六岁，卖光了宝石金花，过上比刀赢钱的日子。又试过刘远春在大觉寺的讲话，对手是我想出来的，想赢便赢。两次被砍伤，不敢再这么想。

既然弟弟不是我想出来的，有别于我。那么，弟弟是我的逃处。三十七岁的夜摩天如此想，带正一品进山。

十一

父亲老了，不记事。弟弟孝顺，每日带他遛弯。弟弟娶的是同村长大的女孩，已生两儿两女。夫妻勤劳，盖出八间房，扩大了家。

——此上，是夜摩天想象。他没找到十五岁找到过的家。

和正一品站在光秃秃的山顶，想起十方。这种女人不会逃，只会回角抵社，守业到死。还想起纯想良娣，她派出江湖刀客，自己却逃了，她该感到多么无趣。

夜摩天问正一品："回城里去吧？"

她说好。这是她唯一的一点好。

未到六朵城，路上已知十方又开办比武招亲。城门口是消息传播处，各路闲人的嘴里，听到文散春。他终去与忽必烈一席谈，获罪身亡。

公爵之血，不染大地，他裹在毯子里闷死。毯子不再打开，裹尸送往蒙古人发祥地——斡难河上游，绑在一棵树上，二十米以上高度，名为"树葬"。是古代蒙古人安葬部落酋长的待遇，忽必烈还是礼敬刘家。

刘远春一生努力，尽皆幻灭，只为儿子争下块毯子。 真金太子同时病逝，举行四十日渡亡法会，修习喇嘛教、年已十五岁的南方大宋皇帝受忽必烈指令，参与其中，杂在吐蕃法师里唱经念咒。

纯想良娣由三品官待遇升为一品官待遇，接管赵国公府与太子府，她在太子病逝前落下身孕，如所生是男孩，将有继承忽必烈王位的几率。

闲人的口里，有说太子未死，受贬入民间，成了汉人。 入城深了，望见角抵社殿顶，夜摩天忽生狂想：真金太子是否会像文散春一般，去比武招亲，十方是男人的好归宿。

奇怪的响动，不是天际雷音，不是海面风声。 没有痛感，夜摩天后背洞穿。

正一品拿枝半尺长铜管。 大宋发明的飞龙枪，喷射火药与毒剂，大宋时是硬纸管，绑在二米木杆上，离手远才不会自伤，现今进化成铜管，手持无碍。

街面上杀人了，六朵城捕快杜捕头跑来。 正一品掏出国公府腰牌，要他管束街面，让路人远离。 她是纯想良娣派出摸安达底细的探子，也是纯想良娣口中，将要诛杀夜摩天的江湖人。

难怪，从未对她真正喜欢，因为她的一切皆假。 夜摩天笑了:“初次见面，你安排得巧。”初次见面，她遇上流氓，逃到他比刀的场地。

正一品:“是真遇上了流氓。老天让你在。”

夜摩天:“不在呢?”

正一品:“干我这行，命不好。八个月造势，才扮成了厨娘，让流氓糟蹋，忍着啦。”

不忍心问她那晚血迹。她主动说了，是兔子血，灌于皮囊，混进免凝固的药水，和尚刺血写经是一样的药。

拖了许久，今日方下手，是纯想良娣看夜摩天有趣，考虑过收编，作个闲笔，日后不知什么事可用上。朝中生变，纯想良娣不考虑了，城门口的暗哨通知了她。

正一品掏匕首，抵夜摩天咽喉，说不忍心他受苦，帮他了断。夜摩天说无痛苦，已麻木，有些事还没想清楚，请放他多活片刻。

她笑了，说忘了火药里混着毒剂，蹲在一边，铜管在地上轻划，如大人睡觉后不敢走远，就地玩的小孩。

十三岁听刘远春讲经，世间万象皆我心想象——我怎么把她想成这样?

三十七岁，还无心接纳一位女人。否则，进山后便会遇上弟弟，找到家。怀疑她是骗子，本质是心里拒绝她。十方冒雨分别后，剩下他和她，本该庆幸。

当下喜欢上她，千般爱慕，此生未曾有。夜摩天：“想清楚了。”

她愉悦抬头，按下匕首。

死亡，无漂浮感。如早晨醒来，有了另一张脸。睁开眼，见到跪在床下的文散春和纯想良娣，比认识的他俩要稚嫩，文散春面无棱角，一双乖孩子的眼，纯想良娣清秀，还无日后的魅力。

察视自身，瘦成十岁孩子体重的病躯。旁有侍者，他衰弱得口不能言，做手势叫拿来镜子。镜中的脸塌了鼻梁，黄了眼白。这是七年前——大元建国四年，第一代赵国公刘远春的临终景象，夜摩天是他的一念恍惚。

北方世侯间，也有权力之争。刘远春五岁，他家遭其他世侯联手攻击，为停战，父亲放弃了他这个儿子，模仿蒙古做法，将他交出当人质，作为自裁军队的保证。

示弱，招来毁灭。他未能造成停战。他家地盘被吞并瓜分，父亲被逼当和尚，消失在大山里，母亲改嫁，他的兄弟姐妹投到异族里，不许作汉人。他在一所杂造局当童工，成了粟特人。

因为聪明，得杂造局总督夫妇喜爱，充为养子。三十七岁，他遇上忽必烈，一席谈，获得二千突厥兵、三千回鹘兵、一万汉兵，重新成为世侯。三十七岁，他已找不回父亲和兄弟姐妹，一个人恢复刘家。

面对当年联手毁灭他家的世侯们，他选择宽恕。交换天下的婉转大计，折服了他们。从此，北方世侯再无内讧，奉刘家为盟主。

和忽必烈的友谊，让他得知蒙古崛起的秘密——“杀男人和杀王”。草原上有许多民族，相互抢劫是常态，弱者望风而逃，撒下物品和女人，强者不会追杀。

忽必烈爷爷一代的蒙古人改了此习俗，不受物品女人磕绊，要追杀男人，以灭族为准则。令诸多异族恐惧，主动归降，放弃祖先，改做蒙古人。

草原陈规，杀将不杀王。一族战败，不杀首领一家，杀战将泄恨。忽必烈爷爷宣称杀王不杀将，敢跟蒙古人打仗的战将值得尊敬，归顺做蒙古人，便可饶命，首领一家则要杀绝。

从此，战争稍不利，王者便弃军弃民地逃出草原。

蒙古崛起时全民十四万，可打仗的青壮年男子为四万。四万蒙古兵能打遍天下，因为一路收编外族降军去打更大的仗。

四万蒙古兵不断安插在新征服地区，插秧般插完，蒙古军中越来越难见到蒙古人。各族降军继续卖命打仗，无人注意此事，蒙古早期的可怕战绩震慑着他们。

在各族降军的想象中，一旦反叛，蒙古人会骤雨般降临，将自己的种族屠杀干净。不知四万蒙古兵已盐溶于水般稀释在欧亚大地上。

两百条牦牛只需一条牧犬，牧犬死在路上，牦牛依然会沿路走下去，不会骚乱。忽必烈靠大众记忆统治北方汉地，如一个梦。

三十七岁的刘远春利用这个梦，让所有北方世侯臣服，去实现自己的梦——统一南北，汉化天下。

去六朵城外十二里的大觉寺里讲经，因蒙古主力西征，忽必烈在诸蒙古王子中尚且弱势，谈不下搬兵南侵，刘远春来了说不出什么，只好讲经。

大觉寺听经的将领都是汉人，自愿剃成蒙古人发型。望着讲经台下，刘远春曾有一念，希望下面有个汉人小孩，上一代人已异化，只有寄望于下一代人。

或许，这是幻化出夜摩天的最初一念。

临终，想到忽必烈或许不会交换天下，惊得不愿死，体衰已说不出话，一念飞到数年后，在儿子需要的时候，告诉他蒙古军的秘密。

蒙古军里已无蒙古人，统治者的地位是被统治者想象出来的，忽必烈的统治本是空幻，汉人兵力足以恢复汉人天下。

夜摩天，为跟文散春说话而诞生，诞生后便忘了此事。根据刘远春少年作人质、改当粟特人的记忆，自补经历，成了完整的另一个人。

三十七岁，刘远春跟忽必烈成为好友，两人不但一起修道教长生术，还将波斯、印度哲学论辩过一遍。其中一个辩题，历史并不存在，人只有这一代。上帝造世界，也造了人的记忆。

之前的人类历史，并不存在。我们之前，没有汉人，没有蒙古人，眼前纷争，因上帝要看我们做这个游戏。忽必烈没辩过刘远春，同意了交换天下。

成大事者，会强力放弃个人情绪，有仇不报，有怨不言。幻化为另一人，强力消失，不报不言的部分，成了夜摩天。被忽略的情绪如此多，急需缓和，告知文散春蒙古军的秘密，如此次要。

看着镜中生机将逝的脸，刘远春想起大觉寺讲解“夜摩天”的话语——他不变化，亦不被变化，没有任何物与他匹配，没有任何人可与他为敌。夜摩天里的众生、迎佛讲经的宫殿以及佛本身，皆是夜摩天天主一念幻化。

当年的大觉寺中，看着讲经台下汉人将领们剃成蒙古发型的颗颗头颅，刘远春朗声道：“人间亦如此，皆是你一念所幻化，想出一切物与你匹配，想出一切人与你为敌。哀哉，你在变化，你被变化。”

刘远春合眼，正一品匕首按下。

成人记

薛舒

授奖词

《成人记》讲述一个母亲如何拉扯智障儿长大的故事，但故事的核心，不是苦难，而是心智不同的人之间的理解如何成为可能。借助灵动有力的叙事，作品向我们展现爱和语言之间深切的关联。其叙事，不再是我们通常所见到的自我封闭，而是始终向着他者展开的探索。

一

她俯下身，亲了一口他肥白的腮帮，左侧，嘴唇触碰到他吹弹可破的白嫩肌肤。他抿了抿嘴角，圆胖脸上溢出一丝轻弱的笑。

他正酣睡，她喜欢看他睡的表情，平静，带一点点狡黠。她亲他，总是在他睡着的时候，她没有算过，十六年来她在他脸上亲过多少口。今日照旧，亲到他嘴角，感觉唇沿的绒毛比昨天更浓重了一些。

“个子日日高，胡子夜夜长”，不知哪里听来的顺口溜，喃喃念出来，觉得错了，应该是“头发夜夜长”。可是，十六岁的人，胡子不就是一夜间冒出来的？

脖子里的白丝巾不知道什么时候松了，自动脱落，忽悠悠飘落到地板上。她保持着弯腰的姿势，眼睛离他肥圆的脸庞十厘米之遥。她按他现在的模样，用想象替他褪去厚厚一层脂肪，鼻梁顿时挺拔起来，眼睛不大，单眼皮细长眼，鹅蛋脸型，白皙而光润，像某个韩剧明星。

她有些遗憾又有些疼惜地看着趴在床上的庞大躯体，想，养孩子就像做算术题，错不得一点点。倘若是错了某个数字，相当于少一只脚趾或者多一根手指。可他什么都不缺，样样都有，只是点错了小数点，于是和正确答案差之千里。

他是她做错的一道算术题，要是让老师批改，他的身后应该跟上一个大大的红叉，订正的机会都没有。可是哪怕他是她做错的一道题，她也把他写得工整干净、漂漂亮亮的，他还有一个堂堂的大名，叫郑舟，不细看，还真看不出他是错的。

她捡起飘落在地上的白丝巾，顺手围在自己细瘦的脖子里，满足地叹一口气，一万次地想：这么好的小团，这么好哦。她心头有一个疑问一直得不到答案，假如她没有点错那个小数点，郑明会和她离婚吗?

这话她从没问过他的亲生父亲，孩子六岁的时候他们分开了。每个月初，郑明会把抚养费如期打到她的账号，刚离婚时一千元，三年后涨到两千，又是三年后涨到三千，他在银行工作，普通职员，但薪水不低。可是第三个三年过去了，不算少的抚养费，还是不够花了。是不是要向他提一下，四千？

涨抚养费的话，想了半年多，终究没说出来。也有过找一份工作的念头，可是孩子谁管？不上班都已经累得不想动弹了，这才刚到八点，她瞄了一眼墙上的钟，和衣躺下，白丝巾还缠在脖子里，仿佛再抬一次手解开的力气都没有。下午趁郑舟睡着时，她去小区门口的药店买咳嗽糖浆。秋风乍起，有些冷，她给脖子里加了一条丝巾。也就二十分钟，买完药回来，郑舟已经醒了，折腾到现在，刚睡着。

他睡在她的内侧，四仰八叉，把靠墙摆的双人床占掉三分之二。两岁之前，她一直让他单独睡儿童床，育儿书上说的，要培养孩子的独立性。他睡相乖，不会乱翻乱滚，可是有一晚，还是把自己翻下了床。她是凌晨才发现的，小身躯仰卧着，胖胖的肚皮微微隆起，脑袋歪在地板上，像一只中弹的小熊。她吓坏了，抱起他大喊“宝宝”，几近呼救的音量，吵到楼下的邻居，上楼狂拍她的门。门被撞开，邻居看见的是一个脸上挂满泪水蓬头垢面的女人，脚底卧着个孩子，肤白唇红，鼻息均匀，睡得沉沉的。

邻居是住在她楼下的男人，接近中年。两层的老式房子，木地板阻隔不了她焦急到近乎狂躁的错乱脚步。她只知道他是“八点半冲凉男”，每天晚上，同一时间，弄堂里的水斗边，光着瘦削的上半身，整盆冷水兜头淋下，发出“嘘嘘呀呀”的大呼小叫。她熟悉他的声音，尖细的男声，像一把操作中的铁质锅铲，带一点点快口，简直要把听者的耳朵割伤。她从未和他打过交道，男人向来自管自，和邻居疏离。那以后，他们熟络起来，她叫他老费。

那天郑明恰巧出差，老费帮她把孩子抱起来，上上下下检查了一遍，连皮外伤都没有，任凭大人把他翻来覆去，始终睡得香香的。老费说：我看没啥，小团跌跌掼掼正常，北方人有句话，叫“皮实”。

她破涕为笑：是的是的，“皮实”的小团好养。可她还是不敢再让他独自睡，她把他移到双人床上，他靠墙，她在外侧，用自己并不壮大的身躯挡着他。

郑明出差回来，被她驱逐到儿童床上睡，“最近孩子夜里多醒，和我一起睡方便照顾。”儿童床也有两米长，就是窄了点，郑明没有异议，一睡就是四年，最后把两人彻底睡分开了。

是郑明先提起的，说舟舟快三岁了，还不会喊“妈妈”，要不要去医院看看？

其实她也发现了，她也想说：要不要去医院看看？可她不敢，并且一次次告诉自己：不会的，男孩子开口晚，正常的。她还到处打听别人家的孩子什么时候开始说话，早的不到一岁，晚的，五岁才开口，五岁啊！怕什么呢？我们宝宝才三岁。她安抚自己，耐心而又焦急地等待着孩子开口的那一天。直到郑明说要去医院检查，她顿觉耐心已到极点，再也等不下去了。

前后去了三家医院，医生问颅脑有没有受过伤，她说没有，毫不犹豫。孩子生产很顺利，没用产钳夹过脑袋。郑明不知道孩子从床上摔下地的事，那一摔，是在一岁八个月的时候，理应牙牙学语了，可他们的宝宝的确没说过话。也许是坏结果，他们不敢确定，也不愿意相信，直到第三家医院，一番全面深度检查，最后诊断出来了。中枢神经系统障碍，脑发育不全，智力低下，原因么，医生说，可能是先天的，也可能受过伤，不好说。通过治疗好一些的有，但不一定，要看缘分。

什么叫缘分？郑明暴怒，跳起来要和医生打架的样子。她拉住他，眼泪轰然涌出，内心尚存的一点点侥幸，像一只受伤的海鸥，在大海里挣扎了许久，终于被巨浪拍死。

那以后，她辞了原本公司文员的工作，开始专心照顾孩子。她像个机器人一样，陷入一场早已设置好结果的战争，上蹿下跳、左冲右突，一周五次带孩子去医院康复治疗，吃医院开的处方药，也吃道听途说的偏方，孩子却一如既往，不会认人，不会说话。很多次，她暗想，究竟是生出来就有问题，还是从床上跌下来闯的祸？两种可能，后一种被她隐瞒，作为父母的哀叹自责，郑明分担了一半。

即便是带着半份自责，男人也还是有勇气摆脱困境，去寻找另一份生活。而她的自责却是一份半，因为有了埋藏在心底的一份，那半份，她承担得远比郑明沉重而战战兢兢。

她隐约感觉到了他的脱离轨道，可她正陷在那场被动的战争里，和一个看不见的敌人，心力交瘁，却又不忍放弃，哪里顾得上站在悬崖边的男人。郑明提离婚的时候，她竟暗暗松了口气，紧绷的身心忽然如释重负。怎么会这样？她为自己奇怪的情绪惊讶极了。直到两人谈起离婚协议的具体内容，伤心才偷偷袭来。她有点想哭，也不是非常想哭，眼睛里的水影汪出来，只一点点，很快收干了。

她要下了孩子的抚养权，抱着赎罪般的决绝。那一年郑舟六岁，她确乎认定孩子是被自己摔坏的，秘密由她一个人保守，后果也将由她一个人承担。她还告诉自己，往后，这场战争要不要继续打下去，如何打下去，就不需要听取男人的意见了。

没有督战的人，她就可以完全按自己的方式打，甚至有勇气想一想，要不要选择投降。这么一想，就连那一点点伤心都不再有。

一年后，她停下了孩子的康复治疗，她甘心了，投降了，从此开始专心养一个也许永远养不大的孩子。她用自己的身躯挡着他睡，一挡就是很多年。她睡觉很浅，他翻身、踢被子、梦里呓语，她一定会醒。于是眼圈长年发黑，眼袋浮肿，终年不消退。居然，孩子被她养得又高又胖，小熊渐渐变成大熊，忽然有一天，他就十六岁了，像模像样的，有了一具成年人的躯体。

真是奇怪啊！每一天都那么难熬，十年却一闪而过。

这么些年来，她最喜欢干的一件事，就是看睡着时的宝宝。那会儿，他闭上了呆滞的眼睛，放平了一脸此起彼伏的莫名表情，那会儿他是平静的，能保持平静的人，是需要智商的。看着睡眠中的庞大婴儿，她常常有这样的错觉。这错觉几乎成了她自慰的良药，于是千方百计哄他睡觉，亲他肥嫩的腮帮子，摆弄他的手脚，给他包成人尿布时拨弄一下小鸡鸡，这时候，做什么他都不会哭闹反抗……就这么看着他，越看越喜欢，越看越舍不得，她太爱这个睡着的宝宝了，这么乖、这么甜的团，爱得牙根痒痒，白白嫩嫩的一大团，恨不得一口吞了他。

有时候她会回忆起他一岁八个月从床上摔下地那次，倘若摔死了，她的生活会不会和现在不一样？ 老费说：那天我撞开门一看，吓我一跳，你简直哭成个泪人，眼睛里闪烁着亢奋的光芒……

老费是一家区级图书馆的管理员，也许是职业习惯，说话常带书面用语。“闪烁着亢奋的光芒”，是人话吗？ 又不是写作文，还亢奋？ 完全用词不当。 只有老费会这么说，用的还是一嗓子又扁又尖的声音，她就更不以为然了。 可猛不丁想起老费的话，还是会惊出一身冷汗。 谁家的小孩子不是跌跌掼掼长大的？ 不就是从床上摔下来吗？ 还是木地板，孩子没哭，更没流血，何至于惊慌到哭成泪人？ 当时激烈的情绪反应，会不会是某种预兆？ 太大意了，应该立即去医院检查。 可也是老费说的，我看没啥，北方人有句话，叫“皮实”。 她就信了，真以为孩子是皮实的。 她知道怨不得老费，可还是无法不生怨恨，这一日，倘若与老费在弄堂口相遇，她就会一脸冷淡，擦身而过。

可她又无法做到和他断交，相隔在一层木地板的上下两边，她跺跺脚，他就知道她有事相求。 老费是一个稳重的人，做事不紧不慢，但只要听见她跺脚，老费一定会在五分钟内出现在她门口。

二

老费送来一盒海南芒果，单位发的。我高血糖，不可以吃太甜的水果，他说。芒果盒摆在地上，她谢过他，却堵在门口，没让他进屋。

半小时前她刚接了一个电话，是郑舟的姑妈，说快递了一些常用药和特产给她。前大姑子倒是常打电话来关心他们母子，会替自己的弟弟向她表示慰问。大姑子说：郑明好久没去看舟舟了吧？他忙，最近孩子病了，总跑医院。

宝宝没病啊！她理所当然地认为孩子就是她的宝宝。大姑子停顿两秒：郑明没和你讲？孩子是现在的……刚两岁，是儿子。

“哦，两岁……”她似乎不能完全领会意思，眼睛却看向席地而坐的郑舟。大熊正聚精会神地抠地板缝隙，脑袋耷拉到胸口，下巴底下的地上积了一小摊口水。她心口一颤，顿时明白，郑明有了新的儿子。

与大姑子通完话，心情就变坏了，心情一变坏，老费就只能站在门外说话了：严月，我认为，应该送他去特殊学校。

她垂着眼皮，冷冷道：我打电话咨询过，太贵，我们宝宝上不起。说完，忽然抬头问：老费，你说我们宝宝这个病，到底是不是摔坏的？

老费顺着严月的视线看向郑舟：不要总想这些，于事无补嘛！

郑舟依然坐在地板上，专心致志地对付装芒果的盒子，屁股贴地，灰色运动裤里的两条胖腿呈八字敞开，肥硕的背脊靠在门框上，包装盒已被他拆散，椭圆形绿球滚得满地都是。

她斜了他一眼，没说话，脑中想的是适才的电话。郑明又生了孩子，她早就想到会有这么一天，可听到消息，还是有点心酸。两岁！孩子两岁了，她才刚知道。仿佛遭受了背叛，却并不占理，吃暗亏的感觉。可大姑子说，孩子病了，总跑医院。感冒发烧不用总跑医院，应该是比较麻烦的病吧？

很多年前，她和郑明就是抱着两岁的郑舟，一次次跑医院，医院的门槛都要被他们踏破了……会不会，郑舟的病压根就不是摔下床闯的祸？会不会，是郑明的问题？他把一场灾难带给了她，现在把第二场灾难带给了另一个女人？严月越想越激动，眼睛都红了，恨不得立即打电话质问郑明：你的孩子，到底得了什么病？

“不管是不是摔坏的，当务之急，是把他送去特殊学校，要不然恶性循环，你没法上班，他就更上不起特殊学校。”老费的声音从门口传进，尖锐中带点毛糙，像个破嗓子的女人。严月的想象却停不下来：郑舟不是他唯一的儿子了，以后，抚养费，会不会出问题？可是，他的儿子到底得了什么病？会不会和宝宝一样……

老费忽然蹲下，夺走郑舟正塞进嘴里啃的一个芒果，试图搀起地板上棕熊般敦厚的人：你，起来，这么吃涩嘴的，叫你妈剥了皮再吃，起来。

老费从不肯随她一起唤他“宝宝”“舟舟”，可他偶尔会唤她一声“小月”，大多时候，他叫她“小严”，或者连名带姓地叫“严月”。

严月拿个塑料篮子蹲在地上拾芒果，老费俯视的目光停留在她的脖子部位。她还围着那条白丝巾，老费送的。五年前的事了，刚过完春节，老费上楼来，给她一个挺漂亮的纸盒：我们单位和一家丝绸公司有业务关系，人家的礼品，我留着没用。图书馆和丝绸公司有业务关系？鬼才相信，可严月还是收下了。晚上打开电视，新闻里说今夜的餐馆、咖啡座、舞厅，全都爆满，中国人学会了过外国的“情人节”，都在狂欢呢。严月没把这个不属于自己的节日和丝巾联系起来。丝巾倒是真丝的，轻盈的材质，有点娇贵，五年来，严月没用过几回，一用就皱，显脏显旧。有一回，被郑舟翻出来，玩抽丝了，她才开始经常用。

老费眼睛盯着严月的脖子，嘴里说：我觉得，你还是需要克服一下心理上的不舍，要让他上学校，费用不够的话，我先替你垫付。

又不说人话，什么叫“克服心理上的不舍”？舍不得就是舍不得，还分什么心理上的、生理上的？不过，他说费用他来垫付，倒是令她心头一暖。可是，垫付，不就是借吗？借钱是要还的，刚暖了一暖的心，又凉了一凉。

严月不置可否，继续蹲在地上拣芒果。郑舟不知道什么时候爬到了床上，头朝外，两只脚轮番往墙上踢，整栋房子都在共振，严月的脑袋里一片“嗡嗡”声。他愈发壮了，力气也大得惊人，那一片显然被他常年踢蹬的墙上早已没了墙皮，甚至出现一条开裂的缝。

这是他的工作，仰躺着朝墙上蹬腿，一蹬就是半小时。她会乘机锁了门，去一趟弄堂外面的迪亚天天超市，买日用品，交水电费，二十分钟就回。倘若出门时间长一些，她就要带上郑舟。七岁以前，她把他放在婴儿车里，她推着他走。后来，最大号的婴儿车也塞不下他了，她就牵着他的手走。他也会耍赖，就地一屁股坐下，她有她的办法，口袋里藏着一个蓝色益达口香糖瓶。他不认别的，就认这一样，捏着塑料瓶低头把玩，任凭她拎住他肩膀上的衣服，走多久都不反抗。她尝试过给他别的瓶子，雪碧瓶、可乐瓶，他全都不认，坚持坐在路边哭闹。孩子不会表达，母亲就要做个猜谜高手，她很快总结出他偏执的热爱。

那些年，他把玩着蓝瓶子被她牵着走在弄堂里的形象，成为街坊邻居眼里一道常年不变的风景。后来，他的体力、智力，终究是长进了，蓝色益达口香糖瓶已经不能满足他，她无法再牵着他做漫长的行走，并且，以他成年人的身量，要起赖来，无论如何拖不动他了。

有一次，深秋初冬的交界时节，她拉着他出去买米、交水电费，又多跑了一趟社保中心领残疾人补贴，他就在回家路上闹起来。起先是两只脚钉牢在地上，石头墩子似的，她拉得猛了，他就一伸腰，整个人往下滑，她用力提住他的胳肢窝，想阻止他下滑。可是，那么壮大的一只，瘦小的她又怎么阻止得了？最后干脆躺倒在路沿边。她吓唬他：宝宝，再不起来，妈妈回家了，叫你被坏人拐去。

这样的话她每天要说好几遍，从不对他构成威胁，他不懂什么叫“拐”，她也知道没人愿意拐这样一个孩子。她对路边守自行车的人说，我去找人，你帮我看一下。

她没去找任何人，她找不到人的，老费上班去了，除了他，还能找谁呢？她独自走到街角，拐弯，站定。守自行车的人看不见她了，她想，等十分钟吧，就在这里。

这条街，是一条单向车道，不宽，却纵深，抬头朝东南方向看，东方明珠矗立在远处，模型似的，在云雾里飘忽。那可是上海的标志性建筑，她却从没去过，白白做个上海人。可是去东方明珠这样的事，算什么大事呢？她的大事，除了郑舟，还是郑舟。

有人喊：哎，不要挡门呀。

她没注意自己站在一家理发店门前，赶紧往边上挪了挪。玻璃门里面，一个中年女人在烫头，年轻的美发师背对街面，她看见他很瘦的背影，屁股都没有。她觉得他不健康，可她的宝宝那么壮实，也不健康，这真是不公平。她还看见玻璃上贴着“洗剪吹三十八元”“烫发一百五十八元”的标价，小区门口的店，最便宜的档次。她摸了摸自己的脑袋，也算留了长发，其实就是没时间修剪护理，常年用一根皮筋绑着，枯黄细瘦的一捆，自暴自弃地垂在脑后。她想不出什么时候能有时间来烫个头，并且，一百五十八元，不值。

很瘦的美发师在中年女人脑袋上娴熟地操作，理出一小缕头发，刷一层药水，垫一片油纸，把头发绕在一个塑料棍上，用橡皮筋勒住……她看得入迷，不知不觉过了二十分钟，中年女人的脑袋上已经顶满五颜六色的塑料棍。很瘦的美发师拖过一个反扣的“马桶”，罩住中年女人的脑袋，转身时，看了一眼玻璃外面的她。于是，她与这个不健康的年轻人对视了一眼。这一眼，令她猛然想起，折角另一边的街沿上，还躺着她看起来那么健壮的宝宝呢。不可抑制地，心脏狂跳了几下，有种莫名的激动从胸腔里蹿到喉咙口，她鼻子一酸，眼泪几乎迸射而出。她不明白这算不算悲伤，但她感觉到了惶恐和焦虑，这种莫名的情绪阻止她立即拔腿，她站定在原地，四处张望，仿佛在等待预计中即将发生的什么事。

又挨过十分钟，她才回到自行车摊位前。什么事都没有发生，他照旧躺在地上，倒也不哭，只翻过身子，像坑道里侧身作业的矿工，双手上阵，正抠着行道地砖，指甲缝里嵌满了黑泥。看管自行车的人不在，她一点都没怪人家的心思，就地坐在街沿上，适才的莫名激动已经平息，心里也没有哀怨，只平静地坐着，等着他不知道什么时候自己想要站起来。

在马路边躺了许久，郑舟感冒了，回去就开始咳嗽。她喂他喝咳嗽糖浆，他喝了一口，居然抢过瓶子再不肯放，盯着瓶子看两秒，喝一口，再看瓶子，再喝一口，专情的目光。喝掉三分之一瓶时，他睡着了，歪在床脚边。她连拖带拽，把他抱到床上，这一觉，睡了十小时。

起初她不知道是咳嗽药中的镇静剂在起作用，只以为他是闹累了。她看着睡得“呼哧、呼哧”的人，熊一样肥大，竟是从自己肚子里钻出来的，可她这么瘦，一米六五的人才九十六斤，简直荒唐。然而，睡着的时候，这只熊真是惹人怜爱啊！不哭不闹，嘴角微微翘着，仿佛要笑，却又控制着，笑得轻弱。她忽然有些后怕，居然放他单独在街上躺了半小时，她想干什么，她在等什么？越想越后悔，心都要揪起来，这么好的小团，她怎么忍心？

像要补偿似的，她俯下身，整个把他抱在怀里，抱了好一会儿。又在他肥白的脸上亲了好几口，左脸蛋、右脸蛋、额头、耳垂……他闭着眼睛，抿着嘴角微笑，真是俊气啊！她又去摆弄他的手，抬起来，放在耳边，手掌摊开。“你好！”她替他说。又把右手放在左胸口，抚着心脏部位，“妈妈！”她替他喊。真是个好小团，她被他感动了，眼眶里盈满泪水。

四个小时后，他还在睡，她开始慌张，摸他的脸，喊“宝宝，吃饭了”。他几乎不与人有任何交流，唯有听到“吃饭”二字时，眉毛会剧烈拧动。连“吃饭”都唤不醒他，她就真的急了，使劲摇晃他，按摩一般从上到下捏他的肌肉，直捏到大腿根，却见灰色棉毛裤裆口有一轮隆起，仿佛一顶被布套子兜头罩面的鸟笼，那只小鸟儿，不知道什么时候长大了，要扑腾起翅膀飞出来了。

心脏又一次疾跳起来，却不似白天在街上的莫名激动，而是，一点点紧张、害羞，一点点幸福、欣慰……都只有一点点，效果却是，原本平静的呼吸都变得急促起来。都说长大成人、长大成人，她把他一日日地养着，养得又高又胖，她总以为，她是看不见他长大成人的样子的。可是现在，他不就是蠢蠢欲动着想要长大成人吗？长不大的孩子，又怎么会顶起鸟笼子？

三

严月侍弄郑舟吃过晚饭，准备自己吃，老费来了。老费一脸严肃地站在门外，手里拎着一个“小绍兴”马夹袋。她没把他挡在门外，而是转身，回到饭桌边坐下，这是让他进屋的示意，老费抬脚跟了进去。严月顾自吃饭，就着一碗鱼丸汤。老费把马夹袋放在桌上：鱼丸都是面粉做的，应该吃新鲜的鱼。

严月说：鱼骨头怎么办？宝宝会哽的。

老费看了一眼仰躺在床上发呆的郑舟：我打听过了，包头路上有一家阳光学校……

床上的人忽然发出一声嘶叫，像小狗被火钳烫了皮发出的惨烈哀嚎。老费吓一跳，看郑舟，庞大的身躯侧躺着，正一把一把揪枕头，很安静。

老费皱了皱眉：那家阳光学校，政府补贴的，学费不贵……床上的郑舟换了平躺的姿势，开始踢墙。老街区的房子，砖木结构，踢一面墙，整个框架都在抖动。严月放下碗，走到床边，拍拍郑舟朝天的白胖脸：宝宝乖一点，妈妈和费伯伯讲话。

她明知道郑舟不会理她，却总是不厌其烦。老费继续说：阳光学校收智障儿，但对残障程度和年龄有要求……严月冲老费做了个“嘘”的手势，又指指床上的郑舟，怕巨大的婴儿把“智障儿”三个字听了去，伤了他自尊似的。那一边的工作却进行得愈发热烈，双腿踢蹬，竭尽全力，嘴里还发出“呼呼哈哈”的吼叫，仿佛武林高手，正和奄奄一息的墙进行殊死战斗。老费压低声音：他这是不让我讲话啊？

严月站起来，从抽屉里拿出一个褐色玻璃瓶，商标上写着“复方甘草咳嗽糖浆”。她走到床前，捏着瓶子在郑舟朝天的面孔前晃了晃：宝宝，喝糖浆啦！

二十分钟后，果然不再叫唤，也不再踢墙，郑舟睡着了，还打起了呼噜。幸好世上有咳嗽糖浆这种甜甜的药，要不真是一点办法都没有了。

严月端起碗喝鱼丸汤，老费站在桌前说话：你还是要想办法送他进学校。

严月垂着眼皮说：你坐一会儿。

老费严肃的表情松弛下来，半个屁股挨上凳子，朝桌子对面的严月轻声说：你，累不累？尖细的男声用轻柔的气息推出，仿佛牵出一根生锈的钢丝，尖锐而又破碎。

严月看了一眼他摆在桌上的小绍兴马夹袋：你吃饭了吗？

老费摇头，严月说：那吃点？

老费解开马夹袋：我买了一斤白斩鸡。

塑料袋敞开，露出一个一次性打包盒，还有一瓶石库门红标黄酒。严月知道，老费吃饭时间来找她，肯定会自带“口粮”，不是“小绍兴白斩鸡”，就是“上海大红肠”。严月站起来，去碗橱里拿来一个汤盅，一双筷子，熟练地捡起塑料袋里的调料包，拆开，把葱姜酱油蘸料倒进汤盅。

老费说：喝口黄酒吧，暖暖身子。

严月把一个空玻璃杯推到他面前：你喝。

老费拿起玻璃杯，照着日光灯看。严月斜了他一眼：洗干净的。

老费拧开瓶盖，倒了半杯酒，抿了一口：阳光学校收学生，要看智障的级别，至少要自己会吃饭，会大小便。

严月一脸正气：吃饭和大小便我们宝宝会的，我不是不想让他去，我是怕他受欺负。

老费说：去试试？试两天。

严月没说好，也没说不好。她夹起一块鸡腿肉，看了看，又去碗橱拿了一个空碗，从餐盒里挑出不带骨头的肉，一块块拣进碗里。这是留给郑舟的，不是第一次了，老费从不阻止她。接下去，两人就静静地吃，也不敢放开嗓子说话，怕吵醒床上的大熊。

老费肯定不是个有酒量的人，只喝了半杯脸就红了，红到脖子根。老费很轻很轻地说：严月你不喝，我一个人是喝不完一瓶的，你看，我们都认识十六年了，你还和我这么生分。

严月说：前六年，等于不认识。严月的意思是，她和郑明离婚之前，他们不算认识。

“好吧，就算十年，你还这么见外？”尖细的声音使老费的语气满含嗔怪。

严月吃到一块鸡屁股上的油脂，咀嚼了两下，吐在桌上：这也卖钞票？

老费说：不好吃你就不要吃嘛，你就扔掉嘛。

严月断然喝道：不好吃就不吃？就扔？你花钞票买回来做啥？声音不响，却凌厉，说完还赌气似的，把吐在桌上的一团淡黄油脂捡起来，塞进嘴里狠狠地嚼。老费要去抢，半个身躯扑过餐桌。严月却翻了翻眼珠，费劲吞了下去。老费绕过桌子走到严月面前，急得要跺脚，又不敢跺，双腿屈了一屈，躯体颤簸了一下，俯下身，轻声却用力地说：你做什么嘛！你这是做什么嘛！一着急，声音愈发尖细。

严月偏了偏脸，像是要躲他嘴里的酒气，又似是不忍听他锅铲剐蹭般的说话声，锁着眉头，接着啃一块鸡肋。也许是酒精的缘故，老费有些情绪化，又好像是被严月气着了，胸膛剧烈起伏了一阵，终于忍无可忍，忽然抬起手臂，张开手掌，像要对眼前的女人抡一巴掌，手掌落下去，却一把抓住她的前襟，用力一拖，竟把严月拖进了自己怀里。

严月怔住，愣了两秒，挣扎起来。老费本就站得重心不稳，半弯曲的身躯，一只脚在前，一只脚在后，支点没有落在任何一只脚上，并不健壮的身躯就有些摇摇欲坠。这会儿，他正用浑身散乱的力在支撑自己，经不起千钧一发的干扰，严月只挣扎了一小下，他就一屈腿，膝盖“咚”一声撞在木地板上，顿时将整个躯体反扑进了她怀里。

严月原位坐着，她看见自己的膝上伏着一颗花白的脑袋，脑袋下面被埋住的嘴脸正发出类似抽泣的呻吟，又似压抑的啸声。她拍拍他花白的脑袋：怎么了你？

花白脑袋往女人的怀里更深入地钻了钻，她感觉到了大腿根部的异样，一股股腾腾的热气隔着裤子吹到肌肤上，潮湿、酥麻。她依然是习惯性地挣扎，却在一只冷硬而又汗湿的手掌摸索着探进自己的裤腰口时，忽然僵住。

这样的机会，几年前似乎有过，老费没抓住。那时候郑舟还迷恋着蓝色益达口香糖瓶，有一回，他抱着一瓶未开封的口香糖玩，不知怎么弄的，竟打开了，糖粒塞了一嘴，又吐出来，抓在手里捏，就一小会儿，衣服上、脑袋上，黏满了饱含口水的白色胶状物，脑门上的头发结成了一大坨，理不开，还洗不掉。她抓住他，恨不得把他整个脑袋按进水盆。他挣扎，一掀身，盆翻了，水洒了一地。她尖叫一声："要死啊！"

他好像明白自己闯祸了，率先嚎哭起来，还躺倒在地板上打滚。一腔怒火顿时蹿起来，她指着他恶狠狠地骂，"戆大""只晓得吃白饭"，转身去抽屉里拿剪刀，给你剪掉，你等着，剃光头。拉开抽屉，没找到剪刀，却见角落里躺着一只一次性打火机和一根蜡烛，为防断电准备的。她一把抓起打火机，冲到郑舟跟前，不知怎么就按下了打火键，火苗"腾"一下飞上他的脑袋，遇到那坨凝结的头发，立即滋滋冒烟，蛋白质的焦糊味刹那间弥漫而开。她慌了，张开手掌狂拍他的脑袋，狠狠地拍，"啪、啪"声持续响彻。幸好头发是湿的，没有冒出明火，烟也很快被拍熄。他大概被拍疼了，额头一片绯红，哭声从豪壮变成凄厉，眼泪鼻涕淌了一面孔。她懊悔莫及，抚着他的脑袋：宝宝吓坏了吧？宝宝疼不疼？妈妈不好……然后，一屁股跌坐在水涸涸的地板上，跟着他哭起来。

老费被天花板缝隙里滴下的水惊动，上楼来看。只见潮湿的地板上，母子俩一个坐着抽泣，一个躺着大哭，双双泪眼模糊。老费踩着水踏进屋：怎么啦？出什么事了？她坐在地板上，待他走到跟前，脑袋一歪，一头撞在他的小腿上，像是受了天大委屈的孩子，抱住他的腿“嗷嗷”嚎啕。

老费真是个正经人，正经得几乎迂腐，这种时候，竟没有一点点“趁火打劫”的意思，只是蹲下来，拍拍她的肩，耐心地听她哭，在她哭到喘不过气来时在她背上轻捶几下。直到她哭完站起来，说：帮我把宝宝拖床上去吧，我要擦一下地板。

郑舟早已不哭，他侧躺在地板上，顾自抠着湿漉漉的脑门上炭焦的发梢，一脸煞有介事。

总是在紧要关头，老费就出现在了她面前，可严月从没认真想过，是不是要和他发展成男女朋友的关系。她的世界被郑舟占满了，宝宝长，宝宝短，全是她的宝宝，哪里容得下别人？再说，他是正经人，难道她就是随便的人？怎么可以是个男人都要？所以现在，她应该推开伏在膝头的男人，以及男人那只试图入侵的手。

正犹豫，还没动作，眼前忽然掠过一团绿色的球状物，一声闷响，绿球崩裂，老费的后脑勺顿时被爆了一头黄浆，严月惊得跳起来。郑舟站在床边，怒目斜吊，一手抓着一头还没射出的绿芒果，另一手舞蹈着，嘴里发出“哈——哈——”的嘶叫。

老费顶着一头屎样的糊状物离开严月家时，走得一瘸一拐，大概跪在地板上太久，腿发麻了。这一晚，老费在水槽边冲凉的动静格外大，呼叫声如火车鸣笛般锐长而躁迫，好像当头淋下的是一盆盆冰冻过的水，刺激过头了。

四

清晨，天还未亮透，郑舟醒了，“呜呜”叫唤。

近些日子，严月患上了失眠的毛病，整夜胡思乱想，不管什么想法，从哪里想起来的，最终都要汇到同一个问题：那个孩子，究竟得了什么病？为什么总跑医院？会不会和宝宝一样？只会长高长胖，不会长大成人……越想越睡不着，要耗到凌晨，才渐渐迷糊过去。

严月闭着眼睛，身侧庞大的躯体正辗转反侧、上下求索，耳畔全是他的呼吸，带着充沛的唾液，粗重而潮湿。严月睁不开眼：宝宝不要闹，好不好？

她唤他宝宝，唤了十六年，他却从不答复。她试图与他互动，可她对他说什么、做什么，他都不会回应。他迷恋过蓝色益达口香糖瓶子，后来改成甘草咳嗽糖浆，却从不依恋她，甚至，比不上那堵靠床的墙。他听得懂一句话——“宝宝，吃饭了”。“吃饭了”三个字会让他表情瞬间丰富，圆胖光润的面容在某种力量的支配下忽然千回百转。他以拧动、扭曲、折叠脸部肌肉的方式来表示欢快，看起来几乎是愤怒的表情，这是他在笑，严月认为。而他脸上当真堆出常人以为的笑容，那恰恰是他最悲伤的时候。严月试过，有一次，他正低头把玩益达口香糖瓶子，严月劈手夺走，他缓慢地抬起头来，一脸沉默的憨笑。她举起手里的蓝瓶子朝他晃：宝宝，瓶瓶，要不要？

他看着她，脸部肌肉依然是笑的走向。她又晃了晃瓶子：说要，快说要，说了就给。然后，她看见他的笑渐渐定格，眼神也凝固起来，整个人就像在极低温下被渐冻，一条漫长的涎水从口角淌下，也不断流，似也要冻结了。她觉得不对，慌忙把口香糖瓶子塞回他手里：宝宝，对不起，妈妈不抢你的瓶瓶了，还给你。

他缓慢地收起笑容，然后，平静地看着手里的瓶子，看了很久。

严月抹了一把夺眶而出的眼泪，确定自己了解他的喜怒哀乐。可是，世界上没有第二个人知道，这个忧伤的宝宝，是用笑来表达忧伤的。

其实，老费误解郑舟了，他硬说郑舟用芒果砸他的时候是一脸怒气的，只有严月知道，那不是怒气，那是兴奋，是玩嗨了的意思。可是老费不信，不信也没办法，老费毕竟不是孩子的父亲。严月想，倘若是郑明，会相信的吧？可又如何呢？郑明信与不信，不会改变一切。况且，现在他有了小儿子，心里怎么可能还有大儿子？这个大儿子，对郑明来说，就是三千元没有收益的月供。

这么想想，严月就会忍不住在肚皮里骂：只知道下种的东西，种猪啊！种马啊！牲畜都晓得护犊子……“护犊子”不是上海话，她是从电视里学来的，第一次听就喜欢上了，多好啊！就像在说她，她简直就是一头母猪，一匹母马，整日介地护着她的犊子。郑明却没有护犊子的心，他用三千元钱来打发他的儿子，尽管这是他们共同协商的方式，但每每郑舟出状况，把屎尿拉在裤子里，臭烘烘满屋打滚，她按不住他，顿时激起一腔怒火，就要“种猪、种马”地骂将出来。可是，收到他打来的钱时，她又意识到，相比而下，她宁愿只要三千元钱，也不要这个男人和她一起来“护犊子”。她就是不想和他“同舟共济”，好像，她那么轻易地同意离婚，就是为了早一点摆脱他，摆脱一份被他探知真相的风险，摆脱除了自责以外的另一份罪责。郑明只需知道，他有义务抚育儿子，哪怕养到八十岁。可是，一想到要养他到八十岁，她就会浑身一激灵。下一次忍不住骂“种猪、种马”的时候，就会在心里祈祷，祈祷郑明身体健康、工作顺利，甚至升官发财……毕竟，最重要的还是那笔抚养费，她对它还有上涨的期待。

就这样，严月心里那点陈旧的怨愤，一忽冒头，一忽降落。倘若郑舟这一天很乖，不吵闹，不折腾，她甚至会生出一丝感激。不知道感激谁，就长时间地看睡着的宝宝，那是他最“懂事”的时候，不忧伤激动，不嚎哭，不踢墙，她不用费力揣度他的性情，这么乖、这么甜的团，真是惹人怜爱啊！睡着的时候，分分钟都是岁月静好。可是只要他醒来，世界就变了样。

此刻，躺在内侧的郑舟已经醒了，弄出“窸窸窣窣”的声响，两条腿重复踢蹬，抓她的胳膊，咬她的肩膀，口水涂湿了她的棉布睡衣，肥大的手掌到处摸索。她任凭他晨醒后的打扰，很多次，他摸到她的胸口，她有一搭没一搭地从胸口拨掉他的手。他很有耐心，比懂事的人更执着。不过两岁幼儿的智商，身量却是个成年人，在成年人中亦算高壮。她把他养得太好了，只吃，不动脑筋，怎么能不胖？

他开始玩弄她的白丝巾，一整夜没解下来，松松垮垮地搭在肩胛窝处。她极度乏力，不想动弹，闭着眼睛随他玩。不知道怎么操作的，丝巾的两尾布角被缠了起来，她感觉到脖子里轻盈的纺织物渐渐紧致，并不阻碍呼吸，却有了窒息的预感。她摊手摊脚地躺着，任凭脖子里的丝巾越来越紧，倘若就这样被勒死，就不用养他到八十岁了，倒也一了百了……可是她若死了，他要怎样才能活到八十岁？或者，把丝巾缠在他脖子里，他会不会玩着玩着，就把自己的脖子给缠紧了、缠死了？然后，他不再动弹，再然后，她把丝巾从他十六岁永远安静下来的脖子里解开，再缠住自己？他不会活到八十岁了，他不再需要她，可以安心了……一阵烈痛突如其来，喉咙被猛噎了一下，闭着的眼睛顿时迸开，剧咳。与此同时她迅疾伸手，朝脖子处狠狠拍了一掌，“啪”一声怒响，打在他摸索的肥嫩手上。

她知道她会打得很准，她也准备好了耳边响起哗然的哭声。很多年前，哭声是柔嫩的童音，后来是男童女高音，再后来，变得喑哑，接近粗沉的男声。他对疼痛的感知还是准确的，只要打他，不管手心还是屁股，他一定会坦荡地嚎哭。他用近乎成年男人的声音哭得理直气壮，扯开嘴，鼻子眼睛却挤作一堆，眼泪鼻涕同时淌下，白嫩的肥脸涨成绛红色。她只好回头去哄他，那么大的身躯，抱不住了，反被他一扑，仰身倒在床上。常常是，腰椎间一抽搐，冷不丁的剧痛，她脱口“唉哟”，他就止了哭声，看住她，涣散的目光里流淌出那么一小点儿狡诈。

知道使坏了，她想，心里有些高兴。毕竟，使坏是需要智商的。

可是今天，比以往更重、更凶的一巴掌打到他手上，竟没有哭。她慌乱解开脖子里掐得紧紧的丝巾，眼前是一张凌空凑向她的白嫩的胖圆脸，下巴下面是第二个下巴，夹缝里求生存的眼睛，细成两条线，嘴角边挂着涎水结痂的白斑，上唇覆盖着一层黑金的茸毛。晨醒后的胖脸居然是严肃的，对着她，好像在生气。

宝宝怎么了？这么问的时候，她抚摸着余痛未消的喉咙口，震怒的情绪稍稍平息。

十六岁的宝宝沉默着，胸口的白背心一起一伏，鼻子里发出"哼哼"声，像某种犬类，正准备发怒。她支起半个困乏的身体，想去安抚他，转而想，他发怒的表情背后，应该是兴奋，便说：宝宝，什么事这么开心？

他忽然抬起平搁在床上的一条腿，横跨她的腹部，重重地砸在她的肚皮上。于是，她的整个身躯被他斜斜地骑住了，她几乎躺在了他敞开的胯下，一枚坚硬的隆起顶到她的腰。

她翻身坐起，直到天大亮，再没合眼。

五

老费联系的智障学校落实了，郑舟可以去上学了。严月还是有点舍不得，老费说，去试试，看他能不能适应，要是不行就回来。严月同意了。

上学照理是好事，可严月没睡好，早上起来，脑袋昏昏沉沉，明明应该高兴的日子，没有一点高兴的脸色。

失眠的毛病，已经持续一个月了，每天都很累，每天都睡不踏实，心里一千遍地想着同一个问题：那个孩子得了什么病？是不是和宝宝一样？只会长高长胖，不会长大成人？倘若郑舟这道算术题不是她做错的，那她是不是要把作业本摔到郑明的脸上，冲他大声喊：我替你顶了十多年罪，你赔我，赔我青春，赔我婚姻，赔我生活，陪我儿子……每每都要想得眼眶热辣，几乎把自己想哭。可是，倘若那个孩子真的和郑舟一样，那她要怎么办？给自己平反昭雪？把郑舟推给郑明？叫他去养？她怎么舍得……可是，郑明的小儿子究竟得的什么病？是不是和宝宝一样？只会长高长胖，不会长大成人？想着想着，又想回去了。就这么反反复复，严月把自己想成了神经衰弱，一夜一夜地失眠，又不敢吃安眠药，怕睡死了，郑舟有什么动静她醒不过来。

早饭是牛奶、鸡蛋和馒头，馒头本来一个，今天要去上学，桌上放两个。倘若有更多，他会无休止地吃。他吃东西火速，从来都是，吃饭的时候她说得最多的话是：慢点吃，慢点吃。可他从来不会慢点吃，好像他之所以投胎做人，就是为了来抢食的。不过，在阳光学校吃午饭，他倒不会吃亏，她想。

阳光学校在包头路上，离家不过一千五百米，可以走着去。可老费昨晚提醒过她，打出租车比较保险，以防郑舟半路赖着不肯走。严月觉得有道理，第一天上学，保证到校是首要的。老费还问要不要他一起去，严月拒绝了，她不想让学校的老师觉得他们是一家人。

早饭吃完，严月带着郑舟出了门。这一天，郑舟煞是乖巧听话，也许是早饭多吃了一个馒头，超乎平常的满足感让他情绪很稳定。上车、下车，进学校大门，走入乌泱泱人头攒动的教室，坐上老师指定的座位，一路顺从，任凭摆布。

阳光学校就一个班，二十多个学生，一眼看去，大大小小，高高低低，发出吵吵嚷嚷的声音，如同普通学校的一间教室。可经不起细看，只要挨着脑袋一个个看过去，就看出破绽来了。

有的一脸婴儿肥却已白了头，有的满面皱纹丛生却呆相毕露，有的目光里闪烁着囚禁动物般的警惕，有的自言自语滔滔不绝，还有的浑身紧缩，时刻处于惊惧状态。程度好一些的两三个，竟也凑拢着交谈，细听，却是鸡同鸭讲，不知所云。有个一眼看去还蛮“聪明”的胖女孩，忽然跑到严月跟前鞠了一躬，喊了声：老师好！严月慌张点头，却不知如何回答。女孩并不需要她回答，完成问候，立即转身跑回了自己座位，显然是被训练出来的。班主任是一位身材瘦高的女人，盘头，戴眼镜，她看着最聪明的女生的表演，眼光里流露出显然的笑意。一扭头，神色立即严峻起来：郑舟，他大小便会喊吗？

严月点点头。班主任看着她，镜片后面的两道目光聚拢成一道，直戳到她脸上，仿佛一眼看穿她在撒谎。严月赶紧又摇头：他，一般两小时一次小便，大便已经在家大过了……又拿出一个褐色瓶子：老师，要是他不听话，可以给他喝这个。

老师问都没问瓶子里是什么，立即拒绝：除了有处方的医嘱服用药，我们不给学生吃别的外带食物，午饭和点心我们都有严格的安排，你留下电话，有事我们联系你……

临走前，严月又看了一眼郑舟，一只正襟危坐的大熊，倘若打架，大约没人会赢他，只是，他是连招架的意识都没有的。

这会儿，他正严肃而认真地看着他的同桌，一个正手舞足蹈的欢乐的唐氏综合征女孩。这是他这辈子的第一个同桌，严月想，他真的乖极了，比教室里的任何一个孩子都要听话懂事的样子。“这么好的囝”，严月在心里叹息了一声，转过身，心底涌起一股酸楚，跨出教室门，快步往外走，听见老师的说话声：我们鼓掌欢迎新同学郑舟……七零八落的掌声响起，严月再也控制不住，眼泪忽地涌出。

亏得老费，介绍了这家阳光学校。严月没料到会有这样的效果，她几乎每天都在目睹别的妈妈送孩子上学，自己却从来没有体会过。早上八点，小区外面总有一辆黄色的幼儿园校车停靠在路边，孩子们欢天喜地或者哭哭啼啼地被父母送上车，妈妈们站在路边挥手，孩子们在车窗里挥手，天天上演一遍，天天搞得交通堵塞；过三条横马路，有一所寄宿小学，星期天傍晚，会有很多高级小轿车开到校门口，轿车里下来的孩子穿着统一的苏格兰格子校服，好看得一塌糊涂，用英文和轿车里的父母说再见，好听得要命；隔壁二层阁的毛阿姨，孙女考上交大附中，报到那天，全家开着车去送，带了三口拉杆箱，简直像要出国；还有，街道主任的儿子，考上人民大学，主任夫妇俩送儿子到北京，顺便旅游了一个礼拜……严月一直认为，这些都和自己没有关系，虽然她也有孩子，她的孩子也在日日夜夜地长高、长胖，只是她的孩子长不大，她是看不见他长大的样子的。可是今天，她看见了，和别的家长一样，她感受到了孩子在长大。长大是什么样的？长大，就是离开家，离开父母，哪怕是被一所幼儿园接纳，或者，被阳光学校接纳，那就是长大。唉，真该好好谢谢老费……

从学校里出来，严月没回家，而是去了小区门口的理发店。郑舟都开始上学了，她也应该把自己收拾得像样一点。修一修吧，她对没有屁股的很瘦的美发师说，修得干净一点。烫头？不要不要，严月惶惶摇头，心想，一百五十八元呢，够买五包尿不湿，倘若宝宝乖一点，够用两个月……

两个小时后，严月看见镜子里的自己顶着满头短卷发，干净利索的样子，还蛮时髦。很瘦的美发师有着很强的鼓动力，她被说动了，剪短了枯黄的长发，还烫了头。她对自己的新形象挺满意，可是摸出一百五十八元的时候，还是感觉到了肉疼。不过，只是肉疼，心不疼，心还蛮爽朗。

严月决定再去一趟两公里外的家乐福超市，那里每天都有各种打折，她要买“包大人”成人尿不湿，还要买油盐酱醋、洗衣粉、84 消毒液、洗洁精……所有的折扣加起来，可以省不少钱。

她已经很久没去家乐福了，其实两公里走走也就半小时，可郑舟在家的日子，她怎么能离开他半小时呢？ 二十分钟都是冒险。

从家乐福回来，严月满载而归，两大袋打折日用品使她的回家之路有些艰难，不过，好心情让一切变得不难。 每经过有落地玻璃的店铺，她都要努力侧过身，看一眼镜中的自己。 瘦精精的女人，身材比大多数擦身而过的中年女人好，新烫的头发使她显得精神，尽管拎着两个白色大购物袋的形象与时尚搭不上边，可是，这已经是这么多年来她见过的最好的自己了。 没有任何拖累的行走，不急不赶，只听任自己的双腿，简直奢侈……走至离家不到一公里时，严月又看了一眼街边的玻璃橱窗，再次欣赏了一眼崭新的自己。 这一眼，真是巧了，竟瞥见老费从她身后走过，深灰色夹克，瘦削，不高，一贯的姿势，低头疾走，不摆臂，一闪，进了一家店。

严月回头，却并未见到灰夹克男人，街对面是一家发廊，不是小区门口的那家。 这里，是一连排的美容店和洗脚店，“曼丽发廊”“容颜趣”“仙露足浴”……刚才镜中瞥见的，是正对严月的这一家，叫“咪咪屋”，看不出是美发店还是洗脚店，塑料门帘晃动着，隐约看见里面有两个露着肩的小姐，一个坐在沙发上，另一个怀里抱着宠物站着说话，也不知道那毛茸茸的东西是猫还是狗，看样子，不像正规做生意的。

严月心里“咯噔”了一下，脱口骂了一句“不要面孔”。骂完又觉得不可能是老费，又不是牲畜，随便找个母的就能解决问题。去这种地方的人，是连种猪、种马都不如的，老费是个正经人，认识这么多年了，什么时候对她做过出格的事了？从来没有。不过，倒是有过一回动手动脚，被郑舟的芒果一砸，吓跑了，往后再没有。所以，还是个正经人。

肯定是看错了，刚才一路都在想晚上要不要请老费吃顿饭，她在家乐福里买了打折的卤牛肉和猪门腔，她要向老费表示一下感谢。脑子里总想着，很可能看错。

六

郑舟在阳光学校呆了三个半天，老师说，先送半天，适应后再开始送整天。第一天中午严月去接孩子，老师告诉她，郑舟很乖，两小时一次的小便没有，也没尿裤子。严月觉得那是侥幸，明天再看看情况吧，就带着郑舟离开了学校。回家一路也是乖得离谱，不吵不闹，走得利索。只是进入弄堂底部，一看见敞开的楼道前老费冲凉的水槽，立即冲过去，褪下裤子对着水槽撒起尿来，撒完也不提裤子，甩着胯间黑不溜秋的一团肉朝扶梯上快速爬去。下午时间，走廊里和楼梯口都没人，严月赶紧开水龙头，冲掉尿骚味，追着郑舟上楼，气喘吁吁的，心里却高兴。

以前有过几次，她带他外出，回来晚了，到了该撒尿的时间，她就让他站在走廊口的水槽跟前，果然及时，刚给他褪下裤子，就“哗哗”尿了。她没想到他能记住这个水槽，并且，还晓得褪裤子，这可是她训练了十几年的成果。但他还是不晓得提裤子遮羞，不过，已经不容易了，并且，看样子，他是认得家的，连个尿都要回家来撒。

第二、第三天照旧，在学校里不撒尿，一回家，就对着水槽一泡烈尿撒得酣畅淋漓。状况不错，明天可以尝试送一整天了。只不过，上了三天学校，不如过去活泛了，回家后大多时间呆坐在地板上，什么声音都不发，只一脸沉静，想心事的样子。严月愿意认为他是在想心事，其实，她也不清楚他有没有心事可想。按照经验，安安静静的时候，也许正是他忧伤的时候。严月有些担心，是不是在学校里被欺负了？便撸起他的袖子，挽起他的裤腿，撩起他的衣襟，浑身上下检查了一遍，倒没有乌青、破皮、流血之类的痕迹。直到吃过晚饭，才恢复了一点元气，躺到床上，脑袋向外，脚心朝墙，开始踢起来。

明天就要送全天了，严月还是不放心，中午接郑舟的时候关照老师，尿不能憋过下午一点，饭后必须让他撒掉。老师说我们会按规范训练他，好习惯是培养出来的，你要是不放心，就在家里自己带嘛。严月闭了嘴，没再说什么。

晚饭后，老费上来，问严月，郑舟是不是适应得不错？严月说是，眉梢带点温润的笑意，看上去心情挺好。老费说那就好，能适应最好，那么明天，是不是要去一整天了？

严月点头，看了一眼躺在床上的郑舟，眉梢依然保留着笑意。郑舟在踢墙，频率不高，气力也不大，偶尔提起一条腿，朝着墙头蹬一脚，仿佛做了学生，学会了守纪律。老费咽了一口唾沫：要么，明天我调休一天，陪你去外面逛逛？

严月问：明天？你不上班啊？心里却闪过前天在美容一条街上瞥见的灰夹克。家乐福超市买的卤牛肉和猪舌头已经吃掉了，她没有请老费吃，理由是，不能随随便便打发人，既是表示感谢，就要隆重一些。这么想的时候，她是认真的，只是要等郑舟上学稳定了再说，也不知道哪一天有空，谁叫她这么忙碌呢？老费和她不一样，老费单身，没拖累，想做什么可以立即去做。比如去一趟“咪咪屋”，叫那个露肩膀抱宠物的发廊妹给他做个按摩，甚至享受某款比按摩更深入的服务。或者，约一个没什么钱也没什么姿色的女人出去逛逛，以显示他作为男人的派头……严月的想法有点醋味，可她打心眼里不认为灰夹克就是老费。十多年了，她还不了解他？可是老费这个人，也太正经了，照顾她们母子这么多年，怎么可能没有企图？竟从不明说。他不说清楚，她怎么能自投罗网？万一自作多情呢？万一他就是个热心人，就爱帮忙呢？当然，她严月更是个正经人，她还善良，她对老费的确有点依赖，且不说她是不是真的喜欢他，倘若真的要一起过日子，毕竟郑舟是累赘，她不能祸害老费。可是，郑明过上了新生活，以纠正他失败的旧生活；郑明生了第二个儿子，以弥补他第一个残障儿子的缺失……她却不可以。她一直以为一切都是自己的错，现在，她开始怀疑，到底是谁的过错？那个孩子，总跑医院，究竟得了什么病？会不会和郑舟一样？只会长高长胖，不会长大……

尖细的声音在耳边追问：好不好嘛，明天？出去逛逛？

严月猛醒，惊问：啊？逛什么？

你不是讲，没去过东方明珠，白白做个上海人吗？明天去一趟好不好？

床上的郑舟发出“哈”的一声，老费吓一跳，看一眼严月，没敢说下去。严月笑了：宝宝这是大喘气，你又不是没听见过，怕什么？

老费咳嗽了两声，说：我没怕。忽然放柔声音：对了，顺便讲一句，你的新发型，蛮好看的。

又细又软的声音，简直掐得出水来，任谁听了骨头都要酥掉。可老费说的时候是没有表情的，眼睛看着床上的郑舟，脸部肌肉僵硬。这让严月感觉有些假，夸一下她的发型有那么难吗？还“顺便讲一句”，又不说人话。严月撇撇嘴：头发烫了三天，前两天没听你讲嘛。

老费依然板着脸：前两天，还没习惯，今天觉得好看了。

床上的郑舟又“哈”了一声，老费点了点头：好吧，我不讲了，再讲他又要拿什么东西砸我了，明天上午我来叫你，去东方明珠。说着转身出门，郑舟在他身后发出一记长长的“哈——”，仿佛要与老费做一次口是心非的告别。

晚上八点半，老费开始洗冷水澡，一楼的走廊里，水槽边。严月在楼上听得清晰，老费每发出一声尖锐的呼啸，她就要轻轻打一个哆嗦，仿佛冷水是从自己的头上倾盆而下，毛孔全张开了。这一边，郑舟仰躺在床上，似是为配合楼下的老费，嘴里一记接一记发出“哈”“哈”的呼喊，双腿踢蹬墙壁，整栋房子发出“痛、痛、痛”的共鸣。

严月抚摸着郑舟肥嘟嘟的手臂：宝宝，妈妈明天要不要跟他去东方明珠？

墙壁发出两记“痛、痛”的回音。严月继续说：宝宝，明天你在学校里待一天，你要乖一点，放学回家妈妈给你烧好吃的小菜，你想吃什么？

墙壁再次回答，“痛、痛”。严月开菜单：妈妈给你买个沈大成的八宝饭要不要？

墙壁执著地回答，“痛”。严月继续报菜单：要不要给你买大肉包？乔家栅的……

墙壁没有回音，郑舟睡着了。楼下的声音也稀落下来，尖锐的呼啸声没了，满盆水冲下来的“哗啦”声也不再响起。老费洗完澡了，十多度的天，也不怕感冒，筋骨真是好，与他瘦削的身材和尖细的声音实在不般配。所以说，人不可貌相。严月心里这么想着，目光却落在郑舟身上。那么壮大的一只，闭着眼睛，粗重均匀的呼吸，嘴角微微上翘，似笑非笑的样子。她实在没法忍住，俯下身亲了亲他的脸蛋，喃喃道：要是给你生个弟弟，就有人陪你玩了，你是开心呢，还是不开心？宝宝？

这话她没说出口，她只是在心里问了问自己，问过就后悔了，捂住嘴，好像怕喉咙里的话飞出去，被他听去，也被楼下的男人听去。

这一晚，她睡得春梦连篇，一个男人压着她，脸埋在她肩头，她看不清是谁，气味像郑明，尖细的呻吟却分明是老费的。她久未负重的身体有些承受不住，可又不舍得推开，只努力撑着，深呼吸，深呼吸，浑身却火热，欲罢不能的躁动，因为没有弄清楚男人究竟是谁而放心不下，于是要挣扎，手脚却一丝气力都用不上……她是被自己的一声吼叫喊醒的，整个人果然被半拉庞大的身躯压着，郑舟的双腿正分跨在她腹部两侧，脑袋扑在她胸口。她气喘吁吁地搬开他的腿，用力在他的虎背熊腰上推了一把，半俯卧的身体顿时被推成仰躺的一大堆肉，岔开的双腿，棉布裤衩的裆部一摊潮湿。

严月脑袋“嗡”一下，血液上涌，脸也沸腾起来，一边去找干净的裤衩，一边在心里恶狠狠地骂：这不是牲畜了吗？戆大，面孔都不要……

她替他换内裤，他睡得沉沉的，任凭她摆弄。用力扒他的裤衩时，她还叨叨：这么大了还尿床，羞不羞？裤衩一褪下，那个犟头倔脑的家伙就支棱着跳出来，她看见了，一时半会儿还不肯偃旗息鼓。

“叫你尿床，叫你尿床。”她伸手在他屁股上打了两下，“啪、啪”的声音清脆而虚弱。好不容易把干净的裤衩拉到他的腰部，她大喘着坐在床沿，心里想，是不是应该和他分床睡了？一伸腰，还是在床外侧躺下了。

这一夜，严月再没睡着。郑舟上学这三天，她的失眠略有好转，可刚才那一出，搞得她又醒到天亮。脑子里各种想法，兜兜转转，最后转到同一个问题：郑明的小儿子，到底得了什么病？会不会和宝宝一样，只会长高长胖，不会长大成人？会不会不是我的错？可是，谁又说宝宝不会长大成人？刚才他还像牲畜一样……她忽然意识到，牲畜和长大成人，怎么能放在一起说呢？简直大逆不道。

七

老费带着严月坐上地铁三号线，又换二号线，陆家嘴出站，直到东方明珠底下，才发现人山人海，要排很长的队才能上到那几个莫名其妙的球。队伍拐了两个弯，起码有三五百人。看票价，进最高那个球要一百二十元，上下球都进一百六十元，要是再去太空舱，那就要二百二十元。严月说：这么多人，其实进去没多大意思的，站在底下看看就可以了。

老费说：很快的，你看队伍在移动，一个钟头应该能上。

人头济济的“东方明珠”脚下，两人随着队伍缓慢前进。严月穿一件半新休闲西装，枣红色，很多年前买的，为了参加同事的婚宴。那时候严月还在上班，郑舟还只是个六岁的小孩子，倘若带去吃喜酒，他是一点都不会吃亏的，他最出色的，就是吃，无休止地吃。不过她没带他去，要是在外面哭闹起来，就塌台了。还有，那时候郑明还没和她离婚，那时候，她身上还有些肉……现在穿这件衣服，显大了，不过配上脖子里的白丝巾，还是有少许靓丽的意思。

接近中午时分，太阳烈起来，严月解下丝巾，说：真是秋老虎，十一月了还这么热。她感觉老费的目光扫过她领口里袒露的脖子，一扭身，把一侧肩膀转到他眼前。老费愣了愣，一脸莫名，又站了一小会儿，说：今天游客真的有点多哦。

严月说：我早就讲不要上去了，两个人至少要二百四十块，二百四十块可以买十斤排骨了。

老费犹豫了：这个建设性意见可行。

又不说人话，还建设性意见，严月白了他一眼，不似往日那样不屑，倒有些娇嗔的意思。老费笑笑，少有的，习惯紧绷的脸皮像平静的湖面被薄风吹过，一阵荡漾。不知是天气热还是紧张，竟出了汗，有些波光粼粼。严月别过脸去，像是对老费那张难得开颜的脸不忍卒睹。

“那我们去吃饭吧？”老费率先从队伍里撤出来，严月紧随其后，两张油汗滴答的脸一致地朝向街对面的地铁站走去。重新坐上二号线，老费说，就一站路，我们去广东路上的老牌本帮饭店，德兴馆。

南京东路出站，过山东路口，车流密集，老费很自然地牵起严月的手。严月习惯性地想挣扎，却被他牢牢牵着。她被动地小碎步快走，一踉跄，踢到侧前方路人的脚后跟，慌忙说“对不起”，那人回头看了她一眼，叫道：咦？严月！

她一惊，定睛看，竟是郑明，身躯却被老费拖着快速往前。行人灯上的绿色小人儿飞快地划动手臂，仿佛在催促过斑马线的人“快走快走”。她回头看身后的男人，郑明推着一部婴儿车，随着人流也过了马路。

上到街沿，她甩脱老费的手，停下脚步。推着婴儿车的郑明尾随而来，微笑着打招呼：这么巧？说着向老费伸出手去：你好！

显然，郑明还记得老费，曾经的邻居。老费惊愕地瞪着眼睛，却也快速伸手。接下去，两个男人就站在街上寒暄起来。郑明说：你们，出来办事啊！目光里流露出心知肚明的领会。严月不搭腔，低头看婴儿车。一个两三岁的孩子，胖乎乎的，皮肤白嫩得掐得出水来，大脑袋，圆脸蛋，脸庞宽阔，双目细小。严月心里一颤：长得和宝宝真像啊！宝宝这么大的时候，几乎和这个孩子一模一样……

严月强忍着没问出那句令她失眠的话，心脏却跳得越来越急促。

老费指了指婴儿车，问郑明：你的？小孩？

郑明咧嘴笑笑，有点尴尬：是。说完看了严月一眼。

这是带孩子出去玩？老费比平时活泛多了，仿佛与女人共同出现在她的前夫面前，他就有责任替代女人完成必要的礼尚往来。这问题，也是问到了严月的心坎里，她也很想知道，郑明为什么带着孩子在外面，上班日啊，又不是周末。

郑明说：带他去医院……

严月的心要蹿出喉咙口了，脸憋得通红。郑明的脸色却并无异样。

哦？我看这孩子胖乎乎的，挺好啊，为啥去医院？老费简直成了严月肚皮里的蛔虫，她想什么，他就替她问出来了。

胖有什么用？ 抵抗力特别差，前段时间肺炎，住了几天医院，上礼拜天去儿童乐园，玩得太疯，晚上就发烧了，还有三天针要打……郑明抚了抚婴儿车里孩子的脑袋，那孩子忽然伸出胖手，指着严月，一张嘴，发出一声“麻——麻”。 郑明笑了笑说：他看见女人都喊妈妈。 说着仿佛要证明两岁的孩子已达到应有的智商，指了指老费，冲婴儿车里的孩子说：宝宝，这个人，你喊啥？

孩子小眯眼看着老费，掀开嘴，喊了一声“巴——巴”。 老费一脸严肃地回答：哎哎！ 你好，小朋友。

严月心脏揪了起来，眼圈也红了。 郑明怎么能把这个孩子叫宝宝？ 哪怕世上的父母都把自己的孩子叫宝宝，他也不能把第二个儿子也叫宝宝啊！ 严月脸色严峻，却忍不住蹲下来，伸出手，在孩子的胖脸蛋上轻轻抚了一下。 那孩子冲着她一笑，托开手臂，又是一声：麻——麻——，像是要她抱的样子。

严月鼻子一酸，眼泪刹那间涌满眼眶。 十六岁的郑舟，从未唤过她一声“妈妈”，从小到大，郑舟也从未冲着她做过张开双臂要她抱的动作。 严月实在没法忍住，情不自禁地，脑袋凑上去，嘴唇贴到孩子脸蛋上，狠狠地亲了一下，亲完，突然意识到自己失态了，赶紧收了收眼泪，站起来，说：这个小囝，长得蛮好。

郑明垂着眼皮，似不敢看她，自嘲道：好什么呀，像我，小眼睛。接着，好像怕他们继续找话题，抢先说：那你们忙，我带孩子去打针。说着冲婴儿车说：宝宝，和大伯伯、大妈妈说拜拜！

孩子咧开嘴，奶声奶气地喊“拜拜”，露出两粒小门牙，还伸出胖手捏了捏，表示再见。

没等严月说话，郑明推起婴儿车，调头。转身的刹那间，严月看见他眼尾密集的皱纹，以及花白的鬓角，鼻子又酸了一酸。老费尖细的嗓音掠过耳边：没毛病，这孩子没毛病。哎对了，他住黄浦区吗？难得出来一趟还遇到，也太巧了……

呼之欲出的眼泪在老费的絮叨声中迅速收干，“突突”急跳的心脏平息下来，她剜了他一眼：还吃不吃饭？快走吧。

重新开步时，她忍不住又回头看了一眼。郑明的背影，以及婴儿车，早已消失在远处“仁济医院”大门内的人群中。

老费兴致不错，不停地指着路边的建筑介绍：书城你进去过吧？没进去过？上海最大的书店，下次我带你去。

看，格致中学，老牌的重点高中，我当年就差五分没考进……

严月一言不发，那些让她失眠的蠢蠢欲动的念头，如同飘忽的肥皂泡遭遇一阵不算太大的风，统统破灭了。人家孩子只是抵抗力差，并没有痴呆；人家孩子只是偶尔患个肺炎发个烧，并没有智障；人家孩子刚两岁，已经会区分女人和男人，会喊“妈妈”和“爸爸”，会说“拜拜”，会张开双臂要大人抱。真是和宝宝一个模子里刻出来的，那么像，简直就是两岁的郑舟，只不过，郑舟永远停留在两岁，郑舟是长不大的。人家孩子长着长着，终有一天会长大……

老费导游般的讲解还在继续：你看这一家，老正兴菜馆，也是老牌本帮菜，不过不如德兴馆。我和你讲噢，老正兴呢，一道葱烤鲫鱼是当家菜，别的都很一般。德兴馆更好，菜式全，价格还不贵……老费有点兴奋，话说个不停，尖锐的声音持续剐蹭着严月的耳膜。她侧脸看他，严肃的瘦脸，汗津津的，即便成了话痨，表情还保持着一贯的郑重其事。

严月打断他：老费，你属什么？

老费指着自己的胸口：我？属牛，你不晓得吗？对哦，我好像没说过我几岁。

严月迅速算出老费今年四十五岁，其实不老，四十五岁的男人，要是想要孩子，完全可以。她属蛇，比他小四岁，再养一个孩子，也不是不可以……刚想了个开头，就强行打住自己，她没那么贱，男人不挑明，难不成要她倒追他？ 不可能的。

不过，严月还是松了松脸皮，把面部表情尽量放柔和，说话的语气也软了几许：属牛，会不会辛苦？

老费很难得地“扑哧”笑出来：我是四月的牛，草长莺飞的季节，不会饿肚子的，命不要太好噢。 尖嗓子带着笑，瞬间爆破，严月的耳膜都要被刮伤了。 她不自觉地皱了皱眉头，又强行让自己展开眉头。

十五分钟后，两人进入德兴馆，二楼，老式八仙桌，折角落座。 老费拿起菜单，熟门熟路地点了三道菜，四喜烤麸、响油鳝丝、香菇菜心，又说，还应该点一道汤，德兴馆的腌笃鲜是招牌，不过现在不是春天，竹笋不是新鲜的，所以，就点一道连汤带水的甜点吧，酒酿小圆子……严月扭着脖子看菜单，老费点一个菜，她就在心里加一个数，最后结出总价，二百三十八元，没有超过两张东方明珠最低门票价，二百四十元是他今天请客的底线。 严月捏了捏扭得发酸的脖子，忽然张口说：我们，吃一条鱼吧？

老费愣了一下，很快恢复自然：好啊，你看，吃什么鱼？ 葱烤鲫鱼如何？

严月刚才瞥过菜单，葱烤鲫鱼三十八元，清蒸鳜鱼九十八元。她说：葱烤鲫鱼不是老正兴的当家菜吗？以后去老正兴吃好了，我们吃清蒸鳜鱼吧？

老费又愣了一下，这回恢复得慢，一时没有应答。严月有些气恼，说话却保持温和：其实，这顿饭，我想好了，我请你，我本来就想谢你，我们宝宝的事，你费心了……

老费急了，声音高了两个音阶：诶诶，这怎么可以？你一个女人，没工作，没收入，怎么能叫你请客？我是想，清蒸鱼必须要新鲜的，最好叫后厨把活鱼拿出来看一看。可是看完了，他们拿去做了，你又怎么晓得，最后上桌的那条鱼，就是我们看过的那一条呢？所以，吃清蒸鱼是顶容易被斩的……

严月没说话，心里的恼火偃息了一点点。老费放低嗓音，几乎用气声说：小月，你要吃鱼，下次我们去菜场买活鱼，我做给你吃。

严月点了点头，却还是不能肯定这算不算他的表白。这个男人，声音是真的不好听，可是，过日子倒认真，不挥霍，不奢靡，其实更实惠……还是只想了一个开头就被自己打住，话却说得暖热了好几度：清蒸鱼，我也做得蛮好的，下次你尝尝我做的。

最后，葱烤鲫鱼抑或清蒸鳜鱼都没机会上他们的餐桌。第一道菜来了，四喜烤麸，老费拿起筷子，轻声说：小月，吃啊！

严月微笑，抽出筷子。服务员端上第二道菜的时候，手机来电音乐响起，严月放下筷子接听，一边听一边站起来，挂下电话时，脸已经白了：宝宝从学校逃出去了。说着转身朝饭店外面跑，老费冲着她背影喊：等等，我和你一道去。她哪里顾得上，早就一头从玻璃门里窜了出去。

严月小跑着穿过大街，踏上对面街沿时，回头朝饭店大门看了一眼。老费没有追出来，老费动作没这么快，菜只上了两道，也不可能这么快就结完账跑出来。再说，郑舟是她的儿子，不是老费的。对啊，第二道上桌的是什么菜？响油鳝丝？她都没来得及看一眼就跑出了饭店，连一道好菜都要与她擦肩而过，她可真是个没福分的女人！

这么想的时候，严月忽然感觉身陷子夜般的黑暗，但她并不觉得焦急和恐惧，她早就无数次想象过这样的时刻，黑暗迟早会来临，她一直等待着，现在终于来了。严月竟放慢了脚步，广东路上一长溜小杂货店在她身侧移动，浙江路上的新疆餐馆飘出一股股羊肉孜然味儿的风，南京东路步行街上的人流与她逆向而行，地铁口就在前面，她快走几步，一脚跨进黑暗的洞口。热辣的太阳立即不见了，黑洞里灯火通明，黑洞里有很多条长蛇，它们每天在黑暗中奔驰，可它们的目的地不是更黑暗的深处，而是黑暗尽头灯火辉煌的站台……严月抓着地铁车厢里的吊环，脑中各种莫名其妙的想法跳来跳去，到站时，她才惊觉自己在这么紧张的时刻，竟没有想想郑舟可能去哪里，好像，她也并没有为郑舟丢了而着急，为什么会这样？ 她究竟要干什么……严月惊恐地发现，自己就像一列在黑洞中飞驰的地铁。 地铁开得那么快，不是因为着急，地铁是注定了要奔向灯火通明的站台的。

八

直到跑进学校大门，严月才重新焦急起来，发自肺腑的焦急。 班主任一脸严峻：上午活动课，都在篮球场上玩，回教室数人头，不见了。 我们已经四处找了一圈，没找到，家长更了解自己的小孩，你也快去找吧。

没找到你们就不找了？ 严月脱口而出。

班主任的眼睛里立即冒出锋利的光芒：我们三个老师都在外面找，总不能丢下一个班，所有人都去找两个孩子吧？

两个孩子？

不是郑舟一个人，还有毛桔，毛桔也不见了。

毛桔是谁？

郑舟的同桌，唐氏儿，班主任说。严月立即想起第一天送郑舟来时看见的那张欢天喜地的肥圆大脸，嘴角下撇，双眼几乎扯到耳腮，额头上嵌着三五道深刻而又粗壮的皱纹……虽然唐氏儿长得都一样，可还是一眼就能分辨出毛桔是女孩。严月的心脏快要跳出嗓子了，连说，我去找、我去找，枣红色身躯一百八十度旋转，朝学校大门外跑去。

严月马不停蹄地在学校与家之间的几条马路间奔走，但凡带郑舟去过的地方，油酱店、便利店、药店、社保中心、街道医院，连弄堂外面巴掌大的简易厕所都没放过，几乎每一处犄角旮旯她都找了，自然是没有。学校也没给她打电话，肯定也是没找到。

她想到了郑明，要不要打电话给他，他知道儿子丢了会不会着急？会不会跑来和她一起找？不不，不可能，他已经有了第二个孩子，虽然这个孩子抵抗力差，患过肺炎，这两天还在发烧，但这个孩子已经会喊爸爸妈妈，会说拜拜，这个孩子还会张开手臂要大人抱，这个孩子不是郑舟，郑舟不会喊妈妈，也不会主动要她抱……

她想到老费，这个像救世主一样出现在她生活里的男人，一个半小时前，他们还坐在一张餐桌上准备共进午餐，三个小时前他们还试图一起参观上海的标志性建筑东方明珠。虽然他们没有进东方明珠，他们连饭都没吃完，第二道上桌的菜是响油鳝丝、香菇菜心，还是酒酿小圆子？她都没来得及看清，他们就散了。可她还是摸出手机，开始拨打老费的电话。这种时候，她能找的人只有老费了。她甚至觉得，事情变成这样，老费是有过错的。倘若他不鼓动她把郑舟送去阳光学校，倘若是她自己在家照顾，郑舟能丢吗？还有，这么多年来，郑舟从床上摔下来这件事，除了她，只有老费知道。她不找老费，还能找谁？

严月拨了很多遍老费的号码，始终是无人接听的提示语言，反反复复。已是将近三点的下午，严月第三次扫雷般过了一遍周边街道，再没有迈步的力气，她确乎认定要放弃了，便果真一步都跨不出去，就这么孤零零地站在街上，眼泪“哗”一下涌出来。

严月不敢回学校，她害怕和不相干的人一起承受这个过程，她心里已经绝望，却还要和别人一样表现出积极的样子，她做不到了。两岁以后的宝宝，她一向对他抱着消极的心态，她只想着，把他养大，只要养大就好了。她伺候他，给他吃，给他喝，给他洗澡，给他换干净的衣服……她把他照顾得很好，他也从不介意她的消极态度，渐渐把自己长成了一个十六岁胖大的人。医生说，照顾得好，痴呆儿的寿命和正常人差不多，甚至比正常人还活得久。这真是一个好消息，可也是噩耗。她把他照顾得再好，他也是个永远医不好的病人，所以，把他越养越大，她就越来越想着，无论如何，她要比他多活一天。要是她死在他前面，他就会变成一个凄惨的傻瓜，他会饿死、病死、流浪而死。所以，把他越养越大，她就越来越看不到黑暗的尽头。把他养大，一点儿都不好！

严月站在街边落了一通眼泪，终于还是拖着脚步，朝更远的家乐福方向走去。无论能不能找到郑舟，她都不可以回家，也不可以回学校，要不老师会怎么说？别人都在满世界找人，你却回来了？你到底想干什么？

严月经常会这么问自己：你到底想干什么？她养了他十六年，有多少次想过，要用五瓶咳嗽糖浆让他睡着，然后再也醒不过来；有多少次想过，他玩她的白丝巾的时候，把自己的脖子缠上了，越缠越紧，最后，死死地勒住脖子，脖子下面的胸腔里，心脏渐渐停下了跳动；有多少次想过，趁他睡着的时候出门买东西，二十分钟，很快的，煤气灶上小火炖的排骨汤不用撤掉。而她一出街，就被一辆自行车撞了，对，不是汽车，是自行车，她流血了，被送去医院，没事没事，皮外伤而已，包扎一下，可以回家了。接下去的一幕，是在家里，煤气灶火被溢出来的汤扑灭了，满屋异味，地板中央，庞大的身躯扑倒在地，像一头中弹的大熊……可是这些事，一件都没发生过，她几乎把所有危险隔离在他伸手可及的范围之外，开水、煤气、药瓶、玻璃杯……她小心翼翼、如履薄冰，每一秒钟都保持警惕，睡觉都不敢闭眼睛，她对他所有的悉心照顾，结果却是奔着她所希望的相反方向去，也许，他真的会比她活得更长。可这难道不是她希望的？她是真心的，要把他养大，养得又高又胖，养到他迈开腿，就能找到回家的路……

回家的路！严月一闪念，直觉掠过脑际。有电话打进来，是阳光学校的班主任：郑舟妈妈，还没找到吗？你带上郑舟的身份证，去派出所报案，我们让毛桔家长也去报案。

班主任看不见严月在电话这边点头，班主任只能听见严月带着哭腔说：好，我去报案。

挂下电话，折身往回，身侧的玻璃墙内，一轮瘦削的深灰色夹克闪过，个子不高的男人，一贯的姿势，低头，夹紧双臂。灰夹克一佝身，闪进了街边一家店铺，外墙玻璃的招牌上，写着“咪咪屋”。

严月这才发现，自己已经走在一公里外的美容街上，去家乐福超市的必经之路，前前后后，更多美容足浴店静静地坐落在这条街上，“曼丽发廊”“容颜趣”“仙水足浴”……严月没有看清灰夹克究竟是不是老费，但她还是自言自语了一句，“不要面孔。”这回，她没有在心里强调老费是个正经人，十多年了，他从没对她做过出格的事，认识老费那么久，她还不了解他？又不是牲畜，随便找个母的就能解决问题……这些她都没有想，更没有要进“咪咪屋”去看个究竟的冲动，她只在心里骂了第二遍“不要面孔”，并且狠狠地想：宝宝丢了，我要去报案，我没时间，等以后——没有以后了！

严月心底里升起一股英雄主义的悲情和决绝，这么多年来，她守着一个摔坏的宝宝，独自承受着上天对她的惩罚，她什么时候有过侥幸的奢望了？倘若郑舟真的出事，不追究学校责任，不怪老费，不怪郑明，不怪任何人，只怪我自己！

这么想着，严月很理智、很果断地向回家方向迈开了脚步。

九

弄堂里几乎没有人，上班的还没下班，上学的还没放学，下午四点不到，是一天中最寂静的时刻，再过一个小时，这寂静就会被涌动的人声击破，就会变得嘈杂混乱。严月穿过弄堂，偶尔听见某扇窗户里传出麻将牌碰擦的声音，还有头顶上的电线杆子发出的“嗡嗡”声，也许是电流，也许只是风。一米宽的窄弄，纵横交错的黑色电话线、网线趿拉悬挂在夹沟上端，像没打扫干净的蛛网。严月走得轻手轻脚，并不急促的小碎步，她自告不能走得太慢，可又不能太急，慢了她心里过不去，快了，快了就会……某种无法预测的可能性在她的意识之外早已生成，开步的节奏变得战战兢兢。她怕遇见熟人，怕那人擦肩而过时顺口问她：舟舟呢？怎么不带儿子？

她不想回答郑舟丢了，不管郑舟有没有丢，她都要为满足邻居的好奇心而解释，那是最烦人的事。她只想悄无声息地回到家里，上楼梯，进屋，身份证就在床头柜抽屉里，拿出来，放进口袋，再悄无声息地出门，去派出所……也许，不需要这道程序，不用去派出所，不用报案……严月不自觉地放慢走路的速度，离家越来越近，情绪越来越稳定，惊惶感渐渐消退，随之出现的，是一种有备而来的无可奈何，以及准备迎接最坏的结果的平静，不，是比最坏还要坏的结果，是一切安好，而又一切照旧。

那栋老式居民楼就在十米开外的前方，老费每晚八点洗冷水澡的水池，正方敦敦地站在弄堂底端的楼道里，很是憨厚老实的样子。严月看着水池暗骂：假正经！然后，挨过最后十米，闻着一股熟悉的尿骚味儿，进到楼梯口，并未犹豫，抬脚朝二楼拾级而上。走至楼梯拐角，严月抬头仰望，家门直挺挺敞开着。

神奇的预感应验了，心脏狂跳起来，力气却似用尽，心里想着快一点、快一点，上楼的速度却愈发慢下来。楼梯并不陡峭，严月几乎手脚并用，气喘吁吁爬到门口，惊喜来得不假思索，她在心里喊：宝宝在家，宝宝自己回家了……但她究竟没有发出任何声音，她按捺住狂跳的心，同时，一种坐实了的绝望，伴随着刚刚冒头的惊喜，兜头兜面地罩下来，把她罩进了一个没有一丝光亮的黑洞。

严月止步在家门口，她听见来自屋内墙角的声音，看不见，却能听出来，是断断续续的、低沉的呼啸：“哈——哈——”，不止一个声音，还有一个，似笑非笑，似哭非哭，像遭受了创痛的呜咽，又像品尝了美味的叹息，还掺杂着一两下震动，还有那堵饱经沧桑的墙壁被踢蹬之后“痛、痛”的唏嘘。她不知道她视线无法抵达的地方正在发生什么，她能看见的，就是一张正对家门的饭桌，以及饭桌边散落的几件衣服。

严月没有进屋，她甚至没有往门里探脑袋，只是伸出手，抓住门把，快速地、轻捷地，带上了敞开的家门。她把自己关在家门外，她像一个给儿子娶上媳妇的婆婆，新婚之夜，把所有可能的干扰关在了洞房之外。她并没有看见屋内的情形，可她能听见呜呜咽咽、呼呼哈哈的声音隐约传出，此起彼伏。她还感觉到了脚底的震动，那么胖大的人，每一次踢蹬墙壁，整栋房子都忍不住要抖三抖的……她站在门口，像一个为某场秘密会议望风的守门人，却不是一个胸有成竹的守门人，因为紧张，额角冒出汗珠，想脱掉身上的枣红色小西装，可又莫名地不舍得脱，脑子里竟冒出荒唐的想法：穿这身衣裳，真的很像要去参加谁的婚宴呢。

她还有更多的问题要问郑舟：

宝宝，你是怎么进家门的？早上送你去上学，我记得是锁了门的呀！

宝宝，你从来不会喊一声妈妈，可你怎么就晓得寻女人呢？

宝宝，你把毛桔带回家了？毛桔算个女人吗？这不是和牲畜一样了吗？她父母要是找我算账，我怎么办？

宝宝，我以为你只会长高长胖，不会长大成人，是我想错了？ 可是，长大成人了，就不该和牲畜一样了，不是吗？

……

所有的问题，她的儿子都不可能给她解答。

严月叹了口气，在狭窄的楼梯台阶上坐下来，她解下白丝巾，擦了擦脖子里沁出的汗，眼睛一热，泪水怦然涌出。 她又用擦过汗的白丝巾擦了擦眼角，那种死心塌地、问心无愧的绝望感再一次洪水般冲撞而来。 她想，做个人，到底不是地铁，地铁在黑洞里飞驰，方向是灯火通明的站台，人却不是。

半小时后，屋里变得安静了，墙壁的“痛、痛”声没有了，两个“哼哼哈哈”的人声也有一搭没一搭地稀落下来，大概是玩着玩着，玩累了，就睡着了。

严月捏着皱巴巴的丝巾，撑住膝盖站起来，准备推门进屋。犹豫了一下，摸出手机。 应该先给班主任打个电话，告诉学校，孩子找到了，两个，都在。 手指头触碰到手机屏幕，点下的却是老费的号码。

严月有些心虚，她不敢独自面对阳光学校的老师和毛桔的家长，她需要有个“自己人”站在身边。 她能找的人，或者说，她愿意找的人，只有老费。 尽管她不止一次在心里骂过那个疑似老费的灰夹克“不要面孔”，尽管她还暗想过和他“没有以后”了，但此刻，严月的头脑却异常清醒和冷静。她想，这么多年过去了，郑舟从床上摔下来这件事，除了她，只有老费知道。

收获

文学排行榜中篇小说集(下)

《收获》文学杂志社——编

2019

上海文艺出版社

目录

开屏术　田耳
001

青霉素　尹学芸
125

诗眼倦天涯　徐皓峰
215

成人记　薛舒
301

鲛在水中央　孙频
369

下降流　禹风
489

我们的师傅　凡一平
563

音乐家　陈春成
625

外婆要来了　姚鄂梅
689

附录：2019 年收获文学排行榜榜单
777

鲛在水中央

孙频

授奖词

《鲛在水中央》将一个杀人者与被害人的亲人置于面对面的情境之中，试图建立起一条心照不宣的秘密通道，隐匿的一切在人物内心深处反复彰显，对话与潜对话构成某种戏剧性效果，罪恶感虽然逃避了现实的审判，但不得不承受更为致命的灵魂拷问。故事的叙述如同在刀刃上行走，冒险而不失从容，尖锐而隐含悲悯。

1

昨夜山间淅淅沥沥一场微雨，我在半睡半醒之间听到雨滴正拍打着这漫山遍野的落叶松、栎树和云杉。

树下开着野玫瑰、老虎花、茭蒿。层层叠叠时远时近的雨声在无边的森林里游荡，雨滴从树叶间滑落的回声又冷又远。

大概昨晚喝得又多了些，蜡烛都没吹灭就睡着了。醒来才发现那支蜡烛在半夜已经自行燃尽，只在桌子上结下一堆皱巴巴的蜡泪，里面还裹着一只小飞蛾的尸体，琥珀一般。

我朝地上一看，那只肥大的塑料酒壶静静卧在我的鞋边，里边还有半壶酒。我每晚都要从这酒壶里倒出一碗酒来，点着蜡烛一边喝酒一边看书。跳动的烛光把我的影子扣在了墙上，比我自己大出好几倍来，像座狰狞的建筑耸立在那堵墙上。

大多数的夜晚，我都是这样打发过去的，点支蜡烛看本书，看上几页了抿上一口酒，再看几页再抿一口。下酒的多是些山里的花鸟鱼虫；或是把山里采来的木耳用开水焯一下，用蒜泥和野葱拌了；或是把土豆埋进炉灰里埋一个下午，到了晚上把烧焦的土豆壳敲开，再往冒热气的沙瓤里撒点盐。

柳木桌上胡乱堆着一摞书和杂志，有《老残游记》《红楼梦》《唐诗百话》《三言二拍》《诗经译注》，杂志多是些《读者》和《书屋》，还有几本破破烂烂的《今古传奇》。除了这张柳木桌，屋子里还有橡木柜、核桃木椅子，都是在我小的时候，父亲用这山里的木材亲手做的。

当年铅矿倒闭后这些家具都留在了职工宿舍里，多年以后我回来打开这间宿舍一看，那些家具居然还是我当初离开时的样子。如同寒潮一夜忽至，不及躲避，冰雪下到处锁着栩栩如生的鱼虾尸体。因为地处深山，铅矿倒闭之后连电也被停掉了，现在这里就住着我一个人。

我朝挂在墙上的那本巨大的日历看了一眼，二〇〇八年四月十七日，这是我住进这座废弃铅矿里的第四年了。每年过年买年货的时候我都要下山买这样一本巨大的日历回来挂在墙上，上面庞大鲜红的数字隔着老远就能跳到人的眼睛里。因为一个人在深山里呆久了，会感觉像掉进了时间的黑洞，无论宇宙间又孵出多少个新鲜的日日夜夜，都会立刻被这无底的黑洞吸收进去，被消化殆尽。人被裹挟在这黑洞当中时会有一种类似于要永生下去的恐惧感，无边无涯，有时候过着过着居然连自己的年龄都会突然忘记，一时疑心自己是不是已经活了几百岁。想想一个失去年龄的人就这么无限地奔走在时间里，没有个歇脚处，甚至不知道自己什么时候才能死去，便觉得又是可怜，又是好笑。

我穿好衣裤出门打水。铅矿大门外的树丛里藏着条清澈见底的小溪，山里的溪流都这样，只能满山听见环佩叮咚，似在脚边又似在身后，却终是无迹可寻，在这山中久居才能掌握其秉性。我提了一桶水回屋洗脸刷牙，又在门口的泥炉上熬了点小米粥做早饭。

吃过早饭之后我对着墙上残留下来的半面镜子细细把下巴刮干净，把头发三七分梳整齐，再喷了点摩丝定型，然后穿上一件卡其色衬衣，打好那条蓝底白点的领带，外面再穿上一件深蓝色西服。我一共有三件衬衣三套西服两条领带，三套西服的颜色款式都一模一样，是多年前请同一个裁缝做出来的。所以以前老有人以为我一年到头就一身衣服，从来不换，其实是我来来回回已经换了多少次了别人并不知道。

把自己穿戴整齐是我每天早晨起床之后的一个重要仪式。就是一整天都不过对着这片山林，我也不敢在仪表上有丝毫懈怠。真的是不敢。这是一种站在断崖边上的感觉，稍不留神就会掉下去。一个人住在深山里，整天除了植物和动物，没有任何观众，自然是身上随便披挂个麻袋都能出入，可是我不允许自己这样随心所欲地塌下去，或者，掉下去。

穿戴整齐后我照例在荒凉的铅矿院子里巡视了一圈。铅矿四面环山，如在井底，破败的采矿车间门窗洞开，里面住着年深日久的黑暗。当年卖剩下的几台锈迹斑斑的破碎机和球磨机，如年老的象群挤在黑暗里等待死亡。干涸的浮选槽里长满荒草，槽边是当年开采的矿石，有铁矿石、金矿石、铅矿石。我太熟悉这些矿石了，铅矿石里有紫色的晶体，黄铁矿石里有一种金黄色的光泽，金矿石看起来反倒没有黄铁矿石那么耀眼。废弃的高炉默立着，水塔顶上住着一大群野鸽子，只要往水塔上随便扔块石头，那群鸽子就会呼啦啦从水塔顶上炸起来，仓皇地四散而去，到黄昏时分，又会在一轮血红的残阳里飞回来栖于塔顶。

我站在水塔下仰着头看了会鸽子，继续往前逡巡。山里的寂静所产生的压强挤压着我，有时候竟会把我一路挤压向童年。我养了一黑一灰两只兔子做伴。我记得小时候就养过这么两只兔子，每天放学后头一件事就是兴冲冲地跑过去喂它们。这中间的四十多年忽然被挤成了薄薄的一扇门，我推开一看，那一黑一灰两只兔子居然还在门后，好像从来没有长大过，也从未离开过。

我独自走过矿区的幼儿园、医疗室、图书馆，这些阒寂无人的废墟散发着类似于坟墓的气息。但我走在这废墟里还是不由得觉得亲切，像走在曾经的自己里面，从前的那个少年包裹着如今已到中年的我，像小时候玩过的俄罗斯套娃。

我八岁那年随着父母从山东的一个海岛来到这里，父亲从海岛上的一名军人转业成铅矿上的小干部，母亲则在矿上的图书馆做了管理员。我二十九岁那年离开了倒闭的铅矿，四十岁那年又一个人回来了，回来时这里已经是一座废墟。

我重返铅矿的那个晚上，整个矿区没有电，我也没有准备蜡烛，到处是最原始的黑暗。荒草早已过人头，矿区的骨骼和周围毛茸茸的密林如血肉长在了一起。荒山密林之上是一轮巨大的明月，我感觉自己像忽然退回到了最远古的洪荒时代，满目只剩了山林和月光。月光像大雪一样隆重地覆盖着这片废墟，我乘着月光重新游荡在阔别已久的故地。

我记得我推开少年时代最熟悉的图书馆的门进去，门口那把管理员的椅子是空的，布满灰尘和蛛网，母亲曾经就坐在那里。所谓图书馆其实就是两间简陋的平房，几排书架空旷荒芜。我曾借过的那些书都已经不见了，只地上还零散地扔着一些书，月光从门里涌进来，那些书被淹没了，闪着银色的磷光。

被月光淹没的一瞬间，我又有了那种置身于水底的感觉，好像是在童年那个海岛的海水里，我一直向海底游去，直到水压即将把我挤爆。周围海水的颜色在慢慢变深，有大鱼和灯笼般的彩色水母从我身边游过。那时，我看到那些大鱼往往会觉得敬畏和尊重，我会给它们让路，因为它们看上去古老而庄严，像人类的祖先。

我又好像正潜在那个藏在这深山里的无名湖底，那个湖的周围全是密不透风的参天古木，树林阴森森的看不到头，林间飘荡着鸟儿们各种古怪的叫声。有风吹过时，成片的树林在嘶吼，而湖面却静极了，像面大镜子，在阳光下有一种璀璨的感觉。而那湖底却是幽深恐怖的，水极清澈，能看到大片大片墨绿色的水草，像女人的长发一样在水中鬼魅般地招摇着。鱼儿们在其中嬉戏，柔软的蛇鱼和水草交缠在一起，湖底到处是长满水藻的毛茸茸的石头、贝壳。

在这湖底还有一具人的尸体。那具尸体这么多年里一直就沉在这里，因为，它身上压着一块巨大的石头。

我第一次见到它的时候，它还是完整的、新鲜的，还是一个人的形状，呈现出石灰一样僵硬的滞白。等我第二次再潜入湖底找到它的时候，它已经开始变得残缺不全，鱼儿们把它身上脸上咬得坑坑洼洼的，它的一只眼睛被鱼吃掉了，变成了一个模糊的大洞。右手上的肉已经被鱼啃噬干净了，露出了雪白的骨头，那只露出白骨的手就那么在水中安静地张开着，还有几只一寸长的小鱼正叮在那手骨的缝隙里。

我仔细辨认，不是水，只有满地的月光。我从地上捡起一本满是灰尘的书，就着月光看到是一本破旧的《矿产资源勘查学》。我又捡起几本书走出了图书馆，像小时候来借书一样抱紧它们，仿佛它们可以给我御寒。那个夜晚，我坐在外面的石阶上一根接一根地抽烟，我的背后是黑暗如古堡的图书馆。

半夜了，我听到周围丛林里有沙沙的声音，那可能是一只野兽。巨大的月亮就悬在我的头顶，在这无人的深山里，月亮看上去极大极亮。因为有月亮在，我心里静了些，到了后半夜，居然就靠在墙上睡着了。

第二天我把我少年时代和父母一起住过的那间宿舍收拾了一下住了进去，屋里的家具都还是我当年离开时的样子，只是落满了厚厚的灰尘。

安顿下来之后，又经过一番踌躇，我决定去看看它。

于是我朝着那片藏在这深山里的无名湖走去。我一直相信，除了我，世上没有谁还会知晓这个湖的存在。我还是个少年时就找到了这个秘密的湖，那时候因为刚从海岛迁徙到这山林里，我浑身干燥难忍，于是漫山遍野地找水想游泳。山里只有腿肚那么深的溪流，没法游泳。铅矿的工人们告诉我，这山上是不可能有湖水的。但我相信我在山间已经嗅到了湖的气息。

就这样，我跟着弯曲的山间溪流一路寻找。溪流忽隐忽现，多数时候都是藏在柳树林里的。遇到石头多的地方，溪流就会变急促，喧哗着从柳树林里钻出来，在阳光下明亮地流一会，忽然又不见了，再见到它时，却是清泉石上，有一尾野生的金鳟鱼在水中倏忽掠过。

我就这样跟着溪流走进了一片阴森的原始密林，在那不见阳光的密林里穿行了很久。周围的树木越来越高大古老，越来越茂密蓊郁，但那条溪流从不曾断开，一直向前流动着。我相信，只要溪流没有断开，我就不会迷路，所以，我一边恐惧着，一边却还是紧紧跟着这溪流前行。忽然，树木一下消失了，前方静静地、耀眼地跳出了一片湖。

湖就在这密林的中央。

后来的很多年里我都不舍得告诉任何人关于这个湖的存在，仿佛这是一个只属于我和这个湖之间的秘密。我一直记得我第一次跳进那湖水里游来游去的感觉，像从干燥陌生的生活里挤进了一道潮湿的裂缝。

后来我一直相信这面湖就是世间留给我的一道缝隙。

我走出铅矿的大门，再次跟着溪流往深山里走去，走进那片阴森的密林，走着走着，忽然有一片湖水像梦幻一般出现在了我眼前。无名湖看起来和五年前一模一样，碧绿的湖面静得可怕，一丝皱纹都没有，似乎在这几年时间里它不曾被任何东西打扰过。我先是在湖边静坐了一会，然后站起身来佯装着散步，仔细观察了一番周围，不见人影，只有无边的密林和倏忽掠过的鸟影。我脱了衣服慢慢潜入水中，以免惊起太大的波纹。

平静的湖面下存在着另外一个丛林，有植物，有动物，也许在这样的湖底还有一位维护秩序的统治者，类似于龙王或者水妖。我在鬼魅般的水草间游来游去，寻找着记忆中的那块大石头。终于，我在幽暗的湖底看到了那块大石头，它依然在那里，轮廓没变，只是身上已长满青苔，这使它看起来变臃肿变柔软了。

然后，我看到了压在石头下面的那具尸体。墨绿色的湖底上一点刺目的白。它还在原地，只是已经变成了一副干净的白骨，上面居然连一点皮肉都没有了，那白骨像瓷器一样洁净，安宁肃穆，竟让人不再觉得恐惧。有一条小蛇鱼从它头骨的左眼眶钻进去，又从右眼眶里钻了出来，摆摆尾巴游走了。

在我身边游来游去的鱼儿们看起来似乎都格外肥大，这使得它们身上有一股妖气。我开始使劲划动双手双脚，向泛着微光的湖面升去。

转眼间我已经独自在这深山里住了四年了。四年里我开垦了十几亩山地，种上土豆和莜麦，因为这山上早晚温差很大，特别适合土豆和莜麦生长。秋天收成了以后拿到山下去卖，平时在山上采的木耳蘑菇晒干了也拿到山下去卖。我太了解这片山林了，每个季节有每个季节的蘑菇，我还知道在这山林里只有橡树可以长出木耳，而且只有冬天砍倒的橡树长出的木耳最多。有时候一棵倒在地上的橡树密密麻麻地长满了木耳，像长出了无数只耳朵。所以在每年冬天的时候我会砍倒十来棵橡树，好等到来年采木耳。

我还在下面半山腰的三条路岔口处开了个小饭店，挂了个木牌，白底上四个红字“岔口饭店”。那是公路还能通到的地方，路边有间废弃的护林人住过的小屋子，灶台是现成的，还有炕，屋里只够摆一张饭桌。

我的饭店里平时只做四个菜，过油肉、酱梅肉、野鸡炖山蘑、烩土豆。只在春天和夏天的时候偶尔用香椿、苜蓿和蒲公英拌点凉菜。我从不用鸟铳打野鸡，响声太大。我的办法是把粮食拌上酒，撒在山林的空地上，野鸡吃了粮食之后就会醉倒，躺在那里就睡着了，如果是冬天，睡着之后就被冻死了。第二天捡到的野鸡已经硬邦邦的，一碰还叮当作响，像用玻璃做的。而且醉倒的野鸡都是一对一对的，因为它们喜欢夫妻结伴而来。偶尔，如果捉到一条蛇，我也会把蛇炖了吃。当我一剪刀下去把还在扭动的蛇剪成两截时，我心里还是会暗暗一惊，为自己身上那些已经暗中发生的变化而吃惊。我曾经可是连只虫子都不忍心踩的人。

去我饭店吃饭的人不算多，多是些进山拉木料的大车司机和进山采木耳的人，偶尔还有些专门赶过来找我的故人。因为我没有电话，这里便成了我和昔日故人们唯一一个隐秘的联络处。

在矿区里巡视完一圈之后，我从大门出去，沿着山路往林子里走了几步路，准备给兔子割些苜蓿。进铅矿的这条僻静的山路没有通公路，早已被世人遗忘在深山里，又经过山洪的冲刷和野草的侵略，已变得越来越窄，有些地方几近于消失了。在这条山路上我从来没有碰到过任何人，如果真的碰到一个人，他看到一个穿着西装打着领带戴着眼镜的男人正在那里割兔草，估计也会吓一跳。

我回去把兔子喂了，又在水塔的周围撒了些玉米粒喂鸽子，然后便准备下山一趟。我大概半个月左右会下一次山。所谓下山就是到山下附近一些村庄的小卖部里买些日用品，那些村庄，即使最近的也要三十里路。我有时候用钱买，没钱时就用我在山上采的木耳来换。木耳的价格很高，山下的村民都认木耳，所以木耳在这一带就像货币一样好使。

我背上包，骑着一辆旧摩托车往山下驶去。刚开始的时候我下山都是靠走路，一走就是半天时间，往回赶的时候还得走夜路。据说在山上走夜路的时候，会碰到有人在背后拍肩膀，这时候千万不要回头，因为那多半是狼在用它的爪子拍你的肩膀。狼在当地被叫做麻虎。我倒不怕遇到狼，因为我知道所有的动物其实都是怕人的，它们不会主动攻击人。而且动物能看出人身上的火焰，遇到火焰高的人，它们就会远远避开。所以我走夜路的时候从没碰到过任何野兽。

走完那段崎岖的山路就上公路了，在这山路与公路连接的地方，常年有一处浅浅的水洼，水洼附近是蝴蝶的家园。夏天每次走到这里都有成千上万只蝴蝶在我身边飞来飞去，有的还会落在我头上、身上。回来的时候又是一身蝴蝶。

这次下山我要去的村庄离铅矿有三十多里路。这个村庄有一个雅致到奇怪的名字，落雪堂，不知道是不是和村口的那棵大杏树有关。这村口有一棵巨大的千年杏树，因为年老，树根盘结突出，竟可以供十几个人同时坐在树根上乘凉。树冠则庞大得有些遮天蔽日，好像整个村庄都不过是这老树孕育出来的子嗣。每年到了清明前后，一树杏花如雪，有风吹过的时候，落花几乎要把整个村庄都埋起来了，一直要到五月，这个村庄才能渐渐从花醉中苏醒过来。

我先是骑着摩托车去了一趟村里的小卖部，买了一支牙膏一块肥皂两包蜡烛，然后再骑到村西的范听寒家门口。

2

村西有处十间瓦房的大院子就是范听寒家。这座院子在整个村子里都显得鹤立鸡群。范听寒在院子的周围种了很多垂柳。

正是四月，门口的一排垂柳绿得如烟似雾，在层层鹅黄烟障的最后面，是一扇带着小飞檐的街门，门口左右各一个鼓形石墩，门的后面是一个几米深的狭长门洞，一个瘦小的老人正独自坐在门洞里饮酒。这个老人就是范听寒。我停好摩托车，站在门口恭敬地打了个招呼，范老师，这是在吃午饭呢?

范听寒闻声连忙站了起来，走到门口迎接我。他大概有七十五六岁，但看起来比实际年龄更老些，奇瘦，而且在我看来他似乎一年比一年瘦，好像正试图慢慢地从这个世界上隐遁而去。驼背，背上扣着一只巨大的驼峰，走路的时候整个人简直就是一把折尺，从腰那里向前弯成了九十度，所以总是身体还没走过来的时候，头已经先到了。

又因为驼背，他走路的时候总是把两只手高高搭在背后，不然一垂下来，两只手都快碰到地面了，估计他是怕给人一种在用四肢走路的感觉。他背着双手，驮着一座大驼峰，像只年迈的骆驼一般慢慢踱到我跟前，努力朝上翻起两只眼睛看着我，用大同口音说，你过来啦？来，进来喝两杯吧。

我也不推辞，跟着他走进门洞，在小木桌旁的竹椅上坐下。

木桌上有一碗手擀面，有半玻璃杯白酒。认识也有四年了，我大概知道他的一些生活习惯。他一日三餐只吃手擀面，绝不吃一口稀的，一大把年纪了还是顿顿自己擀面。

他每天早晨天不亮就早早起来，光是穿衣服对他来说就是一项难度不小的工程，得穿很久。因为驼背，他穿上衣的时候必须拼命把衣服向空中甩起来，就像中世纪的骑士甩斗篷一样，甩得越高越好，这样衣服才能比较准确地降落在驼背上。他穿好衣服后背着手出门散步，趁着天还没亮，在田间地头溜达一圈，采两把野菜或几朵蘑菇。走出汗了就回家开始洗漱，他很爱干净，每日洗漱的程序非常隆重，要把好不容易才穿上的衣服全部都脱掉，脱光之后把自己浑身上下擦洗一遍，然后再把衣服甩一次，披挂上去。每天如此。

洗漱完之后他开始动手给自己做早饭。他孙女范云冈在镇上的小学教书，周末才回来一次。五年前他的老伴去世了，据他说，他老伴活着的时候，两个人经常吵架，但从不会因为吃饭吵架，因为他们吃饭的口味出奇地一致，那就是手擀面。他说他儿子和孙女也是只认手擀面，好像在他们一家人眼里，世上只有手擀面才能算得上是饭，别的都是假的，都是骗人的。

早饭就是一碗手擀面，一定要和那种硬得像铁一样的面团，然后用九牛二虎之力把面团擀开。因为面团实在太硬了，擀的时候一定要整个人不时跳起来，把全身的重量都压到擀面杖上才能擀得动。擀好后再切成钢丝一样硬的面条，下锅煮熟，拌点茄子白菜豆腐之类。然后就着一二两酒把面条吃下去。他是一日三顿都要喝点酒的，顿顿不落。且每天都要准时到村里的豆腐摊上割一块豆腐吃，风雨无阻。每天上午割了豆腐往回走的时候，村里人照例要问一句，范老师又出来割豆腐？他一边点头一边微笑，豆腐好，既能当粮也能当菜。

他和我说过，他老伴过世前终日病病歪歪却酒瘾极大，烟瘾也不小。她每天早晨起来的第一件事，就是二话不说先抱住酒瓶灌自己两大口，再歪到炕上抽根烟，一根烟抽完才算正式起床了。一天当中只要趁老头不注意就抱起酒瓶子咕咚咕咚偷喝两口，而且不管把酒瓶藏到哪里，她都能闻着酒味找出来。吃饭的时候还要和老头对饮几杯，两个人有时候就着面条下酒，有时候就着一根黄瓜、一根葱、一只梨、一把花生，统统可以下酒。

有时候她呻吟自己腰疼、腿疼、肚子疼，老头把酒瓶递过去，她只要喝上两口就停止呻吟了，老头得到了暂时的安宁，却又得防备她一会儿之后重新开始呻吟，哎呦，哎呦，就不如早点死了好。

有时候喝多了，她会哭着上街，见个人就拽住问，你看见我家范柳亭去哪里了？ 他怎么走了就不回来了？ 有时候喝得更多，她干脆就歪在自家门口的石墩上睡着了，夕阳打在她脸上，透亮的涎水从嘴角流下去，一直挂到胸脯上，蛛丝一般。

后来她重病，临死之前已经昏迷了好几天，昏迷中她一直在说胡话，一会说，我在几千人的大会上都讲过话，我不怕你们斗我；一会儿又是，同学们，马上就是期末考试了，要抓紧时间学习，把时间都用在刀刃上；一会儿又是，范秋纹，范柳亭，站住，你们要往哪里去？

昏迷了几天，她忽然醒过来了，眼睛一睁开倒像是开过刃的钢刀，亮得吓人。 她向唯一守在她身边的老头招招手，老头子你过来。 范听寒便驼着背，两只手背在身后，赶紧走到床前。老伴说，给我口酒喝。 老头犹豫了一下，把酒瓶子抱过来递给她，她两只手抓过酒瓶子咕咚一声就咽下去两大口，这才说，老头子，我要先走了，以后就不能陪你喝酒了，你自己喝吧。 老头子，我年轻时候能和父母绝交都要嫁给你，又跟着你发配到这穷乡僻壤，多少年里连碗小米稀饭都喝不上，儿女都没了，你说我恨不恨你…… 我又丢东西了，肯定是来串门的老太太们偷走的，农村老太太都不识字，人没文化就是不行哪……你这么多年都哪儿去了？你怎么瘦成这样？快坐下，我给你擀面去。擀完面我还要去开会，又快期末考试了……要恢复高考了。说完抱着酒瓶子又闭上眼睛睡了过去，此后再没有醒来。

范听寒不是本地人，是大同人，那是晋蒙交界之处，北魏遗留下来的痕迹浓重，他孙女的名字大约就是出自大同的云冈石窟。

大约是第三次来他家借书的时候，我就问过他，范老师你是怎么来的这落雪堂？他说，他祖上世代都是读书人，他原来是大同师专中文系的老师。一九五八年的时候学校也在轰轰烈烈地打“右派”抓典型，有一个做临时工的老师向教育局检举揭发范听寒用的是一支进口的派克水笔，还成天向别人夸赞外国造的水笔就是好用。那临时工看来也不是观察他一天两天了，“筹备”已久的样子，把他说过的话都记在笔记本上，还注明年月日，大约是想顶替他的工作岗位。教育局很重视，专门成立了调查小组去学校查这件事情，结果很快就证实了。

他的“右派”身份立刻就被确定了，站在全校师生面前被批斗了几次，之后又被发配到这里进行改造。他老伴当时是个中学的校长，辞职跟着他一起流落到落雪堂。后来虽然平反了，但年龄已经大了，城里的房子早被没收充公了，除了落雪堂竟也没有别的地方可去，便留下来在此终老。

我又问他，范老师，你这么大年龄了，怎么顿顿都吃手擀面，还擀这么硬，不怕消化不了？ 他不好意思地说，早些年饿着了，几年吃不上一口干的，顿顿喝汤。 后来我们全家都是一看见稀饭就害怕，每顿饭都要看见面心里才觉得这是吃过饭了。如果是吃了菜啊、粥啊之类的，总疑心自己刚才其实并没有吃过饭。 末了他又补充道，我儿子范柳亭小时候老是吃不饱，只能喝米汤，所以个头才长了这么点。

他用手比划到我胸前，范柳亭才长这么高。 手比划完放下去了，脸上还抱歉地笑着。

这是第一次听他说起他的儿子，我脑子里轰隆一声巨响，久久没有说出话来。 呆了片刻，我又有些疑心自己是不是听错了，便用一种惊讶得有些过头的语气说，你还有个儿子？ 怎么从来没有见过他？ 他叫范什么？

他又说了一遍，范柳亭。

我的心脏几乎要蹦出胸腔了，我怀疑我此刻看起来是不是脸色煞白，因为他忽然就问了一句，你怎么了？

我勉强按捺住自己擂鼓般的心跳，想抽支烟，摸了半天却连烟盒都没有摸到。 我一只手揣在口袋里，虚弱地笑着说，哪两个字？ 是柳树的柳，亭子的亭？

是的。

哦，柳树的柳，亭子的亭，范柳亭，好听，读书人家起的名字就是好听。

也是因为我一向喜欢柳树。

好听，这名字真是好听。 范老师，你儿子他……是做什么的？ 能盖起这么大的院子。

他呀，成天就折腾着办厂子了，什么铁厂、油厂、铸造厂都办过，就是瞎折腾。

我终于费力地把烟盒掏出来了，准备点烟的时候看到自己的那只手正在发抖，便又把烟放下了，只是在嘴里很惊讶地反复说，是吗？ 你儿子原来还是企业家啊？ 还办过厂子哪？

我忽然发现他好像正看着我那只拿烟的手，那只手还在轻微地发抖，我一紧张就这样。 我把那只手重新塞进口袋里，一边假装掏东西，一边找话说，那范老师你就这么一个儿子吗？ 怎么不见他在家里啊？

本来还有一个女儿的，老人说，叫范秋纹，比儿子大好几岁，当初因为要求进步，没跟着他们来落雪堂，后来才二十多岁就自杀了。 范柳亭是他唯一的儿子，几年前外出做生意就再没回来。又过了几年，他母亲都去世了，他还是没有回来，至今生死不明。

我听了又做出非常惊讶和惋惜的表情，嘴里连连说，啧啧，这样啊，唉，真是的。

后来我断定范听寒顿顿都要吃手擀面的另外一个原因就是，吃得下手擀面证明他身体还硬朗，还可以坚持到他儿子范柳亭回来的那天。

那天我敬了他好几杯酒，自己也喝了一杯又一杯。他说，你这么远跑过来借书，不赖，爱看书，真不赖。我说不出别的话来，只是一遍一遍地重复道，有缘分，范老师，我和你有缘分，这就是缘分。

喝完酒之后，他背着驼峰走到院子里一辆改装过的三轮小推车旁边，推车里是一只垃圾桶。他抱歉地对我说，你先坐着，等我先把垃圾倒出去，放久了招苍蝇。说着便弓着腰低着头使劲推那辆三轮，我先是呆呆看着他，然后像忽然清醒过来一样，猛地起身，几步走到三轮前，拎起那只垃圾桶就往出走。

我把垃圾倒到垃圾池里，又在垃圾池旁边蹲下来，抖着手抽了一支烟才走回去。他弓腰站在门口，像是一直在等我，见了我却只说了一句，谢谢你了。我拎着空桶茫然地立在院子里，不知道接下来该做什么，手里明明还拎着那只空垃圾桶，却忽然扭头对他说，范老师，我这就帮你把垃圾——

他没有接话，只是驼着背站在门洞的阴影里静静地看着我。

此刻，又是在他家的院子里，我坐在小木桌的一旁，看着驼背的老人又拿出一只杯子，杯子里有半杯白酒。他把酒递给我，说，锅里还有擀面，你自己吃多少就盛多少吧。我说，我是吃过饭才来的。他说，你老是这样。

然后他坐下来继续喝酒吃面，背着大驼峰，上身折叠在膝盖上，下巴几乎就要搁在桌子上了。从某一个角度看过去，我忽然惊悚地发现，他已经老得不大像人类了。尽管没有下酒的东西，我还是默默陪着他喝完半杯酒，是当地打的五十三度的散酒，叫梨花春。这酒入口烈，但余味爽净，喉间有清香。

杯里的酒都喝完了，他才问我，书又看完了？我恭敬地说，都看完了。说完就从身上背的包里取出几本书和杂志双手还给他。他接过书，连连摇头，像你这么爱看书的人却开个小饭店也真是可惜了，你就没想过再做些别的？我忙说，人各有命，看书也不能当饭吃。他又摇头，可惜，真是可惜了。

他背着手踱回屋又取出两本书和杂志给我，他有每年订阅新杂志的习惯。两本书是《古诗十九首集释》和《雪堂集》。我每次来他家的时候都要先把上次借的书还掉，然后再借几本新的带回铅矿去看。我把新借到的书装进包里，顺便掏出一包晒干的木耳放在了桌上说，范老师，你要多吃点木耳，对身体好，吃完了我再给你带过来。

他点头，又递给我一张叠好的冷金宣纸，说，我又给你抄了首诗，读唐诗就是要多体会那种水中之月的意境。唐诗看起来写的都是些山水，其实那是自然之道，就是天地间本来的样子，所以唐诗里写的其实是一些最恒久最牢固的东西。相比之下，你看我们人的一生反而短暂多变，倒是最不牢靠的。所以读诗能让人心安。

我打开那张纸，是一首用毛笔小楷抄写的《春江花月夜》。我重新叠好，很小心地装进包里，然后开始满院子地找活干。这几年里我已经习惯了，每次来了都要帮他把院子收拾一遍，把垃圾桶倒掉，把厨房的水瓮蓄满水，把菜园子里的杂草除净，给蔬菜和花卉浇浇水。干完活我又低头巡视一遍院子，发现甬道上的一块红砖翘起来了，容易绊倒人，便把这块砖挖出来又仔细铺平了。

好像已经差不多该走了，但我还是想和他多呆一会，见桌子有点不稳，我就地做了个楔子插进了榫卯里。有穿堂风从门洞里经过，风里带着杏花的香味。我看到他在院子里种的两棵海棠树也开花了，海棠花香很淡，不到跟前是闻不到的，走近了却能感觉到一缕阴柔的冷香。

树下有一口大水缸，缸里养着两条鲤鱼。我朝那水缸里微微瞟了一眼，两条鲤鱼正在缸里游来游去。我只看了一眼便像是感到很嫌恶一样，目光飞快地移向别处。窗台上卧着几只去年收的大南瓜，还有一只洁白如玉的西葫芦。估计都是村民们送给他的，村民们都恭敬地叫他范老师。

这时候我像想起了什么，猛一回头，发现他还坐在门洞里，似在静静地观察我。他脸上半明半暗，看不出是什么表情。我不由得愣了一下，暗暗悔恨自己在这里又呆久了。

每次都这样，总是怕自己在这里呆得太久却又总是呆得太久。

3

记得四年前我第一次出现在他的院门口也是在这样一个春天的午后。

柳枝新染，杏花满天，我也是穿着这身西装，打着领带，他当时也是这样坐在门洞里驼着背正喝着小酒。

当时我站在门口，有些紧张。为了能在与世隔绝的铅矿里呆下去，我能想出的最好的办法就是看书。我想问他借书，又怕被拒绝。在门口踌躇半天，终于还是主动上前跟他招呼道，你就是范老师吧？我听说你家的书特别多，就找了过来，不知道我能不能借几本看看，我保证一看完就给你还回来。

他用略有些浑浊的眼睛打量了我一会，慢慢说，以前从没有见过你，听你的口音不是这村里人吧？

我避开他的眼睛说，我小时候是在山东长大的，后来父母调动工作我跟着来到这里，我就是在这附近长大的，也算当地人，只不过不会说当地话。

我说的是实话，这些经历没必要说假话，况且，我确实是异乡口音。

他一直没有放下手里的空酒杯，把目光从我身上移开，似在对着酒杯说话，你父母是从外地调过来的？那是不是县里的晋华纺织厂？那里的外地人多。

我第一次听说县城里还有个晋华纺织厂，我甚至不知道这个厂是不是真实存在的，但我还是回答了一句，是。我不想让人打听关于我太多的事情。

这时又听他说，你是山东长大的，山东什么地方?

我稍微犹豫了一下，说，日照。

他说，哦，海边长大的。

我心里乱跳，不知道他为什么要强调海边。我只好不语，表示默认。

他又问，那你现在做什么工作? 我记得晋华厂在九八年就倒闭了。

我说，没工作了，我就自己开了个小饭店。

他问，在哪儿?

我又犹豫了一下，说，在凤城镇。

他说，镇上啊，我孙女就在镇上的小学教书。那学校你知道吧? 离你的饭店远吗?

我有些口干舌燥，但还是听见自己尽量平静地说，不算远，不过我没进去过那学校。

他又说，在镇上开饭店，那你也住在镇上吧，十几里地，你怎么会找到我这里?

我说，听一个去我饭店里吃饭的人说起过，说你书特别多，大概是你们村的人去镇上赶集吧。

我确实是在镇上听别人说起范听寒家里有很多书的，但不是在我的饭店里，是在我卖木耳的摊子边。

他还是没有放下那只杯子，哦，这么说，你喜欢看书?

我忙说，从小就喜欢，我十几岁的时候只要能逮住一本书连夜就看完了。

他说，你上过几年级?

我说，我上过高中，没考上大学。

他说，你来我这里专门就是为了借书?

我说，是的。

他翻起眼睛看了我一眼，我忍不住又一阵紧张，只听他说，你今天是为了借书专门打的领带吗?

我忙说，不是，我平时就这样，习惯了。

他说，讲究点是好习惯。你想看什么书?

我说，什么书都可以。

他说，什么书都可以? 喜欢看书的人可不是这样的。

我说，我是来借书的，哪还能挑三拣四。

他说，诗词能看懂吗?

我说，懂得不多，但心里喜欢。

他说，那你等一下，我进屋给你找几本。

他终于放下那只杯子，起身回屋。我坐在那里悄悄看着他那只杯子，却仍然发现它真的只是一只再普通不过的杯子。他拿着几本书出来，驼着背慢慢走到我面前，又把我上下打量一番这才把书递给我，说，你看看能不能看进去。我连忙把书接住，有些惶恐地说，范老师，我保证一看完就还回来。他缓缓掉转了伸在最前面的脑袋，跟在后面的是大驼背，只给我留下了半截背影。他边往里走边说，你这么喜欢看书，要是不想还回来就当送给你了。

我出了门，走过那排柳树，向自己的摩托车走去。他的最后一句话让我眼睛一阵湿润。

4

这时候又是一阵微风吹过，海棠花如胭脂粉团一般簌簌落了一地，有几片花瓣飘进水缸里，那两尾鲤鱼便游上来争相啜食花瓣。

我曾在他借给我的一本书的扉页上看到他用钢笔写下的几行字，“遵四时以叹逝，瞻万物而思纷，悲落叶于劲秋，喜柔条于芳春。心懔懔以怀霜，志眇眇而临云。”

那一刻我忽然有些明白我为什么在后来还要一次次地去找

范听寒了。这几年里，其实我已经不止一次地下过决心不再去那院子里了，可事实上，只要过一段时间，我还是会再一次出现在他家门口。

告别范听寒之后，我骑着摩托车出了村，一直向西一路爬山路来到那个三条路的岔口。

停好摩托车开饭店门锁的时候，我一低头忽然发现一只西服袖口已经磨破了。这才想起这件西服已经穿了好多年了，我已经有多年没有为自己添置过一件新衣了，这让我有一种突如其来的悲凉和恐慌，但我还是脱下西服小心翼翼地挂在门后，正了正领带，挽起袖子开始准备做晚饭的用料。

两天前，我在饭店的门缝里收到杨晓武塞进来的一封短信，说他来过一次我不在，两天后的晚上他还会来。我一边做饭一边等着他来。

我把昨天捉到的一只野鸡砍掉头，无头鸡又蹒跚着走了几步才倒下，没有了头的脖子像龙头一样喷着血。我等到它彻底不动了才开始拔毛，收拾干净，剁成块，和发好的山蘑一起炖在锅里。放的野茴香和月桂叶都是我在山里采的，快熟的时候再撒上一种叫栀莫花的香草，香味奇异，虽然它容易招徕回头客，但我又暗自担心这奇异的香味会吸引来更多人。炖上鸡肉之后我在灶洞的炉灰里埋了几个土豆。土豆是去年秋天的收成，我专门挖了个土豆窖存放，这样就可以一直吃到来年秋收。

暮色在一层层加重，渐渐地，外面的山林又一次堕入了巨大的黑暗之中，从这小屋的窗户望出去，幽暗的山林正张着血盆大口欲吞噬一切。远处的山路上亮起两束灯光，灯光蹒跚着渐渐逼近，是进山拉木料的大卡车。大卡车没停，从饭店门口呼啸着过去了，刚才从窗户里打进来的灯光支离破碎地涂在墙上，飞快地繁殖出各种形状，在一个瞬间里长满了这间小屋，又转瞬之间凋落下去。

野鸡的香味近于蛮横，溢满整个房间，我没有点蜡烛，只身坐在黑暗中抽烟。

杨晓武是我当年在监狱里认识的。那是一九八三年，我十九岁。前一年刚刚高考落榜，又没有合适的单位可去，便整天窝在家里写小说，为了熬夜写小说还学会了抽烟，烟瘾竟越来越大。写好的小说再工整地抄一遍，然后去邮局投给杂志社，那时候我成天梦想着能成为一个作家。

我记得是一个黄昏，矿上已经下班了，人声寂静，我写了一天小说也累了，便走到矿区的院子里散步。这时候迎面走来一个姑娘，我不认识，估计是矿上的新职工。那姑娘可能刚去澡堂洗完澡，头发湿漉漉的，穿着一条碎花长裙，抱着脸盆正走过来。平时在矿上看到的基本都是清一色的工作服，在那个黄昏忽然看到一条这样的碎花裙，我忍不住盯着那裙子多看了几眼，等姑娘走过去了，我又回过头看着她穿长裙的背影。第二天我正趴在窗前写小说的时候，矿上保卫科的人忽然来我家找我。原来是昨天穿碎花裙子的姑娘告到保卫科了，说我耍流氓。

我并不知道当时正在“严打”，矿上的保卫科正愁名额不满的问题，就这样我被关进了监狱。鉴于我确实没有具体的肢体触摸，但毕竟用目光对女性进行了一番猥亵，流氓罪已经坐实，只是刑期不算太长，判了我三年。能和杨晓武在狱中成为朋友，是因为他和我一样，也是高考落榜生，比我还早了一年。一九八三年那年他正在复读，准备再考。那天他正在家里复习功课，他表哥忽然在窗外大声喊他出来帮忙，表哥在和人打架，打不过。他拎着擀面杖出来打算帮表哥，结果只是站在边上观望了一会，还没来得及上手就被赶来的公安人员逮捕了。

我坐在黑暗中又点上一支烟，炉灰里的土豆已经烤熟了，散发出一种暖暖的香气。我想起那几年狱中的生活，干活、打架、刷尿桶都不算什么，我最怕的就是看不到字。监狱里只允许看《人民日报》和《山西日报》，就这两份报纸，被我反反复复看了一遍又一遍。我看的时候不是一句一句地看，是一个字一个字地看，很小心地把每一个字含在嘴里，不舍得咽下去，生怕看完就没有了，像在冰天雪地里赶路，必须储备好足够的粮食。

几支烟抽完，估计时间差不多了，我点上一支蜡烛，把炖好的野鸡扣在一只粗瓷大碗里，把烤熟的土豆从灶洞里掏出来，拍了拍上面的灰，堆在盘子里。它们看上去像一堆丑陋的卵石，但是恬静简朴，让人觉得心安。这种心安我在向范听寒借的一本书中也曾读到过："村舍外，古城旁，杖藜徐步转斜阳。殷勤昨夜三更雨，又得浮生一日凉。"

我拿出一壶散装高粱白倒进一把白瓷酒壶里，摆在桌上，又洗了两只酒盅。这套酒具是我父亲当年在矿上评上先进工作者时得的奖品，他到死都没舍得用过一次。多年以后被我从床底下翻了出来，居然还完好无损。

就在这时，门外传来了一阵很轻的敲门声，敲得小心翼翼的，不仔细听还以为是风声吹过。我问，谁？门外的声音说，海涛，是我。他不知道我现在的名字已经改成了郭世杰。

我拉开门，裹着一团黑暗钻进来的果然是杨晓武。他来回搓着手，埋怨自己道，都怪我，其实我已经到了好一会儿了，远远看着你这饭店里一直黑着灯，以为你不在，就在附近的林子里等着你来。这林子在晚上还真是瘆人，看到屋里忽然有亮光了这才敢过来敲门。我有些不客气地说，你一个大活人长着两只囫囵手就不知道先过来敲敲门？你说好要来我能不等你吗？

我们在桌子两边坐下，我给他倒了一盅酒，又扔给他一个烤土豆，说，饿了吧，先垫垫。他把土豆掰成两半，轻轻吹着热气，也不蘸盐，很小心很斯文地咬了一小口，慢慢咽了，然后才说，还行。我不想再多看他，我看着他他就不敢放开吃。我说，来，先喝上一盅，又有一年没见了吧？他连忙举起酒盅，我们连着干了三盅酒，他还是不敢放开吃，一个土豆吃了有一个世纪那么长。他开始是慢慢把土豆瓤掏出来吃，吃到最后就剩下了两只薄薄的土豆壳，贝壳似的。他犹豫了一下，把土豆壳也撕开放进了嘴里。大碗里的菜他只敢挑着吃蘑菇，鸡肉却半天没动一筷子。我说，吃肉啊，别光吃蘑菇。他嘴里嗯嗯着，筷子还是绕过鸡肉挑着蘑菇。

一支蜡烛快要燃尽的时候，他才勉强说了一句，海涛，你这饭店现在生意怎么样？我使劲抽了一口烟，就着猛然跳动起来的烛光打量着他。他穿着一件灰扑扑的旧夹克，里面是一件看不出颜色的圆领秋衣，眼睛下面挂着两个大黑眼圈，嘴角还粘着些土豆泥。

在跳动的烛光里，他看上去浑身好像只剩下这一张脸，这张巨大的脸发着光，而其他的部位都已经被黑暗消化掉了。我不忍心告诉他去擦一下嘴角，只说，吃饱了吗？土豆还有。他低着声音，不太确定地说，饱了。我说，再吃一个。他犹豫了一下才说，算了，饱了。我又抽了口烟，说，这么小的饭店你说能怎么样？有口饭吃就算不错了，我们这样的人还想怎么样？

他坐在那里半天没言语，我也不说话，等着他开口。其实我知道他此行来的目的，无非就是借钱。他比我在监狱里多呆了一年，自打出来之后，每次找我基本上就一件事，借钱。说是借钱，其实根本也不会有还的那天，所以和乞讨也没多少区别。正是因为和乞讨差不多，我才没法拒绝他。出狱之后不知道他靠什么为生，他也不说，大约多半是些非法的事情，却又常常连饭都吃不起，四处借钱，然后被要债的人追得东躲西藏。但我知道，他变成如今这个样子并不是什么奇怪的事情，因为，从监狱里出来的人绝大部分都会变坏而不是变好，或者只会变得比从前更坏。我当年在监狱里的时候，正是已经嗅到了这样的危险，才拼命想找到一切有文字的东西来保护自己，拼命写稿子给狱里办的报纸投稿。

猛烈的跳动之后蜡烛彻底燃尽了，蜡尸里冒出的呛人青烟弥漫在重新黑下来的屋子里。我没有再起身点蜡，坐在原处不动，桌子另一边的人也坐着没动。突然而至的黑暗紧紧包裹着我们，让我们都感到了某种奇妙的轻松和熟悉，好像我们昨天还一起在狱中的大通铺上挨着睡过。

那时他一次次对着我的耳朵讲，他第一次高考就差了一点五分，后来又变成只差了一分，就一分啊，他反复说，就一分啊。似乎只要说得足够多，那一分就会像壁虎的断尾一样自行再长出来。现在，他和我之间就隔着一张木桌，隔着这木桌，我都能感觉到他紧张的心跳声，好像他的神经已经像榕树的气根一样长满了这张桌子。

外面又过去一辆大卡车，车灯的余光扫进屋子里，飞快地掠过他的脸，他的那张脸便在黑暗中短暂地浮现了一下，很快又沉下去了。紧接着照到了我的脸上，我被晃得闭上了眼睛。就在这时候他忽然开口了，他语速很快地说，海涛，有点急用，能不能再借给我一千块钱。

我终于还是等到了他这句话，果然没有任何意外。我反倒放心了些，明明已经放心了却扭过脸，对着他那团黑乎乎的影子说，你不能一直就靠着借钱活吧，你也得自个儿想办法挣钱啊。

他坐在黑暗中忽然低低地笑了一声，这笑声让我打了个寒战。只听见他说，说是容易说，你说像我这样的人去哪里挣钱呢？

我的声音忽然高了几度，那你也得自己想办法啊。

说完这句话之后，两个人都咔嚓静了下去，半天没一点声音。我有些后悔自己刚才虚张声势的高嗓门。其实，在他来之前我已经把要借给他的钱准备好了。我曾听说当年我们的另一个狱友在出狱后四处流浪，不知怎么跟着人吸上了毒，后来为了向人讨要五十块钱，便随时可以跪下来喊人家一声爸爸。

杨晓武坐在桌子那头像块生铁似的，冰凉，一动不动。我忽然很害怕他会跪在我面前，连忙从口袋里取出准备好的一千块钱递给他。我说，这是一千块，拿去用吧。他不作声，默默地把钱接住，装进了自己口袋里。然后我又说，你赶紧下山吧，你看我这里根本住不下两个人，我就不留你住了。哪天再来提前告诉我。

我不想让任何人知道我住在哪里。

他仍是沉默着，站了起来。我不打算再点蜡，免得看到彼此的表情。他在黑暗中朝我坐着的方向看了几秒钟，又对着窗外黢黑的山林愣怔了几秒钟，却没有再说话。然后嘎吱一声打开屋门，很快便消失在了阴森森的山路上。

我独自骑着摩托车回到深山里的铅矿，整个铅矿没有一点亮光，万顷碧空中斜挂着半轮焦黄的月亮。我回到宿舍点起一截蜡烛，倒了一碗酒喝了两口，身上有了暖意，才慢慢在桌子前坐下，抖着手打开今天白天范听寒送我的那首诗："春江潮水连海平，海上明月共潮生。滟滟随波千万里，何处春江无月明。"

那一晚，我一直不敢脱掉身上的西服和领带，就这身衣服似乎还能给我一点点做人的体面。我就那么穿得端端正正地坐在烛光里，高声把这首诗读了一遍又一遍。"不知江月待何人，但见长江送流水。白云一片去悠悠，青枫浦上不胜愁。"我不敢停下，似乎只要一停下，就会发生化学变化，我就会在瞬间变成杨晓武，或者变成那个给人跪下四处讨钱的狱友。一直读到半夜，终是累了，夜空澄澈，烛光阑珊，最后竟趴在桌子上睡着了。

5

几年前，那是我第四次出现在范听寒家门口。

我停好摩托车，从那排柳树下走过。微风过处，无骨的柳梢从我脸上拂过，柔软得不像是这人世间的东西。我闭上眼睛仰着脸任由它抚摸。从我上次知道他是范柳亭的父亲之后，我就知道我不该再来这里了。可是，一个月后，我还是又一次来到了他的家门口。

他正戴着一副老花镜坐在门洞里看书，看书的时候，他的上半身往前趴着，整张脸几乎都要埋进书里去了。我站在门口无声地看着他，我想，就这么站一会也是好的。可他像是已经嗅到了我的到来，把脸抬起来向门口看过来。

我走进来把上次借的书还给他，又给他带了一包干木耳和一包羊肚菌。我说，范老师，看书呢？我还书来了。

他摘下老花镜，说，是你啊，可有段时间没来了。

我忙说，最近事情多，老抽不开身，这是上次向你借的书，都看完了，还想向你再借几本，不知道行不行？

他说，你都什么时间看书呢？

我说，晚上。

他说，晚上就不看电视？

我说，我不爱看电视。

他说，也不用给孩子做饭什么的？

我略略迟疑了一下，说，有我父母和老婆给孩子做，用不上我。

他说，怪不得有时间看书，家里都不用你管。这些天你也读了一些诗了，和我说说有什么感受。

我听到自己的声音里忽然跳动着一种喜悦，我知道这样也许并不好，却也不想太掩饰。我说，在晚上读诗，读完后心里觉得既安静又亮堂，连心里的害怕都少了。

对面的老人手里拿着花镜，忽然抬起头盯着我又仔细端详了几分钟。我背上一下绷了起来，意识到刚才还是有些忘形了，一阵后悔，不知道该坐该站。只听他慢慢说，也不知怎么，我总觉得你不大像是开饭店的，但我也说不好你到底像干什么的。

我好像被什么笨重而巨大的东西狠狠地往前推了一把，猛地站了起来，像是急于要离开，却终究没有迈出步子。只是口干舌燥地辩解道，我真是开饭店的，别的我都干不了，又没文凭，正经单位进不去，我也想去坐办公室，人家哪会要我。我就做饭还可以，所以只能干这个。我看书真的是为了打发时间，真的，没事干的时候看看书就是个消遣，和别人打牌看电视是一样的，就是个消遣。

他盯着我看了半天，忽然就笑了那么一下，极短促，他说，看来你那饭店也忙不到哪里去啊。

我有些疲惫地坐下说，小饭店。

他驮着自己的大驼背慢慢站起来，顺势把两只手背在身后，说，你倒真是个喜欢看书的人，不少喜欢看书的人都想自己也写一本书出来，你想过没?

我飞快地摇摇头，没，我不是那块料。

我感觉他的眼睛还一直盯在我身上，只听他说，确实，大部分人都写不好的，我那儿子年轻时候也想过写书当作家呢，后来也发现自己不是那块料。其实看书不光是为打发时间，养心最重要。你等一下，我进屋给你找书去。

听到他再次提起儿子，我打了个激灵，像是忽然感到了一股寒意，整个人却又变得异常兴奋，没话找话道，那他后来怎么就不写了呢? 要是一直写着说不定也成作家了。

他没搭话，慢慢走过去掀开竹帘进了屋。我独自站在阳光里，阳光煦暖，我却感觉自己仿佛又沉入一片湖水中，而范柳亭坐在一只小船上正漂过湖面，他恰好就位于我的头顶，我能窥视到他的身影，他却看不到湖中的我。我没想到，他年轻时居然也想过写书当作家。我独自冷笑了一声，抬起脸来看太阳，阳光蠕动在我脸上，我忽然就感到一阵难以抑制的心酸，不知究竟是为他还是为我，差点掉下泪来。

这时范听寒抱着两本书出来了，把书递给我，书里夹了一张冷金宣纸，他说，看你还挺喜欢诗词，读多了你就知道了，好诗都是有蕴光的，有一种山水之外的东西，读完以后会觉得心性宁静疏朗。

两本书是《纳兰全词》和《二十四诗品》。我放好，道谢。他忽然指着放在桌上的木耳和蘑菇说，每次都带木耳来，你都哪里来的？

我镇静地说，山上采的。

他费力地抬起头看了我一眼，说，这么说你经常上西山？

我没有看他，其实我很讨厌自己不看着对方的眼睛说话，但我更讨厌自己盯着对方。我听见自己说，只是偶尔去一趟，采点木耳蘑菇什么的回来，我饭店里做菜也要用嘛。

他的声音忽然之间有些异样，或者我怀疑只是我听错了，他说，那山上都有什么？

我感觉自己插在口袋里的手又在发抖，我悄悄吞吐了一口气才故作轻松地说，山上嘛都一样，到处都是树，有的树下有蘑菇有的树上长着木耳，对了，山上还有野鸡。

他说，到处是树，那你进山里采木耳不会迷路吗？

我说，我会看树叶，树叶长得稠的是东面，稀的是西面。这也是我听别人说的。

他说，听人说那山上还有狼？ 你也不怕？

他说的是狼，不是麻虎，这让我再次感觉到我们两个其实都不过是异乡人，是某种同类，这让我感到一种虚弱的安全。 我攥紧的拳头在口袋里略略放松了些，说，好像确实有吧，不过我没见到过，狼也得晚上才出来吧？

我没有说野兽其实都是怕人的。 在他面前，我生怕哪一句话就忽然说错了。

他说，唉，这么多年里我一直想着要上那山上看看究竟有什么，因为腰不好，一直没去成，现在老了，就更去不了了。

我从自己的声音里听出一种虚假的客套，我说，不怕，哪天你想上去了我带你去。

他笑笑，只说，这两本书你先拿去看吧，看完再来。

我装好书并不急着走，先帮他把垃圾桶倒掉，又在院子里转了一圈。 我发现菜园子里的两架豆角已经枯死了，便和他商量，拔掉豆角种些别的菜吧。 他拿出一把芹菜籽，是去年留的。 我拔掉豆角，简单翻了一下地，种了两排芹菜，又进厨房把水瓮接满水。 这时看见他驼着背要往出走，说要出去打点散酒回来。 我忙说我帮你去买。 我去小卖部买了一桶五斤装的梨花春，买了一斤五香豆腐皮和一包卤花生米拎了回来。我说，范老师，你晚上自己慢慢喝点，这是些下酒的，今晚就不要擀面了，省点事。要不要我留下来陪你喝点？

嘴里这么说着我却不肯再坐下。他转身去看海棠树，驼背上落了两片叶子，因为驼背几乎是水平的，如果不帮他摘掉，估计这叶子他会这么驮一整天。再加上他走路的姿势，倒像是刚刚加入人类的一只天真的老龟。

他没有回头看我，只说，天黑了路上就不好走了，你先回吧。

我对着他的背影说，范老师，那我走了。

他像是没有听见，还是不回头，只是翘首默默看着海棠树。

他的背影看起来分外瘦小，驼峰却奇大。

我注意到他坐的那把椅子已经很老了，一坐上去就嘎吱作响。

6

晚上我给自己倒了碗酒，先喝了一口，然后在烛光里展开范听寒夹在书里的那首词，“十年生死两茫茫，不思量，自难忘。”一句读罢，脑子里轰的一声，他难道是故意让我读这首词？难道他已经觉察到了什么？我没有心思再读下去了，披上衣服，走到外面去抽烟。

山里的温度要比山下低出好几度，入夜之后凉意更重。我一边抽烟一边在草丛里徘徊，荒草上的露珠打湿了我的鞋袜也不觉得。大约已到半夜，山中虫鸣愈发幽咽，风入废墟，草木萧瑟，我甚至能在夜风中闻到藏在深山里的无名湖上传来的潮湿气息，这缕潮湿的气息像只从黑暗中伸出来的柔软的手，只把细细的指尖从我脸上轻轻划过。我出了一身冷汗。抬头一看，一轮金色的大月亮正压在头顶，月光澄净，好像要逼着这山间所有的鬼魅都现出原形。

我回到宿舍，又喝了两大口酒，然后就着烛光，壮着胆子把那首《江城子》读了一遍，“十年生死两茫茫，不思量，自难忘。千里孤坟，无处话凄凉。纵使相逢应不识，尘满面，鬓如霜。夜来幽梦忽还乡，小轩窗，正梳妆。相顾无言，惟有泪千行。料得年年肠断处，明月夜，短松冈。”

一遍读罢，算是读懂了，我的眼泪忽地就下来了。少年时代母亲总对我说，一个男孩子家不能老是爱哭，没出息。没想到二十多年过去了依旧秉性难改。我披衣出门，在青铜器一般古老的月光下又高声吟诵了一遍，这次仿佛是专门为了那早已葬身湖底的人读的。如果可能，我倒真的希望他能听到这首词。

在这个深夜里我觉得自己像个神秘的信使，正往返于阴阳两界传递着什么。

7

又到了凤城镇赶集的日子，我一大早起来把兔子喂了，把鸽子也喂了，自己吃了一口昨晚的剩饭，然后把这几个月攒下的干山蘑干木耳装了半口袋，准备拿到集上去卖。

临出门的时候我站在半面镜子前照例犹豫了一下，我知道这样穿着西装打着领带蹲在集市上卖木耳会让我显得过于扎眼，而且看起来多少会有些怪异。但也就犹豫了那么一下，我终究还是不能允许自己脱下这身西服。我打了那条暗红碎格的领带，头发上喷了摩丝，梳成一丝不乱的三七分，戴上眼镜。这样的装束虽散发着危险的气息，却也给了我某种与世绝缘的安全感，好像在这样的外表下我就可以自行繁殖，在最内里生生不息下去。穿戴好之后我把蘑菇木耳和折叠马扎绑在摩托车上便出发了。

凤城镇离铅矿大概要四十里路，逢每月的农历十五都是赶集日。我赶到集市上的时候，大大小小的摊位都已经摆出来了，把街道的两边塞得密不透风。摊主大多是附近的村民，也有远道而来的游贩，他们以赶场子为生，像鬣狗一样只要嗅到哪个村子里有集市就会赶过来。他们开着改装过的三轮车或四不像（一种又像摩托又像拖拉机又像汽车的乡间交通工具），晚上就猫在车厢里睡觉。

集市上有卖袜子的、卖内裤的、卖秋衣秋裤的、卖纱巾的、卖小孩衣服的，还有卖老人们死前要穿戴的装裹。这些衣物都用竹竿子高高挑起来好引人注意，因为要竞争，竟是一家挑得比一家高。一有风吹过，挂着的衣物们便你追我赶，迎风招展成一大片，有种富丽堂皇的感觉，硬是把下面赶集的人都淹没了。

也有卖蔬菜的卖水果的卖干货卖零食的，就不像卖衣服的那么招摇凶悍，很自觉地聚集在另一片，画地为牢一般在各自面前摆块小摊，人就在后面招揽生意。我放好摩托车便也问人们挤了一个小摊位。

果然，我在一群小贩中间很是扎眼，来来往往赶集的女人们都会朝我多看两眼。有的走过去了还要回头看一眼，有的边看我边窃窃私语，有的在捂嘴偷笑，还有的本来正聚精会神地挑干货，一不小心眼睛在我身上瞟了一下，就像看见空气一样，继续低头挑木耳，低下头去却像忽然感觉到了哪里不对，连忙又抬起头补看我一眼。这一眼，才真正看到了我，对方直直地盯住我看了有一分钟，然后先感到不好意思了，又慌忙低下头去。买了木耳后匆匆离去，又忙把走在前面一个女人叫住，回头把我指给她看。

我一点都不觉得奇怪。前些年里，我即使在公园里看湖水的时候，也会有年轻的女孩子故意把我拍进照片里做背景的。早年在广州还遇到过两个有钱的中年女人提出要包养我。因为我不仅对着装有要求，对自己的体重和身材也一直控制得比较严格。我知道这么多年里我一直保持这个样子其实对我并不利，最好的办法是我能让自己在十年八年之内变得面目全非，完全变成另外一副模样，直到没有人能认出我。可是我终究不忍心那样去放逐自己，那是一种被赶入时间黑洞的感觉，我将彻底失去最后一点尊严。

我一低头又瞥见了那已经磨破的西装袖口，它像一道盔甲上的破绽，又像一种从我身体内部蔓延出的疾病。我居然迟迟不肯再为自己添置一件新西服。这不是什么好兆头。我心里一颤。

正午时分，赶集的人们纷纷回家做饭，集市上冷清了不少。小贩们也开始吃午饭，大都是随身带的干粮，馒头、火烧之类，就着凉水吞咽下去。我也不例外，随身带了两个馒头，一瓶蘑菇酱。只是，蒸馒头的时候我在面里掺了些山上摘来的槐花，所以馒头里有一种槐花的清香。蘑菇酱也是我用山上采来的蘑菇自己做的。

在山上隐居的几年时光里，我悟到一点，人只要随四季而动，便能获得一点心安。我会在春天的时候去采摘那些山中的榆钱、槐花、野韭。夏天的时候采摘山蘑、木耳、各种野菜。秋天的时候漫山遍野的野果，我会把沙棘熬成果汁，把山桃做成罐头，把松子剥下来在炉子上炒熟了。冬天的时候我会在雪地里捉野鸡，捕獾炼油，会把藏了一年的好酒拿出来在冬夜围着炉子喝掉。

在我慢慢嚼馒头的时候，周围的几个小贩都好奇地瞅着我。可能一个穿西装打领带戴眼镜的人蹲在这里嚼着凉馒头确实滑稽了点。这时我旁边一个摆摊卖粉条的老头凑过来搭讪，伙计，你不是这里人吧？看着你是个高级人，怎么也来赶集挣这两个小钱？

我眯起眼睛看了看正午的阳光，金色的会繁衍和滋生一切的阳光，和二十二年前的阳光并没有任何不同。

一九八六年，我从狱中被无罪释放，陆陆续续还有些当初被错抓进去的人也被放了出来。出狱后的第一件事自然是找工作，没有工作就意味着没有收入，但工作还是很难找，又是从监狱里出来的，虽说是无罪释放，但各种单位还是避之唯恐不及。当时社会上正流行下海从商，很多有公职的人都辞职下海做生意。经过再三考虑，我决定也下海经商，便和一个也是刚刚放出来的狱友赵胜利结伴南下广州贩卖小商品。

第一次去广州的时候，我俩坐了三十二个小时的绿皮火车一路蜿蜒到岭南，下了火车，手脚都是肿的。广州的植物叶子阔大，藤萝交缠，看起来都杀气腾腾，到处是榕树、木棉、棕榈这些宽嘴大眼、长相奇怪的植物。我们靠路边小摊上的肠粉和鱼蛋充饥，用麻袋把当时北方还没有的那些小商品贩回去。五块钱一个的电子表，回去后卖四十块，零售则八十块。十五块钱一副的麻将回去后卖一百五，零售价三百。《金瓶梅》一套三十块，回去后卖一百五，零售价三百。一块五一身的童装，回去后卖十五。三十块钱一盘的录像带回去后可以卖到一百五。回去之后，一下火车就已经有小贩们在车站秘密等着接货。我们偷偷把带回来的货物批发给他们，他们贩到手后再到解放大楼前、五一大楼前、海子边这几个据点高价零售掉。

此后一年多的时间里，我和赵胜利就这样，坐着拥挤不堪的绿皮火车一趟一趟往返于山西和广州之间做着二道贩子，在当时也被称为倒爷。

有一次，我和赵胜利正走在广州的街头，有一个乞丐过来向我们讨钱，让我们吃惊的是，他讨钱时说的竟是山西方言。一问才知道，他也是早几年南下广州做生意，结果钱被骗光，自己身无分文，又没有亲戚朋友在广州，无处投靠，想回家连张车票都买不起，最后只好流落街头靠乞讨为生。乞丐在听到赵胜利说出乡音的那一瞬间，泪哗哗地流了一脸，把一张脏脸冲得沟壑纵横。

那次我们回山西的时候就把那乞丐也一起带了回去。后来偶尔也联系一下，前几年他告诉我他当上会里乡的乡长了，让我尽管过去玩，他包吃包住包玩，还说要让我甩开腮帮子好好吃几顿会里乡的柏籽羊肉。

这样来回跑了一年多之后，我们手里渐渐有了些钱。那次在广州过夜的时候，赵胜利说要带我去找小姐。那时正赶上岭南的回南天，广州的雨下得无日无夜，到处都是雨滴的滴答声，滴答滴答，滴答滴答，水珠像泪痕一样顺着潮湿的墙壁缓缓往下爬。

那是一栋破败的广式小楼，小姐住在楼上，斑驳的墙壁长出了滑腻的青苔，腐朽的木楼梯上生出了蕈子，阳台上养的一棵三角梅像蛇一样爬满了整个阳台，有一枝水红色的花枝还爬进了房间，像蛇信子一样。窗外是一株巨大的木瓜树，挂满了大大小小乳房一般的木瓜，熟透的木瓜在雨中跌落到红土里，发出沉闷笨拙的回响。

那个小姐是个广东土著，矮个子，高颧骨，大嘴巴，褐色皮肤，假睫毛，血红嘴唇。我不敢问她的年龄，因为她不会说自己的真实年龄。也许在半夜，我会看到她忽然现出原形，银灰的头发，嘴角的皱纹，竟然像我慈祥的母亲盘腿坐在这雨中的阁楼里。

我说，就和我聊聊天吧，这样下雨的夜晚最适合聊天。她说，大佬，倾计都要畀钱嘅。我说，我会付你钱的，你要多少？她说，二百文。我说，我给你，你陪我聊天就行，你要不愿说话就听我说。她说，好嘅，多谢喇。

窗外的雨一晚上都在滴答，滴答，滴在塑料棚盖上，滴在木瓜上，滴在三角梅上。榕树的气根在雨中吐出舌头，欲缠住一切。我整个晚上都坐在那阁楼的木床上不停地说话，我的声音像雨滴一样滴在腐朽的木地板上。

“我讨厌这样的雨，都快发霉了。”

“哦。”

“我喜欢小时候呆过的海岛，不过后来我更喜欢大山里，你不知道，在山林里有多好，就是挣不到钱也不会饿死。我可以一个人在山林里一躺一天，什么都不想。”

“哦。”

“我讨厌广州，讨厌粤语，像到了外国。”

“哦。”

“我要说我坐过监狱，你会不会怕我？”

“系咩。”

“干这个真的不适合我。”

“哦。”

“我觉得世上最好的工作是当个图书管理员，像我妈那样，清静自在，还有书看，你觉得做什么最好？”

“哦。”

“我也讨厌我自己。”

她忽然就说了一句，“边个唔憎自己？”（哪个不讨厌自己）

“……”

这是我最后一次跟着赵胜利到广州，此后就再没去过。在家赋闲半年之后，我顶替父亲成了铅矿上的一名正式工。二〇〇四年我独自隐居到废墟般的铅矿上时，赵胜利已经摇身变成了资产数亿的开发商。

二十二年后的阳光不多不少地落在这个小镇的这条街道上，落在我和一群小贩的身上、脸上。身边卖粉条的老头见我不想说话，便转头与别人聊去，一边聊一边喝着装在大罐头瓶里的凉开水。

我挺直腰板坐在一堆蘑菇和木耳的后面，努力遮掩着那只磨破的西装袖口，怕被人看到。

我忽然想起很久以前在哪本书上看到的一句话，“一旦我想要向另一个人诉说它，它就立刻变成乌有。”

8

我再次来到范听寒家门口。那晚读完那首《江城子》的时候，我又一次以为我再不会来了。

天气已经热起来了，我还是穿着那件卡其色的衬衣，打了那条蓝底白点的领带。我把前几天刚做好的一张核桃木椅子从摩托上卸下来，走过柳树下，柳叶已经长如小鱼。我正了正领带，门大开着，门洞里没有人，我提着椅子穿过阴凉的门洞走进了院子里。

菜园子里，我上次种的芹菜已经半尺高了。他穿着一件改制过的斗篷一样的白汗衫罩住驼背，一条铁灰色大短裤，露着两条爬满青筋的秸秆腿，脚上却规规矩矩地穿着袜子和皮凉鞋，正站在院子里的水缸边低头看鱼。

我恭敬地立在那里，说，范老师，我来还书了。

他艰难地把白花花的头颅连带着整个上身都向我转了过来，像在掉转一辆重型卡车的车头。他说，过来啦？又有阵子没来啦，快坐。

我把新做的椅子摆在地上，说，我看你的椅子太老了，就抽空给你做了一把新椅子，核桃木的，能用得上。

他弯腰盯着新椅子看了好几分钟，说，原来你还会木工？手真是巧。这木料是从哪来的？

我被夸了一句，略有些忘形，张口说，木头是从山里找的。说完这句话我一阵后悔，慌忙打岔，范老师你坐下试试，本来早该过来还书了，就是最近又比较忙，老是抽不出空来。

他说，忙着打理你的饭店？说明生意还不赖。

我惶恐地连连摆手道，生意就那样，我也就是混口饭吃，现在干什么都不好干了，不比八十年代，钱越来越难挣了。

只听他坐在椅子上说，八十年代你也就二十多岁吧，那时候你在做什么呢?

我缓了口气才说，当年我不是没考上大学嘛，就在家里闲了两年，每天在家里跟着我妈学做饭，后来就顶替了我父亲的班去厂里当工人了。九八年的时候工厂不是都倒闭了嘛，我下岗之后就出来自谋职业开了个小饭店。

他点点头，那时候能顶班算是好出路了。

额头上的汗珠悄悄凉了下去，我惟恐他话里再有埋伏，便主动问道，范老师你最近身体还好吧?

他的目光不再看我，只看着院子的某个角落说，身体还行，就是怕躺着，晚上睡下之后要想翻个身，那实在太困难了。这驼背太大，像个龟壳一样都翻不过去，必须得坐起来，再换个方向躺下去。我看见你们这些能躺着翻来翻去的人就羡慕。现在年纪越来越大，腰越来越弯，连坐起来都开始费事了，得用两只手慢慢拄着自己，半天才能起来。

我说，范老师你这背怎么驼成这样?

他说，当“右派”被批斗的时候脊梁骨被打伤了，后来又得了骨质增生，也没治，脊柱都变形了，就彻底直不起来了。

我说，可不是，那时候还有人都被打死了的。

他说，其实我也差点要被打死了，好在我钻了个空子。我刚被下放到落雪堂的时候，村里人知道我原来是个读书人，到了晚上没事做就凑过来让我给他们讲《红楼梦》，讲《三国演义》。那时候又没电视，村里人识字的也少，晚上没什么娱乐，我就讲书给他们听，从《红楼梦》讲到《水浒传》，他们把我当成了说书人，把我家原来住的那间破房子围了一圈又一圈。后来我挨的批斗越来越厉害，晚上关在牛棚，每天挨打呀，就快要撑不住了。一天晚上，忽然有个村民进来悄悄把我带了出去，但他不让我回家，而是把我带到他家藏了起来。他家是老房子，有个以前挖的地道，他就把我藏在里面。每天白天的时候给我送两顿饭，到了晚上他就去地道里找我。你猜他要干什么？他让我讲书给他听，他不识字。我就凭着记忆，把看过的书一本一本地讲给他听。在他家地道里藏了几个月出来后才知道，当时和我一起挨批斗的那几个“右派”，已经有好几个都死了。我能活到今天，你说这不是钻了个空子是什么？

我手指间已经只剩下一个烟屁股了，就快烧到指头了，我还是就着烟屁股狠狠又抽了两口才踩灭。然后我说，真不容易啊。

他忽然紧盯着我那两根熏黄的手指说，你抽烟一直这么省？

我略微点了一下头，淡淡说，就是个习惯，要不一年下来烟钱也要花不少。

这个习惯是我在监狱里养成的，在监狱里没有烟抽，等母亲从外面送烟总迟迟等不到，烟瘾犯了就在地上捡别人扔掉的烟头抽，有的烟头已经小得可怜，可我还是有办法让自己从最小的烟屁股上再抽上一口。

他还是盯着我的指头说，我以前也抽烟，后来我老伴抽得比我还厉害，我就戒了，省下给她抽。她抽烟喝酒都比我厉害，我都由着她，人家年轻时候跟着我私奔出来，没享过什么福，还落了一身病，成天七病八痛的，要不抽点烟喝点酒，活着还有什么乐趣。

我说，你们老两口每天在一起抽烟喝酒，也挺有意思的，像哥们儿一样。

这时候毫无预兆地忽然就听见他问了我一句，你觉得我儿子还会不会回来了？

我并没有看他，只是很专心地又点上了一支烟，想了想才说出一句，这个不好说吧，主要是谁都不知道他到底去哪了。

他好像正盯着我的脸说话，有时候我觉得他肯定还会回来的，你看我不就活下来了吗？ 你知道为什么我能活下来？ 有时候，只要能找到一道缝隙，人就活下来了。

我只是专心抽烟，并不言语。

他又说，可有时候我又觉得他可能再回不来了，他再回不来也有他的道理。 其实他并不是块做生意的料，却总以为自己什么都比别人强。 大概是活在一个小村庄里，没见过世面却偏偏比别人多看了几本书，也是被我害的，还不如踏实地做个农民。

我抬起头眯着眼睛装作在看天上的云。 我漫不经心地说，都是为挣钱养家嘛，做生意也没有错的，只要不坑蒙拐骗就好。

他一动不动地看着我，你说谁？

我从天空里收回目光，笑着说，这年头骗子还少吗？ 有些人为了赚钱什么事都能做出来。 我看现在有些骗子还专门跑到村里来骗老人，范老师你可要当心啊。

他还是坐着一动不动，嘴里说，我都这把年纪了，没钱没家产，还怕被骗？ 倒是我那儿子，我就怕他是在外面被人骗了。

我忽然就无法克制地冷笑了一声，说，怎么会呢？ 他那么聪明的人怎么会被人骗，估计只有他骗别人的份。

他的头猛地从驼背上昂了起来，他急切地问了一句，怎么，你认识我儿子？

我意识到自己刚才太愚蠢了，便抽了两大口烟来平复表情。我听见自己终于平静地说，不认识。但像你读过这么多书的人，以前又是大学老师，你的儿子怎么能不聪明。

他又叹气道，他呀，初中上完就没再上过学，成分不好，老被人欺负。闲在家里倒是看了不少的书，我平反后托关系给他安排了个中学英语老师的工作，可他根本教不了。在学校混了两年，实在混不下去了，后来就辞掉工作跟着别人下海去了。

我说，还有人离家十几年了又回来的，说不定哪天他忽然就站在家门口了。

想到范柳亭可能已经在我之前把范听寒的这些书都看过了，不禁生出了几分奇怪的恍惚和悲伤，还有一种愤怒，好像我身上的某些部分和他已经交缠到了一起，我连甩都甩不掉。正胡乱想着，忽见正屋的竹帘一挑，从里面走出一个人来。

我吓了一跳，因为每次来都是范听寒一个人守着个空荡荡的大院子，没有想到屋里竟还藏着个人。这人站在屋檐下，肩膀倚着墙，手搭凉棚朝我们坐的方向张望了一会才走过来。走近了才看清楚，是个二十多岁的女孩。薄嘴唇抿着，眼睛看人直愣愣的，长着和范听寒还有范柳亭如出一辙的瘦长脸，上身一件半袖T恤衫，下身一条低腰牛仔裤，中间露着一截白晃晃的腰。她光脚穿着拖鞋，露出的脚趾用指甲花染成了红色。

只见她一走过来就冲范听寒说，爷爷，我和你说过多少次了，不要见人就说我爸的事，你又不知道他到底在哪，谁也不知道他是不是还活着。我又不是没出过门，出门在外的人怎么可能几年不想和家里联系？

她讲的既不是落雪堂的方言，也不是范听寒的大同口音，她讲的居然是一口异常标准的普通话，字正腔圆，显得略有些滑稽。在这样一个小村庄里，忽然听到有人用这么字正腔圆的普通话说话，倒好像这普通话是偷来的，听的人只觉得比说的人更不好意思。

听她说完这几句话，我心里明白了，大约这就是范听寒说起过的他那个叫范云冈的孙女。她平时在镇上小学教书，只有周末才回来。原来今天是个周末，在山中呆久了，早没有了周末的概念。以前虽没见过，但老听范听寒说起，我倒也大致了解一些她的情况。范云冈八九岁的时候，范柳亭做生意赔了，还欠了不少债，范云冈的母亲便和他离了婚，远嫁他乡。范柳亭又经常在外做生意，所以范云冈基本就是由爷爷奶奶带大的。一九九五年的时候，范云冈十六岁，因为范柳亭的生意再次亏本，家里用钱紧张，范云冈为给家里减轻负担，便考取了一所师范学校。

事实上她是这个国家的最后一批中师生中的一个。因为在她刚刚读完三年中师的时候，师范学校就或被取缔或经过合并被改成了大专。她毕业那年，政策刚刚由国家包分配改成双向选择，她说，凭什么只能你选我不能我选你，便一个人跑到省城去找工作。在省城跑了两个月之后，又灰头土脸地回到了落雪堂，只要有人问她工作找得怎么样，她便暴躁地吼道，当初是谁让我去上中师的？是我自己愿意去的么？后来村里人明知道她会怎么回答，还是故意要一遍一遍地问她，免费看马戏一样。

吼多了以后她渐渐疲软下来，不再像个母金刚，索性连门也不怎么出，成天闷在家，不是陪着爷爷奶奶喝酒就是翻范听寒的书解闷，倒也练出了一身酒量。有一年过年前和奶奶一起出门买年货，却在村里碰到了几个放寒假回家的大学生正聚在雪地里一起聊天。她连奶奶都不要了，不顾她在雪地里走不动，只顾自己像个石头雕成的英雄一样，大义凛然面无表情地从他们身边经过，又面无表情地走到了自己家的院子里，直着腿进了屋，关好门窗，方才扑到床上嚎啕大哭起来。她上中学时有个要好的女同学，后来因为这女同学考上了大学，她便自此和那女生绝交了，连面都不再见，只要远远看见疑似对方的影子就赶紧撒腿往回跑，一进院子就关门关窗。

除夕夜，爸爸仍是没有回来，她和爷爷奶奶三个人包好饺子，煮熟了，端上炕桌，然后三个人便盘腿坐在炕桌边上吃着饺子喝着酒。窗外有鞭炮声稀稀拉拉地响着，海棠的枯枝上挂了一盏红灯笼，映着漫天的大雪。三个人喝了一番，渐渐都有些醉了。她奶奶不吃饺子，喝几杯酒，抽一根烟，然后再喝几杯酒，再抽烟，烟就是下酒的。她抢了奶奶的一根烟，点着，叼在嘴角，吐了个烟圈，对爷爷奶奶说，看我像不像个女流氓？爷爷奶奶都看着她笑，奶奶说，你还真是横了心地要做个女流氓。她又道，爷爷，你好歹也是读书人家出来的，以前还是个大学老师，半辈子就窝在这落雪堂，甘心不甘心？

她爷爷抿了一口酒，咂咂嘴唇道，前半辈子是不甘心，后半辈子倒觉得在落雪堂也挺好，每天种花读书喝酒，哪有比这更好的日子？她又问奶奶，奶奶，你从前也是有脸面人家的小姐，你甘心吗？她奶奶扑哧扑哧吸了两口烟，眯着眼睛看着她，笑而不语。她抽完一支烟，拿起酒杯，里面有半指深的白酒，一口就喝下去了，大概喝多了，倒在炕上又是流泪又是撒娇，你们俩也有一天会像我爹妈一样丢下我不管的，肯定会的，等你们都不在了，我就一个人天南海北地去流浪，死在哪里算哪里，好不好？

她奶奶叼着烟拍着她的脑袋说，我陪你一起去，我们去那遥远的地方，半个月亮爬上来。一根烟还没抽完就醉倒在范听寒的驼背上。范云冈在炕上打着滚叫道，爷爷快给我读《红楼梦》，就读黛玉和湘云在凹晶馆赏月那段，我最喜欢那段。

范听寒弓腰坐着，只是慈祥地看着炕上老少两个醉鬼笑。过了午夜十二点，窗外鞭炮骤响，大雪初歇，灯笼如血，形状各异的烟花争相蹿到夜空中把午夜照得一亮一亮的。炕上一老一少已经睡得东倒西歪，范听寒披上衣服，驼着背，踏雪走到院子里放了一串鞭炮。然后又走到门口，借着飞起来的烟花看着院门口的那条路，路上盖着一层厚厚的原封不动的大雪。上面没有一个曾走到家门口的脚印。

范云冈在家赋闲了近一年之后，还是范听寒舍下脸皮去求了些熟人，最终把她安排到凤城镇小学当了个语文老师。

上班以后有人劝她参加个成人高考，好歹混个文凭，毕竟中师文凭是个正在被淘汰的文凭，估计很快就要沦为古董。她嗤之以鼻，好像对自己即将沦为古董这件事毫不惊怯。她上课并不认真，总是有些失魂落魄，有一次一只脚上穿着一只黑色皮鞋，另一只脚上穿一只白色坡跟鞋就去了教室。上课中间觉得有些纳闷，怎么有几个小孩不看黑板只顾偷偷地往她脚上看？低头一看，看到一黑一白两只鞋正像兔子一样蛰伏在她脚上咧嘴笑着。然而，她假装什么都没看到，硬是淡定地把一堂课讲完又等学生走光了，她才踢着黑白两只兔子走出教室溜回了宿舍。

还有一次是上课中间，老觉得最后排的几个高个子男生盯着她的胸在看，她心里嘀咕，莫不是这些高个子的男生发育得快，已经萌生春情了？她反倒不好意思起来，想把两只胸尽量藏起来，不料偷偷往自己胸前一看，才发现是早晨出门时没照镜子，胸前的纽扣都扣错了。

范云冈在镇上小学教了一年多的时候，范听寒在落雪堂都听到了关于孙女的谣言，说她和镇上的一个黑社会老大好上并同居了。范听寒一大早给自己擦了澡，穿戴整齐，拎着一只二十多年前的人造革黑皮包，坐着一路上哇哇唱儿歌的公交车去了镇上找孙女。他像只老龟一样，背着大龟壳，慢慢地从公交车站挪到了镇上小学，又和门卫解释了半天他是来看孙女的。门卫一听找的是范云冈，嘴角轻轻一抿，似笑非笑，让他进去了。

他找到单身宿舍的时候，范云冈正拿着手机在屋里和人骂架，大约电话那头也是个女人，他听到范云冈骂了几句忽然就把怒气刹住了，另外换了一副娇媚的湿哒哒的腔调，软软地像蛇一样瘆人地对着电话里说，不用急，你还没见过我和他在床上的样子呢。

范听寒扭头就走，又像只老龟一样慢慢挪回到公交车站，一口饭没吃，一滴水没喝，又坐着唱儿歌的公交车颠颠回到了落雪堂。连着好几个星期范云冈都没有回家，而他直到死也再没有去过一趟镇上。大约又过了半年时间，范云冈忽然回家来了，脸色灰黄，头发都不梳，只随便在脑后挽了一只大丸子。她变得愈发不喜欢说话，只在那些人少的角落里随便把自己发酵成一团，没有形状，可是旁人还是远远就能嗅到她身上散发出来的牙齿般的气息，酸凉坚硬，让人不得安宁。

又过了几天，范听寒才听村里人说，那镇上的黑社会老大前几天忽然暴尸街头，是驱赶几个外地来的毒贩时被对方拿刀砍死了。对方拿着劈柴的砍刀，一刀砍在他胸前，划了个大口子，血喷出几尺远。又一刀砍在他脸上，脑袋顿时飞出去半个，连着头发落在路边一个老头的南瓜摊上。

我正想着她说话的口气听起来既骄傲又天真，一副见过世面又未老先衰的样子，却接着又听见她说，我看我爸只有两种可能，要么他自己犯了什么罪，怕被抓起来，不敢回家，只能隐姓埋名躲起来。要么就是他已经死了，被别人害死的可能性更大。

听见她最后那句话，我的手一抖，一截烟灰齐齐掉到了裤子上，只听范听寒说，小孩子家不要乱说话。我撣掉烟灰忙接话道，这就是范云冈吧，听范老师说起过。只听范听寒叹气道，不是她是谁。

这时范云冈抬起眼睛直直看了我一眼。一双眼睛黑白分明，目光倨傲冰凉，里面还飘荡着一缕水草般模糊的东西。我忽然觉得一阵熟悉，再一想，是当年在范柳亭脸上也见过这种眼神。我不知道她为什么会喜欢上那个比她大十几岁的黑社会老大，只是隐约觉得应该与她无父无母有关。我心里一阵感慨，一时竟说不出一句话来。这时只听见她对我说道，你就是那个老来我家借书的人吧，老听我爷爷说起你。我爷爷说你每次来借书都打着领带，还真是。

我心里对她有些怜悯，却也只是对她点点头，说，习惯了，对别人也是一种尊重。

她像凶猛的鸟类一样一眼又一眼地上下打量着我，忽然问，你真喜欢看书?

我说，打发时间而已，我不喜欢看电视，电视剧我都看不进去，看半天也不知道什么意思。

她慢慢晃到了我面前，目光有些挑衅。我不再看她，低下头去点烟。只听她又问，喜欢看书你为什么不去书店里买书，倒总喜欢跑到我家来借书看呢？

我吐了个烟圈笑道，为省钱呗，借书看一年也能省下不少钱。书店里的书卖得死贵，我哪有那么多闲钱买书？

她并没有撤退的意思，还在我眼角的余光里顽固地晃动着，听我爷爷说你开了个饭店，生意好吗？

我淡淡说，小本生意，勉强糊口，挣不了几个钱的。当老师多好，旱涝保丰收，还有寒暑两个假期，我羡慕你都来不及。

她的目光还像刺一样钉在我脸上，又问了一句，你是不是还经常上西山？我吃过你带来的木耳，都是山里的吧？

我说，偶尔上山采点蘑菇木耳，饭店里做菜要用嘛，顺便捎给范老师一点，总不能白看人的书。

说完我看了看天色，做出想走的样子。她却像只小狗一样，紧咬着裤腿追着跑，西山上好玩吗？我从来没去过，哪天你能不能带我上去看看？

我笑着说，好啊，随时都可以。

说罢我再次看看天色，然后站起来说，范老师，我还有点事情要办，得先走了。 我能再问你借几本书吗？ 下次来了还你。

那次从范家出来之后，我没有直接回铅矿，而是顺着溪水穿过山林又到了那片无名湖边。 我在湖边呆坐了好一会之后，起身脱掉了衣服。 西边开始下沉的夕阳在湖面上铺下了一层碎金，扔进去一块小石子都能看到金色的湖面被犁开了一圈又一圈。 仔细看看周围确实不见别的人影，我便缓缓潜入湖中。

我像上次一样游到湖底，找到那块大石头。 因为黄昏的缘故，湖底看起来更加昏暗阴森，长长的水草几乎要缠住我的手脚把我永远留在湖底，那些游在湖底的鱼看起来似乎更加肥大狰狞了。 我还是就着夕阳最后的光线看到了压在石头下面的那具白骨。 它还在那里，还是那个姿势，好像已经在这里一千年了，看起来一点没被动过。 看起来这世界上根本没有第二个人会找到它。

我游上岸时，铁青的暮色已经笼罩四野，周围的密林黑压压地朝着这湖围拢过来，我感觉自己正在一口井底，抬头看到遥远的夜空里亮着那么几点稀薄的星光。 没有月亮。

我回到铅矿的宿舍，点起一支蜡烛，喝了两口酒，一边随手翻着一本刚问范听寒借到的《南北朝诗文》，一边在脑子里反复想着今天范云冈说的那些话。 难道她已经觉察到了什么？ 她为什么提出要跟着我上山？ 也或许，她真的只是觉得山上好玩？

为保险起见，以后真的不能再去范家了。

我合上书本，盯着跳动的烛光发呆。 烛光昏暗，把我和几件家具的影子都拉长拉虚，看上去满屋子都是影影幢幢的人，都在暗处悄无声息地看着我。 夜已深，窗外山风呼啸，万木齐鸣，我走过去把窗户关上，把灯花挑了挑，让烛光更明亮了些。 我又想起了今天范听寒说过的那句话，有时候只要有道缝隙，人就活下来了。 不错，总有些人是在这样的缝隙里求生下来的，范听寒能活下来，或许我也能。 他希望范柳亭也如此吧。

我呆坐一会，又喝了几口酒，身上热起来，心里却仍不宁静。 忽然那本《南北朝诗文》里掉出一张纸来，我捡起来一看，上面用钢笔抄了一首诗，诗的开头写着父亲二字，“明月何皎皎，照我罗床帏。 忧愁不能寐，揽衣起徘徊。 客行虽云乐，不如早旋归。 出户独彷徨，愁思当告谁。 引领还入房，泪下沾裳衣。”然后在诗的结尾处，我看到一段话：“以诗一慰思念之情，先此驰禀，敬叩福安。 儿范柳亭叩禀，二〇〇二年八月十五夜。”

我悚然一惊，差点把手中的书扔掉。 因为，早在一九九九年，范柳亭就已经离开人世间了。

烛光再次昏暗下去，屋子里明明灭灭地多出了很多影子，都在墙上、在角落里无声地站着，看着我。

9

我带着一瓶酒、一碗饺子和一篮果子独自在寂静的山林里穿行，我要去看我的父亲。

大约在山路上走了半个小时我停下了，前方林间稍微稀疏的地方出现了两座坟墓，一座是我父亲的，旁边那座是我母亲的。今天是我父亲的忌日。当年他在得病之后为了能让我尽快顶班，连病都不肯治，也不肯去医院，只求速死。只是，他已经无法知道，现在的铅矿已经是一片废墟，这废墟里如今只住着我一个人。我把饺子和四色果子摆在他坟前，又在坟前倒了三盅酒，点了一支烟给他插在坟头。

我在坟前的草丛中躺了下来，阳光从树枝的缝隙里筛落下来，雨点一般洒在草丛上和我身上、脸上。在这山里，我知道每一棵香椿树的旁边都陪伴着一棵臭椿树，知道有一种叫沙和尚的鸟会吐人言，知道各种草药的名字，知道榛蘑和猴头菇长在哪里。我想起父亲去世前的那个白天，忽然有了些精神，把我叫到床前对我说，人在这山里就算没有一分钱也饿不死的，你哪天要是走投无路了，就回到这山里来。

当天夜里他就在昏睡中走了，再没有和我说过一句话。

现在想想，难道他当时就有某种预感？ 或者，他只是明白了这山林的牢靠与人世的无常？ 我静静地躺在他身边，还有一旁的母亲，我们一家三口相对无言，像极了多年前那个夏日的午后。 在铅矿的宿舍里，父亲躺在凉席上闭着眼睛摇着蒲扇，母亲在缝纫机前赶制一件我的衬衫，我坐在桌前正翻着一本从图书馆借来的《包法利夫人》。 宿舍前紫藤的花香从青色的竹帘里钻进来，洇得满屋里都是，如苔侵石井。 那个寂寥的午后我们彼此之间没有说一句话，现在我却忽然明白，那其实便是世上最坚固恒久的时光了。

此刻的父亲再不会和我说一句话，而我果真如他多年前的预言，终是有一天回到了这寂静的山林。

那是一九八七年，父亲去世后，我顶替他成了铅矿上的一名正式工。 我第一次穿上铅矿的工作服站在镜子前看自己的时候，觉得镜子里的人完全是从父亲身上复制下来的，甚至，因为父亲尸骨未寒，我从这镜子里的人身上似乎还能闻到血腥味。 而除了复制，我别无他路。 在铅矿我一开始做的是采矿工，每天下井采矿石，要在井下齐膝深的水里推矿车，每天十六七趟。

干了半年之后因为受寒腿疼，改做了风钻工，做了风钻工之后才知道为什么没有人愿意做风钻工。因为每天拿着大功率电钻钻矿石的时候，整个人都会跟着电钻一起震动，然后在工作的时候不知不觉就会射精出来，一天好几次，自己根本无法控制。反复如此，没过一段时间人的身体就垮了，浑身无力，形如肺痨。我只好又改做了炉前工，终日在高炉前守着高温炼硅。

当时铅矿的领导可能已经开始意识到矿产资源会枯竭的问题，所以也试图做一些预防工作，但到了一九九二年的时候，终于还是因为矿产资源彻底枯竭，铅矿宣布倒闭。这铅矿上的一切，车间、学校、医疗室、图书馆全部跟着结束了自己的使命。我的母亲就是在这一年去世的。

我把她葬在了父亲身边。

母亲下葬那一日，山林极其静美肃穆，滤掉了人世间所有的悲喜，恍如另一个遥远星球的表面，在那里，一个脚印可以保留上百万年，而每粒微尘皆可永生。那一日我坐在父母坟前久久看着他们，就像看着两个婴儿，我想着他们在地下如植物种子般幽暗生长，或许他们会长出这地面长成两棵树，也或许会永远如种子尘封在地下的世界里。我忽然觉得这一切都不重要，因为我们的团聚是必然的。到时候我的新坟就陪伴在他们身边，看上去就像是一个大人领着两个满脸皱纹的老小孩在山林里玩耍。

铅矿倒闭后领导要卖机器设备，便把我留下做一些善后工作。那个白天，因为机器价格和那群来买机器的人争执了一番，晚上，我正一个人在宿舍里睡觉，门忽然被踢开，拥进一群黑影，拿着铁棒使劲敲我的腿，把我右腿敲骨折方才离去。在医院接右腿的时候，医生说这右腿肯定是要残疾的，就是恢复得好，也会比左腿稍短一截，变成个跛子。

石膏拆掉后，右腿果然比左腿短了两厘米。在练习走路的那段时间，每天起床后我都要有一个漫长的梳洗穿衣的仪式，穿上衬衣打上领带，再套上西服，头发三七分开，打上摩丝，穿上黑色的三接头皮鞋。越是困顿，我便越是隆重。我扶着墙练习走路，昂首挺胸地迈出一步，再迈出一步，白天晚上我都在一遍一遍地告诉自己，我不会就这样垮掉的，我绝不可能成为一个跛子。

半年之后，我走路时已经没有人能看出我一条腿长一条腿短了，连我自己也不再相信我的右腿比左腿短了两厘米。

10

范听寒家门口的柳树已是浓荫匝地，被包裹在一片柳荫里的院子看起来也不再那么真实，像是用水墨幻化出来的一幅卷轴。

我忽然有些明白他为什么要种这片柳树了。

门是半掩着的，推门进去，门洞里空荡荡的，我亲手做的那把椅子也是伶仃的，好像久没有人坐过的样子。穿过门洞，一院寂寂的花树，却并不见人影。我正站在那里疑惑，忽听见屋里有人在咳嗽，便走到竹帘下，隔着竹帘问了一句，范老师在家吗？里面有人回应道，在，进来吧。我挑起竹帘进了屋，这是我第一次走进他的屋里。

屋里有一种墨汁的寒香和老年人身上的荤腥混合在一起后的奇怪味道，滞重、遥远，像黄昏里开始生锈的金属，又像月光下缓缓朽坏的竹帘。屋里有几件简单的木质家具，书架上密密麻麻的全是书，墙上挂着几幅他写的书法，白纸黑字，有一种镌刻在古老石碑上的肃穆。然后我在炕上看到了范听寒，他披着件夹衣歪在那里，看起来出奇地枯瘦，便显得那个驼背愈发巨大而坚不可摧，好像他整个人都不过是寄生在这驼背上的一株植物。我走过去，弯下腰说，范老师，你这是怎么了，怎么大夏天就穿上夹衣了？

他指指地上的椅子让我坐，嘴里说，病了有段时间了，还没全好，身上老是觉得冷。你可有阵子没来啦，我以为你不会再来了。

我坐下，从包里掏出那几本上次借的书放在桌上，又掏出一包党参。我说，最近的事情多，有点忙。怎么会呢，我还借着你的书怎么能不还回来？这包党参你留着泡酒喝吧，人参喝了会上火，但党参不会。

他盯着那包党参微微动了一下，看得出他整个人都被背上那只龟壳扣押着，动弹不得。他说，这党参也是你从山里挖的吧？

我只点点头，不想多说什么。看来这座山在我身上留的痕迹太重了，躲避都不及。

他说，你给我倒杯水吧，范云冈今天早晨回去上课了，明天才能回来。

我连忙起身找到暖壶，里面是空的，于是我先捅开炉子烧水。我看到他的手指甲已经很长了，开始向里卷曲，也像是某一种兽类的指甲。我忽然明白，他其实离人的世界正渐行渐远。我心里一阵难受，呆坐了一会，终于开口道，范老师，我给你剪一下手指甲吧，指甲长了不方便。他沉默了一会，终于还是点点头，说，剪刀在中间那个抽屉里，我用不惯指甲刀，就用剪刀吧。

我用了很大的力气才捞起那只苍老的手，上面布满褐色的老年斑，青色的血管散发着植物根茎腐败的气息，年老的指甲则变成了一种坚固的贝类，我剪下去，手却一滑，差点剪到他的指头。一定是因为我们中间的一个人太紧张了，我以为那个人是我，后来才发现那个人其实是他。因为在后来剪指甲的过程里，他的那只手一直在微微发抖，而我的手也愈发笨拙，只勉强剪了两个指甲便停了下来。

我装作不在意地放回剪刀，心里却沉沉的，我一时不明白他为什么会忽然如此紧张，而这种紧张显然压迫着我。上次来过之后我已经决定不再来，可后来我发现不行，我还是必须再来看看他。

这时候我才发现身上已出了一层汗，和衬衣黏在了一起。我松了松领口，并没有试图要解开领带。他在炕上看着我又说，你一年四季都穿衬衣打领带啊？

我说，习惯了。

他说，在这乡下，别人看你这么穿都觉得有点别扭吧?

我又说了一句，习惯了。

从竹帘里透进来的阳光已经开始西斜，桌上的一只老式三五座钟的秒针咔嚓咔嚓地贴着我们身边走过去，脚步幽深古老，自有一种庄严感。我坐在那里听着这时间的脚步，忽然就有了一种很深的没有指向的无力感，在这些年里，这种无力感时不时就会发作出来。我下意识地摸出一支烟来，想了想又放回去了。

这时只听歪在炕上的范听寒咳嗽了几声，说，其实我早想对你说的，要是就为了来借书，你不用穿得这么隆重的。

我也有些急了，忙说，不是为借书，平时我一个人的时候也是这么穿的，就连在山上给兔子割草我都这样穿。

炕上的人忽然就不说话了，屋里的空气骤然黏稠紧张起来，连呼吸都有些不畅。我说，范老师，我先出去抽根烟，没办法，烟瘾犯了。

说罢我走到院子里点了一支烟，狠狠抽了两口。落日熔金，西边的群山上猎猎燃烧着一大片金红色的晚霞，浸泡在晚霞里的村庄祥和而诡异。院子里的门大开着，我盯着那扇门出神地看了几分钟，却坐下来继续抽烟。

我悄悄打量自己身上的衬衣和领带，其实我早有预感，我身上的这些衣服迟早会出卖我的。可是就算如此，就算到了现在，我仍然不愿脱下它们，脱下它们我怕自己只会加速质变、消失，到最后连自己都不再能辨认出自己。

我走到那口水缸边，往里看了一眼，里面的两尾鲤鱼又大了一圈，正笨拙地在缸底嬉戏玩耍。我看着那两尾鱼，身体里面一阵不舒服，想要呕吐，连忙往后退了几步。这时候屋子里又传出几声咳嗽声。

我回到屋里对床上的范听寒说，范老师，范云冈不在，今天我给你做晚饭吧，你想吃什么？

他缩在自己的龟壳里说，不用，不用，你忙你的去吧。

我说，今天我不忙，你想吃稀的吗？要不我给你煮点小米粥，烧个茄子？

半晌他才说，你要是真不忙就给我做点手擀面吧。

我来到厨房烧水擀面，我故意把面擀得很硬，因为听他说过，必须得吃到像钢丝一样的面条才算是吃过饭了。擀面的时候，我想到他顿顿必吃手擀面，连生病时都不例外，恐怕是不敢例外，不由得一阵心酸。我盯着那烧红的炉子出了会神，水烧开了，把面下锅，出锅，浇上茄子西红柿卤头，拌上黄瓜丝，给他端进屋里。

果然，他只吃了两口就实在难以下咽了，却还是挣扎着又添了一口下去。我给他舀了一碗面汤，说，不想吃就不要吃了，吃了反倒难受。他捧着汤碗对我说，谢谢你。我坐在对面看着他像个婴孩一样小口小口地喝汤，心里忽然有什么东西汹涌而过，我脱口就说出一句，范老师，范柳亭要是一直不回来，我会一直照顾你。

他突然就沉默下去，连汤也不喝了。我自知又失言了，暗暗悔恨。相对沉默半天，他终于说了一句，老是麻烦你，你也快去吃一碗面吧。我说，我中午吃多了，还不饿。他的声音似有些不满，你从来不在我家吃饭，是怕什么？

我看不清他的脸，只能感觉到他的目光正游动在我的脸上。我坐在一团透明的黑暗中，想起了当年范柳亭的目光落在我脸上的感觉，却反而心平气和地说，我不太喜欢给别人添麻烦。

过了好一会儿，他才慢慢说，如果你只是来借书，是不需要为我做这么多的，我喜欢爱看书的人。

我努力驱赶那些翻涌上来的陈年的委屈，笑道，不能白看人家的书。

他若有所思，你和当地人确实不太一样。

我说，我记得以前就和你说过的，我小时候是在海边长大的，大概十岁以前吧，后来我父母调动工作，我就跟着过来了。

他的声音忽隐忽现，我没见过海……给我讲讲海边吧。

我看着窗外的夜色说，小时候我常在海边捡贝壳捡螃蟹什么的，海边每天有渔船出海打鱼，你在海边的小饭店里能吃到很新鲜的牡蛎、蛏子、海瓜子。吃鱼的话就架一口大铁锅，把刚捞上来的鱼剁成块，鱼嘴还在动呢就扔进锅里焯一下，鲜得很。如果炖鱼的话把玉米面饼子贴在铁锅上，焖一会，鱼好了，饼也熟了。

他的声音更加隐幽，海边长大的，那你游泳一定好吧。

我盯着窗外的夜色微微一愣，我说，马马虎虎吧。

他的声音好像一只手一样在黑暗中神秘地寻找着什么。他说，不知怎么，我最近老在想那西山，那山上到底有什么？我们这一带雨水稀缺，但那山上能有那么密的原始森林真是有点奇怪，会不会是因为山上根本不缺水呢？你说，那深山里会不会藏着一条大河或大湖什么的，只是没上去过的人根本不知道那山上到底有什么。

我在黑暗中听到自己的心脏通通通一阵剧烈地狂跳，我疑心是不是连范听寒也听到了这可怕的心跳声，然而我的嘴角只是微微笑了一下。我用过于轻松的声音说，那谁知道呢，反正我上去采木耳是从来没见过，要是有人看见了大河大湖那还不都上山捞鱼去了？只听过有人上山打猎没听过有人上山捞鱼的，是不是？

我干笑了一声，笑完觉得不妥，于是又补充道，山里怎么可能有大河大湖呢？山里是长树的地方，只有森林，对了，还有野兽。

他的声音还倔强顽固地立在我面前，你上山采木耳的时候，除了野鸡，就真的没有见过别的？比如会吃人的野兽？

我说，还见过钻山鼠，山里的老鼠个头真大，比猫还大，我觉得它们能把猫都吃下去。可能野兽们都是晚上才出来吧，晚上谁还敢上山？那不是把自己往麻虎嘴里送吗？

最末一句话，我故意把狼叫成了麻虎，似乎这样多少能证明我并不是一个完全的外地人。

他的声音终于肯委顿下去一点了，他说，是从没听人说起过。

这时候我故意开了一个玩笑，我说，范老师你到处找湖做什么？是不是想吃鱼了？改天我给你带一条大鱼过来。说完眼前却又出现了那些无名湖底的大鱼，不禁胃里一阵翻滚。

他像是立刻嗅到了什么，问了一句，你怎么了？

我说，胃疼，可能是饿的。

他嗔怪道，让你吃饭你死活就不吃，现成的饭吃一碗怕什么呢？

我想了想，说，锅里还剩点面条，那我就吃了，要不放到明天也不好吃了。天黑了，屋里的灯要给你打开吗？

他说，不用开灯，招蚊子，你快去吃吧。

我起身立在黑暗中忽然说了一句，范老师，我觉得你住在落雪堂也挺好，没有什么甘心不甘心的。

他没有吭声。

我便挑起竹帘出了屋子，来到厨房端了一碗面，就蹲在厨房前面的台阶上哧溜哧溜几口倒进了肚子里。我蹲的这个位置正好就在正屋对面，中间隔了几道影影绰绰的花影，我知道躺在炕上的范听寒隔着竹帘便可能看清我的一举一动。我大口吃完面，喝了面汤，又进厨房刷碗，动作幅度都略有些夸张，似乎我正站在旷野中灯火昏暗的古戏台上演一出不为人知的戏文，而下面坐在阴影中的范听寒是我唯一的观众。

我刷了锅擦干了灶台，走出厨房，在院子里点了一支烟，边抽烟边在花影中徘徊，做出一副赏花状。我发现，只要离开铅矿的夜晚，我就会变得紧张烦躁，甚至连灯光都无法适应。

我开始想念深山里的那盏烛光，烛光之外是废墟，废墟之外是群山，群山之外是人世间，那盏烛光似乎就是这个世界的心脏。

院门仍然洞开着，我随时可以离开。可是一支烟抽完之后，我做出了决定。我在范听寒的目光注视下挑起竹帘进了屋，说，范老师，你一个人连口水都喝不上，范云冈不是明天回来吗？今晚我留下来陪你吧。

炕上的那团影子一动不动，我都疑心他是不是已经睡着了，忽又听他在黑暗中低声说，你还是回家吧，省得你老婆不放心。

我走到他平时看书的一把竹躺椅旁躺了上去，说，没事，我出来前就和他们说过，要是天太晚了我就不回去了。

他却说，里屋就有电话，还是给你家里打一个电话吧。

我后悔刚才要留下的决定，有时候我像个透明的魂魄一样明明看到了自己正在做什么，正要做什么，却无力阻止那个自己。有时候我又觉得我身上所有的苦行都不过是为了让那个魂魄安宁。

如果此时站起来要走又实在唐突，我只好说，没事的，你放心吧，我又不是头一次晚上不回家。

他不再坚持。

我们两个在夜色中平行躺着，如风平浪静的海面上远远漂来两只小船，月亮从云层后面爬出来，海面上铺满碎金碎银，海天一色。我在半睡半醒之间又想起范听寒抄给我的那首诗，“不知江月待何人，但见长江送流水。”这诗竟像是从波光粼粼的海面上一路漂过来才漂到了我面前。我闭上了眼睛。

我以为这个夜晚就要这样过去了，却忽听见炕上的人又开口道，我总感觉你不像是有家人的人。

我一惊，睡意全无。半晌，我听见自己干巴巴笑了一声，范老师你这话就奇怪了，我有老婆有孩子还有爹妈，一家人都生活在一起，我老婆和我妈还成天闹矛盾，这婆媳关系啊，怕是哪家都是个难题，可是你说还能怎样？难不成一辈子不娶老婆就打了光棍？无儿无女的，成天独来独往的又有什么意思？

他没有言语，咳嗽了几声，我连忙起来给他倒水。他喝了两口，隐入了黑暗中。沉默了片刻，他又道，我早就想问你一句话了，你是不是和范柳亭认识？起码见过他？

我愈发知道了这个晚上留下来是个错误，与此同时，却又感觉到一种被惩罚之后的奇异快感。这惩罚迟早都是要来的。窗外一阵晚风拂过，树影和花影匍匐在窗户上，窥视着屋里的两个人。我没有再犹豫，很干脆地回答了一句，不认识。两个人又沉默了一会，我主动打破沉默，范老师，给我讲讲你儿子吧，老听你说起，但从来没有见过他这个人。

他叹息道，唉，他这个人啊，没什么好说的。我原来就和你说过的，他因为教不了书就去做生意了，我也拦不住，就随他折腾去。开始的时候还赚了些钱，这院子就是他当年刚有钱的时候盖的，一定要盖个村里最大的院子，说这是对我和他妈早年在村里窜房檐的补偿。后来的生意大约就越来越不好做了，时好时坏，他也从不和我说真话，我都不知道他每天在外面到底忙些什么，赔了钱也不会告诉我，从哪里弄钱我也不知道。后来那次，他只说要出去谈生意，可出去了就再没有回来，活不见人，死不见尸。要是能找到他的尸体我倒也死心了。我已经老了，可是你看他那闺女，谁也管不了。别看她咋咋呼呼，从小就没了妈的孩子，根本没有安全感。

我也叹了一口气，他要是真在外面被人害了，估计那凶手也逃不了的。可是你说好端端的，人家为什么要害他呢？

他没有言语，半天才说，谁知道他在外面干了什么事。

我听到自己的声音里忽然略带嘲讽，我说，范柳亭不是很爱看书的吗？我记得你说过他是很爱看书的。

他道，年轻时候是爱看书，可是看那么多书有什么用呢？

我忽然就失态起来，噌地从躺椅上坐起，声音陡然变高变粗，怎么没用呢？ 爱看书的人起码变不成坏人，起码不会为了钱去坑蒙拐骗。

我们之间哗一下就安静了下去。

大概已是半夜时分了，沁凉的夜色像水一样淹没了整间屋子，我恍惚又来到了幽暗的湖底，到处是女人头发一般的水草和毛茸茸的青苔，我和范听寒在这幽暗的湖底对视着。 终于，我小心翼翼却又万分疲惫地问了一句，范老师，如果范柳亭真的不会回来了，你会怎么样？

他沉默了很久很久，我才听到他用一个真正的老人的声音对我，或者是对黑暗中的另一个影子说了一句，那也是他的命。

我几乎泪下。 我在黑暗中闭上眼睛，假装睡着了。

11

几天来我每天都在山里转悠，终于捕到了两只野鸡，还用夹子夹到了一只獾，顺便采到些榛蘑。 我把去年收成的莜麦磨成莜面，做成莜面鱼，准备和土豆片放在一起蒸一大锅。 又把那只獾剥了毛皮，把肉切成块，先用獾油炸一遍，再放上茴香大料肉桂草果芫荽籽，最后倒进去一瓶红腐乳，在泥炉上用小火炖整整半天做成酱梅肉。次日又把两只野鸡杀了和榛蘑炖了一大锅。

准备就绪之后已经是农历七月十四这天。林中短暂的黄昏之后，天色渐渐暗了下来，岔口饭店很快被黑黢黢的密林吞没。我坐在小饭店里，一边抽烟一边等着客人们到来。

今晚要来三个客人，孙口心、文刚、刘国栋。平日里我们彼此之间没有任何联系，互相杳无音讯，但几年前我们就曾约好，每年的农历七月十四见一面。近三年来我们四个人的见面地点就定在了入夜之后的岔口饭店。

这三个人是我当年在太钢工作时关系最好的几个工友，一九九八年我们四人是同一拨下岗的。

一九九二年年底，我的腿伤痊愈之后不久，铅矿就把我们这些失业的矿工统一调到了太钢，因为当时还没有出现下岗这个说法。从我八岁来到铅矿，到二十九岁离开，在这深山里已经呆了二十一年，我的父亲母亲都葬在了这大山里。太钢则地处平原，周边是一片荒芜的旷野，只在厂区院子里种了几排大白杨。厂里到处是巨大的机器，轰鸣的钢炉、摇摆的天车、喷着白气出出进进的小火车。

冬天，一场大雪之后，那些黑色的车间在白雪中愈加刺目苍凉，大白杨的顶端基本都筑着一个或两个鸟窝。树叶早已落尽，在冬日阴郁的天幕下，铁画银钩的枯枝小心翼翼地托着一只白雪覆盖的鸟窝，好像是大树把自己的心脏掏出来了。偶见一只大喜鹊离开树枝，张着黑色的翅膀露出白色的肚腹，一个俯冲飞到了雪地里觅食。

一九九三年，能在太钢做工人还是一份被很多人羡慕的工作。刚进厂的时候，我做的工作是铸板工，半年之后我做了班长，然后是副锻长，锻长。我为太钢拟出了一套新的交接班制度，一直到一九九八年破产之前全厂用的都是我这套制度。

进太钢的第二年，就是我三十岁那年，我和本厂的一个女工认识三个月便匆匆结了婚，两年之后我们离了婚，没有生育子女。后来又短暂地谈过两个，都吹了，此后就一直独身一人过。

一九九八年五月二日，太钢宣布了第一批下岗名单。那时候我还叫梁海涛，我、孙口心、文刚、刘国栋都在名单里。太钢让我们买断工龄，一人两万块钱便卷铺盖回家，从此和太钢再无关系。

下岗之后我折腾过很多事情，在太钢门口开过录像厅，不料后来下岗的工人越来越多，来看录像的人越来越少。后来我又开了个刀削面馆，却因为利润太薄，也没挣到几个钱。冬天的时候我雇大卡车贩卖白菜，一斤白菜五分钱，晚上还得睡在冰窖一样的车厢里，第二天继续卖。后来身边的下岗工人越来越多，随便什么小生意，都有人一拥而上抢着去做，彼此之间还恶性竞争。为了抢生意，昔日的工友们彼此在背后谩骂使绊子，看对方的摊子上多了一个顾客，便恨得咬牙切齿，一定要卖得比对方更便宜来拉客。对方呢只好卖得再便宜，以至于卖一样东西只有几分钱的利润。

和我一起下岗的孙口心、文刚、刘国栋三人隔阵子便过来找我喝顿酒，互诉衷肠。我们四人经常坐在麻叶寺巷口狭窄的五元火锅店里，一位五元，酒钱另算。正值三九天，大雪已经下了几天几夜，把门都封了，早晨开门的时候还得用力往外推。窗外飘着漫天大雪，火锅店里我们四人围坐着一张油腻的桌子，桌上的火锅沸腾着，雪白的蒸汽吞掉了我们四人的面孔，撞到玻璃上，顷刻便化作水珠一道一道流下去。

我们吃着火锅里的白菜和豆腐，几乎看不到肉，喝着廉价的散装白酒，红着眼睛一遍一遍商量着该去哪里挣钱。那段时间，我们唯一的话题就是怎么挣钱。几乎每次吃完都会有人喝醉，醉了便滑到椅子底下，抱着椅子腿哭。有一次我也喝醉了，吐得衣服上到处都是，我倒不记得自己哭过，但是他们后来告诉我我那天哭得站都站不起来。我打破头都想不起来，看来是根本不想让自己想起来。

就这样折腾了一年，到一九九九年夏天的时候，忽然有一个一起下岗的太钢工友要拉我们几个入伙做生意，说他认识一个企业家，从八十年代就开始做生意，先后开过油厂、铁厂、铸造厂，赚了不少钱。人家父母都是知识分子，人肯定可靠，现在这人要扩大铸造厂的规模，需要融资，他要找人入股，入股后一年分一次红。又说他这铸造厂已经开了好几年了，销售渠道多得是，稳赚不赔的生意，急等着扩大规模呢。我们几个又跟着那工友去他说的那个铸造厂考察了一番，果然是个规模中等的厂子，有几十个工人正在车间里忙乎着。我们又和这个企业家见了一面，瘦长脸，个头不高，但很会说话，确实像个文化人，印象很好。这次见面之后我们四个人就约好一起入股，同进同出。随后便各自把从太钢出来时买断工龄的两万块钱都投了进去。

两个月之后这个企业家忽然就联系不上了，他的铸造厂也忽然像聊斋里现出原形的鬼宅，厂房还在，里面却空无一人。

这个企业家叫范柳亭。

窗外夜色已至。

我静坐在小饭店里聆听着入夜之后大山里的各种虫鸣。虫鸣里还掺杂着几声鸟叫，我能从中分辨出猫头鹰、乌鸦、布谷和喜鹊的叫声。我还曾在最幽深的山路上赶过夜路，夜空中没有月亮也没有星星，路两边的森林已经变成了没有任何缝隙与光亮的黑森林。

可是我却连害怕都感觉不到了。自从在湖底见过那具尸体之后，就是在世上最幽暗的地方走路我都感觉不到害怕了。

我记得，就是在那最幽深最黑暗的山路上赶路，我还是看到了几点微弱的光亮，很细很小，在我周围飞来飞去。那是几只萤火虫。

有人在敲门，我点起一支蜡烛，开了门，是文刚先到了。他进来坐下，我们先抽了一会烟，一支烟快抽完了，我才开口问他，这次是从哪儿过来的？他说，二连浩特。

我想了想，那边地广人稀，倒也是一个好去处。我说，那你老婆孩子怎么办？他说，都接过去了，小孩就在那边上学。

正说话的当儿，孙口心和刘国栋也陆续赶到了。我趴在窗前仔细看着饭店外面还有没有别的跟过来的身影，观察了一会儿不见什么，便放下窗帘，把门从里面闩住了。

我把煨在泥炉上的酱梅肉盛在大盆里端上桌，把炖好的野鸡榛蘑也上了桌，然后摆上一大笼屉热气腾腾的莜面鱼蒸土豆，配上一碗炖好的西红柿酱，好蘸着酱吃莜面。最后把焖在炉灰里的几个烤土豆掏出来，像敲蛋壳一样敲出裂纹，也端桌上。我拿出两坛三十年的青花瓷汾酒，也是早早为今天的聚会准备下的。

桌子的中间立了一支蜡烛，烛光忽明忽暗，四个人的脸都若隐若现。我们围桌坐定，一时都不知道该说什么。饭店之外的世界像一场大寐，我们几人遗世独立在这里。不知为何，坐在这世外的烛光里，我忽然想到的并不是别的，却是晏几道那首《临江仙》里的最末两句："当时明月在，曾照彩云归。"

如今我们四个人都分散在不同的地方，也都不再是原来在太钢上班时的名字。一九九九年电脑还没有普及，不像现在什么都上了网，那时候改个名字还是比较容易的，在派出所找个人，偷偷塞给两百块钱就把名字改了。每年到了农历七月十四这天，不管各自正在哪里谋生，四个人都会赶到这深山老林里来喝上一顿酒。

文刚去了二连浩特；孙口心后来去了榆林，在小煤矿里做矿工；刘国栋则躲到方山和临县的交界处种红枣去了。

我挑了一下灯花，烛光照亮了我们四个人的脸，每张脸上都看不出太多表情，灰白的墙壁上坐着我们几个人巨大的影子，像神庙里画像上的祖先一样正从另一个世界里神秘地看着我们。

我们闲扯了一番红枣和土豆的收成，又聊到现在的小煤矿马上都要不行了，估计很快就会被吞并到那些大煤矿里，煤老板们一铲煤出来就收入百十块钱的日子估计也不多了。几圈酒喝完，红枣、土豆、煤矿这些话题也被说了一圈，四个人围着一盏烛光再次安静下来。这时候在这安静中忽然听见文刚怪异地笑了一声，说，现在我很快活。

刘国栋接了一句，你快活个屁。

文刚笑嘻嘻地举起酒杯看着周围说，我们几个还能在一起吃肉喝酒，这不是快活是什么？

刘国栋说，你老娘的三七过了吧？

文刚拿手里那杯酒敬了一下屋里某个黑暗的角落，好像那里还静静坐着一个人，他仍是笑嘻嘻地举着杯子说，我老娘死在我前面是好事呢，我高兴，我最怕的就是我死在她前头了。说完仍是笑，只是越笑眼睛便越脆越亮。我把一个烤土豆扔给他，说，趁热吃。

这时忽听见孙口心压低声音说，海涛你这做派怎么多少年都改不了呢？ 非得穿西装打领带抹头油不可，你说你这身打扮，走在人堆里还怕没人注意你？

我低头不语。

刘国栋接话说，海涛你这年龄了还没个一儿半女，这事也过去七八年了，我看不是很要紧了，要是有合适的人你还是找个女人生个一儿半女吧，女人不可靠，但儿女总是自己的，不然你以后老了连个依靠都没有。

我冷笑一声，我们这样的人还要什么依靠。

四个人一时又没了言语，像是集体沉到水底下去了。 蜡烛已经燃成了一个矮矮的烛头，垂死的火苗却忽然肥大起来，扑啦啦地上下跳动着，感觉空气里有很多隐形的飞蛾正在横冲直撞。这时候我忽然听到一个声音，小心翼翼地，陌生地，像蛇一样正探头探脑。

海涛，你可……把它藏好了……你也不告诉我们到底藏到了哪里。

我独自饮下一杯酒，说了一句，你们放心就是。

但那个声音还继续在我们四个人中间缓缓爬行着，可千万不能被人找到了，一旦找到了，我们就都完了，你也知道的。

我手里仍捏着那只酒杯，朝那三个人的脸上轮流扫了一圈，才慢慢说，它藏在哪里，还是我一个人知道的好，这样，我死了就能直接带进棺材里。

这时候忽然有另一个声音不知从哪里斜着刺了进来，听人说你去过他家。

我去他家借过书。

借书比命还重要?

这时候最后一点烛光倏地熄灭下去了，整个屋子咣一声掉入了黑暗中。我的眼睛在适应了最初那种轰隆隆的黑暗之后，开始能分辨出在我面前立着的三尊黑影了。他们一动不动。我忽然打了个寒战，我想起自己宰野鸡宰蛇的手也是不曾哆嗦过的。毕竟我也是坐过三年牢的人。那点血无论对他们还是对我都真的不算什么了。

一种奇异而巨大的悲伤忽然袭击着我，我却在黑暗中连着笑了几声，然后说，我有点喝多了，我想给你们读首诗，你们不要笑我。

我当真在黑暗中昂首读道："梦后楼台高锁，酒醒帘幕低垂。去年春恨却来时。落花人独立，微雨燕双飞。记得小苹初见，两重心字罗衣。琵琶弦上说相思。当时明月在，曾照彩云归。”

窗外一辆大卡车的车灯像闪电一样劈过去了。

吱嘎一声推开饭店的门走出去，我们都被头顶的大月亮骇了一跳。马上就十五了，大雪一样的月光落满了无边无际的山林，脚下银色的山路看起来纤尘不染，没有一片树叶，也没有一只飞鸟。整个世界洁净得像是回到了远古，在那里，大地正静静等待着必将到来的一切。

12

这天我刚刚骑着摩托车来到岔口饭店前，就见门上贴着一张白纸，纸上还有字。我心里一怔，从未有人以这种方式联系过我。我连忙放好摩托车，一把扯下这张纸，四顾无人，便迅速开门进去又关上门，这才站到窗前看了起来。纸上只有十几个字，每个字有两厘米大：我爷爷病危，想见你最后一面。范云冈。

看到上面的话我简直大吃一惊，她居然能找到这里？她怎么会知道我在这里？她居然敢一个人进这样的深山老林？

我立在窗前一根接一根地抽烟，把那张纸上的每个字都翻过来倒过去地看了几十遍，竟好像一个字都不认识。抽完的烟头就往砖墙的缝隙里一插，过了一会儿一抬头竟吓了一跳，前面的墙上长出一大片烟头，毒蘑菇似的。我又使劲盯着那片烟头发了一会呆，纸上说的话可能是真的，但也可能是她在骗我。我可以假装没看到这张纸，甚至，我可以说自己连日来都没有来过岔口饭店。我本来就不是固定营业的。

我透过窗户看着外面苍莽的山林。

没有人比我更熟悉这片山林。不可能有人找到我。

我把饭店重又关了，骑着摩托车在山路上盘旋着往上爬。车开到了最高挡，山路两边的树贴着我的耳朵嗖嗖往后疾飞，它们一边后撤一边死命把我往前推，我觉得我的加速度越来越快、越来越快，好像马上就要弹起来飞到另一个阒寂无人的星球上去了。飞出公路飞进蝴蝶谷，然后是那条崎岖的土路，就这样一路狂奔到铅矿门口方才停住。

我扔下滚烫的摩托车，回到宿舍坐在了床上喘气。外面的世界终于又被我甩在了身后。这时候一低头忽然又看到了西装的袖口，那只已经磨破的袖口。前日立秋了，山中早晚凉意顿生，我又穿上了这件西装。遥遥想起似乎早在春天的时候就盘算过，应该换掉这件衣服了。没想到，等到秋后还是把这件衣服穿上了。这个秋天和那个春天没有任何缝隙地对接上了，也就是说，对我而言，时间正在失效。我低头愣愣地看着那只袖口，像看着一道可怕的伤口，我能从里面闻出一种腐败的气味。我打了个寒战。

然后我一抬头，正好看到几本书摆在桌上，是我上次去范听寒家时借的。我随手打开一本，假装专心致志地看了半天，却是一页没翻。我眼前出现的一直是他那弯到九十度的驼背，看上去非人非兽。到了下午，我不再挣扎，终于把书合上，坐在那里抽了支烟，然后把几本书都装进了包里。

我骑着摩托车往落雪堂赶去。他家门口那排柳树依旧，我却有一种久别经年之感，恍惚觉得已物是人非。穿过阴凉的门洞，又是那片熟悉的院子，只见有几个陌生人在院子里忙乎着什么。一见有陌生人，我本能地想退避出去，忽见海棠树下横着一个庞然大物，色彩艳丽又鬼气森森，再仔细一看，居然是一具棺材。黑漆上描画着亭台楼阁，红桃绿柳，仕女稚童。我一惊，心想，莫不是人已经入棺了？

正在这时又看见范云冈站在屋檐下使劲向我招手，便急急走过去。虽然已立秋了，竹帘还没有来得及卸下。我挑起竹帘进去，范云冈并没有跟进来。屋里光线幽暗，弥漫着一种秋后才有的萧索和灰败。炕上躺着一个人，一动不动。我心里一阵害怕，朝外面张望一番，见并没有人注意到我进来，便慢慢走过去，走到炕头。我看到他侧身躺在那里闭着眼睛。

他愈发瘦，四肢缩小如婴孩，只有背上的那只驼峰却如龟壳一般更大更坚固了，看起来他整个人很快就要缩进那只龟壳里去了。

我轻轻唤了一声，范老师。

他慢慢睁开了眼睛，全身上下就只有这双眼睛还能动，在他身上这唯一的活物看上去多少有些瘆人。我不由得后退一步，说，范老师，我来还书了。

他目光模糊呆滞，像是眼睛里有一层障子挡住了他。他忽然声音发抖，是范柳亭回来了吗？

我呆呆站着，半天才说了一句，范老师，是我，我来还书了。

他的眼睛慢慢眨了几下，好像终于看清我是谁了，这才说了一句，你来了？不用还了，留个纪念吧。

这句话忽然让我很伤感，我把几本书整整齐齐摆在他面前，说，借了就得还，要不你下次就不借给我了。等你身体好了，我再来借书。

他躺在那里，用浑浊的眼睛又看了我好一会儿才慢慢说，你来了就好，我是想告诉你，其实人这一辈子都说过假话，都骗过人的。我本不叫范听寒，我本名叫范福星，我上面有四个姐姐，我父母老来得子，所以叫我福星。范听寒是我上师专之后自己改的名字。我也没有家学，我的父母都是不识字的农民。就是当年在师专当老师的时候我也只是一个最普通的老师。

我只觉得被他两束微弱的目光箍着，动弹不得，又是烦躁又是紧张，我口干舌燥地说，范老师，不要乱想。

他忽然笑了一下，眼睛还想紧紧盯着我，目光却已经聚不到一个点上了，这使他看起来就像正拼命看着我身后一个遥远的地方。只听他又说，我说过假话，范柳亭说过假话，你也说过假话。万物刍狗，所以，谁也不要怪谁。

我脑子里轰的一声，张开嘴又闭上，又张开又闭上，只觉得有千言万语要说，却是一个字都没有说出口。

这时只见他又闭上了眼睛，嘴里开始发出一些奇怪的破碎的谵语，我轻轻抓着他的手，不停地叫他范老师、范老师。我忽然想把很多话都告诉他，这些话已经藏了太久。然而连他的谵语也渐渐熄灭下去了，我更用力地握着他的手，那只手正在我手心里迅速变凉变硬。

我连忙挑起竹帘叫人，院子里帮忙的村民们一拥而入，见床上的老人已经过去了，便七手八脚地开始给他换老衣。又有人和范云冈商量，说范老师这驼背太大，老衣穿不上去，过会进了棺材也躺不平，要不要把弯曲的脊椎骨压断了？

我躲出去了。艳丽的棺材躺在海棠树下，一阵秋风吹过，几只血滴一样的海棠果儿叮叮落在了棺材上。西山上的天空被夕阳染得鲜红。

旁边的花圃里不知什么时候已经换了一片翠菊。

13

一九九九年九月，梁海涛从这个世界上消失了，取而代之的是郭世杰。

变成郭世杰之后，我先是坐火车躲到福建，在一个叫永定的县城开了家刀削面馆。一年之后面馆生意渐渐冷清，我又从福建辗转来到广州做小生意。那时候的小生意已经远没有八十年代好做，做了两次小生意把身上仅有的一点钱全部赔光了，只好应聘到一家歌厅做服务生。当时是歌厅生意最红火的时候，在我做服务生期间，有两个中年富婆每次去歌厅都提出要包养我。为了躲开这两个女人，在广州只呆了半年我便又辞职去了珠海，在那里找了个偏僻的小渔村做了一年渔民。之后又向西辗转到了贵州、云南。我在每一个地方都不会呆太久，所以我的行李总是少得可怜，不管走到哪里，行李箱里只有固定的三套西装三件衬衣两条领带，还有几本书。

一直到二〇〇四年，我终于做出决定，一个人回到铅矿。

14

我一个人在大山里走着。

秋天的山林斑斓而安静，似乎全世界的寂静都聚集在这山林里了。我走到一棵榆树下的时候，一阵风过，满树金黄的榆叶像场雨一样落了我一身。我抬头看着这棵树的时候，也看到高天上的云正变幻着无数种面孔。

我向那山顶爬去，黑龙峰，是方圆几百里之内的最高峰，我从未上去过，也不知道在那上面究竟能看到什么。从早晨一直爬到黄昏时分才终于上到山顶。一上山顶我就先被那轮巨大的夕阳击晕了，它看起来那么大，那么近，血淋淋的，似乎只要我一伸手就能够着它。从这山顶上看下去，整片山林都被染得血红，有风吹过时便状如波涛。就在这一片汹涌的波涛中，我却看到了一块凹进去的癞疤，我很快明白了，那是铅矿的位置，也就是我的藏身之处。然后，换了一个角度，我看到血红的波涛里居然亮着一面闪光的镜子。我盯着那镜子看了很久，终于明白，那镜子其实就是密林中的无名湖。原来，只要有人能登上这山顶，无名湖便不再是这世上的一个秘密。

我本能地抬头看了看天空，玫瑰色的晚霞正在迅速消散，取而代之的是一大团雄壮的云堡正在我头顶聚集。云堡中间开了一处小洞，夕阳最后的光线从里面射下来，照着我和这片森林，宛如一只巨大的无所不知的眼睛。

又在顷刻之间，狂风骤起，云堡坍塌，一场大雨将至，森林里有怒涛滚滚而来，那林间的癞疤和镜子似乎转瞬之间便会被吹得支离破碎，无迹可寻。

这一日，我骑着摩托车下山，又来到落雪堂，来到范家门口。穿过那排柳树，见门正开着。幽深的门洞里空无一人，那张小木桌和我做的那把椅子却还在原处，好像上面还坐着一个隐形的老人。我对着那桌子和椅子默默站了一会儿，然后走进院子里。

我吓了一大跳，院子里一片狼藉。一只箱子在阳光下敞着盖子，里面是一堆五颜六色的衣服，房檐下的台阶上横七竖八地铺了一地书，晒着太阳。有几张写着毛笔字的条幅也被扔到院子里，好像正在院子里闲庭信步。各类生活用具零散扔了一地。仿佛这院子刚刚被洗劫过。我站在院子间，有人吗？

竹帘晃了一下，闪出一个人影来。我一看，不是别人，正是范云冈。如今这整个院子里就剩她一个人了，她远远站在那里，看起来分外瘦小，竟把这院子衬得空旷了好几倍。我心里一阵难过，口气倒更蛮横了，你家这是怎么了？被强盗打劫了？

她向我走过来，脑后还是梳着一只蓬乱的大丸子，眯着眼打量了我好几眼，好像这才勉强想起我是谁，说，是你啊，打领带的那个。你又是来借书的么？你还真敢来。

这最末一句话让我对她又有了几分警惕，但我还是不动声色地问了一遍，你家到底怎么了？

这些书都是我爷爷的，你喜欢哪些随便拿去，反正我都是要送人的。

我惊诧道，你爷爷的书你怎么能送了人？他自己保存了那么多年，还给好多书包上了书皮。

她耸了耸肩，两手一摊，说，我算看透了，他再爱书，死了还不是一本都带不走。留这么多东西做什么，都是累赘，不如早些送了人，还算做了好事。

我的口气忽然就有点气急败坏起来，像个长辈一样大声训斥道，你爷爷允许你把他的书都送了人吗？

她挑起一只嘴角嘲笑我，你是我家什么人？

我自觉失言，便坐下点了支烟猛抽起来。她立在我旁边说，喂，给我一根。我瞪着她，小姑娘家抽什么烟，抽烟抽多了连肺都能被熏黑。她叫道，那你怎么还抽啊。我又抽了两口才说，我烟瘾大，年龄也大了，戒了就没什么乐趣了。说着递过去一支烟，她点着了，装腔作势地抽了一大口。

她一边抽烟一边说，我要出门了，说不定一走就是几年，我把工作都辞掉了。一个人守着个十间房的大院子，晚上都觉得瘆人。

我猛抽了几口烟，把自己呛得直咳嗽，我痛心疾首地说，你爷爷费多大的劲才给你找的这份工作。

只见她叼着烟在满地狼藉的院子里游弋着，说，我八岁就没有妈了，跑了，以后再没看过我。二十岁的时候我爸失踪了，生死不明。二十四岁的时候我奶奶病死了，然后，就剩了我和我爷爷，我知道他也会走的。我在心里早就做好准备了，我知道他们一个一个都会离开我的，最后会只剩下我一个人。所以我早就想好了，只剩下我一个人的时候，我该怎么办。我总不能一辈子就在一个馒头大的小镇上呆着吧？大城市我也不去，累得慌，我可能去西藏、新疆，还可能去内蒙。你看人家那些少数民族，成天骑着马在草原上跑来跑去地放羊，喝着酒唱着歌儿，不用找工作，不用巴结人。死了就拉倒，活人也不用为死人哭，因为人人都要死。每当我想为我爷爷大哭一场的时候，我就想，我也会死的，反正大家都一样。

她说得并不伤感，我的眼泪却差点下来了，默默抽完一支烟，把眼泪硬憋回去之后才说，人家是游牧民族，和我们不一样，那种生活在电视上看看就行了。人最后都是需要安稳的，我年龄比你大好多，你听我一句，其实在一个小镇上当个小学老师真的挺好的。

她叼着烟看天，不吭声。

我以为刚才的话起了作用，忙又继续，不要以为自己比别人多看了几本书就和别人不一样了。你爷爷还是希望你有份稳定工作，找个好人结婚，再过几年你就知道了，其实安心比什么都好。

她忽然冷笑一声，既然结婚这么好，你怎么不去结？

我心里一惊，嘴上却硬撑，谁说我没有结婚，我儿子都十几岁了，个头比你还高。

她并不说话，只是嘎嘎大笑。我这才想到，虽然我还是愿意把她当成一个孩子，但事实上，她已经二十九岁了。我忽然想到，范听寒在去世前会不会已经把他所知晓的秘密告诉了他的孙女。

我心里一动，却不再有以前那种动辄一身冷汗的激灵感。我想到了那天站在黑龙峰上看到的无名湖，它像面小小的镜子一样裸露在大地上，反射着血红色的夕阳。也许，这世界上根本不止我一个人知道它的存在。想到这里，我反而有了一种莫名的轻松。

秋天的阳光烤着我，我微微闭了会眼睛，阳光里飘着翠菊的花香。再睁开眼睛时，忽见她抱着两只酒瓶子站在我面前。她把酒瓶朝我晃晃，你看我爷爷存下的老白汾也带不走，我不说嘛，人活一世就是个过客。怎么样，中午一起喝点吧？

她把菜园子里最后一个茄子和最后两根黄瓜摘了，把茄子蒸了，拌上蒜泥，又把黄瓜拍了，淋上香油。又说她爷爷在缸里还养着两条鲤鱼，要不要也炖了下酒。我连忙说，我从不吃鱼。她便只把茄子和黄瓜端上来，两只酒杯里都倒满酒，然后我们就在门洞里的小木桌前坐下来对饮。

秋风带着剑气从门洞里钻过，已经明显有了凉意。她举起杯子，我也举起，我们碰了一下。她说，以后要是去了新疆、西藏，怕是就喝不到这么好的酒了。我说，去了哪里都有好酒喝的，就是过了阳关、玉门关，照样有好酒。不管去哪里，我还是希望你能找个好人结婚，一个人真的太孤单了。

她挑起一只嘴角看着我，一个人太孤单了？

我不再接话。

我们默默地喝了三个来回，我放下杯子，忽然正色问道，你爷爷去世前，你是怎么找到岔口饭店的？

她用一根修长的手指轻轻敲打着桌面，意味深长地看着我说，因为镇上去山里采木耳的人曾经在你那饭店里吃过饭，你那饭店根本不在镇上。而且你那饭店里只做四样菜，过油肉、酱梅肉、野鸡炖山蘑、烩土豆。我没说错吧？

我不语，夹了一筷子黄瓜，满嘴咔嚓咔嚓脆响。她补充了一句，我早和你说过，一个馒头大的小镇能瞒住什么，镇东吃肉，镇西就能闻见味道。

我仍不说话，又夹了一筷子黄瓜，正使劲地嚼着，忽听她淡淡说了一句，我男人也去你饭店里吃过饭。

我的咀嚼猝然止住，我抬头看她，我们正好四目相对。我脑子里努力拼凑着那个男人的样子，却是怎么也聚拢不成一个人形。她说的应该就是那个凤城镇上暴尸街头的黑社会老大。他居然去过岔口饭店？而我却根本不知道坐在那里吃饭的人可能是谁。

我不寒而栗，却咧嘴笑了一下。

她给我倒上酒，我又和她喝了一杯，才假装漫不经心地问道，他去我那里吃饭也是进山采木耳吗？

她那根指头似乎闲得发慌，还在不停地敲打桌面。她说，他倒不采什么木耳，他只是对你好奇，觉得你是有些来路的人。一个人为什么要把饭店开到山里去呢？

我听到自己的心脏在胸腔里很响地跳了几下，但我的声音反倒愈发轻快，我说，进山里拉木料的大车司机也要吃饭吧，总不能所有的人都把饭店开到城里去。

那根指头还在敲，发出单调可怖的声音。她并不接我的话，只说，你不是经常去镇上卖木耳吗？他早就注意到你了，因为你的穿着就和别人不一样。

我想到直到那个男人被砍死在街头，我都没有见过他一次，甚至至今都不知道他长什么样。而当我在镇上卖木耳的时候，他可能就坐在我对面正仔细打量着我。

看来今天我根本不该来，范听寒已经不在了，我却又放心不下他这个孙女，毕竟，她没有了父亲，又没有了爷爷。听她的口气，她像是已经知道什么了。

我下意识地朝着门的方向看了一眼。离我并不远，我断定我可以随时从这扇门里离开，她毕竟只是一个年轻姑娘。做好打算后，我不动声色地给她倒了一杯酒，又给自己倒了一杯，然后笑着问她，注意到我？就因为我喜欢穿西装打领带？

她也笑了一下，他说他还没有想明白你到底是什么来路，如果是一个犯过事的人，大概也不敢穿成这样。他觉得你很奇怪。

看来她并不确定。我又想到那个男人既然能找到岔口饭店，会不会也已经知道了我住在哪里。我便试探道，他在我饭店里吃完饭都不和我打个招呼？既然都认识，怎么能不去我家里坐会呢？

她微微一笑，把杯里的酒一饮而尽，说，你家？你家在哪？

我不说话，看着她的眼睛。

她回看着我的眼睛，说，我男人那次下山后曾对我说，他猜你很可能就住在山里。

我纹丝不动，他还说了什么？

他还说他觉得你没老婆没孩子，应该是一个人过。

我竭力用平静掩饰着内心的狂风巨浪，我看到自己端起酒杯的手又在发抖，但我还是勉强和她手里的酒杯碰了一下，一口喝干，这才说，其实他要是早说的话，我一定请他去我家里坐坐，让我老婆给他炒两个菜，我和他好好喝顿酒。

说完这话，我又点了一支烟，一边递给她一支。

她把烟点着了，叼在嘴角，锋利的眼神忽然就钝下去了。她极安静地说，没机会了，后来他死了。

我没有说话，只是埋头抽烟。

她抽了几口，不再看我，只看着门外说，他这个人吧，你可能没见过，长得特别像个坏人，打架斗殴，还蹲过监狱……他只是长得像个坏人。你不知道他其实还像个小孩，喜欢捡树根做根雕，会用麦秸编篮子，会把南瓜刻成灯笼。

她没有声音地流着泪，嘴角还叼着那支烟。

我感觉自己身体里滚烫，手脚却冰凉。我便走到水龙头前把头伸下去灌了几口凉水，一抬头，正看到那只大水缸里盘着的那两条大鲤鱼，它们不知吃了些什么，越发肥硕。我胃里一阵抽搐，又伸头灌了两口凉水。

我重又回到桌前坐下，她脸上的泪珠已经收起，那根手指重新在桌上可恶地敲了起来。她边敲边忽然想起了什么，对了，你还有个奇怪的地方，你和我爷爷说过，你小时候是在海边长大的，对吧？但是你却不吃鱼。

我盯着她那根手指看了一会才说，不是这世上所有的事都能解释清楚的，有人讨厌吃鸡肉，就会有人讨厌吃鱼肉。

她诡异地笑了一下，说，是吗？那你觉得我爸爸还可能回来吗？他已经消失了八年了。

我说，我记得以前你自己不是说过吗，觉得他只有两种可能，要么是他犯了什么罪躲起来了，要么就是已经被人害了。

她目不转睛地盯着我，那是我说的，不是你说的，你觉得哪个可能性大？

我摊开自己的手心比划着，说，我不会算命，这个我不知道，真不知道。

她又独自饮下一杯酒，然后，那根可恶的指头继续在桌上有节奏地敲着，笃笃，笃笃，笃笃笃。她慢慢说，你想知道我男人是怎么看待这个事的吗？他给我讲过，一个人几年不回家的可能性有很多，比如他以前的一个狱友，判刑之后被发配到新疆戈壁滩改造，刑满之后也不能回内地，就只能在那戈壁滩里呆着，和家里人也多年没有了联系，家里人都当他已经死在新疆了。又说他知道有一个年轻女人离开家里去呼和浩特的一个饭店打工，她在工作的第二天就被奸杀了，公安通知了她父亲，她父亲不敢把真相告诉她母亲，就骗老伴说女儿跟着一个有钱男人跑了，过上了好日子，吃穿不愁，就是不记得往家里打个电话。一骗就骗了三十年，一直到他老伴去世前还在等着他们的女儿回家，而杀人犯是在那女的死了十多年后才被抓住。他还给我讲过，有个生意人被人抢钱害命，却几年里就是找不到尸首，家里人和公安局方圆几十里地找，怎么都找不到，就成了无头案。结果你猜后来是怎么找到的？邻村有个人喜欢钓鱼，有段时间老去一个很远的废水塘钓鱼，他发现钓起来的鱼都比别的地方的鱼肥大，他就感觉有点不对劲，那人胆子大，决定到水下看看究竟有什么，结果看到水底有一具被大石头绑着的尸体，尸体上的肉已经被鱼吃光了。

我刚端到嘴边的酒杯忽然停住了，她也忽然住了口，整个世界像被一把利刃齐齐剁了开来，没有一点多余的声息。我端着那杯酒，再次迅速朝那扇门的方向看了一眼。

片刻的死寂之后，我说，你那男人，死了真是可惜了。

在幽暗的门洞里，她目光灼灼地看着我，忽然间她骄傲地微笑起来，说，我一直都这么觉得。

我还是举着那杯酒，说，我想敬他一杯。然后，我一饮而尽。

夕阳西下，我们两个人都喝得有些醉了。我心中想着还是快些离开，便摇摇晃晃地站起来，说，天快黑了，我该走了，把你爷爷的书送我一本吧，用他的话说，留个纪念。

我爷爷，她怔了一下说，临终前老念叨一句话，万物为刍狗。嗯，他说过，是要让你留个纪念。

我拿起一本《花间集》，打开，里面居然也夹着一张写字的纸，看起来又是一首范柳亭致父亲的家书，“谁道闲情抛弃久，每到春来，惆怅还依旧。日日花前常病酒，不辞镜里朱颜瘦。河畔青芜堤上柳，为问新愁，何事年年有？独立小桥风满袖，平林新月人归后。”落款时间是二〇〇六年三月十八日。我想我真的是喝多了，我竟对范云冈晃着这张纸说，看，你爸爸的信，你看他一直在给你爷爷写信呢。

她神秘地笑了，我爷爷经常给自己写信。

我把那本书小心翼翼地揣在怀里，然后终于向那扇门走去。她跟在后面，一直把我送到门口，门口不见人影，只有我的摩托车停在那排柳树下。我又是怕她，又是感激她，我知道这一定是我最后一次来这里了，我觉得我应该说点什么，把那些本想和范听寒说的话都说给她听，我甚至想和她聊聊她的父亲，我毕竟认识他。最后我却只客套地说了一句，你走的时候，我来送行。

她又习惯性地挑起一边嘴角，看着我的眼睛说，不用卖我人情，你走了就走了，反正我也是要走了。

我一只脚已经跨在了摩托车上，另一只脚踮着地。这时候我发现她是真的在让我走，是真的。我反倒犹豫了片刻，最后还是使劲一踩油门，摩托车突突突地发动了起来，就在那一瞬间，我心里仿佛有山洪涌过，我忽然扭头对她喊道，你上不上车，我现在带你去一个地方，就在这山里，我带你去看一个你从来没有见过的湖。

她愣了一下，眼睛里忽然波光闪闪，却依然站在柔软的柳枝下，没有动。然后，她假装什么都没有听到，只用更大的声音喊回来，你说什么，我听不见，我一点都听不见。在摩托车飞出去的同时，我看到她转过身去，消失在了幽深的门洞里。

15

我潜入水中，再次向着无名湖幽暗的湖底游去。

下降流

禹风

授奖词

《下降流》是一部质询人性的尖锐之作，以大海深处的下降流作为隐喻，通过两组人物在潜海过程中的不同表现，巧妙地诠释了爱与占有、嫉妒、牺牲之间的复杂关系。表面上看，它们都是生命之海中难以预测的下降流，暗地里却指示了不同的生命情怀，以及这种情怀背后所承载的文化伦理。

一

从塔比拉兰机场去阿罗娜海滩，过桥时候，莫滔望着蓝色潟湖陷入了冥想。他忍不住怀念十二年前在澳洲大堡礁浮潜时追过的那条大青衣。

青衣，对很多人来说，是宴席上一道佳味，对莫滔，却是跨越物种的奇恋。那天也奇怪，特别奇怪的一天啊。烟草公司在全球的政府关系人员都到了道格拉斯港，大老板把雪茄从嘴里拿开，咧嘴一笑：“先潜天，再潜海！”

所有人，不管会不会，都练练胆量。

上午，直升机啪啪啪响，人好比在陀螺里往上旋，一下子宾馆变成了小积木。与莫滔同机的泰妹保持着曼谷式甜笑，手却下意识捏紧了莫滔的胳膊。

还好并不要求自己一个人跳，是挂在职业老手胸口一起跳。往机舱外蹦的时候，莫滔觉得心脏收缩成一枚核桃，汗水从腋窝涌出来，远处泰妹的尖叫类同鸽哨……他缓过气后，觉得迎面扑来的大地锦绣缤纷……

下午，所有人都变得大胆莽撞，上船的时候，一个接一个开鲨鱼玩笑。

气垫船足足往外海行驶了两个小时，在一片浩瀚碧色中停泊。澳大利亚船员指着不远处一片翠绿，那是深潜的人和浮潜的人共同的目的地。

那会儿，莫滔还不能说会潜水，他只在北京极限俱乐部的玻璃缸里接受了初步训练，拿过一张中法合办的初级证书，却没下过海。至于没下过海何以拿到证书，只有天晓得了。不必对老外解释，永远解释不清。

莫滔是有头脑的人，他选择了让自己显得资浅却更有把握对付的浮潜。

呼吸管咬在嘴里，戴好了潜水面镜，大堡礁的海水清凉宜人，涛声温柔得像儿歌。莫滔脸往水里一浸，嗨，海中央的珊瑚礁是歌里草原，是书里林海，是妖精出没的游记……

就那个瞬间，莫滔看见了大青衣。

一道绿光滑过珊瑚的平原，猫大一条青衣刹那浮近莫滔，它屏息静气，腹鳍张开，定身在海波里；莫滔惊奇地在面镜后睁大眼睛，往下一个猛子，朝斑斓的一片绿扎去……青衣真是绿色的代言鱼啊，浑身深深浅浅明明暗暗的绿斑，中间嵌五色灿烂线条，赛过一圈圈的等高线地图。它等莫滔向它伸手过去，一个滑翔式涌动，游离他指尖，又在下一朵珊瑚上等他……

莫滔抬起头，看同在珊瑚礁上浮游的同事：欧洲人和美国人的皮肤晒得黝黑，亚洲人一个个白生生的。

他埋头澄澈海水，继续寻找那条青衣。青衣耐心地在一米之外等他，它鼓鼓的眼睛没有笑容，却充满好奇。莫滔吞吐着呼吸管输送的海面清新空气，沉入了午后之梦……

青衣且逃且驻，那一身斑斑点点流线型的绿，令莫滔产生熟悉又陌生的生理冲动：很多年没忘情追逐女孩子，这追而不得的感觉太可贵了，要哭了……午后天气晴朗无云，阳光透过海水，操纵层层光线涟漪，好比春天毛毛雨，沾湿了硬珊瑚。莫滔发现一种舒服的节律，人顺着这节律游动，腰肢起伏，足以想象自己是海豚。

莫滔想，我是一条海豚，追求一条美不可言的青衣，这是一个属于大海的恋爱故事。那青衣，仿佛享受被追逐的快乐，如十六岁少女，不停逃开，不停回头凝视莫滔……

莫滔终于累了。他抬起头，踩着水，把潜水面镜推到额头上，抹掉眼皮上海水，四处张望。心，骤然急跳，咚咚咚，一声高一声，他眼前发黑，真要昏过去：公司雇的船不见了！不但船不见了，刚才还周游身边的同事，一个也不见了！

这种事在澳洲不是没发生过。今天接待蜂拥而来的公司客，船潜公司破了常规，谁能好好清点上船人数？烟草公司的人马早晨刚跳过伞，中午兴许偷偷喝了点酒，晃来滑去，在船上移动，谁又能记得住谁？

莫滔感到四肢发软，一阵阵心慌电波般在胸口发动。他看看天，太阳高挂，他看看海面，波平浪小，珊瑚礁深蓝淡绿，视野里三百六十度海天一色……

完了！

腿肚子上被什么轻轻碰了一下，莫滔吓一跳。他把面镜戴回，面镜在海面蒸出了细密雾气。他用力把面镜脱下，放到海水里漂洗，再努力戴回去的时候，绝望地焦虑起来，简直想哭。他低头往水下看，正看见那条大青衣温柔地往他腿肚子上又蹭了一下，好比陆地上的一只猫……

要节省体力，不能绝望!

说说简单，谈何容易?

莫滔终于浮在水面上，拍动脚蹼，用呼吸管呼吸，这样最节省能量。他看不清珊瑚，也看不清那条青衣；他看见黄昏，看见夜晚降临，看见漫天寒冷星斗，他看见从海底浮起黑色鲨鱼……

莫滔吓得从水里跳起上半身，啊啊呼喊着环顾四方，还是什么也没有，只有波平浪静的广袤大洋，阳光灿烂……腿肚子上，青衣不依不饶地轻轻蹭他，他伏下脸看那水中绿色的大鱼，它是传说里的死神吗?

莫滔神经麻木了，他浮在珊瑚最靠近水面处的海水上。实在无力的时候，也许可以踩在珊瑚上喘一口气。大青衣漂亮地打了个回旋，浮到莫滔面镜底下，叫莫滔真真地看清了它：一条被红色金色线曲折分区的墨绿和亮绿交织的典型咸水鱼，海是它的家，它想留住莫滔，如人从水里钓出它的同类……阳光刺透浅浅的水，照亮了青衣，如一条魔鬼，它浑身绚丽得耀眼生光……它的眼睛调皮地打量着落单的人……

莫滔本以为出租车会行驶在阿罗娜海滩和大批宾馆餐厅游乐

场之间，让他到达潜水俱乐部之前饱览美色，可出租车一直在稀疏的热带树林里行进，周围是椰树和简单的农家棚屋。一问司机，才知道没什么海滨公路；海滩在左边树林的那一头，车要拐进树林，首先抵达潜水俱乐部和宾馆的背面，然后，先生您提上您的行李，走下海滩去，才看得见薄荷岛的大海！

原来如此，莫滔明白了。车拐进一条破破烂烂羊肠小道，如开往野外一个农家，停在一栋老房子背后。

他从车上跳下来，不急着拿行李，迟迟疑疑看几个黝黑的本地女人。一位菲律宾大婶问司机："客人去哪里？"司机说："潜水！"

莫滔忽然看见救星：有辆自行车载着个西方人驶近来，四十来岁的瘦男人从车上跳下，司机拦住他："先生，有人找潜水俱乐部！"

莫滔不等白人发问，恳切地伸出手说："先生，请问附近有PADI潜水俱乐部吗？我第一次来。"

瘦男人别别扭扭笑了，举起自行车下台阶："PADI？我那家似乎是呢！"

莫滔就此认识了大鲸潜店老板西班牙人蒂亚戈，认识了蒂亚戈，才会认识他妻子。

二

找旅店住可不能随便。对一个单身来潜水的人，旅店将是他的大本营，或者成为他的麻烦窝。

大鲸潜店背后就有旅馆，不过莫滔观之却步，倒还不如说这是家看不见旅客的大宅。他把行李扔在蒂亚戈店堂里，往热闹的东边走。没几步，海边就又有旅馆，再走百米，好好儿有家像样的宾馆，外面对着海的半露天餐厅里坐着很多西方客，也有亚洲脸。进去看房，房价正优惠促销，他下意识摸摸口袋，松了口气。拉开窗帘，房间玻璃窗是固定死的，外头一个长满野草的院角。Wi-Fi 信号试了，极好。衣橱里还有个不小的保险箱。

既然找好了住处，不急着去拿行李，天色尚早，差不多下午四点。莫滔半身汗，关起门冲个凉，拿起背包，到宾馆门口喝一杯。

景色如画，比画浩荡。如果有人拿着饮料站起来，往前十步就是下海滩的石阶，海滩很短，马上就到白沙清水。

坐在桌边望海，海既不深蓝，也不天蓝，是正点的海蓝。

白色螃蟹船停在岸边，远处也有。有人在近岸浮潜，看得见他们的面镜和呼吸管。莫滔目光回到宾馆门口几棵大王椰上，看见它们，人才确认这是热带。圆脸的菲律宾女郎把他要的椰子送来了，椰子上的刀口是斜着往下砍的，砍出小碗大口子，白椰肉盛起淡甜水……

半夜航班一路劳累被椰汁甜润了一下，莫滔看见右手前雅座上两个男的一齐痴望着一个女生，女生背对莫滔，正咯咯笑。

莫滔猜这三个说中文，听了听，原来和莫滔自己一样，都讲上海话。他看不见女生的脸，只看见齐肩黑发和丰满的背影。一个男生长得不错，眼窝深陷，眼睛发亮，笑容含蓄，二十多岁；另一个男生年纪相仿，方脸黑皮，三角眼，满脸胡楂，咧嘴大笑。

喝完椰汁，莫滔站起来签单，背着包走宾馆和沙滩间泥土小路，往西去蒂亚戈的大鲸潜店。他走了几步，忍不住回头一望，正望见坐两个男生之间那女生的白脸，她眉毛粗黑，嘴唇肉嘟嘟，看着比男伴们年轻些，别有一番韵致。

大鲸潜店分成一线铺开、面向大海的三个部分。第一部分是露天游泳池，周围放一圈白色躺椅，红鸡蛋花树盛开。中间部分是潜店店堂，分成前台和教室。前台坐一个深肤色的菲律宾女秘书，负责记录和收费。前台旁有一排不起眼的储物柜，上头放免费茶包、洗净的杯子和热水，供客人自助。教室有会议桌、椅子、黑板，也有投影仪。店堂再西边那部分，是潜店清洗潜水装备的水池和储物间。

潜店离开沙滩有一大段距离，靠潜店玻璃墙放着几张咖啡圆桌。往外还有晾潜衣的几排衣架，衣架边亮堂堂明晃晃堆放着十几个用过的气瓶。一个大而长的厚木桌横放着，供人出水下船后先搁下背后气瓶。载客出海的螃蟹船泊在视野里的沙滩边……

蒂亚戈颇有些人马为他打理生意。门口一张小圆桌上围坐几个土著小工，小声吃点心聊天；中间小圆桌上坐了两个说法语的老头，边喝热茶边聊潜点；东边小圆桌坐着英国人路易斯，蒂亚戈在或不在，都是他接待客人。

莫滔走过去，路易斯慌忙站起来，笑着同莫滔点头。莫滔笑笑，开门见山："我总得挑一个潜店，现在就得做决定。你们的价格怎样？"

其实他了解阿罗娜海滩潜店的平均价格，潜店之间不可能有大的区别，他想谈的别有其他。听路易斯一一道来，莫滔就问："你们的潜水向导什么国籍？"

路易斯自己是潜导，英国人；另有一个法国人加斯东和一个德国人汉斯；再有就是本地菲律宾潜导了。

莫滔说：“我准备在这里潜一阵子的。我要做一次复习潜，还要一对一潜导，行不？”

“一对一潜导每次加收五百比索。”路易斯点头。

“有什么优惠呢？一般潜店都有优惠吧？”莫滔已经在往外掏潜水员资历证了。

“潜十次送一次。”路易斯冷静地说。

他走到店里去付定金，看见土著秘书身边原来还坐着个欧洲女人，金褐色头发，三十多岁年纪。她同莫滔笑笑，说自己是莎拉。菲律宾秘书笑着挤挤眼，莫滔恍然道：“哦，老板娘吧？”夫妻老婆店，蒂亚戈神龙见首不见尾，一会儿没影子了，莎拉暗暗坐镇。

他付过定金，把自己的潜水计划跟莎拉大约说了一遍，听起来比别的客人想潜的次数要多，是个好客人啊，也不讨价还价。

说好了第二天就安排复习潜，然后在近岸无流海域加潜一次。一日两潜，中规中矩。莎拉和路易斯手指摸着墙头白板一起排班，次日潜导只有加斯东和菲律宾人。讲定要加斯东当潜伴，莫滔告辞，第二天一早八点半再来潜店。

天气热，坐了一夜飞机，在马尼拉机场又等到下午才转飞薄荷岛，莫滔疲乏上来了。走回宾馆，又在门口餐厅坐下，要了瓶本地啤酒，冰镇沫子冲着喉咙。他瞥一眼风景，看那两男一女还在原来位子上，说着莫滔听来一清二楚的上海话。

匪里匪气那个男的说："你不用担心，游泳池里培训一上午，下午就能下海，我在你边上，你怕啥？"

女生尖叫了一声："我怕的，我最怕水。你还是跟张琪一起潜吧！"

名叫张琪的那个漂亮男生笑笑："我也要先培训呀，我俩一起培训多好。"

粗豪那个又笑了："他陪你培训，我王气瓶陪你潜水。你培训完了就归我。"

女生粉拳打过去："你们俩去培训潜水，老娘自己一个人玩薄荷岛！"

"我不放心。"张琪说，笑吟吟的。

"我实在不放心！"自称王气瓶的那个笑说，"这里菲律宾男人个个同我一般健美，你可能会看昏头。"

"放心！"女生抬起头，黑头发飞一个旋风，"我有定力，我坚决不下水！"

三

空调很足很凉，睡眠却断断续续。

梦来得突然，人是在浅浅海水里，离开海面差不多只有五六米，就是潜水归来做五分钟安全停留那深度。莫滔在水里捏住鼻子，做空腔平衡，耳朵有点痛。

父亲学校院子里的池塘漂着翠绿细密的浮萍，荷花零星开放于浮萍之上，有一种钢蓝色的豆娘在荷叶上浮动，它们举起透明羽翼休息，露珠在荷叶上滑行……父亲的讲课声轰鸣着从教学楼三楼涌出来，汇入夏日的市声。

莫滔大概只有十来岁，刚跟着父母搬家，从市中心搬到城西。他形容不出搬家的感觉，他感到气闷，感到肚子胀气，已经好些天没好好大便；他别扭，觉得大便时附近有莫名其妙的眼睛偷看他；他从马桶上立起，气恼地跑走。父亲忙着备课，母亲忙着采购和整理，他们只摸摸他头，扯扯他耳垂，亲昵一两记，没关心他的便溺。

莫滔跟父亲来他学校，在他办公室喝学校给老师们预备的冷饮水，自己和自己下飞行棋。父亲上课去了，他跑池塘边看荷花，看见了豆娘。

豆娘是小蜻蜓么？蜻蜓把翅膀摊开，豆娘却把翅膀举起。莫滔伸手，小心翼翼想捏豆娘翅膀，豆娘往前一溜，又停在荷叶上。莫滔努力一够，成了！他捏住了豆娘的薄翅，手指间有一种细微的质感，像捏着有纹路的玻璃纸。这时候，脚下干泥松塌了，莫滔莫名其妙看见自己眼前浮萍多了起来，越来越近，噗一声，他进了池塘，脸越过了浮萍，到了水底下……

空腔平衡做了好一会儿，终于莫滔低头看见了在脚底下又七八米深处等他的潜伴；他放弃了直立姿势，低下头竭力朝海下扎猛子，耳朵疼得受不了；他又浮起一两米，直立在那里再次做平衡。他明白自己的配重轻了些，现在回去加没可能，只好再次埋下头，往深处扎猛子……

浮萍底下光线黯淡，像一个人突然从阳光下钻入一个密室，莫滔看见每株荷花底下都有泛着青苔的老坛子；阳光从被他撞开的浮萍缝隙刺进来，如密集的几束灯光；小小游鱼疾速拐弯，鱼脸上显大的眼珠呆呆看着沉下来的莫滔；浮萍在合拢，“灯光”慢慢灭了……

莫滔觉得自己耳压平衡没做好，不过，他还是潜到了十二米深度，赶上了潜伴。他的耳朵不太刺痛了，可耳朵深处留着难受的感觉。他想看清楚自己的潜伴是谁，可就是看不清，那个人一个劲儿急急往下钻，像海下有什么目标。莫滔环顾四周，能见度不怎么好，蓝色海体里有很多漂浮物，像天空飞满了灰尘……

小孩子浑身都沉到了池塘底下，他一直憋着气，现在姿势成了仰躺，眼睛看见浮萍变成白色云彩，微微透出叶面另一侧的绿。云彩遮蔽了莫滔，消除了一个儿童落水的痕迹……

他吐出一串气泡，转过头看见了池塘里那只有名的老王八。老王八惊恐地瞪着眼睛，伸直褶皱头颈，从一只倒扣的破瓦罐后面偷看莫滔；莫滔憋得受不住，嘴巴不知道怎么了一下，猛喝了一大口池塘底下的臭水……

空调突然发出咔咔咔声音，像一个人的手卷进了复印机，莫滔一下子睁开眼睛，怔怔看着房间里的暗。他想起来了，他在菲律宾。刚刚到达，是来潜水。

打开门，他像吃了感冒药一样，昏昏沉沉往明亮地方走。才不过夜里十一点，晚餐是收过了，地球上各个角落来的人还在夜色里坐着，喝酒闲聊。

他要了一杯莫喜多，从朗姆酒和糖水里把薄荷挑出来放在桌上，几口就喝尽了。一股冰凉化成暖流，物理上暖了他心头。

他坐着打开自己的潜水日志，翻到空白页上，一笔一描，想画出脑子里飞舞的豆娘……

他一瞥，又瞥见了下午的那个上海姑娘，现在她面对他这方向坐着了，没在笑。男生不是两个，只剩下了一个，背对莫滔。男生说：“要么是他，要么是我，你早做决定，我虽然同他是兄弟，也不能同他分你！”

“你不要逼我。”女生的嘴嘟起来，眼睛看着夜色，没看男生。

“唉！”男生长叹了一声，仿佛叹息里藏着深深的灼热，“小珠子，你想想我们的马拉松也够长啦！我俩中学坐在你背后，我俩看着你变啊变，我和他变成连体婴儿啦！再这么下去，你都快成了我俩的娘了吧？现在，我已经准备好：快刀劈下来，连体婴儿一分为二，你挑一个，另一个自奔前程。”

莫滔听得出神，打响指又要了一杯“自由古巴”，朗姆酒在可乐里，好比猫在夜色里，太有活气了！他喝着，听那女生回答。

女生说：“你俩约了我来，不是来玩？我上当了，你要逼我做我不想做的事！”

她越过男生肩头，戒备地瞟了莫滔一眼；莫滔和她目光接了一接，转过脸望着余烬未灭的烧烤摊，用英语大声喊服务生结账。那女生不再看莫滔，她伸出手，在那长相和脑子同样费劲的男生头发上撸了撸："回去睡觉，别闹了！"

莫滔站起来回房间再睡，一路自言自语："真说得不错，有点像娘和傻儿子啦！"

早晨闹钟鸣响前五分钟，莫滔自然醒。他按掉闹铃，把脚蹼、潜水靴、潜水袜、连体两毫米潜服、面镜、一级头、二级头、潜水电脑表小心翼翼放进帆布包，一级头用毛巾裹着。他还往这包里放了浴巾、牙膏和眼镜盒，眼镜盒里放了近视镜和零钱。墨镜戴脸上，其他重要东西放进不带走的背包，背包直接锁进了房间的保险箱。

宾馆门口坐下来吃早饭：美式香肠煎蛋加咖啡。身体得了热气，近来一直发僵的胃舒缓下来，他呆望蔚蓝天空和同色海面。

见到加斯东，莫滔愣一愣，他本以为加斯东是个小伙，原来竟是瘦瘦小老头，大概五十五岁往上，头发都开始秃了。加斯东问："现在就开始复习？"

莫滔跟他走进教室，加斯东开始写黑板，帮他回顾每下潜十米增加一个大气压之类的常识，莫滔笑嘻嘻点头，抢着把知识点说出来。加斯东走完一套，说：“下泳池吧！”

莫滔发现自己忘记如何把气瓶和其他装备组装起来，等弄明白，从泳池浅水慢慢往下游到深水去，他还是熟稔的。加斯东让他把呼吸器二级头从嘴里拿开，放回去；把二级头扔掉，用手找回来；水下解掉配重，戴回去；面镜排水；脱掉面镜戴回去……加斯东把一块配重铅块掏出来放在池底，慢慢吐气，沉下脸去吻铅块，让莫滔照做。莫滔吐出胸中气，缓缓沉下嘴来，也碰一下铅块。加斯东往浅水游，回头细看莫滔打蹼，点了点头……

出了水，加斯东说：“喝杯咖啡，我们下海吧。”

四

很多人喜欢到东南亚潜水，这里服侍人到位。莫滔和加斯东坐着喝咖啡，潜店的小工忙着把气瓶和一级头连接好，固定到 BC 上去，最后检查余量表，指针指在 200 巴。

加斯东介绍说：“现在去的潜点叫大屋礁，我先让你找到中性浮力，然后你跟着我。不用担心。”

莫滔问：“有流没流，大不大？”

加斯东做个苦瓜脸：“没什么好害怕的，潜水本身的意义就是放松。那里没有流，平静如水族馆。”

莎拉满面春风走出店来，高高兴兴发音勉强地中文招呼一声“莫”：“去湿一湿，唵，湿一湿吧！”

“哦，你嫌弃我们太干了！”加斯东看着她，若有所思说。

“去你的，老不正经。”莎拉挥挥手，带个孤单的印度姑娘往泳池去找人。莫滔瞄着莎拉的腰身，好番体态！

加斯东背上重重的气瓶和装备，朝沙滩走去。莫滔放下咖啡杯，央求小工帮他将装备上肩：“重了点，我怕扭了腰。”

他小心翼翼跟上加斯东，螃蟹船在浅滩上下起伏，一个黑三角脸的菲律宾船工阴郁地站在船头，看他们吃力跨上船去。海面多么美丽，淡绿中隐隐约约看见摇动的珊瑚影子，群鱼在船舷边忽隐忽现。船工示意莫滔和加斯东面对面坐，保持船体完美的平衡。他发动了雅马哈，船朝海的宽处疾驶……

到潜点，加斯东做个OK手势，问莫滔可不可以下水。莫滔尴尬地把涂了牙膏防雾的面镜递给三角脸：“谢谢，帮个忙！”三角脸一笑，接过去，俯下身子拿海水洗面镜，洗净牙膏，交还莫滔。

跟着加斯东跨步入海，两人在海面上浮了三十秒，莫滔检查自己的面镜和呼吸器，加斯东什么也不做，看着莫滔。然后，两人双双举起低压管，排出 BC 余气，一下子，人浸到清澈海水里。

加斯东像块石头那样沉到了海底沙滩上，莫滔很久没潜水，他不停吞咽着，想平衡耳压，有几次痛楚来临，又悄悄减弱，大概折腾了半分钟；他觉得面镜死死扣在鼻子上，叫他头晕，于是他用力掰松了面镜，水没进去，人一下子松快了，耳朵也立马不疼。他吐出长长的气，觉得自己降落下去，看见加斯东就在眼前。加斯东朝他点点头，领他往下潜。

他们降落到了一道海底峭壁前，峭壁是黑色的，仔细看，上面长满了纯黑色的软珊瑚，大大小小五色缤纷的热带鱼类在珊瑚上打转。加斯东回头看莫滔，莫滔觉得自己很舒服，对他做 OK 手势。加斯东加力往下潜，莫滔头冲下跟着扎猛子，抬起手腕看潜水电脑表，深度一个劲儿增加，已经到了水下二十六米。

加斯东开始平游，手里叮叮棒指给莫滔看稀罕的鱼；一条绿色笛子鱼漂过，没音乐，只有海水轻轻的咕咕声。加斯东用棒子挑开海葵和毛头星，叫莫滔看里面躲着的红身白点虾……往峭壁外侧看，但凡你有开阔空间恐惧症，就会心跳加速了：浩瀚的大洋无边无际，人像小鱼浸在巨大蓝色水体里，依赖背上那只储藏空气的钢瓶。若空气耗尽没有救援，一个人顶多拥有三十秒钟清醒时间，然后就是焦虑和意识模糊，终至失去知觉……

莫滔想其实这是最省事的解脱方式，快得让人费解，连回顾最珍惜的往事也来不及。

盘底不久，慢慢上浮途中，加斯东继续当一个卖力导游。两条柠檬黄的蝴蝶鱼好奇地环绕着加斯东，他看上去像个戴花在鬓角的老头；加斯东在离海面十米的地方掏出红象拔，拿备用二级头往里充气。两人在五米深处作安全停留，莫滔感到不由自主的浮力，他竭力往下扎猛子，把肺里空气一个劲儿吐出来，还是不奏效。加斯东伸手扯住他，一直等五分钟的安全停留满时。

浮出水面，莫滔鼻子里流出橙色液体，不是血，是某种有内容物的体液，他厌恶地把橙色东西往海水里抹。加斯东说："我觉得你的配重轻了，应该要十二英镑。"

回到大鲸潜店，加斯东飞快地卸下装备和气瓶，跑泳池去了。莫滔慢慢把气瓶搁到室外大木桌上，一道道解开快捷扣和搭扣，表演缩身术般把手臂从BC里往外抽出来。只见那莎拉走着曲线从泳池边过来，脸上全是笑，好看得很。她直接跑到莫滔身边，叽叽呱呱说：“那边两个日本客人可真是滑稽透了！他们听不懂英语也说‘哈依、哈依’？路易斯在教他们潜水，结果那个日本人一‘哈依’，面镜还在额头上就潜下去了，喝了好一口水！”

莫滔觉得莎拉靠得很近，他笑道：“哎呀，那泳池的水可没海水好喝！”

莎拉笑睨他一眼，似嗔似喜：“我们天天换水的。”

“那你还不亏钱？”莫滔说，“老板娘你不太会做生意！”

离第二潜隔一顿午饭，人要在水平面上待够休息时间。加斯东让莫滔吃了午饭随便什么时间来，来了再叫船。莫滔蹭进潜店，走到前台问莎拉：“旁边那家泰国餐馆的午饭好不好？那个老太婆拦住我好几次呢！”

“哪个老太婆？”莎拉问。

莫滔拿手画了个翘翘的曲线，拍拍屁股。莎拉笑：“哦！她的饭菜可以的，你去吧！”

莫滔想问莎拉在哪里午饭，莎拉见他发愣，扑哧笑了，也拿手画了个翘臀。

阿罗娜海滩，人来了就知道，绝对是个小地方。游客都像海底礁石上的鱼，住在哪里就在半径五百米范围里吃喝拉撒混潜店。

莫滔和餐馆老太婆打了招呼，刚选个位置坐好拿菜单来看，就见那两男一女同乡人东张西望走过来，站在门口看菜牌。翘屁股老太婆像条海鳗从自己洞里射出去迎客。

他们坐下来时看了莫滔一眼，莫滔大大方方用英文问了声日安。女孩子甜甜回他一声好；两个男的，一个腼腼腆腆对莫滔一笑；粗豪的那个没笑，用上海话说："这个日本人我们天天碰到，也蛮会吃的！"

又旁听他们三个对话。原来两个男生在东边那家华人开的潜店交了钱。英俊的初学，下午要下泳池；满脸胡髭的有潜水证，等那个学完，准备一起去潜。女孩子拿定主意不下海，打算一个人参加旅行团，薄荷岛一日游，看眼镜猴子和巧克力山。那巧克力山，是《哈利·波特》女巫骑扫帚高来高去的取景点。

"还是我陪你去吧！"方脸男生觍着脸，"张琪培训又用不到我，自有教练嘛！我总不见得在房里睡觉。我同你去，帮你背着包包。"

张琪笑道："今天我培训，明天我休息一天。要不，我们还是三个一起去？我也想看看眼镜猴子，别的地方看不到。"

女生嗲道："讨厌！一点机会也不给我，岛上这么多帅哥，白的黑的。你们太可恶，简直是老娘的拖油瓶！”

两个男生哧哧笑：“我们俩，你选！一个当你老公，出局那个，只好叫你老娘！”

莫滔这年龄，看男孩子比较透明了。他闻言看看张琪，又看看那个“王气瓶”。就他眼光而言，张琪看上去比较有心计，他掩饰着自己；“王气瓶”其实一直在生气，不太快活。女孩子喜欢哪个？还说不好。很可能一个都不要！

五

下午潜水地点是 PPB，名字的意思是“绝佳中性浮力”。

加斯东很早就跑到船上等莫滔，莫滔却磨磨蹭蹭，在潜店门口反复琢磨自己的装备。中午他吃了只龙虾，加斯东只翻开自己包包，摸出个三明治。老头身上的装备是他自己的，有点旧了，不过还不至于破。他回答莫滔的询问说：“不，我一个人在菲律宾过。”他说法语，其实又不是法国人，他说自己是意大利人。

这次两人是背式入水，往后一仰身，气瓶首先入水，然后是头部。由于 BC 充了气，人就像跌入水晶，身上一凉，眼前天海翻转，升上水面，晶莹剔透一种舒服感觉。

莫滔略作努力，特意松了松面镜，鼻压马上平衡了，直直降落在加斯东身边。水下是个白沙缓坡，潜水者顺坡而下，心情特别容易放松。水面上路易斯带着一对日本小夫妻和一个中国姑娘，看去都是初学，空腔平衡做不好，一个下去，两个上来，像在锅里下饺子。加斯东恐怕是想帮一把，伏在沙地上，一直往上看。莫滔看看余量表，还是200巴。加斯东漂开一点，拿叮叮棒拨开水草，叫莫滔看。一只绿色海马，尾巴卷住水草，悠然在浅滩午睡；黑色的龙鱼漂过，像个迷路的贵妇人。

路易斯筋疲力尽，终于放弃了，他带着三个顾客向水面浮起。加斯东和莫滔转身向深处潜去。

什么是伊甸园？莫滔睁大眼睛从一簇簇花团锦绣上方漂过，千形百态的鱼虾海葵，都在动作。阳光灿烂，海下是光的舞场。远处，海龟在朦胧光影里上下。暗处，海鳝涌动……

加斯东带着路，他不是个多事的人，只安安分分带路。莫滔出神了，眼下他嘴里有一口气，气瓶好好儿地供着他，无忧无虑。岸上的事，命运的好歹，远在天外，丝毫不能来占据他。多日以来，第一次如此忘怀。一条金枪鱼从外海游来，加斯东指指，莫滔茫然看着。这里是大洋，无论金枪鱼也好，海龟也好，千秋万世，和他莫滔也就是金风玉露一相逢。过去不曾有缘，今后无由再见。海里没有人的同类，人潜下来，只是看看，只是看看，什么关系也不会发生，没有恨也没有爱。

什么是伊甸园？假如我们潜水般经历人世，抱持看看态度，没欲望占有什么，没欲望触摸美丽如触摸珊瑚，那是不是就是伊甸园？

来到了二十二米深处，加斯东在岩礁间寻找着什么。莫滔腕子上吊着新买的水下手电，这是中国制造、特地向俄罗斯出口的水下手电，功力强大。加斯东向他招手，示意他伏低到白沙地上，加斯东打亮他的手电，莫滔也第一次拧亮手电，两束白光向阴暗的珊瑚礁底下射去，汇聚在一条鲨鱼头部，照亮了它木呆呆的眼睛和钩形的嘴。鲨鱼的背鳍露出来，是白鳍鲨。传说中噬人的鲨鱼被他俩搅扰了午睡，烦恼地晃动尾巴，只等无聊人类兴尽而返。

莫滔觉得自己有一瞬间和顺宁静地等待着鲨鱼，等待着可能的疼痛，希望那撕扯可以爽快些暴力些，希望一切很快就可以过去……

加斯东带领的上升悠然缓慢，因为这里是缓坡，的确感到浮力容易把控。等接近水面约七八米处，加斯东从口袋里摸出一块包着扣带的铅，扣进莫滔的配重带。浅水增加的浮力被抵消，莫滔立刻感到悠然，稳稳停留在安全停留深度，看加斯东给象拔充气，用线绳放飞到海面。如果潜水员不想被来往船只撞到，象拔是唯一的浮标。

下午的海滩上阳光有点凶，游人大多躲在空调房里，或去了附近按摩店。加斯东脱掉潜衣，和莫滔击掌，致意今日同潜。萍水相逢的潜伴就是如此，在海里互相拜托，到了岸上，一切安好，还可以友善告别。

“下面几天我来潜，还同你去？”莫滔问。

“问莎拉吧。”加斯东点起一支烟，“我不知道啊！”

莎拉在店里。午后的潜店，连土著秘书都回家睡午觉了，空空静静，难得安详。

莫滔招呼一声莎拉，自己去储物柜上拿茶包泡茶。莎拉问：“你要不要咖啡？”莫滔拿着茶包犹豫，莎拉说：“我有古巴咖啡。”

莫滔等着看莎拉的古巴咖啡，莎拉打开前台底柜，拿出一大袋子深红色包装的 SERRANO，她笑看莫滔一眼：“等着，马上就有！”她跑出前台，往教室里去。

莫滔走到阳光灿烂的潜店门外，加斯东杳无踪影，海和天浑然一体，一只瘦猫在大木桌下横杠上耸起肩骨，固执地闻着一摊积水。

莎拉拿来煮咖啡的壶，把咖啡粉倒在滤袋里，壶开始咕嘟咕嘟地蒸馏。莫滔靠在前台上，问莎拉："你和蒂亚戈在这里待了多久啦？"

"五年。"莎拉说。

"生意好吗？能挣钱？"

"还好。八月份和圣诞节欧洲客，十月份和二月份中国客，平时美国人、日本人和韩国人也不少。"

"菲律宾怎样？难道这里的官儿……"莫滔大拇指和食指相擦。

"哦，你说贿赂，"莎拉摇摇头，"当然他们要贿赂。"

咖啡滴漏在玻璃壶里，悠远的香味令一切苏醒。闻到这股香味，莫滔忽然走神，他想起自己跌落在父亲学校的池塘里，喝了池塘里的水，感到窒息。浮萍如雨滴，却不落下，遮住了他的天空。他觉得那时有一种力量，要把自己带走，去往令他战栗之处……

"给你。"莎拉递过滚热的黑咖啡，莫滔抿了一口，馥郁！

莎拉坐在前台里侧，莫滔靠在吧台上。阳光反射出细尘，尘土卷着咖啡的清香。谁也不说话，只有咖啡。

莫滔偷偷看了莎拉一眼，莎拉凝视着远处的海。

“上海？听说人比这里的鱼还多？”莎拉笑道。

“怎么说呢？”莫滔酝酿了一下，“我们市中心有个广场，那里有地铁交换站。你在高峰时刻下地铁去看，就像到墨宝潜水看沙丁鱼风暴！”

莎拉开心地笑起来：“沙丁鱼风暴？在地铁里旋转？无法想象！”

“你们呢？住在马德里还是巴塞罗那？”莫滔问。

“我们是阿利坎特人。你大概不知道这地方。”

“我去过。”莫滔笑了，“我去过那里看大理石矿。吃过一种粉红色的贝类，柠檬汁浇上去，贝肉就收缩成一团。”

“啊，是的！我们爱吃这个！”莎拉眉飞色舞。

“太奇妙了，时空！”莫滔说，“你可以从一个跑开，进入另一个。”

“你明天还来潜？”莎拉问。

“我还来。我想去一次巴里卡莎，听说要预约？”

“好的。我今天约。巴里卡莎一定要去的，这是薄荷岛潜水的精华！”

“听说流很大？”莫滔关心地问，“我不想同很多人一起潜，我想要一对一潜导。”

“这个季节，我们潜导不多。我看看能否找一个。”莎拉出神地望着前台一侧墙上的排班白板，“你知道潜店的戏法，只有到出发上船，才万事俱备！”

“我必须要一对一潜导。”莫滔认真地强调。

“你不用！”莎拉笑了，“别担心！我问过加斯东，他说你很棒！”

莫滔扯动脸颊肌肉笑了一笑：“我有自知之明。”

六

吃了点国内带来的饼干和牛肉干，莫滔冲个凉，在房间里睡了两个小时。潜水是个累人的活儿，尤其对他这不尴不尬的年龄。然而，醒来还是白天，想看海上火烧云都还没到点，天际尚镶着冷色圈。

莫滔到吧台要了杯智利红酒，慢慢喝着看微信。朋友圈好比一个小小银河系，没他参与其中，照旧浩浩荡荡顺时针旋转。

看见那张琪从宾馆东面华人潜水店走回来，头发湿漉漉，脸上挂着高兴的笑。女孩子从隔壁小杂货店蹦出来，两个人手拉着手，跑下沙滩去。叫“王气瓶”的老兄杳然无踪不在现场。莫滔一笑，知道自己成了半被动的窥视狂。

半被动的窥视里也有主动的好奇，莫滔想：“逻辑上推理，现在只一个结果了。女生喜欢了两个里的一个，另一个退出便是时间问题。不过，以什么样子退出是看点。”

想起印象中那个“王气瓶”，莫滔猜测他的身份职业：可能是个体育教练？或者是个……城管？而拼命掩饰自己的张琪却不叫人好奇，他可以是任何职业，一个普普通通上海男人。他在朋友面前装，朋友一转身，他很自在地搂住了那个对方还在同他竞争的女生……

喝过红酒，吃晚饭还早。莫滔决定往东面繁华地走一走，看除了潜水，阿罗娜海滩还能干些什么。

路是泥路，坑坑洼洼。右手边海天生辉，妙不可言，左手边旅馆、餐厅、潜水店、水果摊、小超市鳞次排开，人间气象，只中间路难行。这就是菲律宾岛屿：人需要的都有了，还顾不上雕琢细节。

莫滔走到一个分岔路口，要么往左手走上坡，要么沿海滩继续走泥路。他选择了走左手上坡路。甫一转身，正看见那蔫头耷脑的“王气瓶”从一家按摩店闪身出来，满脸心满意足看起来愚蠢的笑，差点和莫滔撞个满怀。

莫滔停得一停，让过了“王气瓶”，看清眼前是家旅行社，并非什么电话亭。这小小旅行社只一个柜面，柜面外头放一张长沙发，三个土著女孩在柜台里头坐着。

莫滔问岛上的旅游项目，无非看那些圈养在树林里的小小眼镜猴子，不过得花一天时间，因为散客凑成一车，大家你要看东我看西，谁也不能早回。除了那猴，那巧克力山，还看什么蝴蝶与当地动物，价格出奇便宜。若要吃午饭，另外自愿。

莫滔付了钱，却不确定何日去，旅行社也随意，只要他提早三小时通知即可。这里是小地方，小地方的好处是自由度大！

旅行社出来再往前探，就都是些吃的地方。当地人爱好烧烤，炉子早已吱吱响，烤鱼、烤鸡、烤牛肉，乌烟瘴气。不过，侦察散步是有用的，莫滔发现了一家中国餐馆，里面坐满游客，清一色中国面孔。等胃不肯再敷衍当地餐品，中餐馆的存在实在有益健康。

走回头路，下到秀丽海滩徘徊。很多黑黑的菲律宾土著在水里扑腾，手里推一只浮动网篮，像捞什么海产品。海滩边有男女放着红白塑料桶卖海胆，只要你敢吃，他们就撬开带刺外壳，让你吮吸那美味的土黄色。华人潜店的大船非常漂亮，浮在海边，上面空无一人，遗下一排钢瓶……海上的云变红了，该吃晚饭啦!

其实，潜水本身没什么可怕，只怕一样东西，就是突发的海流。莫滔被加斯东看出一直在害怕，他害怕的正是海流。每逢潜水，他总要问流大不大。

今天他很有收获，快一年没机会下水，今天下了两次海。现在，他心里已经不想是否遗忘技术细节，那实证过了，时时当心即可。有样东西靠当心没用的：变幻不定的流。

莫滔晚上俭省，在自己宾馆门口坐下，点了份烤鸡饭配当地啤酒。等鸡饭时候，他有大把时间想流的事。

他没学潜水就听闻流的可怕。他知道古都金陵有个女潜水员在加拉帕戈斯群岛失踪，怕是碰上了人见人怕的下降流。莫滔尝试过放流潜水，那是在印尼，船把你载到洋流的上方，下饺子般把人下到洋流里。像风吹蒲公英种子，潜水员们顺流而下，好比坐上了顺风车，不需要自己打蹼。周围珊瑚如宽银幕电影扑面而来，好一番美景。到了气瓶快耗尽，大家一起升水，船已在等你，它是跟着你们漂下来的。那是愉快的体验。

他也尝过不那么愉快的：考 PADI 高阶证书需要夜潜，其实就在巴厘岛东岸，潜的是图蓝本的美军自由号运输舰残骸。夜色里莫滔跟着女教练潜，周围上下到处是夜潜人的手电光，简直跟逛海底夜市似的。不过，升水途中碰到了难得的流，流从东南往西北，沿着岸冲下来，女教练在水下急得像只野猫，等奋力逆流浮出水面，已经不由自主被冲出二三百米，如若船骸不是紧靠岸边（这船是被历史上的火山岩浆带下海的，并非自然沉没），很难说当天晚上会不会遭罪。

送上来的烤鸡出乎意料的好吃，菲律宾人用了神秘的作料，叫鸡肉产生植物的芳香。莫滔想起那晚从图蓝本的海水里冒出来，水凉得很，腿肚子因为用力打蹼抽筋了。教练带着去“安全停留”土餐厅吃晚餐，他点了“马伊马伊”，就是鲯鳅鱼，中国人叫“鬼头刀”，也就是《少年 Pi 的奇幻漂流》里 Pi 靠着吃它们活下来的那种鱼。这鱼是色彩变幻的大家伙，在图蓝本卖得很便宜，鱼肉好吃极了，满满一大盘，嫩嫩地跟随冰啤酒顺流而下，进了莫滔肚子。

要是猛地来上升流，休闲潜水潜得不深，拼命吐气扎猛子吧，情形再坏，也就是进高压氧舱，还能捡回命；怕只怕一个突如其来的下降流把你压到七八十米深度去，那就太复杂难料了。上升过快是个死，升不上来也是死。

马上就要去巴里卡莎，巴里卡莎绝非什么疗养胜地，那里常常发生危险的流，其中不乏下降流。哪怕下降流不一招致命，对于没经验的人来说，应对失措也是致命的。

莫滔想到莫测的大流，不由得一挥手，又要了一份烤鱿鱼，爱吃就多吃点吧。这顿晚饭利于冥想，他第一次没在饭桌边看见那二男一女。

七

又一个早晨他自然醒，醒在闹钟鸣响之前。

阳光比前一天更灿烂，大鲸潜店里没什么人，前台坐着那秘书。秘书对莫滔微笑，其他人不见踪影。

“今天谁带我去潜呢？”莫滔微笑问。

“汉斯。”菲律宾女人回答，“他马上就来。”

“莫先生，你的BC和气瓶我还没装，”一个黑黑胖胖的小工走过来，“你的呼吸器是好牌子呀，我怕放在门口被人踩到。你下海前我再帮你装。”

“好呀，谢谢！”莫滔拍拍小工肩膀，琢磨什么时候给他小费合适。

来了个眼珠子蓝蓝、眼袋松得有点往下挂的西人老头，还有点佝偻腰。莫滔朝他点点头，正准备走开，老汉说：“是莫先生？我是汉斯！”

“汉斯？”莫滔迟疑了一下，“您带我潜水？”

“是啊！”汉斯毫不迟疑地回答，“我在这海滩上带人下海潜水已经二十五年，每天平均下水三次！”

莫滔肃然起敬：“您家也在菲律宾？”

“我一个人过日子。”汉斯说，“喏，就在前头海滩边上，住在朋友海边别墅里。”

“今天你准备带我潜哪里？”莫滔指指店里海图上密密麻麻不知如何挑选的潜点。

“潜哪里？”汉斯露出一个苍老的微笑，“去看沉船吧。那船不大，就叫作‘大鲸潜店沉船’，怎么样？我喜欢那个地方！”

“好！”莫滔不知道为什么，有点喜欢这德国老头，他潜了二十五年，恐怕有资格对这里所有潜点如数家珍。

上了船，太阳烤得人不耐烦，清澈海水如同微笑的妇人，诱惑人靠近。

汉斯和驾船的三角脸土人打招呼："里铎，往沉船去，那里今天很平静吧？"

里铎古怪地笑了笑，说了句土话，汉斯露出羞涩笑容，笑容很老年。

到了地方，船熄了火，里铎主动伸手接过莫滔的潜镜，俯身船舷，在海水里洗去牙膏。汉斯先下水，莫滔交叉小腿，脚蹼跷起，也背式入水，享受海浪对他的吞咽。戴着潜镜一低头，好家伙，汉斯已沉到十来米深处等着，他看也不往上看，凝在水里，像沉思者。

莫滔觉得自己也算一个好汉了，没怎么做空腔平衡，人就沉了下去。也许得感谢加斯东替他找到了正确配重，今天腰里正好十二英镑铅块，大约相当于五公斤半。找到中性浮力是潜水快乐的前提，好比知道自己酒量，恰恰喝到那个点，停下来不喝。

汉斯像等了莫滔半辈子似的，一看到他稳定的眼神，彼此做个 OK 手势，就举起低压管，一边连续排气，一边石头般直坠下海洋深处去。莫滔照做，把肺里空气连续排空，人往下坠，海水越来越蓝，耳边越来越寂静，他看看潜水电脑表，深度好比股市不断报出的上升股价，短短两分钟竟然就下潜了近三十米！莫滔知道如何形容这深度，他做过对比：这就像陆地上一个人在十一楼小高层建筑顶上，两分钟内俯冲到地面。

蓦然见到了那沉船！ 船就在他们身下不远处，颓然卧于海底白沙上，船身笼层轻烟似的，围满大小游鱼。

汉斯像只蜻蜓，朝沉船飞下去。 莫滔有点晕，他看看电脑表，三十二米了！

大海如一只巨大无比的蓝色染缸，呈现没阳光直射的蓝空间，凝止的、无声的、眼睛望不穿的暗蓝……莫滔觉得自己是琥珀里那小虫子。

他跟着汉斯头冲下刺向那不大的沉船，五色的鱼在眼睛里越来越大，突然他感到一种异样，从未有过的一种感觉，仿佛人大白天跑步，突然跑进了梦里。 这不是晕厥，轻轻的、淡然的，额头像被情人的手拍了一掌，有了昏厥的快感（如果昏厥能有快感的话）。

他有点惊慌，怕接着来什么剧烈的生理反应，不过，他已到了沉船边，看见了船栏上的铁锈和铁锈上开出的繁花，那清晰的五色的纹理叫他精神一振。

他发现自己浑身没有一丝浮力，在水里能像在床上般随意翻身，竟比床上翻身更容易更滑润，约等于宇航员在宇宙飞船外的失重状态。声音已离他远去，这里只有寂静，还有一艘长眠海底的船……

汉斯看看莫滔，莫滔做个OK手势，汉斯就继续低下头伏在白沙上，像一只垂垂老矣的犬。莫滔也朝白沙潜去，看看电脑表，海下三十五米！电脑提醒最多逗留十一分钟，否则要进入额外减压程序。

一条Nemo（橘色和白色条纹的小丑鱼）好奇地游到莫滔潜镜前，像3D动画般前后游动，忽大忽小，允许他近视的眼睛看到纤毫毕现。莫滔欣喜地朝小丑鱼伸出手指，小丑鱼围绕他手指上下翻飞，像一个人手指上变出只花蝴蝶……

那种白日做梦的感觉加深了，如同喝到自己酒量的人又加码喝了一大杯，小丑鱼发出了嘻嘻笑声，变成一个小小孩子对巨人莫滔施以魅惑。莫滔不由自主对小丑鱼说："你跟电影里一模一样，甩尾巴好帅！"说完，他心里一惊，想到了氮醉。这一定是氮醉！

他往上浮起两三米，脑子骤然清醒，正如从梦里醒来。

汉斯还在船边，他安详地呆呆望着沉船，像看着他的某段记忆，享受氮气制造的醉意。莫滔看看电脑表，还有滞底时间，他再次一个猛子扎到三十五米，游到船的另一侧，氮醉立马又回来了，他又觉得自己成了宇航员，在蓝色的空间飘飞……他仔细看沉船船体，看见一条硕大的海鲈鱼卧在船中央，老太婆式的嘴一鼓一瘪，让人觉得回到外婆家……

汉斯招招手，带头上浮，这里深，来的人少，珊瑚大而鲜艳，珊瑚上的鱼比浅海里那些更好奇，巨蚊般绕着莫滔不肯游开，莫滔几乎可以抚摸那些手掌大小的鱼，它们是海里的宠物……

汉斯上升起来有点快，比加斯东放肆。因为在深处逗留了好一会儿，莫滔耗气比往常快了许多，下海不过半小时，气瓶剩下的气就接近50巴了。汉斯放出象拔，两人做完五分钟安全停留，浮出水去。

船呢？船不见了！

莫滔喊道："船呢？"

汉斯尴尬地回看他，摇摇头。

船再次不见了，记忆如同一个拦路大汉横着跳出来，莫滔一瞬间不知道自己在澳洲边的太平洋里还是在亚洲的太平洋里，为什么总被船抛弃？

远远地来了一艘船，莫滔呆呆望着，看见那船泊在了水上，有个黑黑的船工呆坐不动，仿佛进入午睡。汉斯摇摇头：“那不是我们的船。”

“我们的船”如蒸汽般消失，太阳火辣辣射下亮光，人的脸很快就干了。莫滔开始忧虑了，他看看余量表，里面还有40巴，他往BC里多充了些气，让自己浮得更高些。他竭力躺在自己的气瓶上，节省力气。可是这时候脚蹼却往下扯，让他躺得不舒服。

他想：这个海域没听说有鲨鱼，也没听说有大流。上帝保佑，希望这两个不会恰巧经过！若是恰巧来了，只求上帝让一切都快些结束，别让人太受罪。

再看汉斯，老头无奈地抱着红色象拔，眼袋几乎垂挂下来，特别无助……

八

旅行社门边站了几个散客，观光车迟到了。早到的莫滔在旅行社长沙发上占到一个位子，房里有空调，早八点就热辣的阳光奈何不了他。

车子不大，是辆中巴。门口骄阳里晒着的人首先上了车，莫滔慢慢走出来，上车，主动钻进车厢去，坐后座角落里。

司机戴着墨镜在车外张望。莫滔前面空着一个位子，左边不空的位子上坐了个美国老头，头上缠星条旗当头巾。莫滔身边，还空两个座位。

等得大家都不耐烦，已经比集合时间晚了十五分钟，司机犹豫要不要出发。正那当口，两男一女飞奔而来冲上中巴，正是那三个!

女生说:“去，你们两个坐到后面去!”她往莫滔前座坐下时，看见了莫滔，脱口而出:“你好!”

莫滔还是用英语对她说早上好。只听身边落座的“王气瓶”说:“咦，怎么老碰上这个小日本?”张琪笑道:“日本人本来就是邻居。”

莫滔想:“难道我注定旁观这三个? 要我旁观什么呢?”

第一站便去看眼镜猴。司机宣布中巴要行驶四十分钟。车子出了阿罗娜海滩，马上进入丛林窄路，颠颠摇摇。

“王气瓶”坐在莫滔边上，伸手扯扯前面女孩子头发:“喂喂，你怎么又坐到我俩前面? 上学时还没坐够?”

女生甩甩头发，不响。张琪轻轻说:“扯一下头发，罚款一千人民币！”

大概车上只有两个人懂他。一个是那女生，一个是莫滔。莫滔想：事情到了这一步，这张琪忍得辛苦！

“一千？”“王气瓶”笑道，“我付一万怎样？”

女生不说话，好像没听到。张琪咕哝说：“说什么大话？人家付你王建一万两万我见过，你就算只付一千，我也没见过呢！”

原来这个粗人叫王建。张琪点了他的名，他伸出胳膊，卡住了张琪脖子。下手很重，卡得张琪憋红脸，一挣脱就咳嗽起来。女生坐在前面，没看见。

莫滔转过脸，关心地看看张琪。张琪舌头伸在嘴巴外，咳得差点流下口水，他气愤愤说：“难道我说错了？你当巡警那会儿，路边卖外烟炒外汇的黄牛哪个不供着你？”

王建笑：“放屁，我警风端正，从不捞外快！”

前头女孩不回头，突然说：“后头那位，你警风端不端正我不知道，上中学那会儿，你学风我知道！”

张琪笑：“那个谁，考试不肯给‘王气瓶’看考卷，王兄等他上厕所，就把人家书包扔到老楼屋顶上去了！哈哈！”

“放屁！不是我扔的。你小子扔的！”王建打个哈哈，黑的方脸上笑得得意。

“张琪你也不是好东西！”女孩还是不回脸，前头座位上悠悠地说，“跟在王老大屁股后面当跑腿儿的。”

“哪里哪里，”“王气瓶”高兴了，“他何止跑腿儿？我去巡街，他假装买外烟，先把卖外烟的扯住，我上去才罚到款！那钱，他才没少用！”

“啊？”女生回过头，瞪了这哥俩一眼，“你们把罚款吞没了？”

姓王的和姓张的都尴尬地笑起来。

“两个都是小混混。”莫滔鼻子里轻轻出一声气，闭眼打起了瞌睡。年纪不饶人，何况昨天又被船撇下，在凉水里泡久了。

亏得那艘其他潜店的船看见莫滔求救手势驶过来，问明白了，疾驶回去通知大鲸潜店，三角脸里铎才阴着一张脸驾船来，让莫滔松了口气。莫滔一边谦让汉斯老人家先上船，一边准备回去投诉这里铎。

莎拉正好在店里，她没看出发生什么不愉快，笑嘻嘻招呼了莫滔一下：“去看沉船了？爽？”

莫滔把气瓶卸下，潜衣也不脱，就跟进店来对莎拉说：“上了水面船不见了，我们在海上漂了半小时！ 太过分啦！”

莎拉挥挥手：“没事没事！ 我们这里到处是船，实在不行，别家的船也会接你们回来。 又没有流！”

莫滔说：“莎拉，这可不是理由。”

“哦！”莎拉看出了他的失望，“好啦，别生气。 这边所有潜店都一样呀，我们的船，还要接送其他潜水的客人嘛！”

莫滔无话可说，恨恨道：“希望不会再有下一次！”

莎拉耸耸肩，不理他，手指在墙边白板上查，查到了，“巴里卡莎明天名额满了，后天也满了，只有大后天。 大后天去的是大船，会跟着你们不走，放心！”

莫滔想了想：“明天我去看眼镜猴子，不潜了。 后天，后天……”

“莫，你是个男子汉哟！”莎拉眼神毛毛地看他，“怕什么哟！ 后天你来，我当你的潜导！”

眼镜猴子们被围在一个树林里，土人在树林前头卖参观票，在出口处卖纪念品，纪念品基本是长毛绒的眼镜猴子和木头雕的眼镜猴子。

一车人晃晃悠悠买了票进门。领大家看猴子的有两个导游，男的带几个西方人；女的把二男一女、莫滔和一个孤单的韩国男人归在一起往里带，一边走，一边严肃地说："保持安静，不要靠眼镜猴子太近，不要用手摸猴子！"

"王气瓶"听了女生翻译，笑道："什么猴子这么宝贝？我出钱，买一只回去让张琪给我养着！"

导游把大家带到一棵散尾葵下，指指枝杈间，但见一只拳头大的猴儿，指节细翘，爪子紧紧搂着枝干，头埋树叶里，不看人。"王气瓶"伸手去推那猴儿，女导游生气地嘘了一声，英语说："不要碰！""王气瓶"理也不理，在猴儿腰身上点了一点，眼镜猴子吃惊地抬起脸，两只玻璃珠子似的大眼睛简直占满整张脸，跟《指环王》里"咕噜"似的，惊恐地瞪着人……

女导游气得七窍生烟："中国人，别碰我们的眼镜猴子！""王气瓶"听懂了，他翻起一对儿白眼，对女导游说："是我碰猴子，跟中国有啥关系？"

女导游喊来了管理员，管理员解释说："眼镜猴子是野生的，我们尽可能不要去打扰它们……""王气瓶"哼一声："不打扰它们？可以啊，别圈起来卖票让人看哪！你们打扰它们挣钱，我付了钱，不能摸一摸？废话少说，这只我摸过了，你们开个价，我买下来！”

张琪笑得几次三番要噎住，女生说：“难为情死了，你们这两个赤佬！ 老出洋相！”

看巧克力山的时候，两个男生，一左一右拱卫着女孩，轮流和她合影，还请莫滔替他们三个按快门。莫滔看他们三个站成一排，两个男生都搂着女生小腰，女生虚假地欢笑，张琪有点气呼呼，倒是王建笑得大方，牙白生生龇着……

中午在一艘平底船上吃自助餐，船溯河而上，两边有椰子树和开满红花的凤凰树，男女两个歌手唱美国歌和邓丽君的《甜蜜蜜》……顺流回来路上经过岸边一个平台，土著们已盛装等在那里。先载歌载舞，后来跳起了竹杠舞，邀请船上人下船一起跳。

满船人腼腆，“王气瓶”一跃而出，粗壮的身子灵活非常。起先竹杠还慢，后来越敲越快，“王气瓶”腾挪得当，一下也没被夹住，赢了满堂彩；张琪笑着看，等喝彩一停，他也跳出去，和“王气瓶”来了个双人竹杠，他长得俊美，满脸笑容，不比“王气瓶”像个易装军阀，他赢得了女人的彩声……

下午回程车上，二男一女一直兴奋地聊竹杠舞。女生在他们跳得起劲时，往土著表演队手里塞了不少小费。王建得意扬扬地说：“小意思，以前我们在中学足球队踢球，身子可比现在灵敏！”

“你不是灵敏，你是一尊土炮，听说一球把足球网踢破了！”女生笑他。

“你问张琪，他射门的每个球是谁传给他的？外行看热闹，内行看门道！”王建拍拍张琪脖子。

张琪推开他手，承认说：“这个倒是事实，传球的比射门的更灵巧！”

“王气瓶”仰天一个哈哈：“算你张琪说话还有点良心！”

九

莎拉对莫滔说：“你不是害怕海流吗？走，我带你去放流潜！”

她没笑，她那样子看莫滔，像是他长辈。

莫滔眼神躲了一躲：“流大么？”

“流大的地方才看得到东西，否则只是看珊瑚，跟浮潜没啥两样！”莎拉神色怪怪的，像要伸手推莫滔，把他推到船上去，“我带着你，你不需要担心。”

蒂亚戈终于出现了，他出现在莫滔背后，扑哧笑一声："莫，莎拉是个好教练，你今天幸运了。"

莫滔这时候有了豁出去的心态，他回头看看蒂亚戈，转头对莎拉笑："走！ 走！ 潜去！"

莎拉说："你配重太多，不需要十二磅，拿掉一块！ 我教你怎么做空腔平衡，怎么快速下潜。"

莫滔捂住配重带："不不不！ 我需要十二磅，否则上来时浮力太大，辛苦！"

莎拉伸出右手，食指在莫滔面前晃："听我的。 我会让你知道怎么做。"

船出海滩，他们碰到了华人潜店的大船。 大船上密密麻麻坐了二十来个人。 莫滔看过去，看见两个熟人，自然是"王气瓶"和张琪。

莎拉朝大船招招手，对莫滔说："你看见了？ 他们也是先在一个潜点放人下水，然后去下一个潜点放另外的人。 我们比他们谨慎，他们还拿这船去放流潜呢！"

莫滔张大嘴巴："这太过分了吧！ 他放流，船必须跟着，其他潜点人出水，碰上有问题，没船搭救！"

莎拉耸耸肩:“我们的船其实不远,马上会来。至于他们,我就不评论了。”

果不其然,华人潜船往两个潜点放了人下去,不多久,又跟上来,朝莎拉准备放流潜的区域驶去。

莫滔吐出舌头,对莎拉说:“不得了,他们没规矩!你看,那个人刚学潜水,初级潜证可能还没拿到,他们就允许他放流?”

莎拉看看他指着的张琪,张琪穿了潜衣,脸色发白,呆呆坐船舷边咬手指。王建光着上半身走来走去,同潜导有说有笑。莎拉说:“我不知道。”

华人店的大船和莎拉的螃蟹船停在同一个礁石区。莎拉对莫滔说:“你记住,下水后跟着我尽快下潜,把肺里空气持续吐出来,吸一小口气,继续再吐,空腔平衡连续做。到水下十米跟我会合。然后我怎么做你就怎么做!”

莫滔为难:“我的配重轻了。”

“配重不是问题,吐气才是关键!把气吐完,吐到肺部没浮力。”莎拉说,“来吧,莫,潜水就是彻头彻尾放松,紧张不是潜水词汇。”

她按着面镜,另一只手拢着腹部配重带,跨步出去,扑通到了海里。

莫滔下意识又试了试呼吸器，然后也跨步下水。

他们同时举起低压管开始放空 BC 的气，莫滔在水下看见莎拉做手势叫他吐气，他使劲儿吐气，吐到胸口发痛，人并没下沉多少。莎拉又示意他把腿交叉起来，没想到这样一下子就沉下去……

在十米深地方两个人脸对脸看了看，一切顺利。莎拉对他挤挤眼睛，转身在前领路。莫滔眼里有晶莹剔透的大海和曲线玲珑一个女人……

流不很大，轻轻把人往前推；人好比浮在半空里慢慢掠过“大地”，“大地”上是一簇簇珊瑚和列成队形游泳的鱼。莎拉第一次逆流打蹼停下，是指给莫滔一条长尾鲨。长尾鲨体型不大，一米多长，孤独地在十五六米深度环游。他们视野里看见了四个潜水员，两个是潜导，一个是“王气瓶”，另一个自然是新手张琪。张琪手忙脚乱，在浅水里上下折腾半天才下来，大串气泡溢出呼吸器，证明他呼吸急促心态慌张……

莎拉第二次逆流打蹼，莫滔已同时看见了外海方向悠然游过来的“拿破仑”，中国人叫它苏眉鱼，这是条如同戴着拿破仑军帽的大头鱼，体型有陆地上中等野猪大，嘟着厚厚嘴唇，洋洋洒洒游了过去……水流突然加速，莫滔看见莎拉飞向前方，她双手交叉，脚蹼翘起，安安稳稳回头观察莫滔，莫滔也照样交叉了双手，跟着她飞……莎拉松开手，指指左后方，莫滔看去，似乎张琪面镜进了水，不知道怎么排水，正呼噜呼噜在水里大耗真气。两个潜导围住了他，“王气瓶”打着手势，样子很着急……

莎拉第三次逆流停下，是捡起珊瑚礁下谁丢失的一只水下相机，相机的吊绳断了，她操作了一下，看见了里面相片，她笑着让凑上来的莫滔看相片：海龟和鲷鱼群……

就在气瓶余气接近 70 巴的时候，一群五条魔鬼鱼从大洋深处浮上来。黑色的大蝙蝠啊，细长的鱼尾如鞭子，森森然编队掠过潜水员头顶，白色肚腹上阴郁的小眼睛透出戒备之色……莎拉抓住莫滔的手，让他在流里停留，观看魔鬼鱼；莫滔拉着莎拉的手，一种久违的柔软情绪从心里泛起，好比乌贼鱼释放出一股浓雾……

五米深度安全停留，莫滔又控制不住往上浮，莎拉示意他长长吐气，他再怎么吐也浮，只好无奈地一次次扎猛子，狼狈不堪。莎拉放象拔，两人出水，船就在眼前，莫滔有点脱力，莎拉帮他拔下脚蹼，让他先拉住放下的木梯，上船……

那边大船上，潜导已先把张琪弄上去。小伙子大概吃了好些海水，一个劲儿趴在船舷上干呕。

莎拉看着那边大船，说：“计算得很精确呀，这里放流潜结束得快，船驶回去接那两拨人，大概正好！”

她笑着看莫滔：“不错呀，莫，潜得可以！ 配重我还是让你加回去吧，你好像很容易浮起。”

十

夕阳下去后，天和海真的无法分辨，都是布料模仿不了的灰蓝色。 若没那些趴在水面的螃蟹船，海平面很难用肉眼找到。

网络上有许多回顾巴里卡莎潜水的文章，众多老手也认定幻流很难对付。 潜水者难免会想到意外、担心意外。 万一一去不返，总得事先留下些交代。 莫滔出门已在家里留了书面交代，此刻他拨通电话，不温不火和妻子聊了一会儿天，什么敏感话题都没碰。

晚餐点了一条有点贵的石斑鱼和一条鱿鱼，都烤得金黄，饱食一顿。 记过账，莫滔拿起一瓶冰镇嘉士伯，去海滩散步。海浪轻轻拍沙滩，他仔细看，这里没太多可以捡拾的贝壳，论起贝壳，还是他从前去过的塞班岛和智利海岸丰足。

他靠在海边椰子树树干上，轻轻哼起遥远年代爱唱的歌《外婆的澎湖湾》，他让啤酒的细沫冲着喉咙，觉得往昔时代已彻底寿终正寝，也许，往昔都躲到海里珊瑚礁底去了……

走几步，莫滔在一条望海的石凳上坐下，闭起眼睛听海涛。

“先生，你好！”有个女人对着他说英语。莫滔勉强自己从遐思里回来，睁开眼睛。他愣了一下，才回过神：是那个上海姑娘。

“也许我打扰你了，先生。”姑娘打个手势，这种手势只有上海女人才有，优雅，但不太自信，“我不知道可不可以同你说几句？”

“当然，欢迎。”莫滔用英语回答她。

“我在这里没熟人，除了和我一起来的两个朋友。”她柔声说，“我想和年长的人说说话，有些事我还是缺少经验。”

“明白。”莫滔点点头，“我比你年长，也许可以为你效劳。”

“可是，先生，你是做什么的呀？你看上去很有知识。”她认真看他，眼光有点狐疑。

“是吗？这么说吧，”莫滔没透露自己什么也不是，只是个寓公的真相，“我研究哲学。”

“哲学？ 太好了，简直正好！”女生粲然一笑，“你可以叫我小珠。 先生，哲学上来说，什么是选择？”

“什么是选择？”莫滔想起张琪和王建，想起那两张生动的脸，“选择，就其本身来说，就是解决问题。 是的，解决掉问题而已。”

“解决问题？ 有意思。”姑娘面对莫滔站着，她的白裙子在风中飘，莫滔喜欢她的青莲色衬衣，她身材丰满，但眼神骨感，身上时不时飘出一股薄荷香气。

“问题不那么容易就解决，”她耸耸肩，“也许可以不选择？”

“选择的意义是结束难以忍受的现状。”莫滔脱口而出，不知道自己这么说是为什么。

女孩子吃惊地看着他，回头远望海天，她望了好一会儿，对莫滔说：“是的，先生你说得真好！”

莫滔坐着不动，上身僵硬，他不想站起来，也不敢请女孩子坐下，生怕会吓跑她。 他被动等待着，等待她再问其他。

终于，女孩子在他身边坐下了，问他：“你有烟吗？”

莫滔带着白万宝路和白色 Zippo 打火机，通常不抽。 他递过烟盒，姑娘抽了一支，他为她点上火。

她吸了一口，吐出轻雾：“选择会付代价。这让人恐惧。难道你总是勇于选择？”

莫滔自己也点上一支白万，他控制着自己的思绪，不让自己思绪万千。他谨慎地说：“其实不是我们自己选择，是上帝。”

女孩子说：“先生，你相信上帝？我是信佛的。”

她身上又传来那淡雅的香水味道，清洁而文雅。莫滔说：“今天我去潜水，海底下碰到你的朋友了。”

“是吗？”女孩子惊讶极了，“这么说我真的该同你聊天！我的直觉好准！你和他俩一起在海底？”

“是的。放流潜水。有一位小朋友似乎不该去，他才刚刚学，放流比较危险。”莫滔说。

女生把烟蒂放到脚底下踝过，捡起来包在餐巾纸里，手心里捏住。她转过身，鲜润的脸盘对着莫滔：“先生，如果我问一个疯狂的问题，你不要见怪！”

“什么？”莫滔被她的年轻美艳一震，往后缩了一寸，他觉得她确实有点疯劲儿了。

“我如果从他们两个当中选择一个，那另外一个会不会……会不会……报复？”

“报复?”莫滔重复一声她的英文用词，她用了一个强烈的词语，通常会引发生命危险。这是她问题的原意吗? 还是她的英语不够好，只有有限的词汇呢?

“你不可能知道，你不可能。”他安慰她，“谁能猜测呢?按照我的看法，做事不能瞻前顾后，随他去好了!”

“是吗，先生? 也许只有如此!”女生站起来，以日本式的态度朝他鞠了一躬。莫滔无奈也站起来，假装成日本人欠身还礼。

“谢谢先生，感谢你听我胡说八道。沙扬娜拉!”她转身跑走了。

莫滔呆呆站在原地。这三位的故事快要进入转折点了。牌就要摊开，面具都快撕掉，伤心总是免不掉!

他想起那个方脸的粗鲁汉子，并不为他感到可惜或怜悯，也许他的确应该出局，以失败者的身份体面地离开。

夜晚很热闹，人到了海边度假就会变成夜行性动物。

他走到东面交叉路口去。走过那中餐馆，看见张琪和王建正和华人潜店那几个潜导在室外座上斗酒。张琪笑得很俊俏，王建粗豪地站立着，好比一个石杵杵在地上，“喝光! 一口闷!五十二度的小糊涂仙，好酒!”他挡住两个歪歪倒倒的潜导，

“不，小张不能喝了，他酒量小，他的酒我代！”

酒瓶歪下来往王建杯子里倒双份的，王建看也不看酒瓶，只推开潜导乱挥的手：“我双份的，看见了？ 要喝一起喝，谁也别蒙人，喝光，我陪你，底朝天！”

“好了，好了，”张琪站起来拉，“明天还潜水，不要喝多了！”

“我们都是把白酒带到水底下喝的人！”潜导哈哈笑，“记得那个让·雷诺演的电影，拍潜水的那个？ 水下喝，才是真爽快！”

“水下喝就水下喝，怕你，我不叫‘王气瓶’！”王建边拉扯人边好笑，“我看你们已经喝到下不了水啦！”

莫滔不由自主摇摇头，快步走过中餐馆，进了潜水装备店。

十一

巴里卡莎岛就在前方。 大螃蟹船稳稳前进，蒂亚戈和莎拉夫妻俩满意地看着一船潜水客。

本来的计划是两对南美夫妻，年轻的一对带来了一方的父母，他们归蒂亚戈导潜；莎拉是陪着莫滔来的，莫滔非要一对一潜导不可。可大早上的又来了两个散客，一个是马来西亚印度裔女人，另一个是中国内地来的小伙子，不会说英语，直到见了莫滔才决定一起去潜。

莎拉多了两个潜客，宽慰莫滔说：“我们还有霍华德，他是菲律宾潜导，常驻巴里卡莎，让他带这两个客，只麻烦你给这中国人当一当翻译。”

莫滔满口答应，做生意本来是这么回事，岂有把客人赶走的道理？昨天临离开潜店，蒂亚戈气呼呼回来，告诉莎拉有一单生意黄了。他们不知从哪里接来三辆露营的车，本来安排到海边自己的小营地，哪知道其中一辆车的菲律宾客人挑剔营地离海太近，说海雾会弄坏他的好车，一语不合带着三辆车全走了。莎拉脾气算好的，没大呼小叫，只责怪蒂亚戈不会交际，心疼那没赚到的钱。今天平白多出两个客人，正好替莎拉冲冲晦气。

船上放了果酱面包和几串香蕉，也有茶包和三个热水瓶。蒂亚戈陪着南美客人说西班牙语，莎拉笑嘻嘻跟莫滔坐在一起，回答印度女人和中国小伙子的提问。海鸥绕着船飞，湿润的海风滋润着呼吸。每个人都端起了茶水……

船直接开到巴里卡莎岛的沙滩附近，第一个潜点就在岛的紧边上。

莫滔惊讶："怎么离开岸边这么近？"

"是一个峭壁。"莎拉说，"直插深不可测的海底！"

这峭壁被潜水客尊称作"大教堂"，想来必有大景观。莎拉让莫滔第一个装备起来，把印度女人和中国小伙子交给了从小螃蟹船上跳过来的霍华德，一个晒得暗沉的结结实实的菲律宾汉子。

他俩带头跨步入水，莎拉说："你记得把腿交叉起来，就不会下意识踢脚蹼，下水就快。"莫滔打个 OK 手势，照做，一下子浸入了有点幽蓝的海水。

水下六米停留了十来秒，莫滔跟着莎拉向斜下方潜下去。峭壁出现在左手边，阔大绵延，远看极壮观。脚下没什么海底，像跳伞的人看不见地面……

蒂亚戈带着两对夫妻跟了下来，那两对夫妻潜技娴熟，飘飘然就从他们身边游过去了。蒂亚戈向莫滔打了个招呼，伸手过去，在莎拉手里接一支手电。莎拉慢慢向峭壁靠近，叮叮棒在海葵和珊瑚间翻找什么，突然，她向身后莫滔招手，让他看海葵和软珊瑚间一个暗洞，一条海鳗正张开有牙齿的嘴威吓他们……

莫滔的眼神掠过莎拉曼妙的腰肢，她比海鳗更有诱惑力……

忽然看见吐出的气泡不是直直上升，而是向前方斜着飞。

莫滔感到了那股突如其来的海流，海流温和地将他推向前方。

莎拉拿着小巧的相机在拍摄峭壁上的蓝花海兔，她回头看了看，向莫滔招招手，莫滔顶流向她游近，凑过去看她拍摄的相片。

他们一起顺着流往前漂，莎拉举起低压管，继续下降深度，莫滔等她停止下潜开始平漂，看了看自己手腕上的电脑表：二十八米深。莎拉笃定地叉手在胸前，回身以坐姿看着莫滔，莫滔也交叉起双手，故作潇洒地朝她一笑……他们看见了海龟和大石斑鱼，看见海扇和蛇形海鞭，看见一队别人家的潜水客互相拉着手潜……

等莎拉和莫滔慢慢上浮到二十米的时候，海流加强了。身在水里，除了看见峭壁上的各色珊瑚像火车窗外树木飞驰，不能感受海流速度。莎拉俯身向峭壁潜去，用手招呼莫滔靠拢；这时候，莫滔也瞥见蒂亚戈带着那两对夫妻靠紧了峭壁，伸手抓住硬礁石。

莫滔向莎拉游去，拍动脚蹼却仍在原地，他奋力猛拍脚蹼，莎拉抓住了礁石，伸出自己大腿，把她的脚蹼送到莫滔面前。

莫滔抓住莎拉脚蹼，又一把抓住她小腿，才顶住了海流的力量，他伸手过去和莎拉相握，莎拉拉他贴近峭壁，他也一手抓紧了一块礁石……

等了一会儿，莎拉放开莫滔的手；流小下去，各路人马都浮起来，两夫妻带着客人继续观赏峭壁，慢慢上浮。

天气晴转成阴，阳光收敛起来，大海呈现完全不同的脾性，如今是阴沉沉的了，透着不可捉摸的机心，叫人不敢朝底下广大的阴暗里张望。

蒂亚戈的人马不见了，霍华德带着两个新手在靠上的峭壁边，不太游动。莎拉在莫滔前头往上游。他看她一眼，只看见曼妙的大腿和高翘的臀部，潜水衣把人的身材勾勒得淋漓尽致……莎拉忽然停在那里，手向后招呼莫滔，莫滔浮过去，莎拉指指前头：但见一条黑白环纹的海蛇，下半身打着旋，向海面游去。莎拉做一个非常激烈的手势，表示这种蛇是会叫人惹麻烦的。

莫滔知道环纹海蛇，据说被它咬到，人挨不过几分钟。可是，傍着莎拉，他感到一种奇特的安全感……

别家潜店那队人浮了上来，离他俩越来越近。莫滔认出了张琪和王建。王建比较老练，手里拿着照相机；张琪慌慌张张，一直把手按在面镜鼻尖上，不停在做面镜排水。

莎拉伸手到珊瑚下，拎起一条死掉的豚鱼，莫滔看那鱼，显然是被捕食者咬掉了腹部，空空地成了一张鱼面具……

离海面不过十来米了，气瓶气还足，不急着上去，莎拉带莫滔去看一只瓮形的大海绵，海绵是蓝色的，瓮里住着一对小丑鱼，转动眼珠看人……

这时候，莎拉和莫滔都看到了王建，王建如一个贼般溜到张琪背后，伸出手去，摸向他的气瓶，一下子拧紧了气瓶开关。

张琪本来在面镜排水，他停顿了一小会儿，抬起头，困惑地四处望了一圈，突然对着潜导做割颈动作，眼睛在面镜里睁得圆圆的。

潜导靠近他，试图弄懂他的意思，张琪发昏了，也不伸手去拿潜导的备用呼吸器……正忙乱，莎拉一个蛙游，靠拢去，打开了张琪的气瓶开关，她指指王建，做了一个警告手势。

张琪呼吸到了空气，潜导拎着他，慢慢上浮去海面。王建若无其事地凑到珊瑚上看海马……

出水的时候，大鲸潜店的船就在身边，莎拉拿掉面镜，笑嘻嘻让莫滔靠拢她，她脸庞凑过来，脸贴着莫滔，拍了几张合影，背景碧海白船……

上得船来，蒂亚戈和他的客人还在海下，霍华德和印度女人在船上坐着，中国小伙子跳到海里游泳去了。莎拉倒了两杯热茶，递了莫滔一杯，莫滔觉得她眼光里的糖分增加了……

十二

当天第二个潜点是“皇家花园”。下水时候，接近正午的天空云层散开，红日高挂，海域映得透亮，一扫上午海下的阴沉。

第一潜到了海下二十八米，第二潜按理不应当超越这个深度。

下到十来米深处，大鲸的潜客遭遇海龟群，同海龟玩得不亦乐乎，纷纷合影。等看见华人潜店的潜水客也次第下水，他们才把海龟留给后者，向前探寻……

莎拉还是慢慢浮在珊瑚上拍微观照，蒂亚戈和霍华德的人马都漂出了莫滔视野。她向他一招手，两人一起慢慢观赏着，逐渐降落到十七八米深处，大海岂不就是一颗蓝宝石？蓝宝石里，岂不只有你我两个潜客？

突如其来，没做任何动作，莎拉和莫滔就向海洋深处插下去。看那手腕上电脑表，二十五米、三十米、三十五米……

正如晴天一个无声霹雳，他们真遇上了传说里的下降流！

莎拉一把扯住莫滔的气瓶阀门，示意他往 BC 里充气。 BC 不停地鼓了起来，可深度却还在增加，竟然已到了水下四十二米深处！ 莫滔几乎能听见自己肺部的轰鸣，他惊恐地去看余量表，气瓶余量一下子已降到 120 巴！

莎拉环顾四周，看见有两个人，不是大鲸的人，是早上那两个中国人。 莫滔没看见张琪和王建，他惊恐不已，脑里空白。

莎拉观察气泡，气泡是往下的，下降流非常强，把他们压住了。 现在落到四十五米深度，他们顶住了，不再往下降，但也浮不上去。 莎拉一手扯住莫滔，一手放在低压管上，仔细盯着电脑表上的深度，而电脑表提示的四十五米深度安全停留时间只剩下五分钟……

忙里偷闲，她扭头看了看那两个中国人，他们往下落到五十米左右深处，在那里试图往上打蹼……莎拉一看见电脑安全停留时间接近完毕，就四十五度斜着往上打蹼，莫滔学她样子，奋力折腾，终于一起上浮到海下三十九米。

三十九米有了稍多安全停留时间，可是，这依然是耗气的深度。 莎拉察看莫滔的余气，竟然只剩下 80 巴！ 她非常忧虑地凑近他面镜，看着他眼睛，用手示意他慢慢深呼吸，不要喘气。莫滔点点头，冷静下来，照做了。

他和莎拉一样，看见了离开他们十来米深度的张琪和王建。王建拉着张琪，一直在直直向上打蹼。莎拉向王建做了几次手势，让他往斜刺里用力，呈四十五度上浮，不过王建根本没朝她看。莎拉停留了五分钟，又和莫滔斜着上浮到海下三十三米。

莫滔知道自己氮醉得很厉害，恍然梦中，渐渐忘了下降流的凶险，只觉得莫名其妙的开心。莎拉是谁呢？好亲切，又非常聪明，仿如人间没有的仙女，这会儿正在一个奇怪的地方照料他，叫他觉得周身轻飘飘。他看见王建查看张琪的气瓶余量，张琪露出一种微笑，吐出的气泡和王建的气泡相比，简直是浓烟，都缓慢向下沉……

莎拉把莫滔扯到二十八米深度，他的氮醉顿时解除了，一下子意识到周身凶险：他的气瓶余量已到达了理论上该马上上浮水面的50巴，然而他还在二十八米深度！莎拉和他的BC都充足了气，却一点不见浮力，这下降流持续了很久，没有减弱迹象。

莎拉看了看深度提示，低头去望王建和张琪。张琪已经把自己的呼吸器二级头甩掉了，拉着王建的备用二级头吸气。两个人一起呼吸王建的气瓶，人都还在三十五六米深度！

莎拉感到下降流松了一些，她试着直线上浮，还是吃力，改成四十五度上浮，两人到达了二十三米深处。她看看莫滔的气量，只有30巴了。莫滔小心翼翼吸着气，憋得昏昏沉沉……脚底下那两个，仿佛找到了上浮窍门，也斜刺里浮到二十五六米深度，离开莫滔只一箭之遥。张琪醒悟过来，惊恐地大口呼吸，气泡乱冒，大珠小珠蒙着他脸……

莫滔吸不到气了，他没向莎拉示意，该来的时辰终于来了，最好别在女人面前孬种。他闭起眼开始想这辈子最美的那些瞬间……

莎拉警惕地看看他越来越细微的气泡，把备用二级头递过来；他摇摇头，对莎拉笑了笑，想甩开她，独个儿往海深处坠落下去……莎拉啪地在水里打了莫滔一个耳光，把备用二级头塞进他嘴里，一手拎住了他的气瓶头……他俩也开始共同呼吸莎拉的气瓶，莎拉还有30巴余量。现在深度十八米。每上一段距离，就要奋力打蹼，快速耗气。

只有赌上一赌了，莎拉示意莫滔把小腿盘起来，不要打脚蹼，降低呼吸量，她一个人打蹼，把他带上去。莫滔明白她意思，他们一下子又上了不少。莎拉的气瓶余量接近了25巴！

他们不约而同低头寻找王建和张琪，这两个也上来了不少，不过他们的气瓶恐怕撑不住了！莫滔想起上午王建潜到张琪背后关掉他的气瓶……当然，常常有人这么恶作剧，开同伴玩笑而已……

莎拉是行家，她看见张琪已经吐不出大珠小珠，气泡越来越小，在他伏低的头颅周围萤火虫光般绕着。

这时候发生了一件奇怪的事：王建伸手在张琪的头顶上抚摩，他扯掉自己嘴里的呼吸器二级头，往海里一扔，奋力斜刺里打蹼，打个不停。下降流减弱，两个人瞬间接近了莎拉和莫滔的深度……

莫滔看见王建扯掉了自己的面镜，露出一个粗野而用力的笑容，他的嘴里冒出一小串气泡，脸慢慢凑到低压管口想去吸BC里的余气，突然身体就僵在蓝色水里不动了。张琪抬起头，他还在呼吸，他看见王建的脸，他凝视那张僵掉的脸，忘记了踢动脚蹼……

下降流瞬间就消失了，莎拉一看见表上深度跳动，立刻抓过莫滔的低压管一起放气，不让自己快速上升，张琪却被充满气的BC一下子放火箭般冲到水面去了……莎拉踢动脚蹼，见气瓶余量还有，不由得在海水里就喊了一声“感谢上帝”……

隔着薄薄海面看见扭曲的天空，池塘里那老王八绿豆大的目光从莫滔记忆深处浮起：老王八不想吃掉落水的孩子，老王八惊恐不已，老王八划动脚蹼升上池塘水面，它吸引了听见水声想过来看看能否捞王八下酒的门卫，门卫奔来伸木棍撩王八……小莫滔见浮萍分开，天上一个高大人影，他伸出手去，一把捏住了蛇般入水的棍子……门卫没逮到王八，却捞出了活小孩……

后来，黄昏海里，他在大青衣不舍的缠绕中分辨出那天边黑点是驶回来找他的澳洲潜水船，他喜极而泣，他不能不信天上有一对眼睛，那眼睛的主人照看着自己……

若不是莎拉，这些年以来，他差点忘记了天上的眼睛……

第二天上午，莫滔走来大鲸潜店告别莎拉和蒂亚戈。蒂亚戈在泳池里教两个新到的日本客，他必须为前一天自己的客人全部脱险感谢莎拉和霍华德，他们是他潜店生意成功的秘诀。

莫滔结清了款项，不过他不知道如何对莎拉说他的感觉，那感觉像许多不同的东西搅绕一起，无法先说什么后说什么。莎拉看看他，笑了笑，叹了口气。

他们一起浮到水面，看着华人潜店的船工打捞王建和张琪，张琪脸上不知道是鼻血还是吐出的血，反正非常可怕，不过他还在喘气……莫滔在水面握住莎拉的手：“你为什么把自己的空气给我？我差点就害了你！”莎拉搂住他呜咽了一下：“下降流太强了，我从来没见过，你的忧虑是对的！”莫滔也搂住她：“谢谢你救了我！”莎拉放开他，看见蒂亚戈他们纷纷出水，她笑了：“谢什么？ 你是我的客人，我要保住自己的饭碗！”

“我该怎么感谢你呢？”莫滔叹了口气，望着潜店外一望无际的蓝色海水和天上白云。 莎拉不知道她偶然间驱走了他心里长久的魔鬼。

莎拉敲敲桌面：“我说，你昨天该付我双份的一对一导潜费嘛！”

莫滔依言付了钱，他说：“我还会再来！”

他拥抱了莎拉；莎拉说很高兴和莫你一起潜水。 他向泳池边的蒂亚戈挥别，蒂亚戈高喊道：“你和莎拉潜水很开心嘛！”

他走进自己的宾馆拿行李，正看见殡仪馆的菲律宾人从华人潜店里抬王建尸体出来。 那女孩哭着跑在担架后面，只不见张琪的影子……

莫滔深吸一口气，分辨出这口气里不再有死亡，生命喧嚷骚动。

我们的师傅

凡一平

授奖词

《我们的师傅》的叙事有一种近年来小说创作中久违了的好看，我们仿佛重新置身于某种透明的作为中性感光底层的现实主义，不再有导游一样的叙事者喋喋不休地告诉读者什么，而是事件、对话和人交缠在一起自行向前。读者不自觉地跟随，突然被一种巨大的温柔击中，并愿意停留在那个相濡以沫的世界里。

我

我的师傅死了。

他死去的消息是大哥告诉我的。大哥来南宁看望住院的大嫂，只呆了半天就要回去。他说韦建邦死了，明天出殡。韦建邦虽然不是我们的什么亲戚，虽然他的一生很坏，但总归是本村人，如今他走了，送一送是应该的。

大哥的话是在为他的匆忙返回说明理由，但在我听来却是一种提醒，或一种规劝。韦建邦曾经是我师傅，教我偷窃，大哥是知道的。为此大哥恨死了他，也恨死了我。直到后来我洗心革面，并成为一名作家光宗耀祖，大哥才原谅了我，也似乎原谅了韦建邦。

我该不该回去为我的师傅送葬?

大哥没有明示，就走了。他去汽车站乘车。我呆呆地在医院坐了好长一会，又在我的奔驰车里冥思苦想了许久。

然后，我给大哥打电话：等等我。

我开车回上岭。大哥坐在车上，喜滋滋的，像是捞虾的时候捕得一条大鱼回家，眉飞色舞跷腿坐在太师椅上，像个功臣。他现在就跷着腿，朝着车窗外扬眉吐气，不时看我两眼，像是满意我回去奔丧、送韦建邦上路的行为。大哥是个好虚荣和要面子的人，有我这么一个有头有脸的弟弟，去为村里一个被诟病一生的逝者送别，这是慈悲为怀并且家教极好的表现。我也看了看极有成就感的大哥，说你可以在车里抽烟。大哥的一只手本来就在兜里，直接抽出来，连带着一盒烟，是我抽不惯送给他的硬中华。他把一支烟叼到了嘴上，正要点火，却放弃了。他说算了，还是不抽。

车子到了乡里，准备经过圩场，我停了下来。大哥和我都下了车，一同抽烟。我边抽烟边向圩场走去。圩场人流稀疏，或许天色已晚的缘故，也或许不逢圩日。我站在空旷的圩场中央，像站在一个恐怖的山谷。关于我童年在圩场所做或发生的一切，像溶洞中受惊吓的蝙蝠，呼啦啦地飞出，向我扑来。

我的第一次行窃，便是在这个圩场。

那年，1972 年，我八岁。

在实地行窃之前，师傅韦建邦对我的教导和训练，已经有一段时间了。我们从来不在师傅的家里受训，而是在山上的岩洞、悬崖，以及河边的乱石滩、沙滩，还有河中等。这些艰险的地方是我们的训练场，我们在这里那里摸爬滚打、攀登和奔跑，令行禁止，像一群特种兵。事实上，师傅韦建邦就是把我们当作特殊的战士来培养和教练的。为此，他专门带我们去公社看过三部电影，一部是《奇袭》，另一部是《铁道卫士》，还有一部是《渡江侦察记》。这三部反美、反特和反蒋的电影，其中的英雄人物或正面形象，是我们学习的榜样。师傅要我们学习他们的机智和勇敢，如何达到目的或完成任务，又保全自己、再接再厉。同时，师傅强调了解反面人物的重要性，他先搬出一句“知己知彼，百战不殆”那时我们还听不懂的古文，然后解释这句话的意思，是说如果对敌我双方的情况或底牌摸得一清二楚，打起仗来一百战也不会有危险。师傅的学问和教学方法让我们佩服。后来我们知道，师傅是在宜山上的高中，那是一所著名的中学。若干年后我考取的河池师专，学校所在地便是宜山，与师傅的母校一河之隔。

我说的我们，指的是与我同一批受训的学徒，或者同学。他们是蓝上杰、韦燎、覃红色和韦卫鸾。但是我们在一起的时候，是不允许互相称名道姓的，只叫外号。师傅给我们起的外号分别是：我——老鼠，蓝上杰——黄狗，韦燎——野兔，覃红色——老猫，韦卫鸾——花卷。

在这些外号里面，花卷算是比较好听的，可能是韦卫鸾长得好看的原因吧，她也是我们这批学徒中唯一的女性。

经过一段时间的刻苦训练，并且通过了严格的考核，我们终于要实战了。师傅给我们的任务是：偷收购站韦有权的钱。

那天是圩日。那时的市场是七天一圩，也就是逢星期天便是圩日。星期天圩日，对还在念书的我们来说，是行窃的好日子。

那天的圩场像往常的圩日一样，热闹和有序。如果说有什么特别或不一样，就是圩场上出现了五个八到十岁的身怀绝技的儿童，这是一个训练有素的偷窃团伙，今天是他们第一次出任务，也是一次大考。而且他们是独行，师傅没有出马。师傅为什么没有出马？我后来想，不是因为师傅信任我们，而是为了保护我们，也为了保护他自己。师傅是个贼，他的声名十里八乡都知道的。他如果出现在圩场上，就会引起人的惶恐，就像黄鼠狼出现在鸡群里鸡一定会紧张和警惕一样。

我们在圩场的出现，果然没有引起人们的注意，像几只小黄鳝钻进了鱼塘一样。

收购站在街的西侧，在邮电所和食品站的中间。那是人流密集的区域，也是现金收支最多的地方，我如今用金融中心来形容它。我们到达收购站的时间是上午九时许，韦有权柜台上的座钟有指示。我们选择在这个时间到达，是因为这个时段人开始多，而韦有权掌握的钱还有大部分没有支付出去。这是我们的可趁之机。

在这之前一个小时，我跟踪韦有权去信用社取款。他住在公社的宿舍，这是师傅告诉我的。公社就是后来的乡府。我认得韦有权，我拿松鼠皮卖给过他。一张松鼠皮收购标价是一角钱，但他通常给我五分，最多八分。他克扣的原因是品相不好，就是看不顺眼，总之是他说了算。我听很多人说他们卖给收购站的货物，都被韦有权克扣，没有得过全价。收购站就是韦有权一个人，他大权独揽，为所欲为，被人们背地称为南霸天。

更早的时候，我就在公社宿舍守候了。而我出门的时间还要早，鸡叫就出门了。我悄悄离开家，来到河边。师傅已经在竹排上等我们。我、黄狗、野兔、老猫和花卷到齐了，他便把我们渡过河去。我们六个人站在四根竹子连结的排筏上，光着脚。因为超重，竹排没在了水里，河水也漫过我们的脚踝。我感觉到刺骨的冷，因为这是岁末冬天。我相信其他人的感觉也和我一样。但我们都站得很稳，像已经抽穗的水稻一样。竹排渡达河对岸，师傅先上岸，然后一个一个地接我们上岸。他一句话都不说，似乎嘱咐都含在牵着我们的手里了。然后我们穿鞋。等我们穿好鞋，发现师傅已经不见了。他和竹排消失在清晨的河雾中。

岸边是公路，沿着公路往西走五公里，便是菁盛的圩场。我、黄狗、野兔、老猫和花卷离圩场还有一公里的时候，便分开了，各行其是。

盯梢是我的工作。

公社宿舍有两排平房，韦有权住在后面一排右数过来第二间。这也是师傅事先告诉我的。他虽然没来，却什么情况都懂。我爬到两排房子靠右侧的一棵树上，开始俯看。

韦有权的房门开了。他先出来刷牙，披着一件棉衣。然后他再进去，过了一会出来，还穿着那件棉衣，却比先前光鲜齐整多了。他的头发油油亮亮，全往后翻，像一边倒的草丛。他关门而不锁门，说明屋里还有人。一个带绳的包拎在他手上，随意地轻飘晃荡，说明包里现在没钱。他一边走一边吹着口哨，说明他昨晚上睡得或过得很舒服。过后我知道他有一个比他年轻二十岁的妻子。

等他走得一定远，我从树上下来，随在他身后，保持不被他发现的距离。

他走到位于街中心的信用社，进去，一定是取钱。出来的时候，他原来拎的包变成挂着了，而且还搭上了一只手，像加了一把锁。

他往收购站去。收购站已经有卖货的人在那里排队了。其中就有我们的人，他是老猫。老猫的手里拎着一个麻袋。我知道麻袋里是一条蛇。黄狗、花卷和野兔我虽然没有看见，但我知道他们就在附近，在相应的时机才会出现。

韦有权一到收购站，所有人整排地让开，给他通过。他拔出别在裤腰带的钥匙开门。开门后他一点也不着急收购，而是先检查收购站里尚未运走的动物，看看有没有死的。果然有一只死的，那是一只果子狸。他不慌不忙、不痛不痒把果子狸从笼里拿出来，放进一个桶里。然后他给活着的动物食物和水。罢了，他搓搓手，像是把气味搓掉一样。他终于坐到了柜台边，打开抽屉，把算盘拿出来摆上，把笔和笔记本摆上，还给钟上链。做完这些事情，他才把挂包从身上拿下来，放进抽屉里，目光也跟随进了抽屉，手在抽屉里还有动作，像是拉开拉链和区分大钱和零钱。

第一个是卖蛇的。是一条眼镜蛇，一个五十岁左右的男人。排队的时候他就一直拿着，双手拿捏得十分老到，像是个专业捕蛇者。韦有权也像跟他很熟，看了蛇一眼，就示意他自己将蛇拿到一边的蛇笼去放。等他回来，韦有权给了他四元钱。他满意地走了。我看了看墙上眼镜蛇的收购价格，是一斤一元。那条蛇目测也是四足斤。说明韦有权也不是每个人都克扣的。

第二个是卖金银花的。是个老婆婆。老婆婆的金银花装在一个背篓里，满满当当的，已经晒干，我估摸有五斤左右。韦有权将金银花过秤，扣除背篓的重量，果然是五斤。但是韦有权以金银花未干为由，扣掉了一斤的水分，只付了四斤的钱。老婆不服，央求韦有权再给三毛钱。她举着手里的一只空瓶子，说再给我三毛钱买煤油吧。但韦有权就是不给。老婆婆只能走了。

接着轮到老猫了。老猫摸索麻袋将蛇头摁住，然后一只手伸进袋子里，捏住蛇头，将蛇拖出来。这也是一条眼镜蛇，有两斤重，半米长。老猫一手抓蛇头，一手握蛇的尾部，像捧着一把剑，战战兢兢正要交给韦有权的时候，蛇忽然滑出老猫的手，掉落在地。

一声尖利的喊叫，在这个时候及时发出：毒蛇咬人了！

喊叫者是花卷，我知道是她。制造混乱策应老猫是她的任务。

收购站果然乱作一团，顿时像炸开的锅。人们四散躲逃，我推你，你推他，像电影里遇到轰炸的平民。

地上的蛇爬到墙根，走投无路。它昂起头，面向人，吐着蛇信子，威吓着观望它的人。

韦有权坐不住了。他站起来，离开柜台。他操起一把摄叉子，独自并且从容不迫地向蛇走去，像个孤胆英雄。他手里的摄叉子一下夹住了蛇的七寸，将蛇控制。他回身看见了当事人老猫，看着足有两斤的蛇，恶狠狠地说：一斤半。老猫没有异议。韦有权将蛇直接拿到蛇笼去放，然后返回柜台。

他拉开抽屉，准备掏钱付给老猫。发现包不在了。

但我在，花卷在，加上老猫，我们都还留在现场，像三个诚实、勇敢的孩子。

公社公安很快就来了，就一个。我们认得他，叫谭公安。谭公安原本不认得我们，但现在认得了。他问了我们的姓名，还问了我们之间是什么关系。老猫说我们是同一个村的人，那条蛇是我们三人共同捕获的，一起拿来卖，然后一起分钱。谭公安让我们把身上的东西都掏出来。我们掏出身上所有的东西，就是没有钱。韦有权又一一搜我们的身，见不到一分钱。谭公安相信我们，把我们放了。我们开始还不走，因为韦有权还没有把钱给我们。韦有权骂咧咧说他妈的，你们没看见我的钱都被偷光了吗？要钱没有，要不你们把蛇拿回去！

我们选择了把蛇拿回去。在回去的半路，老猫把蛇放生了。这条蛇没有牙齿，是师傅事先亲自拔掉的，他不想因为谋财而闹出人命。而我们选择把蛇拿回，是不想让韦有权和公安过后发现蛇的秘密或真相。

我、老猫和花卷见到师傅，黄狗和野兔已经在师傅身边了。看到黄狗和野兔，我知道韦有权的钱，已经变成了我们的钱。按照计划，我负责侦察，老猫负责演戏，花卷负责助演，黄狗负责技术，野兔负责接应。所谓的技术和接应，就是黄狗趁乱偷走了钱，再交给在外面的野兔转移。

师傅当场给我们五个人每人一元钱。

那趟偷的钱我至今不懂具体的数额，但至少上百元。我问黄狗和野兔，黄狗说我看都不看就交给了野兔。野兔说师傅教育我们不该问的不要问，你问了不该问的问题。

有一段时间我对师傅耿耿于怀，觉得他是在剥削我们，压榨我们，像资本家和地主老财。我甚至还诅咒过他死。直到若干年后我考上大学，从第一学期第一个月起，我每个月都收到十元的汇款，汇款人没有留名，但我知道是师傅寄的。在大学时期，他没有中断过汇款。我相信他给我寄，同样也会给老猫寄，给黄狗寄，给野兔寄。花卷虽然没读大学，但师傅肯定没少资助她。她是女孩，是师傅最疼的人。

“小弟，我们走吧。”大哥在说话。

大哥看见我在圩场上站得太久，又什么东西都没买，知道我只是在回忆。

我第一次行窃那天，回到家，大哥问我一天都去了哪里。我说我去赶街了。大哥从我身上搜出了一元钱，问钱是从哪来的？是不是偷的？我当然说不是。我说我和蓝上杰韦燎他们抓得一条蛇，拿到收购站去卖，分得的。大哥当时信了。但是很快，收购站的钱被偷的事情传到大哥那里，我被大哥狠狠揍了一顿，要我承认钱是我偷的，是韦建邦教唆的。我当时想打死都不能说。大哥见我被痛打都不认，才觉得冤枉了我。他大概也认为，假如收购站的钱是我偷的，我的身上不可能只有一元钱。在这一点上，师傅的确是保护了我。也保护了他自己，因为那天，师傅一天都在村里晃悠，他有足够多的收购站失窃事件不在场的人证。

陈年往事，大哥是不可能追究了，甚至都不记得了。此刻站在他身边的弟弟，已然是人五人六、社会名流，纵使有可耻的过去，那都是可以忽略和谅解的。就像韦建邦，他如今人已死，一生和一身的罪业，都可以宽恕，并将归于尘土。

我继续开车，去送别我师傅。

师傅的家在上岭村的东头，我家在西头。也就是说，红水河从上岭村流过，师傅家在下游，我家在上游。在不通桥梁之前，行人要从码头过，进出村庄，是从上游过。如今有了桥梁，建在东边，车辆进出村庄，则变成从下游走了。

临近村庄，大哥说，我们坐船过去吧，把车留在河这边。

我说，为什么？

大哥说避讳。你的车是新车好车，不宜经停丧家。另外，你现在的身份，也不便过于张扬。

我接受了大哥的建议。

我坐船渡河。天色已黑，所有的景物都只是一种颜色，家乡的山峦和河流两岸的竹林，像是一幅涂上焦墨的图画。河面上是有一些波光，但不足以映照那庞大的山水。

摆渡的艄公是我小学同学，叫潘得康。他的家离我家也就是十米远。小时候他去学校上学，要路过我家，而我从码头外出和回家，则必须经过他家门前。他在我们班上，是最守规矩的老实人，却只读到小学毕业就辍学了。他要接他爸爸的班。他家祖孙三代都是艄公。摆渡是他们家的专属，甚至码头也是。码头现在叫得康码头，但原先不是，而是以得康的爷爷命名的，得康的爷爷死后，就以得康的父亲命名，现在以得康的名字命名码头，意味着得康的父亲也死了。他的父亲在他十二岁的时候就死了。他十二岁开始接班，意味着他已经当了四十三年的艄公，因为他与我同龄。得康码头原来陡峭和窄小，有一百年以上的历史了，它是由先人踏出来的，而非开凿而成。它在十年前得到修建，我是做了贡献的，或者说跟我师傅有关。

十几年前，师傅与得康忽然到南宁找到我。他们的到访就是与码头有关，具体地说就是来找钱修建码头的。得康开宗明义，说码头虽然是以我家的人命名的，但所有权属于集体，属于上岭村，也就是说属于国家。他言外之意，是国家能给钱修建码头就好了。而我是领国家工资的人，帮助找到国家的钱来修建上岭村的码头是我的责任。

关于码头的事，师傅一言不发。但他的到来和在得康身边、在我身边的存在，却胜似千言万语。我从前的、偷窃的师傅，已经断了联系二十年、回村也不再见面的师傅，突然出现在我的眼前，让我十分激动和害怕。他或许是自愿来的，或许是被得康"绑架"来的。得康为码头的事，为什么要带上韦建邦？说明他知道我和韦建邦曾经的师徒关系，不可能不知道。他要挟韦建邦，再用韦建邦来要挟我？

师傅已经是老人了。他那年应该已近七十岁。头发已经基本掉光，剩下没几十根，发白和细软，像荒漠中的残存的草，也维持不了多久。我招待他们吃饭的时候，发现他的牙倒是结实和齐整，咬得动我夹给他的鸡胸脯，应该是装了假牙。

我满口答应：你们放心，修建码头的钱，包在我的身上。

我找到修建码头的二十万元钱，已经是两年后。两年来，码头成为我的一块心病，为了找钱治病，我不遗余力，多方求告。终于，自治区财政厅专项拨款二十万，层层下放到市里、县里、乡里，由乡里实施修建。码头修建好了，我药到病除。

船只向对岸的码头驶去，我的同学潘得康驾轻就熟。因为我的归来，他兴奋地说个不停。他肯定知道我这次为什么回来，为谁而来。他说，你坐船过河是对的。我早已经在这里等你了。我晓得你一定回来。我说，现在有桥了，还有人坐船渡河吗？这个我以为老实的同学幽默地说，你就是。

船只靠上码头。我和大哥上岸。大哥问我要不要先回家，休息到天亮再去。

我说，我自己去就好，你休息。

师傅的家灯火通明，人声鼎沸。周边的人家也被灯火照亮，被不眠的人激活，仿佛一个夜市。

我像一名不速之客，进入灯火和人群中。我本想在房屋外边先找个角落，默默观望和缅怀我的师傅，但我肥胖的身躯和独有的光头特征，很快引起了人们的注意。一个司仪过来，引领我去上香。

我走进师傅的家。在灵堂前，我首先看见师傅的遗像，像一个粗藤盘结的树根，在等候我。我瞻仰师傅，他沧桑、黑黄、浮肿，脸上满是皱褶和斑点。这应该是他晚年的照片。师傅年轻的时候可不是这样。他英俊潇洒，红光满面，像电影里的好人。从某种意义上说，我拜他为师，是被他的相貌所吸引。他的长相和气质的确和村里人不同，他一点都不委琐，也不粗鄙，尽管他是个贼。他为什么是个贼？或者说他为什么成为贼？他的经历让我好奇，为此我接近他。我走近他之后，发现他有满肚子的故事和满身的本事。他字写得好，画画更好。总之，他令我着迷，也令蓝上杰、韦燎、覃红色和韦卫鸾着迷。严格来说，我们拜他为师，是为了成为有本领的人，而不是为了做贼。后来我们果然都不再做贼，或者说我们除了贼的本领不再使用，师傅教给我们的其他本领，我们各有专长，都用到了极致。

我接过司仪递来的香，跪拜我曾经敬爱也曾经怨恨和疏离的师傅。我一边跪拜一边默念：师傅，请走好。谢谢您，师傅。师傅，对不起。

师傅的众亲属在给我鞠躬回礼。他们守在棺材的两旁，披麻戴孝。我知道师傅没有子女，所谓的亲属，应该只是叔侄、堂、表、外甥的关系。师傅的房子，在几年前进行了重建，十八米宽三十米深、四层的楼房，在村里算是上好。师傅在人生接近终点的时候，为什么还要起新房？ 我想无非是为了给他埋怨一生的亲属们有个交代或回报吧。 毫无疑问，师傅如今死了，他的丧事无比隆重，因为天明出殡之后，这幢房子就不再是师傅的了。 他的亲属将继承或分掉他的房子。

法事已经在进行。 在屋外新搭起了帐篷，菁盛乡最著名的道公和风水师樊光良，正率领他的团队，敲锣打鼓念唱经文。他们专心投入、精神抖擞，像一支不辞辛苦、敬业为民的文艺轻骑兵。

发现我来了，樊光良离开他的团队，走过来和我打招呼。招呼过后，他仍没有归队，继续和我说话，则变成聊天了。 樊光良是我高中同学，他的学历也止于高中，但他的道行神通，非我作家兼大学教授所能比。

老同学，你来了，就是对师傅最好的超度。 樊光良说。

你凭什么认为他是我的师傅？ 我说。 我对樊光良的指认感到吃惊，因为我上高中时已经不做贼了。

我晓得，他是你师傅。 我也有师傅，这没什么。 樊光良说，他摸着他的胡须，像抓着什么把柄一样。

人非圣贤孰能无过，逝者为大，这你应该懂吧？ 我说。 我的意思是让樊光良不要纠缠我和韦建邦的师徒关系。

对的，我对你讲的就是这个意思呀。

我说，你是大师。

樊光良说，可是你比我有出息。

那可能是因为我们的师傅不一样。

你凭什么认为我们不是同一个师傅呢？ 樊光良说。

我吃惊，是吗？

我比你晚些年拜他为师，只是你不晓得而已。 樊光良说，他点烟抽，也递给我一支。 我不是你那批学徒和那个团队的。

那为什么我不知道你，你却知道我？

所以我成了道公，你成了作家和教授呀。

我心里骂了句狗日的，嘴上却说你才是人类灵魂的工程师，因为你天天和灵魂打交道。

没错，他边说边笑，我们的师傅，该为我们骄傲。

就像你那帮正在唱念做打的徒弟们一样，他们也应该为你这个师傅感到骄傲。

我和樊光良表面轻松和谐其实针锋相对地聊着，反正我打算在这里一直呆着，直到出殡。 有樊光良在，正好可以解闷和解乏。 他陪我聊个把小时，再过去念一会经，又过来和我聊，像是两边开会或应酬的领导。 我说你这么不用心，不专心，不怕师傅收拾你吗？ 樊光良说我与师傅通灵了，照顾好你，正是他的意思呀。

我竟然莫名地感动。

半夜三更，吊唁的人大多已经散去，或已经睡着，忽然来了一个人。

她穿着黑色皮衣，挂白围巾，沉重而急速地向房屋走来，径直朝灵堂进去。 我在屋外看见她朝逝者跪拜、上香、斟酒。 虽然她背对我，身影也不熟悉，但我心里仍跳出一个永不能忘的名字：花卷。

等她出来，我迎上前去。 她也看见了我，认出了我。

她叫我的学名：樊一平！

我说你怎么知道是我？

她说你太好认了，电视上也见过你。

我这个样子的确是不能犯罪了，因为不好逃。

那我是谁？ 认出来吗？

我说花卷。

她不生气，说：真名呢？

韦卫鸾。

韦卫鸾

韦卫鸾是村里韦庆雷和农妹花的大女儿。她八岁的时候，下面就有四个妹妹和一个弟弟。可想而知，她家的境况会有多惨，她的日子会有多难。

我和她是小学到初中的同学。

拜韦建邦为师傅，是我拉她加入的，或者说是我引见她接触了韦建邦，拜师是她的自愿。

小学一年级暑假放假那天，我追上在赶回家的韦卫鸾，说我带你去见一个人。韦卫鸾说不去，我要回家干活。我说那个人很好很好玩的，他可以教我们玩。韦卫鸾说是谁呀？我说韦建邦。她一听，吓了一跳，说不不，韦建邦是坏人，我爸晓得我跟他玩，会打死我。我说我跟他玩都有半个学期了，我大哥到现在都不晓得。她不答应，继续走。她垂在背后的辫子一甩一甩的，像抽人的鞭子。我以为愿望落空了，没想到她在离我十五步的地方停下，忽然回头，说你讲的都是真的？

我领衣不蔽体的韦卫鸾去见韦建邦。我们在韦建邦家门外的时候，听见他在拉二胡。那旋律相当的特别，和我们平时听到和唱的歌曲不一样。后来我知道他那天拉的是《二泉映月》。

我和韦卫鸾顿时被音乐吸引，但为了不打扰他，我们就在门外站着听，直到音乐停止。我们进去。

韦燎、覃红色和蓝上杰已经在房屋里了。原来刚才的曲子，是韦建邦拉给他们听的。

韦卫鸾的到来，让韦燎、覃红色和蓝上杰很惊讶，也很兴奋。他们围着韦卫鸾团团转，像是一群黑猫围着一只白猫。我很得意，因为他们想做而做不到的事情，我做到了。

韦建邦却不高兴，他训斥我：你带她来干什么？

我脑子飞转，找到一个理由，说她会唱歌。

韦建邦看着瘦不拉几的韦卫鸾，说唱一个我听听。

韦卫鸾也不怯场，唱了起来。她唱的是《红灯记》的选段《我家的表叔数不清》——我家的表叔数不清，没有大事不登门，虽说是虽说是亲眷又不相认，可他比亲眷还要亲，爹爹和奶奶齐声唤亲人，这里的奥妙我也能猜出几分，他们和爹爹都一样，都有一颗红亮的心。

韦卫鸾的嗓门把我们镇住了，我们目瞪口呆，像一群面对鲜草嘴巴却套上了笼子的羊。

韦建邦微微点了点头，说：但是需要调教。

这句话一下子把韦卫鸾控制住了。她像迷途中遇到了一个领路的人，决心跟这个人走。她眼巴巴看着韦建邦，生怕他不教她。

一个星期后，我们正式拜韦建邦为师傅。我们的初衷，是要学他身上所有的本事。

师傅说首先，我要教会你们活下去的本领和方法。

这个本领就是偷窃。

我们起初都很惶恐，是不愿意的。韦卫鸾最不愿意，她央求师傅：我可以不学这个么？

师傅说：我不养不能自食其力的人，你走吧。

韦卫鸾没有走，那时师傅刚教她学会了简谱，五线谱正开始学。她舍不得孜孜以求的音乐本领，最终留了下来。

在师傅的教导下，经过一段时间刻苦的体能和技能训练，我们学会了偷窃的本领。在实际行窃的前一天，师傅制定了一条行窃的准则。

师傅说：你们要牢记一条，穷人和亲戚的东西不能偷。

师傅没有解释为什么穷人和亲戚的东西不能偷，但我们大致能懂。穷人本来就穷，东西再被偷走的话，就更难活了。亲戚的东西为什么不能偷，因为那是亲戚。

所以第一次行窃的对象，我们选择了既不是穷人也不是我们大家亲戚的收购站的韦有权。

行窃之前，一对一的时候，我问韦卫鸾，你害怕吗？

韦卫鸾上下牙齿打架，哆嗦得说不出话来。

我说：到时你要喊的，你现在就开始喊。喊出来就不害怕了。

她说：朝什么地方喊？ 朝谁喊？

我说：朝着高山喊，朝着河喊，朝着我喊。

喊什么？

就按师傅吩咐的。

于是，韦卫鸾朝着高山，朝着河，朝着我，连喊了三句：毒蛇咬人了——毒蛇咬人了——毒、蛇、咬、人、了！

喊完她就哭了。

等她哭完，我说：还害怕吗？

她说：万一我被抓了，你会不会救我？

我说：我拼小命都会救你。

她笑了。

首次行窃成功之后，韦卫鸾换上了一套新衣裳。我知道一定是师傅给她买的，至少是悄悄多给了她一套做衣服的钱。那时候买布还需要布票，她家有的是剩余的布票。穿上新衣裳的韦卫鸾越发的好看，真正的像一朵花。她那套印花的衣裳，随着身体和岁数的发育增长，像击鼓传花一样。我后来看见她二妹穿，她三妹穿，她四妹穿。她们四姐妹，像山冈上的四棵树，所有的风都为她们吹，所有的日子都为她们破碎。后面四句，是我多年后读到的海子的诗，用来形容多年前的韦卫鸾四姐妹。我觉得海子的这几句诗，就是为她们写的。

师傅认真地教韦卫鸾音乐。到小学五年级的时候，他忽然说：我教不了你了。

韦卫鸾以为师傅不喜欢她了，伤心难过地说：师傅，我什么地方做错了，我一定改。

师傅说：你想继续进步，就需要更好的老师。

韦卫鸾说：谁呀？

师傅写出来：克里斯蒂娜・迪乌特科姆；维多利亚・德・洛斯・安赫莱斯；安娜・莫芙；泽弗里德；琼・萨瑟兰。

看着一串长条的名字，我们都懵了。

师傅说：这是世界五位最著名的女高音歌唱家，她们可以做卫鸾的老师。

师傅改口不叫韦卫鸾花卷，而叫真名。

韦卫鸾说：我上哪里找她们呀？就算找到她们也不肯教我呀。

师傅说：我知道在哪里能找到她们。只要找到她们，她们肯定教你。

我们用怀疑的眼光看着师傅。

师傅说：她们在菁盛中学黄盖云老师的房间里。他藏有这几位歌唱家的唱片。你们去把唱片偷来。唱机就不用偷了，我有。

我们兴高采烈自告奋勇地进行分工。花卷韦卫鸾唱主角，老猫覃红色演配角，黄狗蓝上杰负责技术开锁，野兔韦燎负责接应，我老鼠还是负责侦察。

但是花卷说：我要老鼠配合我，有他在身边，我不害怕。

于是我和老猫换了工作。

那天是星期三，老猫侦察到黄盖云老师一天都有课。我们决定那天行动。但是那天我们也有课呀，怎么办？头一天晚上，野兔给第二天的科任老师韦先老师下了泻药，第二天一早我们便得到了放假的通知。韦先老师是野兔的叔叔，是我们上岭小学两个教师之一。另一位老师是苏满洲老师，他上个月腿断在家休养，所有的课都由韦先老师来上。

我们潜入菁盛中学。这也将是我们下学期就读的学校，我们等于先来看看，熟悉环境。假如遇到有人发问，我们计划就这么搪塞。还是师傅明示，又经过老猫事先踩过点，黄盖云老师的房间很快就找到了。黄狗不到十秒钟就把房锁打开。我和花卷溜进去。

房间很小。一张床，一张桌子，一箩筐书，房间基本上就满了。桌子上有一台唱机，唱机和唱机边有唱片，唱片都是当时革命样板戏的歌曲。我们也知道我们想要的唱片不可能在这里摆放着。那么在哪里呢?

床底。只能在床底。

我钻进床底。在床底最里边，我搜出一只箱子，并把它拖出来，像老鼠拖出油瓶一样。

这是只皮箱。皮箱灰尘不是很多，说明上次打开的时间不是很长。皮箱的按锁已经坏了，一摁就开。

箱子里果然有唱片，还有书。花卷按师傅提供的名单，迫不及待找她想要的唱片，找着四张，维多利亚·德·洛斯·安赫莱斯的没有。花卷说可以了，示意我把箱子原封放回去。我没动。我被箱子里的书吸引着。《安娜·卡列尼娜》、《复活》、

《巴黎圣母院》、《包法利夫人》等等，它们像花生吸引老鼠一样，让我不舍。我看了看花卷，花卷说你想看就拿呗。我就拿了那四本书。

我们回到村里，进师傅家。师傅的唱机已经搬出来擦拭干净和弄好了。师傅放上唱片。歌声响起。我们听完克里斯蒂娜·迪乌特科姆唱，听安娜·莫芙唱，然后听泽弗里德唱，听琼·萨瑟兰唱。她们的歌词我们听不懂，但她们的唱腔圆润高亢，好听。花卷自然是听得比我们投入和着迷，过后她肯定还要反复地听。

师傅发现了我多偷来的书，他没有怪我。他看了看封面，说：托尔斯泰，雨果，福楼拜，以后就是你老师，如果你想将来当一名作家的话。然后他还点了书里好多人物的名字和细节。说明这些书，师傅都看过。

就在那年，1975 年，我们小学读完后升初中。在菁盛中学，我和韦卫鸾分在同一个班，初 19 班。班主任兼语文老师、音乐老师都是黄盖云。当他自我介绍报出自己大名和任课任职情况的时候，我和邻桌的韦卫鸾面面相觑，只见她目瞪口呆，我则是暗自庆幸。我觉得能做黄盖云老师的学生，真是缘分呀。韦卫鸾可能跟我想的不一样，她可能想的是做黄盖云老师的学生，却偷了他的东西，心里有愧。黄盖云老师那年三十出头这样，不是本地人，却来菁盛中学七年了。未婚。他的普通话字正腔圆，真是好呀，让我们这些讲普通话夹壮音的壮族孩子听了，如果他不是老师，我们会以为是他讲得不标准。后来韦卫鸾说得一口流利的普通话，跟北京人似的。我也马马虎虎，让别人猜不出我是壮族人。这都是黄盖云老师的功劳。当然他的功劳不止这些。

语文期末考试的时候，作文题是《我的家》。交完卷的当天晚上，黄盖云老师突然通知我去他的房间。我去到他房间里的时候，发现韦卫鸾已经在那里了。她畏畏葸葸站在墙边，黄盖云也指示我站墙边，与韦卫鸾一起并列。他表情严肃，我觉得大事不妙。

他先拿出我的试卷，问我：你的作文《我的家》，第一句话，幸福的家庭都是相似的，不幸的家庭各有各的不幸。我问你，这句话是怎么得到的？怎么来的？

我一愣，知道坏了。写作的时候光顾显摆，却忘了保护自己。这句话的出处就来自《安娜·卡列尼娜》。这本书是我从黄盖云老师这里偷来的。我当时还下意识地看了看床底，而且黄盖云老师也注意到我看床底了，这简直是不打自招。

我说不记得了，但肯定不是我的话，是引用的。

引用谁的？

托尔斯泰《安娜·卡列尼娜》里面。

好了。他说。他转而拿出另一份试卷，看着韦卫鸾。

韦卫鸾，你在《我的家》作文里，写到你的母亲。你这样写：我的母亲喜欢唱山歌，她的歌声虽然没有克里斯蒂娜·迪乌特科姆嘹亮，也没有琼·萨瑟兰多情，她不懂舒伯特，也不懂施特劳斯，但是她的歌声纯朴、清甜，像我家后面的山泉。好啦，我的问题是，你是怎么知道克里斯蒂娜·迪乌特科姆？还有舒伯特、施特劳斯？

韦卫鸾已经慌乱得不行，几乎就要瘫下了。她模仿我，也看了看床底。我想这下彻底完了。

没想到黄盖云老师说：好啦，我知道了。你们回去吧。

那天晚上，我辗转反侧，彻夜难眠。我想到了被示众和开除的结局。

第二天，黄盖云老师评卷和宣布分数。

我和韦卫鸾的作文是满分，并被当作范文，由各自来宣读。

我念我的作文《我的家》。当我一念"幸福的家庭都是相似的，不幸的家庭各有各的不幸"这句剽窃而来的话时，情不自禁地看着黄盖云老师，他像一座沉默、挺拔的青山，让我仰止。

轮到韦卫鸾念时。韦卫鸾看着黄盖云老师，说：我不念。我想唱作文里写到的琼·萨瑟兰唱的歌，行吗？

黄盖云老师说行。

韦卫鸾说：琼·萨瑟兰是澳大利亚女歌唱家，我唱的是她唱的歌剧《拉美莫尔的露契亚》选段。

然后她开始唱。她的唱词我们同学全听不懂，但是她唱得好不好，我们还是听得出来的。她很出色。那是她第一次在四十人以上的观众面前演唱。她的歌声征服了全班，并不胫而走，传遍全校。整个菁盛中学很快知道，初19班有一位了不起的歌唱达人，她叫韦卫鸾，上岭村人。

过后，我们把事情告诉师傅韦建邦。师傅缄默了半天，然后说：我不做你们师傅了。从今往后，我们断绝一切来往。

我们如晴天霹雳，问：为什么？

师傅说：为了你们的将来。本来，我就有这个打算，等你们初中毕业，我们就脱离师徒关系。现在，黄盖云的行为，把我的计划提前了。

我们又问：为什么？

师傅说：你们以后会懂的。我只能告诉你们的是，好日子就快来了。只要和我这个师傅断绝关系，你们的好日子就来了。

好日子最先降落在韦卫鸾的生命中。

1977年，十三岁的韦卫鸾初中毕业，被县文工团特招，成为演员。这是黄盖云老师推荐的结果。

也在那一年，黄盖云老师调去县中学。他的才华和韦卫鸾的天赋一样，最终没有被埋没在寂静寥落的乡村。

临别的时候，黄盖云老师把我单独叫到房间。他打开那只皮箱，说：这里面剩下的书，都送给你。好好读吧。

我说：老师，我错了。

他摇摇头，说：你师傅是不是韦建邦？

我说：他已经不是我师傅了。

但是将来，你们有成就的时候，希望不要忘记他。

我说：我会永远记得你，老师。

与黄盖云老师一别，我再也没有见过他。我在菁盛乡中学念高中，并在那儿考上大学。大学毕业，我分回菁盛乡中学当教师。一年后我调到县文化馆，当创作员。

黄盖云老师在县中学，照理，我们是可以见面或来往的。但是，我们就是没有。

这和韦卫鸾有关。

我考上大学以后，第一封信是写给韦卫鸾。我在信里向她示爱。

但是，韦卫鸾没有回信。

一封不回，再写一封。在大学头两年里，我坚持写了十八封信。

韦卫鸾一封也没有回。

我听老猫覃红色说，她爱上了老师黄盖云。

这便是原因。

我调到县文化馆以后，与还在县文工团的韦卫鸾也只见过一面。那次见面我只说一句话，你是不是爱上了黄盖云老师？她的回答也是一句，是的。

然后我们就再也不见面了。

我和韦卫鸾的再次见面，居然是三十多年后了，在师傅韦建邦葬礼的前夕。

此时此刻，这个雍容华贵的半老徐娘，正落落大方地和我这名光头老汉闲聊，在我们相继为师傅寄托哀思之后。我们同坐在一长条椅上，靠得很近，让村里人以为我们是天生的一对，或曾经的鸳鸯。

在醒着的村人的目光中，我问韦卫鸾：你最后为什么没有嫁给黄盖云老师？

韦卫鸾说：他不要我。

为什么？

不该问的不要问，她搬出师傅曾对我们的告诫对我说，更何况现在才问这个问题，有意义吗？ 有意思吗？

我说：有意义，但没意思。

我后来嫁到了柳州，她说，嫁给一个当官的。 他的官越当越大，后来就不要我了，离了。 但给了我一大笔钱，现在都还给，因为我们有一个女儿。 女儿在意大利，也是学声乐的，美声。

这就有意思了。 我说，你未竟的事业，后继有人了。

黄老师结婚了吗？ 后来。

我说：这个问题怎么是你问我？ 应该是我问你。

韦卫鸾说，黄老师不要我，不娶我，他说那不是爱，是感恩。

我认为也是。

好吧，你说是就是。 无所谓了。 她仰脸看着有星星的苍穹，给我一支烟。

我给她一支烟，并为她点燃。

你怎么样？老婆退休没有？女儿像她妈漂亮，还是像你？她边吞云吐雾边对我说。

我生男生女你也清楚？

都一个村里的人嘛，她说，我回家的时候，村里人没少说你，自然知道一些啦。

我困了。我说，还打着哈欠。

我真困了。

我靠在椅子上睡。樊光良他们在对面的铜锣声也阻挡不了我进入梦乡。在梦乡里，年轻貌美的韦卫鸾，她站在一朵云上，向我飘来，并为我歌唱。

我忽然醒了。睁眼一看，一拨人呼啦啦向马路那边拥去，像是来了什么大人物。天已经放亮，马路上停着一辆加长版的劳斯莱斯幻影。从车上下来四个男人。四个男人都派头十足，尤其走在前面的两个。这走在前面的两个，烧成灰我也能记得，他们是黄狗蓝上杰和野兔韦燎。

蓝上杰　韦燎

蓝上杰和韦燎，曾是我的生死兄弟，这毫无疑问、不可否认。加上老猫覃红色，我们四兄弟，智勇果敢、默契配合，像《加里森敢死队》里那伙恶贯满盈、身怀绝技、上阵杀敌以功抵罪的囚徒。

在我们这个团伙里，黄狗蓝上杰最专业，他干的都是技术活。从别人的口袋里掏钱包、开门锁，那都不在话下，轻而易举。他的绝活是开保险柜。

我们小学四年级寒假的时候，去了一趟县城。那是我们第一次出远门，也是第一次做大生意。菁盛乡太小了，有钱人不多。隔壁金钗乡稍大一点，但一来二去，已满足不了我们的胃口。县城必然成为我们的目标，像经常考九十分的人一百分必然是他的目标一样。

都安县城无疑是我们见过的第一个城市。有好多条街，不像菁盛和金钗，只有一条街。每条街上，人头攒动、熙熙攘攘，像蜂窝一样密集和喧闹。我们像几只小蜜蜂钻进蜂窝里，却要干惊天动地的事情。

我们先在县城考察、侦察、踩点，并因地制宜计划了两天，决定对食品公司屏北店下手。

临近春节，买肉的人自然多了起来。那天我们盯上的店面卖了足有四头猪的肉，并且卖得很晚。店面工作人员有两个人，一人割肉称肉，另一人收钱。到下午五点钟的时候，收钱的说不卖了，割肉的也说不卖了。收钱的要赶在银行停止营业之前存钱，割肉的确确实实太累了。老猫和花卷这时出现了，他们手里都有肉票和钱。肉票当然是偷来的，好多。两人一前一后，磨磨蹭蹭、啰啰嗦嗦，开口说要五花肉，完了又改口说不要了，要拿来包粽子的猪颈肉，总之磨蹭到银行停止营业的时间为止。收钱的看时间过了，只好把钱放在了店铺的保险柜里。

店铺锁上了。两把巨大的锁，像两个老虎头挂在绷紧的锁链上，收钱的和割肉的各拿一把锁的钥匙。这都没问题。问题是进去后保险柜能开吗？黄狗是询问过师傅保险柜的知识和开保险柜的诀窍，师傅也辅导过他，但都是在口头上或纸上。真正的保险柜，黄狗没见过呀，今天是第一次见。他能行吗？当然我们也做好了撬保险柜的准备，甚至是端走整个保险柜的准备，但这都是迫不得已的事情，是下策。

夜深人静，黄狗和我进入店铺。花卷、野兔和老猫在外面放哨，分一哨、二哨和三哨，像电影里重要战事的警备一样。面对像水缸一样大花岗岩一样坚硬沉重的保险柜，我是头皮发麻，束手无策或袖手旁观。黄狗也琢磨或盯了半天不动。他像是努力地回忆和遵循师傅的教导，也像是思考如何灵活运用科学技术破解锁码。就在我觉得黄狗不行的时候，只见他触碰了保险柜。他屏息静气，左耳朵贴在柜面，像医生听孕妇的胎音。右手拇指和食指捏着柜面的旋钮，轻轻地来回扭动。只听一小声“嗒”响，他一扯柜门，开了。

剩下的事，就我来做了。我把柜里的钱都拿出来，装进口袋里。然后关上柜门，用布擦掉指纹和脚印。

然后我们溜之大吉，逃之夭夭。

这趟行动收获不小，足有四百六十元之多。

黄狗在这次行动中功高至伟，也令师傅刮目相看。他摸了摸黄狗的脑袋，又抚摸他的手，说：你这家伙，脑瓜子活泛，耳聪目明，心灵手巧，了不得。

师傅难得表扬人，我们对黄狗羡慕得不得了。

但是师傅又说：将来，你的智慧如果用在正道上，一定非富即贵，并且福运长久。你将来赚了钱，一定要多做善事，积累功德，抵消现在的罪业。

师傅看着我们其他人，接着说：包括你们，将来都要走正道。跟着我走不远也走不久的，因为你们现在跟我走的是歪门邪道。你们是不会饿死了，但是完全有可能被打死呀。所以读书才是根本，是正道和王道。

黄狗蓝上杰领会师傅的教导最积极，也最到位。他读书用功，成绩优异。高中毕业他成为菁盛中学的高考状元，被上海财经学院录取，学的是金融专业。大学毕业他先留在上海一家大型国企，当会计师。然后，他辞职南下，去深圳创业。但发达是近几年的事情。如今的身家已过百亿。他发达后果然不忘初心和师傅教诲，行善积德。光上岭村这座桥，耗资八千万，他捐了五千万。师傅家翻建的这幢楼，想必也是蓝上杰捐助的，他有这个心，也有这个能力。他和野兔韦燎本来就是臭味相投，现在又走到一起。

野兔韦燎是我们这个团伙里反应最快的人，什么都快：学得快，跑得快，想得更快、更远。总之什么事情或任务到他那里，不可能完成的都能完成。他是我们团伙的智多星或参谋长。

去县城干大生意便是他的主意，或者说他是策划或导演。

开始我、老猫和花卷都以为不可能，简直是异想天开。黄狗不置可否，他保持中立，像是野兔与他商量过了。

我、老猫和花卷认为，一帮连县城都没去过的人，竟要到县城去大显身手，就像小学没毕业的人要跳级升高中一样，成功的把握或概率微乎其微。

况且师傅并不知道这件事情。

野兔说：第一，成功之前，绝对不能让师傅晓得我们的行动和计划，否则失败无疑。因为师傅历来把安全和保险放在第一位，他绝不会允许和同意这么危险的行动计划。第二，万一行动失败，所有的罪过，我一个人扛。

有了野兔的分析和保证，我们的态度松和些了。其实，我们都很想去县城，见大世面。黄狗的中立态度有了倾向，鲜明地站在了野兔一边。

野兔又说：你们一定要一切行动听指挥，严格按照计划的步骤走，做好每个人该做的事情，就能成功。

野兔的意思，按现在影视行业的说法，就是听导演的，按剧本演，演好自己扮演的角色，影片就能成功大卖。

在那次行动中，我们都听野兔的指挥和按他的计划行事，果然成功了。

那次先斩后奏的行动，师傅表面上是对野兔进行了严厉的惩罚，罚他在一里长的河滩来回跑半天。这对长跑健将野兔来说算得了什么呢？不过像是给一个敏捷好学的学生加几道练习题罢了。

现如今的野兔韦燎，是一名电影导演。这我肯定知道。多年前他看上我的一部小说，想拍成电影，但没钱买版权。他在北京，是通过电话跟我联络的。我说电影是你导的话，我版权送给你。然后我们还签了版权赠送的合同，是通过邮寄签的文件。后来电影拍成上映了，导演却不是他，编剧是他。我打电话给他，说：你是不是把我的小说版权转卖了？他说：没有，哪有。我说：韦燎，别骗我，影视这行业，我虽然涉得不深，但也是略懂的。于是他在电话里跟我诉苦，说：兄弟，我在北京混得不好，我想当导演，但影视界的水太深了，我没资历，更没资本，只能通过编好本子，先赚点钱，换取人气、人脉，导演我是肯定要当的，请相信我。看在之前我们是同门同学和同行的份上，这件事情，请不要声张。

我没有声张，因为我不敢。韦燎一句“同门同学和同行”，像紧箍咒，震慑了我。同门是什么？是名贼韦建邦的门徒。同学也是，是他的学生。同行是什么？就是我们都是贼，或曾经是贼。我们这几个贼，为什么那么多年没有来往，没有见面，不就是为了回避和隐瞒“同门同学和同行”这一可耻和可怕的事实吗？

况且我们还有约定。

大学录取通知书下来了。黄狗蓝上杰考上上海财经学院，老猫覃红色考上广西民族学院，野兔韦燎考上广西艺术学院（他一毕业便北漂），我考上河池师专。我们这个团伙中的四名男生，全部金榜题名，成为天之骄子。

只剩下我们五个人（没有考大学的花卷也特地来了）的庆贺聚会上，野兔说：我有个建议，或者说我们来个约定吧。第一，从今往后，我们互相之间，不能叫外号了。因为我们都不再是贼，师傅也早已和我们断绝关系，我们不再有师傅了。第二，从今往后，我们不要有过多的来往，最好是不再有来往。因为，我们都已是天之骄子，前途光明。但我们却有不光彩的过去。并且我们都清楚你你、我他，过去是什么货色。我们自己清楚就罢了，但如果我们经常聚首的话，别人就会晓得我们是一个团伙，我们的过去，就会像埋在地下的尸骨被翻出来，臭不可闻，遗臭万年。

韦燎的建议得到我们其他人的认同，成为约定。花卷后来不理会我的示爱，我认为除了她爱上黄盖云老师是一个原因，另一个原因，便是与约定有关。

我们足足将近四十年，大多能遵守约定，没有来往，没有见面。

但如今我们破坏了约定，因为师傅韦建邦的死。我们不约而同地来到师傅身边，祭祀逝去的师傅，像一坛尘封几十年的酒，被我们故意或不顾一切端出来，昭告世人和天下。曾经叱咤十里八乡的盗窃团伙，只剩下老猫覃红色暂时没来。

蓝上杰和韦燎看见我和韦卫鸾了。但是他俩顾不上与我和韦卫鸾打招呼，而是径直去拜祭师傅。他们捧着香，朝着师傅的遗像和棺材，跪下去，一叩首、二叩首、三叩首。然后他们起立，把香插在香炉里，再半跪着，分别在师傅前方的三个酒杯，斟了三道酒。这一切他们都做得中规中矩、不减不增，像是十分守道和守德的人。那两个跟随来的人，也和他俩一起、一样，看上去一个是蓝上杰的保镖，另一个是韦燎的助理。

蓝上杰和韦燎终于来到我和韦卫鸾跟前，大家互相招呼和寒暄。我原以为大家会叙旧。但是没有。谁万一或不经意提到小时候的事情，就会有另一个人打断或岔开，提及的是近来并且是光彩的事。

比如蓝上杰近些年风生水起的事业——金融投资。深圳赫赫有名的上杰金融投资集团，便是蓝上杰的王国。他当董事长就是当王。房地产、人工智能、物流、影视业等等，什么都干。他003＊＊3的股票，在2008年我就买了，后来越跌越买，越买越跌。2015年，在股价从96元跌到7元的时候，被我斩仓。我投入写作挣来的血汗钱，几乎都喂了股海里不知哪条鳄鱼。但这个剧痛和巨痛，我没有跟蓝上杰说，此刻我也不打算说。此刻蓝上杰就在炫耀他的股票，已经飙升到110元了，昨天还拉了个涨停，而且封板了，今天应该还要板一个。他的目光朝师傅的灵堂那边转移，补充说：这是师傅在保佑我，善有善报。

看着蓝上杰眉飞色舞、志得意满的样子，我把已涌到嘴边的咒骂和血水，又咽回去，像把打落的牙齿吞进肚子里。

韦燎的事业也是水涨船高。他终于当上了电影导演，刚拍完一部暂名《幸运的酒徒》的电影，投资全部来自蓝上杰的集团，两个亿，请的全是明星。这也就解释了韦燎为什么跟蓝上杰一道来，为师傅送别。因为如今他俩是同盟，又成为一条战壕里的战友，或一根绳子上的两只蚂蚱。

这两只自以为是英雄豪杰的蚂蚱，此刻不忘调侃我和奚落我——

蓝上杰：老鼠，你现在混得还不错嘛，虽然是大学专科文凭，也当作家，又当教授了。

我说：约好不叫外号了的。你叫我老鼠，那我是不是叫你黄狗呢？

蓝上杰马上说：不叫，不叫了。樊作家樊教授，您现在写一千字多少稿费呀？上一节课领多少钱？

我说：在你眼里肯定是不多，但已足够让我过上有尊严的生活。

蓝上杰说：你还有几年退休？应该快了吧？

我说：您是组织部的人，我就告诉你。

他说：我的意思是，等你退休了，可以聘请你到我集团公司去干，专门负责集团公司的文化建设。年薪三十万，或者你大胆和有远见的话，我送你百分之零点零一股份，年薪三十万应该不止。

我说：谢谢，就怕到时候你又改主意或变卦。所有的预定都是捉摸不定的，尤其是提前好几年预定，就像预定的婚姻或接班人，越提前越不牢靠。现在的私营企业，要么越发达，要么越没落。还是等我退休后视你集团公司的具体情况再定吧。

蓝上杰说：我的企业只会越来越好。我预定的接班人是我大儿子，是我和前妻生的，他是留美的金融管理学博士，比我强。

言外之意，你还有二儿子，甚至三儿子？

没错，和现在的妻子生的。一个五岁，一个三岁，都比较小，因为妻子年纪小嘛。

韦燎在一旁补充：蓝总夫人比蓝总小二十八岁。

我说：这我就放心了。

蓝上杰把手搭在我肩上，像用一根戒尺或一颗试金石衡量我的品德一样，他语重心长地说：一平，我家族的事情，让你操心了。

韦燎延续蓝上杰的火力，接着调侃和奚落我：大作家一平，你现在的小说版权，如果我还看上的话，是不会再亏待你了。有钱！

我说：我的小说，你肯定是不会再看上了。

为什么？

我看着早晨戴着墨镜的韦燎，说：因为你看不见，发现不了呀。

他把墨镜摘下来，我看见他两眼通红，是连续通宵达旦的结果，但此时此刻，却像悲伤所致。我还是火眼金睛的，他说，小说的优劣，就像人的好坏，我仍然是看得出来。

我说：这样就对了。你不把眼镜摘下来，我还以为你瞎了。

韦燎和蓝上杰见从我这里，得不到太多奚落和调侃人的快感，把目标转向了韦卫鸾。

卫鸾，亲爱的韦卫鸾同学，韦燎说，他张开双臂，我多想拥抱你呀，你曾经那么美，从你现在依然保持的肤色和气质，还可以想象你当年有多美！他突然把双臂收回来，让打算投怀送抱的韦卫鸾扑了个空。可惜现在不是拥抱的时候，也不是拥抱的地方。

韦卫鸾似乎感觉到了被耍弄，但是她不生气，依然笑眯眯，低三下四地说：韦燎，你当电影导演了，可惜我老了，主角我是不敢想了，你就让我演个三号、四号，我也就心满意足了。

韦燎摆手，说：不，哪能委屈你呢？你要演我就给你演主角。

真的？

当然是真的，韦燎说，你演一个老女人，坐在轮椅上，回忆她年轻时候苦难而甜蜜的生活和爱情。

可是我年轻不回去了呀，我这么老了，怎么化妆也像不了我年轻的时候。韦卫鸾信以为真，忧伤地说，年轻的我怎么演？

用替身呀，韦燎说。

那……我老年的戏多，还是替身的戏多？

替身的戏多，韦燎说。

多多少？

很多。老年的你只有两场戏，开头和结尾，占时一分钟。

有台词没？

没有。

那还是主角呀？

这个问题要辩证地看，替身戏再多，演的还是你呀，对不对？我也想让你演年轻时候的自己呀，可是你演得了吗？演不了吧？谁让你老了呢？

谁让你老了呢？这句话才是韦燎最终要表达的意图。他在嘲弄、蔑视韦卫鸾年轻时候对爱情和生活的好高骛远，以及对身边伙伴们爱意的忽视。年轻貌美，心高气傲，把潜力股当垃圾，这是短视和势利。人老珠黄，无爱寡欢，悔不当初，这是因果和报应。韦燎的这句话虽言简意赅，却像一颗凶恶的子弹，射向可怜的韦卫鸾。

但韦卫鸾居然承受得了，她像沙丘或一块海绵，把冲击力吸收了。那替身能不能让我女儿来演呀？她跟我年轻的时候一模一样。她说。

这个可以有！ 蓝上杰抢着表态说，母亲做不到的事情，可以用女儿来弥补。

我看不下去也忍不下去了，说：蓝上杰，韦燎，你们是回来吊唁师傅的，而不是回来摆阔和挑选演员的。 良善之心，天地可鉴，何况师傅在听着，也在看着呢。

这句话把蓝上杰和韦燎慑住了，像笼子罩住了两条轻佻的蛇。 我了解蓝上杰和韦燎的性情，他们信天地，更信师傅。

他们忙不迭给韦卫鸾赔不是，也给我赔不是，然后面朝师傅灵寝的方向，抱拳说：师傅，对不起。

太阳东升，初冬的上岭村变得明亮和暖和。 留在村庄家里的村民，打算送韦建邦出殡的，正陆续过来。 睡了一个晚上的我大哥也来了。 他换上了一件灰色的羽绒服，这是他衣服中最素的。 他先把礼金交给司仪，再过去给韦建邦上香，才过来见我。

大哥见到了我身边的蓝上杰、韦燎和韦卫鸾，这些他弟弟小时候的伙伴或团伙成员，衣着光鲜、道貌岸然地站在他跟前，像是披了人皮的畜生。 他曾经认为是这些畜生把他弟弟带坏或拖上贼船的，也变成了畜生。 如今他应该不是这么看待了，因为在村庄的人们眼里和议论中，他们都比他弟弟强。 稍差一点的韦卫鸾，虽然当大官的丈夫变成了前夫，但是有花不完的钱呀。最坏的人如今变成了最强最好的人，看见了吧？

大哥显然发现少了一个人，他东张西望，然后问道：覃红色呢？ 怎么没看见？

我们中有人回答说：他还没有到。

大哥通过手机看时间，说：还有十分钟，就要出殡了。

我们四人神情乱了起来，像是一个实体发生了动摇。

韦卫鸾说：他可能是不知道师傅去世的消息，没人通知他。

韦燎说：不会，我刚才还看见他弟弟了。

蓝上杰说：他明显是比我都忙。

我说：看来，覃红色是我们这五个人里，唯一遵守约定的人。

韦卫鸾、韦燎和蓝上杰愣怔，然后释然，像恍然觉悟或明白什么事理的样子。

我们清楚地明白，官至副厅级领导的覃红色，这个时候不来，是不会来了。

这个时候，择定的吉时已近。 樊光良和他团队的法事，已达到了高潮。 他们移师到了灵柩边，指挥和引导亲属们向即将出殡的亲人告别。

我、蓝上杰、韦燎、韦卫鸾，主动加入了亲属的行列里，没人拦得了我们，也没人拦我们。我们绕着灵柩走，一圈一圈又一圈。在樊光良团队凄楚吟唱的煽动下，有的人抽泣了，有的人哭了。所有的人根据与韦建邦的关系，来称呼他并祝他走好。叔叔，走好。伯父，走好。舅舅，走好。韦建邦，走好哦。

而我的称呼是：师傅。

师傅

师傅韦建邦从一个名校的高才生变成贼的过程，对很多人是个谜。在我作为他徒弟期间，我其实很想了解，但始终无从了解或没有真实地了解，尽管他沦为贼的原因众说纷纭。有的人说韦建邦在校的时候赌博输了一屁股债，因此走上了偷窃的道路。有的人说韦建邦的学业成绩都是靠偷题取得的，继而扩大到偷钱财。还有的人说韦建邦的祖上就是贼，做贼是隔代传。这几种说法或版本，我知道只是猜测或传说，是不真实的。师傅一开始就教育我们不要相信运气，如果说有运气的话，那也是建立在扎实的技术和能力的基础上。师傅博古通今，他的才学方圆几十里无人能及，偷题或作弊成就不了他浑身的本领。他常挂在嘴边的一句话是：王侯将相宁有种乎？意思是说没有人天生的就是帝王、元帅、丞相。他用这句话来激励我们，并延伸到省长县长也是没有种的，同样，科学家、文学家、艺术家、金融家也是没有种的。人不要在乎自己的出身和环境，只要付出努力，并善于把握时机，一定能在自己志向的行业或事业有大作为。根据师傅的这些言论，那几种说法或版本，肯定不是他做贼的原因或理由。

那是因为什么呢？

师傅不主动说，我们当然也是不敢问的。

我去宜山读大学，是了解师傅的机会。因为我就读的河池师专，与师傅的母校宜山高中，都是同城，且一河之隔。

那条河对岸的中学，却直到二十年后，我才走进去。

我去宜山高中讲课并参加宜山高中八十年校庆。这所古老的中学在我一踏入时便让我震撼。它古木参天，湖光山色，小桥流水，曲径通幽，更像是一个公园。这么优雅的环境怎么居然把韦建邦变成贼呢？而我为什么居然用了二十年的时间才进入这个学校？

究其原因，是我对师傅不感兴趣，或者说我正试图忘了他。

我已经以师傅韦建邦为耻。

就这么简单。

多少次，我在我的学校河这边散步，望着河那边岸上的学校，我的目光的确是软弱和羞耻的，因为那所学校出了个韦建邦。他是个贼，是我的贼师傅。我虽然不是贼了，但是贼的历史却难以磨灭，就像人身上深刻的伤疤。那个从那所学校出来的人，伤害或带坏了我。我之所以没有被毁掉，我的命运之所以逆转，是因为那个人良知未泯，也是我努力抗争的结果。我一定要忘掉过去，忘掉韦建邦，必须忘掉。两所学校之间的这条河，就像两个国家的界河，这边的国民和那边的国民曾经相濡以沫、情深意长，但如今已断绝往来、势不两立。因此，没有必要再过界，除非我疯了。

我之所以接受宜山高中的邀请，是因为校长廖梦宜是我大学同班同宿舍的同学，他报出的讲课费是我在别的学校讲课费的三倍。况且过了二十年，我功成名就，身上有了很多的光环。我不担心也不再惧怕可耻的伤疤被揭露，就像一辆博物馆里战果辉煌的老坦克，我不担心和害怕它漏油。

我跟校长同学说我跟你打听一个人，是上世纪五十年代末或六十年代初你校的学生。你帮我查一查，他在学校的经历和表现。他叫韦建邦。

校长同学问我，韦建邦是你什么人？

我说：他是我师傅。

什么师傅？

偷窃的师傅。

校长同学一愣，然后笑笑，像一棵铁树开花，开心地说：我一定帮你查个水落石出。

三个月后，校长同学来南宁开会。吃喝之前，他给我一份用信封装的材料，说：你师傅韦建邦的奇闻轶事，或者说兴衰荣辱史，都在里面。我取出材料看起来，发现既模糊又凌乱，是一些旧档案的复印件和知情人的回忆片段。校长同学就说：还是我来概括和讲述吧，都在我脑子里。

于是，校长同学讲述我师傅——

韦建邦是国立宜山高中41班的学生。这个班级序号是从1950年宜山解放后重新排序的。如果从解放前建校之初算起，肯定不是不止这个序数。他是1957年9月至1958年12月，在宜山高中就读。1939年生人，被学校开除时19岁。

韦建邦是怎样被学校开除的？的确是因为偷窃。

但他偷的不是钱财，偷的是人心。

具体地说他偷了一个女人的心。

这个女人叫覃天玉。是宜山高中的老师，大韦建邦六岁。

覃天玉上韦建邦这个班的语文。她上课的时候，全部的男生或部分女生几乎都无法专心听课，因为她太漂亮了。光漂亮也就算了，她还有一种特别的气质，优雅、温柔和高贵，像一朵开在高山顶上的花，让人感觉遥不可及。

总之，欣赏她的美貌和气质，以及聆听她温润、纯正的声音，是最高级的享受。至于她讲课的内容，那就无所谓了。

反正，韦建邦是彻底地迷上了她。这个来自都安县上岭村的十八岁的壮族小伙子，是对她一见钟情、不能自拔。他全然不顾自己浑身土里土气，普通话还说不好，老夹带壮音，但是他有勇气呀，还有智慧。他一开始在课堂上画她，后来背地里也能把她画出来，而且越画越好。他还给她写信，先是把信夹在作业里，后来也通过邮局寄。他的字迹隽永飘逸，文笔优美洗练，散发着王羲之、黄庭坚的韵味，弥漫着托尔斯泰、普希金的气息。

覃天玉对韦建邦接近疯狂的爱慕和表白，一开始是置之不理的。这位绝代佳人、名门闺秀，见过和接触过的爱慕者实在是太多了，而且不乏佼佼者。韦建邦算什么呢？一个土包子，而且年纪比她小，还是她的学生。为这样的人冲动、心动，这怎么可能？一万个不可能。

但是后来，渐渐地，她发现或感觉到了他的可爱和优秀。他的画其实很不一般，他画她不仅仅是相貌逼真，而且通过神态画出了她的内心：孤独和忧郁。他的书信其实也不是模仿名家，他有自己独特的表达和思想。他的语文成绩进步迅猛，上了第一后再没有落后。他的普通话也不夹壮音了。

她回信了。有了第一封，便有第二封。

然后她和他有了约会。在龙江边和北山，夜深人静和假日。

自然而然，他们的非常关系或不正常的关系，被发现了。不可能不被发现。

于是学校找他们谈话，他们认了。学校接着搜出了他们往来的信件。

严重的问题出现在信件上。

在韦建邦写给覃天玉的信中，存在着右倾思想。那是1958年，反右斗争如火如荼的时候。

韦建邦理所当然被开除，遣送回乡。

覃天玉被去掉教师资格，到图书馆当管理员。

韦建邦在宜山高中的经历和表现，大致就是这样。

我听了校长同学的讲述，难过了半天。覃天玉后来呢？我说。

四十岁的时候嫁给了一个丧偶的军人。

现在还在吗？

在。退休了。

意思是她在韦建邦被开除十五年后才出嫁。我推断说。

这十五年里，他们肯定是有联系。有人曾见到过他们在一起。

我明白了。

明白什么？

韦建邦为什么会做贼，我说。他被遣送回了上岭，心还在覃天玉身上。他不停地给她写信，一封信是八分钱，超重的话再加八分，挂号的话还要更多。如果跑去宜山和覃天玉相会，负担更重。这都需要钱。可是后来他连买一张邮票都困难，甚至一分钱都没有了。那年月的上岭村，劳动是工分制，缺地短粮，又没有集体经济，是不可能有现金分配的。怎么办？只好偷。韦建邦是什么时候开始做贼的？不知道。但他因为做贼被抓，村里人说，是1966年，是在宜山被抓的，然后被公安遣送回来。以后他再也没有被抓过，或许他金盆洗手了，也或许他成贼精或贼王了。

上述的后面一段，是我的推测和判断。我没有对校长同学说。

校长同学看着肥头大耳、红光满面的我，说：你居然也做过贼？而且贼师傅是我校培养的高才生。

都说名师出高徒，我说，但是论及智商和情商，我远远不及我师傅。

如今师傅死了，眼看就要出殡。黄土一埋，我从此便看不见师傅了。

我要求抬师傅的棺材，得到师傅亲属的同意。蓝上杰、韦燎也参与进来，站在了棺材的一头。韦卫鸾说，那我为师傅打伞吧。我们上岭的殡葬风俗，是女儿为父亲的遗像打伞。师傅没有女儿，韦卫鸾在最后一刻，做了他的女儿。

随着一声起柩的号令，棺材被抬了起来，架在了抬棺人的肩上。我在棺材中间的一边，人也不够高，其实不怎么被棺材压着，但我却感觉到师傅和我贴得最近。他无声无息与我亲近，像阳光温暖土地、肥料营养禾苗。我睿智、痴情、淡泊和苦难的师傅，在他走完八十岁人生的时候，此时此刻，我才感觉情深至骨、恩重如山。

我们将师傅抬到大路。我们走在大路上。然后我们上山，把师傅埋在山上。

我们回到已经没有师傅的师傅的家。一个师傅的亲属把一幅画交给我们。画面上是我、蓝上杰、韦燎、覃红色和韦卫鸾的群像。肯定不新，但也不是太旧，是三十来年的画作。画面上是师傅强烈地与我们断绝关系后分别时的情景——

我们都回头望。

那个脸圆圆、红扑扑的矮个子少年，是我；

挥手的少年是韦燎；

戴帽的少年是覃红色；

最高个的少年是蓝上杰；

唯一的、哭鼻子的少女，是韦卫鸾。

画面上没有师傅。他隐身，在相当长的岁月里，天天看我们，想念我们。

音乐家

陈春成

授奖词

《音乐家》也许还未展现横空出世的惊艳感，却十足见出年轻写作者的诚意与用心：搭建一个异乡世界，并对此世界内部极权状态下人的生活与心性进行体贴入微般地探索，而且在颓败与虚无的时潮中暗示生活的“应然”：无论在何种困顿中，唯有内心的自由馈赠我们真正的未来。

伯牙乃舍琴而叹曰:“……志想象犹吾心也,吾于何逃声哉?”

——《列子·汤问》

一、 雨夜萨克斯

1957 年秋夜的细雨（若有若无但确实存在过的细雨）飘洒在我想象中的列宁格勒上空，雨丝随风横斜，潇潇而下，将那些灰色楼群的外墙洇成深灰，模糊了许多透着暖黄色灯光的窗口，接着洒向街道，在一柄虚构的伞上化作绵绵不绝的淅沥声。持伞的男人竖起了大衣领子，头戴黑色软呢帽，站在沿街的椴树下，隔着上方稀疏的黄叶，紧盯着街对面的十九号公寓楼。这是西郊一条僻静的老街，夜里行人寥落。街面用石砖错落砌成，湿润后显得黑而滑腻，像某种巨大生物的鳞甲。一台嘎斯牌汽车歪斜地停在街角暗处，湿漉漉的车顶上已黏了不少黄叶。几点橘红色火星在挡风玻璃后诡秘地浮动着。

十九号公寓是一栋五层的混凝土建筑，临街的窗口这时半数还亮着，概无例外地拉着窗帘，每一团暧昧的灯光都像在密谋着什么。一小时前，三楼一对夫妻压低声音争吵了几句。哪里传来煎锅的滋滋声。小孩的哭闹。门与门框的碰撞。一声拉长了腔的狗吠，凄厉得像在荒原里叫……十点过后，这些声音全被夜色吸纳了，只剩伞布上的淅沥声不绝于耳，这给树下的男人造成了一点干扰：他正在寂静中搜寻另一种声音。十一点一刻，雨大了些；期待中的乐声终于出现了。它从五楼东侧鬼鬼祟祟地飘出，细长的一缕，曲调诡异又轻浮，像在撩拨窗外的雨丝。男人凝神听了一阵，确定声源在五楼最东边的窗口，便走到街灯下，倏地合上了伞。这是行动信号。街角那台汽车的前后车门同时打开，跳下来三个穿着相似的男人，疾步过来，和持伞的男人一道，冲进了公寓的正门。

几天前，区民警局接到匿名举报，称这栋楼里近期有人在深夜吹奏违禁乐器，听声音似乎是萨克斯。这种散播资产阶级颓废情调的乐器在列宁格勒久已绝迹，因此引起了警局的重视。

早在 1947 年，苏联各大城市的萨克斯就已被强制收缴、集中销毁，爵士乐手们纷纷改行，要么进了古拉格——斯大林不喜欢爵士乐。他的继任者赫鲁晓夫对音乐的态度时宽时严，但对爵士乐的厌恶始终如一。拥有一支能源源不绝传播精神污染的萨克斯管，这和偷听违禁唱片的性质完全不同：后者由人民志愿纠察队批评教育一番，记录进档案就行；前者则恶劣得多，或许得在西伯利亚的寒风里敲上几年石头。

这队便衣已经盯了三个晚上。吹奏者反侦察意识很强，头一天只在黄昏时断断续续吹了几下，没法辨明位置，但已确定那是萨克斯声；第二天毫无动静；今晚他终于放松了警惕，也许因为有雨声的掩护。

深夜的敲门声让整栋楼的寂静绑得更紧了一些。每个惊醒过来的人都屏住呼吸，疑心刚刚被敲的是自己的房门。五楼的乐声早在他们的脚步响在楼梯间时就已猝然停止，但没有关系，乐器不会凭空消失。拳头一下一下地砸着门，不急促，但持续不断，威严而坚决。正当他们准备破门而入时，那门哆哆嗦嗦地开了。

租住在这间房里的是大学生伊万·伊里奇·瓦尔金，二十二岁，一个警员将他的信息记在手册上，其余几人已经着手搜查。

都是行家里手，十分钟内，所有柜门、抽屉全被打开，床垫被掀翻，沙发被割破，书籍、衣物和沙发里掏出来的海绵扔了一地。意外的是，没有发现萨克斯的踪影。大学生看样子并不知道被搜查的原因，捡起一本书举到他们面前，怯怯地说这些都是审定的读物，你们不该这样乱扔高尔基文集。一个警员看向另一个，用责问的眼神确认他是否辨错了位置。后者露出无辜的神情。一旁的民警队长不禁暗暗怀念起斯大林在世的年月，那时并不需要一把真实存在的萨克斯，只要有一点萨克斯存在的可能性，就足以将这个年轻人扔进监狱。这几年来，这道手续变得略为复杂了。他走到窗边点了一支烟，下意识往街上望了一眼。不可能，从这个高度把萨克斯扔到石砌的街道上，动静不比开枪小。他决定还是先将大学生带回去审问。这样的新雏很容易在几宿不睡后吐露实情。他没注意到身后的瓦尔金已经脸色灰白。如果此刻队长低头审视，就会发现他面前两掌宽的水泥窗台下方，用钢钉牢牢固定着两条细铁索，铁索贴墙吊着一只木箱。木箱表面刷了一层水泥砂浆，颜色和墙面相近，即使在白天，从街道或从对面楼望过来，都很难觉察到箱子的存在，最多发觉窗台下的墙体凸起了一块。箱子里垫着毯子，裹着瓦尔金几周前辗转托人从黑市买回的萨克斯。那是刚才他在擂鼓般的敲门声中匆匆拆卸后藏进去的。

队长把烟头摁灭在窗台上，转身要发话时，乐声再次响起了。众人听得真切，声音就来自隔壁。曲调似乎不同，但音色分明就是萨克斯。几个警员用刀剜般的眼神瞥了一下刚才在楼下盯梢的男人，鱼贯而出，留下凌乱的屋子和惊魂未定的大学生。隔壁房门只擂了几下便开了，开门的是个白发蓬乱的老人。警员们还来不及问话，全都愣住了。老人手里拿着一支漆黑的单簧管，正惊慌地看着他们。

“萨克斯管？我怎么会有那种东西？”老人举着手里的乐器，激动地辩解道，“那是被西方文化毒害的年轻人才会迷恋的玩意。各位长官，看在我年纪的份上，不要开这种玩笑吧。”

老人的房间几乎没有搜查的必要。除了一张摆满钟表零件和维修工具的桌子，几件必要的家具外，别无他物。房间朴素得过分。小得像舷窗的窗户拉着厚厚的帘子。床下一只皮箱已经拉出来，是放单簧管用的；使队长稍觉疑心的是箱子上积着灰尘。但确实没有萨克斯的容身之处。一名警员狐疑地说：“可你刚才吹奏的声音确实很像……”

“这误会是可以解释的，我想长官们一定知道，萨克斯的起源正是单簧管，它是无耻的资产阶级分子对单簧管进行的邪恶的改造，两者间的区别就像修士和舞女一样大……”

队长最后想挽回一点面子，便问他刚才演奏的曲目是否合规。老人转身从抽屉里摸索出一本证件，递给他，说，如果你们对乐曲的合法性有所质疑的话，请看看这个。我三年前退休时，已经在列宁格勒市乐曲审查办公室服务了二十多年了。队长看了看那本退休证上的名字：谢尔盖·谢尔盖耶维奇·古廖夫，照片和本人相符。他没再说什么，将证件还给他，一伙人便退了出去。

古廖夫锁好房门，听着脚步声渐渐消失，定定神，正要回到桌边重新工作，再度响起的敲门声吓了他一跳，虽然只是轻轻的两下。“谢尔盖·谢尔盖耶维奇，您还没睡吧……”门外是隔壁大学生那压低了的嗓音。古廖夫将门开了一条缝：“什么事？”“我，我不知道该怎么感激才好，谢谢，是您救了我……以前从没听过您吹单簧管，刚才那是什么曲子？我是说，太美了，真的……”古廖夫板着脸，低声而快速地说道：“明天就去把你那该死的乐器处理掉，否则我就去举报你。别连累到旁人身上。那声音搅得我腻烦透了！”说完便合上了门。

大学生走后，古廖夫试图继续工作，却发现难以做到。刚才吹的是什么曲子？这问题也在他心中盘绕起来，使他屡屡分神。那曲调似曾相识，仿佛平日就潜藏在唇边，一触即发，但绝非他曾学过或听过的。会不会是他审过的曲子呢？他闭上眼，让那道旋律在虚空中流淌。过了一会，他触摸到一些颤动着清光的微粒。那质感极其熟悉。但作曲者的身份在他记忆的迷宫里不停地逃逸。他在黑暗中追逐着，却一无所获。

二、钟表和鸟鸣

谢尔盖·谢尔盖耶维奇·古廖夫因为健康问题，在五十三岁时申请了提前退休。上级肯定了他多年来的杰出工作，向他颁发了奖状，但给的退休金是微薄的，不足以维持他在列宁格勒的生计；故乡狄康卡已成了集体农庄，回去也无处安身。他决心不再碰任何和音乐沾边的活计，就在城郊租了间小公寓，经过几个月的自学，竟转行做起了钟表维修。到1957年，他已经是列宁格勒顶尖的钟表匠了。他同时为几家店铺工作，但只在家里做活。钟表店隔几天就把一批最难修的活计送上门来，隔几天再取走。主顾每次都很满意。倒不是他在机械方面有什么过人的天赋，而是他比任何人都更能享受这种需要心无旁骛、不带丝毫感情色彩的工作。脑中空无一物的状态，正是他多年来渴求而不得的。他像曾经对待音符那样细致、审慎地对待那些齿轮；前者折磨、引诱了他一辈子，后者则带给他安宁。细小的齿轮像星体一样完美地运转着，将时间研磨成均等的颗粒。晶体般洁净的滴答声凭空堆积着，闪烁着无与伦比的秩序美。他喜欢这种透明、安全的声音，喜欢看着自己修好的各式各样的钟表摆满一桌面，然后在满屋子繁密的滴答声中进入无梦的睡眠。

他的单簧管已经多年不动了，作为一件少年时代的纪念品，躺在他床下的皮箱里，日夜喑哑着。几天前的雨夜，他听着隔壁的骚动，出于同情和急智，犹豫再三，终于取出单簧管来，随口吹了一段。他故意将音色吹得亮丽、丰满，弄出近似萨克斯的效果，替那年轻人解了围。然后就不安地等待着，等着房门被粗鲁地敲响，等着质问和辩解，等着纷至沓来的幻象；同时在乐声中又感到一点奇异的快慰，像多年戒酒的人再次陷落于酣然。这些天来，他思绪很乱，工作效率一反常态的低。那一段随口吹出的旋律，像一小汪春水，在他心底摇漾着；捧不住，也截不断。一些旧事像杯底的沉渣，因那旋律的翻搅而浮动起来。他像是无意中念出了禁忌的咒语，结果召来了往日的幽灵。

这天黄昏，一只鸟飞落在古廖夫的窗前。它抖抖翅膀，摆了摆脖颈，鸣叫起来。老人从一堆钟表零件中抬起头来，摘下寸镜，向窗口张望时，那鸟已扑剌剌飞去了。古廖夫认得这种啁啾声。清亮，恣肆，欢畅得似乎过了分。他合上眼，以那声音为线条，在心里一点点勾画出鸟的样子：尖细的喙，漆黑的眼睛，腹部有雪点似的白斑，黑色毛羽上闪着铜绿和紫霞般的光泽……

“莫扎特的宠物，”一个极熟悉的嗓音在耳畔向他说道，“紫翅椋鸟。这种鸟终其一生……”那是四五十年前了，在狄康卡，是他的音乐教师尤京娜老夫人的嗓音。他十岁出头时，每天和另一个孩子一起到她家中学习单簧管。在那所老宅后边，幽暗的云杉林中栖息着数不尽的椋鸟，日落前后叫声如密雨一般，有时几乎影响到他们练习。这种鸟性子活泼，爱炫耀，喜欢模仿其他禽类的唱腔，有时听多了他们的演奏，也能学着啼啭出某一段曲调。尤京娜夫人是个孤僻而迷信的老太太，喜欢孩子，会好几种乐器，独自和一个老女仆在祖宅里居住。她对乡间的神怪传说和音乐家的典故同样精通，常在休息时向他们说上一段。说木精灵、水妖、雪姑娘、沼泽下的宝藏、树洞里的魔鬼；也说巴赫掷出的假发、莫扎特的桌球、勃拉姆斯的林中漫步……有一天傍晚鸟声如沸，盖住了她的讲课声，她只好停下，无奈地微笑。

“莫扎特的宠物，”她说，“紫翅椋鸟。这种鸟终其一生没旁的事，就是学唱到处听来的曲调，更多的是逞喉乱叫，它们是在找自己的灰烬之歌呢。”她说莫扎特曾在店中听到一只椋鸟唱出了他的协奏曲中的一段，惊喜非常，将它买回去精心饲养。几年后这鸟去世，莫扎特还给它举行了小小的葬礼。她说她儿时听一个教堂管风琴师讲过椋鸟的传说。说是上帝每造出一只椋鸟，就造出一段旋律，和它灵魂的形状完全一致，藏在世间某处，让这鸟去寻找。也许在泉流中，也许在树梢的摇荡中，也许正盘旋在某个人的脑子里。椋鸟终日乱叫，探索着新的调子，也学它听来的任何声音，就是为找它的旋律。一旦被它偶然唱出，椋鸟的形体就会立时化作灰烬，而它的灵魂就钻进那旋律里，再也不出来了……那么，这只椋鸟就死了吗？古廖夫问。不是死，是进入了音乐的世界，那是比尘世更接近上帝的地方……尤京娜夫人说她的母亲就目击过椋鸟成灰的过程。她母亲曾是莫斯科有名的大提琴家（这是她唯一一次提及亲人），十六岁时一天练习结束后，发现谱架上落了一只椋鸟。那鸟旁若无人，昂首鸣叫，竟然唱出了她练习了一下午的赋格曲中的一小节。它起初唱得不太准，反复几遍，终于对了。忽然那椋鸟张大双翅，又合拢，黑色的身子扭曲成一团，顷刻间溃散成无数灰烬。灰烬在空中飘扬，她母亲看得真切，每一粒都是音符的形状。音符又破碎成更多更小的音符，随即飘散殆尽。她母亲发誓那是真的，但尤京娜夫人的祖父母都以为她是练习过度而产生了幻觉……这故事当时给古廖夫留下了极深的印象，此后他再也没听人说起过类似的传说。事实上，自从他十八岁离开故乡来到列宁格勒（当时还叫彼得格勒）以后，就几乎再没见过椋鸟了。

桌角的小座位钟忽然敲了七下，叮，叮，叮……一圈圈银亮的、冰凉的涟漪在古廖夫眼前扩散开来，驱走了幻想。窗外天已黑透。古廖夫开了灯。他听见灯光在电线中涓涓流过，然后从灯盏中溢出，照亮那些细小的零件和他的白发。他再次尝试着把心思聚拢在一只怀表的擒纵器上，却总也做不到。古廖夫叹了口气，正要关灯就寝，门却被笃笃地敲响了。

三、档案和蚁穴

档案室的桌上放着四份材料。这是警员库兹明花了两小时，从故纸堆中挑拣出来的。他意识到其间存在着某种关联，正在理清头绪。他拿起咖啡杯，啜饮了一口，从头看起。

第一份是1957年10月27日夜间的一次出警记录。那次行动库兹明也参加了。他被指派在街边监听，确定乐声从哪个窗口传来，但他似乎出了差错。出警记录里简单地写着他们搜查了大学生瓦尔金的公寓，未发现举报信中所说的萨克斯管，于是收队；自然没提及那场令人尴尬的单簧管的误会。但是出于严谨的习惯，库兹明在他的记事本里记下了老人的名字。他在居民个人档案中找出了大学生的档案，顺手也找出了那老人的，都放在一旁，稍后一并细看。

第二份材料是一个"鲨鱼"的口供。所谓鲨鱼，是指在街头贩卖违禁品的流动小贩。口供的附件是一只证物袋，里边有一张X光片，印着一颗不知属于何人的颅骨。X光片的边角已被裁去，剪成了一个不甚规整的圆形，正中央开了小孔。库兹明将它举到灯下端详，迎着光看见X光片的表面上浅浅地刻着许多圈细密的圆环，以那小孔为圆心，如同树木的年轮。他知道这是一种简易的唱片，音质差，也容易损坏，但因价格低廉，近两年在列宁格勒的地下音乐圈很受欢迎。黑胶的成本太贵，胆大妄为的青年们就从医院里低价收购废弃的X光片，用来刻录官方禁止的西方爵士乐和摇滚乐，偷偷在街头兜售。X光片的材质薄软，富有韧性，可以卷着揣在袖筒里，便于携带和交易。因为印着各部位的骨骼，被称为“骨碟”。列宁格勒至少有两三个团伙在大量生产骨碟，十分猖獗。这张骨碟正是从这小贩身上搜出来的。他处于渠道的最末一节，进货出货的量又少，没什么讯问的价值。口供里写道，他只知道到不固定的场所，向不认识的人(戴了墨镜和口罩)付款，再到指定的地点（储物柜或公园的石凳下）取货，对上游的情形所知甚少。他被判了两年劳改。

库兹明搬来一台唱机，将骨碟安上唱盘，那小孔正好套进转轴，然后放下唱针。那只颅骨便旋转起来，音乐随即飘出，像从颅骨里搜刮出的记忆。杂音很大，淅淅沥沥，一个女人唱起来，像是站在细雨中雍容地唱着。连唱了五六首。库兹明听不懂英文歌词，不知是什么曲子，觉得并不难听。几曲过后，静了一会，他以为放完了，这时传来人声，用俄语低声说了几句，重又寂静。片刻后，响起了萨克斯的声音。像是现场录音。那乐声摇摇袅袅，先是奏出一段颇为动人的旋律，随后开始光怪陆离的即兴，架子鼓在一旁杂乱地和着，末了，响起一阵零落的掌声和口哨。这是一群人，库兹明想，是一次地下演奏会。他们不但翻录西方的爵士唱片，还在最后加进自己的演奏。据他了解，这种骨碟卖得尤其好。这也是区别于其他骨碟团伙的重要特征。

前几天那次落空的搜捕行动前，库兹明原想着如果能逮住吹奏萨克斯的人，也许能逼问出黑市里售卖萨克斯的线索，再沿着这条线索，没准能找到那个刻录骨碟、同时演奏萨克斯的团伙；运气好的话，也许吹萨克斯的就是那团伙里的人。然而失败了。一次小小的、但是可疑的失败。疑点一是，库兹明不太相信自己会辨错窗口，他的听力一向很好，而且他总觉得在楼下听到的乐声和老人吹奏的单簧管，虽然像，但似乎不尽相同。疑点二，是那老人吹奏的时机。那种集体公寓的墙壁薄，隔壁发生了什么老人一定听得清楚，在那样的时刻突然开始吹奏，这太奇怪了。如果老人是刻意打掩护，是不是说明真的有一支萨克斯存在？只是他们没能找到。疑点三，和案情关系不大，完全出于库兹明个人的好奇，即那老人提到的乐曲审查办公室是个什么机构？他以前听说过，但不甚了解，只知道那里被外界称为“圣所”，似乎颇为神秘，连机构位于列宁格勒何处他都不知道。

他拿过两个人的档案，犹豫一下，决定把更有趣的留在后头，先看大学生瓦尔金的。瓦尔金的档案很薄，毕竟还年轻。他埋头读了一会，只发现一处不寻常的地方：里边有一则记录，提到瓦尔金和一群奇装异服的青年阿飞有来往；在一次舞会中，有人用小号吹奏曲调颓靡的音乐，几个人跟着哼唱，其中有瓦尔金。接到举报的人民志愿纠察队破门而入，当场扭弯了小号，用剪刀剪掉了几个人颜色夸张的裤子和向上翘起的飞机头。因为小号也能演奏古典音乐，纠察队闹不清当时吹的是否违禁音乐。这事性质不严重，但也算有了音乐方面的前科，值得留意。此外没什么可供挖掘的信息了。

这时已过了夜里十二点半。库兹明正拿起古廖夫的档案，值夜班的另一名警员推门进来，问库兹明要不要一起喝一杯解乏。他客气地谢绝了。库兹明今年二十八岁，瘦小，安静，戴厚厚的眼镜，表情常过于正经，在警局里并不受欢迎，事实上常被人嘲弄。比起出外勤，他更情愿做些文职工作。当初他申请来这间分局，就因为这儿有全列宁格勒最大的档案室。他经常在下班后借了档案员的钥匙，几小时几小时地埋头在文件堆里。在那里他感到如鱼得水。其实他看的多半和工作无关，只是出于个人癖好。他没料到这癖好促使他锻炼出了卓越的资料分析归纳能力（多年后他将因这能力被招募进克格勃，从而得到权限看更多的资料），只是隐约地意识到，这种看档案的癖好和他小时候养蚂蚁的癖好，其实是同一种。

库兹明自小羞怯，文弱，习惯了受欺负，因此对其他警员的捉弄处之泰然。他童年唯一的爱好是用玻璃箱盛满土壤，在里头养蚂蚁。蚂蚁们浑然不知巢穴的每个角落都已暴露在人类的目光中，依旧忙忙碌碌地挖掘，搬运，分泌，摇摆着触角。玻璃是多么奇妙的物质，让地底的秘密一下子变得直视无碍。他精心地伺候着它们，又频频制造灾难，往洞口灌水，熏烟，间或随机碾死一两只蚂蚁，或者扔进一只马蜂。看着蚁群一团溃乱，他忽然意识到这原是属于上帝的享乐。库兹明每天迷醉地瞧着，摆弄着，直到有一天那玻璃箱被高高举起，在他的尖叫声中，被愤怒的父亲在地上摔得粉碎……而现在，他可以从容地坐在巨大的档案柜间，在明晃晃的灯光下恣意浏览，再也无人干扰。库兹明感到一阵幸福，他觉得整个城市都放进他的玻璃箱了。

他呷了一口咖啡，翻开古廖夫的档案，津津有味地看起来。

四、 圣所

1901年8月出生。乌克兰波尔塔瓦省密尔格拉得县人。

父亲是乡村医生。1919 年进入彼得格勒音乐学院作曲系，成绩优异。1920 年春，在一次游行中被枪托砸中了额头，脑部负伤，因病休学一年。毕业后留校任助教，五年后升为讲师。1930 年，他的导师因一封不谨慎的书信被捕，古廖夫也接受了审问，最终被释放。但他也失去了职位，有两年没有工作记录，不知靠什么维生。1932 年，他被列宁格勒市乐曲审查办公室招募了。工作期间表现良好，从未出过纰漏。1954 年，因丧失工作能力而获准提前退休。

库兹明翻到下一页，见到用回形针夹着一份诊断报告，时间是 1931 年底。报告里充斥着艰深的术语，库兹明只看懂开头几句：“脑部曾受硬物撞击，造成短时间昏迷。伤愈后产生强烈的通感反应，主要集中在听觉方面，持续多年。”指的应该是 1920 年那次负伤，库兹明想道。末一栏的结论写着：“经测试，通感五级，达到报送标准，予以推荐。”底下是医生潦草的签名。奇怪的是，这份报告是抄送给列宁格勒市文化管理局的。第二年，古廖夫就进入了那个被外界称为“圣所”的办公室。这两者间有什么联系呢？库兹明决定非弄清楚那机构不可。

直接询问是不可能的，他不是克格勃，没这个权限。他咬着指甲想了一会，去一个架子上翻出 1954 年列宁格勒市政府部门退休人员名单。十五分钟后，他找到了古廖夫的名字。那年他的部门只有他一人退休。库兹明又翻看前后几年的名单，发现去年有一个叫基利洛夫的人从乐曲审查办公室退休，名单上写了住址和电话号码。这是库兹明自己摸索出的诀窍：要了解一个机构，没有比审问退休人员更好的法子了。他们像飘坠在旁的枯叶，脆弱无用，却藏着整座森林的秘密。他随即抄起桌上的话筒。这是他惯用的另一招：在没有权力拘捕审问时，就以官方的名义在深夜给人打电话，无论他想问什么，被惊醒的人既想不到怀疑他的身份，也来不及构思谎言，都会在电话那端颤抖着吐露实情。

接电话的正是基利洛夫。老人似乎刚醒，嗓音浑浊。库兹明告诉他自己是民警局的，却不说什么事，只是亲切地问候他的退休生活。对方迷惑了，小心地说现在在为一家剧院工作。具体什么工作，他说得含糊，库兹明大致猜到了，这老人是凭借他多年的工作经验，给剧院提供指导，教他们如何修改歌舞剧的乐谱才更容易通过审查。库兹明又闲聊了几句，这才提起古廖夫。

“不算熟，”基利洛夫说，“没错，他过去是我的上级，很多年，不过我们除了工作外不怎么接触。很出色，他的能力是我们中最强的……”

库兹明问他们是怎么被招募的，以及这机构的运作机制。对方犹豫起来，似乎在怀疑他的权限。库兹明和蔼地说，没关系，如果电话里不方便告知的话，明天他可以登门拜访，或请他到警局配合调查。基利洛夫嗫嚅了一会，便把他知道的事情都说了出来。

1932 年，苏联作曲家协会成立后，官方决定设置一个专门的办公室，负责乐曲的审查工作。过审的乐曲才能在音乐厅和剧院公演，或出版乐谱。在此之前，审查工作由剧目审查总委员会总揽，采取的是委托专家制，即将政治方面无瑕疵、艺术方面有造诣的音乐家纳入专家库，委托他们负责乐谱的审查和评定。这时期存在的最大问题是专家的可靠性难以保证。一则艺术家之间要么有交情，要么有龃龉，难以确保不徇私。二则专家本身也是创作者，也许今天还在专家库里，明天就被定罪；定罪后经他审定的曲目又得全部推翻，从头来过。必须要有更科学、更精细的审查制度。

最初的构想来自日丹诺夫同志。他创造性地提出将音乐转化为其他感官上的体验，如转成具体的图像来进行审查，从而将审查过程变得可见、可复核。他听取了多名科学家的建议，最终制定了招募联觉人的计划。联觉人即视、听、嗅、触、味觉相互连通、触此及彼的人。这些联觉人经过充分的政治教育、必要的乐理训练之后，就成为测试音乐安全性的可靠仪表。审查方式大致如下：让多名联觉人听同一首乐曲，将音乐在他们脑中激起的形象分别记录下来，再比对多份记录，由等级更高的联觉人筛选把关，就能在很大程度上弥补联觉的不确定性：例如同一段旋律，有人听出了雾霭，有人听出了湖泊……最终得出一份针对音乐内容的形象化描述，由主管领导对这份描述进行意识形态方面的审查。这是最接近科学，或者说看起来最科学的音乐审查办法了。

个别音乐界人士提出了异议，认为标题音乐指向具体的意象，也许可以这样操作；可无标题音乐只是乐音的单纯流动，或蕴含某种难以言说的情绪，怎么能用印象派的方法来剖析意象呢？日丹诺夫同志一针见血地指出，没有反映深刻社会内容的音乐，就是脱离了实际的形式主义音乐。完全的无标题是不允许的，送审时必须标明乐曲的基本内容。他还风趣地举例说明：顾客在吃一道菜肴前，要求厨师说明菜肴的原料，是理所当然的权利。发言在热烈的掌声中结束。最初提出异议的几位鼓掌得尤其使劲，大颗的汗珠从他们苍白的脸颊边震落。他们似乎听见了笔尖在自己名字上划线的声音。

该方案得到了斯大林同志的大力支持。1932年在列宁格勒试点运行，两年后在各大城市推广。乐曲审查办公室是出版保护总局和文化管理局的联合机构，它将原先分散在多个部门的音乐审查职能集中起来：审查演奏会曲目、待出版的曲谱集、歌剧乐谱（歌词由其他部门审查）、电影配乐（剧本由其他部门审查）……它的标志是一面刻着五线谱的银盾，意味着护卫全苏联人民的耳朵。1948年，日丹诺夫病故后，他的继任者“灰衣主教”苏斯洛夫保留了这一制度，并扩大了办公室的编制。

办公室设在西郊一所修道院的楼上。这座建筑相当古老，白墙蓝顶，隐没在深浓的橡树林中。修道院在革命后关停了，二楼改成博物馆，堆积着一幅幅从各处拆毁的教堂里卸下来的圣像画。这儿名义上是博物馆，可从不对外开放，只能说是一座文物仓库。联觉人每天上下班，都要从那些圣像画前走过，穿行在灿烂的图案和静穆的面容之间，无可避免地产生种种难以言喻的幻象。他们多数不苟言笑，脚步迟缓，真的像一群修士。经过一条旋转楼梯，就进入三楼的审查办公室。

每天上午，都有一大摞乐谱投递到一楼的传达室。办事员先将作者姓名登记在表格中，填上一个编号；检查乐谱上是否有署名，有的话用墨水涂掉，再用号码章盖上相应的编号。这是为了确保公正性。然后才将这份匿名乐谱放进传送文件的小电梯，穿过中间楼层的圣像仓库，升到三楼。三楼划分成许多隔音的小间，每人一间，一般配有一张办公桌和一件乐器。审查员按谱演奏一番，闭目感受，然后详细地写出眼前浮现的景象，有时也记下气味、味道和触感，作为评定的佐证。有的作曲家偷奸耍滑，自己也说不清这曲子讲的是什么，只好随手安一个标题，如伏尔加河的波涛、白净草原的月光；雄壮些的曲子就写钢铁厂热火朝天的轰鸣、原野上呼啸而行的火车之类，期盼能撞上大运，恰好和某个审查员听出的意象相符。这样的概率极低。通常一份乐谱由五名联觉人审查，提交的描述报告经古廖夫复核、汇总，最后才上报给主管。通过审查后，再由传达室按编号查出作者姓名，通知其领取排演许可证和出版许可证。未通过的不另行通知，直接销毁乐谱。作曲家们背后将审查办公室戏称为“圣所”，不光因为那儿原是修道院，也因为内部过于神秘，甚至有人传说那里每天焚烧乐谱的火焰从不熄灭，就像圣所里的七枝长明烛台一样。作曲家之间常这样对话：最近写了什么？别提了，又给圣所供奉了两支蜡烛。意思是刚有两篇作品被烧掉。这种污蔑是很不负责的，因为审查办公室四十年代起就用碎纸机处理乐谱了。

基利洛夫从小就有敏锐的通感，一度给他的生活造成困扰。他听到急剧的刹车声，嘴里就会涌起浓烈的橡胶味；器乐一响他眼前就游动着一团团色块，颜色随着曲调变幻；有时嗅觉和触觉也会联通，如闻到柏油味时他手心便感到一阵黏稠，几乎无力张开。他们这样的联觉人通常都深居简出，出门都得戴着耳罩和墨镜，没法胜任正常的工作。物质世界对他们的刺激太大了。他的神经科大夫看到了官方通告，推荐他去报名。经过了一轮又一轮受刑般的考核后——无非是给他们听各种怪异声音，要求描绘出脑海中出现的画面——他和古廖夫同年被录用。听说古廖夫是事故导致的后天性通感，但他的通感等级是最高的，又曾在音乐学院任教，业务能力无疑最出众。

在圣所中，只有古廖夫的隔音间不设乐器。他有很强的内心听觉，不用试演，只要读谱，就能看见音符深处潜藏的形象。一般人因音乐产生的幻象是一团朦胧的色彩，飘忽不定的线条，古廖夫能把它们凝聚成具体的事物，描述出来，几乎十中八九，简直像占卜术或特异功能。他似乎能沿着曲谱追溯到作曲者创作时的心中所想，乃至潜意识里掠过的景象，就像品酒师一沾杯沿，就能说出葡萄生长时的阳光雨露；或者如古生物学家，从一小截指爪化石中还原出巨兽的身影。曾有个别作者不忿作品被毙，层层申诉，直到看了古廖夫写的描述报告，才记起构思时脑中一闪而过的画面，只好服气。据说古廖夫的校友肖斯塔科维奇也对他这项本领叹服不已。

古廖夫的工作态度是很严谨的。有一回他们审一首嬉游曲，一个审查员的描述是“阳光下旋动的花环”，基利洛夫的描述是“草地上一群孩童牵着手转圈圈”，其他人大致相似。古廖夫看了半晌，说，孩童们是在欢笑着做游戏，但笑得有些虚假；你们没注意到大提琴在低音部阴恻恻的徘徊吗？有个人拿着武器在一旁逡巡，监视着他们的欢笑。这是什么含义，你们好好想想。基利洛夫被他说得直冒冷汗。那个作曲家没通过审查，觉得冤枉，把曲谱送去莫斯科的审查办公室，结果过审了。演出反响不错，但半个月后，《真理报》上出现了严厉的批评文章。作曲家害怕得自杀了，莫斯科的同行也受到了处分。

库兹明用肩膀将话筒夹在耳畔，一手飞快地记着笔记。这和萨克斯管的事件毫无关系，甚至证明了古廖夫在音乐方面一贯小心，深知利害，不太可能会做出包庇他人的行为。库兹明只是觉得满足，像窥见了蚁穴中一条隐秘的隧道。他最后问了几句古廖夫的私生活。

基利洛夫的答复仍是了解很少，因为神经太敏感，他们业余时间都没什么社交活动，大多是闭门独坐。古廖夫的症状比他严重得多，有时甚至分不清真实与虚幻。有一次基利洛夫在午休时走进古廖夫的办公间，看到窗外的常青藤因无人修剪，已经缠上了窗沿，就在闲聊时抚弄起那枝叶。古廖夫略带惊讶地说：

“啊，那些叶子是真的啊。我还以为是上午读谱后看到的幻觉呢。”

年复一年，他一张接一张地读谱，每一张薄薄的乐谱上都升腾起一座庞大而沉重的蜃楼。直到1954年，古廖夫的神经终于受不了那些幻象的压迫与侵蚀，他晕倒在办公桌前，因为在隔音间，直到傍晚才被人发现。医生的诊断是神经过度衰弱，不能再进行脑力劳动了。他退休后，基利洛夫再没见过他。

可怜的老家伙，库兹明想，他正要挂上听筒，重新看一遍大学生的档案，忽然想起一事，随口问道：“他的单簧管吹得好吗？”

电话那头沉默了一下，传来疑惑的声音：“单簧管？怎么可能。乐谱已经够他受的了，何况是真实的音乐。他几十年没听过一场音乐会，更别提自己演奏了。”

五、 似是故人来

访客离去时已是深夜。古廖夫仍呆坐着，听着满屋指针徒然地颤动，疑心方才是一个离奇的梦。他觉得似乎哪里不太对劲，又说不清，像刚装好一块表，却发现多出了一枚齿轮。这一晚剧烈的情绪波动，弄得他疲倦不堪，无法思考了。

“请问，您是古廖夫同志吗？”门开后，一个衣着破旧的老人站在走廊里，凝视着他的脸问道，古廖夫一时想不起来者是谁。他脸上的皱纹比古廖夫更多，纹路更杂乱，但绽开时有一种孩童的光彩。

“是的，您是？”

“哈，真的是你，谢廖沙（谢尔盖的昵称）！你不记得我了吗，我是穆辛啊，德米特里·德米特里耶维奇·穆辛，从前和你一道在尤京娜太太那儿学音乐的。”

“米佳（德米特里的昵称）？是米佳，蝌蚪米佳！我们多久没有见面了……”

“四十，不，五十年了。”

古廖夫握着他的手，引他进屋。屋里没有茶炊和点心，也没有酒，只好给客人倒了杯水。古廖夫把唯一的椅子让给他，自己坐在床沿，两个老友亲热地聊起来。古廖夫多少年没这样激动过了，右额边的神经轻快地抽动起来，他说：“从前我比你高一个头哩，你瞧，现在我们一样高，也一样老了。”

“老人和老人都有些相像的，”穆辛说，“这些年你过得怎么样？我在狄康卡听人说，你已经成了列宁格勒的音乐专家了。”

古廖夫觉得尴尬，没有接话，他问道：“狄康卡现在怎么样了？听说成了集体农庄？那些树林还在吗？草原是不是被开垦成农田了？还有你最喜欢的伊宁深水潭……我记得那潭水上层是青绿色，潭底的水因为长年浸泡着松针，是深棕色的……”他热切地说着，仿佛此刻就闻到了松树皮的气味，青苔和蛛网的气味，黑麦扬花时略带甜味的清香，野草被太阳晒得热烘烘的香气……

“都在的，一点变化也没有，我成天都在那些老地方游荡呢。林子里永远那么幽暗，星星明净得像冰渣，晚霞还是那样凝重地燃烧……连鸟叫声都没有一点变化：云雀，鹬鸟，红额金翅雀，夜莺，红胸鸲，还有那些紫翅椋鸟……”

古廖夫的眼眶里泛起久违的温热。发生了那么多事：战争，饥荒，清洗，动荡……而他们此刻竟完好无损地坐在一起，谈论着圣境般的故乡——只不过他们都被岁月磨蚀得不成样子了。“那么，米佳，这些年你都在做什么呢？你还吹单簧管吗？”古廖夫记得，穆辛的天分一直在他之上，当他还在苦学乐理时，穆辛就能写几支小曲了。

穆辛凑过头来，像是羞怯又像故作神秘似的微笑了一下，压低声音说道：“其实我这些年来一直在作曲。写得不算少了，我自己给作品编了号，已经到了 op. 116 了。不过一次也没公演过。上个月，我决定就此搁笔，但想找一位行家看看，我埋头写了一辈子，到底是个什么样的水平。谢廖沙，你愿意帮我看看吗？”他不知从哪儿掏出厚厚一叠谱纸来。

古廖夫心里暗了一下，头皮发紧，但实在说不出推却的话，他接过来，点点头，从第一页看起。几分钟后，他听到脑中有一阵冰层开裂般的声响。他认得这曲子的质感。他一页页翻去，多变的曲风下是独特的幽深与明澈。竟然多数都是他记熟的。古廖夫全想起来了，前些天他信口吹出的，正是眼前这故人的曲子。

大约从 1937 年起，古廖夫注意到，在投寄到圣所的稿件中，定期会出现一份令他暗暗中意的作品，虽然都是匿名，但他认出是同一人的手笔。这人各种体裁都写，风格变化多端，起初走的是强力集团的路子，模仿穆索尔斯基的浓艳色彩；后来又遁入巴赫的殿堂和勃拉姆斯的迷雾；在几首小品中他几乎完美拓印了门德尔松的闲静和舒伯特的清朗；有一阵子他比萨蒂还要萨蒂。他把巴洛克风格、古典主义、浪漫主义、印象主义甚至无调性音乐都尝试了个遍，后来融成一种极其鲜明的特质。古廖夫从中看出了大多数来稿所无法比拟的光芒。他留了神，每次收到这人的作品都先暗自赏玩一番。这些旋律引起的幻觉并不让他难受。另一方面，他并非只专注于通感方面的审查，对世事一无所知，他明白就算自己网开一面，给予通过，这人的作品在意识形态方面也是不可能过审的。甚至可能因此遭到批判。他觉得自己是保护了他，使他免于更大的灾祸。不谈其中的意象，单是他的技法就过于精致深微，很容易被扣上形式主义的帽子。上头热爱的是简单、昂扬的旋律，是工人们头天夜里听过，第二天上工时就能哼唱出来的曲调，那才是对群众有益的音乐。有几次，他壮着胆，将他尤其珍爱的几首报送上去，结果很快就挨了领导的批评。他不敢再试探。在他退休前的最后几年，那人不再有作品寄来了。

他放下谱子，渐渐感到一片荒芜在胸口蔓延。他愧疚地看着灯下故人的面孔，无法遏制两个念头在心里纠缠：是我毁掉了他的一生……我也浪费了自己的一生……古廖夫努力地告诉自己，即便自己不将穆辛的稿子毙掉，也会由别的人来毙掉；他这关过了，往上还有办公室主管，那个不学无术的秃子，只会像审批文章一样审批他们的描述；即便在他那儿也通过了，再往上就是危险的公演，乐声像瓶中的魔鬼，一旦释放就无法再收回，万一飘入了某只厌恶它的尊贵的耳朵里，一切就全完了……

“怎么样？”穆辛轻声问。

“写得很好，”古廖夫抬起头，一字一顿地说，“我非常喜欢它们。”

“是真的吗？ 你不是在安慰我吗？”

“是真的，米佳。 写得很好。”

穆辛的嘴唇半张着，微微发颤，像要说什么，却叹出一口气，继而微笑起来，眼睛已经湿了。 古廖夫避开他的目光，看向桌上那堆钟表，问道：“那么，这些年除了作曲，你都在做什么呢？”

穆辛没有回答，沉默了一下，忽然欢快地说：“我近期打算举行一场小小的演奏会。 就演奏我的 op. 116，一首单簧管五重奏。 我试写过几首交响曲，放弃了，我没有那样宏大规整的气质。 协奏曲也不行。 最后我发现最适合自己的体裁还是单簧管的室内乐。这首五重奏是我最后的作品了。我摸索了一辈子似乎就为了写出它——你还记得尤京娜夫人的话吗——就像椋鸟找到了它的灰烬之歌。它不是伟大的，却是独一无二的，是和我灵魂形状最契合的容器了。只要听它被演奏上一次，我就再也不奢求什么了。”

“这么说，”古廖夫难以置信地问，“你拿到排演许可证了？”他想，我离开得太久了，没准现在审查标准不像从前那样严了，或者审查员的能力不够；也可能，不再有审查办公室了？这念头使他宽慰，又有些怅然。

穆辛像没听到似的，站起身，接着说：“我想邀请你做观众。我自己吹奏单簧管。乐队已经在筹备了。过两天，等我们准备好了，我就来通知你。”他兴致勃勃地说着，道了别，就推门而去了。古廖夫想送他，追出去时，走廊上已没了他的踪影。

临睡前，古廖夫躺在黑暗中，听着身畔密密的滴答声。回忆从声音的缝隙中渗入，渐渐将他淹没了。他想起在尤京娜夫人宅中度过的漫长而宁静的夏天，微风扬起乐谱的一角，想起那些树影，总是温和地覆盖着庭院，想起他和穆辛在林中追逐，穿过一束束朦胧的光线，来到伊宁深水潭边，那片神秘的水面，在密林间闪烁着微光。在棕色的潭底，有一个小小的洞口，很深，据说一直通往冥河，村里最勇敢的小孩也不敢往里头潜游。他想起穆辛最喜欢在那水潭中游泳——他之所以被人叫做蝌蚪，不光是瘦小，还因为总爱呆在水里。古廖夫忽然明白，穆辛当时就已被他的作曲天赋折磨着了，他说过浸在水下，就听不见脑子里的音乐声了……古廖夫又想起他们过去常被村里的其他孩子欺负。直到有一天，他灵机一动，转而和他们一起欺负起穆辛来，而且欺负得最起劲；那个小群体很快接纳了他。他此刻终于意识到，这件小事是另一件事的排演，是预兆；他正是在多年后投入了另一个群体，转而欺凌起他的同类，毁掉他们的心血……也许我是天生的叛徒。古廖夫沉痛地想。他记得穆辛总是在反抗，神情愤怒又茫然，不明白世上为什么会有这种无缘无故的欺侮。古廖夫想起有一天，穆辛被追打着，跃入了潭中，他冒出头来，大声说要他潜进那洞口了，几个孩子嬉笑着，说他没这个胆量。古廖夫呆呆地站在岸边，看着他倔强的头颅消失在潭面上……

古廖夫猛地睁开眼，坐直了身子，像刚从深水中探出头来一样，大口地喘着气。他想起来了：穆辛那天没有浮上来，他就此消失在潭底的洞中了。大人们打捞了几天也不见踪影。他母亲伏在岸边放声大哭的样子古廖夫还依稀记得——穆辛死了，半个世纪前就死了。

六、幻乐

尽管民警库兹明对古廖夫起了挥之不去的疑心，他依然认为案件的突破口在大学生瓦尔金身上。古廖夫一反常态的演奏，恰恰点出了他邻居的嫌疑。他决定继续盯瓦尔金的梢。只要拿到他的罪证，古廖夫的包庇罪（更可恨的是愚弄警察的罪过）自然也就成立，而不是反过来。这天夜里七点钟，瓦尔金离开公寓，吹着口哨，向城市北面走去。他踩着街边的落叶，一路望着枯枝间升起的红月亮，陶醉在深秋的风物和年轻人毫无理由的欢快中，对身后的跟踪者全未察觉。

往北就进入了郊区深处，房屋渐少，景色愈加萧索。这一带散布着一些孤岛般的别墅，主人只在夏季里来住上几天，其余时候都锁闭着，花园里草莽横生。别墅间是大片的野地，除了几株鸟爪似的枯树伸向夜空，没旁的遮蔽物，库兹明不敢跟得太近。月光下，只见瓦尔金的身影在荒野上轻快地前行，不像信步闲游，倒像是有所奔赴。库兹明预感到这一晚将会有收获。

直走了两俄里，野草间浮现出一条松软洁白的土路，路尽头升起一幢房子漆黑的轮廓。那应该就是他的目的地，库兹明想着，加快了脚步，没留神踩断了一截枯枝。毕剥一声轻响。瓦尔金蓦地停下来，一动不动地站在路中央。库兹明以为自己暴露了，正要匍匐到草地上，却见他没有回头，只是缓缓转向右侧的灌木丛，像在谛听着什么。这时库兹明也听到了：一阵枯哑的呜咽声，夹杂着含混不清的话语，从灌木丛后边断续飘来。只见瓦尔金的身影犹豫着凑过去，隐入灌木丛的暗影中，片刻后，传来他的惊叫："啊，怎么是您！谢尔盖·谢尔盖耶维奇，您这是怎么了？"

穆辛登门后的几天里，古廖夫总是心神不定。傍晚时他丢下未完成的工作，出门透透气。刚走出公寓，就见到穆辛正站在街对面的椴树下，身上还穿着上次那件破旧的大衣，正冲着古廖夫招手，示意他过去。古廖夫惊疑不定，脚下却不听使唤，过了马路。穆辛看起来精神焕发，微笑着说：

"咱们走吧。演奏会就在今晚。"

古廖夫再次向他确认曲目是否过审。穆辛没搭理，抬脚就走，古廖夫不由自主地跟着。两人渐渐出了城，步入一片野地。这时霞光未泯，深红色的天空显得哀艳。草树，岩石，泥沼，泥沼中的汩汩流水，远处几座零落的房屋，被他们惊起的一群鸦鸟，还有鸦鸟的聒噪声，白天时迥然有别的万物，此刻都被黑暗熔铸成同一件事物了，巨大而阴森，消泯了各自的边界。穆辛一路兴冲冲地向他数说着演奏家的名字：第一提琴手、第二提琴手、中提琴手、大提琴手……古廖夫越听越觉诡异。这些人都是他年轻时热爱过的大师，但已经多年没听到他们的消息了。其中有两个还在服刑，就算活着出来也很年迈了；有一个据说已被枪决。古廖夫想，和我说话的一定不是穆辛，是穆辛的鬼魂，他组建了一支亡灵的乐队……穆辛滔滔不绝地解释着，为什么某个位置要由某人来负责，换成另一位演奏家又为什么不行；他自己的单簧管技艺虽然远未臻完美，但那曲子是他写的，简直是从他肺腑间飘出来的，再没有人比他更适合吹奏了；他说这样一来，每一位演奏者都是最理想的，而古廖夫就是最理想的听众。古廖夫凝视着暮光中那张苍老而神采奕奕的面孔，终于忍不住问道："米佳，你真的是米佳吗？可我记得……"

"耐心点，谢廖沙，"对方像早料到似的，镇定地说，"你很快就会明白了。"

又走了一会。古廖夫忽然觉得景物有些眼熟，正在琢磨，穆辛领着他偏离了小路，绕过一片灌木，那儿藏着一个小小的水池，浊绿，池边躺着一块平坦的大石头。他们拂掉石上的枯叶，并肩坐下。古廖夫越发疑惑了，这地方他分明来过，只是无论如何想不起来。他转向穆辛，见他手里凭空多了一件雪白的物事，凝神一看，是那叠乐谱，他递给古廖夫："你好好看看它，就会想通一切的。"

古廖夫翻看起来。看了一会，右额的神经又开始抽搐，他定定神，忽然发现纸张越来越淡，渐趋透明，那些音符全无所凭依地浮在空中，顷刻间，音符也消失了。他的双手虚托着，茫然瞪视着前方。

"你明白了吗？"穆辛说，"根本就没有谱纸，那些曲子是印在你心里的——它们全是你写的啊，谢廖沙。"

古廖夫又听到脑中的响声。这次是冰川崩裂般的轰然。他捂住两侧太阳穴，低下头去，几乎透不过气来，过了很久，能说话了，才问道：

"这么说，你不是米佳的亡灵。你也是我的幻觉？"

完全黑下来的天空中，忽然飘来一阵琉璃般的清响。那是鹤群的鸣叫。它们的身影雪片似的从荒野上空翩然而过。穆辛沉默地凝望着，直到鹤群彻底消失在黑暗中。

“是这样，谢廖沙，”他说，“或者说，我就是你，我们是同一个主题的不同变奏。”

古廖夫脑中的轰鸣渐渐止歇。忽而哗的一响，如同一张对折的地图被倏然展开，他望见了记忆的另一半疆域。

早在少年时代，古廖夫就梦想成为作曲家。当他第一次听到自己谱的曲子，从单簧管中生涩地冒出时，这念头就形成并旋动起来，星云一般在他体内扩张。更早一些，学音乐之前，他一度以为乐曲和山峦、甲虫、云彩一样，是自然界中固有的事物，从没想到竟能由自己创造。那体验或许只有造物能比拟。乐思在脑中流转的时刻，他切实地感到自己的存在，在茫茫宇宙中，一个微小而确凿的点，释放着光焰。中学期间他就写了相当多的习作。考进彼得格勒音乐学院，在他是意料中事，好处是眼界得以开阔，缺憾是远离故乡，只能在梦中和曲中摩挲那些林梢和山脊。

此后多年，无论境况如何，他从未停止过作曲。那次负伤引发的强烈通感，并未令他的才思减退，相反更加沛然；只是神经时常过度疲劳，因为要应付那些纷纷扰扰的幻象。目睹了导师的遭遇后，他明白时局险恶，纸上的一切都能构成证据，从此只敢在心里谱曲。边构思边记忆的习惯，意外地令他的曲风更加洗练。进入审查办公室后，生计有了保障，水平也在摸索中稳步提高，可新的困扰接踵而至：他每天在那些蹩脚作品中周旋，忍受着它们带来的乏味而合规的幻象，还得硬着头皮让它们过审，去蹂躏更多的耳朵，他想听到自己作品上演的渴望越发炽热。工作的第五年，古廖夫终于冒险做了一次试探，向圣所投寄了自己的作品。署名时，他迟疑许久，签下了童年伙伴德米特里·德米特里耶维奇·穆辛的名字，因为他已经亡故，万一要追究作者责任，也无从追究起；同时也是为了纪念这早逝的天才。几名审查员的描述报告很快递交到他手上，结论全是有害的，他感到意料中的失望和释然。后来他开始频繁地投寄作品。他把这事当成创作后的仪式，定期的排解，一种绝望的游戏，像往深渊中抛掷着珠宝。有几次，谱子竟然通过了他手下的几轮审查，放到了他的桌上，他惊喜，随后忧惧，担心真的上演会招致不测之祸。他把手下喊来批评了几句，自己毙掉了稿件。

更大的困扰是，作为一个敏锐的创作者，他在审查那些粗糙作品时受到的折磨是加倍的，他的神经已十分衰弱；另一方面，在日复一日的审查中练就的警惕目光，开始在创作时转而注视着自己，常常令他手足无措，惊散了正在凝聚中的音符。不能再这样下去了，他暗想，终于构想出一个方案：他强行控制自己，在作曲时绝不动用审查员的思维；在审查时刻意抛开创作者的品位。他还制定了详细的惩罚措施，严格约束自己。经过几年的苦心孤诣，他做到了让两者之间泾渭分明，同时又能切换自如。在审查时，在生活中，他是古廖夫，谨小慎微的古廖夫；在心中作曲时，他叫穆辛，他想象中的穆辛，他的面容也有了穆辛的天真和执拗。这方案还有一个好处，就是他可以完全从读者的视角来观望自己的作品，摒除了作者难以摆脱的自我陶醉。在四十岁那年，古廖夫终于确认了自己的作品是非同寻常的，是宝贵的，是不可替代的——虽然这时他已经认不出这匿名作品出自何人之手了。这样的状态维持了十多年，直到他的神经系统彻底崩溃。他匍匐在桌子下，歇斯底里地叫喊起来。在医院中，他以古廖夫的身份和记忆醒来。

古廖夫看着穆辛（我们姑且还叫他穆辛吧）的脸庞，认出了和自己的相似之处，他脸上呈现的是另一种衰老的方式。古廖夫渐渐平静下来，回忆来龙去脉，追溯到那个危险的雨夜，他无意中吹出了一段过去所写的旋律，这才唤醒了作为穆辛的自己。月亮已移到中天了，在池心冷冷地摇烁。池面上流动着淡蓝的雾霭，四下凄冷起来，除了叶丛里的风声，别无声息。古廖夫想起了这是过去自己常来的地方。他喜欢把这小水池想象成伊宁深水潭，把身后的灌木当作故乡的密林，坐在其间，他觉得心神安定，思虑也澄澈极了。时常在下班后，他就迫不及待地步入荒野，来到这里，端坐在池边石上，渐渐由古廖夫变成穆辛，然后便开始在虚空中捕捉旋律，从风露里，从草木的香气，从池水的涟漪，从群星深处，采撷着无尽的音符……穆辛把手放在古廖夫的肩上，打断了他的沉思：

“让我们来准备演奏会吧。”他朗声说。

古廖夫不解地看着他。穆辛说，我们的演奏会不是真实的，但比真实的更好。我们在幻想中演奏。不是内心听觉那种淡薄的幻想，而是盛大的、严密的、不易飘逝的幻想。我来想象出每一位演奏家，想象出他们各自的风格——当年他们的技艺是怎样地令我迷醉，那印象永不会磨灭。你帮忙想象出乐器就行。说着，他站起身，闭上眼，双手摊开着，过了片刻，手掌间出现了一团雾气，他拉伸着，揉搓着那团雾，渐渐摆弄成一个人的大小，各部分都有了颜色，身体是黑的，面部是白的。再过一会，就成了一个穿着黑色燕尾服的男子，只是五官不太清晰，像笼着薄雾。穆辛说，我想象不出他们老了的样子，就让脸模糊着吧。这位是大提琴家。他又依次弄出中提琴家、第一和第二小提琴家。古廖夫连忙着手想象出乐器：斯式琴，瓜式琴，音色、尺寸、颜色……乐器不难，很快也出来了，飘到了每一位的手中。穆辛拿着的单簧管和古廖夫房中那支完全一样。他示意古廖夫坐好，看了一圈其他的演奏者，点点头，在记忆中翻开了谱本。演奏开始了。

先是安静了一会（安静也是乐曲的一部分），随后小提琴轻柔地奏出第一乐章的引子。缓慢，几乎凝滞，暧昧的引子。古廖夫眼前流淌开一层青碧，中提琴又往深处添加了一抹暗棕，温柔地摇荡着……啊，是伊宁深水潭，他和乐队已来到了潭边。周围的灌木瞬间伸拔成苍翠的大树，清荫覆着水面，古廖夫又闻到了浓郁的针叶气味……忽然间，乐队停下了演奏，都惊恐地看着古廖夫身后。古廖夫觉得背脊发凉，回头看去，见到一株橡树后站着一个男人，露出半张脸，正冷眼望着他们。那人留着八字须，身穿灰色的弗伦奇式军上衣，挺着肚腩，脚蹬长靴。穆辛对古廖夫叫道："是你的幻觉。你别去想他，他就不存在了。"可那男人依然在，且缓缓走近，他不说话，只是面无表情地审视着所有人。古廖夫抱着脑袋，喊了一声。那男人，树林，潭水，乐队，全都消散了。他睁开眼，见到穆辛跌坐在小池塘边。

“发生了什么？”古廖夫问，“那个人是？”

“是你的恐惧，”穆辛虚弱地说，他的身体也变淡了，“是你的恐惧引发的幻影。你只要稍一担忧，想到我们的演奏是非法的，是危险的，会被人发现，他就出现了；你想得越多，他就越清晰。刚才我瞧出来，他的脸好像是斯大林和日丹诺夫的混合物。”

“我也不想这样，”古廖夫低下头去，“明知我们是在幻想中演奏，可我还是管不住潜意识里的害怕……我甚至担心过他们会不会有什么仪器，能监听我们脑子里的声音……”

古廖夫一生积攒下的挫败感，在这一刻突然汹涌而至。他想起年轻时，有那么几年，毫不怀疑自己是个天才，他忘情地写着，稚拙的作品曾备受师友的夸赞；他沉醉在自己手造的光芒里，对未来满怀热望，相信自己能成为任何想成为的人物……他想起一个醉醺醺的夜晚，他坐在音乐学院的广场上，旁若无人地指挥着月光下飞驰的云影，澄鲜的乐句像从天外直灌入他的灵魂，他在黑暗中放声大笑……可到头来他又做成了什么呢？如今他跌坐在岁月的尽头，沮丧地认识到，这一生非但不是幸福的，甚至也不配称为不幸，因为整个一生都用在了战战兢兢地回避不幸，没有一天不是在提防，在忧虑，在克制，在沉默中庆幸，屈从于恐惧，隐藏着厌恶，躲进毫无意义的劳累中，期盼着不可言说的一切会过去，然后在忍受中习惯……

古廖夫再也绷不住了。他捂着脸，在荒野中嚎啕起来。

七、 地下室的骨碟

睁开眼时，古廖夫见到一只嗅盐瓶正从面前移开。氨气的味道像钢刷似的搓着他的意识。他发现自己躺在一间陌生客厅的沙发椅上。花萼形的灯盏投下一圈淡黄的光。昏暗中，家具大多披着白色防尘罩，像一些棱角分明的雪山。几张年轻的脸孔正关切地瞧着他，其中有他的邻居瓦尔金。

半小时前，在那水池边，他摇着古廖夫的肩膀，试图把他从谵妄中唤醒，但没有用，老人只是狂乱地哭叫着，不停地胡言乱语。瓦尔金是医学院二年级的学生，但平日沉迷爵士乐，荒废了学业，一时不知所措。他只好搀扶起古廖夫，绕出灌木丛，向路尽头那所别墅走去。

库兹明听到瓦尔金喊出谢尔盖·谢尔盖耶维奇时，完全没料到会是古廖夫；当他望见古廖夫憔悴的面容出现在瓦尔金身边时，心头乱跳起来，相信自己的预感就要被证实。他盯着两个身影在月光下歪歪斜斜地走着，进了别墅的院子，响起了敲门声，随后是几声惊呼和低语，门砰的一声关上了。他轻步上前，伏在铁栅栏外的草丛里，探听着房中的动静。

“您还好吗老大爷？”瓦尔金问，“您怎么会独自坐在野地里，需要我们送你去医院吗？”

古廖夫环顾四周，穆辛已经不见了。他愣了一会，解释说自己的神经出了毛病，休息一会就没事了。

其中一个高大的青年俯下身来，握着他的手说：“伊万（瓦尔金的名字）都告诉我们了，前些天是您救了他，也就是救了我们。我们都很感激您。”

“这是什么话，”瓦尔金说，“我被抓了也不会出卖你们的。”

一个姑娘用一块冰凉的毛巾擦着他额上的汗。古廖夫觉得好些了，坐起来，问这是哪儿。“离你昏厥的地方不远的一间房子，”瓦尔金说，他指着那高大的青年，“是彼得家的别墅。”

彼得说：“听说您的单簧管吹得棒极了。我们也是玩音乐的，今晚正要排演呢。您待会要是觉得好些了，可以下来听听。”

“别听他的，”那姑娘说，“您需要休息。”

过了一会，他们都散去了，只留下那姑娘照看他。古廖夫见她频频往楼梯那边张望，就说：“你也去吧。我没事了。如果不介意的话，你扶我一道过去吧，我也想见识一下。”

他们走近楼梯后的墙角，见到地上盖着块厚木板，是地下室的门。一缕歌声从缝隙中飘出，是妖冶的紫红色，丝绸的质感。姑娘喊了一声，木板被掀开了，瓦尔金和另一个青年忙爬上来，搀着老人下去。一盏雪亮的大灯，照得地下室有几分森冷，年轻人的脸上都带着愉快的微笑。古廖夫见到一旁放着几样乐器：钢琴，萨克斯管，架子鼓。当中是几台怪异的机器。一张黑胶唱片旋动着，发出一个外国男人的哼唱，唱机通过几道细长的带子和另一台机器相连，一张黑色薄片在一根钢针下吱吱转着，被划出一圈圈密纹，针尖边上涌出一些锯屑似的东西。他凭着钟表维修的经验勉强看出这玩意的运作机理，似乎是在刻录唱片。那黑色薄片上印着一只苍白细弱的手掌，他仔细一看，是手掌的骨骼。

“这是在干什么？”他问。

“在录歌呢，一种叫摇滚的音乐。”彼得说。他坐在一旁的架子鼓前，陶醉地扬着手里的鼓槌，像个指挥家；瓦尔金抱着金灿灿的萨克斯管——他担心拿着它走出公寓会被人瞧见，昨天夜里，他的同伴爬上公寓的天台，垂下一根绳索到瓦尔金窗前，把那只装着萨克斯管的木箱吊上去，沿着天台一直走到街尾那栋楼的房顶，再慢慢搬下楼，趁夜色把它转移到了这里；一个俊美的小伙子举起了小号。这时歌声将尽，他们开始演奏起来。

古廖夫暗暗忍受着一阵怪异的幻象：蘑菇云，鸽子，穿着宇航服的恐龙，古堡的幽灵……他立马意识到这是违禁的音乐，警惕起来，摆脱了幻象。他想打断演奏，提醒他们这样的音乐是危险的。然而在银白的灯光下，他看见一张张快活、骄傲、没有丝毫恐惧的面容，他们的神情里浮动着一种耀眼的幸福。他无论如何也说不出口，感到羞愧在体内噬咬着、烧灼着他的一部分。古廖夫扶着钢琴，瘫坐在琴凳上。

乐曲结束了。他们鼓掌、尖叫了一阵。瓦尔金像醉意还没消似的，喊道："谢尔盖·谢尔盖耶维奇，您会钢琴吗？您那晚吹的旋律在我脑子里绕了好几天了，是什么曲子，您能弹出来让我们听听吗？"

古廖夫沉默着。好半天，他下定决心，说："是我写的一首前奏曲。"大伙欢呼起来，起哄让他弹一遍。

"我已经不能演奏了。"他怜惜地摸摸琴键，摇摇头，指着太阳穴说，“我的神经受不了。但是我可以写给你，如果有谱纸的话。”

多少年了，他没有见过自己的乐曲落在纸上。笔尖颤巍巍地勾出黑色的谱号时，他突然怀疑起自己的作品也都是幻觉。没有比那更可怕的事了。但随后，一串串奔流而出的音符打消了顾虑。写成了，他吹了吹纸面，递给瓦尔金。那个姑娘凑过头去看了一会，叫起来：“啊，多美啊。我能试着弹弹看吗？”

古廖夫把琴凳让给她。当她纤细的手指触碰到琴键时，古廖夫几乎站不住了。那是一首他珍爱的小作品，音符以神秘的内在秩序流动着，不附着任何意象，简单而清新，纯净得近乎透明。那姑娘的技术很好，处理得细腻，几乎没出什么差错。乐曲在一片微茫中杳然而尽。地下室半晌没一点声音，随后是震耳、持久的掌声。古廖夫闭着眼，忍住泪水，忽然感到一只手按在他肩上，他回过头去，是穆辛。他又在乐声中出现了。穆辛轻声说：“走吧，我们再去试一次。”

青年们都沉浸在刚才的演奏中，谁都没注意到地下室上方，那扇通往花园小径的百叶窗后的眼睛。库兹明在那里趴了很久，看到了一切。他从没遇上过这样的情况，不免有些慌乱。他摸向腰间，枪身的冰凉让他稍微镇静了些。回去搬援兵是赶不及的，他打定了主意，正要只身闯进去，见到古廖夫已上到了一层，低声说着什么，似乎在道别，其他人追上来，话音很响，坚持要送他回去。古廖夫推辞着，说已经没事了，想到野外透透气。最后他终于一个人出了门，从库兹明躲藏的草丛前走过，喃喃自语着，踱出了院子。库兹明瞄了一眼手表，这时是夜里十点钟。他心里权衡了一下，逮住这伙青年显然更重要，有了口供那老人也跑不了。他现在多半是回去睡觉，如果这边顺利的话，后半夜就能上门拘捕他。他听见瓦尔金和几个人还站在房门口说着话，便掏出手枪，沿着墙根的阴影，轻步奔了过去。

八、乌有

古廖夫和穆辛在荒野中漫步走着。

“你瞧，”穆辛说，“他们都被打动了。我们的作品的确是了不起的。而且，比那首前奏曲更好的还有许多呢。”

古廖夫不禁微笑起来。穆辛接着说：“不过，我最喜欢的还是那首 op. 116，没有比它更令我心满意足的了。无论如何，我还想再试着演奏一次。”

“可是我……”

“我刚才想出了一个法子，就在你听他们演奏的时候，”穆辛停下脚步，转向古廖夫说，“既然你没法免除恐惧，我们就甩脱它，在旋律中逃遁。我们可以用音乐引发的幻觉，来抵御恐惧引发的幻觉——你还记得那首五重奏的内部是什么样的吗？”

古廖夫想了一下，把四个乐章在心里过了一遍，点点头，明白了他的意思。

两人不知不觉走出了野地，又回到西郊荒凉的街道上。街边坐着一个醉汉，见古廖夫自言自语地走过，觉得奇怪，嬉笑起来。这儿离公寓不远，他们索性回了家，锁上门。穆辛把桌上的钟表一只只拿起来，都弄停了，塞进抽屉里。纯然的寂静——原先是有着细密纹路的寂静——重新填满了整个房间。他们坐好，闭上眼，开始想象。那些钟表停在十点五十分。

半小时前，库兹明挂上电话，搬了把椅子，放在地下室的入口前。他坐好，攥着枪的手放在膝头，听着门板下的响动。紧张稍平复后，油然而生的是得意。那感觉就像用钢笔在几只蚂蚁的周围画了个圈，俯瞰着它们的忙乱和绝望。他第一次体会到抓捕的乐趣，与揣摩文件的乐趣相比，更粗粝，也更立体。

他回味了一遍刚才电话中的夸奖，然后提醒自己沉住气，援兵还得有一会才抵达。别大意。

就在瓦尔金等人将古廖夫送出门不久，正倚在门廊上讨论着方才的音乐时，库兹明突然从花园的暗处闪出身来，举着枪，说明了自己的身份，摆摆枪口，示意他们进屋。众人愣了半天，徒劳地辩解着，终于都被他驱赶进屋子。库兹明问明电话的位置后，命令他们逐一走进地下室。他心里真害怕这些人一拥而上。他的射击成绩很差，且不擅搏斗。他小心地监视着，担心他们突然袭击，或抄起什么东西砸过来，直到他们全都举着手，双脚发颤地钻进地下室。他立马扑过去，用脚尖踢倒了门板，身子压上，慌忙地拉上了铁闩。起来打电话给警局时，脚尖还在隐隐作痛。他在心里愉快地咒骂着。

第一乐章的引子，再度将古廖夫和重新想象出的乐队带回到伊宁深水潭边。森林在单簧管温厚的吹奏中重新长成了。古廖夫在旋律间感受到了潭水的冷冽，他潜了下去，在青绿和深棕之间，凝着一团纯黑，是那个传说中通往冥河的洞口。那里并不可怖，反而有种神秘的宁静，引人着迷。乐声从洞口传出，乐队已暗中挪移到了洞中。他正要往里潜游，忽然瞥见一旁的潭底有个人影。那个留八字须、穿灰军服的男人又出现了。他站在水中，一动不动地盯着古廖夫，露出了冷笑。古廖夫强压着心中的惊惧，向洞穴游去。那男人紧跟上来，伸手抓他的脚踝，古廖夫挣脱了，纵身扎进了洞穴的黑暗中。大提琴声奏出一缕不安的暗色调旋律，古廖夫攀住那缕旋律如紧握一根绳索，被扯进了洞穴深处。

引子已结束，他探出水面，站起身来，来到了一条狭窄的甬道中。往前走去，甬道尽头是一间略稍宽敞的圆形石室。四壁的石料是深蓝的，散发着淡淡的蓝光，摸上去潮湿而冰凉。乐队已经列坐在石室中了。古廖夫觉察到地面微微起伏，似乎在船舱中。他忽然想起了第一乐章的小标题，叫“鲸厅”。那是他曾经幻想过的场景：音乐厅藏在一只蓝鲸的体内，乐队在海底演奏，乐声融入海水，谁也发现不了。这时他听见一阵呜呜声，自石室外传来。那声调低沉、幽邃，像是外部的黑暗自身发出的鸣啸。古廖夫知道这是鲸鱼临睡前唱的歌谣，这会儿它就要入睡了，沉入海的更深处。第一乐章将在它的梦中奏响。

这是一个幻想曲式的柔板乐章。单簧管徐徐奏出一个宽广而沉静的主题，大提琴在周边烘托出幽暗的氛围，洋流般深厚地裹着它；小提琴的装饰音在暗中摇颤着轻盈的光泽，忽远忽近，追随着单簧管，如同环绕着蓝鲸的鱼群……乐声浸没了石室，四壁的蓝光随曲调变化着浓淡，盈盈动荡着，如同从海底望见的天光。蓝色柔光中，众人的面容都显得异常的祥和，又有些迷幻。主题再现时，比最初多了几分清冷。然后是极其静谧的尾声。

穆辛放下单簧管，心满意足地睁开眼来。古廖夫向他笑了一下，笑容却停滞在完全展开之前。他们不约而同望向上方的石板，那里渐渐变得透明，像开了一道天窗，显露出外面黑沉沉的海水。他们望见远处的黑暗中有一点红光闪动着，愈移愈近，逐渐看清那是一艘血红色的潜艇，直奔他们而来。古廖夫与其说是望到，不如说是感觉到了舷窗中那个男人的身影。他的脸贴在玻璃上，五官因变形而显得恐怖，目光穿过鲸鱼直视着他们。

“还是来了，”古廖夫颤声说，“他追踪到我们了。”

“哪怕躲在海底，”穆辛说，“你还是摆脱不了恐惧。没关系的，我们转移就是。”他手一挥，乐队和乐器都化成烟雾，收进他的掌心里。他们沿着甬道奔回。古廖夫问穆辛那鲸鱼会怎样，穆辛说：“你不去想它，它就没事。”

甬道侧面出现了一条方才没有的岔路，是向下的坡道，他们跳进去。这是一条嫩绿的管道，似乎是木质的，打磨得光滑极了，他们在其中下滑了一会，通道又向上抬起，他们越滑越慢，停下时恰好到达出口。

出口处强光耀眼。古廖夫爬起来，发现这是一个殿堂般的空间，富丽堂皇至极，地面、墙壁和高耸的拱顶都是明艳的蔷薇色，当中升起一根金黄的柱子，托着一个金光灿灿的圆形平台，像是供他们演奏的地方。这儿叫蕊珠宫，穆辛说，位于一个花苞的内部，生长在乌克兰大草原的深处，四周有茂草遮蔽。我们现在像游尘一样小，就要在那花蕊上演奏第二乐章。乐曲的声音就算飘到花苞外，也比蝴蝶的呵欠声还细微，再敏锐的耳朵也找不到我们，所以无需忧虑……开始吧。他们的身体飘升起来，上到那根金色花蕊上。穆辛摊开手，像召唤灯神似的把乐队从虚空中搬移出来。一切就位了。

第二乐章是快板，小步舞曲。两把小提琴忙忙地织出典雅而欢欣的旋律，琴弦上像散发出馥郁的香气；中提琴声蜿蜒着，像晨雾中的河流一样朦胧而鲜活；单簧管中升起了朝霞般的乐句，古廖夫看到桃红色的光辉像瀑流似的从花苞的顶端倾泻而下……

正当古廖夫痴迷地坐在他的小屋里狂想着第二乐章时，瓦尔金一伙人已被库兹明的同事们押回了警局。证物也用车运回去了：萨克斯管、架子鼓、几大箱骨碟和还来不及裁剪的 X 光片、用来刻录它们的机器。审讯在半夜一点开始，几乎是立马招了供。他们中领头的青年叫彼得·亚历克塞维奇·阿若京，库兹明认得这姓氏。彼得的父亲是莫斯科有名的工程师，假期才回列宁格勒的别墅居住，平日那儿都空置着，就成了青年们秘密聚会的场所。卖骨碟所得的钱被他们挥霍了大半，所剩不多。警员向他们问起古廖夫，他们都说他和这事无关；直到库兹明拿出那张谱纸，挨个逼问，最后是那个吹小号的青年招认了，供出这是古廖夫写给他们的。

“向非法刻录和演奏的青年团体提供未经审批的乐谱。”书记员在一旁写道。

花苞在第二乐章结束时缓缓绽开了。周围的草叶如庞大的山岭遮蔽着日光，只露出星星点点的蓝空。经过两个乐章的浸润和洗濯，古廖夫觉得身体越来越轻，脚尖几乎沾不着地；胸腔却沉甸甸的，血脉中有什么在鼓胀着，似乎要喷薄而出。他无意中抬头，猛然见到草茎间一只巨眼正盯着他，灰色虹膜上的纹理像荒原上的沟壑。那眼球迅速升高了，然后一片庞大的黑影垂临在他们上空，且越来越大——是那男人的靴底。这一回他镇定了些，看向穆辛，他已把乐队收好了。他们连忙沿原路撤离。飘行了一段，嫩绿的茎管变成了粗糙的岩壁，像是进了一条地底洞穴。飘出洞口，是一个不大的山谷。他们在谷底缓缓落定。山谷周围是银灰色的山峦，呈环状，像古罗马角斗场的遗迹。荒凉极了，暗沉沉的大地上寸草不生。上方是夜空。古廖夫从未经受过这样深浓的黑暗和了无遮拦的星光，一时有些眩晕。天地之间，没有丝毫的声息，充盈着极度的寂静。

“月球的背面，一座未命名的环形山。”穆辛说，“一团音乐厅那么大的空气包裹着我们，此外全是真空。宇宙是最广阔的隔音壁。”他把单簧管举到唇边，身后的四把琴弓都搭上了弦。古廖夫凝神倾听。演奏开始。

第三乐章是广板，三部曲式，带有圣咏风格。单簧管缓缓奏出一段静穆的和弦，反复几次，节制而宏大，同弦乐组的弱奏相交融，在星空下勾画出一种深渊般的寥廓，一种以世纪丈量的孤寂。中部渐转悲悯，单簧管倾吐着挽歌式的旋律，从管中飘出清莹的光点，一粒，又一粒，飞过古廖夫的头顶，飘转一下，融解进黑暗中。那是记忆中的一个个名字：消失的、被抹去的、被禁止念出的名字……在抚慰一切痛楚的尾声中，古廖夫觉得自己也要飘飞而去了，他尝到黑暗的醇美……一颗闪着金属光芒的大星，倏然平移过来，划出一道锋利的直线，停在乐队上空。两点红光交替闪烁着，像一对多疑的眼。是卫星。古廖夫知道是谁正操控着它。

他们又一次遁入洞穴，向着最后一个乐章的演奏场所奔去。

这时是夜里两点钟。一道指令在列宁格勒市民警局发布了。库兹明奉命领着几个人，连夜对钟表匠谢尔盖·谢尔盖耶维奇·古廖夫展开抓捕。库兹明吸取了上次的教训，让汽车停在离十九号公寓楼半条街外的暗巷里，他们步行前往，悄没声息地上了楼道。其余几个警员原是库兹明的平级，对行动由他率领感到不快，而且要抓捕的不过是个老头，提不起劲，在后头磨蹭着，任由库兹明一马当先地摸上楼去。

古廖夫站在一片雪地中。他打量四周，见到几株冷杉，叶丛的上层蒙着糖霜似的白雪，下边露出暗绿的边缘，被雪映得近似于黑。几支木棍搭起的篱笆。一个胖乎乎的雪人。远处是一座小木屋，屋顶覆着厚雪，显得圆润可爱，窗口透出黄光。

古廖夫觉得景物似曾相识，正要问穆辛，见乐队已在冷杉树下坐好，准备就绪了。燕尾服的黑，提琴的棕红，枝叶的暗绿，在雪地中格外醒目。古廖夫确信这一幕曾在梦中见过。

第四乐章是行板，变奏曲式，大提琴悠然奏出摇篮曲风格的主题，单簧管随之萦回；两把小提琴的音色使得木屋窗口的灯光更明亮了些，黄澄澄地印在雪地上。变奏开始时，下雪了。雪点疏密不定，随着乐声飘转，缓缓降下，划过树梢，消失在古廖夫的白发中。刹那间，他记起了什么，伸手去接空中的雪粒。饱满，洁白，可一点也不冷。他猛地明白了，这不是真的雪地，他们正置身于一只雪花玻璃球里。那是七岁时父亲从基辅给古廖夫带回的礼物，是他童年最钟爱的玩具（后来不知怎么的遗失了，他大哭了一场）。每晚睡前，他都要看上一会，摇晃一下，总也不腻。摇晃时扬起的雪粒飘进他的梦中。他记不清自己曾往那木屋的窗户和烟囱上涂抹了多少幻想，他多渴望有这么一座小木屋，放在森林边缘，放在静悄悄的雪地上，他和小动物们一起堆着雪人，雪下起来了，他听到屋中的父母唤他回去。那是他所有梦境中最安详、最甜美的一个。乐声中，古廖夫望向落雪的夜空，纷繁的雪屑之间，夜幕深处，隐约浮现出一张孩子的面庞，有着银河一般淡淡的轮廓，正出神地凝望着冷杉树下的乐队。古廖夫认出那是儿时的自己。

夜空突然震荡了一下。树冠上的积雪簌簌掉下来。穆辛睁开了眼，但没有停止吹奏。又一下。孩童的幻影消失了，天幕又恢复了漆黑，且漆黑上爬生出一道道银线，根须一样，蔓延开来。

库兹明走进五楼的走廊时，想起瓦尔金的房间待会也要搜一下，没准还有罪证。他望见古廖夫的房门下透出一线光，心头一宽，随即又觉奇怪，这老人深夜竟还没睡下。他走到门边，毫无必要地先听听里边的动静。在里头，他听见有人正轻声哼着什么，于是拍起门来。

震荡一下接一下传来。天幕上的银线已密如蛛网。玻璃球要碎裂了，古廖夫惶恐地想，见穆辛仍不动声色地吹奏着，平静地看着自己，于是强自镇定，接纳着音乐。震荡渐渐停止了。乐章已近尾声，一个晦暗的变奏中，雪落得极慢极慢，冷杉的枝梢似乎凝结在空气中，没一丝摇颤。木屋的灯光熄灭了。一片沉寂。穆辛身旁的乐手们都已消散，他也变得近乎透明，向古廖夫飘去，与他合而为一了。古廖夫持着单簧管，独自站在雪地中，吹出了最后的旋律。

公寓的小床上，古廖夫的身体蜷曲着。他感到灵魂中激起一圈圈波纹，应和着乐声，漩动成涡流，不知要往哪儿倾泻；每个细胞都盛满了虚幻的音乐，体内仿佛有众鸟啁鸣，纷纷鼓动着光的羽翼，像要四散飞去了……

库兹明让到一旁。一名粗壮的警员倒退两步，撞开了门。

九、 疑团

1957 年 11 月 8 日夜，库兹明独坐在档案室里，看着刚刚归档的一份报告。里边详细记录了两天前捣毁骨碟窝点的过程和嫌犯口供。逃犯谢尔盖·谢尔盖耶维奇·古廖夫的照片和外貌描述已发送到各分局，要求进行协同搜捕。初步推测，他逃窜回故乡狄康卡的可能性较大。至于他是如何得到消息、提前出逃，库兹明仍一头雾水。从他公寓的情形来看，应该是当晚临时起意逃跑的，因为房中的衣物、财物都没有带走，灯也没关上——后一点也可能是故布疑阵。

有一件小事库兹明没写进报告中。他默默地在心里给它归了档，搁在“幻觉”一栏里，可总觉得难以确定。他把报告合上，最后想了一遍，决定就此忘掉。

当他们冲进空无一人的房间，其他警员挠着头咒骂时，库兹明环顾屋内，注意到那张小床前，地板上方几俄寸的地方，悬浮着许多小黑点，曳着细尾，蝌蚪似的，在空中游转。他以为自己眼花，走上前去，凝目再看时，那些黑点已经像盘旋的蚊群、浮荡的粉尘，愈来愈细，且被他带动的气流一激，向窗外飘去，消融在深秋的夜里了。

外婆要来了

姚鄂梅

授奖词

《外婆要来了》用质朴而利落的语言，专注于讲好一个故事。这个故事关照了生育和贩婴，又弥漫着情欲和金钱；它勾勒了妇产科周遭的众生相，又描摹了一个女人的精神成长史。作品容纳了广阔的生活图景，却没有旁枝逸出；响应了严峻的社会事件，又不执迷于说教；于讲故事者的本分中隐现讲故事者对世事的苦心。

孕妇是两个人送来的，一个穿肮脏牛仔裤的小伙子，一个面无表情的老年女人，他们都很安静，彼此间不说话，也无眼神交流，松松散散地沉默着。孕妇不高，一米六左右，从脸上皮肤可以看出来，相当年轻。她不像一般孕妇，行动时总喜欢扶着肚子，相反，她垂着两手，满不在乎地敞着扣不拢的衣襟。比起肚子，她更关照她的头发，不时把掉下来的头发撩到耳朵后面去。

因为病房紧张，他们被安排在走廊。没有产妇包，没有行李，只有一只印满小熊的帆布双肩包，包带子一直挽在孕妇手里。

床刚一铺好，小伙子就抬腿躺了上去，闭上眼睛。孕妇和老女人依旧沉浸在各自的沉默里。

整条走廊都收拾完了，纤尘不染，锃光发亮。进卫生间冲洗拖把之前，李南再次打量这新来的一家，在没有生病却需要住院的欢乐的妇产科，他们身上的沉默与矜持、冷淡与警惕，实在是太引人注目了。她猜不透那小伙子是老女人的儿子还是女婿，他不说话，也没什么动作，不能给她任何猜测的缝隙。

她最后清洗一遍，甩干，推着大排拖走向孕妇一家的区域。

孕妇见她过来，立即走向一边，为李南腾出空地，老女人不仅没走，反而坐到床上，双脚高高提起，为了保持平衡，她双手反过去，刚一碰到小伙子的腿，立即火烫般缩了回来。李南因此判断，这小伙子应该不是她的儿子。

李南偷瞟一眼孕妇，人家住进来的时候，都有自己的床位，有前呼后拥的陪侍，好几双手恭候于三十厘米开外，随时处于施救的状态。她倒好，一张临时的加床还被这一老一小抢占得结结实实，偏偏她还丝毫没有不满的意思。

几分钟后，护士一阵风走过来。人呢？话音未落，人已站在床前，冲小伙子喊道：是你生还是谁生？

小伙子提着身体绕过护士，站到墙边。孕妇赶紧过来，小声说：是我。

护士把液体挂到点滴架上，回头对孕妇说：还知道是你啊！你血压有点高知道吗？缴费单呢？

两个女人躲着护士的眼睛，小伙子揉着鼻尖，含混地说：正在缴。

护士愣了一秒，收回正要拆封的针头，麻利地取下液体：缴费单来了叫我一声。端着托盘头也不回往护士办公室走去。

李南从工具间出来时，小伙子不见了。大约处理缴费单的事去了。孕妇侧卧在床，面朝墙壁，老女人背向她坐在床边，看自己交叠起来的双脚。

李南去了四楼，四楼有十四个房间，一间一间收拾下来，差不多要一个半钟头，下来一看，走廊那个地方只剩孕妇一个人了，低头坐着床沿，肚子几乎搁在大腿上，护士站在她旁边，拿着输液工具的手背在背后，生怕有人会趁她不备抢走一样。她们似乎刚刚结束了一场对话。

李南看看窗外，天正准备暗下来，一些人拎着饭盒和水果，穿过正对大门的甬道，急匆匆往里走。家属们开始给即将晚餐的孕妇送营养品来了。

护士又像前几次一样匆匆走开。片刻，护士长来了，孕妇不像以前那么客气，见到穿白大褂的就起身，她低头坐着不动，护士长跟她说话，她也只是把头微微抬起，眼皮仍然垂着。李南想拎上拖把作掩护，过去听听她们在说什么，当她看到其他孕妇和家属发现猎物一般缓缓围过去时，毅然打消了这个念头。她大概能猜出来发生了什么事。她在这里做了四年清洁工，她看得太多了，发生在妇产科的事，跑不脱就那几种类型。

医院的餐车推过来了，每个人都有份，是中午就订好的，菜单印在一张纸上，早上勾选中午的菜品，中午勾选晚上的菜品。整整一层楼弥漫着饭菜的香味，强有力地盖过了来苏水味。坐在椅子上的孕妇依旧垂着眼皮，不为所动。她已然成为某种中心，每个人都不忘抓住一切机会瞟她一眼，还有些人索性端着饭盒走过去，站在离她一两米远的地方，一边大力咀嚼，一边盯着她看，生怕漏掉她一次呼吸。

李南把自己那份工作餐送到微波炉里，加热过后，端去给孕妇。

孕妇不理她，就像旁边根本没这个人，没有这盒饭。

不要饿着孩子。李南说。

孕妇轻轻地、干脆地摆了一下头。

生出来就好了，不管怎样都会生出来的。

孕妇又摆了一下头。

你不吃孩子还要吃呢。李南打开饭盒，强行拿起孕妇一只手，把饭盒塞到她手上。孕妇接下了。

抬起眼睛飞快地说出谢谢两个字时，李南才看清孕妇的长相，她有一对湿润的圆眼睛，一个肉肉的圆鼻头，一副绷住小虎牙的嘴唇，总之是一副好人家女孩儿的模样。

李南略站了一会，想说什么，又觉得没必要，如果明天那一老一小还不出现的话，她敢保证就是她见识过的那一类故事。

那些围观的人，他们在这里待上一个星期，大惊小怪地生下自己的孩子，欢天喜地抱着出院，以后一定会逢人就讲住院期间碰上的这个不说话没饭吃住在走廊里的尴尬的孕妇吧，人生中的匆匆一瞥，会让他们平淡的一生变得丰富起来吧，毕竟他们难得遇上一个跟他们不太一样的人。在李南这里就不一样了，从她第一眼看到那三个沉默的身影起，一种他乡遇旧友的心情便油然而生。

李南来到医院的花房，花工老鲍是她好朋友，好到什么程度呢？如果她错过了食堂开饭，或是哪天不想吃食堂的饭了，就径直来到花房，像在自己家里一样，熟门熟路地给自己煮一碗快餐面。老鲍这里总是有快餐面。至于花房里的花就更别说了，她要是看上什么花，招呼都不用打，拎起就走，花快被她养死了，也是直接拎过来交给老鲍，老鲍也是神了，过不了几天保证让它起死回生。

这天的快餐面是她最喜欢的老坛酸菜。老鲍蹲在一边抽烟，她站着煮面。

似乎又来了一个不受欢迎的孩子。她跟他讲起那个睡在走廊里的孕妇。

我知道。

你知道？怎么知道的？

就在一个院子里，我怎么会不知道。

她还是觉得奇怪，如果他跟那家人是在一个院子里，那她跟那家人就是在一间房子里，她都错过了好多细节，他又怎么敢说知道？不过这不重要，重要的是，她觉得那个孕妇正面临困境。

如果真是那样，外婆应该帮得上她。老鲍补充道：就像当年帮你那样。

说起外婆，我真的不用去面谢外婆吗？

老鲍摁灭烟头，站起来说：不必，她帮的是孩子，又不是大人。

你是见过外婆的吧？

当然，气质很好的一个老太太，据说当初出生在医院的厕所里，后来被一个好心的医生收养了。

李南停下筷子，眼神散散地飘开。

这一走神，就再也吃不下去了，她放下碗筷说：没有上次的好吃。

瞎说！ 跟上次是一批的。 你心神不定，啥都不好吃。 老鲍站起来，他要去温室干活了，他今晚要忙着给橡皮树分盆。

李南提出过来给他帮忙，他回头望了她一眼：难道你不应该守在三楼吗？

三楼就是有走廊孕妇的那一层。

李南租住的小屋地处莫愁路尾端，医院就在莫愁路首端，上班近，房间也不错。 虽然房租偏贵，但它同时具备一个优点，因为是新区，遇见熟人的几率小，李南果断地长租下来。

受老鲍影响，她也爱养花，尤其喜爱多肉植物，当她第一次在老鲍那里看到那些刚刚长出来的肉肉的小叶片时，心中蓦地一动，它们像极了小孩嫩得不敢触摸的手指。 除了多肉植物，她也喜欢那些开得蓬勃的草本鲜花，家里所有的平面上，都摆着大大小小的花盆，花打扮了她的家，掩饰了她的贫寒。 但老鲍知道鲜花下面的真相，劝她：人都养不活，就别养这么多花了。她不听，照样一盆一盆往家里搬。 老鲍曾在一个意想不到的时刻勾引过她，她下了班去花房，想要一株水仙，外带那个带彩绘的玻璃花盆。老鲍看看外面，月亮像个提前上班的寂寞的家伙，清清冷冷地上岗了。他说：咱俩是最适合搞搞花前月下的，怎么样，有兴趣吗？她一点都没有不好意思的神色，两眼直勾勾地盯着他：如果你是个女的，说不定我会有兴趣。老鲍哈哈一笑，在她肩上重重一拍，手顺势滑下去，快到胸部时，抬了起来，很自然地收了回去。

李南就喜欢老鲍这点，有什么想法就直说，行就行，不行就当没说，两人以前哪样，以后还哪样。她把这种状态的友谊称之为顺手，这么顺手的男人，她是不舍得把他变成床上人的。在她看来，男女之间，有上床之日，必有下床之日，那些因为种种原因下不了床，或是下床下得不够友好的，不是冤家就是大麻烦，如果把老鲍变成那样的人，那她就连个说话逗趣的人都没有了。

她把几盆要开花的多肉从窗台上端进来，摆在小桌子上，用湿抹布仔细擦拭每一个叶片。如果那个孕妇有自己的病床，她就可以给她带一盆过去，省得像展品一样供在那里，一双眼睛无处安放。可惜，走廊里不能放置任何私人物品。

十有八九是未婚先孕，现在这样的事情越来越多了，几乎已经没有人会把第一个怀上的孩子生下来，所以妇产科的医生总是喊累，人一累，总是想方设法让自己放松下来，趴下来，低下来。这大概也是妇产科医护人员普遍比较有亲和力的原因吧，尤其对李南这样的后勤人员，完全是自家人的态度。李南几乎每天都会接到一些亲切的小吩咐：小李，有空的时候帮我买点饺子馅，叫老鲍给我剁一下。小李，我有两件大衣在干洗店里，抽空帮我取来吧。小李，这有一张杏花楼的点心票，送给你。至于老鲍，被吩咐的次数就更多了，家里但凡有点粗活重活，都叫老鲍。老鲍，我电瓶车坏了。老鲍，我家下水道有点堵。连李南有时也会转嫁一点任务给他。

老鲍总是很容易取得女性的信任和友谊，这并非说他有点娘娘腔，他身高一米七几，方脸粗颈，胡茬浓密，看上去很男人，只是很瘦，风干了似的瘦。新鲜肥肉容易让人恶心起腻，而咸干肉不仅不腻，反而有股子看得到的奇香。老鲍就是这种咸干肉，整个妇产科都把这块咸干肉当作最得力最贴心的男仆。

李南洗好澡，正要接着洗衣服，电话响了，是老鲍。

你还在哪里磨蹭呀？人家动静已经很大了。

李南扔下衣服就往外跑。以她的经验来看，那个孕妇今天晚上肯定会生，因为她的肚子下沉得厉害，都快沉到裆里去了，只是没想到会这么快，她以为至少要到下半夜。

孕妇围着自己的小床，起起伏伏，像一头困在泥坑里爬不起来的笨拙的大象。围观的人越来越多，谁也不出声，默默观看这个孤独的、没有任何陪护的、正在生产的女人。

终于有个护士在她旁边停留了大约半分钟，仅凭肉眼在一米开外的观察，下了结论：估计还得两三个小时。

李南拎着水桶去了楼上。她忍不住去想象那个消失的男人，说不定是谋划好的，说不定还是女人的主意，把她一个人丢在医院里，一般来说，医院不会见死不救。但如果不是这样呢？如果女人是在毫不知情的情况下，被扔在了医院里，她会怎么想？当然，她现在除了疼，除了一秒一秒地忍受，什么想法都不会有。

做完楼上两层，拿着工具回来时，孕妇半跪在地上，手攀床沿，有气无力地哼叽。李南只觉得身上阵阵发紧，这个姿势她很熟悉，她暂时不会感觉到膝盖的疼痛，因为她根本意识不到膝盖的存在，等她生出来后，她才会醒悟过来，她的膝盖几乎可以作废了。

产室那边在叫她，她明白，又有医疗垃圾了。这是她最不喜欢的一项工作，所谓医疗垃圾，就是堕胎下来的婴儿身体碎片，以及引产下来的身体完整的死婴。她尽量不去往那只桶里看，但有时实在做不到，桶是有盖子的，她必须揭开盖子，才能收拢垃圾袋。

这是她接受这份工作之初所没有料想到的，她只知道这里像个婴儿工厂，一批批新鲜的婴儿从产房推出来，一批批大肚子女人再推进去，她没想到，婴儿也像工业产品一样，有残次品，有滞销品，而且不可回收，只能销毁。

处理完医疗垃圾回来，只见家属们围成一团，议论纷纷。再一看，跪在地上的孕妇不见了，看来，她不在的时间里，发生过某种不寻常。

居然大大方方把一个孕妇扔在这里跑了！我长这么大，第一次见到。

那是你太天真了，他们一来，我就觉得不对劲，像临时拼凑在一起的，一家人怎么会是他们这个样子？

这还只是个开头呢，将来怎么过啊？

为了弄清情况，李南决定把这个病区做一遍。孕妇们个个一脸沉痛，余悸未消，家属格外激动，彼此虽不认识，但一点都不妨碍他们自由讨论。

就带了两千块，根本生不下来。顺产也要五千多呢，我们已经预缴了六千。

这家的孕妇打断了她：妈你不要说了，你又不知道人家的情况，说不定人家能拿两千已经尽全力了。

这么穷干吗生小孩？

哎哎！不要多话了好吧？你能有多少见识？你的活动半径才多大？十公里有没有？坐下！给我削个苹果。

家属听话地拿出苹果，迅速改变了立场：早知道我把苹果给她两个也好啊，进来之后就没见她吃过水果。

李南大致掌握了事情的脉络。就在刚才，孕妇的羊水都流到地上来了，医生问她家属在哪，她说去缴费了，医生派人去找，派了两批人，又打了好几个电话，都没找到那个缴费缴了一天的家属。医生怕出事，只好先把她弄进去。

要是我，孩子生下来不给他！让他家绝户。

不给他？她去当单亲妈妈？她有没有这个能力？单亲家庭对孩子又有什么好处？

李南觉得已经不用再听下去了，她在这里工作了四年，相当于从地上爬到了天花板上，时刻都在看，什么都看在眼里，什么都明白，要是给她机会她感觉她都可以给病人扎针了。她甚至在这里看到了商机，这里的医生们每天都会收到鲜花和糖果、水果之类，她们吃不完，就一兜一兜地给她，她不吃，全拿到小店去卖。桌上的鲜花也是，一到晚上，她就把它们全都收集起来，拿到鲜花店去，花店再卖给病人家属，她经常会碰到头天晚上拿去卖掉的花束，第二天还要拿出去再卖一次。她也熟知那些病人的心理，他们实在太高兴了，他们不在乎鲜花贵不贵，水果贵不贵，手术费贵不贵，他们积攒了很久，金钱、运气、心情，为的就是来这里放一个大炮仗，噼噼啪啪放完，带着战利品，醺然而归。也有不那么顺利的，就像鞭炮受潮，或者干脆就是个哑炮。从小孩子们就被教导，远离哑炮，很可能它只是迟钝一点，爆炸还在酝酿过程当中，若你想凑过去一探究竟，很可能会把你炸出个满脸麻子来。

但李南偏偏喜欢哑炮，哑炮令她心酸，搅起悲伤的涟漪，一个成天手拿拖把和抹布的人，还指望什么惊奇和欣喜？能被一些事物搅起心酸且悲伤的感觉来，这一天已经是个很不平凡的日子了。

她看了一眼渐渐安静的走廊，回到工具房，坐在拖把和扫帚抹布之间，打开手机，给老鲍发出一条信息：她进去了。

老鲍回了她一个表情。

为了不再离开这个区域，她给自己找了个消毒工具的活，一件一件，不慌不忙，轻拿轻放，尽量不弄出噪音。她不想再错过这个孕妇的任何事。

现在，她已经从孕妇变成产妇了。

是两个护工把她推过来的，她平平地摊在担架上，只有眼珠子能缓缓移动，旁边两个壮实的女人不像护工，倒像刚刚行完刑的刽子手，推着这个被她们整得几乎散了架的女人，走出行刑房。

李南慢慢跟过去，她看到产妇的头发全是湿的，一条条，一绺绺，汗味阵阵朝她飘过来。

两个护工对看一眼，一起使劲，“嗖”的一声，产妇被猛地从担架上抬起，放到床上。任务完成，护工们推着移动担架走了。

李南忍了又忍，没去为她整理床铺。以前她也这么干过一次，同样是个无人照料的产妇，脾气却大得吓人，李南刚一出手，那人就大叫：别用你洗马桶的手碰我的床单！她不会再做那样的蠢事了。

直到中午，床边仍然没有出现任何家属，产妇像地铁里的流浪汉一样，一动不动躺在那里。没见到孩子，也许在婴儿室，也许在温箱。

医生和护士来过一次，齐齐围在产妇床前，不像在问诊，倒像在审问，因为她们并未出手，只是直直地站着，一脸严肃地说着什么。

李南问一个熟悉些的护士：家属没来？嫌是女娃？

护士哼了一声：人家生的是儿子。

李南端着饭盒去了花房。老鲍正蹲在那里伺弄几株海棠，见李南走过来，老远就直勾勾地望着她。

居然是个儿子。

老鲍点头：这孩子命好啊，也是他妈有脑子，竟敢硬着头皮到这里来生，不是每个人都有这么勇敢的妈。

李南突然问他：你不想要个孩子吗？长大了给你买酒喝。

她故意没提他老婆，其实她也不知道老鲍有没有老婆，反正她见到的老鲍，一直都是一个人。

老鲍一笑：我怎么养孩子？要啥没啥，还不把孩子养成仇人？现在这个社会，你还没看清楚吗？没点实力，真不敢养孩子。

你把对花的心思，分一半出来给孩子就足够了。

行了，吃完了就快点回去，外婆就要来了。

李南惊喜地回头：我终于可以见到外婆啦？

外婆年纪大了，不可能随叫随到，我猜她多半会派个人过来。

对了，她跟外婆又不认识，怎么……

如果她问你，外婆真的要来了吗？ 你就说，要来了。 以后的事你自然知道该怎么做。

有必要这么神秘吗？ 像对暗号一样。

当然要保密，如果是你想抱养个孩子，你会嚷得全世界都知道吗？ 有些人还故意消失一段时间，故意装几天大肚子呢，就是想弄得跟自己生的一样。

从花房回来一看，走廊里的产妇居然在喂奶！ 孩子回来了！ 她还以为孩子至少要到明天才能见到妈妈呢。 这个奶可不是随便就能喂的，有些人一旦喂了奶，心理就会发生难以预料的变化，说过什么，做过什么，全都可以推翻，全都可以不认账。不过，既然已经开始喂了，倒不如让她尽可能地多喂几次。

路过产妇身边时，产妇突然向李南做了个手势，低声问她：

外婆真的要来了吗？

李南愣了一下，仓皇答道：要来了。

对视了一两秒钟后，产妇突然用另一种语调说：姐，你能不能去帮我买点吃的？ 我饿得心里发慌。

李南忙不迭地答应下来，扔下工具就往楼下跑。 她去买了一份馄饨，一袋面包，一盒牛奶，一袋饼干，医院门口的小商店里只有这些吃的东西，更远一点的地方肯定还有更多，但她怕产妇等不及，她知道这个时候的饿，最好能立即得到解决。

孩子放在枕边，已经睡着了。 产妇把头发扎在脑后，看上去精神了许多，而她走之前，还是披散着的，一脸的饥饿和憔悴。

产妇吃完了馄饨，不好意思地看了李南一眼，又大口咬起了面包。

婴儿睡得真香，睡相看着挺端正，头发不多，还残留着些胎膏。

不敢多停留，她又回到工具房，老鲍提醒她，不要在走廊里接电话，也不要在走廊里发信息，更不要给人留下总在使用手机的印象。 她有点警觉：外婆做这事，犯法吗？ 他不屑地看了她一眼：犯什么法？ 是做善事好不好？ 帮这些人家不要的、被抛弃的、正在执行死刑的孩子找一条生路，流浪猫流浪狗都有人想方设法救助呢，救个人倒还犯了法？

其实她手机很少用，更别说工作时看手机，本来联系人就不多，还多半处于“死亡”状态。联系最多的人就是老鲍，即便如此，往上一翻，上次联系还是两个星期以前，天天见面，一天见几次，还有什么必须通过手机联系的呢？有一次她横穿马路时，差点被一辆小汽车撞倒，事后她想，如果她被撞死了，不管多高级的警察都查不到她是谁，因为她手机里几乎没有熟人的电话，他们会把她当一具无名尸体来处理。

半个小时后，楼梯上一阵异样的脚步响，李南闪身出来，一个热气腾腾六十岁左右的微胖妇女正笑吟吟地上楼，后面跟着捧一小束花的老鲍。见到李南，老鲍说：给你，你帮新妈妈订的花！李南懵了一下，很快反应过来，接过花束，回身往上走，微胖女人稍后一步跟着她。

李南把花束送给走廊里的产妇，落在后面的微胖女人马上大叫起来：我的孙儿呢？外婆来迟了，快让我看看我的宝贝外孙子。边叫边朝产妇冲过去。

李南躲在工具间里，听着外婆跟她的外孙子寒暄：哎呀我的心急的小宝贝呀，你怎么提前来了？日子还没到呢，你就这么急着见外婆呀！

外婆像一粒火星，落在一堆废纸上，瞬间在走廊里燃起了一个小小的火堆。她拎着装糖的纸袋子，去护士办公室撒糖，每个见到的人，跟她迎面而过的人，全都有份。

外婆一来，产妇的待遇也不大一样，先前还像个柴草间里的灰姑娘，眨眼间就变成了衣来伸手饭来张口的公主。外婆又是端茶递水，又是按摩抚背，其间两人一直轻声嘀咕，偶尔还凑到对方耳朵边说悄悄话，这么亲昵的母女关系，谁见了都羡慕。

亲密接触了两三个小时，外婆心满意足地站起来，看看产妇，又看看孩子，轻轻挥了挥手。外婆结账去了，不大一会儿，带回来一沓收据，外加一个彩色的学生用笔盒，外婆将这两样东西一起交到产妇手里。

外婆特别要看出生记录，一行行仔细看了，将出生记录塞进襁褓，严严实实地包好。可得收好了，以后好多地方都得用它呢，办独子证呀，身份证呀，学生证呀。外婆每说一句话，就对孩子做个可爱的表情，就像孩子听得懂她的话，正在给她回应似的。

多乖的宝贝呀，知道是外婆抱着他，一动不动，这是喜欢外婆呢。

外婆要产妇随她一起回去算了，在家躺着，比在这里睡走廊、吹穿堂风强得多。我还会给你做好吃的，保证是又下奶又不长胖的好东西。

外婆抱着孩子，女人紧跟在后面，出了医院大门，外婆往左一闪，加快脚步。女人也往左拐，紧走了两步之后，脚步慢了下来。李南一直在悄悄跟踪她们。外婆很快就不见踪影了，女人僵在大门左边，一动不动，那姿势像突然变傻，不知道自己该往何处去。

李南拐进旁边的婴儿用品店，不错眼珠地盯着她。这个时刻的产妇，是一只灌满了水的塑料袋，最好不要去打扰她，稍一触碰，就会引来无可收拾的宣泄。

还好，时间并不长，她开始动了，她把背包从背上挪到面前，拉开拉链，拿出那只彩色笔盒，手指在笔盒里捣鼓什么，并未见她拿出什么东西来。

她在数钱！李南盯着她，像盯着多年前的自己。那时她是一只信封，里面装着五千块营养费。

多年前，李南也像这个产妇一样，住在医院的走廊里当众生产，不同的是，她比这个产妇要大得多，她当时已算是高龄产妇了。

她是在不再相信爱情的年龄遇上一飞的。之前她谈过几次不成功的恋爱，她一开始就知道她与那些人不可能成功，因为都是单方面的恋情，换句话说，都是别人看中了她，这就像有人过分热情地向她推销某种产品，反而容易让她产生等等看的念头。她在等待中错过了一个又一个小伙子，她没想到他们都那么没耐心，没几个回合就走了，走得干干净净，像从没打过她的主意一样。这让她伤感，好像爱情天生就很飘忽，像羽毛一样没有分量，更没有定力。她不喜欢这样的爱情，她看过许多爱情小说，如果一段爱情里没有波折，没有眼泪，没有失眠的夜晚，那根本不能叫做爱情。一飞跟他们都不一样，在他还不知道世上有她这么个人时，她就看上了他，不为别的，就为他俊俏的外表。她第一次见他是在冬天，他穿着黑色的大衣，竖起衣领，半掩住格纹羊毛围巾，在街道转角处一闪的样子，准确地击中了她的心。她知道不应该以貌取人，但谁又能真正做到这一点呢？她也知道一飞不属于她，一飞天生是那些肤白貌美烫发高跟鞋姑娘们追逐的对象，而她相貌平平，属于一掉进人堆就再也找不到的那种。谁知世事难料，那些姑娘们一个一个都带着破碎的记忆跟别人结了婚，最后一个从一飞手上滑落跟别人结了婚的姑娘是李南的朋友，一飞的目光顺理成章地落到她身上来。

她这样想，就算样貌好的男人不可靠，但一飞不是那种来无影去无踪的人，他有工作，银行那种严格到精密的地方，至少能替她管住一半的一飞。何况一飞还是个把工作看得特别重的人，每次见面都要跟她谈一会工作上的事。略一盘算，她就死心踏地了。

一飞最大的好处是真实，似乎他永远不会说违心的话。比如当他终于把目光落到李南身上时，没有任何虚伪的理由，只有一句：还是你这种平凡的姑娘好。

换了别人就生气了，但李南一点都不介意一飞说她平凡。

又有几个人是不平凡的呢？即便有，也是自以为。

她这么一说，一飞倒认真起来，盯着她的脸，深深地点头。她多么喜欢他坦诚而漂亮的眼睛，此时此刻这双眼睛只专注她一人，想一想她都要醉了。而他也说：我怎么以前没发现你，我到底虚度了多少时光啊。

从此她知道只有不断地砸出一些耐琢磨的句子，才能把那双眼睛留在她脸上，她没想到他是如此容易上钩，他不再直勾勾盯着她了，他紧挨她坐着，眼睛望向别处。这是比从近处盯着她还要亲近的姿势。

他讲他的同事，他似乎不大瞧得起他的同事们。

我最不能忍受别人肩上的头皮屑，坐我前面的人，每天都披一肩，我只能寻找一切机会往外跑，尽量不让自己坐下来。

也就是说，他已经让你成为一个精神病患者了。

他们一闲下来就要吃东西，怎么会那么饿，还吃甘蔗!

你不吃甘蔗吗?

我从来不吃，我不吃一切吃进去又要吐出来的东西，鱼啊，瓜子啊，当然还有甘蔗这种东西。

李南有点犯怵，她是有点喜欢嗑瓜子的，以后得注意点了。

最讨厌刚吃过饺子的人跟我说话，满嘴的饺子馅儿味，熏得我差点就要吐出来，他可能还觉得很美味很享受。

别在同事面前暴露你的优越感，他们会恨你的。

这个提醒似乎让一飞很受用，从此一飞对她格外专注了些。

他们召开系统职工运动会，运动场地离她家近，他溜出来给她打电话，说想去她家休息一会，似乎有感冒的预兆。她大方地让出自己的淋浴间和床，并动用了家里的祖传秘方：姜糖水发汗。一大杯姜糖水喝完，他立即精神抖擞，两眼放光，她接过杯子，还没放好，就被他拉倒在床上。姜糖水的味道彻底掩盖了他的，她想吻得更久一些，想辨认出姜糖水后面他的味道，效果并不显著，她烧的姜糖水味道太浓了。事后他说她好坏，进门就给他下了一碗春药。她脸红红地辩解：难道我的亲妈也会给我下春药?

无论怎么说，这是一个值得记录的日子，从此他们就是真真正正的恋人了。

她唯一在他面前不够自信的地方就是工作，她的单位原来是公有制时代的大招牌，后来一年年萎缩下去，最后竟缩成一个小小的门店，跟那些个体户的同类门店相比，不存在任何优势，却有种跟实力不相称的傲气，更加让人难以亲近。

她一下班就冲向他所在的银行，那栋楼临街，他从楼里出来，不是向右就是向左，她在算好的时间里从他楼前经过，如果他往左边走，她正好碰上他，如果他往右边走，她用不了多久也能追上他，总之，她要制造一个巧遇出来，因为他说他不喜欢约会。他说他喜欢亲密而随意的关系，他不喜欢任何有束缚有压力的关系，包括跟他的父母。他的确跟家庭的关系比较疏淡，每年春节将近，他就焦虑不安，因为他总想找个机会躲出去。也许是他的工作太安稳太固定了，所以他总在想着出去的事情。

即便是她设计出来的似乎没有任何破绽的巧遇，他也感到不安。

最好不让他们看见我们，我不喜欢他们成天拿这事逗我、撩我，太无聊了。

她继续改进他们的“偶遇”。她走在马路的另一边，他办公楼的对面，她比谁都走得像个路人，坚决不朝办公大楼看一眼。实际上，还在两百米开外，她的视线里就只有大门口的那个旋转玻璃门，如果他碰巧就在她眼前从旋转门里冲出来，她要依言行事，假装他们并不认识，等他走远了，她再追上去。

巧的是，她想象的场面，一次也没有发生过。她多半是在远离办公大楼的路上遇到他，他站在路边抽烟，见她走近，狠狠扔掉烟蒂，在她前面迈步走人，她紧随其后。他说他没有跟女人挽臂而行的习惯，他说那有点像游行，像发布宣言，他做不到，也受不了。

他也不要她去他的宿舍。虽然是单身，却在单位的职工宿舍楼里有一个小套间。如果带她去宿舍，就等于公然带她去见全体职工及家属。她自己也不想去，她能想象那些砸在她身上的目光，她自知不是个漂亮姑娘，她承受不起那么多挑剔的目光。天知道第二天他们会向他说些什么，有时人家一句不相干的话完全能改变一个人的决定。

他们游荡于冷清的马路、市郊，所有杳无人迹的地方，以及她的宿舍里。她想，既然他不想让她去他的地盘，那就去她那里好了，不必太计较这些细节，长期在外面流浪的话，也是有走向散伙的风险的。她开始相信忍耐，忍到最后的人，通常都不会颗粒无收，她相信总有一天，他们会并肩走向市中心，走向人群。所以她一点不忌讳被熟人看见男朋友，她甚至有点小小的得意，就像一个成绩平平的学生，这次竟然得了个优秀回来一样。

在她的家教里，一个姑娘是不应该在婚前留宿男朋友的，但她顾不得那么多了，如果这里不行，那么他们就没有地方可以做那件事，可是，不做那件事的话……除非他们从没做过，她喜欢他们的性事，他能让她全身酥麻，从后脑勺一直到脚后跟，仿佛被充盈一种物质，让她流下幸福的泪水，她因此相信，他就是她的最佳伴侣。她从床上起来，去卫生间整理自己，看到镜子里的人脸色潮红，双眼灼亮，是一种异乎寻常的颜色和光泽。这都是他给的！她这样对自己说。

他不爱戴套，她也不想过分强迫他，如果套套让他感觉不好，她担心他会慢慢丧失了兴趣。她喜欢看他慢慢酝酿，点燃，一波又一波，然后轰然爆炸，壮烈牺牲，不能让一只套套打扰这个过程，她觉得她有义务配合这个过程。他也很陶醉，闭着眼睛说，这样的享受，是要折阳寿的，但他喜欢，他宁肯折了阳寿。

她怀孕了，却不敢告诉他，他们还没结婚，甚至还没谈过这类话题，而怀孕、月经，这是已婚夫妇才会有的家常事务，她只想把他们的关系固定在不问柴米油盐的情侣上，他显然也是这么想的，他讨厌家务，讨厌涉及日常话题，身边一旦有人聊到家常，他通常会掉头就走。

没有一个男人喜欢生育和家务，这正是一个男人常常忍不住出轨的原因。她真是这样想的，男人永远走在自己的轨道上，女人却常常被生育和家务拉下自己的道路，走进另一条路，或是两条路并行，疲惫不堪，姿势难看。男人不会喜欢张开腿同时走在两条路上的女人！ 她觉得他一定是这样的人。

肚子越来越紧绷，大腿也绷得难受，好像突然间胖了十几斤，实际上并没有，她的体重还跟以前一样，但她就是觉得自己胖了，肚子鼓起来了，她让自己尽量走出平稳的步子，以免颠到肚子里的孩子，她开始放弃紧得连手指都插不进的铅笔裤，那可能会让孩子在里面挤压变形，虽然她还有选择，比如去堕胎，但万一、万一她告诉他之后，他愿意接受这个孩子呢？ 如果她不小心呵护，怎么对得起孩子、对得起他？

得想办法告诉他。哎，你要做爸爸了！ 她不觉得他听到这个消息会惊喜得跳起来，相反，他可能会因为毫无防备而发窘。

告诉你一件事，我月经两个月没来了。如果这样告诉他，他可能会说：拜托你自己想办法吧，钱我来出。他曾经讲过他一个朋友，搞大了女朋友的肚子，不得不陪着女朋友上妇产科，那人跟他形容，就像误入女澡堂一样尴尬，一辈子没有那么尴尬过。他认为他的朋友蠢得无可救药，他根本没必要跟着去，那里是女人的隐私之地，就算是男朋友，就算是丈夫，也没必要擅闯人家的禁地，那对谁都不好，大家都应该矜持一点，保留一点距离，维护一点尊严。

她想起有一次他们一起看电影，男主角因故突然离开，饱经挫折再度回来时，女人在家挺着大肚子擦窗玻璃，他当时轻轻啊了一声：这女人不错！她明白了，他不喜欢看到那些琐屑的过程，令人生厌的细节，他喜欢被阶段性的事实撞击得眼冒金星。

如果她也克制一段时间，不要跟她见面，然后直接把大肚子亮给他，他会不会也像那天看电影一样，给她一个“不错”的评价？

但她开始有轻微的呕吐迹象了，他会发现的，一定得说出来了。她决定这个傍晚一定要开口。她靠在离他办公楼不远的一棵树上，假装翻着一本花花绿绿的杂志。他过来了，满脸烦闷。她迟疑不决，也许应该先听听他的烦恼。

快透不过气来了。他见面就说，本来就是个无聊至极的地方，还要像狗一样斗来斗去，争那么可怜的两根骨头。要是有一大笔钱，我一定走得远远的。

她心里莫名其妙跳荡了一下，她从没想他的经济如何，在银行工作的人，至少应该收入稳定，不存在过不下去的情况。听他的意思，他缺的好像是大钱，而不是日常小钱，如果他有了那笔钱，就要远走高飞，那她宁愿他永远没钱。

我听说，面对纷争的时候，要想不受其扰，最好是自己也投身其中。

得了吧，我永远不会像他们那样狗咬狗，到时谁都没有好下场，白白留下笑话。

她期待呕吐再度光临，那样她就可以假装不经意地向他说出那件事，但说来奇怪，他一出现，她就不再有呕吐的冲动，连肚子和大腿的紧绷感都缓解了好多，难道是她独自一人想入非非时才出现那种生理反应？

他向她说起外面，外面有很多机会，很多大公司，民营银行，甚至外资银行，他说他很想去那些地方试一试，给自己一点挑战，这个地方，他实在厌烦了，他每天要做的事情，闭着眼睛都能做出来，长此下去，他非变傻不可。

如果她此时告诉他怀孕的事，无疑要遭到他讥讽，他连在哪里落籍都没定，怎么可能安居乐业还产子？ 再等等吧，稍稍等一等，哪怕下个星期、哪怕明天再说呢，就是不要在今天，今天告诉他的话，会有什么效果她完全可以想象出来。

不到一个星期，一个不好的消息传来，他被银行的安保部门拘押起来了。

原来早就开始了，早在他向她抱怨此地无聊、生活刻板之前，他就在默默行动，用他的聪明，加上机巧，偷取那些不常有交易的客户的钱，数额之巨，令她目瞪口呆。

他直接从银行拘押室转到了公安局看守中心，调查并不复杂，但还是拖了半年，当她挺着六个月的肚子去见他时，他已经收到了判决书，准备起程去劳改农场。 她特意没有穿宽松的孕妇裙，而是日常衣物，她想让他看看她快要把衣衫崩破的大肚子，然后等着听他发出他们看电影那天，他对片中大肚子女人的赞叹。

这时她已经无需工作了，因为肚子一天天变大，她不得不辞了职，不得不跟一天三遍谴责她呵斥她的亲人们划清界限脱离关系，她就一心一意等着见到他的这一天，等着他对她发出一声赞叹，然后留下铭记一辈子的回忆。

然而她所期待的那一切并没有发生。她只能在看守所的铁栅栏外见他，铁栅栏很高，几乎齐她下巴，所以他只淡淡地看了一眼她因怀孕而变得浮肿甚至有点丑的脸，就一脸麻木地垂下了眼皮。

我怀孕了。她不得不告诉他：我们最后一次见面那天本来想告诉你的，那时就快两个月了。

她小心翼翼地站起来，扶着台面一步跨上椅子。你看！

刺耳的呵斥声立即响起，看守人员大概以为她想寻短见，一把死死地扭住她的胳膊，锐声高叫：下来！出去！滚出去！你以为这里是什么地方！

他瞪着她，有点恼火，又有点惊讶，很快，他也遭到了跟她一样的待遇，穿制服的人吼叫着把他搡进去了。

她没有听到他的赞叹，他其实是可以做到的，即便是在被搡出去的过程中，他也来得及扔给她一句话。但他就那样灰头耷脑听天由命地“滚进去”了。

到了劳改农场，他也没有如她期望的那样给她写封信来，她等了一个月，最终决定自己去。她折腾了好久，才查清他在哪个农场哪个分队，还有地址和行走路线。她带了很多据说是农场服刑人员都喜欢的日常用品去看他，她想安慰他，向他表明心迹，说她会把孩子抚养好，等十年后他出来时，她带着孩子一起来接他。她想告诉他，一切都没变，只不过改了一条人生轨迹。这是她费尽心机想出来的安慰他的话。

车到站时天已经快黑了，步行去农场还得三里路，她拿不准人家让不让夜里接见，决定住一夜，第二天再去。终点站是个类似集市一样的地方，到了夜晚，几近无人，只有一栋孤孤单单的小平房，窗台上摆着收费电话，窗户里面，卖些快餐面和手纸之类的东西，卧房有两间，像是专门为去劳改农场的家属准备的。暗黑的房子，一根线绳吊着一盏白炽灯，被子潮乎乎，一阵怪味，她不敢细看，勉强上床，也不敢脱衣，连外套都穿着。事实上她很难睡着，房子里总是有古里古怪的声音，让她毛发直竖，好不容易快要迷糊过去了，一阵更大的声音让她陡地惊醒，虚汗直流。快要崩溃时，她在脑子里循环播放十二月党人的妻子们追随丈夫去流放地的画面，以此激励自己，她这一趟，跟那些了不起的女人比起来，还是好太多太多了，所以她拉过被头，堵住那些声音，她不睡可以，肚子里的小家伙不睡可不行。

还是铁栅栏，好像他们从此就只能隔着栅栏见面了。

她万万没想到，他会对她大动肝火：你觉得这很好玩吗？你觉得这很有意思吗？你这是不负责任！你就是个疯子！我明确告诉你，我一点都不喜欢孩子，我讨厌孩子，你喜欢养孩子我管不着你，但请你不要养我的孩子，你去养别人的孩子好了，你没征得我的同意，就怀上我的孩子，还把他弄成这么大，你这是乘人之危，我甚至可以去告你，告你强迫一个无法行使自由意志的人。你以为你现在在我面前有优越感了是吧？你以为我会因此感激你是吧？做梦去吧！我以前瞧不起你，现在一样瞧不起你，将来还是瞧不起你，别以为你强行生下孩子，就可以理所当然地占有我了，告诉你吧，我一点都不这么想，就算我想有孩子，也不会要你来做我孩子的妈，因为你不够漂亮！你没有这个资格！

最后那几句话他是咬牙切齿说出来的，他脸上有伤，头上也有伤，伤痕下他的脸扭曲得可怕。他说完就气哼哼地扭头进去了，她独自一人杵在栅栏外面，脑子里播放着他刚才说的话，播放到最后那句话时，开始一直不停地重播。

回车站的路上，她脑子里还在响着这句话，她感到自己因此变得矮小起来，矮得跟河沟和田塍一般高了。

晚上才到家，她的窗口黑洞洞的，她还没吃饭，孩子在肚子里踢腾。楼下原来有几个人在闲聊，见她过来，突然噤声，低下头各自去了。她在他们刚才闲聊的地方停下来，没有怨恨，只有理解，换作是她，也会加入叽叽哝哝的队伍，所有跟自己不一样的人，都值得反复探讨，直至彻底理清来龙去脉。他们都是老实人，不懂得掩饰，也不想掩饰，说不定他们正是想通过这种方式让她看到，他们很不理解她的行为，很生气她的行为。她突然想到一件事，如果孩子出生了，他们继续这样对待她的孩子，且将这种姿势扩散和遗传下去，她该怎么办？孩子能接受吗？她自己能接受吗？

这一夜，她的窗口彻夜明亮，她在写一些抒发心情的文字，她已决定好要杀人了，孩子早已是个大活人，早已有了活人的感情，而她想在孩子还不懂得憎恨和恐惧的时候杀掉他，只有这样才能避免更大的悲剧。她剖析自己，他骂得对，他并没有冤枉她，她的心态是有问题，她把孩子拿来作为邀宠的手段，孩子成了她巩固爱情的工具，成了她握在手里的人质，这是不对的。她已亲耳听到，人家不在乎这个人质，当然也不在乎她怎么对待这个人质。

算了，无论用什么手段，她都唤不回他了，该到此为止了。向着目标努力是可以的，过分执著就不可取了。

她独自一人来到医院，说要堕胎。医生大吃一惊，随即给她科普一些妇产科常识，她第一次知道引产这个说法。她还被告知，她的孩子就算此刻就离开母体，也足以存活了。

病房里尽是呵护之声，大人对产妇的呵护，新母亲对湿乎乎红通通婴儿的呵护，只有她是一个人，没有陪护，没有期待，没有爱，她就是来杀人的，她要亲手杀死自己的孩子。这么一想，孩子就在里面踢她，也许不是想要踢她，只是想要逃跑，孩子识破了她的诡计，无奈里面天罗地网，无计逃出。

眼泪像两眼泉水，流不尽，揩不干。他不该那样吼她，不该骂她不够漂亮，所以没有资格当他孩子的妈妈。就算那可能只是气话，她也受不了，何况她有自知之明，她在外貌上的确是高攀他了。

那时医院里有个文着眉毛的女清洁工，不知怎么就知道了她的一切，她端来一杯热水，劝她：何苦拉上一条命债？七个多月，生下来很好养活了，多少人想要一个孩子还要不上呢，各种方子吃遍，办法想尽，就是要不上。

接下来，文眉女人告诉她一个办法，不妨生下来，实在不能要，送给真正想要又要不上的人。真的有这样一家人，盼小孩盼了好久了，眼睛都快盼瞎了。既帮了别人，又给了孩子一条生路，多好！眼睁睁弄死一个活溜溜的孩子，这一生都别想平静了。

其实她也不是不知道这种办法，小时候就听人讲过，大姑娘怀了孩子，躲到远离熟人的地方去生下来，想要孩子的人早就守在门外，孩子一哭，就有人抱出来，塞在那人怀里，谓之从血盆里抱来的孩子，跟亲生的没有两样。生母跟养母根本不认识，也无需见面，更没有来往。

她心动了：真有这样的人家？

有这样两个人，结婚十年了，各方面条件都蛮好，就是没小孩，男的是很有声望的老师，女的在机关上班，开会经常坐在主席台上的人。

你怎么知道这两个人的？

外婆说的。

那时她以为这个外婆，就是文眉女人的外婆。

她本能地想要问清楚是哪个学校，哪个机关，文眉女人严肃地说：这个不能告诉你，这是规矩，否则人家养父母怎么想，辛辛苦苦给你养大了，你一后悔，又把孩子抱走了，人家落得一场空。

我保证不去打扰他们，只想将来能远远地看一眼，知道孩子过得怎样。

文眉女人嗔她一眼：你都给他判死刑了，人家抱去，好歹还有一场人生，你还有什么可担心的。

她觉得也是，简直就刀下留人一般传奇。再一寻思，什么样的家庭都比曾经想要结果他性命的家庭要好，什么样的父母都比犯人父亲和无业母亲要好，就点了头。

李南坚持不要补偿金，那会令她觉得她在卖孩子。文眉女人说：给你就拿着吧，又不会很多，不过是一点生育期间的营养费，我看你这几个月也是吃了大苦的，拿去给自己买点营养品滋补滋补。都是女人，路还长呢。

生下孩子第二天，来了一男一女两个人，文眉女人事先交待过，本来外婆说好要来的，但她临时有事，离不开，只能派舅舅舅妈来接她们娘儿俩出院。舅舅舅妈都戴着眼镜，步履轻捷，说话和善，舅妈盯着孩子看了一阵，突然一扭身，靠着舅舅的肩膀，眼睛红红地捂住了嘴巴。看到新生婴儿能激动得流泪的人，该有多善良啊。李南放心了。

出院了，大事了结了。当舅妈抱着孩子，始终与她保持三步远的距离，匆匆走在她前面时，她开始感到有点异样。孩子就这样给他们了？怀了九个月的孩子就这样消失不见了？会不会太草率了？会不会太邪恶了？她胸腔里闷闷的，眼睛酸酸的，她想哭，想喊，想说让我再抱一下，但她最终控制住了自己，她没有能力，也没有资格，如果不是舅舅舅妈，她根本不可能见到孩子，即便见到，也只是一堆绞碎的血肉而已。

他的名字里能不能有一个晴字？ 晴天的晴。 她向舅妈央求道，你看，今天的天气多晴朗。

好的，晴，很好的字。

舅舅舅妈到底偷偷给她塞了一只五千元的信封，她坚持不动用它，连信封都没换，一直用它包着，藏得好好的。 她总觉得，只要一动，就有什么东西改变了，她和儿子的某种连接就断掉了。 她相信她和儿子之间还有着看不见的连接。

在一家小公司待了半年，她实在抵抗不了一个隐秘的冲动，动起了妇幼医院的脑筋。 她听人讲过，自己也看过这方面的书，孩子在六岁以前，每个月必跑一次妇幼保健院，她想，如果她在那个地方工作，难保不碰上舅舅舅妈带孩子来打预防针。这个念头一出现，就怎么也赶不开了，她想试试在医院找份勤杂工的工作，类似当年那个文眉女人的工作也行。 也是上天成全，没费什么力，她就得到了那份工作，满以为就要跟文眉女人做同事了，却发现文眉女人已不在这里。 过了段时间，她去花房问老鲍，老鲍看了她两眼说：应该是去别的地方了吧，这些人来来去去不是很正常吗?

对她来说，保洁工作是个全新的体验，她从没做过体力活，上岗前还真有点羞涩。不过，一天下来，她就完全释然了，她有制服，有医用无檐圆帽，医用口罩，医用手套，露在外面的只有两只眼睛，相信就算碰到熟人，也没人认得出来她。她甚至一人申请了两份工，从早上六点一直不歇气地干到下午六点，她对后勤管理人员说，她身体好，吃得消，想多干点活，实际上，她是想得到更多观察的机会，她不想漏掉任何一个可能发现孩子的机会。

有一天，以前的同事意外地打通了她的电话，说她有一堆邮件，他们都替她收着，问她要怎么处理。她说了个地址，请她帮忙转寄。末了同事感叹一句：你好傻哟！都是那个一飞害的你！

她长叹一声，说不出话来，怀孕如同洗脑，洗内脏，经历了怀孕和生育，以前种种不堪突然变得很遥远，远得像上辈子。

收到那些邮件后，她才知道同事为什么要对她说那些话。有三封信都来自劳改农场，不会是别人，只会是一飞，她这辈子，劳改农场里认识的人，就他一个。

第一封信里，他解释她去看他时，他为什么会生气，因为他还没适应那里，他跟每个人都处不好，他两次尝试自杀，但两次都被救了过来。第二封信，他在反省自己，为什么不能做个甘于现状的人，否则，他不会做那件蠢事，不会把自己弄到这步田地。第三封信过了很久才写，语调跟前两封大不一样，他提到了孩子，他说他这辈子都会视她如恩人，他可以想象她怀着他的孩子要顶着多大的压力，他说他现在境况好了些，不用下地了，在劳改农场做财务，还有了一点点工资，他在里边几乎没有浪费时间，他已经想好出来后要干什么了，他不会让她失望的，也不会让孩子失望，他会用力弥补，会一心一意为他们缔造最好的生活。最后他说，我看人没有错，你果然是最值得拥有的。

他还以为她把孩子生下来了！他这是要跟她重新开始了？还是觉得他们从未分手？还真是自说自话呢，他都那样骂她了，她不可能不跟他分手，嫌她不漂亮，不配做他孩子的母亲，任何一个女人都会崩溃，会记恨一辈子。

无论如何，她听到自己的心越跳越快，他肯定不会在里面呆满八年，等他出来了，找她要孩子怎么办？她要怎么告诉他那一切？

她开始萌生查找孩子的念头。大不了把所有的学校都找遍，把所有的机关都找遍，她记得舅舅舅妈的样子，她说不出来，但只要被她看到，她一定认得出来。

她有了心事，天天都如鲠在喉，心不在焉。

老鲍看出来了。说出来吧，说不定我可以帮你。

她讲到那个文眉女人，讲到她要去找孩子，老鲍打断了她。

这个肯定不行，这种事情最忌讳单方面撕毁事前约定。真想找到孩子，不如多做善事，做到一定程度，上天自然会奖励你，让孩子以你意想不到的方式来到你面前。

我无钱无势，忙忙碌碌勉强糊口，有什么资格做善事。

打个比方，既然你在这里工作，如果让你碰上像你当年一样的女人，力所能及的情况下帮帮她，就是了不得的善事。

有天下雨，李南下班的时候去找老鲍借伞。

老鲍没开灯，一个人摸黑坐在屋里，见到李南，轻轻嘘了一声。

你听到没有，一大堆孩子在这里吵吵闹闹的，吵了好久了。

明明什么声音也没有，只有雨滴从屋檐上滴落的声音，一点点，一滴滴，时快时慢。李南不禁毛发直竖。

开灯呀，干嘛不开灯？

不开灯，开灯就把他们吓跑了。

李南拿了伞就想走，老鲍拉住她的袖子，天一黑就开始闹，一直闹到后半夜，你真的听不见吗？ 这么大声音怎么会听不见呢？

李南说：因为我不信鬼。

有冤就有鬼，这里每天都有新的死婴，堕胎的，引产的，难产的，他们冤哪，他们做错了什么，糊里糊涂就被结果了性命。

李南禁不住起了一身鸡皮疙瘩。

幸亏……她想说，幸亏她把孩子生下来，交给了外婆，否则，这些声音里说不定就有她的孩子。 但她最终没好意思说出来。

我总觉得他们知道我在听，他们能看见我正在做的事，所以想要我也对他们做点什么。

你做了什么？

我来这里的第一年，捡过一个引产下来的孩子呢，浑身发青，说是死了，装在一个大塑料桶里，也是缘分，恰好被我看到了，我把他包起来，抱进花房，在暖房里放了一会儿，孩子居然哭起来了。 这是我最高兴的一件事。 从这以后，我一到晚上就能听见孩子的吵闹声，好多呢。

你一个男人，为什么对孩子这么感兴趣？

老鲍一笑：再给你讲个故事。我姓鲍，是吧？实际上，我应该姓抱，我就是抱来的孩子，我的养父母都是好人，当年他们在垃圾桶边捡到了我，你看，我头上至今还有伤疤。他低下头，撸起头发给李南看。

我养母说，他们看到我的时候，野狗正在啃我的头，我被一床小被子包着，只露了半个头在外面。他们赶开野狗，把我抱起来，去医院治伤，然后抱我回家。我最感恩的就是我的养父母，他们比我的生身父母好一千倍一万倍。有什么办法呢？后来还是被我的生身父母抢回去了，抢回去也没拿我当个事，所以我看起来有两对父母，实际上却等于无父无母。

李南低下头去。

人生就是路过，没什么东西永远是你的。

从老鲍那里回来，李南沉默了两天。她决定给一飞回一封信，既然他看到过她的大肚子，她有必要交待一下大肚子的下落，不管怎样，他有这个知情权。她希望这封信能先给他一个缓冲，免得等他出来之后，突然得知，做出什么过激的事来。

她先在信里祝贺他的好运，至于她，她说她正在努力地活着。才写了两句，积压已久的愤怒猛地爆发，这是她没有料到的。

你现在倒心平气和了，难得还问起孩子！既如此，当初何苦那样对我？光天化日众目睽睽（旁边有好几个农场看守）之下嫌我丑！我挺着大肚子长途跋涉一整天去看你，何罪之有？这种伤害足以杀死我一万遍。所以，我不再是以前的我了，以前的我，从劳改农场回来那天就已经死了。孩子也不存在了，我把他送人了，他爸爸不稀罕他，他妈妈又太丑，不配当他妈，那还留着他干嘛？现在我丑也罢美也罢，都烦不到你了，我们两不相干了。

她把这段短短的、气哼哼的话寄了回去。她想象他读信的脸色，他也该为他的毒舌付出代价了。

这封短信的作用除了发泄怒气，也帮她平息了想要去看看孩子的执念。那样做的确不好，会让孩子落到老鲍一样的下场，看上去有两对父母，实际上跟孤儿差不多，还是不要打扰他们，让孩子安安静静长大吧。

一飞出现得很突然，他判了八年，结果只在里面待了五年。他是凭着李南写给他的那封信找过来的，两人在医院门口见的面，第一句话就是：你把我儿子送给谁了？

李南的激动瞬间消失。

她不回答，他也没再多问。

一支烟抽完，他问她住哪。她说，我还没下班。

她把钥匙给他，又把路指给他。

分开后她一直在想，难道他的意思是，他们马上又要开始同居了？其实这几年里她一直在回忆他们相处的最后一段时间，她毫不费力就从他脸上看出厌倦和嫌弃的神色来，他并不爱她，或者说，他已经不像当初那么爱她了。坐牢能让将死的爱情获得重生吗？

下班时间已经过了，她还在工具房里磨蹭，她发现自己并不急着回家，见到那个刚刚获得自由的人。有什么东西不一样了。他身上的味道都跟以前不一样了，跟以前相比，似乎多了些阳光和沙砾的味道。

她在路上买了些夫妻肺片和卤牛肉之类的东西，正好解释她的晚归。

一飞在睡觉，被子粗鲁地堆在腰间，两条腿蛮横地伸出来。她以前从没见过他这样盖被子。

他被她的声音惊醒，见她无意到床边来，便伸了个懒腰，下了床，过来看她准备晚饭。

你比以前瘦了。

她知道他这是在夸她，因为她以前一门心思想要变瘦，尽管她并不太胖。他伸手揽她的肩，她只笑了一下。如果他刚才不用夸她来讨好她，她可能感觉会更好。

我老了。她说，这些年我过得太苦了，一年等于十年。

这话倒是真的，从怀孕开始，她就没有开心过一天，坏心情让她一天比一天老，每天早上起床，第一眼看到的脸，都比昨天更暗一层。

比我还苦？

她知道自己说错话了，不管怎么说，她都应该比一个失去自由和尊严的人好过。

简单的饭菜摆上简易小桌，一飞却没有吃的意思，他点起一支烟，吸了一口，隔着烟雾说：到底把我儿子送给谁了嘛？

你什么意思？难道还想要回来？那是不可能的。

知道一下也不行？

你又不喜欢孩子，你也不喜欢我这么丑的人当你孩子的妈妈。

她也不吃了，那年在劳改农场受到的侮辱，从来就没有忘记过。

话都不会听！还不是为你好，我要是不说那几句话，鼓励你生下来，你想想你现在是什么样子，那才是真的苦呢。

她以前也这样想过，又怕是自己一厢情愿，现在亲耳听他这么说，隔阂开始慢慢褪去。

他抽完手中的烟，摁熄烟头，说：过去的就都忘了吧。我也不是以前的我了，刚开始那两年，我只求速死，有一回差点就成功了。后来才知道，还是活着好，哪怕活得像条狗，只要还活着，就有希望。

她终于可以长久地直视他了。

我后来一直心存侥幸，我以为你会躲到某个地方，把孩子生下来，结果你告诉我，你把他送人了。一想到这事，我心口就痛，所以你一定要告诉我，你把他送到哪里去了，我想偷偷去看看他，我不会惊动他养父母的，这点规矩谁都懂。

不错的家庭，爸爸是教师，妈妈在机关工作，这样的家庭不会差。

她慢慢讲起了那年在医院，本来是要去引产的，结果遇见了文眉女人，给她做工作，劝她不要无故拉上一条命债，又为她联系收养人。

总之，我觉得孩子跟着他们，比跟着我好得多。也许孩子本来就该属于他们，他只是在投胎时候走错了路。

没给你钱？ 他停了片刻，犀利地问。

给了五千营养费。 我一直留着没花，那个钱不能花，花了我就成了卖孩子的了。

亏你还记得卖这个字。

你什么意思？ 我不过是替孩子寻了条活路罢了。

一飞又点燃一根烟，抽到一半，叫她带他去见那个文眉女人。

她告诉他文眉女人已经离开医院了。

一飞立即用异样的目光瞪着她，她想了想说：不过花房里的老鲍可能知道她在哪里。

他叫她立即带他去见花工。

她望了他一阵，觉得不照办敷衍不过去，就拿出手机，说要先问问他在不在花房里。

不等她开口，花工便用平时贼兮兮的语气问她：怎么啦？ 一会儿不见又想我啦？ 她也不方便斥责他什么，开口便说明意图，问她和一飞此刻能不能来花房一趟。

你是说，你的男人？ 我还以为你没有呢。

她觉得一飞可能听得到他在说什么，就不再说话，希望老鲍能明白过来，最好不要再开玩笑。

老鲍在那边静了一会，静得像把话筒捂进了棉花堆里。

然后，他突然反应过来似的，连声说：不行不行不行。

怎么不行？ 又不会占用你很长时间。

真的不行，我今晚忙死了，明天有检查团来检查，现在好不容易安静下来，我得马上开始布置，几千盆花，就靠我一双手，我到现在还没吃上饭。

那好，你忙吧。 她知道花工的工作，闲的时候闲得发慌，一旦忙起来，不吃饭不睡觉也是有的。

一飞猛地站起来：走！ 既然他那么忙，我们过去帮帮他，一边帮他一边说话。 又不是什么了不得的技术工种。

你跟他关系不错？ 一飞在路上问她。

你走之后，他们夫妇俩是唯一肯帮我的人。

好一阵两人无话，李南不知道他在想什么，她以前对他就有点把控不住，现在更觉得难以捉摸。

路过一个烧烤摊。 一飞说：吃点烤串再去吧！

她马上想起自己带回去的晚餐，敢情他是嫌弃她带回的东西不合他的胃口。

李南从没在路边摊下吃过烧烤，那是男人的事，情侣们的事，不过既然他有这个提议，她不妨尝试一回。

他点了十几个串，她点了几串烤蔬菜，他又要了一瓶啤酒，吃到中间，李南望望昏黄的路灯，再看看身边那些头碰头一起吃烤串的小伙子们、情侣们，有点不自然，她跟一飞好像也不算情侣。所谓情侣，意味着长期分开后立即变身干柴烈火，可从他们见面到现在，跟天天见面的两个老熟人有什么分别呢？

不管怎样，先自得其乐吧。

当然也包括突兀地提升一下他们之间的温度。

她突然伸手抓过他的酒杯，喝下一大口，立即张大嘴哈气。

一飞斜了她一眼：以前又不是没喝过！

他进去以前，她的确跟他一起喝过酒，但那是白酒，又是在两情相悦的时候，是带着要化到对方眼里去的欲望喝下去的，每一滴都是催情剂，千真万确。而现在的啤酒在她嘴里真苦，又酸又苦，难以下咽。

全程一飞都没有结账的意思，她看一眼他的衣服，他穿的是衬衣，只有一只口袋，一看就是空的，裤子是西裤，也是口袋空空的样子。她起身去结账，这是应该的，他刚刚出来，如同刚刚出生，一无所有。

两人并肩往前走，始终保持一只拳头的距离。如果这些年他们一直有来往，她就可以往他那边轻移半步，倚着他走，可惜不是，除了她去看他反被他羞辱的那一次，他们再没见过面，她不知道怎么面对这种冻结的状态。

看得到医院的灯光了。

花房在院区后面，站在自动电子大门的闸机前，能看见暖房一角，那是她最熟悉的地方。当她走进医院，第一眼不是落在正中间的大楼，而是花房的右边角落，也就是说，进入医院之前，她首先看见的可能就是老鲍，他总是勾着腰，专心打理他那些花花草草，她很少见到一个男人如此专注于花草。

花房一片昏暗，不像有人在里面工作的样子，她以为老鲍在大楼里布置，楼上楼下找，还是不见人，也不见任何搬动花盆的痕迹。

她满大楼上上下下跑的时候，一飞在一楼大厅里，靠着导医台，似乎在发呆。

最后，她气喘吁吁地跑过来，不等她开口，他就说：走！

他的语气让她心中一凛。

走出大门他才说：你给他打电话的时候，我就听出来了，他在撒谎，而且，我敢肯定，他对你的第一个谎言，应该是关于孩子的。但愿是我想多了。

李南白了他一眼：这几年你似乎学到了很多。

走了一阵，一飞突然停下脚步，一脸诡异地对她说：我们再去一趟，我敢打赌，这回他肯定在。

她也好奇，就依了他，一起往回走。

果然，还在大门口，她就看见了花房的灯光，心里陡地升起一股失望，觉得老鲍让她在一飞面前很丢面子。

穿过医院大楼的时候，他说，不要说我们刚刚来过。

老鲍看见他们的神色让她直想笑，她第一次见他这样，像被老师抓住正在作弊的考生。

你的布展搞完了吗？ 我们是专门过来帮你的。

哎哎哎，任务不大，刚刚做完，不用帮忙的。

李南不住地说着废话，老鲍应付着她，目光一直跟着一飞。一飞忙着打量花房，就像他不是来帮忙的，而是来寻找什么东西的。

最终，三个人尴尬地面对面站着。

老鲍还是那个意思：找到文眉女人也是一样的回复，当时有约定，永不再见面。

我还一面都没见过。 一飞捋了捋袖子，露出胳膊上的道道疤痕。 因为我当时在劳改农场里打天下。

受苦了受苦了。 刚出来吗？

苦不苦的看怎么混吧，出来之前，我已到混到了财务部，在那儿工作了两年，所以我一点都不怕再进去一趟。他嘴里吐出来的烟，不经意地飘向老鲍。

老鲍马上换了种语气：我不能保证，只能说帮你们去试一试。

从医院出来，李南小声埋怨道：你不该这么明显地威胁他。

他跟那个文眉女人肯定是一伙的。但愿他们不是我想的那样。

不管怎样，我见过抱走孩子的那两个人，很本分的，一看就值得信赖。

如果那两个人是人贩子扮演的呢？

你胡说八道！李南叫起来，与此同时，她突然醒悟过来，按照一飞的逻辑，那其实也不是不可能的。

你知道什么呀，我在里面可是见识过真正的人贩子的，他们看上去都是好人，老实人，热心快肠，有一个人长得特别像我以前的同事，就是我跟你说过最喜欢给人介绍对象的那个。你知道一年之内贩卖了多少儿童吗？13个，我亲耳听他说过，最保险也是利润最高的线路，就是直接从医院弄走刚出生的婴儿，从产房抱到医院门口，转手就赚好几万。他们有暗线埋伏在医院里。

李南走不动了，她停住脚步，仔细回忆那对夫妇的样子，似乎她一动，他们的形象就会在她脑子里碎掉，再不可寻。

可能是一飞的话起了作用，李南连着两天都没有去花房了，她不知道该怎么单独面对老鲍。完全不在意一飞的话？好像也不行。按照一飞的猜测来怀疑老鲍？好像也做不到，而且没道理。

只好暂时不见面，就这么含糊着。

这天上午，李南来到手术室，正要清理一个塑料桶，突然全身一抖，失声尖叫起来。

是一个引产下来的女婴，放在袋口敞开的黑色塑料袋里，那只小手居然在动！

几个护士也围了过来，却谁都不敢出手去碰。不知谁说了句：快去喊老鲍！

不一会，老鲍神色匆忙地赶来，毫不迟疑地把手伸向塑料桶中，连同塑料袋一起抱了出来。婴儿身上的血迹和胎膏，让李南想起了当年的情景，微微的体温，浓重的潮湿感、粘腻感，跟这个女婴不同的是，她听见了孩子尖利的哭声，而眼前这个孩子，安静得像一个假娃娃。

老鲍把孩子放在一块发黄的医用白包布上，请护士们帮他清洗一下。

年长的护士一边利索地清理，一边抱怨：我真是恨死了这些人，他妈的早干嘛去了，这不是造孽吗？

老鲍也叹气：真是个命大的孩子啊，命大之人必然福大，死刑这关都能挺过去，今后还有什么难得倒你的？ 说不定还是个大人物呢。 你说，麻烦阿姨你给我好好洗洗，顺便检查下我有没有问题，我将来成大人物了第一个就来报答你。

护士把收拾好的孩子包起来，放到老鲍手中。 老鲍抱好孩子，正要离开，无意中跟李南的视线碰了一下。

李南仿佛听到嗡的一声，是两个没有防备的物体蓦地相撞才能发出来的声音。 这还是第一次，她被老鲍的目光撞疼了，在此以前，她感受到的老鲍的目光不是暧昧得肉麻，就是兄弟般的体贴。

她能感觉到，老鲍很介意她也在现场这个事实。

老鲍原地站了一会，似乎突然改变了主意。

哎？ 我怎么觉得这孩子不行了呢？

孩子的确没动静了。

不可能啊老鲍，你看这嘴唇的颜色，你看这皮肤。我再给你一床小被子，她可能有点冻僵了。

不对吧，你看这腿，软耷耷的，刚才还不是这样的。

老鲍回过身来，把孩子放回桌上。我看我还是不要插手这事了，她要是死在我手上，那就成了我的罪过了。

咦你这个老鲍，上次那个比这个还差，你都抱走了。

哎哎哎，不要乱说，搞不好很容易被人误解的。

老鲍逃一般跑了出去。

护士看看外面，又看看桌上的婴儿，苦笑笑：不好意思啊，老鲍不帮你，就没人帮得上你了。

李南悄悄躲了出去，她希望护士能把孩子弄走，否则，别人都可以躲过，唯有她躲不过去，因为她有清理产室的任务。果然，护士已经在叫她了。李南！李南呢？快把李南叫来。

她只好回来，戴着乳胶手套的手，小心地取出一个新的塑料袋，却迟迟不敢向孩子伸出手去。

护士上前一步，两手一抄，就把孩子高高地托在手里。李南赶紧将袋口撑开，护士手一抖，孩子应声落进塑料袋里。

重新将袋子小心翼翼地放进大号蓝色垃圾桶，她要把这只桶推到冷藏室，那里专门收集体积大一点的医疗垃圾，定期交到殡仪馆火化，小一点的都及时从卫生间冲走了。

她把冷藏柜的抽屉拉出来，在桶边摆好，还是不敢用手去碰孩子，她尝试把孩子直接从桶里慢慢倒进抽屉里。动手之前，她轻轻拨开一点塑料袋，孩子的身子已经泛青了，应该是断气了。

她拎着塑料桶手柄，将桶小小心心地倾斜，一点一点地倾斜，尽可能地跟抽屉形成一个相接的折面，这样可以避免把孩子咚地掉进抽屉里，那会摔痛的。

蓝色塑料大桶倾斜到四十五度左右时，她看见孩子近乎透明的小手指缓缓地、费力地张开，惊骇地停了下来。停顿片刻，她不得不继续倾斜，五十度、六十度，最后关头，孩子的手、世界上最小的手，猛地抓着桶沿，尽管她并没睁眼，但她能感到她的世界在剧烈倾斜，她正面临前所未有的危险。

世界就此僵住。李南不敢继续倾斜，也不敢将塑料桶恢复成站姿，那会跌痛孩子的。她只能扶着倾斜的塑料桶，一动不动地站在那里。很快，她感到两臂酸痛，最后，她大叫一声，痛哭起来。

路过的护士听到她的声音，进来一看，忍不住笑起来。护士伸出两根手指，从垃圾桶里轻巧地拎起塑料袋，轻巧地丢进抽屉，飘然离去。

她没走，也没把抽屉塞进冷柜中，她坐在地上，守在抽屉旁边，她总觉得孩子的手指还在动，跟起伏的胸膛保持着同一节律。她告诉自己，是幻觉！是幻觉！但不管用。

直到另一个保洁工进来，看到她坐在地上，哭红了两眼，忍不住搡了她一把：你有病啊？你的眼泪就这么不值钱？又不是你的孩子！

这天李南没吃午饭，女婴小虫一样的手指总在她眼前晃，她能看出来，她奋力抓住桶沿的手指非常用力，她一想起这个，眼泪就直往上涌。她好像从来没有像今天这样伤心过，孩子送走那天都没有这么伤心过，那时她心里总有某种莫名的希冀，总觉得孩子是在奔向更好的所在。不像今天，她亲眼见证了一个崭新的生命，兴高采烈地来了，却被无情地拒之门外，被粗暴地扔进垃圾桶。一想起这个，她的眼泪就像个失控的水龙头，怎么也关不住。

回到家，仍然没有办法吃晚饭，她向一飞说起今天医院里发生的事，特别描述了桶沿上那只小手。一飞在鼻子里笑了两声：你到底还是干净的。

这话深深地安慰了她，她把手肘撑在桌上，捂着双眼，心里平静了不少。

要不就是假慈悲。

……为什么这样说我？她叫起来。

死了好，总比被人卖出去，又被人弄成残疾上街乞讨要好。

谁会这样做？谁敢这样做？

老鲍知道吗？

她猛地想起老鲍今天在冷藏室的表现，明明已经高高兴兴把孩子洗好擦净抱起来了，不知为什么又很突然地改变了主意，丢下孩子跑了。她总觉得老鲍的怪异举止跟她也在场有关。

一飞笑了一下，又笑了一下：他不是在防你，他是在防我。他知道你看到了，就等于我也看到了。

为什么要防你？

是啊，为什么要防我呢？这得靠你去慢慢悟。

因为一飞，她和老鲍之间似乎正在疏远，最明显的就是当她去花房的时候，老鲍并不过来跟她说话，依旧在他的花圃里忙碌，甚至故意躲到花圃中去。

她又不能告诉老鲍，她虽然跟一飞重新同居了，内心却有种被绑架的感觉，明知感情上还没恢复到过去的关系（甚至不知道还能不能恢复），身体却因为物理性的原因而率先恢复了。

那天晚上从医院第一次见了老鲍回来，她开门的时候，一飞突然从后面贴上了她的身体，这是他们重逢之后第一次有身体接触。来不及细细体味他的味道，门一开，他就推着她直奔卧室，她说要去洗澡，他说待会儿去洗。

但她觉得不爽，他什么也不说，一个人埋头苦干，像饿极了的人，突然面对满桌子饭菜，谁也不看，也不说话，只顾疯狂大嚼，她别说回应，连气都透不过来。有那么几秒钟，她分成了两个，一个跳到天花板上，看着床上这两个人，另一个听到了一个声音：看哪，他在发疯一样地操她！

后来她醒悟过来，奋力抓他，掀他，蹬他。他两眼发红，狼狈不堪。

怎么了嘛！

休想让我怀孕！这辈子，我都不要再有小孩了，我宁可死，也不想再有小孩。

洗澡的时候，才发现他可能把她弄伤了，而在以前，他进监狱之前，从来没把她弄伤过。她呆了一下，他是太急躁，还是器官发生了什么变化？听说人去了那地方，什么事都可能发生。

她回来的时候，他还没睡着，稍稍挪了挪，给她腾了点地方。

去换个双人床吧。他说。

她听懂了他的意思，但他难道不应该征求一下她的意见吗？他怎么知道她就一定会同意再续前缘重新同居呢？他怎么也不问问他们还能不能回到从前呢？他大概不知道，自从他当着那么多看管人员的面骂过她之后，在她心里，他早已被撇开了，她也用行动表明了，她后来再没去劳改农场看过他，她把他骂她的那点火星一直保存着，让它越燃越旺，让它永远气势汹汹地提醒自己。

她认为她做到了，甚至还不止，她把小孩的伤痛也算在他头上，如果他不那样骂她，她现在就是个单亲妈妈，她肯定带着孩子去监狱看过他了，他们一家，虽然相隔两地，但情感饱满，内心充满希望。都说为母则刚，如果她好好养着孩子，现在肯定不是这个随波逐流行尸走肉的样子，肯定跟别的妈妈一样，风风火火，张牙舞爪，脸上飘着一抹忙碌的红晕。她不止一次望着那样的妈妈脸发呆，觉得那才是一个中年女人应该有的样子，心里装着自己的心肝宝贝，脚底踩上钉子都不觉得怎么疼。

但他招呼也不打一个，就这么不由分说挤进来算怎么回事呢？ 不行，必须跟他摊牌，到底是漫无目的地同居下去，还是有结婚的打算，因为这两条路必须匹配两种不同的心态。

但真正面对一飞的时候，她又打消了摊牌的念头，他还没找到工作，这事看起来非常艰难。 当他想抽烟的时候，身边总是只有空烟盒，当他想要出去的时候，总是穿好衣服端坐桌旁不吭声，他在等着她拿钱包。 也许应该等他稍微正常一点后再摊牌。

她给他钱时还必须谨慎措词。 既然要出去，多少得带点钱。 好像他根本不想带钱似的。 她不把钱递到他手里，只是放在桌上，小心地压在水杯底下。

她感到沉重，还不如跟老鲍在一起轻松呢，但老鲍似乎正在离她而去，她想主动跟老鲍讲讲自己的心事，说不定能重新拴牢老鲍。 不如就讲讲她跟一飞之间的状态，正好也听听老鲍的意见。

没想到老鲍竟然这样劝她：我觉得你应该多花点时间和心思在一飞身上，毕竟他心里还是有创伤的，你要多照顾他，把他暖过来。

李南冷笑一声：谁又没有创伤呢？ 我以前也不是这个样子的，我以前的生活，跟现在截然不同。 她从来没跟老鲍讲过以前的事，差不多从她怀孕开始，过去就被她尘封了，从没对任何人讲起，连夜深人静时的回忆都拒绝。那些心痛与不堪，她不想时时翻起，怕不小心印在脸上。

不管怎么说，你们应该好好合计合计，这么年轻，从头开始，一点都不晚。一飞这小子，一看就是个聪明人，你不计前嫌跟着他，他会记着你的好的。

才不是你想的那样。

她扭身就走。

她还没告诉老鲍，现在替一飞出谋划策的人可多呢。

端午节前一天，李南定做了些粽子，算是去他家过端午节的小礼物，尽管他们并没邀请她，但万一她临时接到了邀请呢？他们家应该已经知道他俩现在的关系，因为他偶尔也会向她透露一点家里的情况，她自作多情地想，也许人家觉得自己的孩子坐过牢，不好意思表达什么，所以她应该主动些。

晚上九点多了，他还没回来，她打他电话，他说他回父母家了，还说他们喝了些酒，还吃了好多粽子，他打算今天就住在父母家。

好，很好。她说，然后等他挂了电话，才默默按了那个红键。

她冷笑一声，突然抓起桌上的马克杯，朝地上狠狠砸去。真是笨啊，真是不长记性啊，都说了江山易改本性难移，为什么还要相信他从牢里出来就会跟以前不一样？

望着粽子坐了好一会，一会儿觉得应该把这些粽子扔到楼下垃圾桶里去，一会儿又觉得应该煮了吃掉，毕竟也是花了钱的。可最终，她把粽子放进了冰箱，可以当好几顿饭呢。

洗澡的时候，她的脾气又上来了。为什么要收留他？他明明可以住在家里，为什么要白白给他当空窗期的消遣？

赶紧从卫生间出来，在睡衣外裹了件外套，拎着他的拖鞋快步出了门，一脸蔑视地丢进垃圾桶后，心里舒坦多了。

第二天晚上，他按时回了家，她心里生着气，一直不吭声。他找不到拖鞋，也不问她，就赤着脚，一屁股坐在那把聚丙烯塑料椅子上，开始讲昨晚的事。

原来过节只是由头，主要是家里在给他安排相亲。

她的心脏猛地跳了一下，然后就卡在那里不动了。

我跟他们说起过你，我说你不打算生小孩，他们说那不行，一定得生，还说现在鼓励多生。

那么，她打算给你生几个？她尽量让自己冷静。

还没讨论这个。他认真地说。

她突然站起来，打开门。

你走吧，再也不要来了。

什么意思？ 告诉你就不错了，我要是不告诉你呢？

总会知道的。

我还没说我决定跟她发展呢。

去吧，去求她吧，她可能比较配当你孩子的妈。

她是比你漂亮。 他渐渐生起气来。

那正好，赶紧去吧。

去就去。 他猛地起身，往门外走。

她突然叫住他的名字，他停在楼梯上。

她一笑：孩子生下来先检查一下有没有屁眼。

她说完就关门，人靠在门上，身体轻轻抖动起来。

这是个清风和煦的早晨，又刚刚斩断了跟一飞的关系，满脑子都是重振旗鼓重新开始的念头，李南感到脚步都轻盈了许多。还在医院门口，就看到门诊大楼前围了好多人。

七楼顶上立着一个抱孩子的女人。

她听了一会，明白了情势，那个女人要抱着孩子一起跳楼。

神经病。 脑子进水。 欠揍。 很多人在骂那个女人，李南一一打量他们的面孔，因为个个都是仰视的姿势，她轻易就能看见他们的鼻孔、牙齿、下巴，她第一次发现这些人真丑，所有人都好丑，而且气味难闻。

孩子的包布是淡绿色，她知道这是月子中心那边的孩子，整个医院，只有月子中心的被服是淡绿色，其他全是白色。月子中心是有钱人的天下，普通人根本不敢问。她想起几天前，月子中心有人吵架，是外面进来的女人，带着两个女性帮手，合伙欺负一个生孩子的年轻产妇。三个女人把产妇从床上揪下来，摁在地上打、踢，幸亏孩子当时不在场，否则恐怕也遭了殃。产妇的妈妈闻声赶来，也被那三个女人摁住打了一顿。那三个人很有经验，在保安赶过来之前，及时住手，眨眼间逃得无影无踪。

李南早就觉得不对劲，年轻漂亮的产妇，住着豪华的月子中心的包间，却很少看见孩子爸爸露面，自始至终只有产妇和她妈妈，两人说话都很轻，走路也轻，一副活得小心翼翼的样子，不像其他进出月子中心的人，大步流星，眼睛都长在额头上。

她想象母亲和孩子同时跃起，坠落在地，孩子脆弱的身体像玩具一样跌散，脑子里不合时宜地跳出另一个孩子来，那个七个月就知道奋力抓住塑料桶沿的婴儿，被老鲍抱了一下又放弃不要的婴儿，她总觉得是她的出现改变了那个孩子的命运，总觉得她间接杀死过一个人。她不想再做这样的事了，即使只是被她看到也不行，除非她插手干预——她能力有限，但只要愿意去做。

她知道有个地方可以上到楼顶。

不是每个婴儿都能躺在淡绿包被里的，不是每个婴儿都能在月子中心里降生，不是每个婴儿生下来就被这么多人惦记。她一边在心里打草稿，一边奋力往上爬。她要把这些话讲给孩子的妈妈听。

她的出现吓了产妇一跳。

把孩子给我！她大喝一声，就像她才是孩子的妈妈，产妇倒成了偷孩子的人。

给我！她再次怒吼。

产妇完全被她的样子搞懵了。

就这点本事吗？有本事给我打回去，明里打不赢，暗里打，一年打不赢，用十年来打，你都有了孩子还怕什么？你都当妈了还怕什么？那些人怎么逼你的你也怎么逼她们，自己认怂也就罢了，干嘛扯上孩子？孩子有什么错要陪你糊里糊涂去死？

正因为不放心孩子……

交给我！我来替你养，你去找那三个女人。打赢了回来抱孩子，打不赢就别回来了，专心一意当你的受气包去。

产妇又开始哭：我做不到，我一无所有，众叛亲离，我死了大家都开心。

那你去死吧，把孩子给我，你以为他还是你的？ 一旦生出来，他就不再是你一个人的了。 给我！

你到底是谁？

你管我是谁？ 我是这个医院里的人，是个大人，还是个女人，这里每生一个孩子我都有责任保护他。

警车开了过来，产妇有点慌了，两条腿抖索起来。

他们这是逼我呢，他们一来，我只能跳了。 其实我本来还想过去捅了他爸爸的。

我要是你，我就把孩子放一边，先给自己把仇报了再说。

我做不到！

爸爸不认，妈妈又没用，那就交给我好了，至少可以活下来。

为什么？ 你为什么这么喜欢孩子？ 我就不喜欢，当初决定生下来，不过是想抓住他爸爸，既然抓不住，留着他也没用。

什么狗屁逻辑！ 把孩子给我！

李南想把孩子抢过来，又怕那女人真做蠢事，正想着，警察顺着李南走过的路上来了。

一个警察笑起来：又是你啊？

女人好像很厌恶警察，突然改变主意，也不跳楼了，抱着孩子往楼下走。

李南犹豫了一下，也跟着往下走。

她依稀听见那个警察对谁说了一句：这女的被我在 KTV 抓过一次。然后就是香烟的味道，他们大概要在上面抽根烟才会下来。

李南紧紧跟过去。女人在六楼通道尽头的小阳台上哭泣，李南试着靠近，还好，女人似乎暂时没有往下跳的打算。

淡绿襁褓中的孩子还在熟睡，小脸粉红，小嘴无意识地做着吮吸的动作，对正在发生的一切一无所知。

多漂亮的孩子！

他还没有名字，出生卡片上有他生日，他很健康，什么毛病都没有，他是巨蟹座，据说这个星座的人很顾家。但愿他将来能对他老婆好一点。

到喂奶时间了吧？她想把女人劝回房间去。

我没奶。开始一两天是有的，后来越来越不开心，就没有了，像突然停了水一样。

李南伸出两手，女人把孩子交给了她。襁褓微微的温度感动着李南，她抱着孩子，两眼热热的，视线有点模糊。她当年奶水好多啊，像两只大水袋，沉甸甸挂在胸口，胀得生疼，却找不到那张小嘴。

你抱孩子的样子，很像妈妈，你有孩子吗？是儿子还是女儿？做你的孩子肯定很幸福，看你面相就知道，又善良又温柔。

为了不让泪水掉下来，李南只能一动不动，也不敢眨眼睛。她没觉察到女人已悄悄退至栏杆边。

对不起哦！

李南抬头望去，女人的一条腿还在栏杆这边，她大喊一声，奋力伸出手去，但无济于事，那条腿像鱼尾一样倒竖着从栏杆上方消失了。

孩子在她臂弯里痛苦地皱了皱小脸，像是要哭，没过多久，又重新平静下来，安稳地睡去。

在楼顶抽烟的警察迅速下来，按程序拉起了黄色警戒线。登记了那个女人在月子中心的物品，通知了相关人员。

李南求得院方许可，暂时代为照看女人留下的女婴，免得被送去福利院。她这样打算，如果没有人来认走这个孩子，她就正式去民政局办理收养手续。她不想再失去任何一个孩子了。

别人收养了她的孩子，她又收养了别人的孩子，如果她对别人的孩子视若己出，人家定然也会对她的孩子视若己出。她认定这一点。

她跑去找老鲍，请求在花房里安放一张婴儿床（她从医院仓库里找来的旧床），她会在工作的间隙跑来看她，给她冲奶粉。她要争取两个小时过来一次，实在过不来的话，她请老鲍代她冲奶粉。

这孩子跟我有缘，她注定是我的女儿。她对老鲍说。

老鲍也很支持她收养这个孩子。抚养孩子是很养人的事情，你会从中收获幸福的。

这一天她格外忙碌，必须在天黑前把一切搞定，让孩子在天黑前舒舒服服住到家里去，好在医院周围婴儿用品店多。她愉快地花钱，花了一笔又一笔，这么多年的节俭终于崩溃了。

八点多钟，她才抱着孩子进门，没想到一飞还是坐在她家里。

你不是已经相亲成功，准备去生一窝孩子了吗？

他不理她，惊讶地盯着孩子看。

你，这是什么意思？领养？也不问问我？

你又不打算跟我结婚，为什么要问你。

你怎么知道我不打算跟你结婚?

得了，没心思跟你逗嘴。

她去做饭，一飞在一旁盯着婴儿看，她不时抬头看一眼，担心粗手粗脚的一飞会弄伤孩子。

你对我有误解，多想想我们以前。一飞离开孩子，过来了，她提着的心放了下去。

以前你对我也不好，生怕人家看到我们在一起吗? 我就那么丢你人?

我只是不想处处都跟他们一样，一样的恋爱，一样的婚姻，连吃的东西都一样，大家都过一样的生活，跟养鸡场有什么区别。

如果没有碰到你，我肯定会遇上别人，肯定也会有很隆重的爱情，那样的话，就算过上养鸡场的生活我也愿意，所以你对我犯下的罪就是：你剥夺了我的生活权。

剥夺? 我对你说过一个不字吗?

你是没说，但你打击了我的兴致，结婚的兴致，生孩子的兴致，你让我错过了做这些事情的最佳时机。

一飞也不辩驳，只是瞪着她。

过了一会，一飞又找到了理由：就算是这样，我还是要说，你说的那些事情真的有意义吗？ 你是什么样，我是什么样，我们的孩子就是什么样，他就是我们的复制品，没什么值得期待的。

是没什么值得期待的，可我就是厌倦了没有感情的生活，我想培育一种新感情，我愿意为这个小不点全心全意、不计后果地付出，尤其是当我想到有人也正在这样为我的孩子付出的时候。她几乎哽咽起来。

她知道他们之间还有一丝挽救的可能，但她不想抓住它了，她对男人的感情好像已经用光了，她现在满心期待的就是这个从天而降的小家伙快快醒来，她想看她的眼睛，看她嚅动个不停的小嘴。

她打开一个纸尿裤，反复练习穿脱的动作，她在医院里见过护士们向家属演练那个过程，动作她都是熟悉的，就是从没亲手碰过。 她知道她没问题的，从那个女人手上第一次接过孩子时，作为母亲的本能就被唤醒了。

练习好纸尿裤，接着消毒碗筷，擦洗家具和地板，凡是孩子会碰到的地方，都要清洁消毒，再不能像以前那样不讲质量地对付三餐了，孩子会促使她对生活讲究起来，卫生，品质，营养，观感，全都要讲究。有孩子真好，没有孩子的时候，她很少想到这些事情。

孩子哭了，她冲过去，却不知所措，站立片刻，才想起应该把她抱起来。抱起来后，孩子哭得更厉害，她轻轻地抖，像医院里那些家属一样，抱着孩子又是哼又是踱步，但孩子完全不吃这一套，哭得越来越厉害，像正在忍受某种剧烈的不适。

她打电话给老鲍，本来想问护士，但解释起来太费力了，抱孩子回家的事她还没有公开，也不想公开。

老鲍说：你让她哭呗，哪有不哭的娃。

万一她是有什么不舒服呢？

给她吃了吗？多久前吃的？

她说了个时间，老鲍笑了一声：你还是女人呢！孩子两个多小时就要喂一次，你已经欠了她好几顿了。

于是急急忙忙去冲奶粉，果然，那小嘴一碰到橡胶奶头，立即一口咬住，再也不肯松开，小手指还惬意得一抓一抓的。

一瓶奶粉喂下来，她已经舍不得放下了，眼睁睁看着孩子在她怀里再度睡过去，她突然有种冲动，她想就这样抱着她睡一夜。

第二天，她早早地带着孩子来到花房，把孩子安顿好后，再去上班。走前不忘叮嘱老鲍：外出的时候记得锁门啊，离开超过二十分钟，一定记得给我打电话，孩子身边不能没人。

一飞什么态度？

哪有他表态的地方。

你真的不能忽视他的态度。老鲍突然严肃起来。

但她已经风风火火走出门去了。

昨晚她就在想孩子的名字，想了一晚上，没想出来，这会儿，从花房出来，她突然来了灵感，孩子肯定要跟她姓，这一点毫无疑问，名字嘛，单名一个绿字如何？她想起第一次见到孩子那天，那个淡绿色的襁褓，以及势必要在花房度过的婴儿时期，绿字真的非常贴切。小名就叫小绿，听起来也不错。

晚上，她抱着小绿回家，一飞又出现在她家里。

你实在要来我也没办法，但你要搞清楚，你没拿我当女朋友，正好我也不拿你当男朋友，咱们就这么讲定了。

一飞没什么反应，只顾盯着孩子看。好奇怪啊，感觉比昨天大了很多。李南心想，男人也会被天使般的孩子俘获吗？

忙了一阵，发现小绿的一只水杯不见了，她打电话问老鲍有没有掉在花房里，老鲍找了找，说没看见。

看来是弄丢了。刚刚挂掉电话，一飞突然来了句：在花房门背后的钩子上。

你今天去过花房?

怎么? 不能去? 就算你想霸占老鲍，也不能剥夺他跟人交往的权利吧。

可笑，你们有什么可交往的!

她知道他是不屑于跟老鲍这类人交往的，他内心瞧不起这种人，觉得人家不能给他带来“精神上的营养”。

她忍了又忍，还是说了出来:你最好不要跟我的同事有太多来往，你不是也不喜欢我进入你的圈子吗? 连你的办公大楼都不许我靠近。

这是什么意思? 隔离我呀? 不是说全社会都有义务来帮助我这种人走上自新的道路吗? 当然也包括你。

她瞪了他一眼。

李南正在用大排拖拖地，老鲍的电话来了。

是你抱走了小绿吗?

没有啊，我一直在上班。 小绿怎么啦?

老鲍说出“不见了”三个字时，世界突然静音了，她听不见老鲍的声音，也听不见周围任何动静，只能看到那些熟悉的人在匆匆忙忙无声地移动。

直到她跨进花房门，静音才消失，她听到了自己的喊叫声，近乎嘶哑，而且变形。

我浇完一遍水，回来一看，婴儿床上是空的，几件衣服、奶瓶，都不见了，我还以为是你带着她去打预防针了。

大门口的监控调出来看过了，没有人抱着小绿离开。花房外的公共区域，也都调出来看了，一无所获。可惜花房里没有监控，难道是从花房后面翻院墙弄走的?

她要报案，老鲍脸色一变：妹子，你这就不仁义了，这么多年来，我待你怎么样?

孩子不见了，肯定要报失踪啊。

你报警的话，我就是唯一的嫌疑人，我的工作肯定得丢，万一哪句话说得不对，我可能还无法脱身。

我当然相信你，我是怕有人进来把孩子偷走了。要不这样，我们先找找，再决定要不要报警。

当着老鲍的面，她不再提报警，但一转身，老鲍看不到她的时候，她赶紧拿出手机报了警。

她听得出来，警方很重视，这让她略感安慰。

警察一出面，事情很快有了线索。

看了那么多遍的监控录像，居然都没看出来，一飞不过是戴了顶棒球帽，又大大方方提了个洛可可风格的婴儿篮，他们就把他忽略过去了。

警察问她跟一飞什么关系，她老老实实说了他们的过去，也说了他们的现在。又问她是否委托过一飞，把孩子转移到某处，她断然摇头。她绝对不会把孩子托付给他，她宁肯托付给花房的花工，也不会托付给一飞。

说起花工，他们也问了她一些问题，包括他们是如何认识的。她本来想简单几句敷衍过去，但她很快发现，他们对她说的每一句话都有记录，如果她前后不对，或者稍有自相矛盾的趋势，他们就会做上特别的标记，并再次发问，要她确认。这种架式把她吓住了，她想她最好的办法就是实话实说，才不至于说错话，引来误解。她知道在这种地方，发生误解的后果是相当不妙的。

一旦她决定说实话，就不得不说到她怀孕的事，说到她想去堕胎，却被告知只能引产，说到她碰到那个文眉女人，说到外婆，说到抱走她孩子的舅舅舅妈。她看到问她话的人和记录的人不断交流眼色，却又不做任何结论。

她在自己说出来的文字后面签了字，画了押，警察就放了她。

她回到医院，来到花房，老鲍不在，屋里有点狼藉，她徒劳地又找了一遍，只找到小绿的一只口水巾。她在想，也许她把小绿放进花房本身就是个错误，这里毕竟是个公共场所。

有个角落，有很多烟蒂，她很奇怪，老鲍是不抽烟的，一飞才喜欢没事就夹根烟在手上。

很快她就知道，老鲍被抓了，罪名是涉嫌贩婴。

说是有一条规模较大的婴儿链，名叫替生。意思是，有人专门搜寻那些身处困境的孕妇，领走她们不合时宜、不受欢迎、不能自己抚养的孩子，送到那些求子若渴的母亲们手里。这些人多半活动在各大妇幼医院，孩子经过他们的手，重新选择了父母，绝大多数孩子在新的家庭过上了正常的幸福生活，但也有少数几个经历了一些曲折，甚至去向不明。

鉴于种种原因，这次调查遭到了许多家庭的抵抗，因为基本上没有家庭愿意公开孩子其实不是自己生的，而是领养的。所以罪名之下，真正有用的证据并不多。

李南一口气跑到看守所，事已至此，她想老鲍应该可以直接告诉她，她的孩子在哪里，舅舅舅妈，也就是那个教师爸爸和公务员妈妈，他们又在哪里，他们三个是否在一起。

她没有见到老鲍，她在看守所门口哭闹，一个年纪大的警察动了恻隐之心，告诉她他所知道的消息，外婆根本就不存在，舅舅舅妈当然也不存在。她彻底安静下来，她被吓懵了。

回到家翻来覆去想那个过程，不对呀，如果真有那么一条链子存在，她也是参与过的。她还见过外婆呢，老鲍带外婆上楼，是她把那束花递到走廊里的孕妇手上，把目标指给外婆。

她开始大口大口喘气，心跳如鼓，恐惧令她透不过气来。

她的体重一天天往下掉，头发也一天天泛白，听到警笛声就两腿筛糠，见到穿制服的，就紧张得结结巴巴。她甚至想过去买点安眠药备在身边，一旦发现情况不对，立即吞服下去。她害怕去上班，又不得不硬着头皮上，她得更新一些消息，每天都有新的消息传到医院来。

但她一直平安无事，调查扩展到其他医院去了，莫愁路的妇产医院已不再是重心。

忧心忡忡地过了一年多，并没有人来找她，连例行公事的询问都没有。

李南再次踏上了当年走过的旅程，老鲍被判了二十年，服刑地点正好是当年一飞待过的地方。快到目的地的时候，李南看见了那条公路，冷清无比的集市，陈旧阴森的小平房，她还记得那个小商店后面的旅店，潮湿的有味道的被子，以及一根绳子吊着的白炽灯。那时她还是个大肚子女人，现在那孩子快七岁了。他在哪里？他有学上吗？她真希望他有一个当老师的爸爸、当公务员的妈妈，真希望外婆是存在的，孩子都喜欢外婆，妈妈也喜欢外婆。

老鲍居然没有太大变化，只是黑瘦了些。

因为我很坦然，我觉得我没有错到哪里去，有几个孩子是出了点差错，但那不是我的本意，毕竟我不能对一个孩子全程负责到底，如果说我必须为那几个孩子服刑，我是服气的。话又说回来，那些在父母身边长大的孩子，还可能发生各种意外呢，有谁追究过父母的责任？

我明明见过外婆，我还把外婆带到她床边，走廊里的那个。为什么你不提这事？你忘了吗？

怎么会忘呢？老鲍一笑，温柔地望着她。

你没必要保护我。她望着老鲍，尽量忍住不流泪。

又不光是你一个，所有为那些孩子出过力的，我都没提。

还有谁？

老鲍一笑，不说话。李南眯着眼睛想啊想啊，突然，她想起那个引产下来还是活着的女婴，想起一个护士的脱口而出：快叫老鲍来！ 这么说，护士知道老鲍在干什么，但自始至终，没有一个医护人员卷进这个链子里来。

你这是何苦？ 那些人感激你吗？

我不要谁感激，自己问心无愧就行。

李南心疼又气恼地瞪着他：好好表现，一出来就去找我，我的手机号永远不会变。

别管我，好好过你的。

我怎么可能过得好嘛，找到的那几个孩子当中，并没有小绿。

老鲍两眼突然发出光来：傻瓜，这是好消息啊，说明小绿的父母非常不舍得她走，把她藏起来了。 真的，你相信我，这绝对是好事，当年我的亲生父母如果不去找我，让我在养父母家安静长大，我的命运可能不会如此。 所以你看，我改变了那么多人的命运，面对自己的命运，却束手无策。

命运到底是什么东西？

命运就是你想摆脱又摆脱不了的东西，对我来说，可能是我的亲生父母，对你来说，可能是一飞。

这回应该摆脱了吧。 她告诉老鲍，她没打算去第三监狱探视一飞，她要从此与他音信断绝。

是吗？ 那还打听得这么清楚？

她张了张嘴，没发出声音，她有点气恼。

有些人永远不会被原谅。 她挺直脖子，语气格外坚定。

他微微笑着，以难以察觉的小幅度，频频点头。

附录

2019年收获文学排行榜榜单

★ 短篇小说榜

1. 迟子建《炖马靴》 《钟山》2019年第1期
2. 黄锦树《迟到的青年》 《天涯》2019年第6期
3. 邵丽《天台上的父亲》 《收获》2019年第3期
4. 李宏伟《沙鲸》 《小说界》2019年第4期
5. 弋舟《核桃树下金银花》 《青年作家》2019年第10期
6. 双雪涛《起夜》 《收获》2019年第1期
7. 蔡东《伶仃》 《青年文学》2019年第3期
8. 宁肯《火车》 《收获》2019年第5期
9. 张惠雯《天使》 《文学港》2019年第7期
10. 朱山坡《荀滑脱逃》 《青年文学》2019年第1期

★ 中篇小说榜

1. 田耳《开屏术》 《钟山》2019 年第 4 期

2. 孙频《鲛在水中央》 《收获》2019 年第 1 期

3. 尹学芸《青霉素》 《收获》2019 年第 3 期

4. 徐皓峰《诗眼倦天涯》 《收获》2019 年第 5 期

5. 薛舒《成人记》 《长江文艺》2019 年第 1 期

6. 禹风《下降流》 《人民文学》2019 年第 2 期

7. 凡一平《我们的师傅》 《十月》2019 年第 4 期

8. 陈春成《音乐家》 豆瓣网 2019 年 7 月

9. 丁颜《有粮之家》 《花城》2019 年第 5 期

10. 姚鄂梅《外婆要来了》 《清明》2019 年第 3 期

★ 长篇非虚构榜

1. 万方《你和我》 《收获》2019年第4期
2. 叶兆言《南京传》 译林出版社 2019年8月
3. 袁凌《寂静的孩子》 中信出版集团 2019年6月
4. 卢一萍《祭奠阿里》 《收获长篇专号·春卷》2019年
5. 曾维浩《一个中国人在中国》 《花城》2019年第6期

★ 长篇小说榜

1. 阿来《云中记》 《十月》2019年第1期 十月文艺出版社
2. 邓一光《人，或所有的士兵》 四川人民出版社 2019年7月
3. 徐皓峰《大地双心》 《收获》2019年第3期
4. 蒋韵《你好，安娜》 《花城》2019年第4期 花城出版社
5. 格非《月落荒寺》 《收获》2019年第5期 人民文学出版社

图书在版编目（CIP）数据

2019收获文学排行榜中篇小说集：上、下册/《收获》文学杂志社编.
-- 上海：上海文艺出版社, 2020.1
ISBN 978-7-5321-7314-3
Ⅰ.①2… Ⅱ.①收… Ⅲ.①中篇小说－小说集－中国－当代 Ⅳ.①I247.5
中国版本图书馆CIP数据核字(2020)第004340号

发 行 人：陈 徵
责任编辑：李 霞 于 晨
装帧设计：CHR lab 钱 祯

书　　名：2019收获文学排行榜中篇小说集：上、下册
编　　者：《收获》文学杂志社
出　　版：上海世纪出版集团　上海文艺出版社
地　　址：上海绍兴路7号　200020
发　　行：上海文艺出版社发行中心发行
上海市绍兴路50号　200020　www.ewen.co
印　　刷：启东市人民印刷有限公司
开　　本：890×1240　1/32
印　　张：24.625
插　　页：4
字　　数：383,000
印　　次：2020年2月第1版　2020年2月第1次印刷
I S B N：978-7-5321-7314-3/I · 5918
定　　价：98.00元（上,下二册）
告 读 者：如发现本书有质量问题请与印刷厂质量科联系　T: 0513-83349365